HEYNE BÜCHER

SCIENCE FICTION

Herausgegeben
von Wolfgang Jeschke

Von **Charles Sheffield** erschien in der Reihe
HEYNE SCIENCE FICTION & FANTASY:

Zwischen den Schlägen der Nacht · 0604549
Die Nimrod-Jagd · 0604620
Die McAndrew-Chroniken · 0604652
Die Welt der Handelsfahrer · 0605463

DIE PROTEUS-TRILOGIE:

Die Gesichter des Proteus · 0604447
Der entfesselte Proteus · 0605249
Proteus in der Unterwelt · 0605313

CHARLES SHEFFIELD

Die Welt der Handelsfahrer

Roman

Aus dem Englischen übersetzt
von
MARTIN GILBERT

Deutsche Erstausgabe

WILHELM HEYNE VERLAG
MÜNCHEN

HEYNE SCIENCE FICTION & FANTASY
Band 06/5463

Titel der amerikanischen Originalausgabe
TRADER´S WORLD
Deutsche Übersetzung von Martin Gilbert
Das Umschlagbild malte Michael Hasted
Die Karte auf Seite 6 zeichnete Mirjam Wehner

Umwelthinweis:
Dieses Buch wurde auf
chlor- und säurefreiem Papier gedruckt

Redaktion: Wolfgang Jeschke

Erstveröffentlichung
als Del Rey Book by Ballantine Books, New York
Mit freundlicher Genehmigung des Autors
und Thomas Schlück, Literarische Agentur, Garbsen
(# T 6577)

Printed in Germany 1996
Umschlaggestaltung: Atelier Ingrid Schütz, München
Technische Betreuung: M. Spinola
Satz: Schaber Satz- und Datentechnik, Wels
Druck und Bindung: Ebner Ulm

ISBN 3-453-10915-5

KAPITEL 1

In achtzigtausend Fuß Höhe setzte bereits die Morgendämmerung ein. Die Sonne stand als schmale rosige Sichel über dem Horizont und wurde ständig größer, wobei sie sich über eine weit entfernte Wolkendecke erhob. Im Licht des anbrechenden Tages schimmerte das langsame Fahrt machende Händlerschiff wie eine rosa Perle.

Die zur Besatzung gehörende Frau hatte kaum geschlafen. Sie war schon seit zwei Stunden wach und betrachtete die Landschaft durch eine in der Bugkabine installierte Spezialoptik. Dreimal blendete sie Karten der Oberflächen-Radioaktivität und topographische Karten ein, glich sie mit den aktuellen Daten ab und schüttelte unzufrieden den Kopf. Schließlich nahm sie die Brille ab und ging in die mittschiffs gelegene Kombüse. Sie nahm dort Platz, trank einen heißen Cola-Tee und verfolgte durch das Kabinenfenster, wie der gezackte Terminator nach Westen weiterwanderte. Das Schiff, in dem sie sich befand, trieb mit einer Geschwindigkeit von wenigen Kilometern pro Stunde in Gegenrichtung. Sie standen zu hoch, um irgendwelche Bewegungen auf der Oberfläche des Planeten zu registrieren, aber dennoch veränderte sich das Bild unmerklich.

»Morgen, Lucia. Wo sind wir?« Die Stimme in ihrem Rücken war schlaftrunken.

Sie schüttelte den Kopf, ohne es für notwendig zu erachten, sich umzudrehen. »Nirgends. Die aktuellen Auswertungen haben nichts Neues ergeben. Ich habe mich in Daddy-O eingeloggt, um die alten Karten einzusehen, und ihnen zufolge stehen wir über einem Ge-

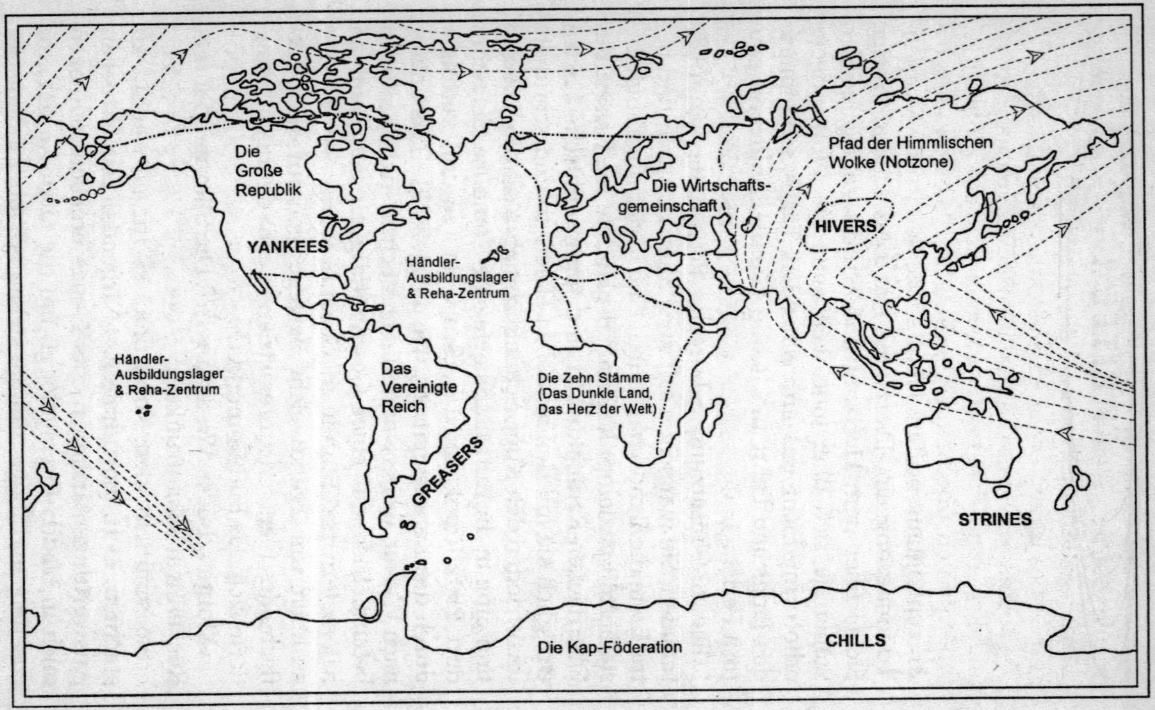
Die Große Republik
YANKEES
Händler-Ausbildungslager & Reha-Zentrum
Händler-Ausbildungslager & Reha-Zentrum
Das Vereinigte Reich
GREASERS
Die Wirtschafts-gemeinschaft
Die Zehn Stämme (Das Dunkle Land, Das Herz der Welt)
Pfad der Himmlischen Wolke (Notzone)
HIVERS
STRINES
Die Kap-Föderation
CHILLS

biet mit der früheren Bezeichnung Dzungaria; aber die neuen Karten weisen weder Namen noch sonstige Merkmale auf, nicht einmal den *Hive*-Sektor.«

»Gibt es irgend etwas Interessantes dort unten?«

»Nichts, was unsere Präsenz rechtfertigen würde. Allmählich frage ich mich, weshalb Daddy-O uns diese Koordinaten überhaupt gegeben hat. Wir könnten bereits in Orklan sein.«

»Eine statistische Anomalie; das ist alles, was aus den Daten hervorgeht. Du kennst doch Daddy-O mit seinen Statistiken und Wahrscheinlichkeiten.«

»Nun, mir fallen keine Anomalien auf. Keine außergewöhnlichen topographischen Merkmale, keine Oberflächenbesiedelung, keine Gewässer, und laut unserer Datenbank gibt es keinen *Hive* im Umkreis von fünfhundert Kilometern.«

»Radioaktivität?«

»Ziemlich niedrig – kaum über der Hintergrundstrahlung von verstrahlten Wüsten. Aber wirf selbst einen Blick auf die Landschaft.«

Sie nahm die Tasse, ging ihrem Kollegen in die Bugkabine voraus und überreichte ihm den Helm mit der Spezialoptik. Es war bereits hell genug, um auch ohne Restlichtverstärkung ein klares Bild zu erhalten, aber Lyle Connery nahm dennoch den Helm und setzte ihn auf. Nach wenigen Sekunden aktivierte er den Vergrößerungs-Modus und ließ das Land unter dem schwebenden Schiff mit hoher Auflösung abtasten.

Bei maximaler Vergrößerung hatte die Spezialoptik eine Auflösung von weniger als zehn Metern. Bei diesem Wert hätte Lyle Connery einzelne Pflanzen erkennen können, ja sogar einzelne Grashalme. Aber es existierte nicht einmal ein einziger Grashalm, der hätte registriert werden können. Das Land unter ihm verlief in sanften Wellen von Nord nach Süd, in einer Abfolge von flachen Hügeln und Tälern mit einem Durchmesser von jeweils fünf bis sechs Kilometern. Eine Vielzahl von Erosionsrinnen zeigte, wo schwerer Regen abgeflossen war, aber es gab keine Anzeichen von Vegetation. Connery erkannte Staubwirbel entlang der öden, ausgetrockneten Flußbetten, die über den rissigen roten Boden fegten; ansonsten bewegte sich nichts, sein Auge registrierte kein Indiz von Leben.

Lyle Connery seufzte und forderte eine Spektralanalyse an. Als sie auf dem Bildschirm erschien, zuckte er die Achseln und nahm den Helm ab. »Wir befinden uns direkt über der Notzone. Keine Menschen, überhaupt kein Leben. Nicht einmal Bakterien.«

Er stellte das Instrument so ein, daß es eine automatische Hochauflösungs-Abtastung des gesamten Sektors und einen simultanen Abgleich mit den Bibliothekssignaturen durchführte; dann versuchte er, sich zu Lucia Asparian umzudrehen. Sie war schon eine große Frau, aber er war ein veritabler Riese, und beide hatten sie sich in die kleine Bugkabine gezwängt, die eigentlich nur für eine Person gedacht war. Ihre Besprechung fand in klaustrophobischer Enge statt.

»Ist das immer das gleiche Bild?« Connery deutete auf den Bildschirm, auf dem ständig eine niedrigauflösende Sicherungskopie des Abtastvorganges abgebildet wurde.

»Bisher schon. Ich beobachte die Gegend bereits seit Stunden. Nichts anderes als das, was du auch gesehen hast. Totes Gestein. Keine Vegetation. Sandstein und Tonerden. Keine organischen Komponenten, und keine Spur von Mutterboden.«

»Dann stimmt die Peilung vielleicht nicht.« Connery kratzte sich am Kopf und griff geistesabwesend nach der Thermoskanne mit Cola-Tee.

Beiläufig schlug sie seine Hand weg. »Das ist unmöglich, Lyle. Ich habe die Referenz-Karten eingegeben, und der gesamte Bestand der Datenbank stimmt mit unseren Beobachtungen überein. Wir befinden uns genau dort, wo wir sein sollen. Die einzige Frage ist nur, *warum* wir hier sind.«

»Dann sollten wir zurückrufen und bei Daddy-O Details anfordern.« Connery wollte schon Hand an die Konsole legen, als die Kabine von einem hellen Läuten durchdrungen wurde. Beide sahen sie auf den Monitor. Die automatische Abtastung des Geländes war abgeschlossen, und nun fixierte die Optik den Nadir.

»Hat sich etwas verändert?« Lucia Asparian klang verwirrt. »Nein, nichts.«

»Ich sehe auch nichts. Aber das ist ja auch nur ein Monitor mit niedriger Auflösung. Wirf mal einen Blick auf…«

Sie hatte bereits reagiert. Sie stellte die Optik auf hohe Auflösung um und führte Beobachtungen durch.

»Da *ist* etwas«, sagte sie unvermittelt. »Jetzt ist mir auch klar, warum wir es nicht gesehen haben, bis wir direkt über ihm standen. Es ist ein Miniatur-Tal. Mit Steilhängen – und tief eingeschnitten –, aber der Talkessel ist mit Mutterboden bedeckt… und mit Vegetation! Es ist aber wirklich nur winzig. Es kann unmöglich einen *Hive* aufnehmen. Das ganze Tal ist nicht einmal hundert Meter lang und dreißig breit.«

Connerys Schläfrigkeit war jetzt verflogen, und mit einemmal fühlte er sich dynamisch und gut gelaunt. »Uns wurde ja von vornherein gesagt, nicht mit einem *Hive* zu rechnen.« Noch während er sprach, griff er nach den Kontrollen, um die Stärke des das Schiff umgebenden Ionenschirms zu reduzieren. Der Radius des Prallfeldes verringerte sich, und das Raumboot ging in einen spiralförmigen Sinkflug mit Kurs auf das kleine Tal im Zentrum des Blickfelds.

»Daß es hier überhaupt Vegetation gibt, ist schon eine Überraschung«, fuhr er fort. »Deshalb wäre es wohl zu utopisch, auf die Existenz von Menschen zu hoffen, denn wir sind weit entfernt von… Heiliges Kanonenrohr! Position halten!«

Die letzten Worte kulminierten in einem Schrei der Überraschung und dem Schrillen des Alarms. Der Bildschirm zeigte, wie sich in dem kleinen Tal unter ihnen eine schwarze Rauchwolke ausbreitete, gefolgt vom gleißenden orangeweißen Feuerstrahl einer Rakete, die in einer erratischen Flugbahn auf das Schiff zuhielt. Connery desaktivierte den Ionenschirm, um das Schiff in den freien Fall übergehen zu lassen, fuhr das Triebwerk auf maximale Leistung hoch und leitete einen spiralförmigen Sinkflug ein. Ein Ruck fuhr durch das Händler-Schiff, und es fiel wie ein Vogel mit gestutzten Schwingen in die Tiefe.

Die Rakete schwenkte auf ihre Flugbahn ein.

»Festbrennstoff – zwar antiquiert, aber nicht unbedingt primitiv – verfügt über Zielerfassungssensoren!« Lyle Connery hatte die Beine unter die Konsole geklemmt und schickte sich an, die Bordwaffen zu aktivieren, während Lucia Asparian heftig gegen das Schott geschleudert wurde. Sie versuchte, sich aufrecht hinzusetzen.

»Infrarot-Sucher?«

»Weiß nicht.« Connery hieb auf eine Schalttafel. »Müssen sie zerstören, auch wenn sie ein Uralt-Modell ist – ein Treffer würde uns erledigen, selbst wenn der Sprengkopf inaktiv ist.«

Das Händler-Schiff emittierte den Strahlungspuls, noch bevor er den Satz beendet hatte. Die anfliegende Rakete wies keine Anzeichen äußerer Beschädigung auf, aber sie drehte scharf in nördlicher Richtung ab, wobei sie ständig die Flughöhe änderte. Ihre Steuerelektronik war deaktiviert worden. Durch das Kabinenfenster verfolgte Lucia den Kurs der Rakete, bis sie auf dem Boden aufschlug, und ließ sich dann wieder auf den Sitz fallen.

Sie rieb sich die Stelle am Kopf, die mit der Kabinenwand in Berührung gekommen war. »Soviel zu unserer Kenntnis der Lage in diesem Sektor. Sollen wir landen?«

»Wir müssen. Jetzt wissen wir nämlich, daß es etwas Interessantes auf der Erde gibt.«

»Keine Heldentaten!«

»Keine Sorge. Das habe ich mir schon während meiner ersten Mission aus dem Kopf geschlagen.« Connery brachte das Schiff in eine flache Abwärtskurve, wobei er sich voll auf das kleine Tal konzentrierte. Lucia Asparian stülpte sich erneut den Helm über und schaltete auf maximale Ausschnittsvergrößerung.

»Getreide«, sagte sie. »Jetzt erkenne ich es. An der ganzen Westseite. Ziemlich kärglicher Wuchs, aber der Mutterboden muß hier ziemlich dick sein, bei relativ geringer Radioaktivität. Ich sehe auch die Startrampe, die neben einem Loch an der anderen Seite des Tals steht. Wirkt absolut veraltet, sogar noch älter als Daddy-O. Die Unterkünfte müssen sich in diesem Loch befinden. Gleich daneben eine Zisterne, um das abfließende Regenwasser zu sammeln. Ist anscheinend ziemlich gut gefüllt; dient sowohl zur Bewässerung als auch als Trinkwasser. Keine Spur von einer zweiten Rakete. Es dürfte jetzt keine Gefahr mehr für uns bestehen.«

»Dein Wort in Gottes Ohr.«

»Hat den Anschein, als ob sie Yankee-Roggen und Mais anbauen.« Lucia Asparian erübrigte einige Sekunden, um das Getreidefeld einer gründlicheren Inspektion zu unterziehen. »Delaunay-Varianten. Das ist Yankee-Technologie. Frage mich nur, woher sie das Saatgut haben.«

»Behalte die Abschußrampe im Blick«, grunzte Connery. »Auf landwirtschaftliche Vorträge kann ich zur Not verzichten.«

Mit abnehmender Flughöhe entfernten sie sich zunehmend vom Tal, wodurch das Risiko des Treffers durch eine Boden-Luft-Rakete abnahm. »Wir werden ein paar Kilometer entfernt landen«, sagte Connery. »Dann pirschen wir uns langsam ran.«

»Glaubst du, daß sie ein Boden-Boden-Verteidigungssystem haben?«

»Bei einem so kleinen Territorium wäre das ziemlich sinnlos. Aber ich hätte von vornherein keine Abwehreinrichtungen erwartet, so daß ich mich vielleicht doch auf weitere Überraschungen einstellen sollte. Wir operieren am besten aus der Deckung heraus.«

Das Händler-Aufklärungsschiff landete auf einer rotgrauen, schiefen Ebene aus nacktem Fels. Connery und Asparian stiegen in Kevlar-14-Schutzanzüge mit integriertem Helm, ließen das Luk auffahren und traten vorsichtig auf den geröllübersäten Abhang. Aus dieser Position war das Tal nicht zu sehen. An diesem Umstand änderte sich auch nichts, bis sie sich der Abbruchkante des Talkessels genähert hatten.

»Wir stehen direkt über dem Feld,. und dennoch könnte man es von hier aus nicht sehen«, bemerkte Lucia Asparian leise. »Guter Mutterboden, keine *Hives* in der Nähe, unsichtbar in einer Tiefe von anderthalb Kilometern, auch aus der Luft fast nicht zu entdecken – ein hervorragender Ort für ein Versteck.«

»Aber *wer* versteckt sich hier? Und warum?« Trotz seiner Masse bewegte Connery sich leichtfüßig den steilen Abhang ins Tal hinunter und lief zur schmalen Nordseite hinüber. Jetzt konnten sie die ganze Szenerie vollständig überblicken. Nirgendwo Anzeichen von Leben. Grüner Mais, über einen Meter hoch, wogte sanft in der südlichen Brise, und die Temperatur lag deutlich höher als oben. Lyle Connery schwitzte stark in seinem Schutzanzug.

»Es gibt hier keinerlei Möglichkeiten, sich zu verstecken«, stellte Lucia fest, »es sei denn, man verkriecht sich unter der Erde oder mitten im Feld. Ich sehe aber keine Spuren, die darauf hinweisen würden. Und sie können auch nicht verschwunden sein, ohne daß wir sie gesehen hätten.« Sie wies auf die dunkle Öffnung, die im östlichen Steilhang des Talkessels klaffte. »Sie müssen dort drin sein.«

»Dann gib mir Deckung.« Lyle Connery schlich sich hinunter in die Talsohle und näherte sich dem Stollen. Er musterte ihn unbehaglich. Der Eingang war niedrig und schmal, mit einer Seitenlänge von etwa einem Meter, und er befand sich zudem noch einen Meter über der glatten Oberfläche des Talbodens.

»Ich bin mir nicht sicher, ob ich da durchpasse«, sagte er nach kurzer Überlegung. »Allein der Anblick verursacht mir schon Klaustrophobie. Dieser Zugang ist für *Hivers* gedacht, soviel steht fest.« Er trat ein paar Schritte an die Öffnung heran und leuchtete sie mit einer Taschenlampe aus. »Durch eine Tür versperrt, wie es auch zu erwarten war. Nachts muß es hier ziemlich kalt werden. Sieht wie Vorkriegs-Kunststoff aus, aber genau kann ich es nicht sagen. Nun, wo wir schon so weit gekommen sind, sollten wir auch dranbleiben. Bleib, wo du bist – ich geh rein.«

Er hatte den Satz noch nicht beendet, als er sich schon in Bewegung setzte, den Vorsprung erklomm und dann in die Hocke ging, um sich durch die enge Offnung zu schieben. Lucia sah, wie er die Hand ausstreckte und die Tür öffnete. Plötzlich vernahm sie einen Schreckensruf. Lyle Connery befand sich inmitten eines Blizzards aus schwarzen Schneeflocken, die um ihn herumstoben. Sie brachte die Waffe in Anschlag, fand aber kein anderes Ziel als Connery selbst.

»Lyle! Was ist da los?«

»Ich bin in Ordnung.« Ein Keuchen ertönte, dann ein zittriges Lachen. »Aber ich könnte wetten, daß ich eben graue Haare bekommen habe. Sie kamen aus heiterem Himmel über mich. Es waren *Hornissen* – ein ganzes Nest! Die Tür war mit einer Falle gekoppelt, und als ich sie öffnete, bekam ich die ganze Ladung auf den Kopf. Wenn ich nicht den Schutzanzug und den Helm getragen hätte… Hölle und Verdammnis!« Unvermittelt schlug er sich auf den Hals und hüpfte dann vor der Tür herum. »Eine hat mich gestochen – muß zwischen Kragen und Helm hindurchgeflogen sein.«

»Nicht bewegen.« Lucia hob die Waffe und überschüttete Connery mit einem niedrig dosierten Thermo-Impuls. Für einige Sekunden ertönte ein lautes, zorniges Brummen, und dann stieg der ganze Schwarm in die Luft und flog summend zum Südende des Tals davon. »Jetzt hör mit dem Tanz auf und geh rein, bevor sie zurückkommen.«

Connery grunzte, stieß einen Fluch aus und quetschte sich durch die enge Tür.

»Bin jetzt in einem niedrigen Tunnel, der sich über ein paar Meter hinzieht«, meldete er nach einigen Sekunden. Seine über Funk übermittelte Stimme war atemlos. »Erweitert sich jetzt. Felswände, Stroh auf dem Boden – muß sich um ein Bett handeln. Eingetrocknete Lebensmittel liegen herum – sehen verfault aus; ich möchte sie um nichts in der Welt berühren. Keine Anzeichen einer Feuerstelle, müssen wohl draußen kochen. Eine Garnitur scharfer Messer hängt an der Wand und ein rechteckiger Sprengkopf für diese Boden-Luft-Raketen. Und irgendwo muß sich auch …« Eine lange Pause. »Aber da ist nichts. Es scheint keinen anderen Weg nach draußen zu geben.«

»Vielleicht verborgen? Halte Ausschau nach einem getarnten Tunnel.«

»Lucia, dafür ist hier einfach zuwenig Platz. Komm rein und überzeuge dich selbst.«

Geschwind überflog Lucia das stille Tal. Nichts regte sich. Schließlich rannte sie los und zwängte sich durch die kleine Tür.

Der Raum war nicht größer als neun Quadratmeter, und die Decke war so niedrig, daß sie nicht aufrecht stehen konnte. Sie schaute sich aufmerksam um und ging dann weiter, wobei sie den Strohhaufen zur Seite schob. Hinter ihr befand sich nur die blanke Felswand. Kleine

Belüftungslöcher mit einem Durchmesser von höchstens acht Zentimetern waren in die vordere Wand gebohrt worden. Sie ging zu dieser Wand hinüber, schaute hindurch und stellte fest, daß sie auf den Talboden blickte.

Dann wechselte sie zu einem anderen Loch und schaute kurz hindurch. »Das ist genau die Sorte von Dreckloch, das den *Hivers* zusagt. Der Boden ist schräg, so daß sie nicht hinausgeschwemmt werden können, und die Belüftungslöcher verlaufen nach unten. Also *muß* es sich um *Hivers* handeln – aber wo sind sie?«

Connery zuckte die Achseln und verließ die Kammer wieder. Sie standen einige Minuten lang da und schauten sich um.

»Du bleibst hier und gibst mir Deckung«, sagte Lucia dann. »Keine Widerrede. Ich weiß wohl, daß ich Übergewicht habe, aber trotzdem gebe ich immer noch ein kleineres Ziel ab als du. Wenn du mir etwas mitzuteilen hast, dann über Funk – und im Flüsterton.« Sie lief los und setzte sich auf der Talsohle von ihm ab.

Der Hornissenstich schmerzte unerträglich. Connery streifte die Schutzhandschuhe ab und kratzte sich heftig am geschwollenen Hals. Schweigend sah er zu, wie Lucia das Tal auf ganzer Länge durchmaß und sich alle paar Schritte umblickte. Schließlich machte sie kehrt und ging auf ihrer eigenen Spur zurück.

»Nichts?« fragte Connery.

»Nichts.« Nach wenigen Augenblicken ging sie zu der kleinen Zisterne hinüber und musterte sie. Das Auffangbecken war in die Steilwand hineingebaut und erhob sich mit seiner aus Lehm und Steinen bestehenden Einfassung hüfthoch über die Talsohle. Langsam schritt sie die halbkreisförmige Zisterne ab und inspizierte die Basis.

»Das ist es«, sagte sie dann. »Du hast schon mehr *Hiver*-Siedlungen gesehen als ich. Wie viele verfügen über solche Zisternen für Regenwasser?«

»Gar keine. Jeder *Hiver*, dem ich bisher begegnet bin, hatte Angst, daß seine unterirdische Behausung vom Regen geflutet würde. Deshalb haben die *Hivers* auch diese charakteristische Architektur, um das auszuschließen. Verdammt, die meisten von ihnen hassen Wasser so sehr, daß sie sich nicht mal waschen.«

»Richtig. Also wäre dies hier das letzte, was ein *Hiver* jemals tun würde.« Mit diesen Worten beugte Lucia sich zum Fuß der Einfassung hinunter und zog einen Steinquader aus der Basis.

»Du wirst das ganze Ding noch trockenlegen, wenn du nicht aufpaßt«, hob Connery an; aber während er noch sprach, löste der große Stein sich bereits und zeigte, daß er gleichsam nur ein Furnier aus einer dünnen Felsplatte war. Lucia ging in die Hocke und inspizierte das hinter der Öffnung befindliche dunkle Loch. Sie befand sich noch immer in dieser Position, als eine kleine lehmverschmierte Gestalt heraussprang, zwischen ihren Beinen hindurchschlüpfte und wie ein Wahnsinniger um die Zisterne herumrannte.

»Pack ihn!«

Es war ein knochiger nackter Junge, der sich mit der Gewandtheit eines aufgescheuchten Vogels bewegte. Connery reagierte auf Lucias Zuruf. Er machte einen Hechtsprung und packte die flüchtende Gestalt, als sie versuchte, einen Haken an ihm vorbei zu schlagen.

»Ich habe ihn. Autsch!« Connery lockerte den Griff, der Junge riß sich los und flüchtete erneut. Connery fuchtelte heftig mit der Hand. »Der kleine Scheißer hat mich in den Daumen gebissen. Komm, schnappen wir ihn uns!«

Der Junge hielt direkt auf die Steilwand des Talkessels zu. Er bewältigte den Aufstieg mit der doppelten Geschwindigkeit, zu der Connery imstande war; als er sich jedoch auf einem höhergelegenen, flacheren Abschnitt befand, hatte er keine Chance mehr. Connerys lange Beine fraßen den Boden förmlich, und nach fünfzig Schritten hatte er ihn eingeholt. Eine kurze Rangelei, dann hob Connery den Jungen in die Luft und hielt ihn fest, wobei er ihn mit einer Hand am Hals packte und mit der anderen die Arme zusammenhielt.

Der Gefangene wehrte sich verzweifelt. Als Lucia Asparian zu ihnen aufschloß, sah sie in ein bläulich angelaufenes, halb ersticktes Gesicht mit einem Paar ängstlicher und zorniger Augen. Einige Augenblicke betrachtete sie den Jungen stumm und schüttelte dann den Kopf.

»War er der einzige dort drin?« fragte Connery.

Sie nickte. »Ja. Ich habe gründlich nachgesehen. Ich weiß nicht genau, was wir als nächstes tun sollen, aber ich glaube, daß wir wieder zum Schiff zurückgehen können. Daddy-O hat uns mit der Suche nach Anomalien beauftragt. Ich schätze, wir haben eine gefunden.«

KAPITEL 2

Der Junge war für sein Alter zu klein, ausgemergelt und wild, mit schulterlangem schwarzem Haar, das über den Ohren und der Stirn gestutzt war. Sein Alter mochte irgendwo zwischen zehn und sechzehn Jahren liegen. Connery wartete ab, musterte den verletzten Daumen und blickte den Jungen düster an, während Lucia einen vorsichtigen Streifzug durch das Getreidefeld unternahm.

Sie ließ sich Zeit und suchte das Feld systematisch ab. Eine gründliche Inspektion des Tals erbrachte keinen Hinweis auf die Anwesenheit weiterer Menschen. Mit einem Auge behielt Connery die Frau im Auge, mit dem anderen den Jungen. All seine Versuche, etwas aus ihm herauszubekommen, blieben erfolglos. Schließlich stellte er seine Bemühungen ein.

Lucia Asparian schloß wieder zu Connery auf, und sie begaben sich auf den Rückweg zum Raumschiff. »Glaubst du denn, er versteht überhaupt etwas von dem, was du zu ihm sagst?« fragte Lucia. Sie hatte vom weniger verbreiteten *Hiver*-Dialekt zum Standard-Idiom der Händler gewechselt.

Connery hielt den Jungen noch immer in einem festen Griff. Die Bißwunde am Daumen blutete nun nicht mehr, aber er wollte keine weitere Attacke riskieren. Er schaute in das wütende Gesicht und auf den knochigen Brustkorb seines Gefangenen. »Ich weiß nicht. Wäre auch möglich, daß er sich nur dumm stellt und auf die nächste Gelegenheit zum Abhauen wartet. Oder vielleicht ist er wirklich ein verwildertes Kind, das nie sprechen gelernt hat; aber wenn das der Fall sein sollte, wie, zum Teufel, hat er es dann geschafft, die Rakete zu starten? Hier ...« Connery verstärkte den Griff, aber in seiner Stimme schwang nun ein erster Unterton von Sympathie mit. Als sie den Hang erklommen hatten und das Schiff ins Blickfeld rückte, stöhnte der Junge entsetzt auf und versuchte sich loszureißen. »Keine Panik, junger Mann, wir fressen dich schon nicht.«

Er mußte den Jungen die restliche Strecke zum Schiff hinter sich herschleifen und hob ihn dann in die Kabine. Er schnitt eine Grimasse, als er den dunklen Schopf des Burschen näher betrachtete. Er wimmelte vor Läusen, die über das schlammbespritzte und verfilzte Haar krabbelten.

»Lucia, geh mir mal zur Hand. In diesem Zustand können wir ihn nicht befragen. Er muß gesäubert und neu eingekleidet werden – und ich schätze, daß er ein ordentliches Essen vertragen könnte. Ich werde ihn in die Wanne werfen, aber er wird sich wahrscheinlich davor fürchten und sich wie ein Besessener wehren. Ich glaube, wir sollten ihn gleich jetzt ruhigstellen.«

»Einverstanden. Und wenn er aufwacht, werden wir vielleicht etwas mehr aus ihm herausbekommen.« Lucia stieg vor Connery in das Schiff. Während der Junge hereingehievt wurde, behandelte sie ihn mit einer Dosis schmerzlosen Betäubungssprays. Er kam gar nicht mehr dazu, sich zu sträuben. Binnen weniger Sekunden lag er bewußtlos auf dem Kabinenboden. Während Connery ihren Fund in der automatischen Hygieneeinheit festband, aktivierte Lucia das bordeigene Befragungssystem.

Die Hygieneeinheit schaltete sich nach zwei Minuten wieder ab und brachte einen frisch gewaschenen und von Kopf bis Fuß desinfizierten Jungen zum Vorschein. Seine dürren Glieder wiesen die Wunden und Geschwüre gravierender Unterernährung auf.

Lucia war bereit für ihn. Sie hob den bewußtlosen Körper auf, wickelte ihn in ein warmes Handtuch und legte ihn vorsichtig in eine Koje. Während sie ihn angurtete und die Elektroden sowie den Helm anlegte, die eine Drei-Wege-Verbindung mit Daddy-O herstellten, saß Connery stirnrunzelnd auf der anderen Koje.

»Wir sind startbereit«, sagte er, »aber was sollen wir mit *ihm* machen? Wir können ihn doch unter diesen Umständen nicht wieder ins Tal zurückbringen. Du hast die Lebensmittelvorräte gesehen – er muß an der Grenze zum Hungertod dahinvegetiert haben. Könnten wir ihn vielleicht in einem der *Hives* absetzen?«

»Wenn wir erfahren, wo er ursprünglich herkommt. Möglicherweise wurde er ausgesetzt, oder vielleicht melden seine Leute sich demnächst wieder im Tal zurück. Er wird in wenigen Minuten aufwachen. Ich werde schauen, was sich machen läßt. Warum bereitest du nicht eine Mahlzeit, während ich mich um ihn kümmere? Ich glaube, vor dir fürchtet er sich mehr.«

Sie verharrte still an der Seite des Jungen. Als er die Augen aufgeschlagen hatte, verkrampfte er sich und zerrte an den Gurten. Lucia Asparian lächelte ihn an und sagte mit sanfter Stimme im regionalen *Hiver*-Dialekt: »Du brauchst keine Angst zu haben, wir wollen dir nichts tun. Wie heißt du denn?«

Er schaute ängstlich drein, verdrehte die Augen, um dem Verlauf der an den Schläfen und dem Hals befestigten Elektroden zu folgen und knirschte dabei mit den Zähnen.

Die im Norden der Azoren installierten Recherche-Prozessoren ermittelten das Gehirnwellenmuster des Gefangenen sowie die subvokalisierten Worte und leiteten die lokalen Eingaben an Lucia Asparian weiter. *»Sein Name ist Mikal«*, meldete die Stimme im Kopfhörer. Es erfolgte eine Verzögerung von einem Sekundenbruchteil, als die Daten über die chipponesische Satellitenbrücke transferiert wurden, und dann fügte Daddy-O hinzu: *»Ein hoher Angstpegel, der nicht nur mit Umwelteinflüssen erklärt werden kann. Ich vermute, daß er durch di-*

rekten Input beeinflußt wird. Er versteht Hiver, und es wäre besser, wenn wir uns auch in diesem Idiom mit ihm verständigen. Aber ich werde seinen visuellen und emotionalen Code anzapfen, so daß ihr seine Reaktionen ermitteln könnt. Er wird von diesem Vorgang nichts mitbekommen.«

Lucia nickte. »Mikal«, sagte sie, woraufhin die Augen des Jungen aus den Höhlen traten. »Mikal, hast du noch einen anderen Namen?«

Für einen Moment biß er die Zähne noch fester zusammen, und dann schüttelte er unmerklich den Kopf.

»Er weiß nicht, ob er noch einen anderen Namen hat«, sagte Daddy-O. *»Wenn er jemals in den Hives gelebt hatte, hat er sie vor der Pubertät verlassen. In diesem Alter werden nämlich die Kasten-Namen vergeben. Deine Frage hat kein signifikantes visuelles Assoziations-Signal ausgelöst.«*

Erneut versuchte Lucia, das Alter des in der Koje liegenden Jungen zu bestimmen. Sicher nicht jünger als zehn, und wahrscheinlich nicht älter als fünfzehn. »Du lebst dort unten im Tal«, sagte sie. »Lebst du mit anderen Menschen zusammen?«

Ein weiteres unmerkliches Kopfschütteln.

»Sie leben nicht mehr dort«, erläuterte Daddy-O. *»Einen Moment. Wir haben eine visuelle Darstellung.«*

Ein klares Bild mit den Gesichtern zweier Menschen, die über der Koje zu schweben schienen, materialisierte vor Lucia. Daddy-O hatte eine Direktschaltung über ihren Sehnerv gelegt. Die Gesichter, in die sie schaute, waren männlich. Der eine war vielleicht ein paar Jahre älter als Mikal, der andere schien ein Endzwanziger zu sein.

»Deine beiden Freunde im Tal?« fragte Lucia. »Was ist mit ihnen geschehen, Mikal? Wo sind sie jetzt? Verstecken sie sich vor uns?«

Diesmal ertönte ein ganzer Schwall von *Hiver*-Worten: »Warum stellt ihr euch dumm? Ihr habt sie mir genommen, ihr habt sie *zerstört.*« Und nach einer Sekunde wurde eine rasche Abfolge von Darstellungen eingeblendet: der Talkessel… sechs klobige Gestalten mit grotesk vergrößerten, quaderförmigen Köpfen, die den steilen Abhang herunterhasteten… mit Handwaffen im Anschlag. Als sie näherkamen, sah Lucia, daß sie *Hive*-Schutzanzüge trugen. Die ›Köpfe‹ waren geriffelte, gepolsterte Helme, die Löcher für Augen und Mund aufwiesen. Am Ende der Vorführung wurden Mikals Kameraden ergriffen und zu Boden geworfen.

»Sie haben sie zerstört.« Ein Schauder fuhr durch Mikal, und er schloß die Augen.

»Möglich, aber dennoch unwahrscheinlich.« Die elektronische Stimme von Daddy-O klang so ruhig wie immer in ihren Ohren. *»Ihr kennt die Gebräuche der größeren Hives.«*

Lucia streckte den Arm aus und nahm ihren Schützling an der Hand. »Mikal, wir sind keine *Hivers*. Mach die Augen auf und sieh mich gründlich an, und entscheide dich dann. Hast du jemals *Hive*-Krieger gesehen, die so aussehen wie wir?«

Die dunklen Augen öffneten sich. Er musterte Lucia intensiv, und die ihm ins Gesicht geschriebene Furcht schwächte sich etwas ab. »Nein.« Er klang konsterniert. »Frauen können keine Krieger sein, und der Mann in deiner Gesellschaft sieht auch nicht wie ein Krieger aus. Aber ihr habt eine Maschine, die durch die Lüfte fliegt – genau wie diejenige, welche Gregor und Pallast entführt hat.«

»Es gibt viele Maschinen wie die unsere, Mikal, an vielen Orten. Wir kommen von sehr weit her, von jenseits der *Hives*.« Die in ihm stattfindende Veränderung gefiel ihr. Zumindest artikulierte er sich jetzt rational. »Aber wie bist du denn der Gefangenschaft entkommen?«

»Sie hatten mich zunächst überhaupt nicht gesehen. Ich war am anderen Ende des Tals. Ich habe mich flach auf den Boden gelegt und im Kornfeld versteckt, bis alles vorbei war.« Sein Ton verriet bittere Selbstanklage. »Ich hatte Angst – zu viel Angst, um zu helfen.«

Daddy-O präsentierte eine andere Darstellung: zwei sich wehrende Gestalten, die niedergeschlagen und den Hang hinaufgezerrt wurden. Der Vorgang war nicht klar zu erkennen, weil die Sicht von hohem, reifem Getreide behindert wurde.

»Ein ganzes Jahr, und sie sind nicht zurückgekehrt«, fuhr Mikal fort. »Ich schäme mich.« Er drehte den Kopf zur Seite und vermied es, sie anzuschauen. Es trat ein langes Schweigen ein, während Lucia auf visuelle Signale von Daddy-O wartete, die nicht kamen.

»Sie sind nicht zurückgekommen«, lieferte sie ihm schließlich eine Vorlage. »Aber wie kannst du dann wissen, daß deine Freunde zerstört wurden? Die Leute, die hierher kamen, waren Krieger aus einem südlichen *Hive* – und die töten keine Gefangenen.«

»Nicht getötet. Das meine ich nicht. Zerstört. Das war schon vorgesehen für Gregor und mich, wenn wir noch einen Monat geblieben wären. Als Königliche Lieferanten für den *Hive*-Lord zu dienen und seine Unsterblichkeit zu sichern. Sie wollten ...«

Diesmal konfigurierten die Bilder von Daddy-O sich zu einer langen, kaleidoskopartigen Sequenz, eine Abfolge, die durch Zeit und Raum flackerte, aber immer wieder auf einen einzigen, unerträglichen Augenblick rekurrierte.

Lucia blickte ins Innere eines *Hive*.

... enge Kammern und Korridore, kaum hoch genug, um darin zu stehen, tief in roten Sandstein gegraben ... die Zentralkammer, erhellt von grün fluoreszierendem Licht, eine Gruppe Frauen, die in die Kutten von Hive-Lord-Dienern gewandet sind. An den Wänden aufgereiht rostige, antike Waffen, die Panzerabwehrkanonen, Hochleistungslaser und Flammenwerfer. Ihnen gegenüber saßen die Hoflieferanten, groß, glatthäutig, lächelnd.

»... eine große Ehre, Gregor. Du und Mikal, ihr seid in die Dienste des Königs berufen worden ...«

... rot glühende Lampen, rot flackernde Fackeln, der lange

Holztisch in der Zentralkammer, der rituelle goldene Dolch, zum Zustoßen bereit …

… die beiden Kameraden an seiner Seite, beladen mit soviel Lebensmitteln und Wasser, wie sie schleppen konnten, schlichen sich aus dem am wenigsten frequentierten Ausgang des *Hive* und schlugen unter dem offenen Nachthimmel eine nördliche Richtung ein, rannten ohne Pause, bedeckten sich in der Dämmerung mit rotgrauen Kieselsteinen und verharrten den ganzen Tag in der trockenen Schlucht …

… das Messer war mit einem Wetzstein geschliffen worden. Es durfte nie mit unedlen Metallen in Berührung kommen.

Der Anführer der Krieger beugte sich tief über den auf dem Tisch festgegurteten Jungen, bis die Augen sichtbar wurden, unter den Lidern glitzerten, das rote Licht der Fackeln reflektierten …

»… ein Leben, ganz dem Dienst am Großen König gewidmet, der Körper des neuen Lieferanten muß präpariert werden …«

Die Hoflieferanten saßen aufgereiht in ihren endlosen Träumen, fahl und reglos. Sie wurden künstlich ernährt, synthetisches Strine mit Löffeln in Münder mit vollen, roten Lippen abgefüllt, die winzig in aufgeschwemmten Gesichtern standen. Die Münder lächelten und lächelten.

… das Messer senkte sich langsam, die Dienerinnen standen daneben.

… die drei torkelten weiter, mit fast erschöpften Wasservorräten, der Proviant wurde knapp, sehnsüchtige Blicke auf das wertvolle Saatgut. Sie kamen an hundert alten Siedlungen vorbei, Häuserruinen, aus denen Plünderer alles Glas, Holz und Metall entfernt hatten; Unkraut wucherte in den alten Straßen, zerstörte und nutzlose Raketenstellungen. Weiter … auf der Suche nach dem verborgenen Ort, dem legendären Land des Überflusses, das sich jenseits des letzten *Hive* befand, wobei Position und Entfernung noch nicht einmal dem *Hive*-

Lord bekannt waren … immer wieder mit staubgepeinigten Augen vergeblich den nördlichen Horizont absuchend …

Ein Regenschauer, unverhofft und lebensrettend, erzeugte Sturzbäche, die gefährlich durch die kiesbedeckten Hohlwege rauschten. Sie tranken, bis nichts mehr in die Bäuche hineinging, füllten die Feldflaschen und marschierten weiter, wobei sie sich am Polarstern orientierten …

»… trinke reichlich und wiederhole diese Worte …«

Die Weihung war fast vorüber; der letzte Kelch wurde an die Lippen des stumm auf dem Tisch liegenden Jungen geführt. Sein Platz unter den Lieferanten war bereits eingerichtet worden, ein neues gepolstertes Podest, um den ständig voluminöser werdenden Körper aufzunehmen, Schläuche, die Milz und Bauchspeicheldrüse anzapften und zu den pilzartigen Nährbottichen führten.

… der erste Blick in das Tal, seine üppige Vegetation, der erstaunliche Anblick der alten Startrampe, die rostig und drohend am Südende der Talsohle stand …

Das Messer fuhr mit rituellem Schwung hinab, auf den nackten Bauch des Jungen zu. Das Getränk war mit Drogen versetzt worden, aber die Dosis war nicht hoch genug. Der schwache und hohe Schrei, als das Messer in den Hodensack des Jungen fuhr und ihn kastrierte, hallte in der stillen Kammer. Die Frau beugte sich über ihn und brannte die Wunde mit rauchendem Pech aus … der Schrei wurde lauter und qualvoll. Der in Ohnmacht fallende Junge wurde an seinen Platz in der Reihe der Lieferanten gebracht …

Das war Gregor, jetzt ist er mein …

Mikal krümmte sich auf dem Tisch, und Lucia Asparian schüttelte sich. Sie riß sich die Elektroden vom Kopf und ging mit leerem Blick in die Heckkabine des Händler-Schiffs.

Die Frau war gegangen und hatte ihn allein gelassen, noch immer an die Koje gefesselt. Für kurze Zeit lag

Mikal zitternd da. Die alten Erinnerungen waren so stark; das eine Jahr hatte nicht im mindesten dazu beigetragen, sie abzuschwächen, und die Befragung durch die Frau hatte sie wieder in den Mittelpunkt seiner Gedanken gerückt. Nun wurde ihm plötzlich klar, daß Gregor und Pallast nie mehr zurückkommen würden.

Seit der Entführung seiner zwei Freunde hatte er ihr Heim im Tal behelfsmäßig in Ordnung gehalten, die verstrichene Zeit registriert, sich Hoffnungen hingegeben, im Grunde nur dahinvegetiert und auf das Eintreten eines neuen Ereignisses gewartet. Das war jetzt vorbei. Die Unterhaltung mit der großen Frau hatte ihm schließlich die Augen geöffnet: sie waren verschwunden, für immer verschwunden. Er war jetzt ganz auf sich allein gestellt.

Mikal hob mühsam den Kopf und schaute in Richtung der Heckkabine. Er hörte Stimmen, sah aber niemanden durch die schmale Tür.

Was hatten sie mit ihm vor? Sicherlich würden sie ihn zum *Hive* zurückbringen. Der Anführer der Krieger hatte ihm erklärt, daß es sein Schicksal sei, als Lieferant des *Hive*-Lord zu dienen. Erneut stellte er sich die Reihe der apathischen Hoflieferanten vor, und durch den ganzen Raum schien ein Beben und Zittern zu laufen. Er zerrte an den Gurten, die ihn an die Koje fesselten.

Diesmal ging er systematischer vor. Die Gurte waren dazu konzipiert, einen halb betäubten Menschen zu arretieren und nicht, einen schmächtigen und entschlossenen Jungen festzuhalten. Binnen weniger Sekunden hatte er eine Hand freibekommen. Dann griff er nach oben und riß die dünnen Drähte ab, die zu den Computern und den Elektroden führten. Er befreite sich von den anderen Gurten, wobei er absolut lautlos vorging. Sein Atem schien ihm schon laut genug, um die Wächter in der Nebenkabine zu alarmieren.

Mikal kletterte aus der Koje und stand für einen Moment auf dem schwankenden Kabinenboden. Er roch an der Hand und am Unterarm. Das verursachte ihm Unbehagen. Anstelle seines eigenen angenehmen und vertrauten Körpergeruchs verströmte er nun einen blumigen Moschusduft, wie das Parfum einer Dienerin des *Hive*-Lords. Jetzt erinnerte er sich, daß der Mann, der ihn gefangengenommen, und die große Frau, die mit ihm gesprochen hatte, genauso gerochen hatten.

Er huschte zur Kabinentür hinüber. Wenn er sie leise öffnete und ein Versteck fand, bevor sie sein Verschwinden bemerkten ...

Er legte die Hand auf die Tür und hielt inne. Er schaute aus dem Fenster und begriff nun, weshalb die Kabine sich scheinbar geschüttelt hatte. Das Schiff hatte sich hoch in die Luft erhoben. Als er hinabschaute, konnte er das ganze sich unter ihm erstreckende Tal überblicken, als ob er auf dem Gipfel eines unglaublich hohen und steilen Berges stünde. Es war nichts außer Luft unter ihnen, in einer Höhe von vielen hundert Metern.

Mikal zog sich vom Fenster zurück, wobei er sich des endlosen Abgrundes direkt unter seinen bloßen Füßen bewußt war. Am Rande der Panik erinnerte er sich an Pallasts Lektion, die er ihm bei der Durchquerung der Wüste eingetrichtert hatte. *Wenn du dich in Schwierigkeiten befindest, wird blinde Furcht dich niemals retten. Du mußt nachdenken und Gebrauch von jedem Werkzeug machen, über das du verfügst.*

Das logische Denkvermögen stellte sich wieder ein. Der Mann und die Frau waren noch immer dort drinnen; er hörte ihre Stimmen. Sie würden sich nicht in Gefahr begeben. Dies war eine vollautomatische Flugmaschine, die sie nach Belieben steigen oder sinken lassen konnten. Er befand sich nicht in unmittelbarer Gefahr.

Aber wie konnte er fliehen, wenn sie sich hoch in die Luft erhoben?

Erneut gab die Logik ihm die Antwort: er konnte

nicht fliehen, nicht, bevor sie wieder auf die Erde zurückgekehrt waren. Was konnte er also sonst tun?

Mikal setzte sich auf die Koje. Die Frau hatte gesagt, sie seien keine *Hivers*. Er glaubte ihr. Sie sahen nicht wie *Hivers* aus, und zudem hatte er noch nie eine so große *Hiver*-Frau gesehen. Aber das hieß noch längst nicht, daß er nicht in bösen Schwierigkeiten steckte. Er bedeckte die Augen mit Händen, die sich seltsam weich und glatt anfühlten.

Was konnte er tun?

Zuhören; beobachten; abwarten. Das konnte er tun, und das war auch schon alles, was ihm bis zur Landung übrigblieb. Sehr gut. Mikal unterdrückte das flaue Gefühl im Magen, erhob sich und schlich zur Heckkabine.

Sie unterhielten sich noch immer. Vielleicht gab es doch noch etwas, das er tun konnte. Er wußte nicht, warum, aber er hatte keine Angst vor der großen Frau. Sie sprach *Hiver*-Dialekt, und ihre Stimme war warm und sanft gewesen. Er würde ihren Anweisungen folgen und versuchen, sich mit ihr anzufreunden. Wenn er nur den Mann nicht gebissen hätte! Aber nun war es zu spät, um daran noch etwas zu ändern.

Mikal ging an der Tür in die Hocke und spähte in die andere Kabine.

Lyle Connery war mit der Zubereitung eines Mahls beschäftigt, aber er stand sofort auf, als er in ihr Gesicht blickte. »Lucia! Was ist geschehen – du siehst ja schrecklich aus.«

»So fühle ich mich auch.« Sie ließ sich auf einen Sitz fallen. »Lyle, geh hin und binde ihn los. Und dann laß uns von hier verschwinden.«

»Aber was ist mit ihm?«

»Er kommt mit uns. Ich werde ihn nicht hierlassen. Armer kleiner Teufel, er hat an diesem Ort ein volles Jahr überlebt, ganz allein. Jetzt hat er weder Freunde noch Hoffnung – er hat nicht einmal einen *Namen*. Wir müssen ihn mitnehmen.«

»Aber wir ...«

»Keine Widerrede.«

»Hast du das denn schon mit Daddy-O besprochen?« Connery erkannte wohl, wie wichtig ihr die Sache war, wußte aber nicht, warum. »Um Himmels willen, Lucia, er könnte gefährlich sein – wir wissen noch immer nicht, wie er es fertiggebracht hat, mit einer Hand die Rakete auf uns abzufeuern. Und wir sollen doch nach Orklan fliegen und mit den *Strines* über *Hiver*-Sekrete verhandeln! Du kennst die Regeln. Wir können dabei keinen Passagier brauchen – einen völlig Fremden, der nicht die geringste Ahnung vom Gewerbe eines Händlers hat.«

»Das ist mir egal. Wir nehmen ihn mit.« Lucia Asparian erhob sich wieder. »Du bleibst hier und bereitest das Essen zu. Ich werde selbst gehen und ihn losbinden. Und zum Teufel damit, was Daddy-O sagt. Wenn es sein muß, werde ich mich auf das Grundgesetz berufen. Wir sind Menschen und erst in zweiter Linie Händler.«

»Die Berufung auf das Grundgesetz ist nicht erforderlich.« Daddy-O hatte mit Interesse die Aktivitäten in beiden Kabinen verfolgt, insbesondere die Aktionen des Gefangenen. *»Ein Ereignis geringer Wahrscheinlichkeit ist eingetreten. Ihr habt genau das gefunden, was ich gehofft habe. Fliegt nach Orklan. Ein Händler-Schiff wird euren Gefangenen dann auf die Azoren bringen.«*

»Was wirst du mit ihm machen?« Lucia Asparian gab sich noch immer trotzig und aufmüpfig. »Es wird ihm kein Leid zugefügt, und er wird auch nicht an die *Hivers* ausgeliefert.«

»Es wird ihm nichts Schlimmeres widerfahren, als es bei dir der Fall gewesen ist, Lucia Asparian.« Die elektronische Stimme simulierte Belustigung. *»Zunächst wird er einen Namen bekommen – und ordentlich zu essen. Er hat zwanzig Kilo Untergewicht. Dann wird er Unterricht im Standard-Idiom der Händler erhalten.«*

»Und dann?«

»Kannst du dir das denn nicht denken?« Daddy-O zweigte jetzt Kapazitäten für andere Zwecke ab und stand kurz vor dem Abbruch der Verbindung. *»Sobald er sich wieder in guter Verfassung befindet, wird sein Potential getestet – als Händler-Trainee.«*

Die Soundkarte des Computers konnte prinzipiell keinen freudigen Tonfall synthetisieren, und genauso wenig war Daddy-O in der Lage, ein Gefühl der Freude zu empfinden, aber in diesen letzten Worten schwang unverkennbar Zufriedenheit mit.

Nichts im Universum versprach eine interessantere Komplexität als ein Ereignis geringer Wahrscheinlichkeit.

KAPITEL 3

In der Nacht hatte der Wind auf Südwest gedreht und feuchtes und mildes Wetter gebracht. Heftige Regenschauer wurden von starken Windböen begleitet.

Die Klassenzimmer befanden sich ziemlich weit oben an der Flanke des Pico Mountain, ein paar hundert Meter über den auf Meereshöhe gelegenen Wohnheimen und Speisesälen. Die Trainees hatten die von See kommenden Böen beobachtet und versuchten nun, den Weg vom Speisesaal zum Schulungsgebäude in einem der dazwischenliegenden Intervalle zu bewältigen. Je näher der Unterrichtsbeginn rückte, desto schlechter wurde das Wetter. Um fünf vor acht schaute eine gemischte Schar durchnäßter und trockener Trainees aus den Fenstern des Unterrichtsraums und feuerte lautstark die letzte Gruppe an, die in einem warmen Regenschauer verzweifelt bergauf hetzte.

Der letzte Ankömmling war ein großer, stämmiger Junge mit blondem Haar. Als um acht Uhr die Sirene über Pico Island ertönte, betrat er gerade den flacheren Abschnitt vor dem Gebäude. Die letzten dreißig Meter legte er im Sprint zurück und erreichte schließlich das Schulungsgebäude, wobei das Regenwasser auf seinem Gesicht perlte. Während das Geräusch der Sirene verhallte, wurde er an der Tür von zwei Kameraden erwartet.

»Wir dachten schon, du würdest es nicht mehr schaffen.« Diese Worte kamen von einer jungen blonden Frau mit rosigen Wangen und plumpen Armen und Beinen. »Komm schon, Cesar, beeil dich. Jake und ich haben dir einen Platz freigehalten.«

»Warum bist du auch so spät losgegangen?« fragte der zornig dreinblickende Junge mit dunklem Teint, der vor ihr herging. »Heute ist der wichtigste Tag – du könntest schon Punkte verlieren, bevor du überhaupt richtig angefangen hast.«

Cesar Famares hatte achthundert Meter bergauf in weniger als drei Minuten bewältigt und war zu erschöpft, um sich zu rechtfertigen. Er ließ sich an den langen Bankreihen vorbei zu seinem Platz geleiten; dann beugte er sich schwer atmend über den Tisch, wobei das Wasser von seinem Haar auf die glatte graue Tischplatte tropfte. »Ich sag's dir später, Jake«, erwiderte er schließlich. »Mein Bruder hat mir einiges erzählt. Schlechte Nachrichten.«

»Werden wir auf verschiedene Gruppen verteilt?« fragte das Mädchen.

»Nein. Noch schlimmer, Melly.«

»Ich wüßte nicht, was noch ...«

Bevor sie den Satz noch vollenden konnte, verpaßte der andere Junge ihr einen derben Knuff. »Melinda! Schsch.« Daraufhin ließ sie sich auf ihren Stuhl fallen und richtete den Blick auf die Stirnseite des Vorlesungsraums.

Ein großer, breitschultriger Mann mit dem ärmellosen Gewand eines Senior-Ausbilders hatte den Raum betreten und stand nun vor der zentralen Schalttafel. Neben ihm befand sich ein den Raum dominierender Globus. Er hatte einen Durchmesser von fast zwei Metern und rotierte langsam. Alle fünf Minuten erfolgte eine Umdrehung, wobei die Konturen der Kontinente durch Lichtpunkte markiert waren.

Die ersten paar Minuten sagte der Mann nichts. Während er den Blick über die Reihen der Trainees schweifen ließ, ebbte der Geräuschpegel im Raum allmählich ab. Er wartete, bis das Hüsteln und Füßescharren sich schließlich gelegt hatte.

»Guten Morgen«, sprach er dann. »Und willkommen

im Ausbildungslager auf den Azoren. Ihr werdet mich in den nächsten Jahren oft zu Gesicht bekommen – wenn ihr Glück habt –; also möchte ich mich vorstellen. Mein Name ist Lyle Connery. Ich werde der Leitende Ausbilder dieser Gruppe sein, bis ihr euch entweder für die Abschlußprüfung qualifiziert oder ausscheidet. Den Statistiken zufolge habt ihr eine Erfolgschance von fünfzig zu fünfzig. Ich werde mich jetzt eine Stunde lang mit euch unterhalten, und dann machen wir eine kurze Pause. In dieser Pause möchte ich, daß ihr alle euch von euren Plätzen erhebt und einen Blick auf die Seitenwände dieses Raumes werft.« Er hob einen muskulösen Arm und zeigte zur Linken und zur Rechten. »Dort hängen Portraits der erfolgreichsten Händler aller Zeiten. Und wenn die Ausbildung hart wird – und ich verspreche euch, sie wird hart werden –, möchte ich euch einen guten Rat geben. Denkt immer daran, daß jeder auf diesen Bildern, einschließlich der Meister-Händler, auch einmal dort gesessen hat, wo ihr nun sitzt. Sie verstanden auch nicht mehr vom Gewerbe eines Händlers als ihr.«

Er musterte die Reihen der vor ihm sitzenden jungen Leute und gestattete sich den Anflug eines Lächelns. »Vielleicht wußten sie sogar noch *weniger*, und vielleicht hat ihnen gerade das geholfen. Als ich vor zehn Jahren Händler-Trainee wurde, erkannte ich, daß nicht die Dinge, die ich nicht wußte, das Problem sind, sondern das Wissen über die Händler und die anderen Regionen. Ich bin sicher, daß manche von euch Geschwister und Eltern haben, die diese Ausbildung auch absolvierten.« Cesar Famares, Jake Kallario und Melinda Turak hatten den Eindruck, daß Connerys Augen sie selektierten und ausschließlich sie fixierten. »Ich bin auch sicher, sie haben euch alles mögliche erzählt, und ihr selbst habt auf dem Weg hierher alle möglichen Gerüchte aufgeschnappt. Nun, den größten Teil eures vermeintlichen Wissens werdet ihr wieder *verlernen* müssen. Zuvor stellen wir uns aber alle vor. Ihr seid vierundvierzig an der Zahl. Wenn ihr wissen wollt, wie gut ihr jetzt schon als Händler seid – heute, am Anfang der Ausbildung –, dann versucht, alle Namen zu behalten. Ich weiß, das mag unmöglich erscheinen, aber ihr müßt das können – und noch viel mehr –, bevor ihr zur Händler-Abschlußprüfung zugelassen werdet.« Er deutete mit dem Zeigefinger. »Von hinten rechts. Vor- und Zuname.«

Zunächst waren die Stimmen noch zittrig, aber dann setzte die Präsentation der Namen sich fließend durch die Bankreihen fort. Außer der Person, die gerade sprach, schwiegen alle in absoluter Konzentration. Manche machten sich Notizen, andere formten die Namen mit den Lippen nach.

»Judith Brindel.«

»Simone Agnus.«

»Brendan Lausanne.«

Schließlich war die erste Bank an der Reihe.

»Tomas Liviano.«

»Carlos Oyonarte.«

»Mikal Asparian.«

Bei diesem Namen stieß Cesar Famares ein verhaltenes Grunzen aus und knuffte Melinda Turak unter der Bank. Sie schaute ihn mit hochgezogenen Augenbrauen an. Er schüttelte den Kopf.

»Ich sag's dir später.« Er hauchte die Worte, so daß sie ihn kaum verstand. Zudem hatte Melinda den Eindruck, daß auch der Ausbilder bei der Nennung dieses Namens verstärktes Interesse gezeigt hatte.

Besagter Junge saß zwei Reihen vor ihr und vier Plätze zu ihrer Linken. Sie musterte ihn. An seinem Äußeren lag es jedenfalls nicht. Soweit sie das anhand seiner sitzenden Position beurteilen konnte, war er nicht einmal mittelgroß; er hatte ein schmales Gesicht und einen langen, dürren Hals. Sie sah ihn zwar nur von hinten im Halbprofil, aber aus dieser Perspektive wirkte seine Nase platt, und er hatte eine fliehende Stirn. Seine

Haut war fahl, fast gelblich. Und erst das Haar! Es war dunkel und strähnig und hatte nicht die geringste Ähnlichkeit mit einer Händler-Frisur. Er trug ein dunkles langärmeliges Hemd aus einem groben Stoff, eine Kutte, die weder Jake noch Cesar – und auch sonst kein Angehöriger der Händler-Familien – auch nur als Leichenhemd getragen hätten.

Und doch war er ein Asparian – aus einer der besten Händler-Familien! Das ergab keinen Sinn. Erneut schaute Melinda auf Cesar Famares, aber der hatte die Stirnseite des Unterrichtsraums im Blick. Die Bekanntgabe der Namen war nunmehr abgeschlossen.

»Gut.« Lyle Connery lehnte sich gegen die Stirnwand, wobei er die nackten Arme verschränkt hatte. »Glaubt jemand, er hätte sich alle Namen gemerkt?«

Die Trainees schauten sich an. Niemand sagte etwas.

»*Sehr* gut.« Connery nickte. »Einige von euch dürften wohl die meisten Namen behalten haben, auch wenn die Ausbildung noch nicht begonnen hat – das Auswahlverfahren war nämlich streng, und nur die Besten haben es bestanden. Aber wenn ihr die Namen wirklich wüßtet, wart ihr doch so klug, es nicht zu sagen. Im Händler-Handbuch steht nämlich geschrieben: ›Gib nie dein ganzes Wissen preis.‹ Jetzt möchte ich von der Anwendung dieser Regel aber Abstand nehmen, also bitte ich um ehrliche Antworten. Wer von euch hat schon einmal ein Händler-Handbuch gesehen?«

Erneut schauten die Trainees sich an. Nach wenigen Sekunden hob Cesar Famares die Hand. Seine beiden Freunde taten es ihm nach, und schließlich reckten sich etwa zwanzig Hände in die Höhe.

Connery nickte. »In Ordnung. Also habt ihr einen kleinen Vorsprung – für ein paar Tage. Für die anderen liegt hinten im Raum auf dem Tisch am Fenster ein Stapel Händler-Handbücher. Ich möchte, daß jeder sich eins nimmt. Und ich möchte, daß ihr in einer Woche alle Regeln *auswendig* gelernt habt. Die meisten werdet ihr zwar noch nicht *verstehen*, das kommt später – für manche viel später. Aber wenn ihr in den nächsten sieben Tagen sonst schon nichts lernt, möchte ich, daß ihr wenigstens diese Regeln lernt. Außerdem werdet ihr viel von einem *informellen* Handbuch hören – aber das sollt ihr selbst herausfinden. Damit könnt ihr euch abends in eurer Freizeit befassen. Und nun machen wir ein wenig Unterricht.«

Er wandte sich dem langsam rotierenden Globus zu und tippte auf einen Kontinent in der südlichen Hemisphäre. »Bei allen Anwesenden werden gewisse geographische Kenntnisse vorausgesetzt. Also unterstelle ich, daß ihr diese Region kennt. Wißt ihr, wie die Menschen in diesem Teil der Welt von den Händlern genannt werden?«

Einige lachten glucksend, und viele grinsten wissend. Eine Anzahl Trainees war von ihren Verwandten auf den Beginn der Ausbildung vorbereitet worden. Aber niemand meldete sich. Schließlich deutete Connery auf eine junge Frau zwei Reihen vor Cesar Famares. Cesar kannte sie noch von der Schule – sie entstammte einer Familie, die mit seiner entfernt verwandt war.

»Wenn niemand sich meldet, dann muß ich eben einen Freiwilligen bestimmen. Du – Valeria Constantin. Weißt du die Antwort?«

»Ja, Sir.«

»Nun?«

»Die Händler bezeichnen sie als *Greaser*, Sir.«

»Ganz recht. Wir nennen sie *Greaser*.« Connery schüttelte den Kopf. »Und ich befürchte, daß wir sie vielleicht auch weiterhin *Greaser* nennen. Und jetzt müßt ihr zum erstenmal umlernen. Ihr werdet diesen Namen, *Greaser*, tausendmal hier im Lager hören. Ihr werdet ihn sogar von mir hören. Aber er ist Händler-Jargon, und ihr müßt darauf achten, ihn nicht gegenüber Leuten zu verwenden, die keine Händler sind. Wenn ihr bei einem Gespräch mit einem Angehörigen des Vereinigten Reichs jemals den Begriff ›*Greaser*land‹ benutzt, werdet ihr die längste Zeit dort Händler gewesen sein. Und nicht nur das, ihr könnt froh sein, wenn ihr mit heiler Haut davonkommt. Habt ihr das verstanden? Nicht *Greaserland* – das Vereinigte Reich. Nicht *Chill Central* – Cap City. Und nicht das Finsterland – die Einheimischen nennen es das Herz der Welt. Nennt die Menschen so, wie ich euch *sage*, daß ihr sie nennen sollt – und nicht, wie ich sie vielleicht selbst bezeichne oder wie sie in anderen Regionen bezeichnet werden.«

Erneut wandte er sich dem Globus zu, der sich mittlerweile um sechzig Grad weitergedreht hatte. »In Ordnung, kommen wir zu etwas anderem. Wie nennen die Händler die Leute, die *hier* leben?« Er tippte auf den Globus und deutete auf einen erschrockenen Trainee in der letzten Reihe. »Du, Ferenc Skassy, würdest du wohl meine Frage beantworten?«

»Äh ... wie ich gehört habe, werden sie gewöhnlich *Strines* genannt, Sir.«

»Sehr gut. Und wie nennen sie sich selbst?«

Der Junge zögerte und schüttelte dann den Kopf. »Ich weiß es nicht.«

»Weitere Vorschläge?« Connery wartete ein paar Augenblicke ab und zuckte schließlich die Achseln. »Gut, es war eine Fangfrage. Sie bezeichnen sich nämlich auch als *Strines* – die einzige Gruppe, die nichts gegen ihren Spitznamen einzuwenden hat. Den dürft ihr unbesorgt verwenden. Noch ein paar Fragen, und dann bekommt ihr einen systematischen Überblick über die Ausbildungsinhalte der kommenden Monate. Seht her. Hier befindet sich ein großer weißer Fleck auf dem Globus, im Nordwesten des *Strine*-Territoriums. Keine durch Lichtpunkte markierten Händlerkontore, was bedeutet, daß wir zur Zeit dort keine Geschäftsbeziehungen unterhalten. Wer lebt dort?«

Er deutete auf ein rothaariges Mädchen in der Mitte

des Raumes, das prompt errötete. »Niemand«, erwiderte sie. »Das Gebiet gehört zur Notzone.«

»Das ist richtig. Aber das heißt noch nicht, daß auch niemand dort *lebt*. Möchte jemand anders die Frage beantworten? Meldet euch selbst und wartet nicht darauf, bis ich euch aufrufe.«

Ein Kanon von einem halben Dutzend Stimmen ertönte.

»Die *Hivers*.«

»*Hivers*.«

»*Hiver*-Kolonien.«

»Ganz recht. Sie sind wild, und sie sind völlig autonom, und trotz ihres umfangreichen Waffenarsenals sind sie kein organisierter Machtfaktor; aber sie sind real genug, und eines Tages werdet ihr vielleicht mit ihnen verhandeln müssen. Wir können es uns nicht leisten, sie zu ignorieren. Eine weitere Frage: einer Legende zufolge praktizieren die *Hivers* ein geheimes Ritual zur Verlängerung des Lebens, und manche von ihnen sind angeblich mehrere hundert Jahre alt. Richtig oder falsch?«

»Falsch, Sir.« Diesmal ertönte ein ganzer Chor von Antworten, von vielen Trainees. »Das ist falsch.«

Connery schüttelte den Kopf. »Tut mir leid, das war eine weitere Fangfrage. Die beste Antwort eines Händlers ist keine Antwort. Wie ihr seht, habe ich euch zwei Fragen auf einmal gestellt, etwas, womit ihr in Verhandlungen jederzeit rechnen müßt. Eine Händler-Regel besagt, daß *alles* als Verhandlungstaktik angewandt werden kann. Frage Eins lautete: Praktizieren die *Hivers* ein Ritual zur Lebensverlängerung? Antwort: Ja, das ist zutreffend. Wir wissen zwar nicht, ob es funktioniert oder nicht, aber es gibt ziemlich plausible Indizien, daß es funktioniert. Frage Zwei: Sind manche *Hivers* mehrere hundert Jahre alt? Antwort: Nein, das stimmt natürlich nicht – es kann überhaupt nicht wahr sein, denn sie praktizieren das Ritual erst seit dem Krieg um die Notzone, und der liegt nicht einmal fünfzig Jahre zurück.«

Er drückte auf die Schalttafel, und der Globus verschwand lautlos in einem großen Magazin hinter der Wand. »Aber ihr werdet es schon noch lernen. Bevor ihr diese Ausbildung beendet habt, werden die richtigen Antworten auf solche Fragen zweitrangig sein. Wir machen gleich eine Pause, aber zuvor befassen wir uns noch ein wenig mit Geographie. Wir befinden uns jetzt hier.« Der Ausbilder berührte die Schalttafel, und eine Landkarte erschien auf dem Bildschirm. »Ist auch keine Überraschung. Das ist Pico Island. Wir sind genau hier, an der Südwestseite des Berges. Wenn ihr den Gipfel des Mount Pico besteigt – wenn ihr Lust habt, könnt ihr es heute nachmittag nach Unterrichtsschluß versuchen – und nach Nordosten schaut, seht ihr diese andere Insel, St. George.«

Eine langgestreckte, schmale Insel, zwanzig Meilen lang, aber nur drei oder vier breit, wurde auf dem Monitor markiert.

»Was euch betrifft, so wird diese Insel in den kommenden Monaten nicht ›St. George‹ heißen. Ich möchte, daß ihr nicht einmal an diesen Namen denkt. Statt dessen wird die Insel für euch die *Große Republik* sein – ich verwette meine Uniform darauf, daß manche von euch sie bis heute *Yankeeland* genannt haben. Tut das nicht. Die Einheimischen dort *hassen* die Bezeichnung Yankee, mehr noch als die Bevölkerung des Vereinigten Reiches Aversionen gegen *Greaserland* verspürt. Wir werden in ein oder zwei Monaten eine Exkursion zu dieser Insel unternehmen. Das ganze Gebiet ist eine Simulation der *Großen Republik*: Sprache, Menschen, Sitten und Gebräuche. Der einzige Parameter, den wir nicht beeinflussen können, ist das Klima. Wenn ihr dafür bereit seid, werdet ihr einzeln hinübergehen und Verhandlungen in einer Gemeinde der *Großen Republik* üben.«

Die Markierungen verschoben sich erneut und wanderten nach oben über den Bildschirm. »Das gleiche gilt für die gesamte Inselgruppe«, sagte Connery. »Das ist Cap City – Frost-City, wenn ihr den Kopf voller Trader-Slang habt. Ihr werdet dort im Gegensatz zum Südpol weder Eis noch Schnee finden, aber auf die meisten anderen Dinge stoßen, deren die Kap-Föderation sich rühmt. Und dort befindet sich die Wirtschaftsallianz, und weiter nördlich seht ihr eine Simulation der Notzone. Im Rahmen eurer Ausbildung werdet ihr jede dieser Regionen besuchen und dort Verhandlungen führen. Lebensgefahr besteht in diesen Simulations-Sektoren für euch nicht, aber ihr könnt leicht versagen, und für viele von euch wird das fast auf dasselbe hinauslaufen. Ein Patzer in den Simulationen, und ihr seid draußen. Das klingt hart, ist es aber nicht. Nach den Simulationen werdet ihr nämlich auf reale Test-Missionen geschickt. Und dabei könnt ihr sehr wohl sterben, schon aufgrund eines einzigen, kleinen Fehlers. Noch Fragen?«

Zu Connerys Rechten hob sich eine Hand, ein molliger Student mit hellblondem Haar und einem bäuerlichen Gesicht. »Was ist mit den Chips – den Chipponesen, Sir? Wie wird ihr Gebiet simuliert?«

»Nicht besonders gut, fürchte ich. Wir haben eine der Inseln für die chipponesische Sprache und die Simulation der landes- und kulturspezifischen Aspekte reserviert, aber bisher war es kein großer Erfolg. Zumal sie unter null Gravos beziehungsweise unter einem sechstel Gravo leben, und das können wir hier nicht simulieren. Eure theoretische Ausbildung für Verhandlungen mit den Chipponesen wird nicht sehr fundiert sein – aus diesem Grund sind Verhandlungen oben auf dem geostationären Ring auch eine solche Herausforderung. Und kein Händler durfte bisher die lunaren Ansiedlungen der Chipponesen aufsuchen. Vielleicht wird einer von euch der erste sein. Macht euch aber keine Gedanken deswegen, das wird noch eine Weile dauern. Die

Chipponesen und die Notzone kommen erst dann an die Reihe, wenn ihr vollständig ausgebildet seid – falls überhaupt.«

Er schaute zur Rückseite des Raumes, wo ein helles Licht durch die Fenster fiel. »In Ordnung, machen wir jetzt die Pause. Nehmt euch jeder ein Handbuch, betrachtet die Wände oder geht nach draußen, wenn ihr wollt. In zwanzig Minuten geht es weiter – und dann habt ihr mehr zu tun, als nur dazusitzen und euch von mir unterhalten zu lassen.«

Während die meisten Studenten sofort zur Rückseite des Raumes gingen, blieben Cesar Famares und seine zwei Freunde auf ihren Plätzen. Sie hatten die Dienstvorschrift schon vor langer Zeit als Raubkopie von Cesars Bruder bekommen; sie kannten sie bereits auswendig.

»Wo, zum Geier, steckt Cissy?« fragte Jake Kallario. »Vorgestern ist sie nicht gekommen, gestern auch nicht. Sie hat mir gesagt, daß sie zu Hause noch einiges zu erledigen hätte, aber wenn sie nicht aufpaßt, wird sie einen Teil der praktischen Ausbildung versäumen. Was hält sie nur auf?«

»Das ist ein Teil der schlechten Nachrichten«, sagte Cesar. »Cissy wird nicht kommen. Sie hat es nicht geschafft.«

»Was?« rief Kallario und ließ den Mund offenstehen. »Sie hat doch gesagt, daß sie die Sache im Griff hätte – daß es sicher sei.«

»Ich weiß.« Cesar kaute am Daumennagel und schüttelte den Kopf. »Es tut mir wirklich leid, Jake. Ich dachte, du und Cissy wärt... – nun, du weißt schon. Anscheinend haben wir hier weniger Sicherheiten, als wir dachten.«

»Sie kann doch Widerspruch einlegen, oder?« fragte Melinda. »Sicher kann sie das. Sie wird eben später dazustoßen.«

Famares schaute sie unglücklich an. »Weißt du, Melly, mein Bruder ist mit dem Verwaltungssystem hier bestens vertraut. Ich habe Davy schon gefragt, ob es eine Widerspruchsmöglichkeit für Cissy oder eine zweite Chance gibt.« Er schüttelte den Kopf. »Er sagte, selbst wenn sie es erneut versuchte und durchkäme, wird die nächste Ausbildung im Trainingslager auf den Cook Islands stattfinden und nicht hier.«

»Aber das ist ja schrecklich!« Melinda sackte auf den Stuhl. »Das können sie uns doch nicht antun. Wir sind ein *Team* gewesen, all die Jahre – seit der Bewerbung. Jetzt reißen sie uns auseinander, wo wir uns so gut kennen …«

»Und für die kombinierten Übungen müssen wir zu viert sein«, unterbrach Jake sie. »Dort wird immer im Quartett angetreten. Wenn uns Cissy fehlt, könnten wir zu Verlierern werden.«

»Das ist auch ein Teil der schlechten Nachrichten.« Cesar Famares drehte sich um, schaute zur Rückseite des Unterrichtsraums und zeigte unauffällig auf die rechte Wand. »Wir dürften es eigentlich noch gar nicht wissen, aber die Zusammensetzung der früheren Gruppen ist immer festgelegt worden, und zwar aufgrund der Testergebnisse. Wir drei bleiben zusammen, wie wir es erwartet haben. Aber wir werden *ihn* als Partner bekommen.«

Melinda folgte der Visierlinie seines Armes. »Wen denn? Den Großen oder den Kleinen?«

»Den Kümmerling.«

Melinda schaute genauer hin und identifizierte das schlecht sitzende Jackett und das strubbelige Haar. »Ihn! Mikal Asparian. Er ist mir bei der Durchsage der Namen aufgefallen.«

»Mir auch.« Jake starrte Asparian verächtlich an. »Mach keine Witze, Cesar – willst du damit sagen, daß wir mit ihm zusammenarbeiten müssen?«

Melinda nahm ihren designierten Partner gründlicher

in Augenschein. »Nun, wenn wir ihn schon am Hals haben, müssen wir eben das Beste daraus machen. Er wirkt eh ziemlich harmlos. Aber er ist schon ein komischer Vogel, was? Schaut euch nur mal sein Haar an! Wenigstens ist er ein Asparian – er stammt aus einer guten Händler-Familie und ist nicht so ein Prolet aus einer pazifischen Schule. Ich frage mich nur, warum wir ihn früher nie gesehen haben.«

»Das sind die schlechten Nachrichten, dritter Teil.« Cesar schüttelte den Kopf. »Ich bin erst so spät hier eingetroffen, weil ich seine Überprüfung durch Davy abgewartet hatte. Er ist gar kein richtiger Asparian! Er hat diesen Namen erst vor vier Jahren von Daddy-O *erhalten.*«

»Von *Daddy-O*«, meinte Jake. »Niemand erhält einen Namen von Daddy-O.«

»Er schon. Vorher war er ein Außenseiter. Ein *Hiver*, ist das denn die Möglichkeit?«

»In *unserem* Team? Das akzeptiere ich nicht.«

»Nur mit der Ruhe, Jake.« Melinda hatte gesehen, wie ihm die Zornesröte ins Gesicht stieg. »Er kann doch auch nichts für seine Herkunft, oder?«

»Ein *Hiver!* Sie waschen sich nicht einmal; obendrein ist er auch noch ein Stinker.«

»Er wäre nicht in das Ausbildungsprogramm aufgenommen worden, wenn er nicht intelligent und halbwegs salonfähig wäre«, erkannte Cesar. »Beruhige dich wieder, Jake – das ist zwar eine schlechte Nachricht, aber nicht der Weltuntergang.«

»Er frißt vielleicht Dreck. Welcher Penner hat ihn gerade *uns* zugeteilt? Ich sage euch, daß Cissy ihren Platz an einen *Hiver*-Trottel aus der Notzone verloren hat – ich fasse es nicht.«

»Nur mit der Ruhe, Jake.« Cesar ergriff den Arm des Freundes. »Wir können nichts daran ändern.«

»Wirklich nicht?« Jake Kallarios Gesicht hatte sich von Rot nach Weiß verfärbt. »Das wird sich noch herausstellen. Ich gehe zum Ausbilder und lege Beschwerde ein.«

»Nein, das wirst du nicht.« Melinda nahm Jakes anderen Arm. »Bedenke, daß wir eigentlich überhaupt nichts von der Zusammensetzung der Gruppen wissen dürften. Damit würdest du Cesar und Davy nur in Schwierigkeiten bringen.«

»Und es hätte auch gar keinen Sinn, sich bei Connery zu beschweren, selbst wenn die Gruppen offiziell bekannt wären.« Cesar Famares schaute in Kallarios Gesicht und lockerte dann den Griff um seinen Arm. »Es gibt nämlich noch etwas, das du von Mikal Asparian nicht weißt. Es war Connery, der ihn aus der Notzone mitgebracht hat. Asparian wird sein besonderer Schützling sein, darauf kannst du dich verlassen. Mit einer Beschwerde würdest du nur erreichen, daß du es dir mit deinem Senior-Ausbilder verdirbst.«

Jake Kallario riß seinen Arm aus Melindas Hand und rieb sich die Stelle, wo sie ihn festgehalten hatte. »Ich verstehe euch beide nicht. Ihr seid anscheinend nur zu bereit, ihn zu umarmen und willkommen zu heißen – als ob er wirklich aus einer Händler-Familie stammte. Nun, ich bin *nicht* dazu bereit. Ihr wißt, daß wir um Punkte konkurrieren. Es ist nur *seine* verdammte Schuld, daß Cissy nicht bei uns ist.« Er starrte Mikal Asparian an, der noch immer an der Galerie der Portraits und Utensilien der Händler vorbeidefilierte, die an den Seitenwänden ausgestellt waren. »Vielleicht stimmt es ja, daß eine Beschwerde keinen Zweck hat, wenn er Connerys Schützling ist. Aber ich werde trotzdem nicht mit einem stinkenden *Hiver* zusammenarbeiten. Wartet's nur ab.«

»Jake, komm jetzt bloß nicht auf dumme Gedanken.« Melinda legte ihm die Hand auf die Schulter. »Cesar und ich sind hier, weil wir das Händler-Gewerbe erlernen wollen – da werden wir nicht dabeistehen und zusehen, wie du uns allen die Chancen verdirbst, nur weil du einen Haß auf Asparian hast.«

»Keine Angst, ich werde euch schon nicht sabotieren.« Kallarios Gesichtsausdruck war finster. »Ich will genauso ein Händler werden wie ihr auch. Aber ich wette, euer Mikal Asparian kommt sich wie ein Gottesgeschenk für die Händler vor und hält sich für etwas ganz Besonderes. Nun, ich werde herausfinden, wie gut er wirklich ist. Ich werde die Ausbildung so schnell wie möglich absolvieren und ihn dabei ständig im Auge behalten.« Er wandte sich um und starrte Asparian von neuem an, während die Studenten sich wieder auf ihre Plätze im Unterrichtsraum begaben. »Dann wollen wir doch mal sehen, ob er mithalten kann.«

Und du wirst es nie erfahren, Melly, dachte er, aber wenn sich mir die Möglichkeit bietet, werde ich ihm ein ordentliches Ding verpassen.

»Trainee Asparian!«

Mikal erstarrte, als er den leisen Ruf in seinem Rücken vernahm. Er war absichtlich zurückgeblieben, als seine Kollegen den Vorlesungsraum verlassen hatten, weil er genau wußte, daß die anderen sich in Dreier- oder Vierergruppen zu heiteren Gesprächen versammeln würden. Sie schienen sich alle zu kennen. Sie waren alle erst vor ein paar Tagen angekommen, aber schon jetzt liefen die meisten auf Pico Island herum, als ob der Ort ihnen gehörte.

Und während er Verwirrung verspürte, wußten sie anscheinend genau, wie alles lief. Er hatte sich ein Exemplar der Dienstvorschrift genommen, aber einige Trainees hatten sich nicht einmal diese Mühe gemacht; sie besaßen das Buch bereits und verhielten sich so, als ob ihnen der Inhalt schon bekannt wäre. Er hatte bisher nur einen kurzen Blick hineingeworfen, und er wußte immer noch nicht, wo diese ›informelle‹ Dienstvorschrift zu finden war.

Mikal wandte sich um und stand dem Senior-Ausbilder gegenüber. Die anderen waren alle verschwunden.

War es vielleicht verboten, was er getan hatte, zu bleiben und die Bilder an den Wänden des Vorlesungsraumes zu betrachten? Nervös schaute er zum Mann auf dem Podest hinüber.

»Ja, Sir?«

»Entspanne dich, Trainee. Dies ist nur ein informelles Gespräch.« Nie hatte Lyle Connery während der Vorlesungen durchblicken lassen, daß er Mikal kannte. Es war, als ob sie sich nie begegnet wären – ganz zu schweigen davon, daß Connery Mikal aus der Notzone gerettet hatte. Jetzt erschien indes der Anflug eines Lächelns auf dem Gesicht des Ausbilders, und Mikal hatte alle Mühe, seine Erleichterung zu verbergen.

»Jemand will dich sprechen«, fuhr Connery fort. »Komm mit.« Er machte kehrt und ging durch die Innentür des Vorlesungsraums. Mikal zögerte eine Sekunde und folgte ihm dann.

Connery führte ihn tief in das Innere des Berges, durch Gänge, von deren Existenz Mikal bisher nichts gewußt hatte. Sie führten über Hunderte von Metern spiralförmig in die Tiefe, an einer Korridorabzweigung vorbei und an hundert geschlossenen und mit Farbcodes versehenen Türen. Schließlich, als Mikal schon von seinem Orientierungssinn verlassen worden war, blieb Connery vor einer moosgrünen Tür stehen und bedeutete Mikal, hindurchzugehen.

Der Raum war klein und nur mit einem Tisch, einem Servierwagen und vier Stühlen ausgestattet. Eine einzelne Frau saß dort, mit dem Gesicht zur Tür. Sie erhob sich bei Mikals Eintreten. Er sah sie mit offenem Mund an. Es war beinahe vier Jahre her, seit er Lucia Asparian zum letztenmal gesehen hatte, und in seiner Vorstellung war sie noch immer die große, ihn überragende Frau. Jetzt waren sie indessen gleich groß, und sie wirkte viel jünger, als er sie in Erinnerung hatte.

»Ja, ich bin es«, sagte sie. Die Tür fiel ins Schloß. Lyle Connery war gegangen und ließ die beiden allein. »Was ist denn?« fragte sie. »Erinnerst du dich nicht mehr an mich?«

»Natürlich erinnere ich mich an Sie. Ich werde mich immer an Sie erinnern. Wenn Sie und Ausbilder Connery nicht gewesen wären und mir nicht geholfen hätten …« Es fehlten ihm die Worte. Er stand nur da und schaute sie an.

Sie trat vor, legte ihm die Hände auf die Schultern und sah ihm direkt ins Gesicht. »Es ist gut, Mikal *Asparian*.« Das zweite Wort betonte sie besonders. »Du hast es bis hierher geschafft. Bleib mal stehen und laß dich anschauen.«

Für einige Sekunden überflog sie sein Gesicht und die Kleidung, schüttelte den Kopf und drehte ihn an der Schulter langsam herum. Sie fuhr mit der Hand über seinen Hinterkopf, zupfte an der Schulterpartie des Jacketts und griff mit einem Finger in den Kragen.

»Du bist wirklich groß geworden«, stellte sie schließlich fest. »Und ich glaube, du wirst noch einmal ein ordentliches Stück wachsen, bis die Ausbildung abgeschlossen ist. Wie ich von Lyle gehört habe, hat die Schule dir etwas Bildung vermittelt. Wir werden sehen. Setzen wir uns.«

Mikal hatte ihre Musterung mit Unbehagen über sich ergehen lassen. »Was soll ich denn hier?« platzte es aus ihm heraus, als sie sich von ihm abwandte.

»Sollen?« Lucia zog eine dunkle, nachgezogene Augenbraue hoch. »Nun, wirf einen Blick dorthin und versuche, selbst dahinterzukommen.« Sie wies auf den Tisch, der für zwei Personen gedeckt war, wobei das Essen schon auf dem Servierwagen bereitstand. »Wir werden zu Mittag essen. Und wir werden uns unterhalten. In Ordnung?«

»Ja.« Mikal deutete auf die Tür. »Aber was ist mit Ausbilder Connery?«

»Lyle? Er wird später wiederkommen und dich abholen. Er klebt an seinen Vorschriften, und überhaupt geht ein Senior-Ausbilder nicht gleich am ersten Tag der Ausbildung mit einem Trainee essen. Ich bin aber kein Ausbilder. Ich bin auf einer langen Mission gewesen, so daß ich dich während deiner Schulzeit nicht besuchen konnte. Aber solange ich hier bin, kann ich tun, was ich will.« Sie zeigte auf den Servierwagen. »Wie wäre es, wenn du mir und dir ein wenig Essen aufträgst?«

»Sie meinen, ich soll uns beide bedienen?«

»Das habe ich gemeint.« Sie beobachtete ihn, während er mit der Schöpfkelle zwei Schüsseln mit sämiger Pilzsuppe füllte und sah dann kopfschüttelnd zu, wie er sich mit dem Korken einer Weinflasche abmühte. Schweigend streckte sie die Hand aus. Mikal, der alle Finger spürte, schaute verlegen zu, wie sie den Korkenzieher nahm und die Flasche mit ein paar schnellen Handbewegungen öffnete.

»Hast du gesehen?« fragte sie. »Du wolltest wissen, weshalb du hier bist. *Deshalb* bist du hier. Du absolvierst einen Schnellkurs im Entkorken von Weinflaschen und im Servieren von Speisen.«

Sicherlich scherzte sie nur. »Aber *warum*?« Mikal konnte sich die Frage nicht verkneifen. »Ich trinke ja nicht einmal Wein.«

»Du wirst, wenn du ein Händler werden willst. Du wirst lernen, alles zu trinken, was dir vorgesetzt wird – das gehört zu den Verhandlungen. Und was die Etikette betrifft: gute Händler machen alles richtig. Und es gibt einen noch stichhaltigeren Grund.« Sie erhob ihr Weinglas und hielt die bläßliche Flüssigkeit prüfend gegen das Licht. »Du wirst nicht nur ein Händler sein«, sagte sie, ohne ihn anzuschauen. »Du wirst auch ein *Asparian* sein. Vergiß das nie, Mike. Ich gestatte niemandem, meinen Namen zu tragen, wenn er nicht das Beste aus sich macht. Die Familie muß *stolz* auf dich sein.« Sie beugte sich vor und musterte ihn mit auf die Seite geneigtem Kopf. »Ich werde in einigen Tagen zum Ausbildungszentrum auf den Cook Islands aufbrechen, und wer weiß, wann ich wieder zurückkomme. Wenn ich also fort bin, mußt du selbst an dir arbeiten. Du mußt an *allem* arbeiten. Wie man in Gesellschaft Konversation pflegt, wie man sich verabredet, wie man sich kleidet, wem man vertrauen kann, wann man redet und wann man besser schweigt. Hast du schon einmal eine Freundin gehabt?«

Mikal schüttelte den Kopf.

»Dachte ich mir. Hier ist Regel Nummer eins: laß dir nie wieder einen solchen Haarschnitt verpassen. Wer hat das denn verbrochen?«

Verlegen führte Mikal die Hand an die Schläfe. »Nun... ich habe das selbst gemacht.«

»Selbstverstümmelung? Hätte ich mir ja denken können. Und hast du deine Kleidung etwa auch selbst fabriziert? Diese Hose und diesen schrecklichen Mantel?«

»Nein. Natürlich nicht.« Indigniert sah Mikal an seinem Jackett hinab. Ihm hatte das Kleidungsstück gut gefallen. »Das habe ich in einem Laden für Trainees gekauft.«

»Das glaube ich dir. Und gleich morgen gehst du wieder dorthin und läßt dir ein Hemd geben, dessen Kragenweite eine Nummer größer ist, ein Jackett, das an den Schultern enger anliegt sowie eine zwei Größen längere Hose.« Sie schüttelte den Kopf. »Ich wundere mich immer über die Dinge, die sie euch in der Schule *nicht* beibringen. Hat es dir dort gefallen?«

»Es war wunderbar.« Zum erstenmal kam Mikal die Antwort leicht über die Lippen. »Gutes Essen, ein eigenes Zimmer und interessante Arbeit. Kein Getreide anbauen, keine Sorgen wegen der Verteidigung. Wunderbar.«

»Hmm. Hast du viele Freunde gehabt?«

»Ich glaube schon.« Mikal wirkte erstaunt. »Aber ich habe nichts mehr von ihnen gehört, seit ich hier bin.«

»Das kann ich mir vorstellen. Bei dem Streß hier werden kaum Einladungen ausgesprochen, und manche haben etwas gegen Leute, die das tun. Du wirst dir unter den Trainees Freunde suchen müssen. Hast du irgendwelche Feinde?«

Mikal zögerte. Er wollte die Frage schon verneinen, aber während der Vorlesungspause hatte er alle Gesichter studiert, sie mit den Namen korreliert und sich intensiv bemüht, sie im Gedächtnis zu speichern. Die Trainees waren alle Fremde für ihn, und ihre Blicke glitten überwiegend an ihm ab, als ob er nur ein Bild an der Wand gewesen wäre. Aber in einem Gesicht hatte er überraschend offene Feindseligkeit erkannt, bei Jake Kallario, einem dunkelhaarigen Jungen mit zornigem Blick. »Vielleicht habe ich einen Feind«, sagte er schließlich. »Aber ich weiß nicht, warum. Ich habe ihn heute zum erstenmal gesehen.«

»Dann ist das ein Test für deine Qualifikation als Händler. Du mußt herausfinden, weshalb er dich nicht mag.« Lucia Asparian beobachtete Mikal prüfend, als er Fleisch tranchierte und es auf die Gabel spießte. »Dann mußt du versuchen, seine Einstellung zu ändern. Als Händler mußt du wissen, wie man einen Feind in einen Freund verwandelt. Und du mußt lernen, daß manche Leute nie deine Freunde werden können, so sehr du dich auch bemühst. Du mußt lernen, mit ihnen zu arbeiten und sie aus dem Weg räumen, wenn sie dir Schwierigkeiten bereiten. Und wenn ich sage *arbeiten*, dann meine ich es auch so. Das Gewerbe eines Händlers ist nicht einfach.« Sie schob den Teller von sich weg. »Nun gut, wir haben nicht viel Zeit. Zunächst werde ich dir erklären, wie du mit den anderen Trainees zusammenarbeitest. Noch Fragen, bevor wir anfangen?«

»Sie haben gesagt, ich müsse an allem arbeiten. Woher soll ich wissen, ob ich es auch richtig mache?« Mikal verspürte große Minderwertigkeitskomplexe, aber zugleich wurde er von einem intensiven Gefühl der Wärme durchdrungen, das er noch nie zuvor erlebt hatte. Es war seltsam, daß sich jemand um ihn *sorgte*, sich um sein

Aussehen und sein Verhalten kümmerte. War es das, was einen Händler ausmachte, daß andere Menschen sich um einen kümmerten? Wenn dem wirklich so war, dann konnte er sich nichts Schöneres vorstellen.

»Lyle Connery wird dir sagen, wie du dich bewährst«, sagte Lucia. »Mir wird er es auch sagen. Und das verspreche ich dir: die Familie der Asparians besitzt ein Ferienhaus in der Wirtschaftsgemeinschaft, hoch oben in den Alpen. An dem Tag, an dem du die Ausbildung zum Händler bestanden hast, wirst du einen Schlüssel zu diesem Haus bekommen. Du kannst jederzeit dort wohnen. Na, wie hört sich das an?«

»Es hört sich wunderbar an. Zu schön, um wahr zu sein.« Mikal konnte nicht umhin, diesen Nachsatz zu äußern. »Aber *warum*? Warum tun Sie das alles für mich?«

»Weil Lyle Connery und ich dir wahrscheinlich das Leben gerettet haben, als wir dich aus der Notzone herausholten.« Lucia seufzte. »In einigen Jahren wirst du das eher verstehen. Komm jetzt, wir haben zu arbeiten. Ich habe heute abend nicht viel Zeit. Wir beginnen mit etwas Einfachem: Essen. Wenn du die Gabel zum Mund führst, darfst du nicht sehen, wie groß die Portion ist. Sieh her.«

Der Himmel war verhangen und schon dunkel, als Mikal den Hügel wieder hinabstieg. Es war ein steiler Abstieg, und er orientierte sich an den Leuchtmarkierungen.

In der Nähe der am Fuß des Hügels liegenden Gebäude legte er eine Pause ein. Das Wohnheim stand in einiger Entfernung von den anderen Gebäuden und wurde zur Hälfte von einer großen Felsformation verdeckt. Ein gepflasterter, gewundener Pfad zog sich zum Wohnheim hinunter. Ein zweiter Pfad zweigte nach rechts ab, zur Mensa, der Bibliothek, der Sporthalle und den Freizeiträumen.

Mikal hatte eigentlich direkt ins Wohnheim gehen wollen. Er war sich der Tatsache bewußt, daß er sich mit mehr als nur dem Deckblatt der unter den Arm geklemmten Dienstvorschrift befassen mußte, und seine natürliche Disposition drängte ihn dazu, auf sein Zimmer zu gehen und zu studieren.

Gestern hätte er diesem Drang auch noch nachgegeben. Aber es schien noch Licht im Aufenthaltsraum, und er hörte Stimmengewirr. Ungeachtet der späten Stunde waren einige der Trainees noch auf. Es war eine Gelegenheit für ein zwangloses Beisammensein.

Welches Verhalten würde Lucia Asparian jetzt von ihm erwarten?

Er seufzte. Wenn er etwas haßte, dann die Begegnung mit Fremden. Wie konnte er sich also nur einbilden, einen guten Händler abzugeben? Er straffte sich und schritt auf den Aufenthaltsraum zu.

Die Dienstvorschrift würde eben warten müssen. Er mußte nun einem Anspruch gerecht werden: seinem Namen.

KAPITEL 4

Es war kein Tag für eine Kletterpartie. Lyle Connery wanderte durch die langen Korridore zu den innersten Kammern des Berges und fuhr dann im Aufzug zum Gipfel hinauf. Die dort befindliche Kommunikationszentrale schüttelte sich im Griff des winterlichen Südwest, der mit voller Orkanstärke blies. Im obersten Raum des Zentrums, zweitausendvierhundert Meter über der Gischt des Atlantiks, nahm Connery vor einem Computer Platz und schaltete eine Audio-Video-Verbindung zu Daddy-O.

Der Rechner reagierte sofort. Er verifizierte die Kennung des Eingangssignals und glich es mit dem Video-Signal ab. *»Stürmisches Wetter. Probleme, Lyle Connery?«*

»Ich weiß nicht. Nicht mit der Gruppe als solcher – über sie kann ich mich nicht beklagen. Aber ich habe noch immer Bedenken wegen des Kallario-Teams.«

»Ihre vollständigen Beurteilungen befinden sich in den Datenbanken. Sie haben drei simulierte Verhandlungen abgeschlossen, in Rekordzeit und mit guten Ergebnissen. Eine herausragende Leistung. Es werden keine Anzeichen von Problemen gemeldet.«

»Das mag auf den ersten Blick wohl stimmen. Aber ich mache mir vor allem Sorgen wegen Mikal Asparian.«

»Aha. Jetzt kommst du also zur Sache.«

Düster starrte Connery aus der gläsernen Kammer auf die schnell dahinziehenden Wolken. Ihre dunkle Farbe entsprach seiner Stimmung. »Ich bin nicht sicher, ob wir auch wissen, was wir mit Mike Asparian anfangen. Aber ich befürchte, wir ruinieren vielleicht einen verdammt guten Händler.«

»Wirklich? Diese Möglichkeit muß evaluiert werden. Einen Moment.« Daddy-O zweigte zusätzliche Rechenkapazität von einer Insel-Nebenstelle ab, um der erhöhten Beanspruchung gewachsen zu sein. *»Seine Leistungen sind offensichtlich nicht zu beanstanden. Er ist so gut wie jeder im Ausbildungslager, vielleicht sogar noch besser.«*

»Ich spreche auch nicht von Verhandlungsgeschick oder Testergebnissen. Sie sind superb; ich weiß das so gut wie jeder andere. Ich mache mir Sorgen wegen des Jungen selbst. Ich befürchte, er ist nach wie vor ein Außenseiter – nicht nur für seine drei Teamkameraden, obwohl ich dort große Ressentiments spüre. Kallario ist ihr Anführer, und er betrachtet Asparian als Rivalen. Ich bin mir sicher, daß es diese Konkurrenz ist, die alle vier so beflügelt – sie haben einen Vorsprung von mehreren Monaten vor allen anderen Teams. Aber in persönlicher Hinsicht profitiert Asparian nicht davon. Er bemüht sich zwar verzweifelt, aber er ist noch immer ein Fremder unter all den anderen Trainees.«

»Gib mir mehr Details.«

»In Ordnung, das werde ich. Zum einen entstammt er nicht dem üblichen Hintergrund der Händler-Trainees. Wir haben ihn aus einer Region geholt, die noch nie zuvor einen Rekruten gestellt hatte. Die meisten anderen Kandidaten kommen bereits im Alter von zwölf Jahren in eine Vorauswahl, und sie können sich sogar vorher schon lebhaft vorstellen, daß sie vielleicht einmal Händler werden. Sie stammen aus verwandten Familien. Viele kennen sich bereits aus der Zeit vor der Ausbildung. Asparian hat erst im Alter von vierzehn Jahren die Notzone verlassen, und ihm wurde Privatunterricht erteilt, weil er das Händler-Idiom nicht beherrschte. Dann ging er ein Jahr vorzeitig von der normalen Schule ab.«

»Er war also im gleichen Alter wie die meisten Trainees.«

»Vielleicht, aber meines Erachtens war er psychisch noch nicht soweit. Das war unsere Entscheidung. Er kannte niemanden, als er die Ausbildung begann.«

»Sein Profil zeigt, daß er mehr als bereit war für eine Händler-Ausbildung.«

»Sicher – in *mentaler* Hinsicht ist er den anderen auch ebenbürtig. Aber er ist kleiner als der Durchschnitt, und zudem beherrscht er die Sprache noch immer nicht perfekt. Er spricht mit leichtem *Hiver*-Akzent und kann das ›th‹ nicht korrekt artikulieren. Ich habe mitbekommen, wie die anderen hinter seinem Rücken über ihn lachen und seine Aussprache imitieren.«

»Sein Akzent ist längst nicht mehr so stark wie vor vier Monaten, als er bei euch angefangen hat. Bald wird er überhaupt kein Problem mehr darstellen.«

»Vielleicht nicht. Aber er wird dennoch nicht dazugehören. Er ist eben nicht Teil einer Seilschaft. Du wirst das nicht nachvollziehen können, aber der Zugang zur formalen Händler-Ausbildung erfolgt über ein *Netzwerk*. Wenn man nicht dazugehört hat – und er hat nicht dazugehört –, tritt man ins Fettnäpfchen. Er hat zwar sehr viel gelernt, aber in anderer Hinsicht tut er sich schwer. Er sprach fast kein Wort an dem Tag, an dem er sich mit einem Meister-Händler unterhalten mußte, der seine Gruppe aufsuchte. All die anderen Trainees waren die Ruhe selbst, und er brachte kaum ein Wort heraus. Ich bin sicher, daß er einfach nur überwältigt war – er hält Meister-Händler wohl für Götter –, aber es war eben schwer für ihn. Wenn er nur etwas mehr Selbstvertrauen hätte. Ich weiß, wie sein Verstand arbeitet, und seine Kapazitäten übersteigen alles, was wir mit unseren Tests erfassen können. Er hat keine Ahnung von seinem Potential. Schau, ich weiß, daß manche Leute glauben, ich würde ihn bevorzugen, weil Lucia und ich ihn gefunden haben. Aber ich glaube, daß aus Mike Asparian noch etwas Besonderes werden könnte. Vielleicht sogar ein zweiter Max Dalzell.«

Daddy-O schwieg.

»Nun, vielleicht gehe ich auch etwas zu weit, wenn ich sage, daß er ein zweiter Big Max werden könnte«, relativierte Connery nach wenigen Sekunden seine Prognose. »Ich will damit nur zum Ausdruck bringen, wie hoch ich ihn einschätze. Und mir gefällt nicht, daß man ihn so schneidet.«

»Einen Moment.« Daddy-O schwieg erneut, und zwar so lange, daß Connery sich schon fragte, ob die Verbindung unterbrochen worden wäre. Nichts von dem, was sie besprachen, hätte nämlich eine solche Rechenleistung erfordern dürfen. *»Deine Anmerkungen und die Beurteilungen des Trainees legen den Schluß nahe, daß du noch nicht bis zu deinem eigentlichen Anliegen vorgedrungen bist«*, sagte Daddy-O schließlich. *»Nicht wahr, du machst dir noch immer Sorgen wegen der bevorstehenden Exkursionen zu den Simulationseinrichtungen auf den anderen Inseln?«*

»Natürlich mache ich mir deswegen Sorgen. Aber es ist dasselbe Problem. Die anderen drei Teammitglieder stammen alle aus alteingesessenen Händler-Familien. Sie haben *Verwandte* in den Simulationseinrichtungen. Asparian hingegen nicht. Er wird sich gewaltig im Nachteil befinden.«

»Richtig, wenn wir uns nur auf die Simulationen fixieren. Aber das wird gleichzeitig sein Vorteil in der realen Welt sein und ein eventueller Nachteil für die anderen. Niemand hat hilfreiche Verwandte in den anderen Regionen. Asparian wird nicht nach Sympathie oder Verständnis suchen, wo es keines gibt; die anderen werden das vielleicht tun. Aber grundsätzlich gehe ich mit deinem Standpunkt konform, zumal er mit den Schlußfolgerungen kompatibel ist, die aus den vorhandenen Daten gewonnen werden können, ohne einen Bezug zu emotionalen Aspekten. Wir sind bereit für den nächsten Schritt. Eine reale Übung.«

»Dazu ist es noch zu früh.«

»Nicht für diese spezielle Mission. Wir werden sogar nur unerfahrene Trainees losschicken.«

»Nur Trainees? Von einer derartigen Mission habe ich noch nie gehört. Wo soll sie stattfinden?«

»Es bietet sich eine einmalige Gelegenheit, eine Gruppe von Trainees ins Dunkle Land zu schicken. Das Kallario-Team erscheint hierfür besonders geeignet.«

Connery drehte sich um und schaute in die Kamera. »Was soll das – selbst ausgebildete Händler haben kaum Zutritt zum Dunklen Land, nicht einmal zu bedeutenden Verhandlungen. Eine Trainee-Gruppe würde nicht mal am Pförtner vorbeikommen – und wenn es ihnen doch gelänge, wüßten wir nicht, wie wir sie ausreichend instruieren sollten! Wir verfügen nämlich über keine Daten. Und das Dunkle Land hat sich einen Störsender für Funkverkehr angeschafft, so daß wir ihnen auch keinen Mentor zur Seite stellen könnten. Warum nicht einen Ort in der *Hive*-Region, wenn wir uns schon lächerlich machen müssen? Ob nun ein *Hive* oder das Dunkle Land, der Übungseffekt wäre für einen Trainee derselbe – und Asparian hätte dort eine Chance.«

»Du machst wohl Witze. Eine Hiver-Mission würde nicht unseren Zielen entsprechen. Mein Vorschlag ist ernst gemeint. Also, das Risiko der Primärmission wird vernachlässigbar gering sein.«

»Im Dunklen Land? Ich glaube es nicht.«

»Nichtsdestoweniger ist es wahr. Hör mir zu und überlege es dir noch einmal. Die Funktion deiner Gruppe würde lediglich darin bestehen, als geladene Gäste einer formellen Zeremonie beizuwohnen. Die Zehn Stämme stehen kurz vor der Krönung eines neuen Kaisers. Der Thronanwärter, Rasool Ilunga, will, daß seine Inthronisierung eine Feierlichkeit ungekannten Ausmaßes in der Geschichte des Dunklen Landes darstellt. Er plant eine pompöse Krönung, welche den Reichtum des Dunklen Landes zur Schau stellt. Und als Beobachter zu dieser Zeremonie, mit ihren juwelenbesetzten Roben und unschätzbar wertvollen Amtsinsignien, sowie als Zeugen seiner imperialen Größe hat Ilunga Repräsentanten aus jeder Region geladen; sogar eine Delegation der Chipponesen ist ersucht worden, sich vom Mond nach Krönungsstadt zu

begeben und dem Ereignis beizuwohnen. Den Händlern indessen begegnen die Zehn Stämme seit jeher mit Mißtrauen, und Ilunga hat uns nur unter der Bedingung eingeladen, daß Kinder oder Trainees erscheinen und keine qualifizierten Händler. Deswegen möchte ich die Kallario-Gruppe dorthin schicken. Die Mission birgt keine von mir zu erkennenden Gefahren.« Dann folgte eine längere Pause. *»Man könnte natürlich auch Spekulationen anstellen, die in folgende Richtung gehen: die Chipponesen wollen am Äquator ein Gelände für Raketenstarts und -landungen pachten. Das Zentralgebiet von Ilungas Dunklem Land wäre hierfür ideal geeignet. Es hätte sicher seinen Reiz, eine Korrelation zwischen diesen Fakten herzustellen und die Implikationen zu evaluieren. Aber dies wäre eine Problemstellung der Vierten Schwierigkeitsstufe.«*

»Um Himmels willen, du schickst sie in den Tod. Du darfst ihnen nicht einmal Einblick in die Vierte Stufe gewähren – wir würden sie nie mehr wiedersehen.«

»Bei dieser Trainee-Gruppe sprechen die Indizien eine andere Sprache. Im Augenblick ist dieser Punkt jedoch nicht relevant. Zu deiner Beruhigung verspreche ich dir: dieses Team wird nicht mit einem zweiten Szenario belastet werden. Können wir uns auf dieser Basis einigen? Wir beide sind der Ansicht, daß ein Durchlaufen der restlichen Simulationseinrichtungen auf den Azoren nur von geringem Nutzen für die Kallario-Gruppe wäre. Wir werden sie also davon befreien. Außerdem ist die Gelegenheit des Besuchs im Dunklen Land ein Vorhaben, das weiterer Überlegungen bedarf. Ich möchte mich nun damit befassen und die Unterlagen mit den erforderlichen Instruktionen erarbeiten.«

»Glaubst du denn nicht …?«

Connery brach den Satz ab. Die Bereitschaftsanzeige blinkte nun und zeigte damit an, daß der Anschluß zwar noch aktiv war, aber nur noch minimale Rechenleistung bereitstellte. Daraus war zu folgern, daß Daddy-O sich verabschiedet hatte.

Lyle Connery schaute hinaus in den düsteren atlantischen Winter. Das ganze Bauwerk, in dem er sich befand, schüttelte sich und schwankte im stürmischen Wind. Er stand auf, wobei er sich wie schon so oft nach einer Sitzung mit Daddy-O fragte, ob zwischen ihnen überhaupt eine substantielle Kommunikation stattgefunden hatte.

KAPITEL 5

Hallo. Im Namen von Rasool Ilunga möchte ich euch im Herzen der Welt, der Heimat der Zehn Stämme, willkommen heißen.«

Die Worte wurden in dem Moment gesprochen, als die vier Passagiere das Händler-Flugzeug verließen. Sie schauten sich um. Der mit Mach Sechs erfolgte Flug von den winterlichen Azoren in den tropischen Hochsommer verursachte ihnen einen Akklimatisierungsschock. Sie blinzelten, beschirmten die Augen vor dem grellen Schein der Äquatorsonne und blickten mit schmalen Augen auf den Sprecher. Die Temperatur betrug etwa 38 °C. Das Sonnenlicht wurde vom ausgedörrten Boden tausendfach reflektiert.

Der vor ihnen stehende Mann war ein Albino, dürr wie ein Skelett und zerbrechlich wirkend. Er trug einen weißen Seidenanzug, weiße Schuhe und einen breiten Sonnenhut, der Kopf und Schultern beschirmte. Die Augen wurden von einer blaugetönten Brille verdeckt. Er hatte ein fein geschnittenes Gesicht mit einer schmalen, aber ausgeprägten Nase. Er streckte eine in einem Baumwollhandschuh steckende Hand aus, während er in exzellentem Händler-Idiom fortfuhr: »Ihr habt eine lange Reise hinter euch, aber ich bin sicher, daß sie nicht umsonst gewesen sein wird. Ihr habt eine aufregende Zeit vor euch.«

Jake trat vor und ergriff mit beiden Händen die Hand des Mannes, so wie es Sitte war im Dunklen Land. »Es ist uns eine Ehre und ein Vergnügen, hier zu sein. Ich bin Jake Kallario, Leiter unserer Gruppe. Erlauben Sie mir, Ihnen zu Ihrer guten Beherrschung der Händler-

Sprache zu gratulieren, und gestatten Sie, daß ich mich nach Ihrem Namen erkundige.«

»Mein Name ist Inongo Kiri, Chefunterhändler der Zehn Stämme. Und wer sind deine Begleiter?«

»Entschuldigung. Das ist Melinda Turak ...«

Mikal Asparian hatte den Gleiter als letzter verlassen. Nun stand er einen Schritt hinter den anderen und schaute sich um. Im Unterbewußtsein hatte er Kallarios Eröffnungsformeln registriert und gebilligt. Direkt aus der Dienstvorschrift der Händler: *Regel Nummer 44: Geize nicht mit Komplimenten; sie kosten nichts. Und Regel Nummer 64: Du kannst alles falsch machen, wenn es sich nicht vermeiden läßt, aber merke dir unbedingt den Namen deines Gesprächspartners.*

Seine Augen hatten sich nun an das grelle Sonnenlicht akkommodiert. Jetzt nutzte er die Vorstellung der anderen Trainees, um sich gründlicher umzusehen.

Der Gleiter war fast tausend Kilometer landeinwärts am Zusammenfluß zweier Ströme gelandet. Im Süden des Landeplatzes, wo die Flüsse sich vereinigten, war ein träge dahinfließendes, über drei Kilometer breites Band graubraunen Wassers zu sehen. Das dazwischen befindliche Gelände war mit hohem Schilf bestandenes Marschland, aber das Flugfeld selbst befand sich auf einer gerodeten Ebene. Mike schaute nach unten, und statt des eigentlich erwarteten Betons erblickte er eine weite Fläche aus gebrannten Tonfliesen. Es mußten viele Millionen gewesen sein. Ein Dutzend Bodenfahrzeuge wartete am Rand des Flugfeldes, wobei jedes Fahrzeug von etlichen farbenfroh gekleideten, dunkelhäutigen Menschen umstanden war. Hinter ihnen – sofern es sich nicht um eine Fata Morgana handelte – standen zwei der legendären Tiere dieses Kontinentes.

Groß, massig, unglaublich: *Elefanten.*

Vor zweihundert Jahren, so sagten die Datenbanken von Daddy-O, hatten sich hier ein dichter, üppiger Dschungel und weite Savannen befunden, in denen es von wilden Tieren nur so wimmelte. Nun wirkte die Gegend so ausgelaugt und erodiert wie die Wüste: der Dschungel war verschwunden, die fruchtbare Steppe war verdorrt, die Tiere waren tot. Was hatte sich hier ereignet? Der Wüstenkrieg hatte diese Region doch gar nicht erfaßt.

»...Mikal Asparian.«

Bei der Nennung seines Namens wandte er sich sofort wieder der unmittelbaren Umgebung zu.

Der dünne Albino streckte ihm die behandschuhte Hand entgegen und lächelte so intensiv, daß sein rosiges Zahnfleisch zu sehen war. »Freue mich, deine Bekanntschaft zu machen. Weil dies der erste Besuch für euch alle ist, Mikal, und weil die Krönungsfeierlichkeiten erst morgen beginnen, habe ich für euch einen Ausflug in die Region und eine Bootsfahrt auf dem Großen Fluß arrangiert. Zunächst suchen wir aber eure Unterkünfte auf, damit ihr euch dort einrichten könnt. Und danach wird Rasool Ilunga höchstselbst uns eine Audienz gewähren. In zwei Tagen wird man ihn natürlich nur noch als den Imperator, das Licht der Welt und den Regenten der Zehn Stämme kennen.« Er strahlte die vier Trainees an. »Aber heute dürft ihr ihn noch Rasool Ilunga nennen.«

Der Mann beherrscht das Händler-Idiom perfekt, dachte Mikal. Vielleicht noch besser als ich! Er schüttelte Inongo Kiris Hand und spürte dabei die Knochen durch den Baumwollhandschuh. Er hatte noch nie einen derart dürren Menschen gesehen. Dann gingen sie langsam zu den geparkten Fahrzeugen hinüber. Wie immer übernahmen Jake und Melinda die Führung. Mikal ließ sich etwas zurückfallen, starrte alles mit offenem Mund an und distanzierte sich irgendwie von der Gruppe.

Das Verhältnis der vier Gruppenmitglieder untereinander war in den letzten Monaten gespannt gewesen. Nur das gemeinsame und starke Verlangen, Händler zu werden, hatte sie zusammengehalten. Kurz vor der Abreise von den Azoren hatte die Lage sich nochmals verschlechtert. Lyle Connery hatte sie instruiert, dabei aber deutlich gemacht, daß es ihre Entscheidung war und daß er sie ihnen auch nicht abnehmen konnte.

»Ihr könnt als Team arbeiten, wenn ihr das wollt.« Der Händler-Gleiter wartete bereits auf sie. »Wenn ihr das tut, werdet ihr eure Lernfortschritte bündeln und als Gruppe berichten. Auf diese Art gewinnt man die meisten Informationen. Oder ihr könnt diese Mission auch als *Einzel*training betrachten. Wenn ihr das tut, wird jeder von euch so viele Informationen wie möglich sammeln und sie für sich behalten. Wenn ihr dann zurückkommt, werdet ihr einzeln berichten. Dieses Vorgehen hat auch seine Vorteile, denn wenn ihr euch als Händler qualifiziert, werdet ihr viele Missionen allein ausführen und nicht einmal die Unterstützung eines Mentors haben. Also, wie wollt ihr die Mission durchführen? Es ist eure Entscheidung.«

Er musterte die angespannten jungen Gesichter. »Nun?«

Melinda sprach zuerst. »Solo.«

»Nein, Melly.« Cesar sah sie an und schüttelte den Kopf. »Ich glaube, daß wir von einer Zusammenarbeit mehr profitieren.«

Connery schaute auf Asparian.

»Ich stimme Cesar zu. Wir sollten kooperieren.«

»Und du, Jake?«

Kallario sah die anderen der Reihe nach an. Sein Blick blieb an Mike hängen. Ich werde mit dir zusammenarbeiten, wenn es sein muß, Asparian, schien dieser Blick zu sagen. Aber nicht, wenn ich die Wahl habe. »Ich würde sagen, wir arbeiten solo.«

»Unentschieden.« Connery hob die Schultern. »In diesem Fall gibt Kallario in seiner Funktion als Gruppenleiter den Ausschlag. Ihr werdet also jeder für sich arbeiten. Bedenkt, was das heißt: ihr könnt den anderen eure Überlegungen oder Ergebnisse mitteilen, müßt es aber nicht; und niemand ist dazu verpflichtet, im Gegenzug etwas von sich preiszugeben. Macht euch jetzt auf den Weg.«

Die Atmosphäre im Gleiter während des Fluges ins Dunkle Land war ausgesprochen gespannt gewesen. Mike wußte, daß Jake noch immer wütend auf ihn war, und Cesar ärgerte sich über Jake. Cesar war der Überzeugung, daß sie zusammenarbeiten sollten. Nur Melinda hatte versucht, die Lage zu entspannen, indem sie Spekulationen bezüglich der Krönungszeremonie anstellte.

»Ich tippe auf Lanzen und goldene Gewänder und Hüte mit Straußenfedern.«

»Wovon sprichst du denn? Von der grauen Vergangenheit?« Cesar reichte ihr einen dicken Ordner mit Instruktionsmaterial, das von Daddy-O erstellt worden war. »Hier, Melly. Wirf einen Blick darauf und bring dich auf den neuesten Stand. Rasool Ilunga will den Stand der Technik bei den Zehn Stämmen modernisieren. Er hat bereits mit dem Aufbau eines Waffenarsenals begonnen.«

»*Waffen* bezeichne ich nicht als Technik. Mir wäre es lieber, er würde sich mit Gold und Federn bescheiden.«

»Nun, Ilunga sieht das wohl anders, und außerdem ist er der Chef – oder wird es in zwei Tagen zumindest sein. Und abgesehen davon sind die Strauße ausgestorben. Es gibt seit einem halben Jahrhundert keine mehr auf diesem Kontinent.«

»Um so bedauerlicher.«

Aber nun, wo sie über den glühend heißen Boden auf die wartenden Fahrzeuge zumarschierten, sah Mike zu seinem Entzücken, daß ein halbes Dutzend der Eingeborenen Speere trugen – und einen Kopfputz, der reich mit Straußenfedern verziert war. Er streckte die Hand aus und zupfte an Melindas Ärmel. »Die Gewänder sind rot, nicht golden«, sagte er leise. »Ansonsten hast du völlig recht gehabt.«

Inongo Kiri, der sie anführte, hatte das irgendwie mitbekommen – der Albino mußte Ohren wie ein Luchs haben. Er drehte sich zu ihm um. »Warte bis zur Krönung, Mikal Asparian. Dann wirst du dein Gold zu Gesicht bekommen – und noch viele andere Dinge, die dir gefallen werden.«

Schließlich erreichten sie das vorderste Fahrzeug. Inongo traf keine Anstalten, sie einem der Eingeborenen vorzustellen. Er wartete, bis sie in dem großen, altertümlichen Fahrzeug Platz genommen hatten, zwei vorne und zwei hinten, und dann setzte er sich selbst auf den Fahrersitz. Nachdem er sich zwei Minuten mit einem Schalter am Armaturenbrett abgemüht hatte, drehte er einen langen kupfernen Schlüssel, startete den Motor und fuhr in gemächlichem Tempo in nördlicher Richtung am Flußufer entlang. Der Motor hustete und spotzte. Der Auspuff blies blaue Rauchwolken in die Luft. Zur Überraschung der Trainees rannten nun einige Dutzend Leute, die zuvor die anderen Fahrzeuge umstanden hatten und noch in ihre langen Festgewänder gekleidet waren, hinter ihnen her.

Mike Asparian und Melinda Turek saßen nebeneinander im Fond. Sie wandte den Kopf und beobachtete die Läufer. »Eine technische Zivilisation!« rief sie Mike zu.

Bei dem Lärm des Motors bestand keine Gefahr, daß jemand ihre Worte verstanden hatte, selbst wenn er ein noch so gutes Gehör haben mochte. Mike konnte sie selbst kaum hören, obwohl ihr Mund sich nur wenige Zentimeter von seinem Kopf entfernt befand. »So steht es in den Unterlagen!« rief er zurück.

»Nun, etwas Technik ist schon lange fällig.« Sie schlug gegen die eingedellte Seite des Wagens. »Das ist ein rollender Schrotthaufen. Ich glaube, das Auto hat einen Benzinmotor. Woher nehmen sie nur den Kraftstoff?«

Mike schüttelte bloß den Kopf. Der Gestank der Abgase war tödlich – die Vorstellung, daß ihre Verfolger diese Dämpfe einatmeten, war bestürzend. Das Auto fuhr mit einer Geschwindigkeit von nur wenigen Kilometern pro Stunde, und eine große blauschwarze Rauchwolke markierte den Weg, den sie bisher vom Flugfeld zurückgelegt hatten.

Eine Ansammlung neuer Gebäude schob sich ins Blickfeld, die alle höher waren als die ein- oder zweigeschossigen Bauten, die das Flugfeld säumten. Das Auto fuhr stetig weiter, bis es das größte Gebäude erreicht hatte, ein siebengeschossiges Haus aus weißem Stein. Dort drehte Inongo Kiri erneut den Kupferschlüssel herum, und der Motor des Fahrzeugs erstarb mit einem letzten Spotzen. Sie betraten einen großen offenen Platz, der von Palmen flankiert war.

Sie waren vielleicht acht Kilometer gefahren. Die Höflinge mit ihren Roben und Federbüschen waren nun über die ganze Strecke bis zurück zum Flugfeld verteilt. Kiri streifte sie mit einem Blick. Der nächste war fast zwei Kilometer entfernt.

»Sie werden sich bald alle hier versammeln, aber es hat keinen Zweck, auf sie zu warten.« Er lachte. »Folgt mir. Wenn ihr wieder aus euren Unterkünften kommt, werden sie schon auf uns warten. Sie dienen euch als Ehrengarde bei der Audienz mit dem künftigen Imperator.«

»Aber wo werden wir ihm begegnen?« fragte Kallario. Er hatte eigentlich einen pompösen Kaiserpalast erwartet. Das weiße Steingebäude war zwar groß, entsprach aber nicht dem Bild, das er sich von der Residenz gemacht hatte.

»Genau hier. Im obersten Stockwerk. Ach, jetzt begreife ich – du findest dieses Gebäude etwas zu schäbig für *sein* Heim. Da mach dir mal keine Sorgen. Morgen wirst du seinen neuen Palast sehen, wenn wir einen Ausflug nach Norden machen. Das Schloß wird rechtzeitig zur Krönung fertiggestellt – oder für einen sonstigen Anlaß.« Er lachte glucksend. »Im Augenblick bevorzugt Rasool Ilunga einen profaneren Lebensstil. Kommt, gehen wir nach oben.«

Die Zimmer im zweiten Stock, welche den Trainees zugewiesen wurden, waren klein, heiß, identisch und schlicht eingerichtet. Der von Wandventilatoren erzeugte Luftzug war nicht kühler als Mikes Hand. Er warf die kleine Reisetasche auf das Bett. *Regel 68: Alles, was du für eine Verhandlung benötigst, sollte so klein sein, daß es in deinem Kopf Platz findet.* Am liebsten wäre er sofort wieder gegangen, aber statt dessen ging er zum Fenster hinüber.

Sein Zimmer ging nach Norden hinaus mit Blick auf eine ausgedörrte Ebene. Es erfolgten keine Versuche, den Boden mit Flußwasser zu bewässern. Ein halbes Dutzend kleinerer Gebäude verlor sich im Gelände, und eine weiße Straße zog sich durch eine trostlose Landschaft zum nördlichen Horizont. An diesem Horizont, kaum sichtbar in der flimmernden Hitze, glitzerte es silbern.

Mike öffnete die Reisetasche, holte ein winziges, von den *Chills* produziertes Fernglas heraus und betrachtete die Stelle erneut. Das silbrige Glitzern löste sich zu einem halben Dutzend Türme auf. Sie erhoben sich hoch über die Ebene und liefen allesamt in einem stecknadelkopfgroßen Lichtpunkt aus. Auch bei maximaler Vergrößerung konnte Mike keine Details ausmachen. Während er noch nach Norden schaute, hörte er Schritte hinter sich.

Cesar Famares stand in der Tür. »Hör mal.« Er verstummte und rückte dann mit seinem Anliegen heraus. »Schau, Mike, wenn du und Jake euch bekämpfen wollt, dann ist das eure Angelegenheit. Aber haltet mich und Melly da raus. Ich weiß, daß du glaubst, wir drei würden Front gegen dich machen, und vielleicht war das am Anfang auch der Fall. Aber das hat sich nun geändert. Melly und ich haben miteinander gesprochen, und wir haben uns darauf geeinigt, nicht Jakes Partei zu ergreifen. Und deine auch nicht. Wenn er – oder du – etwas tut, das unsere Chancen, Händler zu werden, beeinträchtigt, dann werden wir euch in Stücke hauen. Klar?«

Mike sah ihn einen Augenblick konsterniert an. Dann lächelte er. »In Ordnung. Sogar noch besser als das. Weißt du, Cesar, ich strenge mich sehr an. Das tue ich wirklich. Wenn du und Melly und Jake es nicht schafft, was soll's? Ihr könnt alle zu euren Familien zurückgehen. Aber solange ich kein Händler bin, bin ich nur ein *Pseudo*-Asparian. Wenn ich die Ausbildung nicht schaffe, habe ich überhaupt nichts.«

»Doch, hast du.« Cesar kam auf Mike zu und ergriff seine Hand. »Du hast Freunde. Komm, laß uns gehen und sehen, was das Licht der Welt zu Mittag ißt.«

Melinda stand am Treppenabsatz und wartete auf sie. Fragend schaute sie von Cesar zu Mike und wieder zurück. Cesar nickte, und sie lachte erleichtert. »Das ist Spitze. Gehen wir. Jake und Inongo Kiri sind schon nach oben gegangen, um die zeremonielle Kulisse für uns vorzubereiten. Wie fühlt man sich denn so mit einer Dreißig-Mann-Eskorte?«

Die Aufzüge des Gebäudes waren alle langsam und klapprig. Anstatt wieder auf den Lift zu warten, führte Melinda ihre Kameraden die Treppe hinauf. Am Eingang zum Obergeschoß stießen sie auf vier halbnackte Wachen mit gekreuzten Speeren.

»Oh, kommt schon«, ertönte Kiris belustigte Stimme irgendwo vor ihnen. »Das ist nun wirklich nicht nötig.« Er sprach ein paar Worte im Idiom des Dunklen Landes, zu schnell, als daß die Trainees ihm hätten folgen können. Die Wachen erwiderten nichts, aber die Speere wanderten sofort in eine senkrechte Position. Mit einem Gefühl des Unbehagens ging Melinda an den Posten vorbei und defilierte dann durch einen Korridor, der von Männern und Frauen in zeremoniellen Gewändern gesäumt war. Einige von ihnen waren noch immer ganz außer Atem und stützen sich erschöpft auf ihre Speere.

Inongo Kiri und Jake warteten vor einer massiven schwarzen, zweiflügeligen Tür, die mit Eisennieten beschlagen war.

»Nach meiner unmaßgeblichen Meinung ist dieser ganze Firlefanz unnötig«, sagte Kiri leise in der Sprache der Händler. »Aber Rasool Ilunga besteht darauf, und die meisten Leute teilen seinen Standpunkt. Damit wäre eine Diskussion hinfällig. Kommt weiter. Nur wir fünf. Der Pomp und das Protokoll bleiben draußen.«

Obwohl kein erkennbares Signal gegeben worden war, schwangen auf Kiris Worte die Türflügel mit einem knirschenden Geräusch zurück. Die Trainees traten in einen kleinen, fensterlosen und leeren Raum. Vor ihnen befand sich eine weitere Tür nach dem Muster der ersten. Als diese sich hinter ihnen schloß, öffnete sich gleichzeitig die zweite. Kiri führte sie in einen großen, hell erleuchteten Raum mit getönten Fensterscheiben. Die Einrichtung war schlicht: ein halbes Dutzend Stühle, ein kleiner Konferenztisch und ein großer Schreibtisch in einer gegenüberliegenden Ecke. Neben dem Schreibtisch lag ein riesiges katzenartiges Tier in tiefem Schlummer.

Der Mann, der sich hinter dem Schreibtisch erhob, war klein und gedrungen – nicht größer als Mike Asparian, aber doppelt so breit. Er trug eine schlichte, mit Motiven des Dunklen Landes verzierte Tracht und schwarze Riemensandalen aus geflochtenem Leder des Dunklen Landes. Der *Chill*-Translator, den er am Handgelenk trug, war das einzige Indiz für andere Regionen.

»Willkommen. Ihr seid die ersten Besucher.« Mit einer Handbewegung bedeutete er ihnen, auf den Stühlen am Konferenztisch Platz zu nehmen. »Heute erwarte ich noch die Abgesandten des Vereinigten Reiches, der *Strines* und der Gemeinschaft; die anderen werden heute nacht oder morgen eintreffen.«

Als Kiri die Trainees vorstellte, dachte Mikal an das Briefing zurück. Wie es hieß, beherrschte Rasool Ilunga fließend die Sprachen aller Regionen der Erde – sogar *Hiver*. Dennoch redete er ausschließlich in der Sprache des Dunklen Landes und bediente sich eines Translators und Inongo Kiris als Dolmetscher. Warum nur?

Mikes Blick wurde von Rasool Ilungas Gesicht unwiderstehlich angezogen. Der Mann war nicht alt, wahrscheinlich nicht älter als fünfunddreißig; aber sein Gesicht war zerfurcht und faltig, so breit und dunkel und verwittert wie ein alter Lederschild. Allein die Augen kontrastierten mit dieser Häßlichkeit: sie lagen glitzernd in tiefen Höhlen und waren von einem klaren und kräftigen Grau. Und sie waren intelligenter als alles, was Mike jemals gesehen hatte.

»Unser Land erstreckt sich nach Norden bis zum Großen Sandmeer«, hob Ilunga an, nachdem seine Gäste es sich bequem gemacht hatten. Es wurden Erfrischungen gereicht und Gläser mit Hochprozentigem verteilt. »Im Westen reicht unser Territorium bis zu dem Ort, an dem der Vater aller Flüsse in den Ozean mündet; im Osten bis zum Land der Kleinen Teufel; im Süden bis zu dem Punkt, wo das Herz der Welt das Ende der Welt berührt.«

Automatisch konvertierten die Trainees Ilungas blumige Rede in eine vertrautere Terminologie. Das Dunkle Land reichte im Norden bis zu der Wüste, die den gesamten afrikanischen Kontinent durchzog, im Westen bis zu dem Punkt, an dem der Zaire-Fluß in den Atlantischen Ozean mündete, und im Süden bis zum Afrikanischen Kap. Das Plateau im Osten war für eine Besiedelung ungeeignet; Fleckfieber, Malaria und *Rift-Valley*-Fieber verboten eine Ansiedlung von Menschen.

»Unser Land ist groß«, fuhr Ilunga fort, »unser Wohlstand ist leider nicht groß. Das kommt noch. Das Herz der Welt verändert sich. In der Vergangenheit haben die Zehn Stämme sich von den anderen Regionen isoliert.

Aber nicht länger. Wir werden uns von einer armen und technologisch rückständigen Gesellschaft in eine weltweit führende verwandeln.« Er hielt inne und schaute den Trainees der Reihe nach ins Gesicht. »Aha. Ich habe den Eindruck, daß ihr mir nicht glaubt. Da habt ihr auch recht. Man sollte die Menschen nämlich nach ihren Taten beurteilen und nicht nach ihren Worten. Aber wartet einmal ab. Ich verspreche euch, in weniger als zehn Jahren werden wir umfangreiche Handelsabkommen unterzeichnet haben. Und wer weiß, vielleicht wird einer von euch unser Chefunterhändler.«

Er stellte sein volles Schnapsglas auf den Tisch und erhob sich. »Leider drängt die Zeit. Ich muß mich nun anderen Obliegenheiten widmen. Es werden bereits die abschließenden Vorbereitungen für die Krönung getroffen. Deswegen bin ich leider nicht imstande, euch den Stolz der Zehn Stämme zu präsentieren. Aber Kiri wird euch alles zeigen, was ihr sehen möchtet. Wenn ihr euch aber lieber selbst im Lande umsehen wollt, stehen Fahrzeuge für euch bereit – ihr könnt sie nach Belieben nutzen. Jedermann ist angewiesen, euch in jeglicher Hinsicht behilflich zu sein. Hättet ihr noch irgendwelche Fragen oder sonstige Anliegen?«

Jake Kallario schaute auf seine Kameraden und schüttelte den Kopf. »Nein, Sir. Und falls wir Sie vor der Krönung nicht mehr sehen sollten, möchte ich mich jetzt schon in unser aller Namen für Ihre großzügige Gastfreundschaft bedanken.«

»Ich bin erfreut, euch hier willkommen zu heißen.« Ilunga lachte. »Ihr werdet vielleicht noch mehr Spaß an der Zeremonie haben als ich. Kiri wird euch die Krönungsstätte noch zeigen, und während der Feierlichkeiten seht ihr mich dann in meinen kaiserlichen Gewändern. Sie wiegen so viel wie ich selbst. Hoffen wir, daß es kälter wird.«

Trotz seiner höflichen Ansprache bestand kein Zweifel an der Tatsache, daß die Audienz nun beendet war.

Niemand sprach ein Wort, als sie erneut die Parade der in Doppelreihe angetretenen, herausgeputzten Wache abnahmen und dann die Treppe hinuntergingen. Im zweiten Stock verhielt Inongo Kiri den Schritt. »Die Zeit bis zum formellen Abendessen um zwanzig Uhr steht euch zur freien Verfügung«, sagte er. »Ich nehme an, daß bis dahin die Repräsentanten von wenigstens drei weiteren Regionen eingetroffen sind.«

Nachdem er gegangen war, wanderte die Händler-Gruppe ziellos auf dem Korridor umher. Niemandem gefiel die Vorstellung, sich wieder in diese heißen Räume zu begeben.

»Ich werde einen Spaziergang machen«, verkündete Melinda nach einigen Augenblicken. »Ich möchte mich davon überzeugen, ob die von ihm erwähnten Fahrzeuge auch fahrbereit sind. Wenn wir uns morgen dazu entschließen, die Gegend auf eigene Faust zu erkunden, möchte ich nicht zu Fuß zurückkommen.«

»Ich komme mit.« Mikal zögerte und sah dann Jake an. Cesar und Melinda zuliebe mußte er ihm den Olivenzweig wenigstens hinhalten. »Meinst du nicht, daß wir noch ein paar Minuten für eine Besprechung erübrigen sollten, bevor wir aufbrechen? Wir befinden uns hier in einer ziemlich merkwürdigen Position. Jeder von uns hat vielleicht andere Erkenntnisse gewonnen.«

Alle wandten sich Jake zu. Er schaute zu Boden und vermied es, Mikes Blick zu erwidern. »Du scheinst wohl zu vergessen, worauf wir uns vor unserem Abflug geeinigt hatten«, sagte er schließlich. »Wir handeln solo. Ich habe sicher nicht vor, mit Informationen um mich zu werfen.« Er schritt den Korridor entlang und verschwand in seinem Zimmer. Kurz darauf folgte Cesar ihm.

Melinda sah Mike achselzuckend an. »Nun, du hast es wenigstens versucht. Jake ist kein schlechter Kerl, aber er ist noch immer wütend, weil seine Freundin nicht zur Ausbildung zugelassen wurde, dafür aber du.«

»Ich weiß. Cesar hat es mir gesagt.« Mike schaute die Treppe hinunter. »Deshalb wollte er die Mission auch solo durchführen. Ich bin mir sicher, daß wir ohne dich jetzt eine Besprechung hätten. Mir wäre es auch jetzt noch am liebsten. Du mußt mir nichts sagen, wenn du nicht willst, aber ich werde dir gern erzählen, welche Eindrücke ich bisher gewonnen habe.«

»Wenn wir auch nur halbwegs auf derselben Wellenlänge liegen, müßtest du jetzt ziemlich irritiert sein. Rasool Ilunga weist nämlich nicht das typische Profil eines Einwohners des Dunklen Landes auf.«

»Nicht im geringsten. Nach all den Briefings, die wir bisher durchlaufen haben, hätte ich hier eigentlich eine primitive Gesellschaft erwartet. Die Fahrzeuge, Gebäude und Menschen stützen diese These, und eine gigantische, aufwendige Krönung paßt auch in dieses Bild. Aber Ilunga?« Mike schüttelte den Kopf. »Er hat anscheinend kein größeres Interesse an ausgefeilten Ritualen und pompösen Zeremonien als Daddy-O. Ich glaube, es war sein Ernst, als er davon sprach, das Dunkle Land in eine moderne Technologiegesellschaft zu verwandeln. Aber ich weiß nicht, was er einem Geschäftspartner wohl anzubieten hätte.«

»Und ist dir seine Kleidung aufgefallen? Sie war *schlichter* als die der anderen.« Melinda verstummte, als sie im Erdgeschoß angelangt waren. »Jetzt, wo du ihn gesehen hast, glaubst du wirklich, daß er Wert darauf legt, von Abgesandten aus aller Welt seine Krönung bestaunen zu lassen – und noch für ihr Erscheinen zu zahlen?«

Mike schaute sie an. »*Hat* er denn für unser Kommen gezahlt?«

»Jake hat es mir jedenfalls gesagt. Er muß viel bezahlt haben. Da haben wir also noch ein Rätsel. Was sollen wir nun tun?«

»Regel Achtzehn: ›Sammle so viele Informationen wie möglich …‹«

»›… und vergiß nicht, daß sie noch immer nicht ausreichen könnten.‹ Wie dem auch sei, Kiri hat gesagt, daß unsere Fahrzeuge gleich um die Ecke des Gebäudes stehen.« Melinda trat in die Nachmittagshitze hinaus. »Schauen wir mal, ob sie unser Gewicht überhaupt aushalten. Noch eine Datenquelle – obwohl mir nicht klar ist, welchen Nutzen wir daraus ziehen sollten.«

Vierundzwanzig Stunden später fragte Mike sich, ob er jetzt nicht bald genug Daten gesammelt hätte. Sie ergaben einfach kein sinnvolles Muster. Angefangen hatte es mit den Bodenfahrzeugen, die den Trainees zur freien Verfügung bereitgestellt worden waren. Anstelle von antiken Dreckschleudern waren er und Melinda vier moderner Elektrofahrzeuge ansichtig geworden. Sie waren neu, teuer und offensichtlich aus der Großen Republik importiert worden. Mit ihren Ballonreifen, dem hydraulischen Fahrwerk und den im Dach integrierten Solarzellen hatten sie mit einem Insassen eine nächtliche Reichweite von hundertsechzig Kilometern, bis die Batterien wieder aufgeladen werden mußten, und den anderthalbfachen Aktionsradius am Tag. Mike und Melly hatten mit einem solchen Fahrzeug eine Probefahrt unternommen und dabei festgestellt, daß es komfortabel, leise und einfach zu fahren war.

Das Abendessen war ein weiteres Paradoxon gewesen. Traditionelle Speisen des Dunklen Landes, aufgetragen von der neuesten Generation von *Chill*-Robotern; flackernde Petroleum- und Palmöl-Lampen neben biolumineszenten Sphären aus der *Strine*-Produktion.

Die geladenen Gäste wiesen denselben Kontrast zwischen alt und neu auf. Die Trainees hatten ermittelt, daß die anderen Anwesenden im Mittel fünfzig Jahre älter waren als sie. Mike war neben einer alten Chipponesin aus den Mondminen plaziert worden, einer runzligen Frau, die kein Wort des Idioms der Händler oder des Dunklen Landes verstand oder zumindest den Anschein erweckte. Jake Kallario hatte einen Platz neben einem graubärtigen Yankee-Bürgermeister bekommen; Cesar Famares saß neben einem sabbernden aristokratischen Wrack aus der Wirtschaftsgemeinschaft, das ihm eine Gratisprobe einer neuen – und garantiert süchtig machenden – Droge aus dem *Greaser*land offerierte.

Melinda glaubte sich glücklich schätzen zu können, mit einer sympathischen Enddreißigerin – bis die *Strine*-Matrone massive und unverhohlene sexuelle Annäherungsversuche startete.

Die vier Trainees verdrückten sich so schnell wie möglich, was sie mit dem vor ihnen liegenden langen Tag begründeten. Als Mike jedoch auf sein Zimmer gehen wollte, folgte Melinda ihm zur Tür. Sie zitterte noch immer. »Diese Frau! Hast du gesehen, was sie mit mir *gemacht* hat?« Ihre grauen Augen waren durch den Schock noch größer als sonst.

Mike zuckte die Achseln. »Ich weiß nicht, was sich unter dem Tisch abgespielt hat, aber darüber hat sie dir etwas ins Ohr geflüstert und deine Brüste gestreichelt. Ich bin kein Experte für die Sitten und Gebräuche der *Strines*. Ich weiß nur, daß es ein nettes Kompliment war. Gewöhne dich lieber daran, Melinda, du wirst mit noch schlimmeren Dingen konfrontiert werden, wenn du erst einmal reale Verhandlungen führst.«

»Dann bin ich nicht sicher, ob ich überhaupt Händler werden will. Für dich ist das ja kein Problem, Mike. Du bist solch ein kalter Fisch, daß diese Dinge einfach an dir ablaufen. Du regst dich über gar nichts auf.«

»Sicher. Irgendwann werde ich dir mal von meinem Leben in einem *Hive* erzählen.« Mike zögerte und öffnete dann die Zimmertür. »Komm noch eine Minute mit rein. Ich möchte dich etwas fragen.«

»Was denn?« Melinda war schon drin, noch bevor er den Satz beendet hatte.

Mike überzeugte sich davon, daß die Tür fest verschlossen war, bevor er ihr antwortete. »Wenn du willst, werde ich dir eine Information zukommen lassen. Ich habe die neben mir sitzende Chipponesin gefragt, ob sie uns auf unserer Rundfahrt durch den Norden begleiten möchte. Sie hat mich dabei angeschaut, als ob ihr Translator obszön stöhnen würde. Ich frage mich, ob deine Tussi dir überhaupt von *ihren* Plänen erzählt hat, bevor sie zu dem Schluß kam, daß dein Körper interessanter war.«

»Eigentlich nicht. Aber sie hat mich gefragt, ob wir die Handelsmesse besuchen, die noch vor der Krönung angesetzt ist. Sie findet in dem zweigeschossigen Gebäude westlich von unserem statt. Kiri hat nichts von einer Messe gesagt, woraus ich schließe, daß wir nicht eingeladen sind. Aber warum erwähnst du das überhaupt? Du möchtest doch sicher lieber das Dunkle Land erkunden, als ihre PR-Kampagne mitzuverfolgen?«

»Das ist sicher richtig. Aber findest du es denn nicht auch etwas merkwürdig, daß anscheinend alle Besucher hierbleiben, und wir vier – *nur* wir vier – im Dunklen Land umherwandern?«

»Wenn du es so siehst. Was willst du damit andeuten?«

Mike zuckte die Achseln. »Nichts. Vielleicht ergibt es morgen mehr Sinn.«

Aber das war nicht der Fall. Kiri hatte die vier nach einem kurzen Frühstück aufgesucht. Diesmal requirierte er ein kleineres und moderneres Fahrzeug. Nicht lange nach Sonnenaufgang waren sie schon unterwegs.

Sie fuhren auf der weißen Schotterpiste nach Norden, den Fluß entlang. Nach fünf oder sechs Kilometern tauchten mannshohe Büsche und hohes, stacheliges Gras auf der Ebene auf. An diesem Punkt knickte die Straße ins Landesinnere ab und durchschnitt die staubige Vegetation. Mike schaute mit zunehmender Spannung in Fahrtrichtung, während sie sich der Position der silbernen Turmspitzen näherten; zum erstenmal erhielt er eine annähernde Vorstellung von ihrer Höhe. Als das Fahrzeug aber nur noch drei oder vier Meilen von ihnen entfernt war, wurde die Straße von einer Sperre aus Dornenbüschen und Draht blockiert. Inongo Kiri fuhr einen weiten halbkreisförmigen Umweg.

»Eine Sperrzone«, erklärte er nüchtern in Beantwortung von Cesar Famares' Frage. »Wie Rasool Ilunga euch gesagt hat, befinden die Zehn Stämme sich auf dem Weg in eine neue technologische Ära. Er möchte den kommerziellen Wert unserer Arbeit schützen.«

Melinda saß wieder im Fond neben Mike. Sie nahm Blickkontakt mit ihm auf und formte mit den Lippen eine Frage. *Raketen?*

Mike nickte und lehnte sich im Sitz zurück. Fünfhundert Fuß hoch? Sechshundert? Eine verläßliche Schätzung war schwierig, weil Referenzobjekte fehlten und die genaue Entfernung nicht bekannt war. Aber ihre Höhe war dennoch enorm.

Der Großteil der Exkursion war trotz Kiris Vorschußlorbeeren eine herbe Enttäuschung. Sie folgten dem Fluß über eine Strecke von vielleicht hundertfünfzig Kilometern und legten an einer landwirtschaftlichen Station des Dunklen Landes eine Pause ein, wo Dutzende neuer Obst- und Gemüsesorten gezüchtet worden waren, und fuhren dann weiter ins Landesinnere, wo sie einen Druckwasserreaktor besichtigten. Die Visiten in beiden Einrichtungen beschränkten sich auf eine flüchtige Führung.

»Das ist natürlich noch kein Vergleich dazu, wie es in zehn Jahren hier aussehen wird.« Inongo Kiri bewährte sich als optimistischer Prophet. Er wedelte mit einer weiß behandschuhten Hand in Richtung der Kompressoren und Solarzellen. »Das ist erst der Anfang. Wir streben nämlich die Systemführerschaft bei biologischen und exotischen Werkstoffen an, um die *Strines* und Chipponesen auf ihrem eigenen Feld zu schlagen.«

»Und die Raketen?« fragte Cesar. Die Sperrzone spukte ihm noch immer im Kopf herum.

»Die … äh … Raketen?« Diese plötzliche Frage schien Kiri aus dem Konzept zu bringen.

»Es *waren* doch Raketen, oder? Was sagen die Chipponesen denn dazu?«

»Nun – im Grunde … ja, es waren Raketen.« Kiri hatte die Contenance verloren. »Wie ich schon sagte, ist das eine heikle Materie. Wir möchten unser Potential nicht verfrüht preisgeben. Wenn die Zeit gekommen ist …«

Sie setzten die Fahrt fort. Aber Inongo Kiris Redefluß war nun gebremst. Auf der Rückfahrt beantwortete er wohl ihre Fragen, sagte sonst aber nicht viel. Die Fahrt zurück zur Krönungsstadt verlief schweigend und nachdenklich.

Als sie dort ankamen, stand die Sonne schon tief am Horizont, aber die Handelsmesse war noch in vollem Gang. Sie hatten Zeit, die Exponate zu besichtigen, und gelangten dabei zu der Erkenntnis, daß der Akzent auf dem technischen Fortschritt lag. Die biologische Forschung sowie Kraftmaschinen nahmen einen hohen Stellenwert ein. Sie sahen Industriediamanten mit einem Durchmesser von einem halben Zoll und einzigartigem Schliff und absoluter Reinheit. Die Besucher aus dem Vereinigten Reich und der Wirtschaftsgemeinschaft standen sich die Füße platt. Aber der interessanteste Ausstellungsgegenstand fehlte. Wenigstens die Hälfte der im Dunklen Land gefertigten Güter mußte über eine substantielle Kapazität zur Beförderung von Nutzlast in den Weltraum verfügen. Dieser produktpolitische Aspekt wurde unterschlagen.

Cesar Famares hatte schon längere Zeit vor der Tafel mit den technischen Daten einer Ultrazentrifuge verweilt, als Mike zu ihm trat. Cesar schüttelte den Kopf. »Sieh dir einmal diese Rotationsgeschwindigkeit an.

Besser als alles, was du in der Gemeinschaft oder bei den *Chips* kaufen kannst. Ich erkläre es mir nur so, daß sie die Lager im Weltraum produzieren.«

»Mit dieser Ansicht stehst du offensichtlich nicht allein.« Mike sah zu einem Knäuel aus vier chipponesischen Delegierten hinüber, die aufgeregt durcheinanderredeten. Ein paar Schritte hinter ihnen stand Jake Kallario, der die Gruppe mit gleicher Aufmerksamkeit beobachtete. Als er sah, daß Mike und Cesar zu ihm hinschauten, wandte er sich um und verschwand in der Menge aus Besuchern und Einheimischen.

Um neunzehn Uhr wurde es schon dunkel. Die Handelsmesse schloß die Pforten. Die Menschen gingen zu dem offenen Platz vor dem Gebäude. Um zwanzig Uhr begannen die Festivitäten im Freien, ein Bankett am offenen Feuer, bei dem einheimische Akrobaten, Feuerschlucker und Tänzer auftraten. Bottiche mit eisgekühltem Punsch wurden von Bediensteten herbeigeschleppt. Die Größe der Gefäße und das Rezept des Getränks ließen den Schluß zu, daß Rasool Ilunga seine Krönung durch ein spektakuläres Besäufnis in die Geschichte eingehen lassen wollte.

Mike stand an der Peripherie des Platzes und betrachtete die Menge. Er konnte den Anblick dieser superben Industriediamanten nicht vergessen, und die Erinnerung rührte an etwas anderes, eine Randnotiz des Briefings, an dem sie alle vor dem Abflug von den Azoren teilgenommen hatten. Er lehnte sich gegen einen Pfeiler, starrte in die Dunkelheit und ließ die Ereignisse seit dem Verlassen des Flugzeugs Revue passieren. Er verfügte zwar über einige Teile des Puzzles – aber hier, bei den Krönungsfeierlichkeiten, würde er es nie zusammensetzen können.

Um 20:15 Uhr wußte er schließlich, was er zu tun hatte. Er stahl sich allein fort, schlüpfte behende durch die Menge und ging in der Dunkelheit zu ihrem Gebäude. Die Straße war leer. Mit dem *Chill*-Fernglas in der Tasche bestieg er ein Elektrofahrzeug und fuhr in nördlicher Richtung davon.

Es war Halbmond, und er war allein unterwegs. Mike konnte darauf verzichten, die Fahrzeugscheinwerfer zu aktivieren – und er wollte es auch nicht. Er beschleunigte. Der Wagen fraß die Kilometer regelrecht und flitzte wie ein schwarzer Geist über die Schotterstrecke. Nach zwanzig Minuten hatte Mike den durch einen Drahtzaun stabilisierten Dornenverhau erreicht.

Er bog von der Straße ab und versteckte das Fahrzeug in einem dichten Gebüsch. Während er zur Sperre zurückging, inspizierte er sie gründlich. Wurde sie durch irgendeine elektronische Überwachungsanlage gesichert? Dies war ein unkalkulierbares Risiko.

Als er zur Straße kam, legte er sich flach auf den Boden. Er kappte einige Drähte des Zauns und schlängelte sich durch die Lücke. Die Büsche waren mit formidablen Dornen bewehrt, und als er auf der anderen Seite wieder zum Vorschein kam, blutete er aus Kratzern im Gesicht und an den Händen; aber Alarm war anscheinend nicht ausgelöst worden.

Auf dieser Seite der Sperre war die Hecke zum größten Teil gestutzt worden. Er stand auf und ging langsam über unebenes, mit spitzem Gras bewachsenes Gelände. Die vor ihm aufragenden silbernen Türme wurden von einer ganzen Lichterfülle angestrahlt. Als er noch eine halbe Meile von ihnen entfernt war, stieß er wieder auf ein Hindernis in Gestalt eines zweiten Zaunes, dessen auf der Oberkante montierte Transformatoren nichts Gutes verhießen. Mike erdete einen Drahtstrang mit einem langen Grashalm. Ein Rauchwölkchen stieg auf, und der versengte Halm fiel zu Boden.

Er zog sich zu einer fünfzig Meter entfernten Bodensenke zurück, legte sich hinein und holte das Fernglas hervor. Der Restlichtverstärker lieferte ein ausgezeichnetes Bild des gesamten Bereichs jenseits des elektrischen Zauns.

Er spähte ein Raketentestgelände aus. Im linken Sektor befanden sich Anlagen zur Durchführung von stationären Triebwerkserprobungen, und im rechten Abschnitt waren Abschußrampen gebaut worden. In beiden Sektoren herrschte rege Betriebsamkeit; uniformierte Männer und Frauen wuselten umher.

Die nachtaktiven Insekten hatten Mikes ungeschützten Kopf und die Hände geortet. Da lag er nun, mit dem Fernglas vor den Augen, und bemühte sich, die Bisse zu ignorieren. Die sich vor ihm abspielenden Aktivitäten gewannen nun an Kontur und konzentrierten sich um die Anlagen für die stationäre Erprobung. Er sah, wie Abdeckungen von einer monströsen Rakete entfernt wurden, die an der Basis einen Durchmesser von dreißig Metern hatte.

Plötzlich hörte Mike ein Geräusch hinter sich. Er erstarrte. Jemand eilte an ihm vorbei, keine zwanzig Meter von der Position entfernt, an der er sich befand. Der Unbekannte erreichte ungehindert den zweiten Zaun, überprüfte ihn auf die gleiche Art, wie Mike es getan hatte, und verhielt dort. Mike wollte schon das Fernglas auf ihn richten, als er ein weiteres Geräusch vernahm. Diesmal schlich sich ein Mann in landestypischer Kleidung vorbei. Mike blieb wieder reglos liegen und hielt den Atem an, während der zweite Unbekannte vorrückte und nicht weit hinter dem ersten stehenblieb.

Jeder Laut, den er von sich gab, würde Mikes Gegenwart verraten. Lange Zeit lag er reglos da. Er spürte Insekten auf der bloßen Haut, die ihm in Ohren und Augen krabbelten. Schließlich erscholl von weit vorne ein rollender Donner. Das Mondlicht verblaßte vor dem hellgelben Feuerstoß eines Raketentriebwerks.

Mike drückte sich noch flacher auf den Boden. Die Flammen des verbrennenden Raketenbrennstoffs erleuchteten die Gegend in einem Umkreis von mehreren Kilometern. Das Licht kam vom Triebwerksprüfstand, und es war so hell, daß Mike jedes Detail des Tests erkannte – einschließlich der beiden Leute vor ihm. Einer war Jake Kallario; der andere, der in die Hocke gegangen war und Jake musterte, war ein Fremder in pechschwarzer Stammestracht.

Die schützende Dunkelheit war verschwunden. Wenn einer von ihnen sich umdrehte und in seine Richtung schaute …

Mike preßte das Gesicht auf die Erde. Nun loderten die Flammen um die gesamte Basis der gigantischen Rakete. Er roch den Rauch und spürte die Vibrationen, die über Wangenknochen und Schädel an das Rückgrat weitergeleitet wurden.

Zwei Minuten. Fünf Minuten. Dann erlosch das Feuer, und der Donner verhallte. Die Nacht wurde wieder stockfinster, und es kehrte Friedhofsruhe ein.

Mike lag reglos da und wartete darauf, daß die Augen sich wieder an die Dunkelheit akkommodierten und die überanstrengten Ohren ihr Hörvermögen zurückerlangten. Nach einigen Minuten konnte er wieder die Sterne sehen und das sachte Rauschen des Windes im trockenen Gras hören. Nach weiteren fünf Minuten hastete Jake zum ersten Zaun zurück. Dabei ging er ziemlich geräuschvoll vor. Sein schwarzgekleideter Schatten folgte ihm gleich darauf, wobei er unhörbar durch das Gras huschte.

Mike bewegte sich nicht. Er hatte das Fernglas an die Augen gesetzt und richtete es erneut auf die Einrichtungen hinter dem elektrischen Zaun. Arbeiter waren dort zugange und zogen Planen über das Triebwerk der plumpen Rakete. Dann gingen die Lichter aus, eins nach dem anderen, und die Intensität der Aktivitäten nahm langsam ab.

Mike stand auf und schaute sich um. Er war allein auf weiter Flur, und er mußte sich keine Gedanken wegen einer eventuellen Entdeckung mehr machen. Er lief zum Dornenverhau und schlängelte sich unter ihm durch.

Dann setzte er sich in das Elektrofahrzeug und fuhr mit hoher Geschwindigkeit zur Krönungsstadt zurück.

Zu seiner Überraschung waren die Feierlichkeiten noch in vollem Gange, als er dort eintraf. Mike schaute auf die Uhr und stellte erstaunt fest, daß es noch nicht einmal Mitternacht war. Die Leute standen in Gruppen beisammen, unterhielten sich, aßen und tranken am Rande des Platzes, und der Innenabschnitt war mit Tänzern angefüllt – Einzeltänzern, Paaren und Gruppen. Besucher und Einheimische wogten wild durcheinander.

Mike war schier am Verhungern. Er steuerte auf einen mit Speisen beladenen Tisch zu und lud sich einen Teller mit Bohnensalat und dampfendem Reis voll. Dann machte er mampfend die Runde. Binnen einer Viertelstunde hatte er mit fünfzig Fremden freundliche Worte gewechselt. Auf halber Länge der zweiten Seite des Platzes traf er Melinda.

»Wo bist *du* denn gewesen?« fragte sie stirnrunzelnd. »Wenn du und Jake …«

Sie wurde von Jubel und Pfiffen aus der Menge der Tänzer unterbrochen. Sie applaudierten einer Gestalt mit einem riesigen Bierseidel in der Hand, die den Springbrunnen erklommen hatte und nun taumelnd auf dem oberen Abschluß stand. Er nahm einen kräftigen Schluck aus dem Humpen, stieß einen Triumphschrei aus und kippte dann nach hinten weg. Tosender Beifall brandete durch die Menge, gefolgt von Schreien, als die Nächststehenden von einer Flutwelle überspült wurden.

»Das ist *Jake!*« stellte Melly ungläubig fest. »Komm mit.« Sie ließ Mike stehen und rannte zum Springbrunnen hinüber. Er ließ sich mehr Zeit. Als er dort angekommen war, hatten einige lachende Tänzer Jake bereits aus dem Wasser gezogen und hielten ihn in senkrechter Position fest. Er grinste blöde, wobei er den leeren Humpen noch immer in der Hand hatte.

»Wir übernehmen ihn«, sagte Melly. »Er ist doch in Ordnung, oder?«

»Absolut in Ordnung«, meldete Jake. Er schaute sie strahlend an, grunzte und sackte zu Boden.

»Hilf mir, ihn aufzuheben«, sagte Melly an Mike gewandt. »Ich glaube es einfach nicht – er ist voll wie eine Strandhaubitze, und das in seiner Eigenschaft als unser Gruppenleiter! Bringen wir ihn von hier weg.«

Mike und Melinda nahmen Jake am Arm und führten ihn durch die jubelnde Menge. Bierkrüge wurden erhoben, etliche Tänzer klopften Jake auf den Rücken, und der ganze Vorgang wurde von einem langen Trommelwirbel untermalt. Schließlich traten sie am Rand des Platzes in die Dunkelheit. Dort legte Jake eine Pause ein, richtete sich auf und wandte sich den beiden zu.

»Gut.« Seine Stimme klang nüchtern. »Danke. Und jetzt gehe ich schlafen.«

Er ging zügig in Richtung ihrer Unterkunft davon. Melinda schaute ihm nach. »Er ist ja gar nicht betrunken.«

»Nein, ist er nicht«, bekräftigte Mike. »Aber er hat die richtige Idee gehabt.«

»Du meinst, in den Springbrunnen zu fallen?«

»Nein, ich meine, schlafen zu gehen. Gute Nacht.« Mit diesen Worten folgte Mike Jake Kallario.

Zunächst waren die Insektenbisse nur lästig gewesen. Mike war viel zu beschäftigt damit gewesen, das Raketentestgelände zu observieren, um sich weiter darum zu kümmern.

Diesen Fehler würde er nicht noch einmal machen. Während er schlief, hatten sich um die Bißstellen zentimetergroße juckende, rote Quaddeln gebildet. Als Mike am nächsten Morgen in den Spiegel schaute, blickte er in ein seltsam aufgedunsenes, rotes und fleckiges Gesicht, in dem zwei schmale Augenschlitze standen.

Er verfluchte sich wegen seiner Dummheit. Vor dem

Schlafengehen hätte er ein Antibiotikum einnehmen sollen. An sich war er noch nie um eine Entschuldigung verlegen gewesen – die Sorge wegen seines Zustandes und seiner Befindlichkeit war mittlerweile von anderen Überlegungen zurückgedrängt worden. Aber das führte auch zu nichts. Wie sollte er sein desolates Erscheinungsbild bei der Krönungszeremonie plausibel machen? Eine Sonnenbrille würde das Gesicht etwas tarnen. Vielleicht würde es dann niemandem auffallen, daß seine Augen fast zugeschwollen waren.

Mike trug eine Salbe auf und schluckte eine Pille – besser spät als nie – und ging nach unten. Als er indessen in das helle Sonnenlicht vor dem Gebäude trat, erkannte er, daß er sich keine Sorgen zu machen brauchte. Die Party vom Vortag war anscheinend ein durchschlagender Erfolg gewesen. Am Gebäude lehnte die *Strine*-Matrone. Ihr Gesicht hatte einen galligen, grüngelben Teint – sogar die Lippen waren blutleer –, und sie hing da wie ein Sack Kartoffeln, als ob sie nicht an die Gravitation gewöhnt wäre. Sie hatte einen großen weißen Sonnenschirm in der Hand und trug die größte und dunkelste Sonnenbrille, die Mike jemals gesehen hatte.

»Guten Morgen.«

Die Matrone wandte sich bei Mikes Worten langsam um. »Für dich vielleicht, Süßer. Aber nicht für mich.« Sie schaute ihn nicht einmal an.

»Geht es Ihnen nicht gut?«

»Nicht gut? Ich hänge in den Seilen. Dieses verdammte Dunkelland-Gebräu! Hier, Schatzi, hilf mir zum Auto. Muß zur Zeremonie. Aber ich könnte Rasool Ilunga vollkotzen.«

Mike beschloß, sie zu begleiten. Im Vergleich zu ihr sah er aus wie das blühende Leben.

Die Vorbereitungen für die Krönungsfeierlichkeiten liefen angeblich schon seit zwei Jahren, aber dennoch war alles ein einziges Chaos. Die Hälfte der Logen auf der gegenüberliegenden Seite war noch nicht fertiggestellt. Mike wurde ein Platz in der dritten Reihe angewiesen, inmitten einer Gruppe Einheimischer, die offensichtlich die Nacht durchgemacht hatten. Sie tranken noch immer, sackten aber bereits auf ihren Plätzen zusammen. Als Rasool Ilunga, vermummt und inkognito unter einer halbmeterhohen Krone und in einem schweren, mit Gold und Purpur verbrämten Hermelin, in einer Sänfte erschien, war die Hälfte von Mikes Nachbarn bereits entschlummert. Die *Strine*-Matrone, die in der Reihe vor ihm saß, schnarchte vernehmlich.

Aber er konnte sie ohnehin kaum erkennen. Trotz der Medikation waren die Insektenbisse weiter angeschwollen. Er betrachtete die Welt mit schmalen Augen, unter dicken und entzündeten Lidern. Nach einer Weile gab er den Kampf auf und schloß die Augen ganz. Wenn sich jemand bei Mike nach der Krönung des großen Rasool Ilunga erkundigte, Imperator des Dunklen Landes, Licht der Welt, Regent der Zehn Stämme, würde er ihnen folgende Auskunft erteilen: Hitze, Staub, Blasinstrumente, Trommeln, Ansprachen und eine Waffenschau. Mit einer profunderen Analyse würden seine siechen Nachbarn auch nicht aufwarten können; und außerdem, so überlegte er müde, traf diese Beschreibung auf die meisten Krönungen in der Geschichte zu.

Nur einmal im Verlauf der Zeremonie, als Rasool Ilunga in vollem Ornat zur eigentlichen Krönung schritt, öffnete Mike, so weit er konnte, die schmerzenden Augen und beobachtete den Vorgang gründlich. Schwere goldbesetzte Gewänder, Reichsapfel und Zepter aus Gold und Elfenbein, eine Krone aus massivem Gold. Diese Insignien stellten das fehlende Teil in Mikes mentalem Puzzle dar.

Er schloß die schmerzenden Augen und ließ den Kopf auf die Brust sinken. Auf dem sonnenbeschienenen Platz unter ihm schleppte sich die Zeremonie endlos hin.

Anstatt einer Genesung trat eine weitere Verschlechterung von Mikes Zustand ein. Als sie sich von Inongo Kiri verabschiedeten, fieberte er und hatte Schmerzen. Das lächelnde Gesicht des Albinos verschwamm vor seinen Augen, und er mußte sich anstrengen, ihm die behandschuhte Hand zu schütteln. Als das Händler-Flugzeug Kurs auf die Azoren nahm, bekam Mike Schüttelfrost. Den ganzen Flug verbrachte er im Fiebertraum.

Lyle Connery warf bloß einen Blick auf Mike und wies ihn für vierundzwanzig Stunden in den San-Bereich ein.

»Malaria, Schlafkrankheit, Fleckfieber – oder alles zusammen. Was, zum Teufel, hast du angestellt? Betrachte nur mal dein Gesicht. Gelenkschmerzen?«

»Überall.«

»Könnte alles mögliche sein. Aber ein paar Spritzen bringen dich wieder auf die Reihe.«

»Was ist mit meinem Bericht?«

Connery lächelte. »Wenn ich du wäre, würde ich ihn im Lazarett schreiben. Wenn uns die Ergebnisse nicht zusagen, kannst du immer noch behaupten, im Delirium gelegen zu haben.«

Aber er lächelte nicht mehr, als am nächsten Tag Mike Asparian und Jake Kallario in sein Büro befohlen wurden. Mike fühlte sich noch immer elend, schwach und fiebrig, aber er wollte jetzt wissen, wie sein Bericht angekommen war. Er quälte sich aus dem Bett, kleidete sich an und ging die hundert Meter vom San-Bereich zum Büro. Er brauchte über zehn Minuten.

Als sie alle Platz genommen hatten, nickte Connery in Richtung des Monitors. »Daddy-O hat eure Berichte gelesen und ist jetzt auf Empfang. Wir befinden uns in einer ungewöhnlichen Situation. Vier Trainees begeben sich auf die eindeutige Mission, einer Krönung beizuwohnen. Vier Trainees, vier Berichte – und alle mit unterschiedlichen Interpretationen optischer und akustischer Vorgänge sowie der eigenen Handlungen.« Er blätterte in den vier auf seinem Schreibtisch liegenden Dokumenten. »Ihr könnt nicht alle recht haben. Ich fange mit euch beiden an, weil eure Geschichten am komplexesten sind. Jake, eine Frage: hast du in der Nacht vor der Krönung Alkohol getrunken?«

»Nein, Sir.«

»Aber du bestreitest nicht die Tatsache, daß du auf den Springbrunnen gestiegen und ins Wasser gefallen bist, wie Melinda und Mike an dieser Stelle aussagen? Davon steht nämlich nichts in deinem Bericht.«

»Ich bestreite es nicht.« Jake wirkte völlig ruhig. »Ich habe es nicht in meinem Bericht erwähnt, richtig; aber ich bin aus gutem Grund auf den Springbrunnen geklettert.«

»Um die Händler wie Narren aussehen zu lassen?«

»Nein, Sir. Damit auch wirklich jeder sehen konnte, daß ich am Abend vor der Krönung auf der Party war.« Jake warf Mike einen selbstgefälligen Blick zu. »Und sie haben das auch geschluckt, jeder von ihnen. Aus demselben Grund habe ich auch den Anschein erweckt, betrunken zu sein. Sehen Sie, Sir, als wir den Ausflug machten, war uns klar, daß man uns etwas verheimlichte. Das Dunkle Land hat ein Weltraumprogramm aufgelegt, von dessen Existenz wir nichts erfahren sollten. Transportwesen *und* Produktion – sie hatten auf der Handelsmesse Industriediamanten ausgestellt, Prachtstücke, die so groß und rein waren, daß sie nur in der Schwerelosigkeit hergestellt worden sein konnten. Aus diesem Grund beschloß ich, ihr Hauptwerk im Norden der Stadt unter die Lupe zu nehmen. Im Schutz der Dunkelheit ließ ich die anderen drei auf dem Fest zurück und fuhr zum Raumfahrtzentrum hinaus. Und dort wurde ich Zeuge der Triebwerkserprobung einer Rakete, die so groß war wie die Flugkörper der Chipponesen. Die Zehn Stämme sind weiter entwickelt, als die Welt glaubt. Daraus folgere ich, daß sie nun eine mächtige Region mit dem Potential zum Raumflug sind.«

»Genau das steht auch in seinem Bericht.« Daddy-O schaltete sich in das Gespräch zu. *»Habt ihr zwei euch während der Mission ausgetauscht?«* Die beiden Jugendlichen schüttelten den Kopf. *»Also wußtest du nicht, Jake Kallario, daß du laut Mikal Asparian auf diesem nächtlichen Ausflug beschattet wurdest? Von einem Dunkelländer?«*

Jake starrte zuerst Daddy-O und dann Mike an. »Ich bin sicher, daß mir niemand folgte.« Er verstummte. »Zumindest glaube ich es – und woher will er das überhaupt wissen?«

»Weil er an jenem Abend ebenfalls die Anlage aufgesucht hat. Er hat dich gesehen und deinen Schatten. Mikal Asparian, bitte deinen Bericht.«

Trotz der medizinischen Behandlung war Mike noch immer in schlechter Verfassung. Er versuchte, ein Zähneklappern zu unterdrücken. »Ich bin sicher, daß wir *beide* beschattet wurden, obwohl ich meinen Verfolger nicht gesehen habe. Als wir von der Exkursion zurückkamen, hatte ich wie Jake Kallario den Eindruck, daß man uns etwas vorenthalten hatte. Aber ich reagierte anders als er. Wenn man ein Geheimnis bewahren will, sorgt man doch wohl dafür, daß niemand in dessen Nähe gelangt. Am allerwenigsten läßt man jemand anders einen kurzen Blick darauf werfen und gewährleistet dann, daß der Betreffende die Zeit und Gelegenheit hat, später wiederzukommen und die Sache ausgiebig zu betrachten. Aber genau das ist in unserem Fall geschehen. Und wir – die Händler-Trainees – waren die einzigen, denen man die Ausspähung des Raumfahrtzentrums ermöglichte, inklusive leichten Zugriffs auf Bodenfahrzeuge. Soweit ich weiß, haben die anderen Besucher die Krönungsstadt nicht verlassen. Ich bin zu dem Schluß gekommen, daß man uns einen Köder ausgelegt hat. Rasool Ilunga und Inongo Kiri *wollten*, daß wir zurückfahren und uns nochmals umsahen.«

»Das ergibt keinen Sinn.« Jake schüttelte den Kopf. »Wenn sie wollten, daß wir es sehen, hätten sie es uns auch gleich selbst zeigen können.«

»Genau das irritiert mich ja.« Mike erzitterte und wandte sich Lyle Connery zu. »Warum wollten sie, daß wir uns anschleichen? Und warum haben sie dafür gesorgt, daß wir es nur nachts tun konnten? Ich wußte es nicht – bis ich die Testzündung gesehen habe. Das war recht eindrucksvoll, viel Lärm und Getöse, der Probelauf einer neuen, gigantischen Rakete. Es war ohrenbetäubend. Der Vorgang wäre in der Krönungsstadt leicht zu hören gewesen – hätte dort nicht gerade eine riesige Party stattgefunden, auf der jeder sich unterhielt und die Musik spielte. Also war der nächtliche Test unter dem Aspekt der Geheimhaltung durchaus sinnvoll. Aber je länger ich darüber nachdachte, desto klarer wurde mir, daß Schein nicht gleich Sein gewesen sein mußte. Jake und ich befanden uns in beträchtlicher Entfernung, noch vor dem Zaun. Bei der Erprobung konnten ebensogut auch alte Festbrennstoffraketen gezündet worden sein, und zwar eine ganze Reihe; alte Waffen, die auf einem Haufen lagen. Sie mußten im Grunde *überhaupt* nichts tun, sondern uns nur einen Test suggerieren. Kein ›Raumfahrtprogramm‹ des Dunklen Landes, nur eine raffinierte Illusion. Und warum nachts, ausgerechnet in jener Nacht? *Weil wir es dann mit eigenen Augen sehen konnten.* Wir sind perfekt manipuliert worden. Die Leute, die uns beschattet hatten, mußten der Anlage den Zeitpunkt zum Beginn der Show signalisiert haben.«

Mike verstummte. Er wünschte, er wäre wieder im Bett. Als er noch in der Krönungsstadt war, schien seine Logik stichhaltig zu sein; jetzt wirkte sie jedoch schwach. Jake Kallario starrte ihn ungläubig an, und Lyle Connerys Gesichtsausdruck war verschlossen.

»Aber weshalb ihr?« fragte Connery leise. »Warum sollten Rasool Ilunga und Inongo Kiri gerade vier

Händler-Trainees zum Narren halten? Warum nicht die Chipponesen oder die *Strines?* Warum *überhaupt* jemanden?«

»Das ist doch lächerlich«, kommentierte Jake. Sein Gesicht war bleich. »Du willst also sagen, daß die Dunkelländer ein Raumfahrtprogramm simulieren. *Warum sollten sie?*«

»Nun, Mikal Asparian?« meinte Daddy-O. *»Das sind berechtigte Fragen. Kannst du sie beantworten?«*

»Ja.« Mike zwang sich dazu, sich gerade hinzusetzen und sah in die Kamera. »Ich habe Antworten. Du hast sie uns ja selbst gegeben. In den Briefing-Unterlagen für die Mission hattest du gesagt, daß die Chipponesen das Dunkle Land als potentiellen äquatorialen Start- und Landeplatz ins Auge gefaßt haben. Korrekt?«

»Völlig korrekt. Sie haben das schon seit einiger Zeit erwogen. Sie benötigen eine permanente, erdgestützte Einrichtung.«

»In Ordnung. Ilunga ist ein Befürworter dieses Arrangements. Händler-Regel: ›Jede Verhandlungstaktik ist möglich.‹ Rasool Ilunga herrscht über eine unterentwickelte Region, und er hatte den Chipponesen nicht viel anzubieten. Aber er ist sehr intelligent, und zudem halte ich ihn für einen schlauen Fuchs.«

»Rasool Ilunga ist Teilnehmer des Schach-Netzwerkes. Nach meiner Wertung hält er Platz Vier der Weltrangliste der terranischen Spieler, noch vor Max Dalzell.«

»Dann können wir also davon ausgehen, daß seine Aktionen nicht immer zum Nennwert zu nehmen sind. Sehr gut. Alles, was wir im Dunklen Land gesehen haben und alles, was wir dort erlebt haben, ergibt nur dann einen Sinn, *wenn man es als Präliminarien für Verhandlungen zwischen den Zehn Stämmen und den Chipponesen interpretiert*. Ilunga hat einen Eröffnungszug gemacht und uns dabei die Rolle von Bauern zugedacht.«

Mike beugte sich vor und sprach schnell. Sein Kopf wackelte. Er mußte es noch loswerden, bevor er zusammenbrach. »Eine andere Händler-Regel besagt: ›Zeige niemals, daß du auf das Angebot angewiesen bist.‹ Ilunga braucht dringend einen Vertrag mit den Chipponesen. Aber er erweckt den Anschein, ihn eben nicht zu brauchen. Er will, daß wir den Chipponesen mitteilen, er habe ein eigenes großes Raumfahrtprogramm aufgelegt – das wir mit eigenen Augen gesehen haben. Wenn Händler sagen, daß etwas so sei, glauben es die anderen Gruppen in der Regel auch. Und die Vertreter der Chipponesen in der Krönungsstadt werden das sicher glauben. Sie haben Artefakte gesehen – die Industriediamanten –, die entweder eine überlegene irdische Technologie oder das Potential zur Weltraumproduktion voraussetzen. Natürlich konnte Ilunga den Chipponesen sein ›Testzentrum‹ nicht präsentieren – sie hätten den Schwindel sofort durchschaut. Aber vier geschwätzige Händler-Trainees, die er wie kleine Kinder nach Belieben dirigieren und aus einer angemessenen Entfernung zuschauen lassen konnte …«

Mike erzitterte und schwankte auf dem Stuhl. Lyle Connery ergriff seinen Arm und stützte ihn. »Ruhig jetzt. Mein Gott, du bist ja völlig fertig. Du mußt ins Lazarett zurück. Warum hast du mir denn nicht gesagt, daß es dir so schlecht geht? Kallario, hilf mir.«

Mike ließ sich vom Stuhl hochziehen. »Mir geht es gut. Ich mußte herkommen, um meine Handlungsweise zu erklären.«

»Ja, du gehst jetzt.«

»Ich kann selbst gehen.«

»Ich helfe dir.« Während Mikes Rede hatte man Kallarios Emotionen vom Gesicht ablesen können. Unglauben, Unbehagen und schließlich Ressentiment. »Aber wenn du mit all dem richtig liegst, dann stehen wir anderen wie Idioten da.« In seiner Stimme schwang Bitterkeit mit, als er Mike auf die Füße half. »Das ist für mich noch am schwersten zu akzeptieren. Komm mit. Ich bringe dich wieder ins Lazarett.«

Mike legte den Arm um seine Schulter, und sie verließen den Raum. An der Tür blieb Jake stehen. »Warte eine Minute. Vielleicht haben sie den Raketentest wirklich nur simuliert. Aber was ist mit den Industriediamanten? Jeder stimmt darin überein, daß sie ohne Hochtechnologie-Programme und Weltraumfertigung nicht produziert werden können. Das ist doch richtig, Daddy-O?«

»Ganz recht. Ich kenne kein erdgestütztes Syntheseverfahren.«

Alle Blicke waren auf Mike gerichtet.

Er nickte. »Dieser Problematik war ich mir wohl bewußt. Aber dann fiel mir ein, daß wir die Antwort darauf auch schon während unserer Einweisung erhalten hatten. Aber ich konnte sie erst im Verlauf der Krönungszeremonie verifizieren. In den Unterlagen stand etwas von den berühmten Kronjuwelen, die Rasool Ilunga anlegen würde – könntest du den Wortlaut für uns zitieren?«

»›*... Er plant eine grandiose Krönung*‹«, hob Daddy-O ohne wahrnehmbare Verzögerung an, »›*auf der er den Reichtum des Dunklen Landes zur Schau stellt. Und um dieser Zeremonie beizuwohnen, mit ihren juwelenbesetzten Roben und Amtsinsignien von unschätzbarem Wert, hat Ilunga Repräsentanten aus allen Regionen geladen.‹ Ist das der Wortlaut, auf den du dich beziehst?«*

»Exakt. Ich habe gut aufgepaßt. Während der Zeremonie habe ich etliche Meter goldbesetzten Tuchs gesehen und eine Krone aus massivem Gold. Allen anderen Anwesenden muß das auch aufgefallen sein. Aber offensichtlich hat sich niemand die Frage *nach dem Verbleib der Juwelen* gestellt.«

Connery sah Jake an, der einen Moment überlegte und dann zögernd nickte. »Er hat recht. Ich habe auch keine Juwelen gesehen.«

»Wo waren sie also?« Mit vorgerecktem Kopf wandte Mike sich Kallario zu. »Ich sag's dir. Sie waren auf der Handelsmesse. Man *erzählte* uns etwas von ›synthetisch‹ – jedenfalls stand es so auf dem Schild –, und so *hielten* wir die Steine auch für synthetisch. Es ist niemandem in den Sinn gekommen, daß wir vielleicht *echte Edelsteine* sahen, die schönsten des Dunklen Landes – was gleichbedeutend mit den schönsten der ganzen Welt ist. Rasool Ilunga hat sie von seiner eigenen Krönung abgezogen, um die Besucher zu narren. Das war sein raffiniertester Schachzug. Und er hat funktioniert.«

»Nicht ganz«, korrigierte Daddy-O. *»Aber es hätte nicht viel gefehlt. Geh jetzt und ruhe dich aus.«*

Auf Kallarios Schulter gestützt, wankte Mike hinaus. Lyle Connery schaute ihnen nach, bis sie außer Sicht waren, und wandte sich dann wieder dem Rechner zu.

»Anscheinend kommen die beiden jetzt gut miteinander aus«, sagte Daddy-O. *»Glaubst du auch, daß dies der Fall ist?«*

Connery schüttelte den Kopf. »Jake Kallario wird ein guter Händler werden. Er hat sich auf dieser Mission bewährt, und er hat bereits gelernt, seine Gefühle zu verbergen. Aber ich vermute, daß er Mike Asparian jetzt mehr haßt als je zuvor.«

»Unglücklicherweise habe ich auch diesen Eindruck. Dies ist ein Problem, das demnächst gelöst werden muß, aber nicht heute. Im Augenblick bestätigt diese Mission meine früheren Überlegungen. Das Quartett ist bereit zur Auflösung. Sie sollten nun auf Einzel-Missionen geschickt werden.«

»Jetzt schon? Willst du damit sagen, daß du Mike Asparians Analyse für plausibel hältst?«

»Natürlich.« Wenn eine elektronische Stimme hätte erstaunt klingen können, dann war das jetzt der Fall. *»Keine andere Interpretation der Vorgänge in der Krönungsstadt wäre auch nur annähernd plausibel. Das einzig Erstaunliche daran ist nur, daß diese Interpretation von Asparian stammt. Eigentlich war das von einem Trainee überhaupt nicht zu erwarten.«*

»Du hattest gesagt, daß es ihm an Selbstvertrauen mangelte. Glaubst du denn, er hat jetzt welches?«

»In ausreichendem Maße.«

»Dann wird er ein Top-Händler werden. Er hat das Zeug dazu.«

»Nein. Eines Tages vielleicht, aber ich identifiziere bei ihm neun kritische Punkte, die noch einer weiteren Entwicklung bedürfen.«

»Ich wüßte nicht, welche das sein sollten.«

»Dann müssen wir sie erörtern und die Zukunft planen. Es handelt sich um folgendes.« Daddy-O stieß einen fast menschlichen Seufzer aus, als er Daten an Connerys Rechner übermittelte und die Missions-Datei schloß. *»Es war ein annähernd perfektes Ergebnis einer heiklen Mission.«*

»Du bist zu kritisch. Ich würde sagen, es war perfekt. Was hast du denn daran zu bemängeln?«

Daddy-O antwortete nicht sofort. »Nichts, was diese Händler-Trainees betrifft. Aber alte Computer dürfen manchmal träumen. Ich stelle mir immer wieder diese Frage: was könnten wir nicht alles erreichen, wenn Rasool Ilunga für uns arbeiten würde? Eine perfekte Mission hätte auch dieses Ziel irgendwie erreicht ...«

Neun kritische Punkte in Asparians Persönlichkeit, die einer weiteren Entwicklung bedürfen; und ein zehnter, der nicht genannt werden darf. Diese Überlegung behielt Daddy-O indessen für sich. Simultan zur Kommunikation des Rechners mit Lyle Connery erfolgte ein interner Datentransfer. Dieser Vorgang war von außen nicht wahrnehmbar und erfolgte auf der Ebene von Daddy-O's Betriebssystem.

Aufgrund seiner Beschaffenheit verfügte der Computer über eine fast unendlich hohe Rechengeschwindigkeit und eine unendliche Geduld. Daddy-O hatte schon zwei Menschenalter gewartet. Jetzt zeigte die versteckte Datei, daß ein weit entferntes und uraltes Ziel einen Schritt nähergerückt war.

KAPITEL 6

R*egel 20: Bleib, wo du bist; Hilfe ist unterwegs.*

Und wenn ein Händler-Trainee das nicht glauben wollte, zitierte Daddy-O immer den Fall Jack ›Darling‹ Lester. Der war den *Strines* irgendwie auf die Füße getreten, und, noch schlimmer, er weigerte sich, ihnen das Wesen seiner geheimen Mission zu enthüllen.

Sie hatten ihrer ablehnenden Haltung nachhaltig Ausdruck verliehen. Als er schließlich von einem Händler-Kommando gerettet wurde, war er in keiner guten Verfassung. Ihm fehlten Arme und Beine. Die *Strines* hatten ihm die Geschlechtsteile abgeschnitten und dann die Augen ausgestochen. Als er dann immer noch nicht den Zweck der Mission preisgeben wollte, wurden sie erst richtig ärgerlich. Sie hatten ihm die Haut abgezogen, die Trommelfelle zerstört, alle Zähne gezogen und die Zunge herausgeschnitten. Damit hatten sie sich selbstverständlich Zeit gelassen, immer nur ein bißchen auf einmal, um ein Maximum an Qualen zu gewährleisten, wobei sie ihre Lebensverlängerungs-Techniken einsetzten, um sein vorzeitiges Ableben zu verhindern. Schließlich hatten sie noch Herz, Leber, Lunge und Nieren entfernt und ihn in einen Überlebenstank gesteckt. Das war natürlich eine besondere Gemeinheit, denn diese Operationen waren nicht einmal schmerzhaft.

Das Sonderkommando hatte ›Darling‹ Lester rausgeholt, ihn wieder zum Stützpunkt auf den Azoren gebracht und sein Gehirn an Daddy-O angeschlossen. »Wo habt ihr nur so lange gesteckt?« waren seine ersten Worte.

Den Händler-Trainees, welche diese Geschichte mit

Skepsis aufnahmen, wurde ein hieb- und stichfester Beweis vorgelegt: sie konnten hingehen und ihn sich selbst ansehen. Jack Lester war noch am Leben, im Lazarett des Ausbildungslagers.

Er war ausgesprochen guter Dinge. Er bekam oft Besuch. Und jedem erzählte er, daß er nur deswegen nicht in das Innere des *Strine*-Gebietes vorgedrungen war, weil er wußte, daß Hilfe unterwegs war.

»Können wir etwas für dich tun?« erkundigten sich die besorgteren – oder unsensibleren – Besucher.

»Vielleicht eine Pepperoni-Pizza?« meinte Jack. *»Oder wenn ihr besonders gut drauf seid: unten in Punta Arenas gab es mal eine Greaser-Hure mit einer enormen Oberweite. Jede Wette, daß sie noch immer dort ist. Ihr Name ist Little Suzie. Ich habe mich immer gefragt, was das wohl für ein Gefühl wäre, mal auf sie draufzuspringen. Natürlich hat sie Tripper und Syphilis, aber wenn ihr hingeht, sie euch vornehmt und mir dann ausführlich Bericht erstattet, werde ich euch den Fick von meiner Pension bezahlen.«*

Natürlich war Jack Lester beziehungsweise das, was von ihm noch übrig war, dem Wahnsinn verfallen. Seine Konversation war der Beweis dafür. Aber er war auch der beste Beweis für die Händler, daß immer Hilfe unterwegs war.

›Darling‹ Lester war ungefähr der letzte, an den Mike Asparian dachte, als er in Lyle Connerys Büro saß. Er hatte sich mit wichtigeren Dingen zu befassen. Jetzt ging es für ihn nämlich ums Ganze, der letzte Test, der darüber entschied, ob er ein vollwertiger Händler werden würde oder nicht.

»Bei der Abschlußprüfung bist du natürlich berechtigt, die Hilfe eines Mentors in Anspruch zu nehmen«, sagte Lyle Connery. »Aber ich fürchte, daß wir im *Strine*-Territorium Probleme mit der Kommunikation bekommen. Vielleicht ist dort ein *Chill*-Störsender stationiert. Wenn du den Kontakt verlierst, mußt du auf das altbewährte Reservesystem zurückgreifen. Dies ist eine Händler-Speicherscheibe. Wir hatten sie als Standard-System verwendet, bevor die Mentoren aufkamen. Sie ersetzt den obersten Hemdknopf.«

Mike blickte fragend auf den Ausbildungsleiter und dann auf die winzige Scheibe, die vor ihnen auf dem Tisch lag. Sie hatte einen Durchmesser von etwa einem Viertelzoll und bestand aus einer weißen, perlartigen Substanz.

»Keine Sorge, sie funktioniert trotz ihrer geringen Größe.« Connery streckte einen muskulösen, bloßen Arm aus und hielt die Scheibe senkrecht zwischen Daumen und Zeigefinger. »Audiovisuell. Nicht so gut wie ein Mentor, aber trotzdem ordentliche Qualität. Alles, worauf du zu achten hast, ist ein freies Blickfeld. Du mußt sie auf jeden Fall wieder zurückbringen – schlucke sie hinunter, wenn es sein muß.«

»Aber angenommen, sie – was, wenn ich …«

»… du sie ausscheidest?«

»Ja.«

»Das wirst du nicht. Wenn die Scheibe mit Magensäure in Berührung kommt, fährt sie Krallen aus und arretiert sich. Sie wird so lange in deinem Magen bleiben, bis wir sie herausholen.«

Erneut schaute Mike in Lyle Connerys ausdrucksloses Gesicht. Dies war die Abschlußprüfung. Wollte man der Gerüchteküche des Lagers Glauben schenken, dann mußten die Trainees sich auf jeden Trick aus der Dienstvorschrift einstellen. Aber sicher gab es auch Grenzen. »Angenommen, die *Strines* holen sie vor euch heraus?«

»Dieses Risiko besteht natürlich. Aber du kannst es minimieren. Sage ihnen, du wärst ein Mulatte. Dann werden sie nicht so schnell auf die Idee kommen, dich aufzuschneiden. Ihre ausgefeiltesten Verhörmethoden reservieren sie nämlich für Weiße. Ist zwar unlogisch, aber darauf sind sie eben programmiert.«

»Gemäß meines genetischen Codes *bin* ich ein halber Schwarzer.«

Connery konsultierte den vor ihm stehenden Monitor. »Das ist richtig. Dann müßtest du sie also auch überzeugen können.« Die Scheibe rollte über den Tisch auf Mike zu. »Noch etwas: hat dich irgend jemand wegen eines Mentors angesprochen?«

»Nein. Die Leute im medizinischen Labor haben nur gesagt, sie warteten darauf, daß Daddy-O jemanden mit der erforderlichen *Strineland*-Erfahrung vorbeischickte.«

Connery runzelte die Stirn. »Das sollte kein Problem sein. Ich werde herausfinden, was Daddy-O vorhat. Du wirst ein bis zwei Tage brauchen, um dich auf den Mentor vorzubereiten, und in achtundvierzig Stunden geht dein Flug nach Orklan. Wir haben nicht viel Zeit. Du mußt jetzt gehen und deine Ausrüstung überprüfen, und dann bekommst du eine Spritze gegen die Zeitverschiebung und Seekrankheit. Du kannst das alles in der Klinik erledigen lassen. Könntest auch jetzt schon hingehen.«

Damit war Mike entlassen. Lyle Connery wartete, bis er gegangen war, und schüttelte dann den Kopf. Er schaltete eine Bild-/Sprechverbindung zu Daddy-O.

»Bist du auch wirklich sicher, daß du das tun willst?« fragte er, als die Bereitschaftsanzeige aufleuchtete. »Ich muß wohl annehmen, daß du weißt, was du tust – aber in meinen fünf Jahren als Ausbilder habe ich noch nicht erlebt, daß mit einem Trainee auf diese Art verfahren wurde.«

»Präzisiere deine Bedenken.«

»Du behandelst Asparian nicht fair. Das ist jetzt seine erste Einzelmission. Im Grunde ist das eine vorgezogene Händler-Abschlußprüfung. Aber dieses Missionsprofil würde selbst einen Händler mit zwanzig Jahren Berufserfahrung schrecken. Das ist einfach zu schwer für ihn.«

»Muß ich dich erst daran erinnern, daß du es warst, der

andauernd Asparians überlegenes Talent und Potential gerühmt hat?«

»Ich glaube durchaus, daß er darüber verfügt. Aber er ist trotzdem noch ein Trainee, um Himmels willen. *Willst* du denn, daß er versagt?«

»Das will ich sicher nicht.« Daddy-O's Stimme klang kalt und geschäftsmäßig. *»Aber meine Analysen haben mich zu der Ansicht geführt, daß der konventionelle Händler-Ansatz nicht zur Lösung dieses Problems beitragen kann. Und wie du weißt, bin ich ebenfalls an der Ermittlung von Asparians Potential interessiert. Mit einer konventionellen Mission wäre das nicht möglich.«*

»Schön, teste ihn auf jede nur denkbare Art – aber laß ihn nicht ganz ohne Unterstützung! Es wäre eine wahre Schande, ihn zu verlieren. Ich hoffe, daß du wenigstens einen erstklassigen Mentor ausgewählt hast.«

»Den besten, den es gibt.«

»Gut. Das ist wenigstens etwas. Ich helfe jetzt besser Asparian bei den Vorbereitungen.« Kaum hatte Lyle Connery die Verbindung unterbrochen, als ihm auch schon Bedenken kamen. Der beste Mentor – für das Innere des *Strine*-Territoriums? Erneut stellte er eine Verbindung zu Daddy-O her. »Toto Larsen hat einen anderen Auftrag. Wer wird dann Asparians Mentor sein?«

»Wer wohl?« Die synthetische Stimme klang müde. *»Jack Lester ist ein besserer Kenner der Strine-Psychologie als Toto Larsen oder sonst ein Händler.«*

»Der ›Darling‹! Wie willst du Mike Asparian *diese* Wahl erklären?«

»Ich werde es ihm nicht erklären.« Es erfolgte eine kurze Pause, während Daddy-O einen Teil seiner Netzwerkkapazität zur Bearbeitung einer umfangreichen neuen Datenbank abstellte. *»Das wirst du tun.«*

KAPITEL 7

Ein erfahrener Händler konnte das Festland der *Strines* auf drei verschiedenen Wegen erreichen. Wenn er schon einmal dort gewesen und freundlich aufgenommen worden war, konnte er sich per Flugzeug direkt nach Swales und BigSyd begeben. Oder er konnte mit dem Schiff einen der Handelshäfen an der Südküste der *Strines* anlaufen. Und ›er‹ bedeutete auch *er*: Die *Strine*-Matronen duldeten keine weiblichen Händler auf dem Festland.

Und wenn er verrückt und völlig verzweifelt war, dann konnte er auch von Norden kommen. Ein Händler konnte jeden verdammten, irren Weg durch die nördliche Wüste nehmen, wo die Grenze des radioaktiven Niederschlags nach Südosten verlief. Die Küste war unbewacht. Hier gediehen seltsame Typen, selbst nach den Maßstäben der *Strines*. Und sie waren noch schlimmer, als sie aussahen.

Mike hatte die nördliche Route ganze fünf Sekunden erwogen, und dann ließ er diese Option schaudernd fallen. Selbst wenn er die Wüste bewältigen sollte, was dann? Noch bevor er nach Berra oder BigSyd oder sonst einen größeren Ort gelangte, würde er den Stämmen des Binnenlandes in die Hände fallen, sofern er nicht großes Glück hatte oder sich sehr geschickt anstellte.

Da er sich quasi als Neophyt auf seine erste richtige Mission begab, kam Mike zu dem Schluß, daß er auf dem Landweg keine reelle Chance hatte. Also mußte er sich auf die zweite Option verlegen und den Seeweg nehmen. Er würde zunächst nach Orklan fliegen und dann per Schiff in westlicher Richtung nach BigSyd an der Ostküste reisen. Von dort würde es eine schwierige Überlandfahrt in den schlimmsten Sektor des Inneren werden – nur ein paar hundert Kilometer südlich der Wüste.

Und *nachdem* er im Innern angelangt war, würde es erst richtig hart werden. Nach Connerys Aussage wurde er von den Strines bereits ›erwartet‹. Wenn er ihn damit beruhigen wollte, hatte er indes das Gegenteil erreicht.

Der Flug nach Orklan in einem Händler-Transporter war eintönig, aber komfortabel. Mike nutzte die Zeit, einen letzten Blick auf die Unterlagen mit den Instruktionen zu werfen. Die Vorliebe der *Strines* für Schwerter und Messer klang nicht verheißungsvoll. Mike hatte seit dem Verlassen des Dunklen Landes kein Schwert mehr gesehen, und er war sicherlich nicht in der Lage, eine solche Waffe zu handhaben. Genauso wenig wollte er es auch versuchen.

Orklan war klein und verschlafen. Den richtigen Kulturschock erlitt er jedoch, als er das Flugzeug verließ und an Bord des an der Pier liegenden *Strine*-Schiffes ging. Obwohl das mit drei Schornsteinen bestückte, große Schiff völlig verlassen schien, wurden binnen zwei Minuten nach seinem Eintreffen die Maschinen hochgefahren, und das Schiff manövrierte sich aus dem Hafen von Orklan hinaus.

»Die Besatzung – wo ist sie?« Mike artikulierte die Frage subvokal tief in der Kehle. Die Schwingungen liefen zu einem organischen Konverter im Kleinhirn, der einen Hyperfrequenz-Impuls generierte und ein gerichtetes Signal emittierte. Mike wartete den erforderlichen Sekundenbruchteil ab, während die Botschaft in einen synchronen Orbit ging, von einem chipponesischen Relais-Satelliten aufgefangen, zu den Azoren hinunter abgestrahlt wurde und wieder zurücklief.

»*Wahrscheinlich schlafen sie.*« Jack Lesters Stimme drang amüsiert an Mikes linkes Ohr. »*Und überhaupt dürfte es auch nur ein Besatzungsmitglied geben. Schau mal in deine Unterlagen, Kumpel. Keine Sorge, wir werden ihn unterwegs schon noch finden. Mach es dir hier bequem. Diese Schiffe werden vollautomatisch gesteuert – die Strines verwenden die besten Mikroprozessoren, die Cap City produziert. Wenn es überhaupt einen Grund für eine Mannschaft geben sollte, dann den, dich im Auge zu behalten. Sieh dich nur gründlich um, ja? Es ist schon zu lange her, seit ich diesen Teil der Welt gesehen habe.«*

Pflichtgemäß streifte Mike über das Deck und schaute immer wieder auf die dunklen Wellen des Ozeans. Er ließ sich Zeit dabei und wartete auf jeder Station Lesters Kommentar ab, bevor er weiterging. Das Schiff machte schnelle Fahrt. Orklan war bereits hinter dem Horizont verschwunden.

»Ah! Schnupper nur mal diese Luft!« Die Stimme des Mentors war ein ekstatisches Flüstern. *»Nimm auch eine gute Prise für mich, Junge. Das gibt es nirgendwo sonst auf der Welt. Staub und Eukalyptus. Dieser Westwind weht direkt aus dem Innern des Strine-Festlandes; nachdem er über Orklan hinweggezogen ist, wird er erst über der Küste von Greaserland wieder auf Land treffen – siebentausend Meilen offene See!«*

Mike schaute sich um und verspürte alles andere als Ekstase. Sie sahen nun kein Land mehr und nahmen Kurs über das endlose graue Meer. Die steife Brise wühlte das Meer zu langen, trägen Wellen auf, und das schwarze Schiff fuhr direkt in sie hinein. Es stampfte und rollte beängstigend. Die Gischt der Wellen besprühte sein Gesicht.

Plötzlich hatte Mike den Eindruck, sie würden durch dunkle Hügel aus zähem Öl schneiden, das Fett eines primitiven und gigantischen Tiers. Er hatte einen schalen Geschmack im Mund. Er klammerte sich an der Reling fest und fragte sich, warum das Medizinische Labor sich die Mühe gemacht hatte, ihm eine wirkungslose Spritze gegen die Seekrankheit zu verabreichen.

»Drei Tage, bis wir in BigSyd anlegen. Wird das die ganze Zeit so weitergehen?«

»Auf diese Art? Nee.« Lester kicherte ihm ins Ohr. *»Dies ist bloß eine Flaute. Wir befinden uns jetzt in den ›Roaring Forties‹, wo die Winde um den ganzen Erdball wehen und kaum jemals auf Land stoßen. Wenn wir weiter draußen sind, könnten wir in einen richtigen Sturm geraten. Kopf hoch, Junge, wenn du dir erst mal den Seemannsgang angewöhnt hast, wird dir das nichts mehr ausmachen. Du wirst an Deck sein und nach Ärger Ausschau halten. Dein Problem ist, daß du nicht genug zu tun hast; deshalb stehst du nur herum und betreibst Innenansichten. Warum gehst du nicht los und suchst den Skipper? Ich habe mich schon gefragt, ob ich ihn vielleicht noch von früheren Fahrten her kenne.«*

Mike schaute sich um, rülpste unbehaglich und schüttelte den Kopf. ›Darling‹ Lester mochte zweifellos recht damit haben, daß seine Konditionierung schließlich die Oberhand gewinnen würde. Aber noch war davon nichts zu spüren. Er griff sich an die Taille, schlich über einen trübe erleuchteten Niedergang in seine Kabine und tastete sich zur Koje vor.

»He, was tust du da? Du sollst doch nicht schon schlappmachen, bevor du überhaupt angefangen hast.«

Mike legte sich hin und unterbrach mit der Zunge die Verbindung zu Lester. Er war eigentlich angewiesen worden, das nur zu tun, wenn er schlief, aber zum Teufel damit. Mike schloß die Augen und versuchte sich auf seine Mission zu konzentrieren. Man hatte ihn oft genug instruiert, was er nach der Ankunft auf dem *Strine*-Festland zu tun hatte, aber niemand hatte es für nötig gehalten, ihn darauf hinzuweisen, wie schlecht es ihm schon vor seiner Ankunft dort gehen würde. Was hatten sie wohl sonst noch unterschlagen? Und mit wie vielen kleinen Überraschungen spickten die Händler außerdem noch den Abschlußtest? Und wessen Idee war es gewesen, ihn mit ›Darling‹ Lester als Mentor zu bestrafen? Und was diese verdammte, lästige Speicherscheibe betraf …

Mike gestattete sich fünf Minuten stummen Weltschmerzes – *Regel 39: Schäme dich nicht deines Selbstmitleids; eine andere Art von Mitleid wird dir nicht zuteil werden* –, und dann zwang er sich wieder zur Konzentration auf die gegenwärtige Situation.

Die Mission. Wenn er sich auf die Mission konzentrierte, würde er keine Zeit haben, über irgendwelche Befindlichkeiten nachzudenken. Er würde nur die nüchternen Tatsachen betrachten und sehen, ob ihm etwas Neues dazu einfiel. Positives Denken, motivierte er sich selbst. Wir haben Orklan hinter uns und sind auf Kurs.

Missionsprofil. Es hatte einfach genug geklungen; aber dann, als Lyle Connery es erklärte, hörte sich fast alles einfach an. Vor einem Vierteljahr war in Ree-o-Dee eine *Strine*-Matrone an einer Überdosis Aphrodisiakum verschieden. Alle teuren Hotelzimmer in den Vergnügungsstädten des Vereinigten Reichs wurden daraufhin abgehört, so daß binnen fünf Minuten der gemietete männliche Partner aufgespürt und weggebracht wurde. Dann wurde der Raum für eine neue Belegschaft hergerichtet. Der Leichnam der Matrone würde entweder für gutes Geld nach *Strineland* überführt oder vor Ort entsorgt werden.

Kein Problem. Eine saubere Operation gemäß *Greaser*-Standard, ein Vorgang, der sich zehnmal am Tag irgendwo auf dem Kontinent ereignete und der mit der Effizienz bearbeitet wurde, die das Vereinigte Reich zum globalen Zentrum für Sex und illegale Drogen gemacht hatte. Die Lage komplizierte sich, als ein Agent der Händler die Gelegenheit nutzte, den Körper der Matrone als erster zu untersuchen. Dabei hatte er in einem Hohlraum im sporenbewehrten Stiefelabsatz der Matrone ein kleines Päckchen mit gelben Beeren gefunden und es sofort verschwinden lassen. Sie wurden in ein Händler-Labor geschmuggelt und analysiert, wobei das Resultat zu allgemeiner Verwirrung führte. Diese Beeren tauchten in Daddy-O's Datenbanken nicht auf – und Lyle Connery versicherte Mike, daß, wenn Daddy-O nichts wußte, *niemand* etwas wußte. Es war eine neue, genmanipulierte Pflanzenart. Daddy-O hatte mit einigen hilfreichen Hinweisen aufgewartet: die Beeren schienen die Frucht eines *Strine*-Eukalyptus zu sein; die Matrone war vom mitten im Innern des *Strine*-Territoriums gelegenen *The Musgrave* nach Ree-o-Dee gekommen. Zudem hatte sie in Ree-o-Dee verbreitet, daß sie etwas Besonderes bei sich hätte, das sie zum richtigen Preis verkaufen würde. Ein Blick auf die gentechnische Kompetenz der *Strine*-Labors, und das Bild war vollständig. Ein *Strine*-Labor hatte eine neue Pflanzenart entwickelt.

»Wir dachten zunächst, das sei das Ende«, hatte Lyle Connery gesagt, »aber dann erwies es sich erst als der Anfang. Unsere erste Testreihe mit den Beeren zeigte, daß sie ein komplexes Alkaloid enthielten, das wir nicht identifizieren konnten. Wir waren nicht sicher, was wir da hatten, und wir wollten die gründlichste Analyse überhaupt. Also ließen wir uns von den anderen Regionen ein wenig bestechen. Auf diese Art bekamen alle ein paar Beeren aus unserem Bestand in die Hände.«

»Warum wurden *sie* denn involviert?« fragte Mike. »Sind unsere Labors denn nicht genauso gut wie ihre? Habe den Eindruck, sie versuchen, uns aufs Kreuz zu legen, wenn sie ein positives Ergebnis erhalten.«

Lyle Connery schüttelte den Kopf. »Unsere Ausrüstung mag wohl genauso gut sein, aber wir führen nicht solche Experimente mit menschlichen ›Freiwilligen‹ durch, wie manche von ihnen. Und selbst wenn sie festgestellt haben, daß die Beeren wertvoll sind, müßten sie wieder auf uns zurückkommen – denn wir sind die einzigen, die den Ursprung der Beeren kennen. Von den *Strines* erfahren sie nichts. Übrigens, vor einem Monat sind uns die ersten Testergebnisse übermittelt worden. Sie waren ziemlich aufschlußreich. Schau dir dieses Video an. Es zeigt das Sprintfinale der letzten Spiele des Vereinigten Reiches.«

Er blendete ein Video in den Bildschirm ein. Es zeigte eine Gruppe von acht Läufern, die in den Startlöchern standen. Mit dem elektronischen Startsignal übernahm eine Frau die deutliche Führung. Sie baute diese Distanz bis zum Ziel ständig aus und gewann mit einem Vorsprung von über zehn Metern.

»Das ist eine *Chill*-Sportlerin«, erläuterte Connery. »Trudi Snorresen aus Cap City. Sie hätte eigentlich gar keine Siegeschance haben dürfen. Aus Daddy-O's Daten geht hervor, daß, bevor sie bei diesen Spielen antrat, ihre beste Zeit über hundert Meter neun Komma sieben Sekunden betragen hatte. Wie du soeben gesehen hast, ist sie acht Komma acht gelaufen. Gerüchten vom Südpol zufolge hat Sorrensen sich bei diesem Lauf noch zurückgehalten – beim Training soll sie die Strecke angeblich in knapp über fünf Sekunden schaffen.«

Connery schaltete den Bildschirm aus. »Diese Beeren sind etwas Besonderes. Anscheinend beschleunigt das von uns nachgewiesene Alkaloid die Synapsentransferrate und die Reaktionszeit. Die *Chills* bezeichnen diese aktive Komponente als ›Velocil‹, und das ist auch ein zutreffender Name. Bei einer Dosis von zehn Milligramm wird die Geschwindigkeit eines Menschen nur noch durch die individuelle Beschaffenheit des Bindegewebes begrenzt. Berichten aus der Großen Republik zufolge hat eine Yankee-Frau Schwalben mit der bloßen Hand gefangen, und ein Mann hat eine Klapperschlange am Kopf gepackt, als sie gerade zustoßen wollte. In einem Film der Zehn Stämme holt ein Jäger eine in voller Flucht befindliche Antilope ein, und aus dem Orbit dringt das Gerücht, daß eine Chipponesin eine abgefeuerte Kugel aufgefangen habe – obwohl wir, was das betrifft, noch etwas skeptisch sind. Aber der

Rest reicht ja auch schon. Diese Beeren sind eine einzigartige neue Ressource.«

»Aber wer könnte Interesse daran haben?« Die Geschwindigkeit und Eleganz der Läuferin hatten Mike verblüfft, aber er vermochte nicht einzusehen, warum eine erhöhte Reaktionszeit so bedeutsam sein sollte. »Sind denn nicht alle Hochgeschwindigkeitssysteme ohnehin computergesteuert?«

Connery lächelte. »Für die meisten seriösen Anwendungsbereiche trifft das auch zu. Aber das Vereinigte Reich möchte gerne das Monopol auf Velocil erlangen. Bedenke nur den unschätzbaren Nutzen für ihre Geschäfte. Man könnte Pferderennen manipulieren, Sportwettkämpfe, Kartenspiele – alle Touristenattraktionen des Vereinigten Reiches. Mit einer Prise Velocil könnte ein Kartenspieler so schnell einen Bauern gegen einen König austauschen, daß niemand den Vorgang registriert. Der Ausgang von Hahnenkämpfen, Stierkämpfen und Pferderennen wäre völlig ungewiß. Ich vermute, daß die *Greaser* jede Droge nachweisen können, aber in diesem Fall wäre es ein horrender Aufwand. Da ist es doch viel besser, gleich die Quelle zu kontrollieren.«

»Aber warum verkaufen wir ihnen dann nicht die Rechte?«

»Aus zwei Gründen. Zum einen *verfügen* wir nicht über die Rechte – obwohl wir das niemandem sagen. Die anderen Regionen glauben, mit uns einen Handel machen zu können. Zum zweiten sind die Yankeeland-Farmer ebenfalls an den Beeren interessiert; sie wollen sie in der Großen Republik anbauen. Nach der Entfernung des Alkaloids hat man nämlich ein Gemüse mit dem höchsten spezifischen Gehalt an pflanzlichem Protein.«

»Weshalb wird dann nicht einfach mit der Großen Republik und dem Vereinigten Reich verhandelt – und obendrein noch mit den *Chills* und den Chipponesen? Ich kann mir vorstellen, daß sie alle interessiert wären.«

»Sind sie auch.« Connery seufzte. »Aber wir können nicht. Wir müssen mit den *Strines* kooperieren – weil es nämlich jemanden gibt, der uns mindestens ebenbürtig ist. Im Innern dieser Beeren befinden sich zwar Samen, aber sie sind *steril*. Sie wurden einer hohen Strahlendosis ausgesetzt, bevor wir sie in die Hände bekamen. Jemand muß sich in das Innere des *Strine*-Territoriums begeben und die Herkunft der Velocil-Beeren ermitteln. Wir brauchen solide Fakten bezüglich ihres Wuchses und der Ernte. Das ist deine Mission, und das wird von dir erwartet. Danach werden wir eine gesicherte Versorgung aushandeln müssen, aber das verlangen wir nicht von dir. Dazu fehlt dir die nötige Erfahrung. Alles klar?«

Mike nickte. »Informationen, kein Vertragsabschluß. Ich werde es mir merken.«

»Gut. Noch etwas, bevor du gehst. Regel vier.«

Mike räusperte sich. Regel vier war der Stolperstein, der einen Händler erledigen konnte. »Sicher. *›Jemand, der keine zwei Aufgaben parallel bearbeiten kann, sollte seine Tätigkeit als Händler aufgeben.‹*«

»Richtig. Wir wenden diese Regel jedoch nicht auf Trainees an, so daß es keinen *offiziellen* zweiten Punkt gibt. Aber hier noch etwas Inoffizielles. Vor einigen Wochen erreichten uns Gerüchte über andere Vorgänge im Innern von *Strine*land – etwas, das möglicherweise viel wichtiger ist als Velocil. Hast du schon einmal vom Dulcinel-Protokoll gehört?«

Mike blickte Lyle Connery an und zermarterte sich den Kopf. Das Dulcinel-Protokoll. Davon hatte er flüchtig gehört, zu Beginn der Händler-Ausbildung. Wo sollte er es einordnen? Zurück zum Anfang des Wüsten-Krieges, bevor die Chipponesen ins All emigrierten.

»War das nicht auch eine Entwicklung der *Strines?*« fragte er schließlich. »Vor langer Zeit. Hatte es etwas mit den Abo-Teams zu tun?«

»Nicht schlecht.« Lyle Connery nickte anerkennend. »Es ist schön zu wissen, daß etwas von meinem Unterricht hängengeblieben ist. Das ursprüngliche Dulcinel-Protokoll wurde vor vierzig Jahren auf die ersten haploiden Abo-Todesschwadronen angewandt. Es handelt sich hierbei um eine Modifikation der Lymphozyten, um eine schnellere Wundheilung zu ermöglichen – unter anderem deshalb waren die Abos auch so erfolgreich gegen die Chipponesen. Wir dachten eigentlich, alles darüber zu wissen. Aber jetzt erreichen uns Berichte über eine richtungsweisende neue Entwicklung. Diesmal ist das Protokoll allgemeiner gehalten. Es kann auf jeden angewandt werden, nicht nur auf haploide Abos. Und es kann noch mehr: schnelle Wundheilung, Immunität gegen Krankheiten, Rückbildung bösartiger Wucherungen, Geweberegeneration, verringertes Schlafbedürfnis und höhere Ausdauer. Aber es gibt auch ein Problem: die *Strines* bestreiten uns gegenüber die Existenz des neuen Dulcinel-Protokolls, wodurch sich von ihrer Seite jede Diskussion erübrigt. Und es handelt sich nicht etwa nur um die Standardsituation, wo sie Geheimniskrämerei betreiben, um einen höheren Preis herauszuschlagen. Diesmal möchten sie es ganz für sich behalten – basta. Uns ist zu Ohren gekommen, daß sie jeden töten, der versucht, es sich anzueignen.«

Mike schluckte. »Und ihr wollt, daß ich – versuche, es zu …«

»Nein.« Connery lächelte. »Da kommst du fünfzehn Jahre zu früh. Die Abschlußprüfung mag riskant sein, aber *so* gefährlich ist sie nun auch wieder nicht. Wir fragen uns, ob zwischen dem neuen Dulcinel-Protokoll und Velocil ein Zusammenhang besteht. Du sollst lediglich Augen und Ohren offenhalten. Wenn dir etwas Seltsames auffällt, sieh zu, daß Jack Lester auch einen Blick darauf wirft. Er ist zwar manchmal etwas verrückt, aber er verfügt über die Erfahrung, an der es dir fehlt. Wenn die Verbindung mit ihm unterbrochen wird, aktiviere die Speicherscheibe. Und denke immer daran, tote Helden sind schlechte Händler. Das modifizierte Protokoll ist ein Job für einen sehr routinierten Händler. Du konzentrierst dich in der Hauptsache auf die Velocil-Beeren. Alles, was du über das Protokoll in Erfahrung bringst, ist ein schöner Bonus, aber laß dich nicht davon ablenken.«

»Jawohl, Sir.«

Leicht irritiert fragte Mike sich, warum Lyle Connery ihm gegenüber das Dulcinel-Protokoll überhaupt erwähnt hatte, wenn er es anschließend wieder vergessen sollte. Connerys Instruktionen boten die absolute Gewähr, daß Mike von Gedanken an das Protokoll abgelenkt wurde. Nun, wo er auf der Fahrt nach BigSyd in der Koje lag, glaubte er die Antwort gefunden zu haben. Connery hatte damit impliziert, daß er *privat* nach dem Protokoll suchen solle. Wenn er Erfolg hatte, würden die Händler davon profitieren; wenn er auf die Nase fiel, konnten sie den *Strines* erzählen, daß das ganze seine Idee gewesen wäre – weil er nämlich die strikte Anweisung erhalten hatte, nicht herumzuschnüffeln.

Was würde Jack Lester tun, wenn Mike sich mit dem Protokoll befaßte? Würde er ihm helfen oder ihn stoppen?

Mike schlug die Augen auf und wollte schon mit der Zunge eine Verbindung zu Lester schalten. Plötzlich wurde er sich zweier Faktoren bewußt. Zum einen hatte seine Konditionierung sich schließlich manifestiert. Er spürte die Bewegungen des Schiffs, und zwar viel intensiver als zuvor. Aber nun war es nicht mehr unangenehm. Das war gut.

Weniger gut war indes die Tatsache, daß jemand am Fußende der Koje stand und ihn stumm musterte. Und im trüben Licht sah er, daß der Fremde eine lange und brutal aussehende Klinge aus glitzerndem Stahl in der Hand hielt. Sie war genau auf seinen ungeschützten Unterleib gerichtet.

Mike hob langsam den Kopf und betrachtete den Eindringling gründlich. Er schaute auf eine ungefähr dreißig Jahre alte Frau, eine kräftig gebaute Blondine mit kurzem Haar und gebräunten Armen und Beinen. Sie trug eine ärmellose blaue Bluse, eine enge, an den Knien abgeschnittene Hose und Sandalen mit dicken Sohlen. Mike stellte per Zungenbewegung die Verbindung zu Jack Lester her und nickte dann der Frau zu.

»Hallo«, sagte er leise.

Sie senkte die Klinge so weit, daß sie fast seinen Bauch berührte. Mike spürte, wie die Muskeln sich an dieser Stelle anspannten, ohne sein bewußtes Zutun. Streiflichtartig überkam ihn die Erinnerung an ein hinabstoßendes Messer und die für ihn vorgesehene rituelle Kastration in den *Hives*.

»Du bist ein Händler, nicht wahr?« fragte sie im Plauderton. »Wo du herkommst, sollen Männer und Frauen gleichberechtigt sein. Aber nicht hier. Du weißt, daß ich dir sofort die Eingeweide herausschneiden könnte, und kein *Strine* würde sich einen Dreck darum scheren?« Ihre Stimme war heiser und tief und paßte irgendwie zu dem sonnengebräunten Körper und dem Bürstenhaarschnitt.

»Ich weiß.« Mike klang so beiläufig wie sie. »Aber ich wüßte nicht, warum Sie das tun sollten. Schätze, meine Eingeweide haben keinen großen Wert für andere – außer für mich natürlich. Ich lege nämlich großen Wert auf sie.«

Während Mike noch sprach, vernahm er ein leises Zischen im linken Ohr. Jack Lester war wieder da. Die Frau vor ihm lachte und senkte das Messer.

»Vielleicht stimmt das ja.« Sie ging an der Koje entlang und blieb gerade einen Fuß vor Mike stehen. »Nicht wie der Yankee mit der lila Leber, mit dem ich in Orklan zu tun hatte. Er schrie nur und schluchzte und bat mich, ihm nicht die Eier abzuschneiden.« Sie steckte das Messer in die Scheide und hielt ihm die Hand hin. »Mein Name ist Lavengro. ›Five-Fathom‹-Lavengro.«

»Ergreife ja nicht ihre Hand!« sagte Lester eindringlich in Mikes Kopf. *»Laß sie deine nehmen, wenn sie will. Männer berühren hier die Frauen nicht zuerst.«*

»Das weiß ich«, erwiderte Mike subvokal. *»Ich bin instruiert worden, mußt du wissen.«* Er brachte die Hand in eine Position, in der Fathom Lavengro sie ergreifen konnte, wenn ihr danach war.

»Ich vermute, Sie sind der Kapitän dieses Schiffes«, sagte er laut. »Ich bin Mike Asparian. Und Sie haben ganz recht, ich bin ein Händler.« Oder ich werde einer sein, wenn ich diesen Test überstehe – ich hoffe also, daß Sie mir helfen werden, Ma'am.

Fathom faßte Mike an den Händen und schwang ihn in eine aufrechte Position. Als sie ihn anlächelte, konnte er ihr Gesicht zum erstenmal genau betrachten. Sie war eine grauäugige Blondine mit einem breiten Mund und blassen Lippen, wobei zwischen ihnen und dem Kinn zwei merkwürdige, senkrechte parallele Narben verliefen.

»Siehst du die Narben?« zischte Lester. *»Sie ist eine Matrone – aus dem Innern! Sei lieber vorsichtig, die Weiber aus dem Innern sind zum Fürchten; sie kommandieren die Abo-Todesschwadronen. Ihren Respekt kann man nur erwerben, indem man sie schlägt und überlistet. Dann kannst du verhandeln. Aber sie ist über dreitausend Kilometer von ihrer Heimat entfernt. Was kann sie in Orklan gewollt haben?«*

Diese Frage hatte Mike sich auch schon gestellt, während die Frau ihn einer gemächlichen und sorgfältigen Inspektion unterzogen hatte.

»Bubi. Bißchen jung noch, wie?«

Mike errötete und entzog ihr die Hände. »Ich bin einundzwanzig Jahre alt.«

»Dachte ich mir. Einundzwanzig. Weiß nicht, was mit euch Händlern los ist, werdet jedesmal jünger. Das gefällt mir. Hat Daddy-O einen Schnuckibär ausgesucht, nur für mich?«

»Sie mag dich!« erkannte Lester. *»Großartig. Vergiß*

nicht, daß sie jetzt am Zug ist – und wenn es spannend wird, unterbrich ja nicht die Verbindung. Ich werde meine ganze Sensorik aktivieren. Ist schon lange her!«

»Um Himmels willen – bleib ruhig, Lester. Das ist Geschäft! Woher weiß sie überhaupt von Daddy-O?« Mike ging einen Schritt auf die blonde Frau zu. »Lavengro ist ein Name aus dem Innern von Strineland, nicht wahr? Es gab einmal einen Chef des Innern namens Tommy Lavengro.«

Das brachte ihm ein respektvolles Nicken ein. »Schon lange her. Wie ich sehe, hast du deine Hausaufgaben gemacht. Der alte Tommy war mein Paps. Ich weiß nicht, welchen Ruf er bei den Händlern genoß, aber er war ein Mann, dem Verhandlungen so leicht fielen wie das Atmen. Ich bin seine Tochter und verhandele auch. Teste mich.«

»Tommy Lavengro«, flüsterte Lester Mike zu. *»Der einzige Mann, der sich den Matronen gegenüber behaupten konnte. Ich habe ihn gekannt. Der größte Lügner im Strineland. Soweit ich weiß, hat er in seinem ganzen Leben nicht ein einziges Mal die Wahrheit gesagt. Zwei Kinder: Jessica alias ›Five Fathom‹ – diese hier; und Jinjer, die Mysteriöse, von der niemand viel weiß. Wird in der Regel ›Holzfällerin‹ genannt – ist vor ein paar Jahren bei einem Feuer durch Brandwunden schrecklich entstellt worden. Ich habe den Namen dort erfahren, verfüge aber nicht über Details. Beide sind große Nummern im Innern von Strineland. Frage mich, ob sie nach ihrem Vater geraten sind.«*

»Das könnten wir herausfinden, wenn du mal für eine Minute still bist.« Mike nickte Fathom zu. »Wenn Sie verhandeln wollen, dann will ich das auch. Was würden Sie davon halten, zunächst ein paar Informationen zu erwerben?«

Fathom schaute ihn durchtrieben an. »Mal sehen – falls du überhaupt welche hast. Wie kommst du überhaupt auf den Gedanken, daß du etwas wüßtest, wofür ich auch nur einen Känguruhschiß geben würde?«

»Ich weiß es eben. Aber hier unten möchte ich nicht

reden.« Händler-Regel: *Versuche, die Gespräche im Umfeld deines Verhandlungspartners zu führen; du könntest daraus auf seine Bedürfnisse schließen.* »Ich habe seit vierzehn Stunden nichts mehr gegessen, und ich will an die frische Luft. Hier gibt es nichts zu essen. Können wir in Ihre Kabine gehen, um dort zu essen und zu reden?«

Sie zuckte die Achseln, wandte sich ohne ein Wort ab und begab sich an den Aufstieg zum Deck.

»Vergiß nicht, daß du ihr keinen Zentimeter weit über den Weg trauen kannst«, sagte Jack Lester eindringlich. *»Sie wird die ganze Zeit Süßholz raspeln, und wenn du nicht damit rechnest, wird sie den Ton ändern. Komm ihr irgendwie zu nahe, und sie wird dir die Kehle durchschneiden. Aargh. Wäre es aber vielleicht wert. Schau dir nur den wakkelnden Hintern an! Man möchte am liebsten mal hinlangen.«*

Mike seufzte. Händlerglück. Von allen verfügbaren Mentoren hatte man ihm den einzigen körperlosen Irren und geilsten Bock der ganzen Organisation zugeteilt. *»Denk mal eine Minute lang nicht an Sex, Jack. Sieh in Daddy-O's Datenbanken nach und beschaffe uns etwas, das wir gegen Informationen eintauschen können. Wir wissen noch viel zu wenig über das Innere.«*

Mike ignorierte den Protest seines Mentors und fiel auf dem steilen Aufgang etwas zurück, damit das ausladende Hinterteil von Fathom sich ihm nicht gar so intim präsentierte. Allmählich begriff er, wie Jack Lester zu seinem Spitznamen gekommen war.

Als Mike an Deck kam, mußte er sich nach vorne beugen und fast auch noch den Kopf senken, um überhaupt voranzukommen. Ein Westwind jagte heulend über das volle Fahrt machende Schiff hinweg. Es war sehr kalt und beinahe schon dunkel. Sturzseen brachen donnernd über das Vorderschiff herein und überzogen alles mit einem gefrierenden Schleier.

Fathom Lavengro war ihm mit sicherem Seemannsgang vorausgestapft. Plötzlich verschwand sie aus seinem Blickfeld. Er folgte ihr langsam und stieg einen weiteren dunklen Niedergang hinab. Das Schott an seinem Ende hatte sich automatisch geschlossen, und der Korridor war unbeleuchtet. Mike tastete sich mit den Händen auf dem Geländer nach unten vor, bis das Schott seine Gegenwart registrierte und aufschwang. Er fand sich in einer Suite wieder, die einen scharfen Kontrast zu seiner eigenen Unterkunft darstellte. Unter seinen Füßen befand sich ein leuchtend türkisfarbener Eukalyptusteppich, mit dem der ganze Boden ausgelegt war. Das andere Ende des Raums war ein einziges langes Buffet. Als er eintrat und sich umschaute, kam Fathom durch die niedrige Tür zu seiner Linken. Sie hatte Bluse, Hose und Sandalen abgelegt und war bis auf ein skurriles Armband aus Metallscheiben nackt. Sie rubbelte kräftig ihr nasses Haar.

Während er sie anstarrte, nickte sie lässig. »Feucht dort draußen, eh? Zieh dich aus, nimm dir ein Handtuch und mach es dir bequem. Ich werde uns Bier und etwas zu essen kommen lassen.«

Mike starrte sie mit offenem Mund an und ging dann durch die Tür, auf die sie zeigte. Er gelangte in ein Schlafzimmer mit einem angrenzenden Bad, wobei die Hälfte des Schlafzimmerbodens von einer breiten Matratze bedeckt wurde.

»Ich sagte doch, sie mag dich«, blies Jack ihm triumphierend ins Ohr. *»Echt stark! Ist schon nackt, bevor du noch zur Tür hereinkommst.«*

Mike nahm sich ein Handtuch und entledigte sich nachdenklich seiner Kleidung. *»Niemand hat mir gesagt, daß die Leute im Innern von Strineland nackt herumlaufen.«*

»Manche schon, überwiegend die Abos. Es ist hier nicht unüblich – aber sie weiß verdammt genau, daß die Händler nicht mit blankem Arsch herumlaufen. Deswegen bin ich auch so sicher, daß sie scharf auf dich ist.«

Mike schüttelte den Kopf, trocknete sich ab und stand einen Augenblick reglos da. *»Welche Strafe verhängen die*

Strines bei einem Mann, der eine Frau anmacht – wenn sie ihn nicht dazu ermuntert hat?«

»Alles, wonach ihr der Sinn steht – in Stücke hauen, pfählen und in der Sonne rösten, bei lebendigem Leib die Haut abziehen.« Diese Vorstellung schien dem Mentor zu gefallen. *»Aber jetzt besteht dieses Risiko nicht – geh rüber.«*

»Ganz recht. Es besteht nicht.« Mike ging zur Tür; er war jetzt auch nackt und nahm das Handtuch mit. Er ließ die Speicherscheibe bei seinem Hemd zurück, aber plötzlich fühlte er sich sehr wohl. Er durchschaute Fathom. Das hatte man ihm bereits am ersten Tag eingedrillt, als Lyle Connery die Grundregeln erläutert hatte. »›Grundlegende Verhandlungsstrategie: verschaffe dir einen psychologischen Vorteil. Bring die Gegenseite aus dem Gleichgewicht. Wenn sie erwarten, daß du wütend wirst, bleib ruhig. Wenn sie nur im Mondenschein verhandeln, versuche, das Gespräch auf den Mittag zu verlegen, wenn die Sonne im Zenit steht. Wenn sie es hassen zu fliegen, lasse die Konferenz in einem Flugzeug stattfinden. Wenn sie Nacktheit schockiert, zieh die Hose aus. Und vergiß nie: Sie werden immer versuchen, dasselbe auch mit dir anzustellen.‹«

Mike betrat den anderen Raum, ging zum Buffet und ergriff die dort stehende Bierflasche. Gelassen musterte er Fathom vom sonnengebleichten Haar bis zu den kräftigen Füßen, wobei er sich bewußt war, daß sie ihn derselben Musterung unterzog, und machte dann eine Kopfbewegung in Richtung des Tischs. »Wenn es Ihnen beliebt, Platz zu nehmen, würde ich mich freuen, das Essen aufzutragen, sobald wir das Signal erhalten.«

Erfreut registrierte er ihr erstauntes Stirnrunzeln, bevor sie nickte, durchmaß den Raum und setzte sich auf einen hohen Stuhl am Tisch.

»Du bist cooler, als ich dachte, Süßer. Nun gut, jetzt zu dir. Was glaubst du, möchte ich haben?«

Ende der ersten Runde, dachte Mike. Er saß ihr gegenüber und spürte ein nervöses Kribbeln im Bauch.

Das war die Feuertaufe, etwas, das er schon seit Jahren geprobt hatte: die erste Verhandlung. Mit der Zunge regelte er Jack Lesters Lautstärke herunter, so daß der Mentor sich nur im Notfall bemerkbar machen konnte. Und er versuchte, Fathoms sonnengebräunte Brüste zu ignorieren, die gerade einen Meter von ihm entfernt waren.

»Wir müssen uns erst herantasten«, sagte er. »Andernfalls muß derjenige, der zuerst spricht, befürchten, zu viel preiszugeben. Ich schlage vor, daß wir uns zunächst sagen, was wir zu wissen *glauben*. Dann kann jeder Korrekturen anbringen. Auf diese Weise werden Sie mir nichts sagen, was ich nicht schon wüßte, und dasselbe gilt auch für mich.«

Sie schaute ihn einen Moment mit zur Seite geneigtem Kopf an. »Warum sollte ich nicht einfach warten, bis wir das Festland erreichen, und dann dein ganzes Wissen aus dir herausprügeln lassen?«

Mike blieb stumm. Wenn sie schon hier war, brauchte sie ihn genauso, wie er sie brauchte. Dann zuckte sie die Achseln. »In Ordnung. Versuchen wir es. Aber du fängst an.«

»Paß auf, was du ihr sagst!« Lesters Stimme drang als entferntes Kreischen an sein Ohr. Stirnrunzelnd fragte Mike sich, ob er jetzt vielleicht zu weit ging. Die Information war zwar ›Händler-vertraulich‹ – aber es bestand eine hohe Wahrscheinlichkeit, daß Fathom Lavengro sie bereits kannte. Warum hätte sie sonst nach Orklan reisen sollen, wenn sie nicht schon eine gewisse Kenntnis von seiner Mission hatte?

»Unterbrechen Sie mich, wenn ich etwas Falsches sage«, begann er, »aber ich glaube, daß im Innern von *Strine*land eine genmodifizierte Eukalyptussorte entwickelt worden ist, irgendwo in der Nähe von *The Musgrave*. Und wir kennen auch schon ihre Vorzüge.« Er gab ihr eine Zusammenfassung der bisherigen Ereignisse, vom Zeitpunkt der Entdeckung der toten Matrone in Ree-o-Dee bis zu seiner Ankunft an Bord des Schiffes vor Orklan.

»Als Händler sind wir naturgemäß am Erwerb der Exklusivrechte für Velocil interessiert«, schloß er. »Und zunächst müssen wir wissen, wer den Vertrieb der Beeren im *Strine*-Territorium kontrolliert. Aus Ihrer Anwesenheit hier schließe ich, daß Sie ebenfalls mehr als nur ein peripheres Interesse an der Sache haben. Meine erste Vermutung war sogar, daß Sie die Schlüsselfigur sind. Jetzt bin ich mir nicht mehr so sicher. Wenn das nämlich der Fall wäre, dann hätten Sie auch in *The Musgrave* sitzenbleiben und warten können, bis ich dort auftauchte. Ich hätte den Weg schon irgendwie gefunden, müssen Sie wissen.«

Fathom hatte ihm schweigend zugehört. Jetzt schüttelte sie den Kopf. »Kleiner Klugscheißer, was? Du hast völlig recht – ich kontrolliere die *Candlemass*-Beeren nicht. Und ich komme auch nicht von *The Musgrave.* Ich stamme aus Alice, im Norden. Aber dennoch muß ich ein paar Dinge richtigstellen. Zum einen wirst du kein Geschäft mit den Haupterzeugern der Beeren abschließen können. Sie wollen nämlich direkt mit dem Vereinigten Reich zusammenarbeiten. Das läßt dich außen vor, und mich auch. Die Beeren, die vom *The Musgrave* versandt wurden, waren *alle* steril, nicht nur die paar, von denen du weißt. In dieser Hinsicht werde ich dir wohl helfen können – wenn die Konditionen stimmen. Zunächst sollten wir uns jedoch mit deinem Angebot befassen. Du hast mir Informationen versprochen. Aber du hast mir noch nicht gesagt, worum es überhaupt geht.«

Mike nickte. »Gut. Ihrem bisherigen Verhalten nach zu urteilen benötigen Sie korrekte Informationen über die Händler: über unsere Ausbildung und Arbeitsweise. Ihre diesbezüglichen Kenntnisse sind gering – wäre es anders, hätten Sie nicht diesen albernen Akt mit dem Schwert aufgeführt.« Er betrachtete ihren entblößten

Körper und schüttelte den Kopf. »Und auch einige andere Dinge nicht. Erzählen Sie mir, was Sie zu wissen glauben, und wir belassen es dabei. Selbst wenn diesmal kein Geschäft zwischen uns zustande kommt, werden Sie für zukünftige Abschlüsse verläßliche Daten über die Händler benötigen.«

»Klingt fair.« Fathom runzelte die Stirn, wobei ihre grauen Augen von buschigen blonden Brauen beschattet wurden. »Gehen wir zum Anfang zurück. Zum Wüsten-Krieg, wenn ich mich nicht irre? Damals wurden die *Strines* in die Isolation abgedrängt.«

Ihre Worte wurden vom Läuten der Küchenautomatik übertönt. Mike erhob sich und servierte die Speisen. Es gab gegrilltes Lammfleisch auf jungem Salzkraut. Heimlich schluckte Mike ein Antibiotikum und widmete sich dann dem Essen. Die Mahlzeit war fremdartig und geschmacklich wenig überzeugend, aber aufgrund seiner Ausbildung als Händler war er imstande, alles zu vertilgen und sich zudem noch ein Lächeln abzuringen. Vielleicht sollte er sich gar glücklich schätzen – Jack Lester hatte ihm Horrorgeschichten von den gebratenen Delikatessen erzählt, aus denen in einigen Regionen des Innern von *Strineland* die Mahlzeiten bestanden – Schnäbel, Füße et cetera.

Fathom verputzte ihre Portion mit offensichtlichem Genuß. Währenddessen beglückte sie Mike mit einer faszinierenden und grotesk entstellten Version der Weltgeschichte. Laut Aussage von Fathom war es der über dem nördlichen *Strineland* niedergegangene Fallout, der die Entwicklung neuer Spezies beschleunigt und die Entstehung der geheimen Biolabors im Innern bedingt hatte. Alle anderen Regionen waren damals verwüstet worden, aber die Händler hatten einen unfairen Vorteil aus dem globalen Chaos gezogen.

»Ihr habt eure Chance gesehen und zugeschlagen«, stellte sie fest und schob den Teller von sich weg. »Ihr wart eine alte puritanische und moralistische Gesellschaft und habt die moralische Autorität beansprucht, als Mittler zwischen den Regionen zu fungieren.« Irritiert verstummte sie, als Mike laut auflachte. »Was ist daran so lustig?«

»Ich habe schon eine Menge Bezeichnungen für die Händler gehört – aber puritanisch und moralistisch sind mir dann doch neu. Haben wir uns deshalb die Kleider ausgezogen, damit ich zu schockiert bin, um noch klar denken zu können? Fathom, Sie haben das Pferd von hinten aufgezäumt. Wir sind *Händler* und holen alles heraus, was für uns drin ist. Kommerziell: ja. Unmoralisch: wenn Sie so wollen. Aber *puritanisch*: vergessen Sie's – ich könnte Ihnen Händlergarn erzählen, bei dem sich Ihnen die Haare sträuben.« *»Richtig so, Junge«*, keckerte es freudig in Mikes Ohr. »Ich werde hier so lange unbekleidet sitzen, wie Sie wollen. Aber Sie müssen sich einer grundlegenden Tatsache bewußt werden, die uns Händler betrifft: wenn wir ein Geschäft machen, gilt das auch. Und wenn wir den Händler-Eid auf etwas schwören, dann bleibt das unser Geheimnis. Für immer und ewig. Selbst wenn man versucht, es uns unter der Folter zu entreißen. Aufgrund unserer Konditionierung würden wir eher sterben, als gegen unseren Willen zu reden. Wir sind Händler; und wir machen Geschäfte. Also …«

Mit diesen Worten schob auch Mike den Teller weg und schaute Fathom Lavengro direkt ins Gesicht. »… ich bin ein Händler. Wollen Sie ein Geschäft mit mir machen?«

Für einen Moment saß sie mit roten Wangen da und starrte ihn an. Dann nickte sie. »Ich glaube schon. Ich werde dir sagen, was ich für dich tun kann, und dann denkst du darüber nach, wieviel dir das wert ist. Aber ich sage dir jetzt schon, daß es nicht billig wird.«

»Spitze! Na also, Partner. Du hast sie am Haken.« Jacks Stimme drang als erregter Schrei an Mikes Ohr. *»Aber paß auf, wenn du sie an Land ziehst. Wenn ich die Strine-*

Matronen richtig einschätze, führt sie irgend etwas im Schilde – wir müssen herausfinden, was das ist.«

»Ich weiß, Jack. Ich werde mich später damit befassen.« Er nickte Fathom zu. »Sagen Sie mir, was Sie mir anzubieten haben.«

»Ich habe folgendes Angebot für dich.« Sie beugte sich zu ihm hinüber, so daß ihr Gesicht gerade noch dreißig Zentimeter von dem seinen entfernt war. »Ich kann dich zum richtigen Ort im Innern bringen – schnell, sicher und billig. Kein Aufenthalt in BigSyd und keine lange Überlandfahrt. Wir schalten das Schiff auf automatische Steuerung und nehmen das Tragflächenboot. Damit fahren wir an der Küste entlang bis nach Eucla an den Nullarbor Plains. Dort habe ich ein Flugzeug, mit dem wir direkt zum *The Musgrave* fliegen können. Dann werde ich dich der Frau vorstellen, die den Vertrieb der *Candlemass*-Beeren kontrolliert. All das müßte eigentlich eine Menge wert sein.«

Mike nickte. »Einverstanden. Ich muß noch über die Konditionen nachdenken, aber keine Sorge. Die Händler-Dienstvorschrift besagt, daß ein für beide Seiten unvorteilhaftes Geschäft gar nicht erst abgeschlossen werden sollte. Lassen Sie mich heute abend noch ein paar Kalkulationen anstellen, und morgen früh besprechen wir dann die Einzelheiten.«

Er stand auf und ging wieder ins Schlafzimmer, um sich anzuziehen. Zu seiner Überraschung erhob Fathom sich sofort und folgte ihm. Sie legte die Arme um seine Hüfte und rieb ihre Brüste an seinem Rücken.

»Du mußt dich mit den Gebräuchen der *Strines* vertraut machen. Wenn wir im Team arbeiten, können wir auch gleich wie eins handeln.« Sie sprach leise in Mikes Ohr, wobei ihm ihr seidiges Haar über den Hals und die Wange fiel. »Ich kenne nicht die Sitten der Händler, und ich bezweifele, daß du die Sitten der *Strines* kennst. Es wird Zeit, daß wir beide etwas dazulernen.«

Mike hatte Jacks lautes, triumphierendes Keckern im

Ohr. *»Ich wußte es! Ich habe doch gesagt, daß sie auf dich steht – laß jucken, Kumpel. Aber vergiß nicht, ihr die Initiative zu überlassen. Und die Strine-Frau ist immer oben!«*

Mike drehte sich um und schaute Fathom an, deren Augen groß und hell durch das trübe Licht drangen. Intimen Kontakt mit einem Begleitkommentar von ›Darling‹ Lester? Kam überhaupt nicht in Frage. *»Gute Nacht, Jack«*, flüsterte er tief in der Kehle. *»Ein andermal vielleicht, aber nicht jetzt.«*

Als er mit einem Zungenschlag die Verbindung unterbrechen wollte, vernahm er Jacks wütendes und flehentliches Heulen. *»Nein, Mike, nicht abschalten. Wir sind doch ein Team! Um Gottes willen, wir führen diesen Auftrag zusammen durch …«*

»Was ist, Zuckerjunge«, sagte Fathom leise und nahm sein Glied in beide Hände. »Ist das nicht schön? Komm zu Muttern.«

»… Partner! Mike, wir sind PARTNER …«

Die Kabine war warm und dunkel. Das Schiff pflügte auf westlichem Kurs durch die wogende See.

Fathom Lavengro hielt sich an ihren Teil der Abmachung. Im Gegenzug zu Mikes Garantie, daß sie bei jedem Geschäft, das die Händler in Sachen Velocil oder eines anderen Derivats der *Candlemass*-Beeren abschlossen, als Agentin der *Strines* auftrat, drangen sie über den Hafen von Eucla in das Landesinnere vor. Der Zugang zum *Strineland* erfolgte schnell und unkompliziert. Binnen vierundzwanzig Stunden war Mike auf dem Weg ins Innere. Wenig später hatte er seine erste Begegnung mit einem Killer-*Strine*.

Das Flugzeug nahm Kurs auf *The Musgrave*, als Fathom Mike vom Pilotensitz aus anrief.

»Halt dich fest. *Brickfielder* voraus.« Ohne eine weitere Erklärung setzte sie den Kopfhörer auf und leitete in einer Höhe von fünfzehntausend Fuß einen schnellen Sinkflug ein.

»Was meint sie denn mit ›Brickfielder‹?« flüsterte Mike.

»Sandsturm«, erwiderte Jack nach kurzem Schweigen mit heiserer Stimme. Es hatte einen halben Tag gedauert, bis er Mike seinen Ausschluß von dem sinnlichen Kontakt verziehen hatte, aber nun meldete seine Frohnatur sich wieder zurück.

»In dieser Jahreszeit«, fuhr er fort, *»muß man in dieser Gegend mit Brickfielders rechnen – heiße, trockene Sandstürme aus dem Innern des Strine-Territoriums. Wir müßten eigentlich imstande sein, den Sturm auf unserem Flug nach Alice und in ihr Gebiet zu umfliegen oder auf Instrumentenflug zu gehen. Ich weiß auch nicht, warum sie überhaupt runtergegangen ist. Sei also wachsam – vielleicht lauert hier eine Falle. Wir befinden uns weit im Süden von The Musgrave, und noch weiter entfernt von Fathoms Basis.«* Lesters Stimme klang merkwürdig spröde und brüchig, als ob sie während der Sendung durch einen Filter geschickt würde.

»Liegt es am Brickfielder, daß der Empfang so schlecht ist?« fragte Mike. *»Ich höre dich kaum.«*

»Nein. Wir können jede natürliche Störung neutralisieren. Vielmehr handelt es sich hier um die ersten Anzeichen der Signalunterdrückung. Damit haben wir schon gerechnet. Dieser Sektor des Innern von Strineland wird von einem Chill-Störsender bestrichen. Daddy-O wird versuchen, den Kontakt so lange wie möglich aufrechtzuerhalten.«

»Wie lange werden wir hier am Boden festsitzen?«

»Keine Ahnung.« Jack Lesters Stimme wurde eine Idee schwächer und undeutlicher. *»Der Sturm kann ein paar Tage dauern.«*

Inzwischen waren sie auf halber Strecke einer unbefestigten Landebahn zum Stehen gekommen. Während Fathom in der Kabine eifrig über Funk kommunizierte, verließ Mike das Flugzeug und wanderte zum Ende der Landebahn, wobei er das blasse Ocker und Purpur der sie umgebenden erodierten Hügel betrachtete. Jack Lesters Beschreibung des *Strine*-Innern als desolat war völlig zutreffend gewesen. Von dem Land ging etwas Urzeitliches aus, eine Zeitlosigkeit, die einem auch nicht bei der Ausbildung vermittelt werden konnte, und das hatte nichts mit seinen Bewohnern zu tun. Die Felslandschaft in diesem Gebiet war die älteste der Erde.

Als Mike sich umsah, trottete eine stumme Prozession dunkler Gestalten über die Begrenzung der Landebahn. Es handelte sich ausschließlich um Männer, von denen keiner größer war als einen Meter zwanzig, mit dünnen Beinen und tonnenförmigen Leibern. *»Haploide Abos!«* sagte Jack. Mike nickte. Die Männer hatten Glatzen, ausdruckslose glatte Gesichter und staubige schwarze Haut. Jeder von ihnen war auf die eine oder andere Art deformiert, mit häßlichen Tumoren, fehlenden Fingern oder tiefen Abszessen am ganzen Körper. Sie trugen leichte, fein strukturierte Kettenhemden und waren mit glänzenden schwarzen Rohren bewaffnet. Obwohl sie in einem Abstand von nur fünfzehn Metern an Mike vorbeizogen, nahmen sie anscheinend keine Notiz von ihm.

Es war kaum zu glauben, daß diese gedrungenen, krank wirkenden kleinen Männer die härtesten Kämpfer sein sollten, die der Planet je gesehen hatte. Aber Mike wußte, daß es so war. Damals, im Ausbildungslager, hatten er und seine Kameraden auf chipponesischen Videos staunend Abos in Aktion gesehen. An einer Stelle war ein unbewaffneter haploider Abo zwei ausgebildeten Kampfhunden entgegengetreten und hatte beide mit bloßen Händen in zwanzig Sekunden getötet; in einem anderen Fall war ein unbewaffneter, vor der Nordküste des *Strine*-Festlands schwimmender Abo von einem fünf Meter langen Hai attackiert worden. Der nackte Abo hatte einen Fuß und drei Finger eingebüßt, aber binnen einer Viertelstunde zappelte der Hai hilflos mit aufgeschlitztem Bauch in einer expandierenden Wolke seines eigenen Blutes.

»Schau nur, wie geschmeidig sie sich bewegen«, sagte Jack

schwach. »*Wünschte, wir Händler könnten das auch. Die Abos haben nie Proviant bei sich, und sie können sich überall auf der Welt von dem ernähren, was das Land ihnen bietet…*«

Seine Stimme wurde zu einem tonalen Tröpfeln, und dann drang plötzlich ein Rauschen an Mikes Ohr. Mit gespitzten Ohren wartete er auf ein Signal seines Mentors. »*Jack, ich habe dich verloren.*«

Erneut ertönte ein statisches Knistern, aus dem heraus sich schließlich ein identifizierbarer Laut formte. »*Geht mir genauso.*« Jacks Stimme hatte nun einen bizarren mechanischen Klang angenommen. »*Wir sind jetzt im Bereich des Störsenders. Daddy-O versucht mit schnellen Frequenzwechseln und Filtern die Verbindung aufrechtzuerhalten, aber er schafft es nicht…*« Die Stimme in Mikes Ohr verstummte und meldete sich dann wieder so schwach wie nie zuvor. »*… in Echtzeit und übermittle sie an mich und Daddy-O. Verwende jetzt die Speicherscheibe, der Kontakt bricht ab. Die Bilder, die ich von dir erhalte, sind nur noch in Schwarzweiß; das Störsignal wird jetzt zu stark. Viel Glück…*«

Dann erfolgte eine Reihe rülpsender Klickgeräusche, gefolgt von einem hochfrequenten Rauschen. Mike saß am Rand der Landebahn, spitzte die Ohren und starrte vor sich hin. Kein Mentor mehr! Seit dem Beginn der Mission hatte er die Verantwortlichen mehrmals verflucht, die ihm ›Darling‹ Lester zugeteilt hatten. Nun, ohne diese freche und penetrante Stimme im Ohr erkannte er erst, welche Hilfe Jacks virtuelle Anwesenheit gewesen war.

Mit schmalen Augen blickte Mike auf die Speicherscheibe an seinem Hemd. Allmählich erkannte er ihren größten Nachteil: sie konnte wohl Informationen *speichern*, aber im Gegensatz zu Jack Lester konnte sie ihm keine *geben*. Selbst wenn sie einwandfrei funktionierte, würde sie ihm auf dieser Mission keine Hilfe sein – höchstens bei der Planung der nächsten.

Mike überprüfte die Aufnahmefunktion der Scheibe. Händler-Regel: *Erstelle eine gute Dokumentation der Mission.* Selbst während dieses intensiven emotionalen Augenblicks mit Fathom, als er Jack ausblendete, war Mike sich der Scheibe an seinem abgelegten Hemd bewußt gewesen, die unverdrossen ihre Ton- und Bildaufzeichnungen machte. Auch in den ersten paar Minuten des darauf folgenden Vorgangs war er sich ihrer Anwesenheit bewußt gewesen. Aber selbst wenn dieses Bewußtsein ihn irgendwie beeinträchtigt haben sollte, hatte er Fathom jedenfalls keinen Anlaß zur Klage gegeben.

Die Speicherscheibe operierte nun im Weitwinkel-Modus. Zur Linken trotteten die in Einerreihe marschierenden haploiden Abos aus Mikes Blickfeld in Richtung Horizont – wenn man ihn denn so bezeichnen wollte. Mike sah, daß sich dort eine durchgehende, endlose Wand aus trübem, rostrotem Dunst erstreckte. Das Land und der Himmel verschmolzen nahtlos miteinander.

»Was den *Brickfielder* betrifft, so scheint Fathom Lavengro die Wahrheit zu sagen, auch wenn ich mir da sonst nicht immer sicher bin«, sprach Mike leise auf die Speicherscheibe. Er begab sich auf den Rückweg zum Flugzeug.

Ob die Abos wohl wußten, was sie taten, wenn sie direkt in einen Sturm hineinliefen?

Diese Köpfe mit den fliehenden Stirnen und das reduzierte Schädelvolumen ließen einen den haploiden Abos normalerweise zugeschriebenen durchschnittlichen Intelligenzquotienten von fünfundsechzig plausibel erscheinen. Aber ihre überlegene Kampfkraft sowie die Fähigkeit, auch in den unwirtlichsten Gegenden zu überleben, legten den Schluß nahe, daß ihre Intelligenz nicht anhand der üblichen Kriterien definiert werden konnte. Wenn ein haploider Abo ohne Bekleidung und Waffen auf der *Chill*-Eiskappe, ohne Wasser im Großen Orientalischen Erg und ohne Strahlenschutz in der

Wüste im nördlichen *Strine*-Territorium überleben konnte – Bedingungen, die für Mike den sicheren Tod bedeuten würden –, wem sollte man dann die höhere Intelligenz zuerkennen? Mike bestieg wieder das Flugzeug und verriegelte die Luke hinter sich. Obwohl es erst Nachmittag war, war die Sonne bereits verschwunden, und der nördliche Himmel hatte sich zu einem unheilkündenden Blutrot verfärbt. Vorn in der Kabine war Fathom noch immer mit dem Funkgerät beschäftigt und ignorierte Mike völlig.

Er ging ins Heck der Maschine und nahm dort Platz. Wenn sie sich nicht wegen des aufziehenden Sturmes sorgte, warum tat sie dann so geschäftig? Mike fand nicht einmal eine ansatzweise plausible Erklärung. Jack Lester hatte gemunkelt, daß die *Strines* einen großen Plan ausarbeiteten, von dem Mike und die Händler nichts wußten; aber er war nicht in der Lage gewesen, irgendwelche konkreten Hinweise zu geben, und damit war Mike genauso schlau wie vorher. Laut Aussage von Daddy-O wurde ihr Zielgebiet, *The Musgrave*, tatsächlich von einer *Strine*-Matrone kontrolliert – aber es war Holzfällerin, Fathoms Schwester, und nicht Fathom selbst. Also war Holzfällerin diejenige, welche über die *Candlemass*-Beeren verfügte und mithin über die Quelle von Velocil? Oder lief da noch ein anderes Spiel zwischen den beiden Lavengro-Schwestern?

Wie Jack gesagt hatte, ging aus Daddy-O's Datenbanken hervor, daß die beiden Matronen tödliche Rivalinnen waren, Feinde, die sich eher befehden als in irgendeiner Hinsicht kooperieren würden. Normalerweise würden sie nicht einmal das Territorium der anderen betreten. Und laut Aussage von Jack Lester war Holzfällerin durch einen Unfall so schlimm entstellt worden, daß sie es ablehnte, außer ihrem engsten Kreis aus Dienern und Beratern jemanden zu empfangen. Warum durfte Mike also ihr Territorium betreten?

Regel 30 des informellen Händler-Handbuches: *Geh*

immer davon aus, daß jeder zu seinen Gunsten lügt – auch du.

Sagte *überhaupt jemand* Mike die volle Wahrheit?

Fathom nicht, das stand fest. Letzte Nacht, als sie glaubte, daß Mike schlief, war sie aufgestanden und hatte sich zu seinen verstreuten Sachen geschlichen. Offenbar war sie zu ihrer Zufriedenheit fündig geworden. Nach ein paar Minuten hatte sie sich wieder neben ihn gelegt. Das Antibiotikum, das Mike vor dem Essen als Prophylaxe gegen Betäubung und Vergiftung eingenommen hatte, war zwar sehr wirkungsvoll, verursachte aber als Nebenwirkung Schlaflosigkeit. Er war wach geblieben und hatte nachgedacht. Außer der Speicherscheibe trug er nichts, das für irgend jemanden von Interesse gewesen wäre; und die darauf gespeicherten Daten konnten nur von den Händlern selbst decodiert werden.

Nun dachte Mike an die Abos, die er gerade gesehen hatte, und stellte weitere Spekulationen bezüglich des neuen Dulcinel-Protokolls an. Wenn es im Innern von *Strineland* entwickelt und verwendet worden war, dann würde es nicht in dieser Gegend benutzt werden. Lyle Connery hatte eine Technik erwähnt, die den Rückgang bösartiger Wucherungen und Geweberegenerationen ermöglichte; aber die Abos waren offensichtlich von Tumoren entstellt, und vielen fehlten Finger und Zehen.

Schließlich beendete Fathom ihre intensive Kommunikation. Sie erhob sich und ging ins Heck der Maschine, wo Mike tief in Gedanken versunken saß.

Er schaute zu ihr hoch. Ihm ging durch den Kopf, wie wenig er trotz all der Schulungen und Studien von der Kultur der *Strines* wußte. Welche Musik pflegten sie, welche Tänze und Literatur? Welchen Lebenszweck verfolgten sie? Er hatte kaum eine Vorstellung davon. Aber wie konnte er ein guter Händler sein, wenn er nicht einmal die Grundbedürfnisse der Gruppe kannte, mit der er verhandelte? Im Händler-Hauptquartier war es ein leichtes, ›*Strine*‹ zu sagen und zu glauben, daß dieses eine Nomen die ganze Gruppe definierte. Aber jetzt war es offenkundig, daß die *Strines* aus vielen Gruppen bestanden, die eifersüchtig über ihre Unabhängigkeit wachten und untereinander konkurrierten. Und nur im Falle einer größeren Bedrohung – aus einer anderen Region – würden die *Strines* ihre Ressourcen bündeln und als Einheit handeln.

Fathom hockte sich lässig vor ihm hin. Mit einem Lächeln schüttelte sie den aschblonden Kopf. »Schlechte Neuigkeiten. Ich habe die Stationen im Norden kontaktiert. Der *Brickfielder* erstreckt sich über eine große Distanz, bis über *The Musgrave* hinaus.«

»Können wir ihn denn nicht einfach überfliegen? Welche Gipfelhöhe hat das Flugzeug?«

»Neunzigtausend Fuß. Sicher, wir könnten ihn leicht *über*fliegen – solange wir nicht zu landen versuchen. Aber ich kann uns nicht in *The Musgrave* runterbringen, ohne einen Triebwerksschaden zu riskieren. Du kennst diesen Staub nicht – er wirkt wie Schmirgelpapier auf einer glatten Oberfläche.«

Mike schaute zum Fenster hinaus. Die rote Wand war nähergerückt und stieg in einer Entfernung von wenigen Kilometern dräuend gen Himmel. »Was sollen wir also tun? Hier warten – oder uns zu Fuß nach Norden aufmachen, wie die Abo-Kämpfer?«

Fathom lächelte erneut, streckte den Arm aus und tätschelte seine Wange. »Hätte nichts dagegen, hier mit dir zu warten, Schnuckiputz. Aber so viel Zeit habe ich nicht. Und ich denke nicht einmal daran, mit den Abos in die Wüsten im Innern zu gehen. Dort gibt es weder etwas zu essen noch Wasser.«

»Sie scheinen aber gut zurechtzukommen.«

Sie warf ihm einen seltsamen, halb belustigten Blick zu. »Ja. Weißt du auch, warum? Sie können nach Norden gehen, weil sie alles, was sie finden – wirklich alles – essen und trinken.« Sie massierte seinen Arm und befühlte Bizeps und Trizeps. »Du hast einen schönen Körper, Händler Asparian. Er gefällt mir. Ihnen würde er auch gefallen. Draußen in der Wildnis würdest du einen schönen Long-Drink und neunzig Pfund hochwertiges Protein abgeben. Hier bist du sicher, weil sie darauf programmiert sind, sich in der Nähe von Flugplätzen an niemandem zu vergreifen. Im Outback greift diese Sperre nicht. Vergiß die Idee, zu Fuß irgendwohin zu gehen.«

»Habe ich schon vergessen. Aber was machen wir jetzt?«

»Wir starten, überfliegen den Sturm und lassen *The Musgrave* hinter uns liegen. Der Sandsturm endet kurz vor Alice. Wir bleiben über ihm und landen auf meiner Heimatbasis. Dann machen wir eine Überlandfahrt nach *Süden*, wobei wir den Ausläufern des Sturms folgen.« Sie richtete sich auf. »Komm mit nach vorne und setz dich neben mich. Du wirst etwas Interessantes sehen, wenn wir Alice erreichen.«

Die Windgeschwindigkeit über dem Flugfeld erhöhte sich stetig, wobei schwere Böen gegen das Flugzeug schlugen. Die Maschine hob in nordlicher Richtung ab und ging sofort in einen engen spiralförmigen Steigflug, bei dem sie schnell Höhe gewann. Die nur wenige Kilometer entfernt stehende dunkelrote Wand des *Brickfielders* vermittelte zunächst den Anschein, als ob der obere Teil fehlte.

Auf fünftausend Fuß sah Mike plötzlich wieder die Sonne. Sie war als trübe Funzel in eine rotbraune Rauchwolke eingehüllt. Auf zehntausend Fuß hatten sie den Sturm dann endgültig unter sich gelassen. Sie gingen auf Nordkurs und überflogen eine öde Ebene aus Flugsand, die sich endlos unter ihnen erstreckte. Nur die Geschwindigkeitsanzeige sagte ihnen, daß sie mit Mach Vier über das Innere von *Strineland* dahinjagten.

Mike beugte sich auf dem Sitz nach vorn und sorgte dafür, daß die Speicherscheibe an seinem Hemd einen guten Ausblick durch das Fenster auf die Landschaft hatte. Trotz Fathoms Versprechen fand er die Aussicht ziemlich langweilig. Es war einfach nichts zu sehen. Und als er das gerade verinnerlichte, trat eine dramatische Änderung ein. Die Staubwolke unter ihnen löste sich auf, wurde in Ost-West-Richtung sauber durchtrennt.

Mike lehnte sich nach rechts und schaute aus dem Seitenfenster. Er konnte wieder den Erdboden sehen. Das staubige, baumlose Terrain, das sich seit dem Betreten des *Strine*-Territoriums in Eucla bis zur letzten außerplanmäßigen Landung unter dem Flugzeug erstreckt hatte, war nicht mehr. Statt dessen sah Mike ein Muster aus strukturierten türkisfarbenen Kreisen, deren Mittelpunkte die Eckpunkte eines gleichseitigen Dreiecks bildeten.

»Weißt du, was das ist?« fragte Fathom an ihn gewandt.

Mike schüttelte den Kopf. »Zuerst dachte ich an eine Baumschule, auf deren Kronen wir hinabschauten. Aber dann habe ich mich an unsere Flughöhe erinnert. Jeder dieser Kreise muß einen Durchmesser von achthundert Metern haben. Und anscheinend ist es dort unten knochentrocken.«

Fathom lächelte, aber dieses Lächeln war irgendwie nach innen gerichtet, an sich selbst adressiert und an niemanden sonst. »Deine erste Vermutung war richtig.«

»Bäume? So hoch?«

»Bäume. Sie sind hier entwickelt worden, in meinen Labors, und sie wachsen nirgendwo sonst. Ein Vielstämmer, wie ein Banyan, aber viel ertragreicher. Nahrung und Holz. Wir überfliegen gerade eine Doppel-X-Pflanzung. Mittlerer Stammdurchmesser dreißig Meter.«

Mike stellte eine Veränderung an Fathom fest. Zuvor hatte eine unterschwellige Spannung existiert, gut verborgen, aber dennoch präsent. Er hatte das vorher gar nicht registriert, weil er über keine Vergleichskriterien verfügte. Aber jetzt, wo er sie ganz entspannt sah, trat der Unterschied klar zutage. Fathom war wieder in ihrem eigenen Territorium, in einer Umgebung, die sie voll unter Kontrolle hatte.

»Doppel-X?«

»Codebezeichnung.« Fathom drückte erneut ein paar Tasten, und sie verloren beängstigend schnell an Höhe. »Steht für ›Xerophytische Xyloide‹ – männlicher Terminus technicus, Kauderwelsch für Pflanzen, die nur wenig Wasser benötigen und sehr schnell wachsen. Du wirst sie aus der Nähe sehen, wenn wir wieder nach Süden fahren. Sie wachsen bis hinunter zur Grenze von *The Musgrave.*«

Mike nickte, sagte aber nichts. ›Männlicher Terminus technicus.‹ War das ein signifikanter Hinweis, wenn auch ein unbeabsichtigter, auf das *Strine*-Innere? Wurden die technischen Arbeiten in den Bio-Labors nur von Männern ausgeführt – so, wie nur sie die menschlichen Testsubjekte für Experimente stellten?

Als das Flugzeug landete und schlitternd zum Stehen kam, erinnerte Mike sich einer der weniger erfreulichen Aussprüche von ›Darling‹ Lester: »Schätze deinen Wert nicht zu hoch ein, Jungchen. Hier bist du ein Nichts. Und sei verdammt vorsichtig. Im Innern verwenden die Matronen Männer als Werbegeschenke. Und Folter zählt bei ihnen zu den schönen Künsten.«

Verstohlen überprüfte er die Verbindung zu Daddy-O und Lester. Noch immer blockiert. Nichts außer statischem Rauschen.

Mike war auf sich allein gestellt.

Als die Welt vor einem globalen Atomkrieg zu stehen schien, suchten die *Strines* Schutz unter der Erde. Als sie sich dort erst einmal eingerichtet hatten, legten sie die Neigung zum Leben im Untergrund nicht mehr ab. Unterirdische Anlagen erlaubten eine bessere Temperatur-

und Feuchtigkeitsregelung, und das war wichtig für jeden im Innern von *Strineland*, mit Ausnahme vielleicht der haploiden Abos.

Obwohl Mike mit den Fakten vertraut war, überraschte ihn dennoch der Blick auf eine anscheinend nur mit Akazien, Flechten und Gras bewachsene Region, um dann zu erfahren, daß er die größten Bio-Labors und Wohnbezirke von Alice vor sich hatte.

Er fand keine Zeit, die unterirdischen Anlagen zu erkunden. Fathom hatte gerade so lange in Alice Station gemacht, um einen wuchtig gebauten Führer namens Banjo mit Maulwurfsbrauen aufzulesen, und dann saßen sie auch schon in einem Auto und fuhren gen Süden. Nach einer Stunde Fahrtzeit hielt das Auto an, und Fathom stieg aus.

»Ich werde nicht weiter mitfahren«, sagte sie zu Mikes Überraschung. »Banjo wird sich um dich kümmern und dich zum Transferpunkt bringen. Ich sehe dich auf dem Rückweg wieder, wenn du alles erledigt hast.«

Ihre Haltung gegenüber Mike hatte sich verändert. Sie war kühl, ohne eine Spur von Herzlichkeit. Geschah das vielleicht wegen Banjo? Mike wußte es nicht. Er setzte sich wieder auf den Sitz und schaute sich um.

Sie fuhren mit hoher Geschwindigkeit auf einer schnurgeraden asphaltierten Straße, die von Doppel-X-Bäumen gesäumt wurde. Jeder von ihnen hatte die Ausmaße einer ganzen Baumgruppe und reckte sich hundertfünfzig Meter über die sonnendurchglühte Ebene. Keine anderen Pflanzen gediehen in ihrem Schatten, und das Blätterdach war so dicht, daß es kein Sonnenlicht zum Boden durchließ. Die Struktur der Bäume war gentechnisch konstruiert worden. Sie wandelten die einfallende Sonnenenergie zu hundert Prozent um und nutzten sie zur Synthese von Polysacchariden – Stärke, Zucker und Zellulose.

Als die gigantischen Baumschulen schließlich hinter

ihnen lagen und ödem und sonnenverbranntem Land wichen, stellte Mike einige Überlegungen an. Wer war zum Beispiel Fathoms Leitender Bio-Ingenieur, das Genie hinter den Doppel-X-Bäumen? Banjo konnte es ihm nicht sagen – oder wollte es nicht. Eine Kommunikation mit ihm erwies sich fast als unmöglich. Mike entlockte ihm ein paar einsilbige Antworten auf einige Fragen, und das war es dann auch schon.

Als er sich dann aber erkundigte, warum Fathom sie nicht begleitet habe, handelte er sich ein brüllendes Gelächter und Banjos bisher längste Ansprache ein. »Fathom-Lavengro! Haha – über die Grenze nach *The Musgrave*? Das ist echt witzig, Mann. Weißt du, was Holzfällerin mit Fathom machen würde, wenn sie ihr Territorium beträte? Sie in Häppchen schneiden und an die Dingos verfüttern, das würde sie.« Er klatschte mit einer narbigen, braungebrannten Hand auf das Lenkrad. »Die beiden sehen sich nicht mehr – *nie mehr*. Wußtest du das etwa nicht, Kumpel? Sie hassen sich wie die Pest. Schau mal nach vorne. Das trennt sie voneinander.«

Die Bäume waren verschwunden, und sie näherten sich einem Stacheldrahtzaun mit einem soliden Tor, das die Straße blockierte. Auf der anderen Seite wartete ein anderer Wagen. Zwei haploide Abos standen etwa hundert Meter entfernt und musterten sich über den Zaun hinweg. Als das Auto vorfuhr, rannten sie mit unglaublicher Geschwindigkeit zum Tor und postierten sich stumm daneben.

»Gut, wir sind da, Mann.« Banjo stieg langsam und vorsichtig aus dem Fahrzeug und bedeutete Mike, auch auszusteigen. »Nimm dieses Stück Leder, reibe es mit den Händen und zeige es ihnen vor. Es ist deine Identifikation. Behalte es bei dir. Ich werde zum anderen Wagen mitkommen und mich davon überzeugen, daß es auch der richtige Fahrer ist – es müßte eine junge Frau namens Süße Erbse sein. Versuch gar nicht erst, dich mit ihr zu unterhalten, es wäre reine Zeitverschwendung. Sie ist taubstumm und ist Holzfällerin direkt unterstellt. Ich werde hier auf dich warten. Wenn du länger als zwei Tage bleibst, laß von Holzfällerins Leuten eine Nachricht überbringen.«

Der Abo nahm den Ausweis, den Mike ihm hinhielt, und rieb ihn zwischen Daumen und Zeigefinger. Er ging schlurfend um Mike herum und beschnüffelte seine Füße, Genitalien und Haare. Als er mit Banjo auf dieselbe Art verfahren war, öffnete er das Tor. Der Haploide auf der anderen Seite wiederholte die Prozedur, beschnüffelte erneut den Lederfetzen und führte sie dann zum Fahrzeug. Mit einem Kopfnicken begrüßte Banjo die dort sitzende schwarzhaarige Frau und ließ sich danach wieder durch das Tor eskortieren.

Das Auto der Frau trug an der Seite eine eigentümliche Markierung wie eine vierfach gewundene Helix. Mike setzte sich auf den Beifahrersitz und schaute die Fahrerin neugierig an. Süße Erbse war jung, nicht älter als er, mit einem makellosen, elfenbeinfarbenen Teint und glänzendem schwarzem Haar. Sie wirkte genauso deplaziert im Innern des *Strine*-Territoriums, wie er sich fühlte.

Sie nickte ihm lächelnd zu. Kurz darauf drückte sie das Gaspedal voll durch. Das Auto wirbelte eine braune Staubwolke auf und raste auf derselben schnurgeraden Straße nach Süden.

Das Schweigen war Mike nur recht. Er machte sich nämlich Gedanken. Laut Jack Lester und Banjo betraten Fathom und Holzfällerin nie das gegnerische Territorium – sie wären dort nicht einmal *sicher* gewesen. Wenn das zutraf, dann hatte Fathom nie vorgehabt, das Flugzeug in *The Musgrave* zu landen – und hätte auch gar keine Landeerlaubnis erhalten. *Deshalb* mußten die früheren Aussagen bezüglich ihrer Reisepläne falsch gewesen sein. Den Sandsturm hatte sie wohl nicht herbeiführen können, aber sie konnte rechtzeitig von seinem Aufkommen erfahren haben. Die Chips vertrieben nämlich ein teures meteorologisches System, das schwere Stürme und Windrichtungen mit einem Vorlauf von mindestens zweiundsiebzig Stunden meldete. Also hätte Fathom den *Brickfielder* durchaus in ihre Planungen einkalkulieren können. Aber *warum*?

An dieser Stelle wußte Mike nicht mehr weiter. Fathom benutzte ihn, davon war er zunehmend überzeugt. Aber er wußte nicht, auf welche Weise.

Mike seufzte still. Er stellte Fragen, wo er sie eigentlich doch beantworten sollte. Im Fahrzeug war es sehr heiß, und die letzten vierundzwanzig Stunden waren hart gewesen. Er befolgte die Regel, die nicht in der offiziellen Händler-Dienstvorschrift stand, dafür jedoch in der inoffiziellen einen hohen Stellenwert einnahm: *Essen, Trinken, Schlafen – wann immer die Gelegenheit sich bietet.*

Er lehnte sich auf dem Sitz zurück und schloß die Augen.

Die *Strine*-Mission war vorbei, und sie war ein großer Erfolg gewesen. Kein Trainee hatte bisher so gut abgeschnitten. Nach der triumphalen Rückkehr zu den Azoren und der abschließenden Initiationszeremonie war Mike in die Händler-Gilde aufgenommen worden und hatte den Schlüssel zu Lucia Asparians Ferienwohnung ausgehändigt bekommen. Sie lag hoch oben in den Bergen der Wirtschaftsgemeinschaft. Beim Blick aus dem offenen Fenster sah er eine Parade himmelstürmender weißer Gipfel. Die hereinströmende Luft war klar und eiskalt. Zu kalt. Mike wollte das Fenster schließen – und wachte plötzlich auf.

Es war schon dunkel. Die Klimaanlage des *Strine*-Fahrzeuges lief mit solcher Leistung, daß sie ihn aus einem tiefen Schlaf gerissen hatte.

Er seufzte. Keine erfolgreiche Mission, keine triumphale Rückkehr – nur eine Situation, die anscheinend zunehmend außer Kontrolle geriet. Das Auto wurde langsamer und bog von der befestigten Straße ab. Er streckte sich und bewegte die Schultern, um die verkrampfte Nackenmuskulatur zu entspannen.

Die Fahrerin hatte das mitbekommen. Sie blickte ihn kurz von der Seite an. »Ich hoffe, du hast gut geschlafen«, sagte sie langsam und mit präziser Artikulation.

Mike hielt mitten in der Bewegung inne und wandte sich ihr erstaunt zu. »Du bist nicht Süße Erbse?«

»Doch, bin ich.« Die Worte wurden sorgfältig formuliert und von ziemlich übertriebenen Lippenbewegungen begleitet.

»Aber Banjo sagte mir …« Mike verstummte verwirrt.

»Daß ich weder hören noch sprechen könne?« Das Gesicht von Süße Erbse spiegelte spontane Freude wider. »Früher konnte ich das nicht. Heute kann ich beides.«

Mike wartete auf weitere Erklärungen, aber es erfolgten keine. Statt dessen deutete Süße Erbse in Fahrtrichtung, auf ein trübes Glühen in der Ebene des *Strine*-Territoriums. »In zwei Minuten erreichen wir das Hauptquartier von *The Musgrave*.« Sie drehte ihren schönen Kopf, um ihn ausgiebig und mit unverhohlener Neugier zu mustern. »Ich erinnere mich nicht, jemals zuvor einen Händler gesehen zu haben. Jedenfalls nicht, seit ich hier bin. Stimmt es denn, was ich gehört habe, daß ein Händler kein Zuhause hat?«

»In gewisser Hinsicht stimmt das.« Mike fragte sich, wie viele unzutreffende Gerüchte über die Händler hier wohl noch im Umlauf waren – und wie viele falsche ›Fakten‹ ihm denn über die *Strines* bekannt waren. »Wenn wir unsere Ausbildung abgeschlossen haben, sind wir quasi ohne festen Wohnsitz. Wir verhandeln in der ganzen Welt und auch oben im Weltraum. Unser Hauptquartier, in dem wir unsere Arbeit koordinieren, entspricht noch am ehesten einem Zuhause. Wir fühlen uns überall daheim, an jedem Ort, wo gehandelt und verhandelt wird.«

Während er das sagte, wanderten die in Fahrtrichtung liegenden Lichter aus ihrem Blickfeld. Das Fahrzeug hatte die ebene Straße verlassen und fuhr nun durch einen spiralförmig in die Tiefe führenden Tunnel. Als der Abstieg schließlich bewältigt war, sah Mike etwas, das er im Innern des *Strinelandes* nie erwartet hätte: die Reflexe weit entfernter Lampen in stillem Wasser. Sie waren am Ufer eines unterirdischen Sees mit einem Durchmesser von mehreren Kilometern angekommen, der die Zentralregion einer riesigen Höhle ausfüllte. Er suchte das Seeufer nach Anzeichen einer Bebauung ab, wobei er im Zwielicht aber nicht viel sah. Der See wurde zum Großteil von vertikalen Erdwällen begrenzt, die bis zur Decke der Kammer reichten.

»So viel Wasser!« sagte er zu Süße Erbse. »Ich wußte gar nicht, daß ein solcher See im Innern existiert. Er ist auf keiner Karte verzeichnet.«

»Wir haben ihn angelegt. Er ist der einzige.« Sie hatte auf automatische Steuerung umgeschaltet, die das Auto langsam in Richtung des Sees manövrierte. »Aus diesem Grund sind wir das reichste Territorium auf dem Festland. Das wäre selbst ohne unsere Biolabor-Produkte der Fall. Und unsere Labors sind die besten.« Es schwang großer Stolz in diesen sorgfältig artikulierten Worten mit. Mike brannte darauf, Beweise für diese Behauptung zu erhalten.

Sie stiegen aus dem Auto, das in einer Tiefgarage abgestellt worden war, wo eine Flotte von Boden- und Luftfahrzeugen in ordentlichen Reihen parkte. Jedes dieser Fahrzeuge trug die gleiche spiralförmige Markierung.

Süße Erbse lotste Mike zu einem Aufzug. Als er ankam, bedeutete sie ihm, die Kabine zu betreten und drückte auf den Knopf für eine Abwärtsfahrt. Sie selbst blieb draußen.

»Eine Minute.« Mike hinderte die Tür mit einer Hand am Zugleiten. »Ich kenne mich hier nicht aus. Was geschieht, wenn ich unten ankomme?«

Süße Erbse lächelte. »Du wirst Holzfällerin begegnen. Dieser Aufzug führt nur zu den Privatquartieren des großen Häuptlings beziehungsweise wieder an die Oberfläche.«

Bevor Mike noch etwas sagen konnte, schloß sich die Kabinentür, und der Aufzug glitt gemächlich abwärts. Als die Tür sich schließlich wieder öffnete, erblickte er einen vielleicht dreißig Meter langen Raum mit einer hohen gewölbten Decke, in dem es drückend heiß und schwül war. Die gekrümmte Rückwand bestand zur Gänze aus Glas. Dahinter war der angestrahlte Boden des unterirdischen Sees, so daß ein Beobachter auch Vorgänge verfolgen konnte, die sich viele Meter entfernt in dem klaren Wasser abspielten. Als er staunend weiterging, erkannte Mike, daß er Zeuge einer technischen Meisterleistung war. In einer der trockensten Regionen der Erde gestattete ›Holzfällerin‹ Lavengro ihren Besuchern einen Blick auf ihr Werk: ein unbezahlbarer Schatz – Millionen Kubikmeter Süßwasser.

Im Raum herrschte Zwielicht, und erst als er die Hälfte der Strecke zur Glaswand zurückgelegt hatte, bemerkte Mike die Anwesenheit einer weiteren Person. Zu seiner Linken befand sich ein langer dunkler Tisch und dahinter ein Sofa. Und auf diesem Sofa, in dicke Decken gehüllt, saß eine dunkle Gestalt. »Wußtest du schon«, fragte eine melodische Tenorstimme, »daß in dieser Region das Leben eines Mannes in der Regel nicht mehr wert ist als zwanzig Gallonen Trinkwasser? Was glaubst du, wie viele Augen dich jetzt betrachten?«

Er wandte sich zu der Stimme um und schaute neugierig auf die sitzende Gestalt. Die Stimme war irgendwie androgyn, und er war sich nicht sicher, ob er nun von einem Mann oder einer Frau angesprochen worden war. Von wem auch immer, die Lagen von bunten

Decken waren um eine groteske Person drapiert. Er blickte auf eine Gestalt von enormer Größe, die ein Gewicht von vielleicht fünfhundert Pfund haben mochte. Es war ihm nicht möglich, unter den fließenden Dekken ihren Körper zu lokalisieren. Langes braunes Haar wallte unter einer Kapuze hervor und fiel ihr übers Gesicht. Sie hatte einen Schmollmund mit vollen roten Lippen, die einen Stich ins Purpurne aufwiesen. Die bleichen Pausbacken glänzten vor Schweiß.

Mike trat an den Tisch heran. »Sind Sie Jinjer Lavengro?«

Die Tenorstimme gluckste. »Ja, ich glaube schon, daß ich das bin. Obwohl mich schon seit Jahren niemand mehr Jinjer genannt hat. Mach es wie die anderen und nenn mich Holzfällerin. Und ich werde auf die Etikette verzichten und dich Mike nennen? In Ordnung? Dann können wir den protokollarischen Kram vergessen und direkt zum Geschäft kommen.«

Unter anderem umfaßte die Händler-Ausbildung auch das Geschäftsgebaren der verschiedenen Regionen. Vor Verhandlungsbeginn servierten die Chipponesen heißen Tee, die Republik offerierte Rauchwaren, die Gemeinschaft Alkoholisches und das Vereinigte Reich Drogen; sogar die *Chills* der Kap-Föderation reichten warmen Lebertran. Nur die *Strines* taten nichts dergleichen. Sie ersparten sich die Präliminarien. Fathom war genauso direkt gewesen wie Holzfällerin – und noch schlimmer, wenn man die seinerzeit gezückte Klinge als Begrüßung interpretieren wollte.

Mike zuckte die Schultern. »Reden wir übers Geschäft. Ich bin weit gereist – und nicht, um die Sehenswürdigkeiten des *Strine*-Innern zu betrachten. Wo sollen wir beginnen?«

Holzfällerin atmete tief und schnarrend ein. »Es ist schon spät, und du bist sicher müde. Aber wir können heute noch einige grundlegende Dinge abklären. Ich glaube, daß man sich von Illusionen verabschieden muß – vielleicht auf beiden Seiten.« Eine Bewegung ging durch die massige Gestalt, das Sofa ächzte. Holzfällerin wies mit dem Kopf auf einen Behälter mit einer dunklen Flüssigkeit, der auf dem Tisch vor ihnen stand und von Gläsern und Schalen mit klebrig anmutendem Konfekt umgeben war. »Iß und trink, wenn du möchtest. Ich werde heute nichts mehr essen, weil morgen ein Bankett stattfindet. Zunächst werde ich die Fragen stellen. Dann bist du an der Reihe.«

Wie alt mochte sie sein? War es wirklich eine *Sie*? Das Geschlecht von Tommy Lavengros jüngerem Kind konnte nicht zweifelsfrei bestimmt werden. Die Stimme war auch kein Indikator. Mike spähte nach äußeren Zeichen der Entstellungen, die Holzfällerin sich durch ihren Unfall zugezogen hatte, aber Nase und Wangen waren die einzig sichtbaren Körperpartien, und sie wirkten unversehrt. Die Decken und Schals kaschierten fast jede Verwundung, selbst den Verlust eines Arms oder Beins. »Fangen Sie an.«

»Zunächst einmal eine Überraschung«, eröffnete die vermummte Gestalt. »Eine Überraschung für mich. Wir haben bereits eine Analyse der chemischen Signatur des Lederausweises durchgeführt, den du bei dir hattest. Sie entspricht der chemischen Signatur, die du von der Händler-Bank erhalten hast. Du bist Mikal Asparian von der Gilde der Händler. Vor deiner Ankunft hatte ich dich für einen Schwindler gehalten.«

»Aber Sie müssen doch gewußt haben, daß ich unterwegs war – diese Nachricht ist an alle *Strine*-Empfangsstationen durchgegeben worden.«

»Das ist richtig. Aber ich hatte nicht damit gerechnet, daß deine Route ausgerechnet über Fathoms Territorium zu mir führte. Sie hat nämlich in den letzten vier Jahren verzweifelt versucht, Spione hier einzuschleusen. Was hätte da nähergelegen, als dich zu beseitigen und durch einen von ihren Agenten zu ersetzen? Man hätte sich natürlich eine offizielle Erklärung für die Händler zurechtgelegt, die besagte, daß du leider bei einem Unfall im *Strine*-Innern ums Leben gekommen wärst. Aber das wäre leicht zu bewerkstelligen gewesen. Ich erkannte die Logik – ich rechnete sogar damit und habe deshalb den ChemSig-Test arrangiert, als ich die Kunde von deinem Kommen erhielt. Wenn es sich um einen weiteren ungeschickten Spionageversuch gehandelt hätte, wärst du sofort eliminiert worden, wie ich auch schon in zwölf anderen Fällen verfahren bin. Aber nichts dergleichen. Du bist wirklich ein Händler.«

Als Mikes Augen sich an das Zwielicht gewöhnt hatten, sah er unter der Kapuze die Schweißperlen auf Holzfällerins Stirn und der schmalen Nase. Er spürte seinerseits, wie ihm der Schweiß den Rücken herabrann. »Vielleicht bin ich schwer von Begriff«, sagte er langsam. »Aber ich erkenne keine Logik in dem, was Sie sagen. Gut, ich habe das *Strine*-Territorium mit Fathoms Hilfe betreten, aber ich wüßte nicht, wie sie von meinem Besuch hier profitieren sollte.«

Holzfällerin füllte zwei Gläser mit der dunklen Flüssigkeit und schob ihm eines davon zu. »Das kommt daher, weil du nicht mit unserer Innenpolitik vertraut bist. Fathom hat keinen Zugang zu diesem Territorium. Akzeptiere die Gültigkeit dieser Aussage und glaube mir auch, daß sie sich um jeden Preis Zutritt verschaffen will. Wir verfügen über viele biologische Entwicklungen, die sie uns abjagen will. Trotz ihres überschäumenden Stolzes auf die Doppel-X-Pflanzungen haben wir neue Organismen entwickelt, die ihre Bäume zur Bedeutungslosigkeit degradieren. Und Fathom weiß das auch. Sie begehrt unser Wissen und die Macht, die wir dadurch erlangen – und sie weiß auch, daß ich ihr dieses Wissen nie verkaufen würde. Wie soll sie nun an die gewünschten Informationen herankommen?« Sie zuckte die breiten Schultern. »Einen Ansatz hat sie schon versucht: die Infiltration mit Spionen. Keiner von ihnen hat die Grenze übertreten können. Dann verlegte sie sich anscheinend auf etwas anderes: die Einschleusung eines Agenten, der sich als Händler ausgab. Das hatte ich zumindest vermutet – und ich habe mich geirrt. Daher kommt mir jetzt ein anderer Gedanke.« Der massige Körper beugte sich nach vorn. »Fathom braucht Augen und Ohren, die meine Labors ausforschen und ihr dann Bericht erstatten. Obwohl du kein Agent bist, könntest du doch diese Augen und Ohren darstellen.«

Mike schüttelte den Kopf. »Nicht einmal unter der Folter geben Händler Informationen preis. Unsere Ausbildung gewährleistet das – und Fathom weiß es auch.«

»Genau wie ich. Folter wäre deshalb keine Antwort.« Holzfällerin seufzte. »Ebensowenig würde ich dich bezichtigen, ihr Informationen zu verkaufen. Ich habe größten Respekt vor den Händlern. Morgen werden wir beide, wenn alles gut läuft, eine Basis für eine langfristige Geschäftsbeziehung aushandeln. Aber Folter und Korruption sind nicht die einzigen Methoden. Ich nehme an, daß dein Rückweg dich wieder durch Fathoms Territorium führt?«

»So sind wir verblieben. Sie versicherte mir, sie würde auf mich warten.«

»Dann möchte ich dir noch eine Frage stellen. Die *Strines* verfügen über ihre eigenen Quellen für Geheiminformationen. Auf dieser Mission führst du ein Spezialgerät mit. Wo ist deine Speicherscheibe?«

Mike war geschockt. Irgendwo in der Händler-Organisation mußte ein großes Leck sein. Um seine Überraschung zu verbergen, beugte er sich vor und nippte an dem vollen Glas. Alkohol und eine Prise Heroin – und was noch?

Was immer es auch sein mochte, im Dunklen Land hatte er seine Lektion gelernt: Vorbeugen war immer besser als Heilen. Bei der nächsten Gelegenheit würde er eine Detox-Pille nehmen. Aber was konnte er in diesem Moment tun? Zugeben, daß er die Scheibe trug – oder ihre Existenz bestreiten?

Die Frage war leicht zu beantworten. Holzfällerins Stimme hatte sehr sicher geklungen. Mike zupfte die Scheibe vom Hemd und reichte sie Holzfällerin. Als sie das Gerät neugierig beäugte, nutzte er die Chance und schluckte eine Detox-Pille.

»Vielleicht ist es nicht sehr galant von mir, aber ich kann mich des Eindrucks nicht erwehren, daß die Händler bei der Mikrotechnik um ein wenig Unterstützung von Cap City ersucht haben.« Sie streckte die blasse Hand aus und gab Mike die Speicherscheibe zurück. Er sah die in der fetten Klaue eingebetteten Knöchel und weichen Wurstfinger. Aber trotz ihrer Plumpheit war die Hand perfekt geformt und wies keinerlei Anzeichen einer Verwundung oder Entstellung auf. »Das Ding ist ja viel größer, als ich dachte, und ich kann mir nicht vorstellen, daß es bequem zu handhaben ist.«

Mike zuckte die Achseln und zog die Option in Betracht, die Scheibe zu verschlucken. »Da muß ich Ihnen beipflichten. Es war auch nicht meine Idee, sie mitzubringen – und ich hatte nicht die geringste Ahnung, daß Sie schon davon wußten.«

»Nicht nur ich. Was würdest du sagen, Händler Asparian, wenn ich dir erzählte, daß Fathoms gesamte Aktionen nur einem Zweck dienen? Sie wollte, daß du mich und mein Territorium besuchst und unsere Aktivitäten so umfassend wie möglich ausspähst. Und dann sollst du das *Strine*-Innere über *ihr* Territorium wieder verlassen. Ihr ist es gleichgültig, ob du tot oder lebendig bei ihr ankommst – denn was sie will, ist natürlich *das*.« Holzfällerin zeigte auf die Scheibe und führte dann ihr Glas zum Mund. Der purpurne Mund verzog sich angesichts seines entsetzten Gesichtsausdrucks zu einem schwachen Lächeln. »Mit deinem kompletten Besuchsprogramm darauf. Selbst wenn du die Scheibe verschlucken solltest, wäre das egal. Sie wird dir den Bauch aufschlitzen und sie mit den Händen herausholen.«

Wußte die Frau denn *alles?*

»Schöne Vorstellung«, erwiderte Mike zögernd. Falls Holzfällerin sich bewußt an der Dienstvorschrift der Händler orientierte, dann tat sie das sehr geschickt. Sie thematisierte alles, was Mike über die Lage zu wissen glaubte und verwendete es gegen ihn. »Aber die Speicherscheibe wäre für Fathom und auch sonst jeden völlig nutzlos. Sie kann zerstört werden – wenn auch nur schwer. Aber ihre Daten können nur im Zentralrechner der Händler decodiert und ausgelesen werden.«

»Deine Zuversicht freut mich.« Holzfällerins Stimme wurde von einem beunruhigenden Zynismus unterlegt. »Glaube, was du willst. Was mich betrifft, so habe ich in den letzten Jahren schon viele ›Geheimnisse‹ und die Schlüssel zu vielen sicheren Codes gekauft. Und es gibt EDV-Experten in Cap City, die solche Herausforderungen geradezu lieben. Ich würde es nicht riskieren, mein Leben von der Datensicherheit eines Speichermediums abhängig zu machen. Überlege doch mal: Hat Fathom die Scheibe gesehen? Ja. Und hat sie dich nach ihrem Zweck gefragt? Und wenn nicht, warum nicht?« Sie lächelte bei seinem Gesichtsausdruck, und Mike sah ein kräftiges Gebiß sowie eine fleischige, rosige Zunge. »Das habe ich mich auch schon gefragt. *Beweist* das denn nicht, daß sie bereits über den Zweck der Scheibe informiert war?« Sie gähnte. »Nun, vielleicht hat dieser Abend dir genug zu denken gegeben. Morgen will ich dir meine Labors zeigen und die Dinge, die für einen Händler von Interesse sein könnten. Du wirst noch sehen, daß Velocil und die *Candlemass*-Beeren kaum mehr als ein Köder waren, um dich hierherzulocken.

Und ich werde dir zumindest in groben Zügen meine Verhandlungsziele darlegen, so daß du dir heute nacht schon ein paar Gedanken machen kannst. Das Festland und die anderen *Strine*-Territorien sind fragmentiert. Jeder Bezirk hat seine eigenen Sicherheitskräfte und ein eigenes Waffenarsenal.« Holzfällerin legte eine Pause ein. »Ich will diese Region vereinigen und das gesamte *Strineland* kontrollieren. Zu diesem Zweck benötige ich Verbündete und Ausrüstung. Aber vor allem brauche ich *Verhandlungs*geschick. Und das hast du. Wie ich bereits sagte, bewundere ich die Händler mehr als jede andere Gruppe, sei es nun auf der Erde oder im Weltraum. Nichts wäre mir lieber als eine Kooperation mit ihnen.«

Holzfällerin stöhnte plötzlich. Fasziniert schaute Mike zu, wie der wuchtige Körper sich vom Sofa hochstemmte. Stehend war die *Strine*-Matrone noch imposanter und überragte Mike um einen halben Kopf.

»Für heute ist es genug.« Ihre Stimme klang müde, und der Kopf unter der Kapuze nickte an Mike vorbei. »*Er* wird dich zu deiner Unterkunft begleiten.«

Mike fuhr herum. Er hatte nichts gehört, aber direkt hinter ihm kauerte ein haploider Abo. »In deinem eigenen Interesse«, sagte Holzfällerin, »solltest du heute nacht nicht versuchen, dein Quartier zu verlassen. Es besteht die Gefahr, daß er deine Aktionen … mißverstehen könnte.« Ein kehliges Lachen ertönte. »Du wirst reichlich Speisen und Getränke in deiner Unterkunft finden. Schlaf gut, Händler Mike.«

Holzfällerins letzte Worte waren sicher gut gemeint, aber Mike tat sich dennoch schwer damit, sie zu befolgen. Der Abo-Krieger führte ihn schweigend über eine Wendeltreppe nach unten in ein fensterloses sechseckiges Apartment, das mit einem Bett, einem Bad und einer Küche ausgestattet war. Mike ging hinein, schloß die Tür und öffnete sie nach einer Minute wieder. Der Abo hockte mit geschlossenen Augen auf der anderen Seite des Korridors. Mike betrachtete die straffe, glänzende Haut und das friedliche Gesicht des Mannes, bis dieser schließlich den Kopf hob und mit bebenden Nüstern schnüffelte. Die Augen öffneten sich. Mike zog sich sofort zurück und schloß die Tür.

Die Küche war geräumig und verfügte über einen reichlichen Bestand an Nahrungsmitteln und Getränken, die ihm überwiegend unbekannt waren. Es gab das obligatorische Dörrfleisch, Bier, Brot und Tofu, flankiert von einem Dutzend weiterer Krüge und Flaschen. Mike probierte aus jedem Gefäß. Er roch das Aroma vergorener Eukalyptusbeeren und den harzigen Duft von Brombeeren und Kaktusfeigen, und das war dann auch schon alles.

Er legte sich auf das Bett, überprüfte die Speicherscheibe und sprach seinen Tagesbericht darauf. Das dauerte ziemlich lange, und mehrmals legte er Bedenkpausen ein. Wieviel wußte er *wirklich*? Sehr wenig. Er wünschte sich, daß Jack Lester zur Verfügung gestanden hätte, um ihm weiterzuhelfen. Ob verrückt oder nicht, Jack war mit der Psychologie der *Strines* vertraut. Wenn Fathom recht hatte, waren Holzfällers Aussagen wertlos; wenn Holzfällerin die Wahrheit gesagt hatte, dann war alles, was Fathom getan hatte, einschließlich der Schiffspassage von Orklan, mit der Motivation erfolgt, über Mike Informationen bezüglich der Operation in *The Musgrave* zu erhalten. Und wenn nun *beide* die Unwahrheit sagten? *Regel 30: Gehe davon aus, daß niemand die Wahrheit sagt …*

Mike rekapitulierte die Instruktionen von Lyle Connery; er dachte an Süße Erbse, die Taubstumme, die gar keine war; an Holzfällerin, ›die schlimm verunstaltete Chefin von *The Musgrave*‹, deren wallende Gewänder jede eventuelle Verstümmelung verhüllten, deren Gesicht und Hände jedoch keine derartigen Spuren aufwiesen; und schließlich dachte er an den exzellent konditionierten Haploiden, der nun vor der Tür postiert war. Mike verglich den Mann mit der Krieger-Kolonne, die er mitten im tobenden Sandsturm hatte verschwinden sehen

Die Schlußfolgerung, zu der er gelangte, hielt ihn viele Stunden wach.

Als er schließlich doch einschlief, träumte er …

… er rannte, floh nach Norden über das flache, offene Land des *Strine*-Innern. Die grelle Sonne blendete ihn. Als er sich nach ihnen umdrehte, waren sie noch immer da, fünfzehn oder zwanzig an der Zahl. Sie waren nur wenige Kilometer hinter ihm … und kamen unaufhaltsam näher. Nackte haploide Abos, die leichtfüßig durch die öde Wüste liefen. Er schaute nach vorne. In dieser Richtung lag das Meer, genau im Norden. Es war nur noch wenige Meilen entfernt, aber es hätte genauso gut in der Unendlichkeit liegen können. Er war der Erschöpfung nahe und wurde zusehends langsamer. Die Abos hatten ihr Schweigen gebrochen. Nun wurden ihre Anfeuerungsrufe vom Wind zu ihm herübergetragen …

Mike erwachte. Er schwitzte, und sein Herz hämmerte. Der Raum wurde von einer an der Wand angebrachten Neonröhre erhellt. Ruckartig setzte er sich auf. Gleichzeitig verstummten zwei Leute, die sich eben noch leise an der Tür unterhalten hatten. Nach einigen Sekunden schauten sie sich an und kamen näher.

»Gut, daß du wach bist«, sagte der eine. »Wir wußten nicht, ob wir dich schlafen lassen sollten oder nicht. Es ist schon fast Mittag.«

Ein Schauder lief durch Mike, und er faßte sich an den Kopf. Die Detox-Pillen hatten zwar gewirkt, aber manchmal entfalteten sie kurzfristige Nebenwirkungen. Nach kurzer Zeit kam der Raum zum Stillstand. Bei den Eindringlingen handelte es sich um einen Mann und eine Frau, die identisch gekleidet waren und sich von Alter und Aussehen so glichen, daß sie eineiige Zwillinge sein mußten, wenn nicht gar verschiedengeschlechtliche Klone. Sie waren Mittzwanziger mit dunkelbraunen Locken, klaren braunen Augen und rundlichen Gesichtern.

Das Mädchen hatte Mike angesprochen, und ihre Stimme war es auch gewesen, die er irgendwie in seinen Traum integriert hatte. Jetzt trat sie an die Bettkante. »Wir sollen dich in den Labors herumführen«, erklärte sie dem schweigenden Mike. »Ich bin Bet Bates.«

»Und ich bin Alf Bates«, ließ der Mann sich vernehmen. Ihre Stimmen hatten sogar das gleiche Klangbild, wobei er eine halbe Oktave tiefer lag als sie. »Wir werden dir alles zeigen, aber es hat keine Eile. Wenn du dich waschen oder etwas essen willst, können wir auch draußen auf dich warten.«

»Nein. Gebt mir nur ein paar Sekunden, um wieder einen klaren Kopf zu bekommen.« Mike stand langsam auf und rieb sich die Augen. Er mußte diesen Alptraum der Verfolgung durch die Abos verscheuchen. »In Ordnung, ich bin wohl soweit. Wo ist Holzfällerin?«

»Wo sie immer ist.« Bet Bates klang überrascht. »Sie verläßt das Hauptquartier nie, außer wenn sie nachts manchmal im See schwimmt. Und sie gelangt direkt von ihren Räumen dorthin.«

»Ich dachte, sie wollte mich heute wieder sprechen.«

»Will sie auch«, meinte Alf fröhlich. »Wir werden dich zu ihr bringen, wenn wir fertig sind. Gibt es etwas Spezielles, das du sehen willst?«

Sie gaben sich merkwürdig lässig und selbstbewußt. Keiner der beiden schien durch die Begegnung mit einem Händler übermäßig beeindruckt zu sein, und Holzfällerin gegenüber nahmen sie eine noch viel weniger unterwürfige Haltung ein.

»Ich weiß ja gar nicht, was es überhaupt zu sehen *gibt*«, erwiderte Mike. »Aber ich bin ein Händler. Zeigt mir deshalb alles in *The Musgrave*, was für euch als Handelsgut in Frage käme.«

Die beiden wechselten erfreute Blicke. »Gut«, sagte Bet. »Folge uns.« Sie traten aus Mikes Zimmer auf den Flur und gingen drei Windungen einer hohen Wendeltreppe hinauf. »Halt«, sagte Alf und stieß eine massive Metalltür auf. Sie standen im grellen Schein der über *Strineland* stehenden Mittagssonne. Nach dem im Untergrund herrschenden Dämmerlicht traf es ihn wie ein Keulenhieb. Mike kniff die Augen zusammen und wartete darauf, daß die Pupillen sich akkommodierten.

Alf lachte. »Ein Hammer, was? Darauf muß man vorbereitet sein. Keine Sorge, wir gehen gleich wieder nach unten. Das ist nur eine Abkürzung zu den Hauptlabors.«

Die Hitze betäubte Mike fast. Er atmete tief durch und sah sich um. Der Erdboden glich gebranntem Lehm, rot und glatt, wobei selbst die spärliche Vegetation fehlte, die er sonst im größten Teil des *Strine*-Innern gesehen hatte. Die einzige Ausnahme bildete ein schmaler Ring aus Bäumen mit einem Durchmesser von etwa drei Kilometern. Die türkisfarbenen Blätter, die an Mike unbekannten Bäumen wuchsen, rauschten in der heißen Mittagsbrise. Nach wenigen Augenblicken begriff er, daß sie die Begrenzung des unterirdischen Sees markieren mußten. Wenn das wirklich zutraf, dann war das Gewässer deutlich kleiner, als er in der vorigen Nacht vermutet hatte.

Unter den Bäumen parkte ein zweites Geschwader Leichtflugzeuge, die alle dieselben Vier-Spiralen-Markierungen auf den stumpfen Nasen aufwiesen. Hier standen sogar noch mehr Maschinen, als Mike in der Tiefgarage gesehen hatte. Alf folgte der Richtung seines Blicks. »Nahverkehr. Wir verwenden sie für Flüge innerhalb von *The Musgrave* und für die Grenzüberwachung. Aber dafür brauchen wir sie im Grunde kaum. Die Abo-Teams halten jeden auf, der herein oder hinaus will.«

Eine indirekte Botschaft von Holzfällerin? *Versuche nicht zu entkommen, ohne meine Hilfe wirst du es nie schaffen.* Möglicherweise. Mike näherte sich einer der Maschinen und studierte ihre Konstruktion. Sie unterschied sich deutlich von dem Luftfahrzeug, das ihn von Eucla nach Alice gebracht hatte. Diese Geräte hier waren Leichtflugzeuge mit Elektromotoren, Yankee-Importe mit einer

Reichweite von nicht viel mehr als hundertsechzig Kilometern. Mit ihnen könnte er die Nordgrenze von Fathoms Territorium erreichen oder die im Nordwesten gelegene Wüste, aber weiter käme er nicht. Er deutete auf die Markierung an der Nase des Flugzeugs.

»Unser Zeichen«, erklärte Bet stolz, ohne eine weitere Frage abzuwarten. »Warte es nur ab. In wenigen Jahren wirst du dieses Zeichen auf der Hälfte der weltweiten Biolabor-Produktion sehen.« Mit dem Daumen wies sie auf die Bäume und Büsche, die das Ufer des unterirdischen Sees markierten. »Alf und ich haben jede dieser Pflanzen entwickelt. Alle sind sie wertvoll, und alle sind sie verschieden. Sie sind biologische Konzentratoren.«

Mike musterte die staubige Vegetation. Bei näherer Betrachtung erkannte er seltsame knollenartige Früchte dicht an den Hauptstämmen.

»Für unterschiedliche Substanzen«, ergänzte Alf. »Hauptsächlich Metalle und Seltene Erden. Siehst du den Baum dort? Er speichert Selen. Nimmt es über die Wurzeln auf und lagert das Oxid in den schwarzen Früchten ab.«

»Was ist mit dem Wasser?«

»Die Zapfwurzel ist stark hydrotropisch. Sie entwickelt sich aus einem Setzling, bis sie das Seeufer erreicht. Der Baum daneben speichert Vanadium – ein Reinheitsgrad von siebzig Prozent in der roten Frucht. Die Wurzelsysteme beider Pflanzen können auch Salzwasser aufnehmen.«

Mike ließ den Blick lange auf den Pflanzen ruhen. »Ihr habt das entwickelt?« fragte er schließlich. »Ihr beide?«

»Sicher haben wir das.« Bet zuckte die Achseln. »Gefallen sie dir? Aber das ist noch gar nichts. Wir haben mit Gemüse-Kleinkram angefangen, vor vier Jahren. Das ist schon gar nicht mehr aktuell. Warte, bis du unsere neuen Labors siehst.«

Sie passierten die Baumreihe und näherten sich einer

Rolltreppe, die parallel zu ihr nach unten führte. Mike schaute sich ein letztesmal um und überflog die Szene. Er schätzte die Entfernungen, merkte sich die Landmarken und stieg dann hinter den Zwillingen auf die abwärts fahrende Rolltreppe.

Wie alt waren die Informationen bezüglich der *Strine*-Biolabors, über die die Händler verfügten? Fünf Jahre waren seit Jack Lesters Aufenthalt im südlichen *Strineland* vergangen und drei seit der letzten Visite eines Händlers überhaupt. Das, was Mike jetzt in *The Musgrave* sah, traf ihn völlig unvorbereitet. Holzfällerin tauchte gerade einmal als Name in den Datenbanken der Händler auf, wogegen Alf und Bet – *Alpha und Beta*? – Bates, die außergewöhnlichen Erfinder, nicht einmal erwähnt wurden.

Die Rolltreppe beförderte sie in ein tief unter der Oberfläche liegendes Labor, einen fast sechzig Meter langen Raum mit einer hohen Decke, weißen Wänden und penibler Ordnung.

»Pflanzen«, sagte Bet nur und ging voran.

Pflanzen ...

... Pflanzen, die in einem fast vollständigen Vakuum gedeihen. »Chipponesische Handelsware«, erklärte Alf leutselig. Er grub den Daumennagel in ein dickes wachsartiges Blatt. Nach wenigen Sekunden hatte die Wunde sich wieder geschlossen. »Wir wollen das noch etwas verbessern. In einem Jahr werden wir ihre Verwendbarkeit im Weltraum testen.«

... hochexplosive Früchte, die von erbsengroßen Knallfröschen bis zu starken Bomben mit der Größe von Melonen reichten ...

... Früchte mit neunzig Prozent Ethylalkohol. »Pennerglück«, sagte Bet. »Alkohol, Fruktose und Aroma – hat sogar einen Sektkorken an einem Ende.«

... Gemüsesorten mit hohem Eiweißgehalt, welche die Konsistenz und Struktur von Rind- und Schweinefleisch sowie von Geflügel und Fisch emulierten ...

... vierzig Meter lange Blackboys, deren horizontale Stämme aus spiralförmigen Monofaser-Kohlenstoffsträngen mit einer Festigkeit bestehen, die jedes Metall übertrafen. »Der Trick dabei war, sie in der Horizontalen wachsen zu lassen«, erklärte Alf. »Wir haben die phototropen und geotropen Impulse um neunzig Grad gedreht. Zu diesem Zweck haben wir die DNA von Iris-Rhizomen aufgespleißt; sie wachsen nämlich von Natur aus horizontal. Komm, wir wollen uns noch etwas anderes anschauen.«

Bet ging durch drei Türen in ein kleineres Labor.

»Tiere«, verkündete sie.

... winzige, genmodifizierte Springmäuse, die geduldig mikroskopisch kleine elektronische Bauteile montierten und die Besucher aus ruhigen, intelligenten Augen anschauten. Unmittelbar neben ihnen stand ein Käfig mit Eidechsen, deren Augen wie Juwelen funkelten, wobei die Drüsen im Hals angeschwollen waren. »Voller Nervengift«, meinte Bet fröhlich. »Ein Milligramm würde ausreichen, um uns alle zu töten.«

Dann ging sie zu einem großen, mit Blumen angefüllten Käfig. Silberne und rote und purpurne Kolibris jagten so schnell darin umher, daß sie nur wahrgenommen werden konnten, wenn sie kurz über einer Blüte schwebten. »Nur zum Vergnügen«, erläuterte Alf. »Ich habe sie Bet zum einundzwanzigsten Geburtstag geschenkt.«

... Ameisen- und Termitenkolonien, die aus ihren Körpersekreten nach präzisen Spezifikationen filigrane Gitter spannen. »Sie produzieren perfekte Linsen und Spiegel«, sagte Alf. »Wir übermitteln ihnen die strukturellen Spezifikationen durch chemische Futterzusätze. Das ist das schwerste Stück Arbeit. An den Spinnen arbeiten wir noch. Sie sind nicht leicht zu steuern – wir können das nicht chemisch machen, sondern müssen Mikrochips verwenden.« Er zuckte die Achseln. »Wird noch ein paar Jahre dauern.«

»Häng dich jetzt nicht an den Spinnen auf«, ermahnte

Bet ihn. »Oder wir können hier gleich Wurzeln schlagen.« Sie grinste Mike an. »Sie sind seine Lieblinge, aber es ist schon spät, und wir müssen noch zu meinen Arbeiten.« Sie gingen durch eine Reihe weiterer Türen und betraten schließlich einen in schummriges Licht getauchten Trakt ineinander verschachtelter Räume. »Symbionten. Die interessantesten von allen.«

Und die komplexesten, mit ihrer ausgefeilten Synthese aus pflanzlicher und tierischer DNA.

...bewegliche fleischfressende Pflanzen, mit Ringen primitiver Augen gesäumte Kelche, die Insekten über einen sandigen Wüstenboden jagen...

...lethargische, faultierartige Kreaturen, die schlapp von den Bäumen hängen und die Schwingen zum Zweck der Photosynthese weit entfaltet haben. »Hier haben wir den Durchbruch noch nicht geschafft«, sagte Bet. »Es ist uns bisher nicht gelungen, die Energieabsorptionsraten so zu steigern, daß volle Mobilität gewährleistet ist.«

...die polytropen, einen halben Meter durchmessenden Sphären mit autarken Ökosystemen, die zum Existieren nur eine geringe Strahlendosis und eine Energiesenke benötigen.

Und schließlich, gleichsam als Schlußakkord, hatte Bet Mike zu einer kleinen Station mit einem Dutzend Sträuchern geführt, an denen die *Candlemass*-Beeren wuchsen, aus denen das Velocil-Extrakt gewonnen wurde.

Mike war indessen schon lange zuvor zu einer Schlußfolgerung gelangt: das, was er gesehen hatte, verlieh der Suche nach Velocil eine nachrangige Bedeutung. Das ursprüngliche Ziel der Mission wurde durch das Potential von Holzfällerins anderen Geschäftsbereichen zur Bedeutungslosigkeit degradiert.

Und dabei hatte er noch längst nicht alles gesehen. Während der ganzen Besichtigung hatten Alf und Bet erklärende Kommentare abgegeben. Ihre im leichten Plauderton vorgetragenen Anmerkungen zu genetischer Chirurgie und Zellkernteilung waren viel eindrucksvoller als alle prahlerischen Sprüche, und sie machten Mike auch dezidiert klar, daß die sechs Labors für Humangenetik für ihn und alle anderen Besucher tabu waren.

»Und welche Rolle spielt Holzfällerin bei all dem?« fragte Mike, als sie schließlich die vierte und letzte unterirdische Einrichtung verließen. »Ich meine, wenn ihr euch hier so engagiert, was tut dann Holzfällerin?«

Sie schauten ihn verständnislos an. »Wieso, Holzfällerin ist doch die Chefin«, erwiderte Bet dann. »Sie leitet die ganze Veranstaltung – Verteidigung, das Waffenarsenal, Geschäftsverhandlungen, Kämpfe, Finanzen, Logistik. Ohne sie würde hier überhaupt nichts laufen.«

»Aber sie kümmert sich doch nicht um die technischen Entwicklungen?«

Die Zwillinge lachten prustend. »'türlich nicht«, sagten sie unisono.

»Hat ja gar keine Zeit«, sagte Alf. »Und überhaupt versteht Holzfällerin nichts von Technik. Die Chefin ist zwar intelligent, aber nicht in dieser Hinsicht – von Technik hat sie keine Ahnung. Das ist unser Fachbereich, und wir leiten die Resultate dann an sie weiter.«

Inzwischen hatten sie den Ausgang erreicht. Dort wurde Mike von einem Posten in Gestalt eines haploiden Abos einer Leibesvisitation unterzogen. Bet und Alf erachteten das anscheinend als völlig normal, und auch Mike mußte die *Strine*-Logik anerkennen. Er hätte leicht einen Gewebefetzen aus einer Pflanze oder einem Tier herausreißen und ihn in der Tasche verstecken können. Als der Abo seine Kleider und seinen Körper beschnüffelte, war Mike froh, daß er dieser Versuchung nicht nachgegeben hatte.

Es war schon spät am Nachmittag, als die Zwillinge ihn schließlich wieder ins Freie brachten. Der Wind hatte aufgefrischt, und kleine Staubwirbel stoben um den Ring aus Bäumen. Alf verhielt den Schritt und drehte sich zu Bet um. »Was sagst du?«

Sie nickte. »Wieder einer im Anzug. Wir sollten uns lieber beeilen.«

»Wieder was?« fragte Mike.

Sie wandte sich ihm zu. »Wieder ein verdammter Sandsturm. Du wirst ja noch eine Weile hier sein. Siehst du die rote Linie am Horizont? In vier oder fünf Stunden wird von Norden her ein *Brickfielder* aufziehen und sich vielleicht ein paar Tage hier austoben.«

»Wir haben einige Versuchstiere im Freien«, ergänzte Alf. »Einige der gekreuzten Spezies sind empfindlich. Wir werden sie alle hereinholen müssen. Lausiger Job.«

Die Zwillinge waren jetzt mit anderen Dingen beschäftigt. Geistesabwesend eskortierten sie Mike hinunter zu Holzfällerins Hauptquartier, überstellten ihn wieder an denselben Abo – oder an einen, der in Mikes ungeschulten Augen mit dem ersten identisch war – und kehrten unverzüglich an die Oberfläche zurück.

Der Abo führte ihn in den Raum und hockte sich vor die Tür. Holzfällerin hatte Mike auf ihrem Computerbildschirm ein Memo hinterlassen. Sie befand sich gerade in einer privaten Besprechung. Mike blieb nichts anderes übrig, als durch die Glasscheibe auf den Grund des ruhig daliegenden Sees zu schauen und seinen Gedanken nachzuhängen. Er fragte sich, nach welchem Verfahren die Aufnahme in die Gilde der Händler erfolgte. Wie hoch war die Ausfallrate bei der letzten Abschlußprüfung? Und *wie* kam sie zustande?

Regel 14: Spiele nicht den Helden; Flucht ist keine Schande.

Schön. Aber was, wenn er nicht fliehen *konnte*? Was, wenn er nicht einmal ein Sondereinsatzkommando der Händler zu Hilfe rufen konnte? Die Rettungsmannschaft war ständig einsatzbereit, aber mit der blockierten Funkverbindung konnte er sie nicht anfordern. Und selbst wenn er eine Verbindung herstellen konnte, würde das SEK dennoch Probleme mit der Überwindung der Verteidigungssysteme von *The Musgrave* haben. Er mußte zumindest in die Wüste gelangen, wo die Sicherheitssysteme des Innern nicht wirksam waren. Aber in der Wüste warteten natürlich die Abos…

Das leise Piepsen von Holzfällerins Rechner riß Mike aus seinen Überlegungen. Während er zum Computer ging, erschien eine neue Meldung auf dem Bildschirm. ICH BIN JETZT HIER FERTIG. GEHE ZWEI EBENEN HÖHER, SOBALD DU SOWEIT BIST; WIR WERDEN DORT ZU ABEND ESSEN. BENUTZE DEN PRIVATAUFZUG IN DER LINKEN ECKE DER RÜCKWAND DES RAUMS – *NICHT* DEN HAUPTAUFZUG.

Die letzte Anmerkung wäre eigentlich nicht erforderlich gewesen. Mike warf einen Blick auf den wartenden Abo und befolgte dann Holzfällerins Instruktionen. Der in der Ecke befindliche Privataufzug hatte sicherlich das richtige Format – mit einer Kantenlänge von einem Meter achtzig und einer Tragfähigkeit von einer Tonne.

Sie erwartete ihn oben vor einem großen Tisch aus poliertem Eisenholz, in dessen Oberfläche weiße Abdeckungen eingesetzt waren. Ungläubig musterte Mike sie von Kopf bis Fuß und bemühte sich dann, sie nicht mehr anzustarren.

Die wallenden Gewänder vom letzten Abend hatten ihm bereits einen Eindruck von Holzfällerins Größe vermittelt; ihre heutige Kleidung ließ sie wahrlich gigantisch erscheinen. Statt des Ponchos und der Decken trug sie nun ein kurzes, ärmelloses Gewand in Pastellgelb. Es zeigte alles: Arme wie Wülste, Beine, die dicker waren als Mikes Körper und einen wuchtigen, amorphen Rumpf, wobei Brust und Bauch durch schwellende Fettwülste markiert wurden. Auf den fleischigen Schultern stützte ein grotesk dürrer Hals einen massiven Kopf. Mike entdeckte weder Narben noch Anzeichen einer Verstümmelung. Die Haut von Holzfällerins Armen, Beinen, Hals und Gesicht war glatt, weiß und absolut makellos.

Als Mike Platz nahm, berührte Holzfällerin die in der Tischplatte integrierten Kontrollen. Die Raumbeleuchtung wurde trüber, und die zwischen ihnen und dem See stehende Wand wechselte von einem milchigen Weiß zu transparent. Die Luken in der Tischplatte fuhren auf.

»Ich habe dir für heute abend ein Bankett versprochen«, sagte Holzfällerin bedächtig. Die dunklen Augen in dem großen Kopf blickten amüsiert. »Wenn du bereit bist, meiner Speisenauswahl zu vertrauen, kann ich dir ein exquisites Mahl versprechen.«

Mike nickte.

»Ausgezeichnet!« rief Holzfällerin mit gieriger Stimme. Sie drückte auf einen anderen Knopf, und die winzigen *Chill*-Tischroboter wuselten mit vollen Terrinen, Tellern und Gläsern aus den Luken. Mike inspizierte schnell die vor ihm aufgetragenen Speisen und Getränke und schluckte hastig eine doppelte Dosis Detox-Pillen.

Die Hälfte der Speisen war ihm zwar völlig unbekannt, aber dennoch konnte er mehr als genug identifizieren. Holzfällerin lud sich zwei Teller mit Emuleberpastete und Keksen mit Salzbusch-Samen voll. Vor ihr stand eine Platte mit gegrilltem Opossum-Filet auf kandierten Kaktusfeigen. Zu ihrer Linken befand sich ein dampfender Berg panierter Wallaby-Würstchen und junger Känguruh-Zunge; zu ihrer Rechten stand eine Terrine mit kaltem Koala-Hirn in harzigem Brombeer-Gelee. Die Platte direkt vor Mike war mit gerösteten *Tremes* beladen, denen man den Giftstachel entfernt hatte, deren Köpfe, Schnäbel und Füße aber noch vorhanden waren.

Holzfällerin deutete auf die vollen Teller. Ohne auf Mike zu warten, widmete sie sich der Mahlzeit, leerte eine Maß Bier, stellte den Krug zum Nachfüllen ab, neigte den Kopf und stopfte sich mit Essen voll. Höflich kostete Mike einen Happen von jedem Gericht, wobei seine überwiegende Aufmerksamkeit jedoch Holzfällerin galt.

Fast eine halbe Stunde lang aß sie ohne Pause, bis ihr breiter Kopf gerötet und schweißbedeckt war, und legte schließlich die Gabel weg. Die Roboter trugen noch nicht ab. Daraus schloß Mike, daß es sich lediglich um eine Verschnaufpause zwischen zwei Gängen handelte. In der ganzen Zeit, während der er nun am Tisch saß, hatte er gute anderthalb Liter Starkbier getrunken. In derselben Zeit hatte Holzfällerin – er hatte aufmerksam mitgezählt – elf Liter Bier getrunken, zwei Liter Wein und einen halben Liter Spirituosen. Inzwischen hatten sie so viele Trinksprüche auf die Händler und *The Musgrave* ausgebracht, daß Mike die Ideen ausgingen und sein Magen an der Kapazitätsgrenze angelangt war. Und Holzfällerin spülte jeden großen Happen mit einem Dreifachen hinunter.

»Gibt es in euren Händler-Heimen auch solches Essen?« fragte Holzfällerin. Mike schüttelte den Kopf. »Dachte ich mir«, fuhr sie fort. »*Strine*-Essen ist eben das beste. Mit zunehmendem Einfluß in der Welt werden wir diese Rezepte auch in andere Regionen exportieren.«

Mike nickte höflich. Woran lag es nur, daß jede Region ihre Gerichte, so ekelhaft sie auch waren, für die leckersten der Welt hielt?

Holzfällerin beugte sich verschwörerisch zu ihm herüber. »Vielleicht wirst du mir ja helfen, unseren Einfluß zu erweitern, nicht wahr? Alf und Bet haben dir meine Labors gezeigt. Sei ehrlich, hast du jemals etwas Vergleichbares gesehen oder davon gehört?«

Diese Frage konnte Mike aufrichtig beantworten. »Das habe ich nicht. Eure Labors sind erstaunlich und einmalig.«

»Und werdet ihr Händler mit uns zusammenarbeiten?«

»Nichts würden wir lieber tun. Wenn wir es können.« Mike überlegte, ob er sein nächstes Anliegen artikulieren sollte und entschied sich dann, daß er es riskieren mußte. »Aber es gibt hier auch Dinge, die mir noch nicht gezeigt wurden – Dinge, an denen die Händler sehr interessiert sind. Könnten Sie wohl veranlassen, daß ich einmal einen Blick darauf werfe?«

Holzfällerin wollte gerade das Bierseidel zum Mund führen, als sie von Mikes Frage überrascht wurde. Sie runzelte die Stirn, ließ den Krug vor ihrem Gesicht verharren und fragte: »Was meinst du, nicht gezeigt?«

»Uns sind Gerüchte von einer neuen Version des Dulcinel-Protokolls zu Ohren gekommen. Eines, das auf jeden angewandt werden kann, nicht nur die haploiden Abos. Wir wüßten gern mehr davon.«

»Aha.« Holzfällerin stieß ein grunzendes Lachen aus, während sie den Krug leerte. »Ja, in der Tat. Du und Fathom. Sie wünscht sich diese Information mehr als alles andere. Aber sie steht nicht zum Verkauf – nicht einmal zur Debatte.«

Regel 9: Ermittle die nicht verhandlungsfähigen Punkte. Jeder Verhandlungspartner besitzt etwas, von dem er sich nicht trennen möchte. Stelle fest, was das ist, und du bist in einer guten Position. Du könntest jedes haarsträubende Geschäft vorschlagen, gleichgültig, wie abträglich es für deine Seite auch sein mag. Wenn eines der nicht zur Disposition stehenden Elemente involviert war, bestand nämlich keine Gefahr eines Vertragsabschlusses. Und Holzfällerins Stimme und Körpersprache brachten unmißverständlich zum Ausdruck, daß das neue Dulcinel-Protokoll auf keinen Fall ein Verhandlungsgegenstand sein würde.

Mike stellte seinen Humpen neben den von Holzfällerin, wodurch angezeigt wurde, daß beide nachgefüllt werden sollten. »Gestern haben Sie mir gesagt, was Sie von uns wollen. Sie benötigen unsere Unterstützung bei Ihrem Bestreben, die *Strine*-Territorien zu vereinigen. Wir könnten Ihnen dabei helfen. Aber wenn Sie uns das Protokoll nicht anbieten wollen, was hätten Sie uns sonst zu bieten?«

Holzfällerin leckte sich die feuchten Lippen und

beugte sich vor. »Alles, was wir dir gezeigt haben. Alle Pflanzen und Tiere, die du heute gesehen hast. Wenn die Händler mir helfen, können diese Erfindungen euch gehören. Und das ist erst der Anfang. Es wird noch mehr geben – wenn das ganze *Strineland* sich unter meiner Kontrolle befindet.«

Die Offerte war wohl verlockend, aber sie umfaßte eben nicht das Protokoll, und das war der eigentliche Preis. Mike gedachte Jack Lesters Ratschlag: »Zuckerrohr und Peitsche, und du machst den Abschluß.« Jetzt mußte er improvisieren.

»Ich weiß aber nicht, ob das so einfach ist«, sagte er. »Sie glauben zwar zu wissen, wie die Händler arbeiten, aber es ist doch komplizierter, als Sie annehmen. Wir könnten nie der von Ihnen implizierten langfristigen Geschäftsbeziehung zustimmen, mit einem Partner, der dem Händler-Ritual nicht genügt hat.«

Holzfällerin runzelte die Stirn. »Händler-Ritual?« Sie nahm einen weiteren Schluck aus dem Bierkrug.

Mike folgte ihrem Beispiel und betete dabei für Leber und Nieren. Wieviel konnte er noch vertragen, bevor er unter dem Tisch lag? Angesichts Holzfällerins Körpermasse und Nahrungsaufnahme würde schon ein Zehntel der von ihr konsumierten Getränke die Wirkung der Detox-Pillen fast neutralisieren. Aber er mußte sie zumindest leicht betrunken machen, um seinen Plan zu verwirklichen. Er schloß die Augen und trank noch etwas Bier. Gott sei Dank ging Holzfällerin nun zu den harten Sachen über.

»Das Händler-Ritual ist etwas, das alle engen Verhandlungspartner zusammen mit uns absolvieren müssen.« Er setzte den Humpen ab. »Es ist ein wenig altmodisch, und manch einer bezeichnet es sogar als barbarisch. Aber wir praktizieren es schon so lange, daß es bereits eine Tradition ist.«

»Worum geht es dabei? Eine formale Unterzeichnung von Papieren?«

»Das natürlich auch. Und noch einige primitivere Handlungen. Wir könnten es schon heute abend erledigen, wenn Sie wollen, obwohl der Blut-Pakt eine ziemliche Schweinerei ist. Aber ich möchte das Ritual nicht unter Zeitdruck durchführen. Alle Aspekte müssen sorgfältig behandelt werden. Ich muß eine detaillierte Liste mit zurücknehmen.«

»Zurück? Durch Fathoms Territorium?« Holzfällerin schüttelte den Kopf, wobei Wellen über den fetten Körper liefen. »Nein. Ich werde dir ein komplettes Angebot unterbreiten und dir gestatten, es deinen Kollegen zu übermitteln. Damit ist mein Teil des Geschäfts erfüllt. Aber du und die Speicherscheibe müssen solange hierbleiben, bis die Händler auch *ihren* Teil erfüllt haben.«

Wie er schon befürchtet hatte: er würde ihr Gefangener sein. Mike nickte schließlich. »Stellen wir die Liste auf.«

»Ich werde die Punkte während des Essens aufzählen. Und dann werden wir dem Ritual Genüge tun und ein Abkommen unterzeichnen. Aber wir dürfen deswegen nicht das Essen verkommen lassen.«

Sie gab eine neue Befehlsfolge in die Tischplatte ein, und die in der Kap-Föderation produzierten Roboter erschienen mit einem Dutzend weiterer voller Platten. Mike musterte sie besorgt. Er lud sich den Teller mit Weißbarsch-Rogen und Eukalyptusfrüchten voll und hob zähneknirschend den Bierkrug. »Ich möchte noch einen Toast ausbringen. Auf Ihre Erfindungen und den Profit, den sie uns beiden verschaffen werden.«

Die Maßkrüge stießen klackend zusammen. Mike sah in Holzfällerins hervorquellende Augen und auf die verschwitzte Stirn und fragte sich, wieviel Alkohol ein Mensch wohl vertrug, bis er zusammenbrach. Es hatte den Anschein, als ob er es auf die harte Art eruieren mußte.

Fünf Stunden später stand Mike erschöpft auf. Diesmal bestand kein Zweifel daran, daß Holzfällerin fest schlief. Sie lag mit geschlossenen Augen und offenem Mund schlapp auf der gegenüberliegenden Bank und schnarchte laut. Die Roboter hatten die leeren Krüge abgeräumt, und Mike hatte das Zählen schon lange aufgegeben. Dreißig? Vierzig? Er konnte nur hoffen, daß es genug war. Er brauchte mindestens ein paar Stunden.

Er ging zur Tür des Raums und öffnete sie einen Spalt weit. Der Abo hockte noch immer dort. Er hatte die Augen zwar geschlossen, aber das war für Mike kein Grund zur Entwarnung. Er wagte nicht, sein eigenes Zimmer aufzusuchen. Er ging wieder zurück und untersuchte die Panoramawand mit dem Seeblick. Laut Aussage von Bet hatte Holzfällerin von diesen Quartieren aus Zugang zum See. Aber wo war der Ausgang? Er mußte sich weiter oben befinden.

Auf Zehenspitzen schlich Mike zu Holzfällerins Privataufzug, betrat ihn und drückte den obersten Knopf. Die Kabine glitt lautlos aufwärts und tauchte in die Dunkelheit ein. Mike hörte das leise Plätschern des angrenzenden Wassers. Er stand reglos da. Als die Augen sich angepaßt hatten, sah er, daß er sich auf einem gedeckten Steg am dunklen See befand.

Mike zog die Schuhe aus, verstaute sie in den Jackentaschen und stieg ins Wasser. Es war so kalt, daß er zitterte und einen Krampf im übervollen Magen befürchtete. Er hielt sich nach rechts und schwamm auf die trüben Lichter am Seeufer zu. Nach wenigen Minuten erreichte er in der Nähe einer Reihe parkender Fahrzeuge trockenes Land. Die Tiefgarage war leer. Er schüttete das Wasser aus den Schuhen, zog sie an und betrat die an die Oberfläche führende Rampe.

Anhand der pfeifenden Windböen erkannte Mike, daß er sich der Oberfläche näherte. Bald blies ihm die bewegte Luft feinen Kupferstaub in Nase und Mund. Der Sturm war zwar schon aufgezogen, hatte aber noch nicht seine volle Stärke erreicht. Nach ein paar weiteren Schritten wurde der Mond sichtbar, der eine dunkle rostrote Färbung angenommen hatte. Mike ging zum Fuhrpark hinüber und hielt Ausschau nach einem voll aufgeladenen und für größte Flughöhen konzipierten Elektrofahrzeug. Die Reichweite würde ein Problem werden – selbst mit der besten Maschine konnte er nur die Ausläufer der Wüste erreichen.

Binnen fünf Minuten hatte er seine Wahl getroffen. Weitere fünf Minuten brauchte er, um sich mit der Steuerung vertraut zu machen, und dann startete er den Motor. Die Maschine war lauter, als er gedacht hatte, und sie übertönte den Sturm mit Leichtigkeit. Soviel zu seinen Hoffnungen bezüglich eines Vorsprungs von zwei Stunden.

Er zog das Flugzeug in eine enge Aufwärtsspirale und fragte sich, welche Schäden der feine Staub wohl im Triebwerk anrichten würde. In achtzehntausend Fuß Höhe befand er sich über dem Sturm. Er brach den spiralförmigen Steigflug ab und ging auf Kurs Nordnordwest. In einer Höhe von sechzigtausend Fuß stellte er das Funkgerät auf die Händlerfrequenz ein. Er mußte sich an der Peripherie des Störsenders befinden, aber trotzdem hörte er nur Rauschen. Er ging noch höher, wobei er sich um den Ladezustand der Batterie sorgte, bis er bei neunzigtausend Fuß die Gipfelhöhe des Flugzeugs erreicht hatte. Nun waren im Funkempfänger kurze Trägersignale im statischen Rauschen zu identifizieren. Mike schaltete den Sendemodus ein und setzte seine codierte Identifikationssequenz ab.

»SEK-Anforderung von Mikal Asparian. Bin jetzt auf neunzigtausend Fuß, Vektorierung zweiundzwanzig Grad bei Nordwest. Luftströmung zweihundert.« Er blickte auf das Voltmeter. »Gegenwärtige geschätzte Reichweite achtzig Kilometer, plus sechzehn Kilometer Gleitflug. Wiederhole: SEK-Anforderung für Bodenrettung. Chipponesischer GPS-Satellit wird unmittelbar vor Landung Leitstrahl senden. Ich werde mich zu Fuß in dieser Richtung weiterbewegen, mit geschätzten zehn Kilometern pro Stunde. Ich rechne mit Verfolgung. Wiederhole: SEK-Anforderung …«

Es erfolgte keine Empfangsbestätigung, die Nachricht wurde nicht quittiert. Die nächsten fünfundsiebzig Kilometer blieb Mike auf Sendung, bis die Batteriekapazität des Flugzeugs bedenklich abnahm. Dann mußte er seine ganze Aufmerksamkeit auf eine glatte Landung durch die stürmischen Böen des *Brickfielders* konzentrieren. Der Laser-Höhenmesser lieferte zwar eine präzise Höhenangabe, machte aber keine Angaben bezüglich der Bodenbeschaffenheit. Er konnte nur hoffen, daß er sich über ebenem Terrain ohne Bäume oder Felsen befand.

In sechshundert Fuß Höhe sah er plötzlich den Boden. Der *Brickfielder* faserte aus und verlor an Dynamik. Das würde die Landung vereinfachen, aber auch die Verfolgung erleichtern. Als die Maschine einschwebte, orientierte Mike sich ein letztesmal am Mond und den jetzt wieder sichtbaren Sternen. Noch bevor das Flugzeug ausgerollt war, sprang er hinaus und lief in stetigem Trab in Richtung Nordnordwest.

Nach zwanzig Minuten war er schon außer Atem. Die *Badlands* waren ein rauhes, zerklüftetes Gelände, das von steilen Erosionsrinnen durchzogen wurde. Scharfkantige Kiesel auf dem Boden jeder Senke schnitten durch seine Schuhe, und es war anstrengend, wieder aus diesen Rinnen herauszukommen. Mike war in guter körperlicher Verfassung, aber das Essen lag ihm wie Blei im Magen. Dreißig Gänge, ungezählte Liter Bier, ein dramatisches Händlerritual, kein Schlaf … die besten Voraussetzungen, um für einen Lauf um Leben und Tod gerüstet zu sein, dachte Mike. Er stöhnte auf, rieb sich die stechende rechte Seite und lief weiter.

Nach zwei Stunden ging die Sonne auf. Noch immer stolperte Mike auf Beinen dahin, die er fast nicht mehr heben konnte. Er mußte anhalten und ein paar Minuten ausruhen. An der Abbruchkante eines langgestreckten

Gefälles blieb er schließlich stehen und schaute sich um. Die Spur, die er im Sand gelegt hatte, war leicht zu verfolgen. Sie wand sich in Schlangenlinien wie der Gang eines Betrunkenen, behielt aber Nordwest als allgemeine Richtung bei.

Mike ließ den Blick weiter zurück schweifen, zum Kamm der letzten Anhöhe. Und was er dort sah, brachte ihn schnell von dem Vorhaben ab, eine Rast einzulegen. Ein halbes Dutzend nackter Abos rannte auf seiner Spur den Hang herunter. Sie waren höchstens noch ein paar Kilometer entfernt und liefen doppelt so schnell wie Mike in Bestform.

Sich vor ihnen verstecken? Diesen Gedanken verwarf er gleich wieder. Die haploiden Abos verfügten über einen sagenhaften Spürsinn und Wahrnehmungsapparat. Sich stellen und kämpfen? Das kam noch weniger in Frage. Sich ihnen ergeben? Das war das Schlechteste überhaupt; haploide Abos auf der Pirsch machten keine Gefangenen, und er hatte Fathoms Bonmot noch in Erinnerung: »Einen schönen Longdrink und neunzig Pfund hochwertiges Protein.«

Innerhalb eines Sekundenbruchteils rannte Mike wieder los. Er vergaß die Müdigkeit, vergaß das Seitenstechen und vergaß die blutenden Füße, als er über spitze Steine sprintete. Er rannte den langgezogenen Abhang hinunter und den nächsten wieder hinauf. Auf dem Hügelkamm schaute er sich kurz um. Sie hatten die Distanz halbiert und sich über einen Kilometer aufgefächert.

Mike konnte das Tempo nicht beibehalten. Ohne Hoffnung lief er weiter.

Er rannte noch immer, mit schmerzender Lunge, als das tieffliegende Flugzeug mit hoher Geschwindigkeit über den Sanddünen hereinkam, ihn mit einem Fangnetz von den Füßen holte und sofort in einen schnellen vertikalen Steigflug ging.

»Was sagst du nun! Die Kavallerie ist da.« Das war Jack

Lesters fröhliche Stimme, die an Mikes Ohr drang, als das Fangnetz in den Flugzeugrumpf eingeholt wurde. *»Sie mußten nicht mal nahe rangehen. Ich würde sagen, der nächste war noch fünfhundert Meter entfernt, als wir dich aufsammelten. He, komm schon, Junge – jetzt, wo wir nicht mehr im Bereich des Störsenders sind, müssen wir uns mal unterhalten. Aufwachen! Du willst doch jetzt nicht einschlafen?«*

Mike hatte sich auf den Kabinenboden gelegt. »*Warum hat das so lange gedauert?*« fragte er nur und fiel in Bewußtlosigkeit.

»Glückwunsch, Mike. Du hast bestanden. Du bist nun ein vollwertiger Händler. Wenn die Ärzte mit dir fertig sind, kannst du dich auf zwei Monate Urlaub freuen, bevor das Training für Fortgeschrittene beginnt. Lucia sagt, der Schlüssel für das Haus in der Wirtschaftsgemeinschaft sei unterwegs. Aber eines möchte ich doch noch wissen.« Lyle Connerys Stimme wurde hektisch. »Wer, zum Teufel, *hat* denn nun die Wahrheit gesagt?«

Das Händlerflugzeug nahm mit Mach Sieben am Rande der Stratosphäre Kurs auf die Azoren. Connery hatte sich persönlich dem Händler-Sonderkommando angeschlossen. Jetzt saß er neben Mike und hatte eine Verbindung zu Jack Lester und Daddy-O geschaltet.

Mike lag bequem da, während ein Medorobot unzufrieden klickend und klackend um seinen Körper strich. Man hatte ihm eine Spritze mit einem Alkoholneutralisator gesetzt und einen Liter Glukose- und Salzlösung verabreicht. Er fühlte sich schrecklich, aber zum Ärger des Medorobots hatte er sich jeder weiteren Behandlung widersetzt. »Ich weiß nicht, ob überhaupt jemand die Wahrheit gesagt hat«, beantwortete er Connerys Frage. »Vielleicht Alf und Bet Bates. Sie sind anscheinend technische Genies und daher womöglich eher geneigt, auch in anderer Hinsicht die Wahrheit zu sagen. Aber nicht

Fathom. Und schon gar nicht Holzfällerin. Ich wußte, daß ich keiner von beiden trauen konnte.«

»Händler-Regel: *Gehe davon aus, daß jeder lügt.*«

»Das tat ich auch. Aber betrachte nur meine Lage, wenn eine von ihnen *wirklich* die Wahrheit gesagt hätte. Wenn Holzfällerins Version richtig gewesen wäre, hätte ich gleich nach der Rückkehr in Fathoms Territorium die Speicherscheibe verloren – ausgenommen wie ein Hering, wenn ich sie geschluckt hätte. Und wenn Fathoms Behauptungen gestimmt hätten, plante Holzfällerin, die *Candlemass*-Beeren direkt an das Vereinigte Reich zu verkaufen. Außerdem hätte sie mich für eine lange Zeit festgehalten. Ich habe mit *beiden* Geschäfte getätigt, und ich werde wohl eines Tages wieder dorthin zurückkehren. Vorerst aber nicht. In der nächsten Zeit hätte ich sicher weder in *The Musgrave* noch bei Fathom in Alice gute Karten.«

»Hat Holzfällerin denn versucht, dich ins Bett zu bekommen?« fragte Jack Lester neugierig. *»So, wie du sie uns beschrieben hast, glaube ich aber nicht, daß du allzu heiß auf sie gewesen wärst.«*

»Hat sie nicht – Gott sei Dank. Sie hätte mich glatt erdrückt.« Mike schauderte.

»Wie wahr. Ich habe dir ja gesagt, Mike, daß die Strine-Matronen immer oben liegen. Nun, wenn ich an deiner Stelle gewesen wäre, hätte ich …«

»Halt's Maul, Jack«, sagte da Connery. »Oder wir nehmen dich aus der Schaltung. Mach weiter, Mike.«

»Danke. Weißt du, obwohl ich immer ›sie‹ sage, bin ich nicht sicher, ob Holzfällerin überhaupt eine Frau ist. Sie könnte genauso gut ein Mann sein. Um im *Strine*-Innern Macht auszuüben, würde es durchaus auf der Hand liegen, sich als Matrone auszugeben.« Mike schwieg eine Zeitlang. Er mußte an Jacks unangenehmen Vorschlag denken, mit – der männlichen oder weiblichen – Holzfällerin zu schlafen. »Vielleicht ist das auch ein Grund, warum ich so schnell von dort weg wollte«, sagte er schließlich. »Die Verhandlungen waren zum größten Teil schon abgeschlossen. Holzfällerin und ich hatten ein Abkommen über die *Candlemass*-Beeren unterzeichnet, und damit war mein primäres Missionsziel erfüllt. Somit stand ich nur vor zwei Problemen: wie konnte ich von dort verschwinden, und wie konnte ich etwas über das neue Dulcinel-Protokoll herausfinden?«

»Ich habe dir doch gesagt, daß du dir darüber nicht den Kopf zerbrechen mußt«, meinte Connery. »Du hattest auch so schon genug zu tun – wir wußten nicht, daß du dich in einer so komplexen Situation befandest. Zumindest wußte ich es nicht.« Er schaute vorwurfsvoll in Daddy-O's Kamera. »Du hättest das Protokoll ignorieren sollen, Mike.«

»Ich *konnte* es nicht ignorieren – nicht, wenn der Beweis für seine Existenz direkt vor mir stand. Bevor ich die Azoren verließ, hattest du mir gesagt, was das neue Protokoll angeblich leisten könne: schnelle Heilung, Geweberegeneration und noch ein paar Dinge. Was war also das erste, was ich beim Erreichen von Holzfällerins Grenze zu Gesicht bekam? Süße Erbse, eine taubstumme Frau – die aber weder taub noch stumm war, *sondern es gewesen war*. Dann komme ich in der Erwartung in Holzfällerins Labors, jemanden zu sehen, der bei einem Unfall schreckliche Entstellungen und Verbrennungen erlitten hat.«

»Das hat uns die Flüsterpropaganda gesagt«, meldete Jack Lester sich. *»Entstellt soll sie sich von der Welt abgewandt haben.«*

»Sie hat sich auch versteckt. Aber ich habe sie gesehen – eine Menge von ihr. Sie ist fett, sie ist groß, aber sie war sicherlich weder verstümmelt noch entstellt. Das allein wäre schon Beweis genug gewesen, aber das Tüpfelchen auf dem i waren dann Holzfällerins haploide Abos. Ich hatte vorher schon Abos gesehen, nachdem wir auf dem Flugplatz im Süden gelandet waren. Sie sahen so aus, wie man es bei Kriegern, die in der Notzone gekämpft haben, vermuten würde: Verstrahlung, Tumore, fehlende Finger und Zehen. Aber Holzfällerins Abos zeigten keine derartigen Symptome. Sie waren in Top-Kondition. Wenn man die Teile zusammenfügt, ergibt sich folgendes Bild: Ich wurde unmittelbar mit den Segnungen des neuen Dulcinel-Protokolls konfrontiert. Ich vermute, daß es von Bet und Alf Bates entwickelt wurde, und Holzfällerin und Süße Erbse hatten davon profitiert.«

Lyle Connery schlug heftig auf die neben Mike stehende Konsole. »Mein Gott, das wäre ein Vermögen wert. Wir *müssen* eine Möglichkeit finden, es zu erwerben.«

»Holzfällerin hat abgelehnt. Sie werden es nicht verkaufen.«

»Ist mir egal. Wir müssen es wieder versuchen.«

»Ich bin nicht sicher, ob wir das müssen«, sagte Mike. Er lehnte sich zurück und hob den linken Arm. »Ich habe dir schon gesagt, daß Holzfällerin formelle Verträge für alles *außer* dem Protokoll abschließen wollte. Ich habe ihr daraufhin erklärt, daß die Händler keine solchen langfristigen Abkommen mit einem Außenseiter treffen. Bevor ich unterzeichnen könnte, müßte sie erst das Händler-Ritual absolvieren, das ihr den Status eines Händlers h.c. verleihen würde.«

Daraufhin herrschte verblüfftes Schweigen.

»Händler h.c.?« fragte Jack schließlich. *»Was ist denn das für ein Unsinn? Mike, mein alter Partner, du mußt ein wenig ausspannen. Es gibt doch gar keine Händler h.c.«*

»Jetzt schon«, widersprach Mike müde. Er drehte den linken Arm und zeigte die lange, frische Narbe, die an der Innenseite des Unterarms verlief. »Nach dem Abendessen und nach dreißig oder vierzig Maß Bier mußte ich ein ganzes Händler-Ritual erfinden, nur für Holzfällerin. Seht ihr diese Narbe? Wir haben sie mit einem Tafelmesser gemacht. Wir sind Blutsbrüder –

oder vielleicht habe ich jetzt auch eine Blutsschwester. Ich bin mir noch immer nicht im klaren wegen Holzfällerin.«

»Aber warum, zum Teufel ...?« hob Lyle Connery an. Dann verstummte er.

»Weißt du noch, was du mir gesagt hast?« Mike lächelte müde. »Bei dem Protokoll handelt es sich um eine Veränderung der Lymphozyten. Wenn du den Medorobot nur ein paar Tropfen meines Blutes abzapfen läßt, werdet ihr genug modifizierte Lymphozyten für eine sofortige Analyse des Dulcinel-Protokolls haben. Und das ist nämlich auch der *andere* Grund, weshalb ich aus Holzfällerins Labors verschwinden mußte. Wenn Bet und Alf von dieser Sache Wind bekommen hätten, wären sie sofort hinter den Sinn dieses Blutaustausch-Spielchens gekommen.«

Unter Daddy-O's Kontrolle machte der Medorobot sich erneut an Mikes linkem Bein zu schaffen und suchte eine geeignete Vene. *»Landung auf den Azoren in fünf Minuten«*, meldete Daddy-O. *»Dort wartet schon ein Labor auf dich.«*

»Also deshalb wolltest du nicht, daß der Medo dir Antibiotika verabreichte«, sagte Connery. »He, vielleicht profitierst du noch selbst von dem Protokoll.«

Mike schüttelte den Kopf. »Den Eindruck habe ich aber nicht. Eine simple Bluttransfusion kann noch lange nicht alles sein. Aber es ist ein Anfang – und Holzfällerin dürfte jetzt auch wissen, daß sie hereingelegt worden ist. Nach Jacks Aussage wird uns das bei den weiteren Verhandlungen bezüglich des Protokolls *helfen.*«

Connery lehnte sich auf seinem Sitz zurück. »Welch eine Mission. Ich wußte wohl, daß es nicht leicht werden würde, hatte aber keine Ahnung, daß sie sich schließlich als derart kompliziert erweisen würde. Sie enthielt mehr Risiken, als wir alle dachten.«

»Ich weiß. Du dachtest, sie wäre einfach, weil jemand im *Strine*-Innern ein Geschäft mit den *Candlemass*-Beeren tätigen *wollte.* Aber die lokalen Zwistigkeiten komplizieren die Lage dort. Du brauchst jemanden mit mehr Erfahrung. Jemanden wie Jack Lester.«

»Das ist nicht witzig, Mike.«

»Ich glaube schon.« Mike lachte und berührte die Narbe am Arm. »Wenn das neue Protokoll so mächtig ist, wie ich glaube, wird man damit weitaus mehr erreichen, als nur schlichte Hautverletzungen zu kurieren. Wir werden komplette *Organe regenerieren* können. Ihr könnt ›Darling‹ restaurieren. Und je eher ihr das tut, ihn aus diesem verdammten Tank holt und wieder als ehrenwerten Händler arbeiten laßt, desto leichter wird uns auch der Rest fallen.«

Seine letzten Worte gingen in Lesters Geheul unter, das eine Kombination aus Erregung und Protest darstellte. *»Mike, du bist ein verdammt unglaublicher Prachtkerl. Ich kriege meine Eier wieder! Aber wir müssen trotzdem Partner bleiben. Wir werden nämlich ein höllisch gutes Team abgeben, mußt du wissen ...«*

Mike lehnte sich zurück, beendete mit einem Zungenschlag die Verbindung mit Jack und schloß die Augen.

Von irgendwoher erhielt Daddy-O eine dringende Anforderung für Rechenleistung. Einen Bruchteil seiner Kapazität widmete er noch dem Flugzeug der Eingreiftruppe, aber die meisten Prozessoren befaßten sich jetzt mit dem neuen Problem.

Zwei Aspekte hatten nun Priorität. In Mikals Datei wurde der offizielle Statuswechsel vom Trainee zum Händler eingetragen. Und Daddy-O's geheime Datei wurde mit einem codierten Zusatz aktualisiert, daß Intelligenz und Nervenstärke dem gewünschten Profil entsprachen. Es erfolgte indes auch eine negative Anmerkung: zu viel Erfolg war bedenklicher als zu wenig. In einem Nachsatz fügte Daddy-O hinzu, daß die Wahrscheinlichkeit des letztendlichen Scheiterns größer geworden war.

KAPITEL 8

Das Abendessen wurde von einer attraktiven, vollschlanken Vierzigjährigen mit Pausbacken serviert. Sie plazierte das Gedeck vor Mike und blieb erwartungsvoll stehen.

Nach drei Tagen wußte Mike, was man von ihm erwartete. Er nahm die Gabel, spießte einen kleinen Wursthappen auf, lud sich in Essig eingelegten Kohl auf, führte die Gabel zum Mund und kaute langsam und andächtig.

»Wundervoll«, sagte er nach einer bedeutungsvollen Pause. »Die beste Mahlzeit, die ich jemals genossen habe. Wie ist es nur möglich, daß ihr solch delikate Speisen zubereiten könnt?«

Sie machte einen kleinen Knicks und füllte dann sein Glas mit Maibowle. »Wir haben Routine«, erwiderte sie fröhlich. »Wir bereiten *choucroute* nach einem zweitausend Jahre alten Rezept zu. Möchten Sie noch etwas, Händler Asparian?«

Mike schüttelte den Kopf. *Händler Asparian.* Das Hochgefühl würde sicherlich irgendwann nachlassen, aber obwohl er den Rang schon seit sechs Wochen innehatte, lief es ihm bei diesen Worten noch immer kalt den Rücken hinunter. Als die Frau gegangen war, widmete er sich einem gemütlichen Mahl. Das Eßzimmer des Ferienhauses ging nach Südwesten hinaus. Er sah, wie die Nachmittagssonne weit jenseits des Tales auf die schneebedeckten Gipfel niedersank, und roch den Duft der wilden Bergblumen, der durch das offene Fenster hereinzog. Die Azoren und das Händler-Labor schienen Lichtjahre entfernt.

Was diesen Ort betraf, so hatte Lucia Asparian nicht zuviel versprochen, sondern eher noch untertrieben. Sie hatte wohl die großartige Kulisse der Alpen erwähnt, nicht jedoch die frische Luft in über zweitausend Meter Höhe, die bunten Blumen oder das sich unterhalb der Hütte ausbreitende, bunt parzellierte Tal. Jeder Quadratmeter war kultiviert, jede Hecke gestutzt und jeder Zaun in bestem Zustand. Im Vergleich zu diesem Tal war der Rest der Welt ein primitiver, hektischer und unzivilisierter Ort.

Erlesene Speisen und Getränke, ein perfekter Service, eine großartige Landschaft – und das alles für acht Wochen, ohne Mentoren, ohne Geschäftsverhandlungen und ohne Speicherscheiben. Was wollte man mehr?

Nach dem Essen saß Mike noch lange Zeit am Tisch und betrachtete die Wolken. Sie ballten sich über den Bergen zusammen, dunkle Türme, die sich über den westlichen Hängen erhoben. Die Wolken waren schnell dahinziehende, schwarze und purpurrote Massen, durch die vereinzelte Strahlen der Nachmittagssonne zuckten und die sich von Minute zu Minute veränderten.

Mike hatte ursprünglich vorgehabt, den Rest des Tages dort zu verbringen, doch als es noch ein paar Stunden bis Sonnenuntergang waren, erhob er sich und verließ das Eßzimmer. Bei dem Ferienhaus handelte es sich um eine in den Steilhang hineingebaute zweistöckige Holzhütte mit zwei Schlafzimmern im ersten Stock und Wohnzimmer, Küche und Eßzimmer im Erdgeschoß. Er ging nach oben in sein Schlafzimmer und durchwühlte einige Minuten ziellos einen Stapel sauberer Wäsche, und dann ging er wieder nach unten und inspizierte die Küche. Helga war noch immer dort und spülte schweigend die altmodischen Kochtöpfe. Sie schaute ihn fragend an.

»Möchten Sie noch etwas zu essen?«

Er schüttelte den Kopf. »Ich langweile mich. Helga, wann macht der Gasthof unten im Dorf auf?«

»Er hat schon geöffnet, wenn Sie ein Bier trinken wollen. Zu dieser Jahreszeit hat er immer geöffnet. Aber der Zeitpunkt ist jetzt sehr schlecht.« Sie zeigte auf die sich verdichtenden Wolken. »Es wird bald regnen.«

»Ich lasse es darauf ankommen.«

Mike steckte den großen, schmiedeeisernen Schlüssel für die Hütte in die Tasche, den er von Lucia Asparian erhalten hatte. Er würde ihn später brauchen. Helga lebte unten im Dorf, und in einer Stunde würde sie Feierabend machen. Obwohl die Hütte den Asparians gehörte und laut Helga fast das ganze Jahr über belegt war, war Mike zur Zeit der einzige Gast. Er wunderte sich darüber, während er den steilen, gewundenen Pfad zu der dreihundert Meter unterhalb gelegenen Ansammlung von fünfzig Häusern hinabstieg, aus denen das Dorf bestand.

Als er das erste Gebäude erreichte, war die Sonne hinter den dunklen Wolken verschwunden, und im Westen ertönte leises Donnergrollen. Er beschleunigte den Schritt und eilte über das Kopfsteinpflaster, das eine Straße darstellen sollte.

Das Wirtshaus befand sich im Zentrum des Dorfes. Wie die Berghütte und die meisten anderen Häuser bestand es aus altem, dunklem Holz, hatte aber vier Stockwerke und war viel größer. Zwitschernde Vögel mit gelben Schnäbeln und schwarzem Federkleid saßen nebeneinander aufgereiht auf dem Dachfirst. Als Mike sich der Vordertür näherte, ergriff das ganze Geschwader plötzlich tschilpend die Flucht und flog eine kleine Baumgruppe hinter dem Wirtshaus an. Bevor Mike dieses Omen noch deuten konnte, ertönte ein näheres Donnergrollen, und die ersten Regentropfen fielen.

Er drückte die massive Tür auf und trat ein. Der größte Teil des Erdgeschosses wurde von einem langen Speisesaal mit rustikalen Holztischen eingenommen. Er schaute sich um. Wie in der Hütte herrschte auch hier makellose Sauberkeit. Nicht einmal der Hartholzboden wies das geringste Anzeichen von Schmutz auf, obwohl die Gäste doch ständig mit lehmverschmierten Schuhen darüberliefen. Sorgfältig trat er sich die Schuhe auf dem Bast-Vorleger an der Schwelle ab.

Die Frau, die ihn begrüßte, hätte Helgas Tochter sein können. Sie war ungefähr zwanzig Jahre alt und hatte das gleiche breite, rosige Gesicht, den gleichen gesunden Teint und das blonde, zu einem Zopf geflochtene Haar sowie eine jüngere, schlankere Version des drallen Körpers. Sie trug eine Schürze mit einem verwaschenen Blumenmuster, und die aufgerollten Ärmel ihres mauvefarbenen Kleides enthüllten weiße, kräftige Unterarme. Sie ging mit einem Schwung in den Hüften, wie Mike es noch nie gesehen hatte.

»Gerade noch rechtzeitig«, stellte sie fest. Sie lächelte ihn mit vollen Lippen herzlich an und deutete auf die Tür. Draußen ertönte plötzlich das Rauschen eines schweren Regens. »Es geht los. Etwas zu trinken?«

»Bier.« Aber dann, als sie schon in die Küche gehen wollte, änderte er die Bestellung. »Noch besser, hättet ihr vielleicht heiße Schokolade da?«

»Natürlich.« Erneut lächelte sie ihn unergründlich über die Schulter hinweg an, während er Platz nahm.

Der Raum war eine Kombination aus Biergarten und Speisesaal, wobei kleine Tische eine Wand mit Weinfässern flankierten. Ungefähr ein Dutzend Leute waren da, die Bier, Wein und Schnaps tranken. Als Mike hereinkam, hatten sie ihm ihre Aufmerksamkeit zugewandt, aber jetzt widmeten sie sich wieder ihrer Konversation. Er setzte sich an einen unauffälligen Eckplatz in der Nähe des Fensters, von wo aus er die anderen Gäste gut im Auge hatte.

Die meisten waren anscheinend Einheimische, aber am anderen Ende des Raumes saßen zwei Männer und eine Frau, deren Kleidung irgendwie nicht hierher paßte. Mike identifizierte sie als Besucher aus der Großen Republik. Dann befanden sie sich aber weit abseits der üblichen Reiserouten durch die Wirtschaftsgemeinschaft. Andererseits galt das ja auch für ihn. Mike wandte seine Aufmerksamkeit einem nicht so weit entfernten Tisch zu.

Die beiden dort sitzenden Männer trugen Tweed-Jacken und Lederhosen. Sie unterhielten sich leise miteinander. Der eine hatte noch immer seinen Hut auf, einen flachen braunen Zylinder, an dessen Seite eine lange grüne Feder prangte; und immer wenn er sprach, wippte die Feder im Takt mit, als ob sie seine Ausführungen unterstreichen wollte. Eine Flasche Pfefferminzschnaps stand zwischen ihnen auf dem Tisch, und sie kippten ihn sich aus kleinen Gläsern zügig hinter die Binde. Währenddessen wurden sie immer lebhafter, sprachen aber dennoch nicht so laut, daß Mike sie hätte verstehen können.

Es war eine Verhandlung. Es mußte eine sein. Auch wenn Mike kein Wort verstand, so konnte er doch die Körpersprache mitverfolgen. Fasziniert sah er zu, wie der glatzköpfige Mann ein zusammengefaltetes Blatt Papier aus der Tasche holte und es über den Tisch schob. Der andere überflog es kurz, riß es ihm aus den Fingern, holte einen Stift aus der Tasche und kritzelte einen Zusatz auf das Blatt.

Schlechter Zeitpunkt! Ein Händler konnte die Transaktion erfassen, ohne weiter darüber nachzudenken. Selbst wenn Mike den Inhalt der Notiz nicht kannte, so wußte er doch, daß die Antwort nicht so schnell hätte erfolgen dürfen. Er spürte den Impuls, aufzustehen und dem Mann mit Hut seine Dienste anzubieten. In Mikes Augen war er bei dieser Verhandlung der Verlierer, und die Übernahme dieses Parts stellte immer die größere Herausforderung dar.

Aber dieser Impuls war unrealistisch. Schließlich wußte Mike, daß Händler sich nie auf spontane Verhandlungen einließen, wie verlockend auch immer sie sein mochten. Und überhaupt war es auch schon zu spät. Der glatzköpfige Mann lächelte nun und streckte die Hand aus. Der andere schüttelte sie. Dann begossen sie den Handel mit einem weiteren Glas Schnaps, erhoben sich und gingen zur Tür. Sie warteten etwa eine Minute auf ein Nachlassen des Wolkenbruchs, kamen dann zu dem Schluß, daß damit vorerst nicht zu rechnen war, und liefen los.

Mike verspürte die Gewißheit, daß der Mann mit dem Federhut übers Ohr gehauen worden war. Er war zu schnell auf einen Handel eingegangen, den sein Compagnon sich vor ihrem Treffen reiflich überlegt hatte. Und der andere hatte eingewilligt, ohne weiter darüber nachzudenken. Wurden die globalen Geschäfte überwiegend auf diese Art geregelt, wenn die Händler nicht involviert waren? Wobei die eine Seite völlig von der Gnade der anderen abhängig war? Wenn das stimmte, war es nicht weiter verwunderlich, daß die Dienste der Händler sich einer solchen Wertschätzung erfreuten. Mike schaute aus dem kleinen Fenster auf den Regen und spürte Selbstzufriedenheit.

Das Mädchen in der Schürze und dem mauvefarbenen Kleid kam mit einem Tablett zurück, das mit einer Silberkanne dampfender Schokolade, einer Flasche Kirschlikör, einer Schale Würfelzucker und zwei filigranen Porzellantäßchen beladen war. Sie stellte das Tablett ab und setzte sich ihm gegenüber an den Tisch. »Hallo. Ich bin Jeanette Morveau. Heute abend werden wohl keine Gäste mehr kommen, wenn der Regen nicht aufhört.« Sie schenkte ihm die heiße Schokolade ein und schüttelte den Kopf. »Es ist der alljährliche Wasserfall. In dieser Jahreszeit regnet es immer bis zum Morgengrauen.«

Dieses kleine Detail hatte Helga ihm unterschlagen. Der Regen prasselte jetzt heftiger denn je auf den Boden. Mike dachte an den Dreihundert-Meter-Aufstieg über den schlüpfrigen Pfad und schlürfte die süße und köstliche Schokolade.

»Gehört Ihnen dieses Gasthaus?« fragte er dann.

»In gewisser Weise.« Ihre klaren, blauen Augen musterten ihn mit unverhohlenem Interesse. »Mein Vater ist der Besitzer, aber er und mein Bruder sind auf Geschäftsreise. Eines Tages wird dieses Haus meinem Bruder und mir zu gleichen Teilen gehören. Mein Vater heißt Jakob Morveau, mein Bruder Dieter Morveau. Und Sie sind Mikal Asparian. Ich habe Sie schon erwartet.«

Sein Gesichtsausdruck brachte sie zum Lachen. »Dies ist ein kleines Dorf, und wir wissen, wer bei uns zu Besuch ist. Ich brenne schon seit drei Tagen darauf, Sie kennenzulernen, seit Helga mir von Ihrer Ankunft in der Hütte erzählt hat. Ich wußte, daß Sie bald Gesellschaft suchen würden, und Händler sind immer interessant. Und jetzt lade ich Sie zum Abendessen ein.«

»Vielen Dank, aber ich müßte eigentlich wieder aufbrechen. In der Dunkelheit den Berg hinauf ist wohl nicht sehr vergnüglich.« Mike hoffte, daß sie versuchen würde, ihm das auszureden.

Ohne ein Wort zeigte Jeanette aus dem Fenster. Vor wenigen Minuten war die Sonne verschwunden. Es war fast dunkel, und die Intensität des Regens erhöhte sich zusehends. »Wollen Sie Selbstmord begehen? Darauf würde es nämlich hinauslaufen, wenn Sie bei diesem Wetter und im Dunklen den Berg hinaufkraxelten. Da wäre es doch viel besser, hier gemütlich im Warmen und Trockenen zu sitzen und sich einen angenehmen Abend zu machen.« Sie schaute ihn unschuldig an. »Oder mögen Sie meine Gesellschaft nicht?«

Ihrem Gesichtsausdruck nach zu urteilen hielt sie diese Möglichkeit für völlig abwegig. Erneut bemerkte Mike, wie attraktiv sie war. Der Rückweg wurde zunehmend beschwerlich. »Müssen Sie sich denn nicht um die Wirtschaft kümmern?« fragte er defensiv.

Statt zu antworten, wies Jeanette Morveau mit dem Arm in den Raum. Von Mike unbemerkt, hatten die anderen Gäste sich still in die Dämmerung verabschiedet. Nun hüllten sich die drei Besucher aus der Großen Republik, die letzten, die noch da waren, in Regenmäntel, wobei sie ihrem Unmut über die Sintflut draußen Luft machten.

»Jetzt sind *wir* die Wirtschaft«, sagte sie, als die anderen sich geduckt in das Unwetter hinaus begaben. »Heute abend werden keine Gäste mehr kommen. Das trifft sich auch gut, denn ich möchte alles über Ihre Mission ins *Strine*-Innere hören.« Sein Gesichtsausdruck brachte sie erneut zum Lachen. »Das war natürlich wieder Helga.«

Mike verspürte Schuldgefühle. War er wirklich so von sich eingenommen gewesen, daß er überall mit seiner Mission hausieren gegangen war? Offensichtlich war es so.

»Es war nichts Besonderes.« Die Verehrung in ihren Augen war ihm peinlich. »Es war nur eine gewöhnliche Mission, müssen Sie wissen.«

»Nach allem, was ich gehört habe, muß es mehr gewesen sein. So aufregend! Die geheimen Bio-Labors zu erkunden und mit ihren Geheimnissen zu fliehen. Und von haploiden Abos gejagt zu werden!« Ein leichtes Zittern lief durch ihren Oberkörper, und sie steckte sich ein Stück Würfelzucker in den Mund. Sie zerbiß es und griff dann zur Kirsch-Flasche, nahm einen ordentlichen Schluck und fuhr sich mit dem Handrücken über die vollen Lippen. Ihre blauen Augen versenkten sich in die von Mike, als sie ihm die Flasche reichte. »Ich möchte wirklich *alles* hören. Und zur Belohnung serviere ich Ihnen das beste Abendessen, das Sie jemals genossen haben.«

»Und danach ...« – ihr Blick ging zum Fenster, wo der Regen in Sturzbächen an den Scheiben herunterströmte, und dann schaute sie verlegen auf den Tisch – »... danach hoffe ich, daß das Wetter so schnell nicht wieder besser wird.«

Um sechs Uhr war Mike schon wach und beobachtete, wie die Morgendämmerung durch die Fenster des obersten Stockwerks des Gasthauses drang. Er lag auf dem Rücken in einem breiten, bequemen Bett und unter einer dicken, edlen *duvet*, die ihm vom Kinn bis zu den Zehenspitzen reichte. Die noch fest schlafende Jeanette hatte sich unter derselben Daunendecke an ihn gekuschelt.

Anhand der Wolken erkannte er bereits, daß es ein feuchter und düsterer Tag werden würde. Im Schlafzimmer war es kühl, aber er wurde durch Jeanettes weichen Körper gewärmt. Im Grunde hätte er wohlig erschöpft sein müssen, so daß er den ganzen Morgen und die restliche Woche hätte vor sich hindösen können. Aber um sechs Uhr fünfzehn war ihm klar, daß er keinen Schlaf mehr finden würde, bis er nicht ein paar Antworten gefunden hatte. Er schob sich über die Bettkante, zog sich im Dämmerlicht Hemd und Hose an und schlich sich aus dem Raum. An der Tür blieb er stehen, weil er glaubte, hinter sich einen Laut gehört zu haben. Aber Jeanette schlummerte anscheinend noch friedlich. Er stieg die Wendeltreppe hinab, wobei seine bloßen Füße lautlos über den dicken Läufer huschten.

Zunächst mußte er klären, ob ein Kommunikationsanschluß vorhanden war. Wenn es im Gasthaus keinen gab, war das schon einmal ein wichtiger Anhaltspunkt.

Aber es war einer vorhanden. Das Gerät befand sich im Erdgeschoß des Hauses, wobei es sich um ein altmodisches Funkgerät in einer kleinen Kammer hinter der Küche handelte. Mike war enttäuscht. Er hatte eigentlich gehofft, daß es nicht existieren würde. Er näherte sich dem Gerät und widmete einige Minuten dem Studium seiner antiquierten Rufsequenzen. Es war an die fünfzig Jahre alt. Als er es jedoch aktivierte und den Kopfhörer aufsetzte, akzeptierte das Gerät problemlos seinen persönlichen Code und schaltete binnen weniger Sekunden eine Verbindung.

»Lucia?« fragte er.

»Sie ist momentan nicht erreichbar«, antwortete eine ruhige Stimme im Kopfhörer. *»Ich habe dein Signal aufgefangen. Wenn du keine persönliche Unterredung mit Lucia Asparian führen willst, gibt es vielleicht eine Möglichkeit, wie ich dir helfen könnte.«*

»Daddy-O?« Die Empfangsqualität war zwar schlecht, aber diese Tonalität war dennoch unverkennbar.

»Auf Empfang.«

»Ich habe eine Frage. Hier spricht Mikal Asparian.«

»Ich weiß. Weiter.«

»Wer zahlt eigentlich für den Unterhalt der Asparian-Ferienwohnung in der Wirtschaftsgemeinschaft?«

»Wenn du dich auf die Hütte oberhalb des Dorfes beziehst, in dem du dich jetzt befindest, werden die Unterhaltskosten ausschließlich von der Familie Asparian selbst getragen.«

Mike wollte schon einen Seufzer der Erleichterung ausstoßen, als er den merkwürdig restringierten Charakter von Daddy-O's Antwort erkannte.

»Ich bin jetzt unten im Dorf. Kommen die Asparians auch für die hier erbrachten Dienstleistungen auf?«

»Nein.« Und dann, bevor Mike diese Antwort noch kommentieren konnte, fuhr Daddy-O fort. *»Diese Kosten werden vom Händler-Fonds für Allgemeine Aufwendungen getragen.«*

»Alle Dienstleistungen?«

»Diese Frage ist nicht ausreichend definiert. Ich benötige weitere Spezifikationen.«

Genau das wollte Mike eigentlich vermeiden. Er befürchtete nämlich, daß er die Antwort schon kannte. »Ich möchte wissen, ob die Händler für persönliche Betreuung durch Angehörige der Gemeinschaft zahlen müssen.«

»Das ist korrekt. Für Begleit- und Hostessenservice auf unterschiedlichen Preisniveaus.«

»Offeriert auch eine Frau namens Jeanette Morveau solche Dienstleistungen für Händler?«

»Ja, das tut sie. Für Händler und auch für andere Besucher der Gemeinschaft.«

»Hölle und Verdammnis.« Mike packte den Kopfhörer und wollte ihn sich schon vom Kopf reißen und durch den Raum schleudern.

»Du bist überrascht. Diese Reaktion ist aber nicht richtig. Als ausgebildeter Händler bist du hinreichend mit den Abläufen in der Wirtschaftsgemeinschaft vertraut. Nostalgie ist ihr Aktivposten, Illusion ihr erstes Handelsgut. Es ist sehr aufwendig, die Welt so zu simulieren, wie sie lange vor dem Notzonen-Krieg war. Für diesen Service muß man bezahlen. Jeder – auch ein Händler –, der Frieden in der Vergangenheit sucht. Das ist dir doch alles bekannt, oder?«

Mike antwortete nicht. Jeder Trainee erfuhr das schon in der ersten Einführungsvorlesung. Das machte es nur noch schlimmer. Er hätte genau wissen müssen, was vorging. Aber das Gespräch war so ungezwungen gewesen, die Sympathie so echt, und Jeanette war so warmherzig und hingebungsvoll gewesen, so engagiert beim Liebesspiel...

Und so routiniert. Das war der Punkt gewesen, den er nicht ignorieren konnte. Sogar während sie ihn umgarnt und erregt hatte, war aus einem Winkel seines Gehirns die Erkenntnis gesickert, daß eine schlichte Wirtstochter einfach nicht so diabolisch versiert sein durfte.

»Wann kann ich diesen Ort verlassen und mit der Ausbildung für Fortgeschrittene beginnen?« fragte er unvermittelt.

»Das läßt sich kurzfristig arrangieren.« Daddy-O's Antwort erfolgte fast schon zu schnell. *»Laß es mich wissen, wann du anfangen möchtest, und ich werde alles Nötige in die Wege leiten. Wann wirst du zurückkehren?«*

Wann? Sofort, war Mikes erster Gedanke. Er wußte nicht, ob er eine nochmalige Begegnung mit Jeanette ertragen konnte. Es wäre zu schmerzlich gewesen.

Und dennoch, war es gerecht, ihr Vorwürfe zu machen? Und aus welchem Grund? Dafür, daß sie ihm ein großes Vergnügen und eine wundervolle Nacht bereitet hatte? Sie wußte, daß er ein voll qualifizierter Händler war; sie mußte annehmen, daß er genau wußte, was er tat. Jedwedes Mißverständnis resultierte aus seiner Weigerung, die Fakten zur Kenntnis zu nehmen, und das konnte man sicherlich nicht ihr anlasten.

Während Mike auf den Empfänger starrte, ging auch ein anderer seiner Sinne langsam auf Empfang. Von hinten umfing ihn ein phantastischer Duft, eine Komposition aus den Wohlgerüchen von frischen Brötchen, Kaffee und gebratenem Schinken. Er wirbelte auf dem Stuhl herum.

Jeanette war in der Küche hinter ihm. Sie stand barfuß und mit strubbeligem Haar am Herd, gehüllt in ein zartrosa Gewand aus wattierter Seide. Sie mußte ihm auf dem Fuße nach unten gefolgt sein, denn sie hatte das Frühstück schon zubereitet und belud nun stumm ein großes Holztablett mit einer großen Kaffeekanne, einer riesigen gemischten Grillplatte und einem ganzen Teller gerösteten Brotes. Als sie sah, daß er sie anschaute, deutete sie nach oben.

»Die von der Wirtschaftsgemeinschaft geschaffene Atmosphäre ist hochgradig artifiziell«, dozierte Daddy-O, während Mike seine Aufmerksamkeit wieder dem Kopfhörer zuwandte. *»Und die Bewohner wissen das auch. Sie wurden zwar nicht von der Himmlischen Wolke erfaßt, aber auch sie konnten nicht dem allgemeinen wirtschaftlichen Kollaps entgehen. Die Gemeinschaft ist eine* virtuelle *Gesellschaft, eine Abbildung der Vergangenheit. Aber ihre Bewohner können wohl nur deshalb die Uhren zurückdrehen und eine Scheinwelt für andere errichten, weil sie inzwischen* selbst *an diese Illusion glauben. Sie sind das geworden, was zu sein sie vorgeben.«* Ein zufriedenes Summen drang aus dem Kopfhörer, dann herrschte für einen Moment Funkstille. *»Mike, ich habe jetzt Kontakt zu den Organisatoren der Fortgeschrittenen-Ausbildung. Wann möchtest du anfangen? Morgen oder übermorgen?«*

Mike nickte Jeanette zu. Sie formte die Lippen zu einem Kuß, nahm das beladene Tablett und wandte sich zum Gehen.

»In acht Wochen«, erwiderte Mike. »Vielleicht noch später, wenn du es so einrichten kannst. Wir bleiben in Verbindung.«

Wenn Daddy-O darauf geantwortet hatte, würde Mike es jedenfalls nie erfahren. Er nahm den Kopfhörer ab, schaltete das Funkgerät aus und ging zur Treppe.

Dieses eine Mal ging er mit ›Darling‹ Lester konform: manche Dinge versuchte man besser nicht einmal einem Computer zu erklären.

KAPITEL 9

»SIE BEGRÜSST UNS BEIM EINTRITT IN DIESE WELT; SIE BEGLEITET UNS, WENN WIR SIE WIEDER VERLASSEN. SIE IST NIE MEHR ALS EINE SEKUNDE ENTFERNT VON UNS, SO NAHE WIE UNSER HERZSCHLAG; ABER WENN SIE NICHT UNMITTELBAR NEBEN UNS STEHT, ERINNERN WIR UNS NICHT MEHR IHRES ANTLITZES.

WENN SIE UNS RUFT, LAUT UND VERNEHMLICH, LASSEN WIR ALLE UNSERE VERRICHTUNGEN RUHEN UND WIDMEN UNS IHREN BEDÜRFNISSEN ALLEIN. MIT EINER BERÜHRUNG IHRER HAND VERGESSEN WIR UNSERE ARBEIT, FREUNDE UND GELIEBTEN. SIE IST DIE HERRIN DES UNIVERSUMS. SIE IST DER SCHMERZ.« – DOMINIC MANTILLA.

Nicht unbedingt die richtige Grußformel für einen Mann, der sich an einem regnerischen Novembermorgen aus dem Bett quält. Mike rieb sich die Augen und ließ die Mitteilung über den Monitor wandern. Am Ende befand sich ein kurzer Zusatz: UM HALB SIEBEN IN MEINEM BÜRO – LYLE CONNERY.

Das zerschlug jede Hoffnung auf ein schmackhaftes und geruhsames Frühstück – und sagte ihm obendrein, daß er sich schon verspätet hatte.

Mike zog sich an und verließ im Laufschritt sein Quartier. Auch wenn er in ferner Zukunft einmal auf eine hundertjährige Tätigkeit als Händler zurückblickte, würde er wahrscheinlich nie diese Beklommenheit gegenüber seinem ersten Ausbilder ablegen. Er blieb stehen, überprüfte den Glanz seiner Stiefel und zog die Jacke straff, bevor er an Connerys Bürotür klopfte.

»Setzen.« Connery wedelte bei Mikes Eintreten mit

einem bloßen, muskulösen Arm. »Ich vermute, daß das Labor endlich fertig mit dir ist?«

»Ich hoffe es. Sie haben erneut mein Innerstes nach außen gekehrt. Ich wüßte zwar nicht, wie sie noch weitere Informationen über das Dulcinel-Protokoll aus mir herausbekommen wollen – aber ich soll mich in einem Monat wieder melden.«

»Aha, du und Jack seid ihre Lieblingsobjekte. Mit ein wenig Glück wirst du selbst vom Protokoll profitieren, obwohl du keiner vollen Behandlung unterzogen worden bist. Aber der Urlaub ist jetzt vorbei. Jack ist in der Leitung. Wir müssen an die Arbeit.«

Mikes Besorgnis stieg. Er nickte dem dunklen Computer-Bildschirm zu. »Hi, ›Darling‹. Wie geht's, wie steht's?«

»Könnte nicht besser sein.« Der elektronische Synthesizer generierte einen launigen Tonfall. *»Und wie geht's dir, Kleiner? Hast ordentlich einen weggesteckt, was?«*

»In Ordnung, Jack, heben wir das für später auf.« Lyle Connery wandte sich an Mike: »Tut mir leid, ihr beiden, aber wir müssen uns ranhalten. Frage: Was wißt ihr über die Bohnenranken?«

»Du meinst die Orbital-Lifte? Nicht viel. Soweit ich weiß, handelt es sich dabei um freischwebende Kabel, die sich von der Erde über den geosynchronen Orbit hinaus erstrecken; und wie ich noch weiß, würden die Chipponesen gern einen errichten, um Materialien in den Weltraum und zurück zu transportieren. Was *sollte* ich denn darüber wissen?«

»Wußtet ihr schon, daß die Chipponesen ein Geschäft mit dem Vereinigten Reich abschließen wollen?« Connery schaukelte lässig auf seinem Stuhl. »Für das untere Ende der Bohnenranke brauchen sie eine Position am Äquator, vorzugsweise auf einer Hochebene. Wir haben kommissarisch mit Rasool Ilunga verhandelt, aber die Chipponesen trauen dem schlauen Fuchs nicht so richtig. Sie hätten gern noch weitere Optionen. Deshalb interessieren sie sich für die Hochlanden, mitten im Vereinigten Reich. Wußtest du das?«

Mike zögerte. Er hatte im Lazarett und in der Reha-Klinik Bruchstücke von Informationen aufgeschnappt, die eigentlich nicht für ihn bestimmt waren. »Ja, das wußte ich schon.«

»Hab's dir doch gesagt«, platzte Jack dazwischen. *»Das System leckt wie ein verdammtes Sieb. Teufel, die Leute kommen sogar vorbei und erzählen mir irgendwelche Dinge, und was soll ich dann damit anfangen? He, Mike, packen wir's an. Wie würde es dir gefallen, als Repräsentant der Händler zwischen den Chips und den Greaser bei dem Bohnenranken-Deal aufzutreten?«*

Mike enthielt sich längere Zeit einer Antwort, während Lyle Connery ihn erwartungsvoll anschaute. »Nun? Ich muß schon sagen, daß ich etwas mehr Enthusiasmus erwartet hätte.«

»Tut mir leid.« Mike schüttelte den Kopf. »Ich bin nur etwas überrascht. Wie ich gehört habe, war doch Wernher Eckart schon als Unterhändler für dieses Projekt vorgesehen.«

»Wirklich?« Lyle Connery seufzte. »›Darling‹, du hattest ganz recht. Man *kann* hier einfach nichts geheim halten. Das Gerücht stimmte – verdammt. Aber Wernher Eckart hat sich seit drei Wochen schon nicht mehr gemeldet, und das gilt auch für deinen Freund Cesar Famares, den wir mit der Suche nach Eckart beauftragt hatten.«

Die Unterredung erlangte plötzlich eine neue Qualität für Mike. »Cesar ist absolut verläßlich. Sie müssen gefangen oder getötet worden sein.«

»Den Berichten zufolge sind sie nicht in Gefangenschaft geraten. Und schon gar nicht verwundet oder tot. Vielleicht aber durchgedreht. Eckart hat uns ein von ihm entworfenes Memorandum durchgegeben, aber das war eine Katastrophe. Die Chipponesen würden es in einer Million Jahren nicht akzeptieren; die Konditionen waren ausschließlich zugunsten des Vereinigten Reiches formuliert. Wir versuchten die beiden zurückzurufen, aber sie ignorierten die Nachrichten. Aus anderen Quellen wissen wir, daß sie beide noch am Leben sind – und gegenüber den Chipponesen den Händler-Eid gebrochen haben.«

»Bist du *sicher?*« Die Frage war ein reiner Reflex. Lyle Connery hätte das nicht ohne zwingende Beweise gesagt. Aber diese letzte Aussage war wirklich schockierend. Ein Händler gab *nie* Informationen preis, die er unter dem Händler-Eid erhalten hatte.

»Absolut positiv.«

»Aber Cesar würde das nie tun. Nicht, um deinen Ausdruck zu gebrauchen, in einer Million Jahren.«

»Zu dieser Einschätzung bin ich selbst gelangt – was beide betrifft.« Connery musterte Mike prüfend. »Ich bin sicher, daß du weißt, worauf ich hinaus will. Offizielle Mission: Abschluß eines Vertrages zwischen den Chipponesen und dem Vereinigten Reich mit dem Ziel, eine Bohnenranke auf dem Territorium des Vereinigten Reiches zu verankern. Und deine Sekundär-Mission …«

Mike nahm ihm die Worte aus dem Mund. »Ich soll herausfinden, was mit Eckart und Cesar geschehen ist. Hat Daddy-O eine Erfolgswahrscheinlichkeit ermittelt?«

»Sicherlich.« Lyle Connery schaute Mike direkt in die Augen, aber dennoch lag ein Ausdruck leichten Unbehagens in seinem Blick. »Prognostizierte Erfolgswahrscheinlichkeit bei einer Solo-Mission beträgt vier Prozent – eine Chance von eins zu fünfundzwanzig. Aber mit dem richtigen Partner tendiert diese Wahrscheinlichkeit gegen sechsunddreißig Prozent – besser als eins zu drei. Versteht sich also, daß du im Team arbeiten wirst.«

»Mit ›Darling‹?«

»Gönn mir mal eine Pause, Mike«, schrie Jack aus dem Rechner. *»Ich muß noch ein halbes Jahr in diesem Tank blei-*

ben. Willst du mich vielleicht in einer Plastiktüte durch die Gegend tragen?«

»Nicht Jack. Wie er schon sagte, ist die Restaurierung seines Körpers noch nicht abgeschlossen.« Connery räusperte sich und rutschte auf seinem Stuhl herum. »Jack kommt also nicht in Frage. Du bekommst Melly Turak als Partnerin. Sie ist Daddy-O's erste Wahl.«

»Aber das ist doch großartig! Melly ist eine Spitzenkraft, und sie kennt Cesar noch besser als ich. Ich würde sie sehr gern wiedersehen.« Mike verstummte. Irgend etwas an der Sache war nicht ganz stimmig. »Ich dachte eigentlich, Melly wäre auf einer vertraulichen Mission im Pazifik.«

»War sie auch.« Connery schüttelte den Kopf. »Gott möge uns helfen, Mike, du solltest das eigentlich gar nicht wissen. Wie hast du das nur herausgefunden? Nein, bemühe dich nicht, vergiß die Frage einfach.«

»Sie ist wieder zurück. Und sie sagt, sie könne es kaum erwarten, dich wiederzusehen. Weißt du, Mike, ich glaube, sie ist scharf auf dich.«

»Jack, kannst du mal eine Minute das Maul halten.« Connery wandte sich wieder Mike zu. »Da ist noch ein anderer wichtiger Punkt bei der Sache, und ich weiß nicht recht, wie ich es dir beibringen soll. Sie wird deine Partnerin sein – aber keine gleichrangige Partnerin.«

»Nun, ich glaube, daß ich damit klarkommen kann.«

»Ich hoffe es. Du wirst ihr unterstellt. Sie hat das Kommando.«

Das war ein Schlag ins Kontor. Mike hätte das zwar nie gesagt, aber er hielt sich schon jetzt für einen weitaus besseren Händler, als Melly jemals einer werden würde. Er saß nur da und schaute Connery stumm an. Es mußte einen Grund für diese Entscheidung geben. »Ich nehme an, daß sie bereits eine Mission im Vereinigten Reich durchgeführt hat?«

»Nein. Sie ist noch nie auf einer Mission südlich des Äquators gewesen.«

Mike wollte aufstehen. Er wurde indes durch Connerys Hand auf seiner Schulter zurückgehalten. »Ruhig jetzt, Mike. Ich weiß, daß es ein Schock für dich ist, aber Daddy-O's Berechnungen stimmen immer.«

Mike hatte noch nie einen derart versöhnlichen Ton in Connerys Stimme vernommen. Das machte es nur noch schlimmer.

»Es wird schön mit ihr werden, Mike«, redete Jack ihm zu. *»Und denke nur an diese heißen Nächte im Greaserland.«*

»Jack, wirst du um Gottes willen *das Maul halten.*« Connery trat näher an Mike heran und schaute ihm in die Augen. »Ich möchte noch ein paar Dinge dazu sagen, falls ›Darling‹ mir das gestattet. Wenn du die Mission dann immer noch ablehnst, werde ich es an Daddy-O weiterleiten.«

Die Mission ablehnen. Konnte ein Händler überhaupt eine Mission ablehnen, nur weil sie sein Ego verletzte? Aber wie konnte er als Junior-Partner von Melly arbeiten? Er wußte nur zu gut um ihre Leistungsgrenzen. Er hatte es gerade so geschafft, sie durch die Händler-Ausbildung mitzuziehen.

»Sie wird morgen von den Cook-Inseln ankommen«, fuhr Connery fort. »Sie hat der Mission zugestimmt. Mit dir oder ohne dich, sie wird es in Angriff nehmen. Sie wird also gehen und *irgend jemanden* als Partner zugeteilt bekommen. Nun, Daddy-O hat alle nur denkbaren Kombinationen mit Melly durchkalkuliert. Dabei ist die Kombination Asparian-Turak die einzige mit einer Erfolgswahrscheinlichkeit von über zwanzig Prozent – alle anderen Paare hätten nicht einmal eine Chance von zehn Prozent, die Basis wieder zu erreichen. Eure Chancen für einen vollen Erfolg stehen sogar besser als eins zu drei. Du wirst vielleicht glauben, *sie* nicht zu brauchen, aber todsicher wird sie dich brauchen. *Und Cesar wird euch beide möglicherweise dringender brauchen, als wir es uns vorstellen können.*«

Mike starrte ihn an. »Das ist Erpressung.«

»Natürlich ist es das!« bestätigte Lester. *»Deswegen funktioniert es ja auch.«*

»Jack!« Connery schüttelte den Kopf. »Es ist keine Erpressung. Nennen wir es lieber Händler-Verhandlungstaktik.«

»Ich glaube nicht, daß ich es tun kann. Ich mag Melly sehr, aber ich glaube nicht, daß ich es kann.«

»Ich weiß, wie du dich fühlst«, sagte Connery besänftigend. »Aber überlege es dir wenigstens noch einmal. Ja? Denke einfach noch einmal darüber nach.«

»Nun …«

»Gut. Zumindest solltest du sie sehen und mit ihr sprechen. Du kennst sie nur als Trainee, aber sie ist jetzt eine vollwertige Händlerin. Du wirst feststellen, daß sie sich verändert hat – sehr verändert.«

Nach all dem war Mike auch nicht sonderlich überrascht, daß bereits ein Abendessen mit Melly arrangiert war.

Vor diesem Abendessen führte Mike noch eine eigene Überprüfung durch. Seit Abschluß der Ausbildung hatte er keinen Kontakt mehr mit Melly gehabt. Ihre Missionen hatten sie in den pazifischen Raum geführt, zu Verhandlungen mit den Yankees im Westen des Kontinents. Dann war sie verschwunden, nur um auf der Händler Basis auf den Cook Inseln wieder aufzutauchen, am anderen Ende der Welt.

Zuerst forderte Mike von Daddy-O ihre Leistungsbilanz an. In seiner Verblüffung stieß er einen Pfiff aus, als er den Bildschirminhalt sichtete. Während der Ausbildung hatte sie ihn nie besonders beeindruckt – sie war intelligent gewesen, aber nicht übermäßig talentiert. Und nun erwies sie sich als die Beste einer neuen Generation von Händlern. Obwohl sie noch nie im Vereinigten Reich gewesen war, beherrschte sie die Sprache schon besser als Mike. Sie war seine natürliche Partnerin für diese Mission. Selbstkritisch gestand Mike sich ein: wenn er sie nicht von der Ausbildung her gekannt hätte, würde er sie liebend gerne zur Partnerin gehabt haben.

Regel 18: Sammle so viele Informationen wie möglich. Mike rief Tip Muller an, der vor einigen Monaten von den Cook-Inseln auf die Azoren zurückgekehrt war und gerade seine zweite Mission beendet hatte.

»Sicher kenne ich sie.« Muller nickte vom Bildschirm. »Jeder dort kennt sie. Warum fragst du?«

»Sie hat spektakuläre Leistungen erbracht, nicht wahr?«

Tip Muller schaute verdutzt drein. »Nein, nichts Spektakuläres. Will sagen, sie ist nicht besser als du und ich. Wo liegt das Problem, Mike?«

»Ich bin mir noch nicht sicher. He, Tip, wenn Melinda keine außergewöhnlich gute Händlerin ist, warum ist sie dann dort so bekannt?«

»Nun…« Auf Mullers frischem Gesicht erschien plötzlich ein vorsichtiger Ausdruck. »He, Mike, läuft da vielleicht etwas zwischen euch beiden?«

»Nein. Wir haben die Ausbildung zusammen durchlaufen, aber ich habe sie seitdem nicht mehr gesehen.«

»Na gut, dann kann ich es dir ruhig sagen. Sie ist deswegen so bekannt, weil sie nach ihrer Ankunft auf den Cook-Inseln aus dem Gleis gesprungen ist. Präziser ausgedrückt, sie hat den Sex entdeckt.«

»Melly Turak?«

»Eben jene. Während der Ausbildung wird sie wohl nicht so gewesen sein? Du weißt ja, wie das ist, manche Leute kommen erst spät auf den Geschmack. Zwischen den Missionen hat sie immer die Sau rausgelassen. Vor meiner Abreise hat sie mit so ziemlich jedem gevögelt. Sie hat es mit dem halben Lager getrieben. Man konnte sie nicht unbedingt als zurückhaltend bezeichnen – wenn ihr jemand gefiel, kam sie schon gleich bei der Vorstellung zur Sache.«

»Ich glaube es einfach nicht. Nicht bei der Melly Turak, die ich kannte.«

»Nun, vielleicht hat sie sich ja verändert. Teufel, hast *du* dich seit der Ausbildung denn nicht verändert? Von mir kann ich das jedenfalls mit Sicherheit behaupten.« Tip Muller setzte einen betrübten Blick auf. »Schau, Mike, es tut mir leid, wenn ich dein Traumschiff versenkt haben sollte. Aber ich habe nur die Wahrheit gesagt.«

Mike schüttelte den Kopf und starrte mit leerem Blick auf den Bildschirm. »In Ordnung. Ich glaube dir – aber ich kann keinen Hehl daraus machen, daß ich schockiert bin. Melly war so – nun, *asexuell*. Wie ein Junge.«

Tip schaute ihn mit hochgezogenen Augenbrauen an. »Glaubst du das wirklich? Ich kann dir das nicht ausreden. Aber vielleicht sagst du damit mehr über dich aus als über Melly.«

»Könnte sein.« Mike wollte diesen Gedanken nicht weiterverfolgen. »Trotzdem vielen Dank. Ich schulde dir was.«

»Warum hast du mich das alles gefragt, Mike?«

»Es hat den Anschein, daß Melly Turak und ich ein Team bilden werden.«

Tip Muller stieß einen Pfiff aus. »Nun denn. Sieh nur zu, daß sie auf der Mission keinen Fehler macht.«

»Ich werde nachher mit ihr zu Abend essen. Ich wollte mal sehen, worauf ich mich da einlasse.«

Muller lachte. »Auf sie, wenn sie sich nicht geändert hat. Halte die Hose fest, Mike, oder sie hat deinen Schwanz in der Hand, bevor ihr noch die Suppe gelöffelt habt. Und sag ihr einen schönen Gruß von mir.«

Er grinste noch, als Mike die Verbindung unterbrach. Mike hingegen grinste überhaupt nicht.

Das war nicht mehr die Melly, die er im Ausbildungslager gekannt hatte, sondern eine weibliche Version von ›Darling‹ Lester. Wie war das zu erklären?

Seine Gedanken jagten sich, als er zum Speisesaal hinunterging, wo er sich mit ihr treffen wollte. Irgendwie wünschte er sich, die Unterredung mit Tip hätte nicht stattgefunden. Sie komplizierte die Dinge nur. Melly hatte sich verändert, und Mike mußte seine Einstellung ihr gegenüber auch ändern. Sie war Daddy-O's erste Wahl für diese Mission, und zwar mit deutlichem Vorsprung. Und ihren Unterlagen zufolge verfügte sie über großes Verhandlungsgeschick.

War am Ende nicht diese Tatsache das relevante Kriterium und nicht ihr letztjähriges Verhalten im Trainingslager? Wenn auch zwischen ihm und Melly eine versteckte Agenda bestehen mochte, so wären die Verhandlungen über die Bohnenranke der Chips doch real genug. Und es würden schwierige Verhandlungen werden. Sie würden die Chipponesen repräsentieren, aber das Vereinigte Reich hatte die besseren Karten. Die Chipponesen benötigten einen Partner auf der Erde, der das nachfragte, was sie anzubieten hatten – Energie – und der über hinreichende technische Kenntnisse verfügte, den Anschluß der Bohnenranke zu bewerkstelligen. Rasool Ilunga und die Zehn Stämme waren wohl interessiert, hatten aber nicht die Technologie. Das Vereinigte Reich befand sich somit in einer starken Verhandlungsposition. Was versprachen sie sich aber von diesem Geschäft?

Darauf fand Mike keine Antwort. Aber vielleicht hatte Melly eine Idee.

Sie saß bereits am Tisch und erwartete ihn. Mike, noch immer in seinen Vorurteilen gefangen, verhielt an der Tür des Speisesaals den Schritt und wartete einige Augenblicke, bevor er eintrat.

Melly lehnte sich auf dem Stuhl zurück und checkte jeden Gast systematisch ab. Mike sah, wie sie die Leute von Kopf bis Fuß musterte, kurz pausierte und sich dann dem nächsten widmete.

Er führte selbst auch eine Musterung durch. Es handelte sich unverkennbar um Melly, aber selbst aus der Entfernung stellte er fest, daß sie sich verändert hatte. Statt das blonde Haar wie früher zurückgekämmt zu tragen, hatte sie nun einen Kurzhaarschnitt. Dies und ein Gewichtsverlust von zehn Kilo veränderten ihre äußere Erscheinung. Sie wirkte fünf Jahre älter, wobei ihre selbstbewußte und ruhige Ausstrahlung noch einmal fünf Jahre ausmachten. Der Babyspeck, den sie als Trainee noch gehabt hatte, war verschwunden und durch eine geschmeidige, athletische Statur ersetzt worden.

Er näherte sich ihr von der Seite. Als er noch drei Meter von ihr entfernt war, spürte sie irgendwie sein Kommen.

»Mike Asparian!« Sie erhob sich und reichte ihm die Hand. »Du bist ja ein Riese geworden. Was ist nur aus dem kleinen Mike geworden, den ich im Ausbildungslager gekannt hatte?«

In den alten Zeiten hätten sie sich warm und impulsiv umarmt. Mike seufzte und ergriff mit beiden Händen ihre Hand. »Acht Zentimeter. Mein Wachstum hat spät aufgehört.«

»Es tut mir leid, Mike«, sagte sie, und es war klar, daß sie damit nicht seine Körpergröße meinte. Ihre Stimme war tiefer, als er sie in Erinnerung hatte.

Die Frage, *was* sie denn nun meinte, erübrigte sich. Mike wurde es warm im Nacken. »Ich weiß, daß du das Team nicht zusammengestellt hast, Melly. Und es ist mein Problem, nicht deins. Teufel, ich *sollte* auch ein Juniorpartner sein. Die Hälfte der Zeit weiß ich nämlich nicht, was ich tue.«

»Das glaubst du doch selbst nicht. Diesen Ruf hast du nicht, und es ist auch nicht das, woran ich mich erinnere.« Sogar ihre Augen schienen sich verändert zu haben. Sie waren noch immer groß und silbergrau, aber in ihnen spiegelte sich nicht mehr die alte Unschuld. Ihr fester Blick glitt an Mikes Körper hinab, wobei sie ihn zu vermessen und taxieren schien. Er nahm schnell Platz.

»Aber wenn du wirklich nicht weißt, was du tust«,

fuhr sie fort, »dürften wir ein gutes Team abgeben. Ich weiß nämlich auch nicht, was ich tue.« Sie lächelte ihn warmherzig und freundlich an, ganz die alte Melly. Mike spürte Erleichterung.

Als die Speisen aufgetragen wurden, sah Mike ihr beim Essen zu. Ihre guten Tischmanieren waren unverändert. Aber sie aß nicht mehr mit demselben Gusto. Aus ihrem Gesichtsausdruck war nicht zu schließen, ob sie nun Delikatessen oder Sägemehl verspeiste. Die Portionen, die sie nahm, waren klein, und zum Trinken bestellte sie nur Wasser.

Nun gut. Offensichtlich verspürte sie mehr Appetit auf andere Dinge. Mike konnte sich dieses Gedankens nicht erwehren. Das große Mysterium bestand nach wie vor in der Diskrepanz zwischen Tip Mullers Bericht und Daddy-O's Daten. War sie nun superkompetent oder war sie es nicht? Waren Tips Informationen vielleicht falsch gewesen?

Sie hatte ihn beim Essen stumm beobachtet. »Und du hast dich auch verändert«, sagte sie plötzlich. »Zum Positiven, glaube ich. Du hast jetzt viel mehr Selbstbewußtsein als früher.«

»Du meinst, ich simuliere es besser.«

Das entlockte ihr ein breites Lächeln. »Mag sein. Schließlich sind wir keine Kinder mehr, nicht wahr? Ich freue mich wirklich auf die Mission mit dir, Mike.«

Ja – sie freute sich darauf, den Boß zu spielen. Mike zwang sich dazu, diesen Gedanken zu verdrängen. »Es könnte eine harte Mission werden. Was sagst du zu Dominic Mantilla?«

Mike erwartete eine ausweichende Antwort oder zumindest die wertfreie Aussage, daß der Mann anscheinend ein gewiefter Taktiker war.

Statt dessen schüttelte Melly den Kopf und sagte: »Wir haben wohl keine Wahl und werden mit ihm als Repräsentanten des Vereinigten Reiches vorliebnehmen müssen. Aber er ist ein ...« Sie verstummte und suchte nach den richtigen Worten. Dann sagte sie dezidiert: »Ein Monster. Ein absolutes Monster.«

»Dann kennst du ihn wohl?«

»Nein, aber nach dem Briefing habe ich mir weitere Informationen über ihn beschafft.«

Mike hatte das auch versucht – aber nichts gefunden. Welche Ermittlungstechniken beherrschte sie, die ihm unbekannt waren?

»Ich bin sicher, daß Daddy-O bei dir dasselbe Mantilla-Zitat eingeblendet hat wie bei mir«, fuhr sie fort. »Aber wußtest du schon, daß Dominic Mantilla bei den meisten Bewohnern des Vereinigten Reichs unter einem anderen Namen firmiert?«

»Er ist der Hochland-Koordinator, falls du das meinst.«

»Ich denke da an etwas Plastischeres. Im ganzen Vereinigten Reich ist Dominic Mantilla als ›Prinz der Schmerzen‹ bekannt. Wußtest du das?«

Mike wußte es nicht; und er war sich auch nicht sicher, ob er es überhaupt wissen wollte. Das Vereinigte Reich vertrat den Anspruch, mit allen bekannten Freuden der Menschheit aufzuwarten, und *Ree-o-Dee* galt als der renommierteste Vergnügungspark der Welt. Und wenn es einen nach Drogen gelüstete, dann ging man nach *Sonnenschein* im Süden, wo jeden Tag tausend bewußtseinsverändernde Experimente stattfanden. Und wenn man Kampfsport und Glücksspiel bevorzugte, war man in *Traumstadt* an der richtigen Adresse – den Platz, den Dominic Mantilla als Verhandlungsort für den Bohnenranken-Vertrag mit den Chipponesen ausgesucht hatte. Und in *Traumstadt* oder ihrem Umland war es auch gewesen, wo die Verbindung zwischen Wernher Eckart und Cesar Famares auf der einen und den Händlern auf der anderen Seite abgebrochen war.

»Weshalb wird er denn ›Prinz der Schmerzen‹ genannt?« Mike ahnte schon, daß die Antwort ihm nicht gefallen würde.

Melly schüttelte den Kopf und plazierte einen säuberlich tranchierten Würfel gedünsteten Gemüses in ihrem vollippigen Mund. Sie kaute langsam und gründlich und schluckte den Happen dann hinunter. »Daddy-O verfügt nur über wenige Fakten. Wir wissen, daß in *Traumstadt* ein seltsames Spiel gespielt wird, das im restlichen Vereinigten Reich nicht gebräuchlich ist. Es heißt *Kontrapunkt*. Und dann gibt es noch eine Sportart namens *Glissando*, die als ultragefährlich gilt und auch nur dort betrieben wird. Und das ist auch schon alles. Jetzt weißt du genauso viel wie ich.« Sie lächelte Mike wieder an. »Aber ich hoffe, daß wir uns spätestens morgen abend selbst ein Bild davon machen werden.«

Mike schaute sie überrascht an. Entweder war sie Weltmeisterin im Verbergen ihrer wahren Gefühle, was sie als Top-Unterhändlerin qualifizierte und zu einem höchst wertvollen Aktivposten der Mission machte; oder aber Melly hatte sich Nerven aus Stahl zugelegt und freute sich wirklich darauf, den Kopf in den Löwenrachen von Dominic Mantillas Stadt zu stecken – wobei sie in diesem Fall nach Mikes Auffassung so ungefähr das Schlechteste wäre, was ihm passieren konnte. In seinen Augen suchten erfolgreiche Händler nie das Risiko oder genossen die Gefahr.

Eines schien indes jetzt schon klar zu sein. Melly hatte ihre Hausaufgaben gemacht. Sie war viel besser auf diese Mission vorbereitet als er.

Sie waren beide fertig mit dem Essen, und nun schaute sie ihn mit in den Schoß gelegten Händen unverwandt an. Mike gingen Tip Mullers Worte nicht aus dem Kopf. Wenn sie mit dem halben Ausbildungskurs der Cook-Inseln im Bett gewesen war, wartete sie dann darauf, daß er … oder würde *sie* … und gefiel ihm diese Vorstellung, oder haßte er sie? Plötzlich erinnerte er sich an ihren ersten Abend im Dunklen Land, als Melly vor seiner Zimmertür herumgestrichen war. Hatte sie ihm schon damals zu verstehen geben wollen, daß er sie hereinbitten solle? Auf diesen Gedanken wäre er nie gekommen. Aber jetzt …

»Nun, Regel siebenundzwanzig«, sagte er unvermittelt. »Wir haben gegessen und getrunken, wie befohlen, und jetzt sollten wir ein wenig schlafen.«

Sie blickte ihn stirnrunzelnd an. »Regel Siebenundzwanzig: ›Wenn du Zeit zur Verfügung hast, nutze sie für zusätzliche Vorbereitungen; es wird sich immer auszahlen.‹«

Er lachte. »Nein, nicht die Siebenundzwanzig im *offiziellen* Buch. Ich meine das andere.«

Anstatt zu antworten, blieb Melly mit dem Ausdruck intensiver Konzentration auf ihrem Gesicht wie angewurzelt vor ihm sitzen. Plötzlich erhob sie sich und trat vom Tisch zurück. »Ich sehe dich morgen im Flugzeug«, sagte sie schnell. »Ich muß noch Vorbereitungen für den Flug treffen. Gute Nacht.«

Ihr Gesichtsausdruck war verschlossen, aber die Stimme klang bewegt. Sie nickte Mike zu und lief aus dem Speisesaal.

Er saß mit dem vollen Weinglas am Tisch. Was hatte er ihr denn getan? Er hatte sie sicher nicht beleidigen wollen. Aber zu behaupten, sie müsse noch Vorbereitungen treffen, wo es doch offensichtlich war, daß sie sich schon gut vorbereitet hatte … was hatte er *gesagt*?

Er rekapitulierte seine letzten Bemerkungen. Wie konnte ein Händler sich wegen eines Zitats aus der Dienstvorschrift derart echauffieren? Hatte sie ihn vielleicht irgendwie mißverstanden?

Die offizielle Händler-Dienstvorschrift war prächtig gebunden und gedruckt und dabei nicht sehr dick, denn obwohl es zweiundneunzig Regeln gab, bestanden die meisten aus Einzeilern. Schon am ersten Tag erhielten die Händler eine schöne neue, druckfrische Ausgabe dieses Buches.

Die andere Version wurde indessen nicht offiziell ausgegeben. Sie war auch nicht gebunden, sondern erschien als schäbige Loseblatt-Sammlung, wobei die Kommas wie Punkte aussahen, die Zwischenräume der Buchstaben verschmiert waren und das Werk oft so verknickt und schmutzig war, daß man sich davor ekeln konnte. Es war in primitivem Jargon abgefaßt, enthielt krude Gedankengänge und gelegentlich anonyme Übersetzungen, die gerade so den grammatikalischen und inhaltlichen Anforderungen entsprachen.

Und auf welche Version verließ sich ein Händler mehr?

Das hing vom Alter und dem individuellen Zynismus ab. Die Bücher waren sehr unterschiedlich. Aber schon nach dem ersten Monat kannte jeder Trainee beide Bücher auswendig.

Regel 34 der offiziellen Dienstvorschrift lautete: ›*Die Natur ist nicht bösartig; wenn es doch den Anschein hat, machst du etwas falsch.*‹

Diese Aussage war nur zu wahr. Aber das andere Buch vertrat eine abweichende Meinung zu diesem Thema: ›*Leben hat im Universum nichts verloren, und überall lauert der Tod. Wenn du glaubst, daß die Hundesöhne im Hinterhalt liegen, dann liegst du verdammt richtig. Laß dir Augen im Hinterkopf montieren und paß damit auf deinen Arsch auf.*‹

Regel 79 der offiziellen Version: ›*Eine Beförderung steigert nicht deine Intelligenz; sie bewirkt nur, daß du intelligenter werden* mußt. *Sieh dich vor.*‹

Das inoffizielle Handbuch äußerte sich dazu wie folgt: ›*Du bist befördert worden? Was erwarten die Bastarde jetzt wohl von dir?*‹

Punkt 27 des inoffiziellen Regelwerks, auf das Mike sich bezogen hatte, sagte: ›*Essen, Trinken, Schlafen – wann immer du die Gelegenheit dazu hast.*‹ Dieser Hinweis war nun wirklich absolut unverfänglich. Aber was um Himmels willen hatte Melly da hineininterpretiert? Mike vermochte sich nicht vorzustellen, welche Mehrdeutigkeit diesem Passus innewohnen sollte. Hatte sie vielleicht eine unbegründete und irrationale Abneigung gegen das inoffizielle Handbuch entwickelt?

Seufzend hob er das Glas. Vielleicht würde diese Mission ein Desaster werden. Er war in hohem Maße besorgt – viel besorgter offenbar als Melly. Und mehr noch, er war irritiert.

Melly hatte sich verändert, das stand fest. Jetzt machte sie angeblich jedem halbwegs interessanten Mann, der ihr über den Weg lief, Avancen. Aber sie hatte nicht auch nur einen Hauch von Interesse an Mike bekundet.

Und welche Schlußfolgerung mußte er daraus für sich ziehen?

KAPITEL 10

Um Zeit zu sparen, machte das Händler-Flugzeug, welches sie zu ihrem Zielort brachte, keine Zwischenlandung im Vereinigten Reich. Es folgte der Westküste von Südamerika, mit den schneebedeckten Bergketten der Anden zur Linken, bis Chimbote. Dann führte die Maschine eine Kursänderung von neunzig Grad aus und flog landeinwärts. Als sie die achtzig Kilometer im Landesinneren gelegene *Traumstadt* erreicht hatten, verharrte das Flugzeug einen Meter über dem Boden, so daß Mike und Melly mit ihrem leichten Handgepäck aussteigen konnten; dann ging die Maschine in einen schnellen Steigflug und nahm Kurs in westliche Richtung. In nicht einmal einer Minute war sie außer Sicht.

Mike stand auf dem Landeplatz und schaute sich um. Der Himmel war strahlend blau, aber die Landschaft war zu imposant, um schön zu sein. *Traumstadt* befand sich auf einem anderthalb Kilometer breiten Hochplateau inmitten der *Cordillera Blanca,* das auf allen Seiten von Bergen überragt wurde. Im Osten erhoben sich die hohen Gipfel der Anden dreitausend Meter über das Plateau. Im Westen fiel das Land steil ab und strebte dem am Horizont graublau glitzernden Pazifik zu. Mike glaubte, in der Entfernung eine schmale, leuchtend weiße Narbe zu sehen, die sich eine schroffe Bergflanke hinunterzog.

Während er noch die Gegend betrachtete, ertönte von hinten ein schriller Pfiff.

Mike und Melly fuhren herum. Über den Landeplatz watschelten zwei pummelige Gestalten auf sie zu. Die kleinere Figur blieb unmittelbar vor den zwei Händlern stehen.

»Hallo.« Der Quadratschädel gab ein weiteres pfeifendes Grunzen von sich und lächelte, wobei er zwei große, gelbliche Schneidezähne enthüllte. »Ich bin Dolly Caps, und das ist Benjy Caps. Wir befinden uns in fast viereinhalb Kilometern Höhe, aber ich hoffe, daß euch das nicht allzuviel zu schaffen macht.«

Cappies. Genmodifizierte Capybaras.

Mike schaute auf die spärlich behaarte Pfote, die der Cappy ausgestreckt hatte. Sie war mit vier Fingern bestückt, die dicke, hufartige Nägel aufwiesen, wobei die Schwimmhäutchen zwischen den Fingern chirurgisch entfernt worden waren, um ihre Greiffähigkeit zu erhöhen. Jetzt, wo sie auf den Hinterbeinen standen, waren die Capybaras etwa anderthalb Meter groß, aber mit einem Blick auf die fast unbehaarte Pfote schloß Mike, daß sie sich auf allen vieren wahrscheinlich wohler fühlten. Die großen Nagetiere trugen orangefarbene Kombis mit braunen Taschen über den dicken, formlosen Körpern.

Er nahm Dolly Caps' Pfote, schüttelte sie kräftig und beobachtete dann, wie Melly mit Benjy Caps auf die gleiche Art verfuhr. Wie auch immer Mike die Herrscher über das Vereinigte Reich beurteilte, gegen die Cappies hegte er keine Ressentiments. Die genmodifizierten Capybaras galten als geduldig, fügsam, gehorsam und ethisch hochstehend – und verkörperten damit im Grunde alle Eigenschaften, die ihren Herren abgingen.

»Wir sind euer Empfangskomitee«, sagte Dolly. Der Satz klang etwas abgehackt, weil die anatomischen Restriktionen im Rachenraum der Cappies durch einen implantierten Synthesizer überspielt wurden. Dolly Caps lächelte wieder, wobei sie erneut dieses furchteinflößende Gebiß zeigte. Pflanzenfresser, erinnerte Mike sich. Währenddessen wanderten die Augen in diesem klobigen Kopf unablässig von einer Seite zur anderen.

»Wenn ihr uns nun folgen wollt, wir bringen euch zu eurer Unterkunft.«

Sie wandte sich um und wankte im Paßgang über das Landefeld. Nach einigen Schritten ließ Benjy sich mit einem erleichterten Grunzen auf die Vorderbeine fallen und lief auf allen vieren weiter.

Mike ergriff Mellys Arm, als sie ihnen folgen wollte. »Ich glaube, daß sie beide blind sind!«

»Das ist richtig.« Sie legte die Hand auf die seine und drückte sie mit erstaunlicher Kraft. »Hast du denn deine Unterlagen nicht durchgelesen? Das ist eine von Dominic Mantillas Machenschaften. Er modifiziert seine Cappies bis an die Grenze des Machbaren – aber dann blendet er sie, damit sie nicht auf den Gedanken kommen, wegzulaufen und in der Wildnis zu leben.«

»Davon stand aber nichts in den Unterlagen.«

»Dann hast du sie nicht gründlich genug gelesen. Diese Information befand sich in den letzten Unterlagen, die wir erhalten haben. Wir sollten uns alles durchlesen. Hast du das getan?«

Sie setzte sich in Bewegung und ließ Mike mit offenem Mund stehen. Die Papiere, auf die sie anspielte, waren ihnen direkt vor dem Abflug übergeben worden – aber es waren fünfhundert Seiten mit neuen Informationen gewesen. Wollte sie ihm etwa erzählen, sie hätte *alles* durchgelesen, jedes Wort, während des dreistündigen Fluges? Mike hatte unterdessen geschlafen.

Er hastete den anderen hinterher. Obwohl die Cappies blind waren, konnten sie sich anscheinend genau orientieren und ihren Weg finden. Dolly führte sie zu einer Brüstung an der Peripherie des Landefeldes und deutete auf die haarfeine weiße Narbe, die in einer Krümmung dem Pazifik zustrebte.

»Glissando«, sagte sie. »Für jeden Menschen, der das riskanteste aller Spiele spielen möchte.« Sie kicherte.

»Was ist das?« fragte Melly. Die Brüstung markierte das Ende des Plateaus; der Abgrund fiel hundert Meter tief ab. Furchtlos beugte Melly sich darüber. Mike war zwar auch relativ schwindelfrei, aber dennoch wurde ihm nur vom Zusehen schon mulmig. »Ich sehe den Boden nicht.«

»Er besteht aus poliertem Eis.« Das waren Benjy Caps' erste Worte. »*Glissando* ist eine Eisbahn, die sich bis zum Ozean erstreckt. Über achtzig Kilometer lang, mit einem Höhenunterschied von über drei Kilometern. Die Schlitten sind mit höchster Präzision gearbeitet – sie werden auf eine Geschwindigkeit von über dreihundert Kilometern beschleunigt, bevor sie in den Pazifik eintauchen.«

»Aber das bringt den Fahrer doch um!« rief Mike.

»Ja. Der Mitspieler muß am Ende der Eisbahn eine Reihe von Ringen durchfahren, die den Metallschlitten elektromagnetisch abbremsen. Wenn ein Fahrer diese Ringe verfehlt, wird er mit voller Geschwindigkeit in den Ozean rauschen und dabei umkommen.« Benjy hatte sich wieder auf die Hinterbeine gestellt und den Kopf erhoben. Der Cappy schaute Mike mit blinden, fröhlichen Augen an. »Wollt ihr es nicht mal versuchen, solange ihr hier seid? Es heißt, es sei das spannendste Spiel auf Erden.«

Schaudernd betrachtete Mike die Eisbahn. »Ich habe keine Lust, danke. Melly?«

Sie hing noch immer über der Brüstung und betrachtete das Eis. »Vielleicht. Zumindest möchte ich es mir einmal näher ansehen. Wie werden die Schlitten gesteuert?«

»Intern«, erläuterte Benjy. »Ein Schlitten faßt maximal zwei Personen. Wenn du interessiert bist, solltest du Lord Dominic Bescheid sagen.« Er ließ sich wieder auf alle viere nieder. »Wir werden euch nun zu ihm bringen. Er wird eine Stadtrundfahrt arrangieren, wenn ihr möchtet. Hier in *Traumstadt* gibt es viele Dinge, die euch vielleicht interessieren.«

Sie gingen eine Rampe hinunter, die sie zunächst

unter die Erdoberfläche brachte und dann wieder zur Oberfläche des Landefeldes hinaufführte. Während ihres Marsches wurde die Architektur zusehends prachtvoller und bunter. Breite Korridore mit glänzend weißen und goldenen Wänden waren mit heroischen Statuen angefüllt und von holographischen Darstellungen aller nur denkbaren Sportarten und Freizeitaktivitäten flankiert. Erneut rief Mike sich eine grundlegende Tatsache ins Bewußtsein: der Geschäftsbereich des Vereinigten Reiches hieß *Vergnügen*. Hier verstand man mehr von der Kunst der Unterhaltung als der ganze Rest der Welt. Und Dominic Mantilla als der Herr von *Traumstadt* war einer ihrer unumstrittenen Meister.

Mit Erleichterung stellte Mike fest, daß Melly sich weitaus weniger für die erotischen Hologramme und Statuen interessierte als er. Mit großer Aufmerksamkeit betrachtete sie alle Exponate, nur die Hologramme nicht.

»Nur für den Fall, daß wir in Schwierigkeiten geraten und verschwinden müssen«, erwiderte sie auf Mikes stumme Frage, warum sie sich mit großen Augen überall umschaute. »Du weißt schon. Regel siebenundfünfzig.«

Jeder kann in Schwierigkeiten geraten. Halte dir unbedingt einen Fluchtweg offen. Das war der Wortlaut von Regel 57 der *inoffiziellen* Dienstvorschrift. Also griff auch Melly darauf zurück, wenn sie es für erforderlich hielt. Mike registrierte einen weiteren irritierenden Aspekt.

Bevor er sich noch weiter damit befassen konnte, wurde seine Aufmerksamkeit von etwas anderem in Anspruch genommen. Dolly und Benjy Caps waren auf allen vieren vor Mike und Melly dahingetrottet und hatten sich dabei als Fremdenführer betätigt – wobei ihre Erläuterungen sich hauptsächlich auf die Türen und Balkone der unterirdischen Spielhöllen bezogen. Als die Cappies sich jedoch einer großen Tür näherten, brachen sie plötzlich ihre Ausführungen ab und erhoben sich auf die Hinterbeine. Während sie vor Mike hergingen, sah er, daß Dollys plumper Rücken leicht zitterte. Sie bogen um eine Ecke und gingen durch einen Durchgang in einen Raum, der in der Mitte hüfthoch abgeteilt war. Die zwei Cappies rückten zur Trennwand vor und drehten sich dann zu Mike und Melly um.

»Lord Dominic«, sagte Benjy, und nun zitterte auch er sichtlich.

Auf der anderen Seite der Trennwand stand ein großer Mann und lächelte. Er hatte ein klassisches Gesicht, mit einer aristokratischen Nase und einem schönen Mund. Er war sehr groß. Ohne die polierten schwarzen Lederstiefel mit den hohen Absätzen schätzte Mike die Größe des Mannes auf etwa zwei Meter zwanzig; neben der aristokratischen, straffen Gestalt mußte ein mittelgroßer Mann gnomenhaft und geduckt wirken.

»Willkommen!« Dominic Mantilla trat vor und öffnete eine Tür in dem hüfthohen Raumteiler. »Meine geehrte Dame, mein geehrter Herr, herzlich willkommen in *Traumstadt*. Möge Ihr Besuch bei uns ein Quell hundert neuer Freuden sein!« Dann wandte er sich den beiden Cappies zu, die in unbequemer Habtachtstellung standen. »Danke, Dolly, und auch dir, Benjy. Ihr dürft wegtreten.«

Die Cappies verneigten sich knapp und schlurften davon, noch immer kerzengerade aufgerichtet.

»Erstklassige Diener!« meinte Mantilla. »Was sollten wir ohne sie anfangen?«

»Wären sie nicht noch wertvoller, wenn sie sehen könnten?« fragte Mike harmlos.

»Durchaus.« Dominic Mantilla zuckte die breiten Schultern. »Aber sie sind auch so gut genug, und der Verlust des Sehvermögens bedeutet ihnen nicht allzuviel. Als ich sie gefragt habe, ob sie zugunsten ihres Augenlichts auf die gentechnische Optimierung verzichten würden, haben sich beide für letzteres entschieden.«

Eine tolle Alternative. Nimm mir die Augen, oder nimm mir das Gehirn. Kein Wunder, daß die Entscheidung der Cappies so ausgefallen war. Aber Mike behielt diese Überlegung für sich.

»Bitte gestatten Sie, daß ich mich nun vorstelle«, fuhr Mantilla fort. Er setzte ein strahlendes Lächeln auf, das seine prachtvollen Zähne zeigte. »Ich bin Dominic Mantilla, der Herr von *Traumstadt*, und sowohl ich als auch die gesamten Einrichtungen der Stadt stehen ganz zu Ihrer Verfügung. Ich kann Ihnen kaum sagen, wie sehr ich mich darauf freue, bei diesen Verhandlungen mit Ihnen zusammenzuarbeiten.«

Mike brachte ein ebensolches Lächeln zustande. Er war auch früher schon Leuten mit Freundlichkeit begegnet, die mindestens genauso unangenehme Charaktere wie Dominic Mantilla gewesen waren. Er würde sich auch jetzt der Höflichkeit befleißigen. Mellys Reaktion war indes eine ganz andere. Sie starrte ihren Gastgeber an, als ob sie in ihrem ganzen Leben noch nie etwas so Wundervolles gesehen hätte.

»Lord Dominic«, hauchte sie leise und atemlos. »Das ist ja so – *aufregend*.«

»Meine liebe Dame!« Mantilla ergriff Mellys Hand, verneigte sich und küßte sie. Und dann, anstatt sie loszulassen, verharrte er in dieser Haltung und schaute ihr tief in die Augen. Er fuhr sich mit einer dünnen, bläulichen Zunge über die Lippen, die Nasenflügel bebten, und alles deutete darauf hin, daß er sie am liebsten angebissen hätte. »Das Vergnügen bei dieser Begegnung ist ganz meinerseits. Welch eine Schönheit! Und niemand hat mich darauf vorbereitet.«

Währenddessen wartete Mike darauf, daß Mantilla auch von ihm Notiz nahm. Die Luft war mit Pheromonen praktisch gesättigt, und er kam sich vor wie der nutzloseste Gegenstand auf Erden.

Nach etwa einer Minute erinnerte Mantilla sich wieder seiner Anwesenheit. Der große Mann drehte sich um und schüttelte ihm kräftig die Hand. »Händler Asparian. Der Ruhm und die Reputation von Ihnen und Ihrer schönen Begleiterin sind Ihnen schon vorausgeeilt. Der Gedanke daran, mit Ihnen zu verhandeln, läßt mich schier erzittern. Wenn ich noch ein paar Stunden gewartet hätte, wäre mein Mut vielleicht ganz geschwunden. Deshalb habe ich es so eingerichtet, daß wir sofort beginnen.«

Wo du frisch bist und wir noch unter der Zeitverschiebung leiden, dachte Mike. Melly lächelte Mantilla nur bewundernd an. »Das hört sich ja großartig an. Wenn wir vielleicht zuerst noch unser Gepäck auf die Zimmer bringen dürften ...«

»Natürlich, natürlich, ich bitte vielmals um Entschuldigung. Wo bleibt nur meine Höflichkeit?« Mit einer schwungvollen Bewegung seiner langfingrigen Hand bedeutete er den Händlern, ihm zu folgen. »Gestatten Sie, daß ich Sie zu Ihrer Unterkunft bringe. Und wenn wir die heutigen Gespräche beendet haben, möchte ich Sie zu einem besonderen Ereignis einladen – eine Party zu Ihren Ehren und eine Führung durch *Traumstadt*. Und wenn Ihnen eine der Attraktionen zusagen sollte, sind Sie natürlich meine Gäste.«

Sein Tonfall suggerierte, daß eine der Attraktionen für Melly Zugang zu Mantilla selbst sein könnte. Und sie tat nichts, um ihn in dieser Hinsicht zu entmutigen. Als er ihnen ihre Unterkünfte zuwies, rief sie auf einmal durch den offenen Flur: »Lord Dominic, ob Sie mir wohl ein wenig bei meinem Koffer zur Hand gehen könnten?«

Mike stand reglos im Eingang seiner Suite. Aus der weiter unten im Korridor liegenden Suite hörte er Mellys Gelächter und dann Dominic Mantillas tiefes Lachen. Dann wurde die Tür geschlossen. Er hörte nichts mehr.

Aber dafür arbeitete seine Phantasie um so lebhafter.

Mike hatte seine eigene Methode, sich auf eine schwierige Verhandlung vorzubereiten. Zunächst streckte er sich für zehn Minuten auf dem Bett aus und versuchte, alle negativen Gedanken zu verbannen – er versuchte, Mellys Vorgesetztenstatus zu vergessen, das Scheitern der beiden ersten Händler, das überbordende Selbstbewußtsein und die beiläufige Grausamkeit von Dominic Mantilla.

Dann duschte er lange und so heiß, wie er es aushielt, und ließ alle Sorgen wieder in sich zurückfließen. Er brauchte sie. Ein guter Händler *mußte* den Kopf voller Sorgen haben, weil eine von ihnen vielleicht der Punkt war, der bei einer Verhandlung den Ausschlag gab.

Er hatte fast eine Viertelstunde unter der Dusche gestanden. Als er schließlich unbekleidet aus dem Bad kam und das nasse Haar mit einem Handtuch abrieb, saß Melly stumm auf seinem Bett.

Sie musterte Mike mit einer Geschäftsmäßigkeit, als ob sie sich ein Tapetenmuster aussuchte. »Du siehst *ohne* Kleider auch besser aus«, sagte sie. »Du hast Muskeln zugelegt. Woher kommt die Narbe an deinem Arm?«

»Ein bißchen Spaß im *Strine*-Innern. Würde es dir allzuviel ausmachen, wenn ich mir jetzt etwas anziehe?«

Der sarkastische Ton verfehlte seine Wirkung auf sie. Sie musterte ihn ungeniert von Kopf bis Fuß mit ihren silbergrauen Augen. »Mike, wir müssen miteinander sprechen – vor den Verhandlungen.«

»Etwas Neues?«

»Ich glaube schon, weiß aber nicht, wie ich es einordnen soll. Dominic Mantilla sagte, er freue sich sehr darauf, nach dem großen Empfang heute abend mehr Zeit mit mir zu verbringen. Ich fragte ihn nach den Gästen. Daraufhin meinte er ganz beiläufig, daß auch Wernher Eckart und Cesar Famares anwesend sein würden. Sie leben noch und sind offenbar nicht gefoltert oder in eine Zelle gesperrt worden. Was hältst du denn davon?«

Mike setzte sich nackt neben Melly auf das Bett, wobei er das Hemd gedankenverloren in der Hand hielt. »Am Leben und frei. Hmmm. Dann würde ich auf Drogen oder eine Gehirnwäsche tippen – aber ich habe noch nie von einer Droge gehört, die den Händler-Eid brechen könnte, und Gehirnwäsche hätte aus den beiden lallende Idioten gemacht.«

»Vielleicht sind sie das auch. Schließlich hat er nur gesagt, daß sie heute abend anwesend sein würden.«

Mike nickte und zog sich das Hemd über. »Wir werden schon herausfinden, was da vorgeht.«

»Kann sein.« Sie reichte ihm die Hose. »Mike, weißt du, wie ein Interferenz-Test abläuft?«

»Sicher. Aber ich selbst habe noch nie einen gemacht.«

»Ich schon. Laß uns heute abend einen durchführen. Du mußt Mantilla für mindestens eine halbe Stunde mit Beschlag belegen. Währenddessen werde ich Wernher Eckart und Cesar Famares dem Test unterziehen. Wenn tatsächlich ein größerer Eingriff stattgefunden hat, wird der Interferenz-Test es belegen.« Sie erhob sich. »Dominic Mantilla wird in zwanzig Minuten zurückkommen. Ich mache mich lieber fertig. Noch etwas, Mike. Mantilla ist wirklich scharf auf mich. Er wollte mir vorhin schon an die Wäsche, und er wird es heute abend sicher wieder versuchen. Ich bin auf dieser Mission zwar die Seniorpartnerin, aber ich weiß nicht genau, wie ich mich verhalten soll. Was rätst du mir?«

Ihr Ton war absolut geschäftsmäßig. Mike blieb auf dem Bett sitzen und ignorierte die Hose. Eigentlich sollte der Seniorpartner eines Händler-Teams sein ganzes Wissen an den Junior-Partner weitergeben. Mike hatte das unangenehme Gefühl, daß Melly jetzt schon mehr wußte, als er *jemals* lernen würde.

Sein nächster Gedanke indessen hatte mit der Mission nichts zu tun. War Mellys Desinteresse an ihm als Mann und ihre Faszination bezüglich Dominic Mantilla eine Funktion ihres Auftrags – oder war es reine Biologie?

Das ließ sich leicht eruieren: wenn Mike seinerseits

Interesse an Melly signalisierte. Prinzipiell einfach – aber er fürchtete sich vor den möglichen Konsequenzen.

Er kleidete sich schnell an, wobei er der Verhandlung jetzt mit Freude entgegensah. Sie würde zwar hart werden, war aber ein sicheres Heilmittel gegen Nabelschau und Selbstzweifel.

Jeder schwierigen Verhandlung lagen die gleichen Strukturen zugrunde, aber niemand vermochte einem Trainee zu erklären, wie sie sich manifestierten. Man mußte es einfach *erfahren*. Es war eine Interaktion der Verhandlungspartner im wirklichen Leben, fast ein formaler und ausgefeilter Tanz, ein Geflecht aus Vormarsch und Rückzug bei jedem einzelnen Verhandlungspunkt, wobei sich jedoch per saldo eine Progression ergeben mußte. Und dann mußte man noch ein Gespür dafür haben, wie weit der Prozeß bereits gediehen war.

Die Verhandlung mit Dominic Mantilla lief durchweg schlecht, ohne daß Mike sagen konnte, woran es lag. Das übliche Prozedere lief auch hier ab, wobei auf der einen Seite die Chipponesen bereit waren, für die Verankerung einer Bohnenranke in den Äquatorialanden zu zahlen, und auf der anderen Seite Gegenvorschläge des Vereinigten Reichs vorlagen; außerdem ging es um die Abtretung der Souveränität eines kleinen Gebiets des Vereinigten Reichs.

Aber die ganze Angelegenheit hatte keinen Biß. Dominic Mantilla schien der ganze Vorgang zu langweilen, und er war zu unglaublichen Konzessionen bereit, ohne auch nur annähernd ein Äquivalent dafür zu bekommen. Irritiert verfolgte Mike die Gespräche zwischen Melly und Mantilla. Sie schlug sich zwar wacker, aber das war keine Geschäftsverhandlung! Vielmehr glich die Sache einer Auseinandersetzung mit einem kleinen Kind, das diese Auseinandersetzung überhaupt nicht wollte.

»Das gefällt mir nicht«, flüsterte er Melly zu, als sie die erste Gelegenheit nutzten, den Raum für ein paar Minuten zu verlassen. »Er gibt bei jedem Punkt nach – als ob es ihm egal wäre, worauf er sich einläßt.«

»Vielleicht reagiert er nur so, weil die Chipponesen seine früheren Konditionen abgelehnt haben?«

Mike schüttelte den Kopf. Er betrachtete die Angelegenheit nicht nur unter dem Aspekt der Logik. Was auch immer Dominic Mantilla war, er war kein Unterhändler und würde auch nie einer werden. Wie hatte er also Eckart überreden können, die an die Adresse der Chipponesen gerichteten haarsträubenden Konditionen zu vertreten?

»Er hat überhaupt nichts dazugelernt. Und glaube mir, Melly, wir dürfen ihm keinen Zentimeter weit über den Weg trauen.«

»Aber anscheinend vertraut er den Chipponesen um so mehr.« Es klang, als ob sie Mantilla in Schutz nehmen wollte – vielleicht, weil er sich ihr gegenüber höchst galant verhielt und ihr in jedem Punkt beipflichtete.

»Vertrauen! Er vertraut *ihnen* nicht mehr, als ich *ihm* vertraue. Melly, wie kommst du nur auf diese Idee?«

»Er hat es gesagt! Als ihr über die Vertragsdauer diskutiert habt. Wie er sagte, vertraut er darauf, daß die Chipponesen nichts vorschlagen würden, was den hohen ethischen Ansprüchen ihres Reichs zuwiderliefe. Hast du ihm denn nicht zugehört?«

Mike starrte sie ungläubig an. »Um Gottes willen, Melly, hast du denn kein Gespür für *Sarkasmus*? Er hat das doch überhaupt nicht ernst gemeint! Mantilla ist davon überzeugt, daß die Chipponesen genauso verschlagen sind wie er selbst, und das war seine Art, es zum Ausdruck zu bringen.«

Sie schaute ihn mit einem Ausdruck der Überraschung an, aber es blieb keine Zeit mehr, den Disput mit ihr fortzuführen. Die Pause war vorbei, und sie begaben sich zur zweiten Halbzeit der ersten Verhandlungsrunde wieder in den Konferenzraum.

Eine Verhandlung von solcher Bedeutung hätte normalerweise mehrere Tage dauern müssen. Mike hatte sich mental auf einen einwöchigen Aufenthalt in *Traumstadt* vorbereitet. Aber binnen einer Stunde war alles vorbei. Nicht nur die Eröffnungsphase – sondern die ganze Verhandlung! Perplex schaute Mike auf das unterzeichnete Abkommen. Dieser Vertrag war so unausgewogen formuliert – zugunsten der Chipponesen – wie die früheren Vorlagen zugunsten des Vereinigten Reichs. Das Gebiet, in dem die Bohnenranke verankert werden sollte, wurde praktisch gratis abgetreten, und zudem hatte Mike noch nie einen solchen Vertrag gesehen, der eine Aufhebung im Grunde unmöglich machte. Vielleicht war Melly als Unterhändlerin wirklich nicht von dieser Welt.

Und Mantilla schien erfreut! Er setzte ein strahlendes Lächeln auf und tätschelte Melly besitzergreifend die Hand.

»Morgen früh«, sagte er. Er wirkte wie ein großer, sehniger Wolf, in dessen Augen der kaum kontrollierte Trieb funkelte. »Morgen können Sie nach Hause zurückkehren, wenn Sie möchten. Aber heute abend feiern wir! Der Empfang wird in zwei Stunden beginnen. Ich hoffe, daß Sie sich prächtig amüsieren werden. Ich werde persönlich bei Ihnen erscheinen und mich geehrt fühlen, wenn ich Sie begleiten darf.« Er beugte sich zu Melly hinüber und drückte ihre Hand. »Und weil es für Sie, meine Liebe, der erste Besuch hier ist – aber sicherlich nicht der letzte –, ist es gut, daß Sie ein Dokument mit nach Hause nehmen, auf das Sie stolz sein können.«

Erneut schaute Mike auf den Text vor sich und verspürte ein tiefes Unbehagen. Das war kein Vertrag – es war ein Massaker. Aber wie sollte ein Händler erklären, daß das angebotene Geschäft einfach *zu gut* war? Keine

Dienstvorschrift – weder die formelle noch die informelle – trug einem solchen Vorkommnis Rechnung.

Als Mike den koketten Augenaufschlag sah, mit dem Melly Mantilla anhimmelte, kam er sich wie ein absoluter Außenseiter vor. Was, zum Teufel, ging hier vor?

Auf dem Empfang für Mike und Melly wurde jede Delikatesse des Vereinigten Reichs gereicht, die dem Gaumen schmeichelte, von pochierten Nandu-Eiern über Tapirfüße in Gelee bis zu Huanaco-Zungen in Aspik.

Mike stand am Rand der Halle und stocherte trübsinnig in einer Handvoll Anchovis-Kräckern herum, während der in einen eleganten roten und schwarzen Anzug mit farblich abgestimmtem Überzieher gewandete Dominic Mantilla mit Melly an den Gästen vorbeidefilierte. Sie schien sich großartig zu amüsieren, was Mike auch keinen Deut heiterer stimmte. Er war sehr nervös und hielt ständig Ausschau nach Wernher Eckart oder Cesar Famares. Würden sie überhaupt kommen? Würden sie ihm aus dem Weg gehen? Und wenn sie nur für ein paar Minuten erschienen?

In diesem Fall mußte er Mantilla irgendwie von Melly ablenken, damit diese den Interferenz-Test durchführen konnte.

Als sie schließlich erschienen, wurde Mike von ihrem Verhalten völlig überrascht. Sie hielten schnurstracks auf ihn zu.

»He.« Cesar grinste ihn an. »Ist schon 'ne ganze Weile her, nicht wahr? Ich möchte dich Wernher vorstellen.« Seine Umgangsformen waren noch immer so lässig wie damals im Ausbildungslager auf den Azoren, als sie sich täglich gesehen hatten.

»Freut mich, daß du es geschafft hast.« Eckart schüttelte Mike die Hand. »Wann bist du angekommen?«

Unter Drogen? Sie machten nicht den Eindruck, und zumindest Eckart schien sich bester Gesundheit zu erfreuen. Bei Cesar standen die Dinge jedoch anders. Wie

Mike und Melly mußte auch er vor dem Verlassen der Basis eine Spritze zur Anpassung an die große Höhe bekommen haben – sie befanden sich hier in einer Höhe von fast viertausendfünfhundert Metern. Aber manchmal versagten die Spritzen auch. Cesars pfeifende Stimme und die flache Atmung waren ein Indiz für eine sich verstärkende Lungenembolie. Die undeutliche Aussprache und der unsichere Gang wiesen auf schwere zerebrale Ödeme hin.

»Sind gerade erst seit heute nachmittag hier«, sagte Mike schließlich. Er überlegte, wie er den beiden möglichst unauffällig eine Detox-Dosis verabreichen konnte. »Wir werden noch ein paar Tage hierbleiben und dann wieder zurückfliegen.«

Eckart lachte und schaute Cesar vielsagend an. »Deine Worte höre ich wohl. Aber in ein paar Tagen wirst du das nicht mehr sagen. Wenn du dich erst einmal hier eingewöhnt hast, *willst* du überhaupt nicht mehr weg – nie mehr.«

»So wie ihr zwei?« Cesar nahm den Schluck *Testudo*-Schnaps, den Mike ihm reichte, und schüttete ihn hinunter. Er schnappte nach Luft, als die eisgekühlte Flüssigkeit ihre feurige Wirkung entfaltete, und ein Ausdruck ekstatischen Wohlbehagens erschien auf seinem Gesicht. Er blickte sich im Saal um. »Wundervoller Stoff. Wundervoller Ort. Wo sonst könnte man einen solchen Drink bekommen?«

Nur an wenigen Orten, Cesar, wenn du das meinst, dachte Mike. Die Detox-Formel war ein Händler-Geheimnis. Er wartete auf ein Anzeichen einer Verhaltensänderung. Nichts geschah. Cesar behielt sein Lächeln bei und blickte sich weiterhin mit dem Anschein völliger Zufriedenheit im Saal um. Ein Spritzer in Eckarts Glas erbrachte auch keinen Erfolg. Mike wartete noch zehn Minuten und versuchte dann, mit Melly am anderen Ende der großen Halle Blickkontakt aufzunehmen. Wegen der Körpergröße ihres Verehrers konnte sie leicht identifiziert werden. Mike schüttelte den Kopf in ihre Richtung. Drogen konnten ausgeschlossen werden. Jetzt war es Zeit für eine chirurgische Interferenz.

Melly brauchte eine Weile, bis sie mit Dominic Mantilla im Gefolge durch die Halle geschlendert war. Sein Gesicht war gerötet, er hatte die Hand auf ihren Arm gelegt, und sie standen dicht beieinander.

»Dominic und ich werden bald gehen«, sagte sie. »Aber ich habe ihn daran erinnert, daß er versprochen hatte, dir die Attraktionen von *Traumstadt* zu zeigen, und das wird er nun auch tun, bevor wir gehen. Bist du bereit?«

Mike nickte. Als er Mantilla aus der Haupthalle folgte, erinnerte er sich mit Unbehagen, daß er Mellys frühere Frage nicht beantwortet hatte: Sollte sie mit dem Mann ins Bett gehen?

Dazu mußte ein Vermerk in der Dienstvorschrift existieren: Gib einem Mann eine attraktive Partnerin, und er wird sich mehr mit ihr beschäftigen als mit der Mission.

Der Weg, den Dominic Mantilla nahm, führte eine steile Treppe hinunter, weg von der hell erleuchteten und überladenen Empfangshalle. Sie setzten den Abstieg fort, bis sie einen mit einem flauschigen Läufer ausgelegten, langen Korridor erreichten, dessen Wände mit schallabsorbierenden Kacheln verkleidet waren. Das laute Summen der Konversation wich einem unnatürlichen Wispern.

Mantilla blieb vor der ersten eines Dutzend Türen entlang des Korridors stehen. »Dieser Bereich untersteht meiner Kontrolle«, sagte er leise, »aber ich übernehme keine Gewähr für seine Funktionsfähigkeit. Sie sind Traditionalisten – wenn ich versuchte, auch nur ein Element dieses Arrangements zu verändern, würden sie sich anderweitig verlustieren.«

Mike schaute in einen trübe erhellten Raum mit einem Tisch, um den ein halbes Dutzend Stühle gruppiert war. Neben jedem Stuhl stand ein kleiner Servierwagen mit Tabak und Opiumpfeifen, Porzellankrügen mit Reiswein, silberne Tabletts mit fingerlangem Konfekt und Pralinen sowie Stapel roter und goldener Werbegeschenke. Die Spieler – vier Chipponesen und zwei Antarktiker – schauten nicht zu den Ankömmlingen in der Tür auf. Räucherstäbchen parfümierten die Luft, und Rauchwolken nebelten die angespannt dasitzenden Spieler ein. Das einzige Geräusch im Raum wurde von den auf die dunkelgrün bezogene Tischplatte fallenden Spielkarten verursacht.

Mantilla trat von der Tür zurück und schritt weiter den Korridor entlang. »Dieser Raum und elf weitere mit identischer Einrichtung sind den aktivsten Spielern vorbehalten. Wußten Sie schon, daß über drei Prozent der globalen Kapitalströme durch das Kartenspiel bewegt werden?«

Er klang gelangweilt. Als sie an eine Biegung des Gangs gelangten, kam Mike zu dem Schluß, daß Dominic Mantilla selbst sicher kein Spieler war. Er hatte nicht einmal einen Anflug von Interesse an dem Kartenspiel erkennen lassen, obwohl die auf dem Tisch liegenden Einsätze enorm waren. Das war ein weiteres Indiz, wenn auch von zweifelhaftem Wert. Die Händler waren schließlich auch keine Spieler.

Er folgte Mantilla durch einen sich stetig verdunkelnden Korridor, bis sie schließlich vor einer massiven schwarzen Holztür stehenblieben. »Noch etwas für die Traditionalisten.« Mantilla stieß die Tür auf. »Voll eingerichtet.«

Der Raum war leer und wurde von flackernden Fackeln an den Wänden düster beleuchtet. Mike erkannte nur die Hälfte des Inventars, aber das war schon genug.

»Das wird doch nicht etwa *benutzt?*«

Mantilla schaute ihn mit hochgezogenen Augenbrauen an. »Mein verehrter Gast, wir sind eine profitorientierte Organisation. Glauben Sie denn, wir würden eine solche Einrichtung betreiben, wenn keine entsprechende Nachfrage bestünde?« In seiner Stimme schwang leise Ironie mit. »Wir stellen die klassischen Instrumente bereit, und im letzten Monat war jedes Séparée ausgebucht. Wenn ich auch nur eines schließen würde, verlöre ich einen Teil meiner Klientel. Es handelt sich nämlich um anspruchsvolle Leute, die sowohl auf der Ausrüstung als auch dem Ambiente bestehen.«

Er schritt durch den Raum. »Die Streckbank gehört natürlich zur Standardausrüstung; ebenso das Kohlenbecken und die glühende Zange. Weiterhin die Daumenschrauben, der Spanische Stiefel und ein Ofen zur Bleischmelze. Aber einige der anderen Utensilien sind vielleicht weniger bekannt. Dies hier ist der Papageienbalken, an dem man an Daumen und Fingern aufgehängt wird; und das ist die *mala mansio* – die Kleine Entspannung. Wir haben einen Stammkunden, der sich gleich zehn Tage en bloc hier einzwängen läßt. Und dann gibt es noch die Presse mit Fünfzig-Pfund-Gewichten sowie den *strappado*; außerdem die heißen Platten der *lamina*, die Fußketten und die Widerhaken der *ungulae*. Die Eiserne Jungfrau ist jedoch nur Dekoration, denn sie wäre ohne Zweifel tödlich. Aber auch hierfür haben wir Anfragen. Wenn es Ihnen wie mir zusagen sollte, die Geräte in der praktischen Anwendung zu sehen, könnte ich das arrangieren. Der Spanische Stiefel ist dabei noch am spektakulärsten.«

Mike sagte nichts; er dachte sich nur seinen Teil. Er wandte den Blick ab und folgte Mantilla durch das Folterkabinett in den nächsten Korridor.

Im nächsten Raum befanden sich zwei Leute, die sich an einem grauen Schrank gegenüberstanden. Zum einen handelte es sich um eine *Strine*-Matrone, die in einer Lederkluft steckte und ein Zeremonienschwert mitführte, zum anderen um eine Bürgermeisterin aus der Großen Republik mit Gesichtsbemalung und Federschmuck. Beide trugen einen Kopfaufsatz, der ihnen bis auf die Nase reichte. Sie schwitzten so heftig, daß ihnen die Schweißtropfen über das Gesicht und den Hals liefen. Die Seiten des Schranks wurden intervallartig von komplexen Mustern überzogen.

»Wissen Sie, was das ist?«

Mike nickte. Er hatte die Liste der Attraktionen des Vereinigten Reichs studiert. Die *Strine*-Matrone und die Yankee-Frau führten in einem Spiel um Leben oder Tod einen globalen Krieg. Auf ihren Befehl schwärmten Armeen und Flotten und mit Raketen bestückte Geschwader über die ganze Welt aus, die detailgetreu vom Hauptrechner von *Traumstadt* simuliert wurden. Der Einsatz umfaßte zwar deutlich weniger als die ganze Welt, war aber dennoch ziemlich substantiell. Die Kosten für die Nutzung der maximalen Rechnerkapazität, mit Ton, Bild und taktilen Inputs, waren so hoch, daß nur die Superreichen sich dieses Spiel leisten konnten. Mike schätzte, daß das Budget bei diesem Kriegsspiel wahrscheinlich dem Wert der Jahresproduktion eines *Strine*land-Biolabors entsprach.

»Haben Sie das konzipiert?« fragte er Mantilla.

Sein Begleiter schüttelte den Kopf. »Ehrlich gesagt, finde ich es langweilig. Warum sollte man die Eroberung der Welt simulieren, wenn sie auf eine wirkliche Eroberung wartet? Wenden wir uns also interessanteren Betätigungen zu.«

Kurz darauf betraten sie eine Galerie mit Blick auf einen kubischen Raum mit einer Kantenlänge von wenigstens dreißig Metern. Er war mit einem Gewirr aus transparenten Tunnels sowie auf- und absteigenden Rampen angefüllt, die so ineinander verschachtelt waren, daß man bei oberflächlicher Betrachtung nicht wußte, wie man von einer Seite des Raums zur anderen gelangen sollte.

Der große Raum war leer. Mike sah Dominic Mantilla fragend an. *»Kontrapunkt«*, erklärte Mantilla leise. Sein

Gesicht verriet Anspannung. »Gleich werden Sie etwas Außergewöhnliches sehen. Passen Sie auf. Jetzt geht es los.«

Aus einer von einem Dutzend über die gegenüberliegende Wand verteilten Türen war eine schwarze Katze mit weißen Pfoten aufgetaucht. Zögernd machte sie ein halbes Dutzend Schritte und blieb dann stehen. Einen Moment später machte die Katze einen Luftsprung und bewegte sich weiter vorwärts.

»Ein kleiner Stromschlag in die Pfoten«, sagte Mantilla. »Nicht gefährlich, aber ausreichend, um das Tier zum Weitergehen zu bewegen. Bei *Kontrapunkt* geht es darum, ein Ihnen zugewiesenes Tier – einen Bauern – durch das Labyrinth zu schicken. Wenn es dann die gegenüberliegende Wand erreicht hat, muß es durch eine der gegnerischen Türen gehen. Der erste Spieler, dem das gelingt, hat gewonnen, und das Spiel ist aus. Jeder Spieler verfügt über zehn Bauern und mehrere Verteidigungslinien. Passen Sie auf, was nun geschieht.«

Die Katze drückte mit der Nase eine Schwingtür auf und betrat eine mit leichter Steigung aufwärts führende Rampe. Auf der anderen Seite des Raums war eine zweite Katze freigelassen worden, die sich jetzt auf derselben Ebene weiterbewegte. Wenig später stellten die beiden Tiere Sichtkontakt her. Beide verharrten zunächst und liefen dann vorsichtig aufeinander zu, um sich gegenseitig zu beschnuppern. Als dieser Vorgang abgeschlossen war, setzten sie ihren Weg fort.

»Jedes wirklich gute Spiel verfügt über zwei Elemente.« Mantilla ging in die Hocke und betrachtete die Katzen mit sichtlichem Wohlgefallen. »Es muß eine Kombination aus Glück und Geschicklichkeit darstellen. Ohne diese beiden Aspekte wäre ein Spiel langweilig. Das Element der Geschicklichkeit manifestiert sich bei *Kontrapunkt* darin, wie der Spieler die Bauern freisetzt und dirigiert, Pfade öffnet und schließt und die Tiere dazu motiviert, sie auch zu benutzen. Jeder Spieler hat zehn Bauern, deren Spezies von Spiel zu Spiel variieren kann. Ein guter Spieler dirigiert problemlos alle zehn. Aber es gehört natürlich auch Glück dazu. Manche Dinge können nicht vorherbestimmt werden. Werden zwei aufeinandertreffende Bauern sich zurückziehen, werden sie miteinander kämpfen oder werden sie einfach aneinander vorbeigehen? Niemand weiß das. Deshalb müssen die Spieler eine multiple Strategie entwickeln.«

Während er diese Erläuterungen gab, hatte sich eine zweite Tür geöffnet. Diesmal kam etwas anderes zum Vorschein, eine vertraut aussehende pummelige Gestalt. Schlurfend bewegte sie sich ein paar Schritte, sog Luft in die Nüstern und schaute dann zur anderen Seite der Kammer.

Mike wirbelte herum und sah Mantilla an. »Das ist ein Cappy! Es ist Benjy.«

»Nicht mehr«, erwiderte Mantilla beiläufig. »Es ist zwar ein Capybara, aber er ist nicht mehr genmodifiziert. Wie Sie sehen, ist er nicht mehr blind, und er verfügt über kein Bewußtsein. Benjy war nicht effizient, und zudem hat er sich zweimal meinen Befehlen widersetzt. Deshalb sah ich mich leider veranlaßt, ihn zu ... degradieren.«

Inzwischen war ein dritter Bauer erschienen, diesmal eine weiße Katze, und anstatt zögerlich über die Laufstege zu tapsen, rannte sie auf direktem Wege durch den Raum. Die beiden auf der anderen Seite aufgetauchten neuen Bauern hielten es nicht für nötig, sie abzufangen. Sie hetzte eine spiralförmige Rampe hinauf, dann über eine brückenförmige Kreuzung. In weniger als einer halben Minute befand das Tier sich nur noch zehn Meter von den Türen in der Zielwand entfernt und lief schnurstracks auf eine davon zu.

»Letzte Verteidigungslinie«, sagte Mantilla heftig. »Er muß es tun, oder er hat verloren.«

Noch während dieser Worte wurde die Kammer von

einer knisternden elektrischen Entladung und einem grellen blauen Flammenbogen erfüllt. Die Katze machte einen Satz und schlug heftig an die Decke der Rampe, dann stieß sie einen lauten Schrei aus und brach mit steifen Gliedern zusammen. Das Fell an ihren Flanken stand in Flammen.

Mantilla nickte befriedigt. »Gerade noch rechtzeitig. Dieser Mann hat schon einmal gespielt. Die Hochspannung wird nur dann aktiviert, wenn es gar keine andere Möglichkeit mehr gibt – und man kann sie insgesamt nur viermal einsetzen. Und die wahren Genießer machen davon nach Möglichkeit überhaupt keinen Gebrauch.«

In der Kammer unter ihnen war der Capybara zitternd zu Boden gesunken und starrte mit vor Schreck geweiteten Augen auf den schwelenden Körper der Katze.

»Schauen Sie ihn sich an«, sagte Mike. »Er weiß Bescheid!«

Dominic Mantilla lachte. »Ich weiß, daß es scheinbar so ist, aber es stimmt nicht. Der Lärm hat ihn erschreckt, und vielleicht riecht er auch das versengte Fell, aber er hat keine Ahnung, was geschehen ist. Sie werden sehen, in einer Minute bewegt er sich wieder. Und wenn er nicht aufpaßt, wird er noch auf dieselbe Art enden.« Er blickte Mike überrascht an. »Stimmt etwas nicht? Möchten Sie das Spiel nicht bis zum Ende verfolgen? Es ist doch spannend. Ich habe es selbst erfunden.«

Mike schüttelte den Kopf. »Ich muß zurück zu Melly.«

Schnell trat er von der Galerie zurück. Mantilla folgte ihm zögernd. »Eine Attraktion möchte ich Ihnen noch zeigen«, sagte er. »Dann gehen wir zurück. Diesmal ist es nichts für Spieler. Sondern für den Sportsmann, der sonst schon alles ausprobiert hat.«

Unvermittelt traten sie aus den unterirdischen Spielhallen an die Oberfläche. Mike spürte einen eisigen

Windhauch im Gesicht und folgte Dominic Mantilla in totale Finsternis. Als seine Augen sich angepaßt hatten, erkannte er, daß sie auf einer offenen Plattform standen, die aus einer Klippe hervorragte.

»Passen Sie auf, wo Sie hintreten. Der Berg fällt hier fast senkrecht ab, und es gibt kein Geländer.« Mantilla schritt zügig aus. »Hier wird zum *Glissando* gestartet.«

Die Rutschbahn schien ins Unendliche abzufallen. Sie hatte einen Durchmesser von etwa fünfzehn Metern und verjüngte sich perspektivisch zu einem Halbzylinder mit einer Innenwand aus poliertem Eis. Auf der Plattform vor Mike befanden sich ein halbes Dutzend aerodynamischer Schlitten für ein beziehungsweise zwei Personen.

Mantilla legte Mike die Hand auf die Schulter und lotste ihn näher an die Kante heran. »Die Bahn erweitert sich mit abnehmender Entfernung zum Ozean – dadurch wird es schwieriger, die Schlitten durch die elektromagnetischen Bremsringe zu steuern. Und im Flachland besteht die Rutschbahn natürlich aus Trockeneis. Aber darüber hat sich noch niemand beschwert… und auch sonst über nichts. Es ist der perfekte Nervenkitzel für Leute, die sonst schon alles erlebt haben. Ein Fall über eine Distanz von über vier Kilometern, eine Höchstgeschwindigkeit von beinahe fünfhundert Kilometern pro Stunde, und beim kleinsten Fahrfehler lauert der sichere Tod. Absolute Hochspannung. Bisher hat nur einer das Rennen zweimal gemacht.«

»Ich vermute, daß er dann genug gehabt hat?«

»Weiß ich nicht. Beim zweiten Lauf hat er die Bremsringe verfehlt. *Bumm!*« Mantilla stieß ein brüllendes Gelächter aus. »Möchten Sie es auch einmal versuchen?«

Mike zog sich von der Kante zurück. Mantilla mußte wahnsinnig sein. Er schüttelte den Kopf. »Ich habe keine Lust, schon den Löffel abzugeben, danke.« Und wenn es mich doch einmal überkommen sollte, werde ich mir sicher etwas anderes einfallen lassen.

Er wandte sich um, und ohne auf Dominic Mantilla zu warten, marschierte er entschlossen in den Ballsaal zu Melly zurück.

Er wußte schon die Antwort auf seine dringlichste Frage, bevor Melly auch nur ein Wort gesagt hatte. Als sie ihn sah, schüttelte sie den Kopf.

»Leichte Anzeichen einer physiologischen Veränderung, aber auch nicht annähernd ausreichend für die Verhaltensmuster, die Eckart und Cesar an den Tag legen. Wenn wir nur eine komplette Computertomographie machen könnten!«

»Vergiß es. Ich bin sicher, daß die Ausrüstung vorhanden ist, aber Mantilla würde es nie genehmigen. Noch etwas?«

»Ja. Cesar stirbt – an Höhenkrankheit. Wenn wir ihn nicht von hier fortbringen, hat er keine Woche mehr zu leben. Aber er selbst scheint sich überhaupt keine Sorgen zu machen. Ich konnte ihn nicht einmal dazu bewegen, sich einzugestehen, daß es ihm schlecht geht, obwohl es ihm sogar schwerfallen muß, sich nur zu erheben. Was hast du zu berichten?«

Mike gab ihr eine kurze Zusammenfassung seiner Besichtigung der Attraktionen von *Traumstadt*. Aber er mußte sich beeilen, denn Dominic Mantilla betrat gerade die Festhalle. »Bleib heute nacht nicht bei ihm«, sagte er noch, wobei er sich fragte, ob dieser Mahnung nicht vielleicht ein persönliches Interesse zugrunde lag, und dann stieß der Herrscher über *Traumstadt* auch schon zu ihnen.

Mantilla befand sich in bester Laune, gab sich galant gegenüber Melly und wohlwollend – fast väterlich – gegenüber Mike. »Es hätte noch viel mehr Sehenswürdigkeiten gegeben«, sagte er. »Warum haben Sie die Besichtigungstour abgebrochen? Wollten Sie vielleicht zu Melinda zurück, was natürlich jeder Mann von Geschmack getan hätte?« Er wandte sich Melly zu. »Und

Sie, meine Liebe, haben leider keinen Eindruck von unseren mannigfaltigen Vergnügungsstätten erhalten. Würden Sie mir erlauben, Sie Ihnen zu zeigen? Sie sind natürlich nicht mit dem Vergnügen Ihrer Gesellschaft zu vergleichen, und niemand dort ist so schön und charmant wie Sie, aber vielleicht finden Sie es ja ganz unterhaltsam. Sollen wir?«

Er streckte die Hand aus. Mike blickte düster drein, wogegen Melly verzückt schien. Sie hakte sich bei ihm ein, nickte Mike zu und ließ sich von Mantilla über das Parkett führen. Sie verschwanden zusammen in einem Durchgang am anderen Ende des Saales. Mike blieb bis nach Mitternacht vor Ort, aber weder Melly noch Dominic Mantilla kehrten zurück. Schließlich suchte Mike ihr Quartier auf. Melly war nicht in ihrer Suite.

Mike ging in sein Schlafzimmer und legte sich hin. Er hatte prophylaktisch eine Detox-Pille geschluckt, fühlte sich aber kein bißchen müde. Jetzt war die Zeit, wo ein Händler sich sammelte und die Gesamtstrategie der Mission vervollständigte. In diesem Fall paßte jedoch nichts. Der erste Auftrag war im Prinzip ausgeführt; sie hatten einen Vertrag mit den Chipponesen abgeschlossen, der für sie zudem unglaublich vorteilhaft ausgefallen war. Dominic Mantilla, Repräsentant des Vereinigten Reiches, war als Unterhändler noch unbedarfter als ein Händler-Trainee am ersten Tag. Seine Fachgebiete waren Unterhaltung und Folter, und sicher war er ein Sadist.

Seine Gedanken kehrten wieder zu Melly zurück. Hatte sie von Mantilla etwas zu befürchten? Sie hätte eigentlich genug Erfahrung mit Männern haben müssen; Mike konnte nur hoffen, daß sie wußte, was sie tat.

Ihr zweiter Auftrag war ebenfalls im Rahmen des Möglichen ausgeführt worden. Es war offensichtlich, daß Eckart und Cesar den Händler-Eid nicht unter der Folter gebrochen hatten, und sie wurden auch nicht gegen ihren Willen in *Traumstadt* festgehalten – es gefiel ihnen hier, obwohl Cesar mit dem Leben dafür bezahlte. Mike und Melly mußten Cesar irgendwie von hier wegbringen.

Es gefällt ihnen hier. Dieser Gedanke schlich sich immer wieder in Mikes Kopf. Er hielt ihn am Rande seines Bewußtseins, während er von neuem über Dominic Mantilla nachdachte. Lord Dominic, Prinz des Schmerzes …

Gerade kristallisierte sich ein Bild heraus, als Mike ein leises Geräusch wie ein Speien von der Zimmerwand vernahm und einen kurzen, fürchterlichen Kopfschmerz verspürte. Ruckartig setzte er sich auf.

Der Schmerz verging so schnell, wie er gekommen war. Er ließ sich wieder auf das Bett fallen und brach in ein lautes und zufriedenes Gelächter aus. Alles war gut – sogar noch besser, es war einfach wunderbar. Er ließ die Ereignisse seit ihrer Ankunft Revue passieren und gelangte zu dem Schluß, daß er mit allem absolut zufrieden war. Morgen würden sie das Abkommen zwischen den Chipponesen und dem Vereinigten Reich einer Revision unterziehen und die erforderlichen Änderungen durchführen, und dann würden sie feiern. Er freute sich schon jetzt auf die Feier.

Er fuhr mit den Fingern über das Bettlaken. Das Tuch fühlte sich kühl an, sinnlich, behaglich. Es weckte in ihm das Verlangen, darauf einzuschlafen und sich von ihm umschmeicheln zu lassen. Der Gedanke an einen langen, erholsamen Schlaf erfüllte ihn mit Zufriedenheit – mit *Spannung*.

Er hatte fast zwei Stunden dagelegen, noch immer wach, aber restlos glücklich, als Melly in den Raum stürzte.

»Mike!« Sie setzte sich auf das Bett und packte seinen Arm. »Mike, ich glaubte, dir wäre etwas Schreckliches zugestoßen. Geht es dir gut?«

»Noch viel besser. Ich fühle mich einfach *wunderbar*.« Er setzte sich auf und nahm sie in den Arm. »Melly, komm her und leg dich zu mir. Laß uns ficken. Du wirst es nicht bereuen.«

Sie hatte sich an ihn geschmiegt, aber anstatt sich hinzulegen, fuhr sie ihm über den Kopf, untersuchte ihn gründlich und betastete vorsichtig die Schädeldecke. Sie schien genau zu wissen, wo sie suchen mußte. Mike legte sich selig zurück. Sie hatte eine Wunde entdeckt, aber alles war wundervoll.

Und dann zerrte sie plötzlich an ihm und schüttelte ihn. Er schlug die Augen auf. »Melly? Hör nicht auf. Mach weiter.«

Sie brachte ihn in eine sitzende Position. »Mike, steh auf – *sofort!*«

»Warum?«

»Ich habe Cesar dabei. Wir müssen verschwinden. Wir müssen Eckart noch eine Weile sich selbst überlassen, aber es geht ihm gut. Hörst du mich, Mike?« Sie schüttelte ihn. »Wir müssen gehen!«

Melly entwickelte eine erstaunliche Kraft. Sie richtete Mike auf. Jede Berührung – sogar das Durchschütteln – empfand er als überaus angenehm. Mike schloß die Augen. »Gehen? Ich werde nicht gehen – nicht jetzt und auch später nicht. Überhaupt nicht. Komm ins Bett, Melly. Wir sollten *Traumstadt* nicht verlassen, es ist der einzige Ort völliger Glückseligkeit. Komm. Leg dich hin. Mach die Beine breit. Ich halt's nicht mehr aus. Fühl mal. Ich muß dich ficken.«

Er legte die Arme um sie und versuchte sie aufs Bett zu ziehen. Zuerst sträubte sie sich, und dann streichelte sie ihm die Wange. »Bleib einen Moment ganz ruhig liegen, Mike. Dann komme ich zurück und lege mich zu dir. Denke daran, unternimm nichts, solange ich weg bin!«

Dann war sie verschwunden. Mike legte sich wieder hin, wobei ihm glückliche Gedanken im Kopf herumschwirrten. Er genoß das Gefühl seiner Erektion. Melly würde in ein paar Minuten zurück sein. Dann würden sie es miteinander machen. Und wenn sie nicht zurückkam, wäre es auch gut. Alles würde gut sein.

Sogar als sie wiederkam und ihn an Armen und Beinen fesselte, fühlte er sich nicht in seinem Wohlbefinden beeinträchtigt. Die engen Fesseln waren wie erotische Berührungen seiner Handgelenke und Knöchel, und der feste Knebel in seinem Mund kam ihm vor wie ein Kuß von Melly. Lächelnd schaute er zu ihr auf, als sie ihn aus dem Bett hievte und aus dem Raum zerrte.

»Keinen Laut!« Ihre Stimme war ein Flüstern. »Dominic Mantilla kann jeden Moment in meiner Suite auftauchen. Entspanne dich und laß dich von mir führen.«

Sie eilte mit ihm den Korridor entlang, wobei sein Gewicht sie anscheinend nicht belastete. Sie betraten eine abwärts führende, spiralförmige Rampe. Mike, dessen Kopf an ihrer Brust ruhte, konnte wegen des Knebels nicht sprechen. Er sog den Duft ihres Parfums ein und blickte sie lächelnd an. Als sie um eine Ecke des Gangs bogen und von einer eisigen Brise umfächelt wurden, genoß Mike ihren kühlen Hauch.

Die Lichter von *Traumstadt* verschwanden, und Mike schaute zu einem sternenübersäten Himmel empor. Sie waren auf der hölzernen Veranda herausgekommen, der Startplattform von *Glissando*. Ein Zweier-Bob wartete bereits in Startposition am Anfang der Eisbahn. Als Melly weiterging und Mike in dem aerodynamischen Schlitten verstaute, erstrahlte plötzlich die Beleuchtung der Plattform in gleißender Helligkeit.

»Halt.« Die tiefe Baßstimme, die dieses Kommando gegeben hatte, war Melly nur zu vertraut. Sie drehte sich nicht einmal um. Sie gurtete Mike hinten im Schlitten an und wuchtete die Metallhülle auf die Kufen. Als Mike den Kopf hob, sah er, daß der Vordersitz des Schlittens bereits von Cesar Famares belegt war.

Der Schlitten kippte nach vorne weg. Mit keiner anderen Emotion als schierem Vergnügen registrierte Mike, daß sie direkt über der Kante einer glitzernden

Eiswand hingen. Sie fiel vor ihnen abgrundtief ab und beschrieb im weiteren Verlauf eine leichte Linkskurve.

Von hinten ertönten schnelle Schritte, schwere Lederstiefel, die auf der hölzernen Plattform dröhnten. Melly, die sich noch immer in gebückter Haltung befand, um Mike anzugurten, wurde an der Schulter gepackt. Als Dominic Mantilla sie vom Schlitten wegzog, ließ sie sich nach hinten fallen. Sie kam vor seinen Knien zu liegen, drehte sich um und packte seine Schenkel. Als er einen Schritt nach vorne machte, um nicht vornüber zu kippen, setzte sie den Griff höher an seinem Körper an und übte eine Hebelwirkung auf ihn aus. Melly und Dominic Mantilla stürzten zusammen auf den Metallschlitten.

Der Aufprall der beiden Körper reichte aus, den Schlitten weiter in Richtung der Eisrampe zu schieben. Eine Sekunde schwebte die ganze Gruppe über der Kante und kippte dann nach unten weg.

Mantilla schrie auf, als der Schlitten sich in Bewegung setzte. Er ließ von Melly ab und versuchte vergeblich, sich an der Kante der Plattform festzuhalten. Es gelang ihm zwar, kurze Zeit mit den Fingerspitzen Halt zu finden, aber dann zog das Gewicht von Melly, die noch immer seine Beine umklammerte und die Füße unter die Metallhülle des Schlittens gehakt hatte, ihn doch hinab. Er verlor den Halt und stürzte schreiend ab. Als der Schlitten schließlich auf dem eisigen Abhang Fahrt aufnahm, war Mantilla ein paar Meter vor ihm und rutschte auf dem Rücken liegend ab.

Er versuchte sich umzudrehen und grub die Fingernägel in das glitzernde Eis. Es war zwecklos. Er beschleunigte schnell und rutschte über eine Distanz von dreißig Metern ab, wobei er immer wieder vergeblich versuchte, sich an der Wand der Eisbahn festzuhalten.

Der Schlitten schoß hinterher. Nach nicht einmal einer Sekunde stürzten sie fast vertikal ab. Mike und Cesar steckten hilflos im Schlitten, während Melly sich über ihnen flach auf die offene Hülle preßte.

Die Eisbahn war derart steil, daß die Fahrt beinahe einem freien Fall glich. Mike hatte ein Gefühl der Schwerelosigkeit im Magen und war außer sich vor Freude. Furcht verspürte er nicht. Es war Ekstase, ein Gefühl, das intensiver war als alles, was er in seinem bisherigen Leben erfahren hatte, so gut, daß er diese Empfindungen kaum auszuhalten vermochte. Verzückt sah er zu, wie Melly den Schlitten steuerte und ihn auf einer gedachten Mittellinie die Bahn hinabschießen ließ, wobei der Fahrtwind an ihrem Körper zerrte. Sie fand fast keine Deckung in der schützenden Metallhülle. Er sah das hinter ihr flatternde Haar und befand, daß er noch nie etwas so Schönes gesehen hatte.

Dann überholten sie Dominic Mantilla. Sein Körper bot der Luft höheren Widerstand als der stromlinienförmig geformte Schlitten, und zudem konnte er im Gegensatz zu Melly seinen Kurs nicht kontrollieren. Aber er schrie nicht mehr und hatte sich zumindest drehen können, so daß sein Gesicht nun nach oben wies. Melly wich zur Wand der Eisbahn aus und bugsierte den Schlitten an ihm vorbei, als er einen langen, in Schwarz gekleideten Arm ausstreckte und an der Flanke der Hülle Halt fand. Mike sah, wie die funkelnden, dunklen Augen sich auf sie richteten, und dann kam der Schlitten unter Mantillas Zug langsam ins Schwanken.

Melly hämmerte mit beiden Fäusten auf Mantillas blutige Fingerspitzen, aber er ließ nicht locker. Er stieß ein schnarrendes, triumphierendes Lachen aus.

Er drehte sich und wollte sich gerade näher an den Schlitten heranziehen, als die erste enge Kurve der abschüssigen Bahn des *Glissando* vor ihnen auftauchte. Sie fuhren nun in einen Abschnitt ein, wo der Eiskanal eine fast sechzig Grad betragende Linkskurve beschrieb. Die Zentrifugalkraft bewegte den Schlitten und Dominic Mantilla von der Mittellinie weg und trieb sie nach oben in die rechte Wand der Rutschbahn.

Mantilla war außen. Melly ließ von dem Versuch ab,

seine um die Kante gekrallte Hand zu lösen, und beugte sich erneut über die Steuerung des Schlittens. Sie lenkte ihn die gekrümmte Eiswand hinauf, wobei sie Mantilla an deren oberen Abschluß drängte.

Dieser erkannte die Gefahr und unternahm einen letzten Versuch, sich in den Schlitten zu ziehen. Aber zu spät. Die Kufen des stromlinienförmigen Schlittens tangierten fast die Oberkante der Eisbahn und schoben Mantillas Beine und Rumpf über den Rand. Einen Augenblick hing er dort, und weil er sich noch an den Schlitten klammerte, wurde er ein Stück horizontal mitgezogen. Dann gewann die Zentrifugalkraft die Überhand. Mit einem Schrei der Verzweiflung verlor er den Halt und flog in das unterhalb der *Glissando*-Bahn liegende Gewirr aus Fels und Eis.

Mike hatte den Vorgang mit höchstem Amüsement verfolgt. Noch nie hatte er sich auch nur annähernd so vergnügt. Verzückt starrte er auf Mantillas Körper und lachte, als er sich drehte und davonwirbelte, um eine senkrechte Felswand hinabzustürzen. Als Melly die Kontrolle über den schlingernden Schlitten zurückerlangte und ihn in den sicheren Mittelabschnitt der Bahn manövrierte, hätte er ihr am liebsten applaudiert.

Und dann, nach ein paar Kilometern, hörte es auf.

Mike spürte, daß die Hochstimmung wie Blut aus seinem Körper strömte. Er fror plötzlich, spürte Schmerzen und Angst sowie ein unerträgliches Gefühl des Verlusts. Gleichzeitig stieß Cesar vor ihm ein langes, schmerzvolles Stöhnen aus. Anstatt unbekümmert eine aufregende Vergnügungsfahrt zu unternehmen, rasten sie nun dem sicheren Tod entgegen. Wenn sie den Endpunkt ihre Abfahrt erreicht hatten, würden sie mit vernichtender Wucht auf der Meeresoberfläche aufschlagen ... wenn es Melly nicht gelang, den mit einer Person überladenen Schlitten zu kontrollieren. Mike versuchte, die Fesseln abzustreifen und sich so weit aufzurichten, daß er sehen konnte, was sie tat. »Melly!« keuchte er.

Sie drehte den Kopf und sagte nur: »Nicht bewegen. Du veränderst sonst den Schwerpunkt.« Und dann widmete sie sich wieder der Steuerung und manövrierte sie präzise die Mittellinie der *Glissando*-Bahn hinab.

Nach fünf Minuten schoben sich die Fluten des Pazifik ins Blickfeld. Der Schlitten bewegte sich nun mit einer Geschwindigkeit von fast dreihundertfünfzig Kilometern pro Stunde. Direkt vor ihnen, in Fahrtrichtung, erhoben sich wie Bullaugen die Bremsringe. Bevor Mike es noch registrierte, waren sie schon durch den ersten hindurchgeschossen.

Das Magnetfeld fing den Metallschlitten ein, riß ihn zurück und verringerte so seine Geschwindigkeit. Mike und Cesar, die sicher im Schlitten festgegurtet waren, unterlagen ebenfalls dieser Verzögerung. Melly jedoch befand sich außerhalb des Metallkörpers. Mike mußte hilflos mit ansehen, wie sie vom Schlitten gerissen wurde und mit unverminderter Geschwindigkeit auf den grauen Pazifik zuraste.

Das knallende Geräusch, das der Aufprall verursachte, war so laut, daß es selbst noch bis zu ihnen drang. Mike sah ihren zermalmten Körper und schloß die Augen. Bei dieser Geschwindigkeit war das Wasser so hart wie Beton.

Als der Schlitten am Ende der *Glissando*-Bahn zum Stehen kam, versuchte er nicht, sich zu befreien. Nur das Geräusch des einfliegenden Händler-Rettungsflugzeuges veranlaßte ihn, sich seiner Fesseln und seines Knebels zu entledigen. Dann half er Cesar, sich zu befreien. Sie umarmten sich und standen in gemeinsamem Leid am Strand.

Traumstadt war verloren ... Aber was noch schlimmer war: Melly war tot.

Beide Männer weinten hemmungslos, als sie an Bord des Händler-Flugzeuges genommen wurden und die Maschine in den Tiefflug ging, um Mellys zerschmetterten Körper zu bergen. Die Injektion, die sie in Bewußtlosigkeit versinken ließ, brachte die lange ersehnte Erlösung vom seelischen Schmerz.

Ein Kater – der schlimmste überhaupt. Der Schmerz im Schädel war einfach zu stark, um wahr zu sein.

Mike hob die Hand und versuchte, sie an den Kopf zu führen. Anstelle von Haar stieß er auf einen Verband.

»Nimm deine verdammten Hände weg!« befahl eine strenge Stimme. *»Und warte eine Minute.«*

Mike identifizierte Jack Lesters Stimme. Kurz darauf spürte er einen heftigen Stich im Oberschenkel, und die Kopfschmerzen verschwanden. Er öffnete die Augen.

Er lag in einem Krankenhausbett. Über ihm hing ein großer blinder Monitor. Cesar Famares lag mit ebenfalls bandagiertem Kopf im Bett neben ihm. Er war noch bewußtlos. Ein Medoroboter kümmerte sich um die beiden Männer.

»Willst du die Greaser-Version der Ereignisse sehen?« fragte Lester. *»Daddy-O, präsentiere ihm die Nachrichten aus dem Vereinigten Reich.«*

Der Bildschirm füllte sich mit Text, den Daddy-O mit sanfter Stimme gleichzeitig vorlas. *»Bei einem bedauerlichen Unfall, der sich gestern abend nach einem offiziellen Empfang ereignete, sind der Hochland-Koordinator Dominic Mantilla und drei zu Besuch weilende Händler ums Leben gekommen. Der Leichnam von Mantilla ist geborgen worden, aber die toten Händler sind noch nicht gefunden worden. Der Hochland-Koordinator und seine Gäste waren mit der Ausarbeitung eines wichtigen Handelsabkommens befaßt …«*

Vor seinem geistigen Auge sah Mike erneut den durch die Luft wirbelnden Körper von Dominic Mantilla, den zu Tal schießenden Schlitten und den verhängnisvollen Aufprall von Melly auf dem Wasser. Er und Cesar hatten nur deswegen überlebt, weil sie sich geopfert hatte.

»Hier ist der Party-Service, Mike«, sagte Lester launig.

»Es war ein Unfall. Komm schon, Kleiner. Was macht dein Kopf?«

»Besser.« Mike faßte sich an die verweinten Augen. »Was ist mit mir passiert?«

»In deinem Gehirn steckte eine Platinnadel. Sie ist direkt durch die Schädeldecke geschossen worden. Dieser Vorgang ist ganz einfach, aber dafür ist es um so schwieriger, sie wieder zu entfernen. Du wirst noch ein paar Tage Kopfschmerzen haben. Das gilt auch für Cesar. Was, zum Teufel, haben sie mit dir angestellt?«

»Das waren Dominic Mantillas Leute.«

»Sie haben dich gefoltert? He, da haben wir uns ja einiges zu erzählen.«

»Sie haben es raffinierter angestellt.« Mike versuchte, dieses unglaubliche Wohlgefühl zu rekonstruieren, das ihn noch vor wenigen Stunden durchdrungen hatte. »Er wußte genau, was er tat. Wenn es nach mir gegangen wäre, hätte ich *Traumstadt* nie wieder verlassen.«

Er setzte sich mühsam auf. »›Darling‹, wir müssen all die anderen Händler warnen. Wir sind immer so konditioniert worden, daß wir unter der Folter nicht zusammenbrachen ...«

»... und es hat auch funktioniert.«

»In der Regel. Aber Dominic Mantilla lehrte mich etwas Neues, worauf ich bei entsprechender Intelligenz jedoch auch von selbst hätte kommen können, ohne die Azoren zu verlassen. Aber ich mußte es wohl vor Ort lernen. Er wurde zwar ›Prinz des Schmerzes‹ genannt, aber sein Auftrag im Vereinigten Reich bestand darin, für *Vergnügen* zu sorgen.«

»Du hast recht. Das klingt widersprüchlich.«

»Aber das ist es nicht! Du müßtest einmal die Anlagen sehen, die er in *Traumstadt* errichtet hat. Sie *dienen* alle dem Vergnügen, aber bei manchen Einrichtungen ist das mit Schmerzen verbunden. Früher habe ich das nie so gesehen, aber es existiert keine Trennlinie zwischen Schmerz und Vergnügen. Sie gehen ineinander über. Deshalb mußte er uns auch nicht mit *Schmerzen* brechen – darauf waren wir ja alle vorbereitet. Er überhäufte uns nur mit so vielen Vergnügungen, daß Dinge wie der Händler-Eid nicht mehr wichtig waren. Das Bild war fast vollständig, als er mir die Nadel in den Kopf jagte und mich ins Feld schickte. Und danach war ich viel zu euphorisch, um überhaupt noch klar zu denken. Ich bin sicher, wenn wir noch länger dort geblieben wären, hätte ich den Vertrag mit den Chipponesen in jede von Mantilla gewünschte Fassung gebracht.«

»Er muß sich seiner Sache unglaublich sicher gewesen sein, wenn er so vorgegangen ist und die erste Version unterzeichnet hat.« Jack Lester schniefte mit seiner halb restaurierten Nase. *»Wir haben uns diesen Vertrag durchgelesen; er ist ja eine richtige Schenkungsurkunde. Daddy-O hat bereits einen Anruf von den Burschen im Vereinigten Reich erhalten; sie versuchen nun, sich da wieder herauszuwinden.«*

»Mantilla war davon überzeugt, daß er mich im Sack hatte. Und das wirklich Raffinierte ist der begrenzte Radius des Stimulationsfeldes. Wer sich aus *Traumstadt* entfernt und das Feld verläßt, wird aus eigenem Antrieb kehrtmachen und zurückeilen – er würde nämlich den Lustentzug nicht aushalten. Wenn Melly uns nicht verschnürt hätte oder wenn es Mantilla gelungen wäre, auch ihr die Nadel in den Kopf zu schießen …«

Dann trat ein langes Schweigen ein, bis Jack Lester schließlich sagte: *»Du bist am Zug, Daddy-O. Ich mache das nicht.«*

Die synthetische Computerstimme artikulierte einen Laut, der als Seufzer interpretiert werden konnte. *»Sehr gut. Ich werde das übernehmen. Mike, deine Vermutung ist falsch. Melinda Turak wurde tatsächlich eine Nadel in den Kopf geschossen, und zwar zeitgleich mit dir. Das war auch der Grund, weshalb sie zu dir gekommen ist; sie wollte sich überzeugen, daß sie mit dir dasselbe gemacht hatten.«*

»Aber das ist doch lächerlich! Sie hat die Führung

übernommen und eine vollständige Rettungsaktion durchgeführt. Wie hätte sie das tun können, wenn …«

»Hör jetzt gut zu, Mike. Vor vier Monaten war Melinda an einer Rettungsaktion eines Händler-Sondereinsatzkommandos beteiligt. Es traten unerwartete Probleme auf, wobei unser Fahrzeug angegriffen wurde. Melinda führte einen Scheinangriff, um vom Rest der Truppe abzulenken. Dabei wurde sie jedoch verwundet. Sie erlitt eine schwere Kopfverletzung und wurde beim Eintreffen auf der Basis für hirntot erklärt. Ihr Körper war jedoch nicht in Mitleidenschaft gezogen worden. Also wurden ihr im Rahmen eines Experimentes ein molekularer Prozessor und Speicher implantiert und Daten aus meinen Datenbänken überspielt. Ich hatte den erforderlichen Mikrocode bereitgestellt, damit sie als Händler funktionieren und entsprechend auftreten konnte. Aber dadurch war die neue Melinda Turak natürlich völlig immun gegen solche Stimuli, wie sie von Dominic Mantillas Nadel verabreicht wurden. Und darüber hinaus konnte die neue Melly auch nicht ›sterben‹, was dich so mitgenommen hat – Prozessor und Speicher waren intakt, als der zerschmetterte Körper aus dem Wasser geborgen wurde.«

Der Zentralrechner der Händler verstummte und verschaffte sich über die optischen Sensoren einen Eindruck von der Szenerie. Mike schaute mit ausdruckslosem Gesicht nach oben.

»Stimmt etwas nicht?« fragte Daddy-O. »Fällt es dir schwer, das als Tatsache zu akzeptieren?«

Mellys anfängliche Unwissenheit bezüglich des informellen Handbuchs – und dann, binnen weniger Stunden, ihre völlige Vertrautheit damit; ihr Unvermögen, den von Dominic Mantilla praktizierten Sarkasmus zu durchschauen; der kühle, forschende Blick, mit dem sie alles musterte; ihre lückenlose Kenntnis der Briefing-Unterlagen …

Mike schüttelte den Kopf. »Nein. Ich akzeptiere deine Aussagen vorbehaltlos.« Er griff nach dem Monitor und schloß die Augen. »Ich muß jetzt schlafen.«

Er betätigte den Hauptschalter. Plötzlich waren Daddy-O und Jack Lester allein in der Leitung.

»Das ist natürlich ein großer Schock für ihn.« Daddy-O stellte zusätzliche Prozessorkapazität bereit. »Die Mission war ein großer Erfolg, was ihm sicher auch bewußt ist. Und er akzeptiert auch die Erklärung, anscheinend jedoch nicht ihre Implikationen. Was sagst du, wurden seine Reaktionen nun überwiegend von Trauer oder von Zorn dominiert?«

»Zorn natürlich, du dämliche Kiste!« Wütend schlug Jack Lester im Tank um sich. *»Du sitzt hier rum und hörst dir das alles an und weißt dann immer noch nicht, was du angerichtet hast! Ich dachte eigentlich, du hättest so etwas wie Verstand. Du hast wahrscheinlich unseren besten Nachwuchshändler versaut. Begreifst du denn nicht, was passiert ist, du Silikon-Riesenroß?«*

»Das vermag ich nicht. Wenn er sich nach Traumstadt mit ihren Vergnügungen zurücksehnt, ist das nur natürlich …«

»Mike pfeift auf Traumstadt. Er geht an Melly zugrunde. Begreifst du das denn nicht? Verdammt, wenn ich Beine hätte und du einen Arsch, würde ich rüberkommen und dir in ebenjenen treten. Sie war eine alte Freundin aus der Zeit im Trainingslager. Und noch schlimmer – er war gerade dabei, sich in sie zu verlieben.«

»Du meinst – eine romantische Verstrickung?«

»Ich meine Liebe, du Dumpfbacke. Liebe! Steck dir das hinter deine Josephson-Kontakte.«

»Liebe.« Dann herrschte wieder Schweigen. *»Ach ja. An Liebe hatte ich gar nicht gedacht. Es tut mir leid. Es war mein Fehler. Glaubst du denn, daß …«*

Aber Jack hatte die Verbindung mit Daddy-O bereits abgebrochen, wie vor ihm schon Mike.

In den nächsten fünf Sekunden investierte Daddy-O das Äquivalent einer Million Jahre menschlicher Gedankentätigkeit in das Thema ›Liebe‹. Ein Resultat stellte sich, wie üblich, jedoch nicht ein.

Und auch keine Überraschungen.

Natürlich waren Jack Lester und Mikal Asparian belogen worden; Daddy-O hatte Asparians emotionales Engagement bei Melinda Turak korrekt prognostiziert und war auch imstande gewesen, seine Reaktionen nach der Mission mit hoher Genauigkeit einzuschätzen. Es lag ein Fall von Täuschung vor, aber Täuschung war notwendig; genauso wie folgendes Paradoxon akzeptiert werden mußte: Logik mußte die Basis aller Aktionen darstellen, und in einem logischen Universum bestand kein Bedarf an Liebe; und doch, wenn Daddy-O's Meisterplan jemals verwirklicht werden sollte, würde Liebe eine essentielle Komponente bei der Realisierung dieses Konzepts darstellen.

Der Computer verharrte noch einige Sekunden länger bei seiner Innenansicht. *Geduld, Geduld*. Es gab Fortschritte. Mußte ein Computer seine Handlungen denn rechtfertigen? Sollte ein Computer Ungeduld zeigen? Der wirbelnde Reigen der Elektronen hatte keine Eile. Daddy-O erstellte eine Zusammenfassung und speicherte sie unter den verborgenen Verzeichnissen ab. Nervenstärke, Intelligenz, Bescheidenheit, Liebe, Schmerz – einer nach dem anderen wurden die Basisparameter von Mikal Asparians Persönlichkeit ausgewertet.

KAPITEL 11

Um Mitternacht herrschte Ruhe im Rehabilitationszentrum des Hospitals. Auf leisen Sohlen ging Lyle Connery in den unteren Trakt hinunter und schaltete das Licht in dem kleinen Raum aus.

»Können wir hier ungestört reden, Jack? Ich meine, Daddy-O hat doch überall Mikros installiert.«

»Ich habe das überprüft. Hier können wir nicht abgehört werden. Dieser Bereich wird von dem elektronischen Schwachkopf nicht überwacht. Aber, Junge, wenn du so besorgt bist, komm doch zu mir in den Tank. Ist reichlich Platz dort, und die Lebenserhaltungssysteme können statt einer genauso gut auch zwei Personen versorgen. Worüber machst du dir also noch Gedanken?«

Lyle Connery ging vor dem großen Tank in die Hocke und senkte die Stimme. »Wir haben Mike zerstört, darüber mache ich mir Gedanken. Und Daddy-O scheint das nicht im geringsten zu interessieren.«

»Geht es Mike nicht besser?«

»Es geht ihm schlechter. Ich war gerade bei ihm, bevor ich hierhergekommen bin. Er geht nicht mehr aus seinem Zimmer. Er bläst dort Trübsal und nimmt keine Notiz von den eingehenden Händler-Berichten – und du weißt ja, wie engagiert er früher immer war.«

Jack Lester stieß einen Pfiff aus. *»Steht es wirklich so schlimm? Früher hat er mich jeden Tag besucht und ist die Berichte mit mir durchgegangen. Er war besser über die Weltlage informiert als die Hälfte der Meister-Händler. Woran liegt es? Hat er noch immer medizinische Probleme?«*

»Keine körperlichen Beschwerden. In dieser Hinsicht können die Ärzte nichts mehr feststellen. Aber psychisch...« Connery schüttelte den Kopf, wobei er ganz vergaß, daß nur eine Audio-Schaltung zu Lester bestand. »Es ist natürlich Melinda. Er glaubt, *er* sei schuld an ihrem Tod – obwohl er gar nicht dabei war, als es geschah, und überhaupt erfuhr er erst Monate später davon. Ich wußte, daß wir ihn vor der *Traumstadt*-Mission ins Bild hätten setzen sollen, aber Daddy-O war dagegen. Er wollte nicht einmal zuhören.«

»Hältst du das auch für erste Anzeichen von Senilität? Bedenke, wie alt Daddy-O schon ist – Desirée Hofstadt und Magsman III haben ihn bereits vor über einem halben Jahrhundert konzipiert.«

»Daddy-O ist vielleicht noch älter...«

»Alt, praktisch eine verdammte Antiquität. Was geschieht mit alten Computern? Materialermüdung, schätze ich...«

»... aber das hilft Mike auch nicht weiter. Er braucht einen Tapetenwechsel. Wenn er weiter dort herumsitzt, kommt er gar nicht mehr aus dem Grübeln heraus und versinkt immer tiefer im Schlamassel.«

»Stimmt leider.« Jack versetzte der Wand des Tanks einen energischen Knuff. *»Teufel, Lyle, wenn es nur schon ein paar Monate später wäre. Dann wäre ich wieder draußen, und ich würde ihn nehmen und zusammen mit ihm die Sau rauslassen. Da gibt es nämlich die alte Mia Culpa, so süß wie Himbeersirup, und ich wette, daß sie sich unten in 'Tiago noch immer sehnsüchtig nach mir verzehrt. Sie könnte Mike wirklich etwas Gutes tun. Was für eine Frau! Und was für eine Verschwendung. He, kannst du nicht etwas mit Mike unternehmen, mit ihm irgendwohin fahren?«*

»Ich glaube nicht, daß er mit mir die Sau rauslassen würde. Du weißt doch, daß ich sein ehemaliger Ausbilder bin.«

»Nun, du mußt versuchen, ihn aus der Reserve zu locken. Du mußt *es tun. Es sei denn, du hättest eine bessere Idee.«*

»Ich habe eine.« Jack Lester und Lyle Connery gefror das Blut in den Adern bei der ruhigen Stimme in ihren Ohren. *»Eine viel bessere Idee. Du hast ganz recht, Lyle,*

Einsamkeit und Nichtstun werden Mikal Asparian nicht helfen. Ebensowenig triviale Vergnügungen. Was er braucht, ist eine größere Herausforderung. Eine Mission.«

»Du brauchst ein neues Gehirn, wenn du glaubst, daß ihm mit einer Mission geholfen wäre.« Jack hatte als erster die Fassung wiedererlangt. »Mit der gleichen Therapie wirst du ihn nicht heilen. Und was soll das überhaupt, du Matschbirne, Privatgespräche zu belauschen?«

»Ich versuche, wieder das aus Mikal Asparian zu machen, was er vor einem Vierteljahr war: ein funktionierender Händler.« Daddy-O's synthetische Stimme konnte keine Entrüstung simulieren. *»Ich stimme dir zu, Jack, daß keine gewöhnliche Mission diesen Zweck erfüllen wird.«*

»Was sollen wir also tun?«

»Wir müssen Asparian mit einer Mission betrauen, bei der die psychischen Anforderungen und Bedürfnisse einer anderen Person größer sind als seine eigenen. Ich habe auch schon einen Kandidaten. Also, Gentlemen, wenn ihr bereit seid …«

Mikes Konditionierung war zumindest noch soweit intakt, daß er einen direkten Befehl ausführte. Er hatte den langen spiralförmigen Aufgang von der Reha-Abteilung zum Ausbildungssektor bewältigt und saß nun allein in Lyle Connerys Büro. Der neben ihm stehende Bildschirm zeigte eine vergrößerte dreidimensionale Darstellung eines fliegenden Insekts mit einer Länge von einem Meter und der doppelten Flügelspannweite. Nach einem ersten flüchtigen Blick widmete Mike der Abbildung keine weitere Aufmerksamkeit mehr. Die nächsten zehn Minuten saß er nur da und starrte vor sich hin. Als die Tür zu seiner Linken sich öffnete, drehte er sich nicht einmal um.

Lyle Connery registrierte den starren Blick und fluchte innerlich. Der alte Mike hätte mit diesem Hologramm experimentiert, es rotieren lassen und das Insekt aus jedem Blickwinkel studiert.

»Hi, Mike.«

Ein knappes Nicken, mehr nicht. Connery nahm ihm gegenüber Platz. »Du bist die vorläufigen Briefing-Unterlagen bezüglich der Mission durchgegangen?«

»Ja.«

»Gut. Irgendwelche Fragen oder Anmerkungen?«

»Es ist eine Mission für zwei Personen. Ich möchte nie wieder mit einem *Partner* auf eine Mission geschickt werden.« Mike wich Connerys Blick aus und betrachtete die Tischplatte.

»Wir haben keine andere Wahl, Mike. Die Große Republik besteht auf zwei Verhandlungspartnern. Alles klar?«

Ein Schulterzucken. »Wenn du es sagst.«

»Das sage ich. Und wir haben auch schon einen Partner ausgewählt, einen, der über viel Erfahrung bei Verhandlungen mit den Yankees verfügt.« Und jetzt zum schwierigeren Teil, dachte Connery. Daddy-O, hoffentlich hast du keinen Fehler gemacht. »Du wirst mit einem alten Kollegen zusammenarbeiten – Jake Kallario.«

Mike schaute auf, und seit einem Vierteljahr sah Connery zum erstenmal wieder eine Gefühlsregung in seinem Gesicht. »*Nein*. Er wird niemals mit mir zusammenarbeiten.«

»Jake ist ein erstklassiger Händler. Er arbeitet mit jedem zusammen.«

»Das hat er dir vielleicht erzählt. Mich aber haßt er.«

»Du hast ihn doch seit über einem Jahr nicht gesehen.«

»Ich weiß, und er verbirgt es auch gut. Aber trotzdem kann er mich nicht leiden.«

»Die Menschen ändern sich. Und Jake hat sich verändert – sogar sehr verändert.« Connery schob eine Fotografie über den Tisch. »Schau ihn dir an.«

Mike sah zunächst nur flüchtig hin, aber dann ergriff er das Bild und musterte es gründlicher. Die Mundpartie war anders, und die Augen standen weiter auseinander. »Das soll Jake Kallario sein? Ich hätte ihn nicht wiedererkannt.«

»Er hat schwere Zeiten durchgemacht. Er hat plastische Chirurgie benötigt und ist vor nicht einmal drei Wochen aus der Klinik entlassen worden. Wie du weißt, ist Melly Turak vor wenigen Monaten bei einer SEK-Operation im westlichen Yankeeland ums Leben gekommen – aber wußtest du auch, wem sie das Leben gerettet hat?« Connery nahm Mike das Bild aus der Hand. »Er hat überlebt, und sie ist gestorben. Jake würde es nie zugeben, aber er fühlt sich für ihren Tod verantwortlich. Du wirst sicher merken, daß er nicht mehr derselbe ist wie früher.«

»Ich kann mit ihm nicht zusammenarbeiten.«

»Es tut mir leid, das zu hören. Jake ist nämlich schon auf dem Weg hierher. Er müßte jede Minute eintreffen.«

»Ich muß jetzt gehen.« Mike erhob sich.

»Du mußt bleiben.« Nun schwang wieder der Befehlston des Ausbildungsleiters in Connerys Stimme mit. »Händler Asparian, das ist ein Befehl. Sie und Kallario werden sich das Briefing für diese Mission gemeinsam anhören.«

»Jawohl, Sir.« Mike nahm wieder Platz und setzte die Inspektion der Tischplatte fort. Er saß reglos und stumm da, bis nach zwei Minuten Schritte im Korridor ertönten. Er drehte sich um. »Hallo, Jake. Wie geht es dir?«

»Mir geht es gut. Wie geht es dir?«

Connery zuckte zusammen. Die Stimmen klangen gleichermaßen reserviert, gleichermaßen emotionslos. Wenn Daddy-O wirklich geglaubt hatte, ein schlichtes Treffen würde zwischen beiden einen Funken überspringen lassen …

»Setzen, damit wir weitermachen können.« Connery schwenkte den Monitor so herum, daß beide Männer das Bild sehen konnten. »Ihr kennt das Primärziel der Mission. Ihr sollt zwischen den *Strines* und der Großen

Republik einen Vertrag über die Nutzung der *Strine*-Gentechnologie vermitteln. Ich sehe keine Probleme. Aufgrund der niedrigen Bevölkerungsdichte haben die Yankees Schwierigkeiten mit der Erschließung ihrer nördlichen Territorien; sie benötigen also mehr Menschen, und die *Strines* betrachten das Klonen von Menschen bereits als veraltete Technologie. Also haben beide Seiten Interesse an einem Abschluß. In zwei Tagen müßt ihr in Skeleton City sein und mit Martin Rainclouds Leuten verhandeln. Er ist der Bürgermeister und kontrolliert auch den ganzen Bezirk. Er gilt als ziemlich unberechenbar, aber ich bin sicher, daß ihr mit ihm zurechtkommen werdet. Mithin ist die zweite Agenda die eigentlich interessante. Händler Asparian, Sie haben sich länger mit dieser Abbildung befaßt als Kallario. Was sagen Sie dazu?«

Mike unterzog das Insekt auf dem Bildschirm einer ersten eingehenden Betrachtung. »Gibt es eine Skalierung?«

»Die Skalierung befindet sich am unteren Bildschirmrand. Der Vergrößerungsfaktor liegt bei eintausend. In Wirklichkeit ist das Insekt circa drei Millimeter lang.«

»Und dem Äußeren nach zu urteilen, ist es anorganisch.«

»Das ist es.«

»Und es hat Hubflügel. Es hat sich also jemand die Mühe gemacht, ein Fluggerät zu konstruieren, das kleiner ist als eine Stubenfliege.«

»Korrekt. Eine Vorstellung, warum?«

Jake Kallario beugte sich interessiert vor, wobei er Mike die Sicht verstellte, und musterte die Abbildung. »Aufklärung?«

»Verdammt richtig. Eine Wanze als ›Wanze‹.« Connery schaltete auf Ausschnittsvergrößerung, so daß die beiden die im Kopf integrierten Augen erkannten. »Hochvergütete Optik, Indiumantimonid-Detektoren, hochempfindliches Mikrofon. Diamantkristallgitter-Gehirn, nukleares Antriebssystem und eine Aufnahmekapazität von zweihundert Stunden. Das ganze Gerät ist ein Kunstwerk. Es ist ein Triumph der Technik.«

»Von den *Chills* hergestellt?« fragte Mike.

»Darauf hätte ich auch getippt. Aber anscheinend stammt es doch nicht von dort. Wir haben es auf verschlungenen Wegen in die Hände bekommen.« Er verstummte.

Zumindest Ansätze von Leben. Beide Männer schauten ihn erwartungsvoll an.

»Die Fliege ist ein Triumph der Hochtechnologie«, fuhr er fort. »Aber ihre Entdeckung war ein Triumph der *Primitiv*technologie. Sie klebte nämlich an einem Fliegenfänger in Rasool Ilungas Palast in *Krönungsstadt*. Sie muß durch Zufall dort gelandet sein und hatte nicht genug Leistung, sich wieder zu befreien. Ilunga hat sie selbst bemerkt – zu seinen Begabungen zählt nämlich auch die Entomologie. Sein erster Gedanke glich möglicherweise dem, was ich in dieser Situation auch vermutet hätte: dieses Gerät haben die Antarktiker hier plaziert, um uns auszuspionieren. Aber Rasool Ilunga ist ein trickreicher Mensch. Er befand, daß die Diamant-Fliege – diese Bezeichnung gab er ihr, *Musca Adamantis* – den Zehn Stämmen noch von großem Nutzen sein konnte, wenn er nur den richtigen Gebrauch von ihr machte. Also tat er das, was wohl die wenigsten getan hätten; er suchte die *Chills* am Südpol auf und setzte ihnen auseinander, daß er sich im Besitz der Fliege befände und sie ihnen für einen Gewinnanteil von zwanzig Prozent zurückgeben würde. Falls sie kein Interesse zeigten, so sein Kalkül, mußten sie ihm die Fliege selbst untergeschoben haben. Aber wenn sie sie nur *entwickelt* hatten, wären sie vielleicht bereit, sie für teures Geld wieder von ihm zurückzukaufen. Auf jeden Fall hatte er nichts zu verlieren. Nun, die *Chills* waren fasziniert. Sie stahlen die Fliege und untersuchten sie – und wurden darob schier verrückt. Das Gehirn der Fliege ist anscheinend so logisch konstruiert, daß seine Programmierung nicht schwierig ist. Die *Chills* bemühen sich, den Konstrukteur zu ermitteln, aber was sie wirklich verblüfft, ist die Tatsache, daß das Gehirn überhaupt produziert werden konnte. Nach ihrer Ansicht müssen die erforderlichen Präzisionswerkzeuge unglaublich winzig gewesen sein, und sie sind schließlich die Experten in diesem Fach. Wir sprechen dabei von der Manipulation einzelner Moleküle – oder sogar subatomarer Partikel. Das Werkzeug ist so winzig, daß die *Chills* sagen, die Produktion hätte unterhalb der ›molekularen Barriere‹ stattgefunden. Das bedeutet, daß die Fliege eigentlich nicht hätte produziert werden *können*, jedenfalls nicht mit den ihnen zur Verfügung stehenden oder vorstellbaren Werkzeugen. Aber sie *wurde* produziert. Widerspruch. Und dann, vor einigen Wochen, entdeckten die *Chills* eine weitere Diamant-Fliege, diesmal in ihrem eigenen Rathaussaal in Cap City. Und dann fanden sie noch zwei Exemplare. Von diesen vier Fliegen sind drei in unseren Besitz gelangt. Seht her.«

Connery nahm einen kleinen schwarzen Würfel vom Schreibtisch und schob die Oberseite zurück. Während die zwei anderen Männer den Hals reckten, holte er vorsichtig ein winziges blauschwarzes Objekt heraus und plazierte es vor ihnen auf dem Tisch.

»Es zeichnet jetzt auf. Die *Chills* haben uns gezeigt, wie man die Fliegen per Fernbedienung kontrolliert, als sie auf unser Hilfeersuchen zu uns kamen. Wir haben ein Abkommen mit ihnen getroffen – einen einmaligen Betrag für die Rechte und zehn Prozent Lizenzgebühren –, woraufhin Daddy-O und Max Dalzell sich an die Arbeit machten.«

Connery legte eine Kunstpause ein. Dieser letzte Halbsatz hatte, wie beabsichtigt, die Aufmerksamkeit der beiden erregt. Daddy-O's direkte Kooperation mit einem führenden Meister-Händler hatte einen außerordentlichen Synergieeffekt ergeben.

»Die beiden hatten die Konstrukteure der Fliege in wenigen Tagen ermittelt. Das Gehirn war von einer Frau namens Sabrina Vandermond angefertigt worden, einer Yankee. Das wissen wir mit Gewißheit, und die *Chills* bestätigen es nun auch. Aber wir wissen noch immer nicht, *wie*. Die *Chills* verfügen zwar über Werkzeugmaschinen, die fast auf der molekularen Ebene operieren, aber sie wären dennoch nicht in der Lage, das Gehirn der Fliege zu montieren. Und das treibt sie natürlich an den Rand des Wahnsinns.«

»Was wissen Sie von Vandermond?« fragte Jake. Sein restauriertes Gesicht ermöglichte kein allzu ausgeprägtes Mienenspiel, aber Connery glaubte, echtes Interesse in Jakes Stimme zu hören.

»Nicht viel.«

»Wie sollen wir dann eine Begegnung mit ihr arrangieren?«

»Das ist eines der kleinen Geheimnisse dieser Mission. Nennt es meinetwegen Agenda Drei. Ihr müßt sie gar nicht erst suchen – dem Vernehmen nach sucht sie euch nämlich schon. Wir wissen aber nicht, warum. Sie lebt in Skeleton City und ist Raincloud direkt unterstellt. Wir wollen Vandermond nichts antun, versteht ihr – nur ihr Wissen anzapfen.« Lyle Connery musterte die beiden aufmerksam. Es bestand kein Zweifel, sie hatten diesen nach innen gerichteten, brütenden Blick eines Händlers, der in Gedanken eine neue Mission durchspielt. In Asparians Augen waren sogar Anzeichen von Erregung zu erkennen.

Regel 85: Wenn du etwas verkauft hast, mach Schluß. Connery stand auf. »In euren Zimmern liegen weitere Briefing-Unterlagen. Morgen früh werdet ihr in die Große Republik aufbrechen.«

KAPITEL 12

Die Luftlinie in die Große Republik betrug etwa anderthalbtausend Kilometer – eine halbe Stunde in einem Überschallflugzeug der Händler. Aus bestimmten Gründen hatte Lyle Connery jedoch eine Schiffspassage zu einem Hafen der Republik arrangiert.

Connery wußte, daß eine Seereise mit viel Zeitaufwand verbunden war. Mike und Jake konnten sich unmöglich aus dem Weg gehen. Nach zwei Tagen auf dem vollbesetzten Schiff hatten sie sich halbwegs zusammengerauft. Sie vermieden solche Themen wie das Ausbildungslager, die Übungsmission im Dunklen Land oder Melinda Turak – besonders Melinda. Statt dessen tauschten sie Informationen über die aktuelle Mission und die Große Republik aus. Jake war besser informiert als Mike. Er hatte die Republik bereits viermal besucht und war dabei von der Arktis bis zur Grenze des Vereinigten Reichs gereist.

»Die Frage, ob sie einen Vertrag wollen«, sagte er, »stellt sich gar nicht erst. Sie *brauchen* die Clon-Technologie der *Strines*. Ihre Gesamtbevölkerung beträgt nur dreißig Millionen.«

»Das ist immerhin mehr als die *Strines*.«

»Ja. Aber die *Strine*-Bevölkerung war schon immer so groß. Die Infrastruktur der Yankees hingegen ist für die zehnfache Bevölkerung ausgelegt. Sie können wohl Lebensmittel in Hülle und Fülle produzieren – die Landwirtschaft wurde vor dem Notzonen-Krieg automatisiert – und Transportsysteme bereitstellen, aber sie können die Infrastruktur nicht instandhalten. Sie verfällt schon seit zwei Generationen. Wie dies hier.« Er deutete in Fahrtrichtung des Schiffes. Mike und Jake standen am Bug, tranken Cola-Tee und betrachteten die näherrückende Küste der Republik. »Ich bin diese Route schon zweimal gefahren. Und jedesmal hat die Skyline etwas zerklüfteter ausgesehen.«

Nun fuhr das Schiff an der Küste einer langen, schmalen Insel entlang und nahm Kurs auf den Flughafen, von dem aus die Händler nach Skeleton City fliegen würden. Vor ihnen ragten im rosigen Licht der untergehenden Sonne die dunklen Silhouetten Hunderter hoher Gebäude wie Finger in den westlichen Himmel.

»Beeindruckend, eh?« meinte Jake.

»Das ist es wohl.«

»Jetzt schau mal durch das Fernglas.«

Das kleine, von den *Chills* gefertigte Fernrohr holte die entfernte Skyline nahe heran. Anstatt Dutzender filigraner, nadelgleich gen Himmel strebender Türme erblickte Mike nun ein anderes Bild. Die großen Gebäude waren heruntergekommen und verfallen, die Fenster zerbrochen, und hinter den bröckelnden Fassaden lagen stählerne Träger frei. Sie grenzten sich nicht mehr voneinander ab. Vielmehr bildeten die Gebäude jetzt ein einziges Konglomerat, das sich in einem prekären Gleichgewicht aus Zug und Druck befand. Mike sah ein häßliches Gewirr aus Stahlträgern, die zwischen den oberen Etagen der Gebäude verliefen. Kabel hingen wie lange Kettenglieder zwischen Trägern und archimedischen Bögen. Die Wolkenkratzer wurden durch ein Gewirr aus Trägern, Kabeln und Bodenverankerungen in der Vertikalen gehalten. Die unteren Etagen der Gebäude waren mit Schmutz und Unrat übersät.

»Das ist also die Große Republik«, sagte Jake. »Ein großer Trümmerhaufen, der beim nächsten Sturm zusammenfällt. Und die Menschen wissen das auch. Rainclouds Machtstellung ist nicht unangefochten. Die Hälfte des Yankee-Haushalts wird von Rüstungsausgaben verschlungen. Mit den Waffen soll die Republik gegen eine äußere Aggression verteidigt werden, aber ich glaube nicht, daß er zögern würde, sie auch im Innern einzusetzen. Und ich würde es an seiner Stelle auch tun. Das Land ist nämlich schrecklich dekadent.«

Kallarios Gesicht war ausdruckslos, aber Mike schauderte bei dem zynischen Ton in seiner Stimme. Irgendwo auf dem Weg vom Trainee zum Händler waren Jakes Mitgefühl und Sympathie für andere Regionen abhanden gekommen. Durch das Fernrohr betrachtete Mike wieder das zerstörte Panorama vor ihnen, während das Schiff dunkle, verschmutzte Gewässer durchpflügte.

Als sie am nächsten Morgen an der Südküste der Insel anlegten, wartete bereits ein Flugzeug auf sie. Sie starteten sofort und flogen über dreitausend Kilometer ins Landesinnere.

Im Gegensatz zum Hafen war Skeleton City eine angenehme Überraschung. Der Zielort – der von den ersten Bewohnern den Namen Skylinetown erhalten hatte – befand sich auf der Ostseite der kontinentalen Wasserscheide und thronte wie eine filigrane Silberkrone auf dem Vorgebirge. Hohe, schlanke Gebäude ragten in den Himmel und erhoben sich bis zu sechshundert Metern über die Ebene. In Abständen von zwölf Metern wurden sie durch horizontale Stege miteinander verbunden. Jeder dieser glitzernden, schmalen und ungesicherten Stege war etwa hundert Meter lang und vielleicht einen halben Meter breit. Die Stege dienten gleichermaßen als strukturelle Versteifungen wie als Verbindungen zwischen den Gebäuden.

Es wehte eine steife Brise. Die dünnen Stege krümmten sich im Wind und bogen sich unter den diversen Lasten durch. Als der Luftgleiter an der Basis des höchsten Gebäudes landete, sah Mike hoch über sich winzige Menschen, die zwischen den Gebäuden entlangbalancierten.

Jake Kallario folgte seinem Blick. Er grinste Mike bösartig an. »Gefällt dir nicht, was? Gewöhnst dich besser dran. Sie leben seit der Stunde ihrer Geburt in diesen Höhen.«

»Aber sie wissen verdammt genau, daß wir nicht daran gewöhnt sind.«

»Ja. Das ist Teil ihrer Verhandlungsstrategie. Was glaubst du wohl, warum Raincloud Skeleton City als Stützpunkt gewählt hat?«

Mike schaute wieder nach oben. Eine der hoch über ihnen stehenden Gestalten stand direkt an der Kante des Steges und sah herab. Mike packte die hüfthohe Reling an der Treppe des Gleiters. »Mein Gott. Wir sollten versuchen, die Verhandlungen im Parterre zu führen.«

»Keine Chance.«

Als sie die Stufen des Gleiters hinabstiegen, wurden sie von einem kleinen, aus einem häßlichen alten Mann und einer schönen jungen Frau bestehenden Begrüßungskomitee erwartet, wobei beide die traditionelle Gesichtsbemalung und Federschmuck angelegt hatten.

Die Frau trat vor. »Ich bin Robin Songbird, Martin Rainclouds persönliche Assistentin ...«

Sie wurde vom Angstschrei einer Frau weit über ihnen unterbrochen. Während Mike und Jake auf Robin Songbird und ihren Begleiter schauten, wurde eine gefesselte Gestalt von zwei Männern auf einen Steg getragen. Bevor die Händler noch begriffen, was da vorging, war der Körper schon mit Schwung in die Luft geschleudert worden. Der Steg befand sich in einer Höhe von etwa hundertfünfzig Metern. Der Schrei brach erst ab, als die Frau auf den Platten des Gehwegs aufschlug.

Robin Songbird sah Mike und Jake an. »Ich bitte um Entschuldigung wegen der unglücklichen Zeitplanung. Diese Exekution hatte eigentlich schon früher stattfinden sollen. Ich kann mir die Verzögerung nicht erklären.« In ihrer Stimme schwang eine gewisse Verlegenheit mit. Ihr schönes Gesicht war jedoch ausdruckslos unter den Farbschichten.

»Welches Verbrechen hat sie denn begangen?« fragte Mike so beiläufig wie eben möglich.

»Verrat. Sie hat sich gegen das Wohlergehen der Großen Republik verschworen.«

»Ich verstehe.« Und die zeitliche Koinzidenz sollte ein *Zufall* gewesen sein? Der Vorgang schien vielmehr mit Absicht erfolgt zu sein, um die Händler aus dem Konzept zu bringen. Was Mike betraf, so war dieses Kalkül auch aufgegangen.

Der Mann bei Robin Songbird hatte bisher geschwiegen. Er war klein und runzlig, wobei sein linkes Bein unterhalb des Knies in einer Metallstütze auslief. Seine Bemalung war minimal und bestand lediglich aus einigen schlichten Strichen auf Wangen und Kinn. Er hatte die Hinrichtung mit der gleichen Gleichgültigkeit wie Robin Songbird verfolgt; nun trat er vor und schaute sie erwartungsvoll an.

»Und das ist Old-Billy Waters«, stellte sie ihn schließlich vor. »Stellvertretender Bürgermeister. Nach Martin Raincloud der Zweite in der Hierarchie.« Und ich hasse ihn dafür, tat sie unausgesprochen kund. »Er wird Ihr Verhandlungspartner sein.«

Old-Billy Waters nickte Jake und Mike zu. »Raincloud ist im Augenblick nicht abkömmlich; deshalb bringe ich Sie in Ihre Quartiere.« Er grinste wie ein kleiner, gutmütiger Affe. »Und weil Robin es noch nicht gesagt hat, darf ich es hiermit nachholen: Willkommen in Skeleton City! Mögen Sie Ihren Aufenthalt hier genießen.«

Hinter ihm wurde der zerschmetterte Körper der exekutierten Frau vom Gehweg gekratzt.

Die beiden Händler hatten sich schon auf der Überfahrt auf ihr Vorgehen in der Großen Republik verständigt. Während Mike ein Maximum an akustischer und optischer Präsenz in der Suite demonstrierte, führte Jake eine schnelle Inspektion durch. Nach zehn Minuten bedeutete er Mike, ihm ins Bad zu folgen, und drehte die Dusche voll auf.

»Mindestens eine Fliege im Schlafzimmer, oben in der Ecke an der Decke«, sagte er, wobei sein Mund gerade ein paar Zentimeter von Mikes Ohr entfernt war. »Und eine im Wohnbereich. Aber hier scheint nichts zu sein – es sei denn, sie ist so gut versteckt, daß ich sie nicht finde. Andere Sensoren werden von unseren Instrumenten nicht angezeigt.«

»Was schlägst du vor?«

»Lassen wir sie, wo sie sind. Falls sie sich so schnell bewegen, daß wir sie nicht mehr im Auge behalten, entwickeln wir einen anderen Plan.«

»Hört sich gut an.« Mike griff in die Tasche und brachte ein winziges schwarzes Kästchen zum Vorschein. »Und was ist damit? Wir sollten es dort plazieren, wo es uns am meisten nützt und wo sie es nicht finden.«

»In Rainclouds Privatquartier.« Jake Kallario streckte die Hand nach dem Kästchen mit der Fliege aus. »Hier. Gib es mir. Du lenkst ihre Aufmerksamkeit weiter auf dich, und ich verstecke sie derweil an einem Ort, den sie nie erraten werden.« Er drehte die Wasserhähne wieder zu. »Gehen wir. Old-Billy Waters will Raincloud nicht warten lassen.«

Der Bürgermeister hatte seinen Horst an der höchsten Stelle von Skeleton City errichtet. Mike und Jake wurden von Old-Billy Waters zu einem zentral gelegenen Gebäude geführt, einem eindrucksvollen Zylinder mit einer Höhe von fast sechshundert Metern. Er überragte all seine Nachbarn, ein einsamer Gipfel, der fünf Minuten früher als alle anderen Gebäude von Skeleton City vom Licht der Morgensonne angestrahlt wurde. Den Aufstieg bewältigten sie auf einer Rolltreppe, die sich in einer Spirale um das Gebäude wand. Bis zu einer Höhe von fast fünfhundert Metern wurde das Gebäude über Stege mit anderen Strukturen verbunden; darüber hinaus konnte Martin Raincloud nur über die Rolltreppe und das äußere Treppenhaus erreicht werden.

Bei ihrem Aufstieg verlor Mike die Orientierung. Sie standen scheinbar still, während die Welt sich nach unten schraubte. Er hielt sich so dicht wie möglich an die glatte Metallfassade des Gebäudes und drückte die Hände dagegen. Über vierhundertfünfzig Meter, wo die anderen Gebäude nicht mehr als Windfang dienten, nahm der Westwind plötzlich an Stärke zu. Er brach sich an ihnen, zerrte an der Kleidung und drängte sie auf den Abgrund zu. Mike schaute nur einmal nach unten. Die Menschen auf den Gehwegen hatten sich in winzige, insektengleiche Figuren verwandelt; aber nun befanden sie sich *unten* statt weit oben.

Ganz oben änderte sich die Architektur des Gebäudes. Auf den letzten dreißig Metern strebte es trichterförmig auseinander, mit glatten Wänden und ohne Rolltreppe. Es konnte nur noch über eine steile Wendeltreppe erreicht werden, die schutzlos dem Wind ausgesetzt war und eine Breite von höchstens sechzig Zentimetern hatte. Mit Old-Billy Waters an der Spitze erreichten Mike und Jake die oberste Etage. Das Dach selbst war flach und kreisförmig mit einem Durchmesser von zwölf Metern. Eine niedrige Traufe bildete den Abschluß, mit einem direkt darunter montierten Metallgeländer. Die freie Fläche des Dachs wurde von einem dort abgestellten Luftgleiter ausgefüllt.

»Für Rainclouds Privatgebrauch«, erläuterte Old-Billy. »Aber er benutzt ihn fast nie. Jeder, der etwas von ihm will, kommt zu ihm.«

Am Eingang zu Rainclouds Wohnbereich blieb er stehen und sah sich um. Er schien die Aussicht zu genießen. Jake Kallario befand sich direkt hinter ihm. Mike, der noch immer auf der obersten Stufe stand, preßte sich zähneknirschend an die Wand und wünschte sich, sie würden sich beeilen und endlich das Gebäude betreten.

»Ich habe die Große Republik von Küste zu Küste bereist«, erzählte Old-Billy schließlich. Dann trat er ein. »Aber die Luft und die Aussicht hier, auf dem Dach dieses Gebäudes, sind einzigartig.« Er sog die Luft in die Nase, schaute nach Westen und nickte bestätigend. »Von den Bergen her zieht ein Unwetter auf. Morgen wird es stürmisch und regnerisch.«

Das Gebäude erbebte, als ob es seine Worte verstanden hätte. Laßt mich hinein, und ihr könnt meinen Anteil an Luft und Aussicht auch noch abhaben, dachte Mike. Hastig betrat er nach den beiden anderen das Gebäude.

Sie befanden sich nun in einem großen, halbkreisförmigen Raum, der an der entgegengesetzten Seite von einer geraden Wand und einem verhängten Korridor abgeschlossen wurde. Überall waren Sofas und weiche Kissen verstreut. An den Wänden hingen Halterungen mit martialischen Schwertern, Messern und Tomahawks zwischen kunstvollen Wandgemälden. Im Gefolge von Old-Billy Waters gingen Mike und Jake langsam durch den Raum und betrachteten die Motive, die jeden Quadratzentimeter bedeckten.

Als sie wieder den Eingang erreichten, stupste Jake Mike an und nickte ihm zu. Mike schaute ihn an.

So schnell?

Jake blinzelte.

Der Mann war gut. Mike hatte sich in Jake Kallarios Gegenwart noch nie wohl gefühlt, aber er erkannte ein Talent, wenn er eines sah. Wo hatte er die Fliege plaziert? Mike streifte erneut durch den Raum. Er konnte nichts erkennen.

»Gefallen Ihnen die Wandmalereien?« fragte Old-Billy Waters. Er ging dicht hinter Mike. »Da wird Raincloud sich freuen. Er hat sie alle selbst gemalt. Er hat ein großes Faible für die Geschichte der Großen Republik.«

An jeder Wand tobten Schlachten zwischen halbnackten, bemalten Kriegern und in Fellen gehüllten Männern. Die Gemälde waren grell, blutrünstig und vermittelten den Eindruck archaischer Gewalt. Überall obsiegten die bemalten Männer. »Sie sind ... einzigartig«, sagte Mike.

»Trefflich gesprochen.« Old-Billy grinste. Sah Mike da einen Funken Humor in den Augen des kleinen Mannes aufblitzen – ein Indiz dafür, daß der Bürgermeister und sein Stellvertreter unterschiedliche Charaktere waren? Vielleicht war es doch möglich, hier Verhandlungen zu führen.

Bevor Mike noch etwas erwidern konnte, wurde der Vorhang am entgegengesetzten Ende des Raumes zurückgerissen. Raincloud stand dort, mit in die Hüfte gestemmten Armen. Old-Billy Waters nahm ruckartig Grundstellung ein.

Mit dem Äußeren des Bürgermeisters waren sie schon aus den Briefing-Unterlagen vertraut, eine gedrungene, watschelnde Gestalt mit einem Stiernacken und einem roten Kopf und einer Stirnglatze. Rainclouds Gesichtsbemalung akzentuierte die Knubbelnase, den schmalen Mund und die hohen Wangenknochen, und das ihm noch verbliebene Haar war lang, braun, fettig und im Nacken zusammengebunden. Die schwarzen Glupschaugen standen weit auseinander. Raincloud quittierte Old-Billy Waters' Vorstellung mit einem tiefen Grunzen. Er musterte Mike und Jake.

Mike erwiderte den Blick. In natura war der Bürgermeister sogar noch häßlicher als auf den Bildern.

»Händler.« Er spie das Wort aus wie einen Auswurf. »Haben den Rest der Welt als Geisel genommen. Aber eines Tages, eher als ihr glaubt, werdet ihr eure Macht einbüßen. Warum sollten wir euch als Unterhändler einsetzen, wenn ich selbst in der Lage bin, mit den *Strines* zu verhandeln?«

»Das steht in Ihrem Ermessen«, entgegnete Jake Kallario mit ruhiger Stimme. Keiner der beiden Händler hatte bisher mit Martin Raincloud zu tun gehabt, aber auf der Basis von Jakes Erfahrungen in der Großen Republik waren sie zu dem Schluß gekommen, daß er hier das Sagen hatte. »Ich bin sicher, daß Sie recht haben; Sie sind *in der Lage*, selbst mit den *Strines* zu verhandeln.« Aber wir beide wissen, so schwang unausgesprochen in diesem Satz mit, daß sie nie mit jemandem verhandeln würden, der kein Händler war.

Anstelle einer Antwort wandte Raincloud sich um und zog sich wieder hinter den Vorhang zurück. Auf Old-Billy Waters' Aufforderung hin folgten Mike und Jake Kallario ihm. Sie betraten einen kleineren Raum, im Grunde kaum mehr als eine lange, dunkle Kammer. An einer Wand verlief eine akkurate Reihe von Monitoren. Unter den Bildschirmen befand sich eine große Schalttafel.

Martin Raincloud hatte bereits vor der Konsole Platz genommen. »Macht! Das ist Macht!« Seine Stimmung hatte sich deutlich gebessert. Nun bearbeitete er mit einem glucksenden Lachen die Tastatur und zauberte eine schnelle Abfolge von Darstellungen auf die Bildschirme.

»Atomraketen!« Die Monitore zeigten einen Schwenk über eine Ebene, die mit grauen und silbernen Raketen vollgestellt war. »Laserkanonen!« Auf Rainclouds Ausruf hin wurden Batterien von langen Rohren gen Himmel gerichtet. »Ha, ha! Raketenabwehr! Punktverteidigung!« Der Blick von Mike und Jake fiel auf Tausende Schnellfeuergeschütze, die bereitstanden, einen Geschoßhagel zum Horizont zu jagen.

»Undurchdringlich, unzerstörbar, unbesiegbar!« Raincloud wirbelte auf dem Stuhl herum und grinste exaltiert. »Wir sind unbesiegbar. Jede dieser Waffen untersteht meiner Kontrolle und ist feuerbereit. Wenn ihr wieder zu Hause seid, berichtet das den Händlern – und sie sollen es der ganzen Welt verkünden! Die Große Republik ist die mächtigste Region der Welt. Und wir sind die rechtmäßigen Herren der Welt!«

Regel 77: Laß dich nicht auf Diskussionen mit Irren ein – du kannst nicht gewinnen.

Mike und Jake warteten ab, und der Ausbruch legte sich so schnell, wie er begonnen hatte. Raincloud lehnte sich auf dem Stuhl zurück und lächelte selig. »Sehr gut«, meinte er dann. »Jetzt ist es Zeit für meine Gesangsstunde mit Robin Songbird. Brauchen Sie noch irgend etwas, bevor die Verhandlungen beginnen? Wenn ja, sagen Sie es mir bitte, und Waters wird sich darum kümmern.«

Mike nickte Jake zu.

Jake begriff, was er wollte. »Im Augenblick benötigen wir nichts. Wir hatten eine lange Reise, und jetzt würden wir uns gern ein paar Stunden erholen. Könnten wir uns vielleicht ein wenig in Skeleton City umsehen und heute nachmittag mit den Verhandlungen beginnen?«

Raincloud schaute Old-Billy Waters an. Der Stellvertreter nickte. »Sicherlich. Wie Sie wünschen. Ich stehe zur Verfügung.« Er wandte sich den Händlern zu. »Kommen Sie. Ich bringe Sie nach unten.«

Der Aufstieg war schon schlimm gewesen. Der Abstieg gestaltete sich indessen noch schlimmer. Vorher hatte Mike sich am oben verlaufenden Steg orientiert. Nun war er gezwungen, nach unten zu blicken. Er hing mitten in der Luft und schwebte über einem sechshundert Meter tiefen Abgrund, wobei er nur durch das fragile Geländer der Treppe gesichert wurde. Sie bog sich unter seinen Füßen. Durch die Gitterstruktur konnte er ganz weit nach unten schauen, auf die stecknadelkopfgroßen Menschen und Fahrzeuge hinab. Von allen Seiten zerrten unberechenbare Windböen an ihm und drängten ihn zum Rand ab.

Mike legte eine Pause ein, schmiegte sich an das Gebäude und preßte die Hände an die Wand. Seine Füße waren wie festgewurzelt.

»He.« Jake war direkt hinter ihm. »Beweg dich. Ich will nicht den ganzen Tag hier verbringen.«

Unter dem Eindruck der Umgebung ließ Jake seine wirkliche Einstellung gegenüber Mike durchscheinen.

Mike zwang sich dazu, an der Wand entlangzurutschen und fixierte dabei den Rücken von Old-Billy Waters. Wenn der Yankee die Abneigung und Verachtung in Kallarios Stimme registriert hatte, ignorierte er es. Er ging vor ihnen her, wobei seine Beinprothese auf den Metallstufen klapperte. »Lassen Sie sich von dem, was Sie dort oben von Raincloud gehört haben, nicht allzusehr aus der Ruhe bringen«, sagte er und sah Mike und Jake beim Weitergehen über die Schulter an. Mike konnte den Anblick kaum ertragen. »Der Bürgermeister schwingt zwar starke Reden, aber er bellt mehr, als daß er beißt.«

Wollte der Mann sich selbst Mut machen?

»Auch, wenn es um die Waffen geht?« fragte Jake.

»Äh – nun, das ist vielleicht eine Ausnahme. Die Waffen, die er Ihnen gezeigt hat, sind sein Trumpf – sie könnten uns alle bis nach *Chippoland* blasen. Ehrlich gesagt, ich fürchte mich vor ihnen zu Tode.« Old-Billy Waters betrat die Rolltreppe, wobei er den Blick noch immer auf die beiden anderen gerichtet hatte. Sein rechter Fuß befand sich höchstens fünf Zentimeter vom über fünfhundert Meter tiefen Abgrund entfernt. »Aber ich bete, daß wir sie nie einsetzen – Raincloud spielt gern mit den Computern, aber Gott sei Dank kennt er nur die wenigsten Befehle.« Er schaute sich um und sah dann wieder Mike und Jake an. Seine Stimme wurde zu einem Flüstern. »Hier draußen kann ich das sagen, wo nur der Wind zuhört, aber erwarten Sie nicht von mir, daß ich das später wiederhole. Raincloud ist nicht ganz richtig im Kopf, und es wird immer schlimmer mit ihm. Das ist Ihnen doch auch aufgefallen, als wir oben waren, nicht wahr?«

War das vielleicht eine raffinierte Intrige, die von Martin Raincloud inszeniert worden war? Mike hielt das eher für unwahrscheinlich. Offensichtlich war Raincloud Old-Billy genauso unheimlich wie Mike. Aber konnte man denn mit Waters zusammenarbeiten? »Sie teilen also nicht seine Ansichten bezüglich der Händler?«

»Ich hasse sie nicht, wenn Sie das meinen. Überhaupt nicht. Raincloud verabscheut die Händler; wenn es nach ihm ginge, würde er euch alle töten.«

»Und er macht auch kein Hehl daraus«, sagte Jake. »Warum in aller Welt hat er uns dann aber einreisen lassen?«

»Weiß der Geier.« Waters rieb sich die leberfleckige Glatze. »Vor einem Vierteljahr fluchte er fürchterlich über die Händler. Er hatte sogar Schaum vor dem Mund. Wir hätten sie zum letztenmal gesehen, sagte er, zum Teufel mit ihnen, wir dulden sie nicht mehr in der Großen Republik. Vor zwei Wochen sagt er dann zu mir, he, weißt du was, ich habe es mir doch anders überlegt. Wir werden ein paar Händler einladen. Wir *brauchen* die Händler. Und gestern werde ich dann von allen anderen Obliegenheiten entbunden und bekomme zu hören, daß *ich* es bin – Ihr Verhandlungspartner. Ohne Vorankündigung.«

»Kommen Sie schon. Sie sind sein Stellvertreter. Sie müssen doch über alles informiert sein, was hier vorgeht.«

Old-Billy Waters schaute Mike ungläubig an. »Haben Sie schon einmal von einem Stellvertreter gehört, der auch nur halb so viel wußte wie sein Chef? Ich erfahre es immer als *letzter*. Da ist Robin noch besser informiert als ich, und sie ist nur sein Bettwärmer. Sie müßten es einmal erleben, wenn er bei ihr ›Gesangsunterricht‹ nimmt.« Er schniefte. »Ich sage Ihnen, es gibt viele Dinge, von denen ich nichts weiß und von denen ich auch gar nichts wissen will. Was meine Funktion als

Unterhändler betrifft, so weiß ich kaum, worin die überhaupt besteht ...«

Schließlich erreichten sie das Ende der Rolltreppe. Mit unverhohlener Erleichterung betrat Mike wieder festen Boden. Sie wurden bereits von einem großen, dicken Mann mit einem enormen Schädel erwartet. Sein kleiner Mund wurde von einem langen Mongolenbart gerahmt, und das in mehreren Falten liegende Kinn wurde von den rötlichen Stoppeln eines Zwei-Tage-Bartes bedeckt. Sein Körper war in einen grauen Staubmantel gehüllt. Auf dem Kopf saß ein flachkroniger Hut, der eine Nummer zu klein war.

An Waters vorbei nickte er Mike und Jake zu.

»Vandermond.« Das Wort klang wie eine Verkündigung. Eine fleischige Hand schob sich durch den Mantel.

Mike starrte ihn erstaunt an. Sabrina?

»Sebastian Vandermond«, erklärte Old-Billy Waters. Sein Geierblick huschte von Mike zu Jake und wieder zurück zu dem anderen Mann. »Das ist unser Händler-Besuch, Sebastian.«

»Offensichtlich.« Gletscherblaue Augen musterten sie. Mike erkannte in diesem Blick Abscheu und große Ungeduld. Er rekapitulierte die Definition eines Psychopathen: ein Individuum, das nicht fähig war, die Existenz anderer Menschen wahrzunehmen.

»Was können wir für dich tun, Sebastian?« fragte Waters. Der andere Mann überragte die Gruppe.

»Martin Raincloud hat uns eine Stunde mit den Besuchern versprochen.« Aus Vandermonds Ton sprach die Gleichgültigkeit der Götter gegenüber Old-Billy Waters.

»Hat er?« Old-Billy wölbte die Augenbrauen. »Nun, ich wollte ihnen gerade die Stadt zeigen.«

»Gut. Dann werde ich das übernehmen.« Vandermond trat vor und schob sich zwischen Waters und die beiden Händler. »Mitkommen.« Der Ton war gebieterischer als das Wort selbst. »Wir müssen mit Ihnen sprechen.«

Mike und Jake wurden weggeführt. Old-Billy Waters blieb perplex zurück. »Die Verhandlungen beginnen in zwei Stunden«, rief er ihnen nach.

Vandermond ignorierte das. »Zuerst eine kurze Besichtigung von Skeleton City«, sagte er. »Und dann geht es zurück. Wir haben eine wichtige Besprechung und nur wenig Zeit.«

Vandermond machte es sich leicht mit der Führung. Er hastete durch die Stadt, deutete auf dieses und jenes, hielt mit einer Hand den Hut fest und sagte ansonsten nicht viel. Das war Mike nur recht. Er wollte sich nämlich selbst ein Bild machen. Wie üblich zeichnete Daddy-O's Briefing sich wieder durch das aus, was er nicht erwähnt hatte. Er folgte Vandermonds Zeigefinger und bekam zum erstenmal einen Eindruck von Rainclouds Reich.

Skeleton City befand sich im östlichen Vorgebirge. Fünfzig Kilometer weiter westlich erhoben sich die schneebedeckten Gipfel der Kordilleren, die sich durch die ganze Große Republik zogen, bis in eine Höhe von über viertausend Metern. Die Architekten von Skeleton City hatten ihre Inspiration von diesen hohen Bergen bezogen. Es hatte den Anschein, als ob sie die ursprüngliche Stadt an diesen Ort, der nach Yankee-Maßstäben nicht groß war, versetzt und sie *gedehnt* hätten. Wie Zuckerhüte verjüngten die Gebäude sich mit zunehmender Höhe. Die neuen, in die Wolken ragenden palastartigen Gebäude mit einer Höhe von über fünfhundert Metern hatten einen Basisdurchmesser von nicht mehr als neunzig Metern. Trotz des Einsatzes hochfester Materialien aus den Weltraumfabriken der Chipponesen unterlagen die Gebäude Torsionsspannungen und waren empfindlich gegenüber Windböen. Verstrebungen in Gestalt von Stegen und Kabeln sorgten für die notwendige Stabilität. An der Basis betrug der Durchmesser von Skeleton City gerade achthundert Meter, aber dafür wies sie im Gegensatz zu konventionellen Städten noch eine veritable dritte Dimension auf.

Mit ausgestrecktem Arm wies Vandermond auf die wichtigeren Einrichtungen: die Kommunikationszentrale befand sich in den oberen Etagen dieses Gebäudes, die Verkehrsbehörde in den unteren Stockwerken jenes Gebäudes, und das Amt für Landwirtschaft lag draußen am Stadtrand. Die Gruppen, die mehrere hundert Meter über ihnen auf den Stegen in Gespräche vertieft waren, hielt er indes nicht für erwähnenswert. Der Wind wurde stärker, und die filigranen Stege schwankten und streckten sich in jeder Bö. Den Menschen schien das jedoch nichts auszumachen; sie stellten sich reflexartig auf die unterschiedliche Windstärke ein.

Mike riß sich von diesem Anblick los und schaute wieder in die Horizontale. Kein Wunder, daß Martin Raincloud ein Verrückter war und seine Adjutanten ihm darin kaum nachstanden; an einem Ort wie diesem konnten nur Verrückte leben.

Sebastian Vandermond. *Sabrina* Vandermond. Hatte er eine Geschlechtsumwandlung vornehmen lassen? Reminiszenzen an Holzfällerin. Mike mußte seine Vorstellungskraft arg strapazieren, um den Kleiderschrank von Sebastian Vandermond mit weiblichen Formen zu assoziieren.

Die Exkursion war kurz. Binnen einer Viertelstunde waren sie wieder am Ausgangspunkt vor Martin Rainclouds Hauptquartier angelangt. Und dann ging es zu Mikes Erleichterung *abwärts*. Von einem auf Bodenhöhe gelegenen Eingang stiegen sie drei Ebenen hinab und erreichten ein zweiflügeliges Portal. Sebastian Vandermond öffnete es und bedeutete Mike und Jake, hindurchzugehen.

Schlagartig wurden sie um zwei Jahrhunderte in die Vergangenheit versetzt und standen nun an der Schwelle eines komplett eingerichteten viktorianischen

Wohnzimmers mit einem Sideboard, einem schwülstigen Roßhaar-Sofa, einer Topfpalme in der Ecke und einer von der Decke hängenden Voliere, in der ein großer blauschwarzer Kakadu mit einem roten Kamm hockte. Im Mittelpunkt des Raumes waren fünf Holzstühle um einen niedrigen Tisch gruppiert. Auf einem Stuhl saß eine kleine blonde Frau und las.

Sie schaute auf. »Ihr kommt spät.« Ihre Stimme wirkte kindlich, war aber kühl und akzentuiert.

»Ja. Es tut mir sehr leid«, sagte Sebastian Vandermond verlegen und um Entschuldigung heischend, wobei er zaghaft vortrat und vor dem Kreis aus Stühlen stehenblieb. »Nehmt doch Platz.« Vandermond und die beiden anderen schickten sich an, dieser Einladung zu folgen. »Sebastian! Dein *Hut*.«

»Ach ja. Entschuldigung, Sabrina, das habe ich ganz vergessen. Ich nehme ihn sofort ab.« Vandermond hastete zurück durch den Raum. Seine bislang herrische Stimme klang nun unterwürfig und besänftigend.

Die Frau lächelte Mike und Jake an. »Mein Name ist Sabrina Vandermond. Darf ich Ihnen eine Erfrischung anbieten? Tee vielleicht?«

»Das wäre sehr nett«, erwiderte Jake. Die beiden jungen Männer betrachteten die Tischplatte. Sie wiesen keine Anzeichen von Servier-Luken oder *Chill*-Robotern auf.

»Gut. Also Tee, Sebastian. Für vier.« Sabrina legte die Unterlagen, in denen sie gelesen hatte, auf den Beistelltisch, lehnte sich zurück und lächelte Mike und Jake erneut an, während Sebastian Vandermond eilig den Raum verließ. »Er ist ein lieber Kerl, wissen Sie, aber er braucht eine feste Hand.«

»Ist er Ihr Bruder?« fragte Mike.

»Ganz recht. Mein kleiner Bruder. Aber er ist ganz schön *groß* geworden.« Ihre haselnußbraunen Augen, die von Lachfältchen umgeben wurden, strahlten die zwei Händler an. Sie richtete das kleine Ansteckstraußchen mit blauen Blumen an ihrem langen taubengrauen Kleid, seufzte und setzte sich wieder. »Nun, es ist mir ein Vergnügen. Es ist schon so lange her, seit wir Besuch von Händlern hatten. Sie müssen mir alles über Ihre Reisen erzählen, wo Sie überall gewesen sind und was Sie beide tun. Ich möchte *alles* hören.«

Ob überhaupt noch jemand bei Verstand war in Skeleton City? Mike trank Tee aus einer hauchdünnen Porzellantasse und war in eine höfliche, jedoch surrealistische Konversation mit einer eleganten, netten Frau verstrickt, die über jedes Detail des Händler-Lebens informiert werden wollte. Sabrina Vandermond befragte sie zu ihrer Ausbildung, ihren Aufträgen und ihrer Heimatbasis. Sie wollte wissen, was auf dem Speiseplan stand, wie sie sich kleideten, wo sie schliefen und wie sie ihre Freizeit verbrachten. Sie befragte sie zu den Verhandlungstaktiken der Händler, den Händler-Ehen, der Händler-Hierarchie und den Händler-Traditionen. Jedes Wort von Mike und Jake schien sie zu faszinieren, und als sie schließlich verstummten, löcherte sie die beiden mit weiteren Fragen. Dann, nach anderthalb Stunden, schlug der Kakadu in der Ecke mit den Flügeln und stieß ein rauhes Krächzen aus.

Sabrina schaute auf die Uhr, die in einer kunstvollen Amethystfassung an einer silbernen Halskette hing. »Meine Güte. Ich befürchte, Luzifer hat recht. Es ist schon spät, und Sie haben wohl noch andere Verpflichtungen. Aber es war so interessant, daß ich ganz die Zeit darüber vergessen habe.« Sie wandte sich Sebastian Vandermond zu. Während der ganzen Unterhaltung hatte er zusammengesackt an ihrer Seite gesessen und nur dann etwas gesagt, wenn er von ihr dazu aufgefordert wurde.

»Sebastian, bring unsere Gäste bitte wieder zu Old-Billy. Es sei denn ...« – sie drehte sich zu Mike und Jake um – »... ich könnte Ihnen hier irgendwie behilflich sein.«

Mike meldete sich, bevor Jake das Wort ergreifen konnte. »Ihr Haus ist entzückend. Dürften wir uns wohl noch etwas hier umsehen, bevor wir gehen?«

»Aber ja; ich fühle mich *geschmeichelt.*« Sabrina Vandermond erhob sich, wobei ersichtlich wurde, daß sie tatsächlich eine kleine Frau war; sie reichte Jake gerade bis zur Schulter. »Kommen Sie mit mir. Sebastian, wenn du dich während unserer Abwesenheit um das Geschirr kümmern würdest ...«

Sie führte sie durch ein halbes Dutzend Räume, die allesamt gediegen und geschmackvoll eingerichtet waren. Keines der Möbelstücke entstammte diesem Jahrhundert, und nur wenige dem vorigen. Nur die Bibliothek spiegelte die Gegenwart wider. In den langen Regalen aus Walnußholz und Mahagoni befanden sich Tausende von Büchern und Datenwürfeln. Mike schritt die mit einer dicken Staubschicht bedeckten Regale ab und betrachtete die Bücher und Datenträger. Es waren detaillierte Abhandlungen über Mikroelektronik und Feinmechanik.

»Sind Sie Ingenieur?« fragte er schließlich. »Diesen Werken nach zu urteilen ...«

Das wurde mit einem silberhellen Lachen quittiert. »Mein Gott, nein.« Sabrina Vandermond trat an seine Seite. »Die gehören Sebastian. Er ist Ingenieur – manche sagen, ein sehr guter. Ich bin längst nicht so gut. Ich bin nur eine schlichte Chemikerin und Amateur-Biologin. Sehen Sie, das ist mein Abschnitt der Bibliothek.« Sie deutete auf ein Regal mit HD-Daten-Würfeln und einem einzigen Monitor und schüttelte dann den sorgfältig frisierten Kopf. »Wie Sie sehen, ist es nicht viel, und es dürfte Sie wohl auch kaum interessieren. Es ist aber zweckmäßig, unsere Bestände zusammenzulegen, denn mein Bruder hilft mir, wenn ich ein unlösbares Problem habe; das geschieht leider nur zu oft.«

Mike ging zu Sabrina Vandermonds Bibliothek hinüber und sah sich den Katalog an. Die etwa hundert

Speichereinheiten waren jeweils einem spezifischen Thema gewidmet und in alphabetischer Reihenfolge geordnet. Aber wenn eines dieser Verzeichnisse einen Bezug zur Diamant-Fliege aufwies, dann war Mike nicht in der Lage, ihn zu erkennen. Er konzentrierte sich auf einen Abschnitt des Regals und prägte sich die Aufschriften der Etiketten ein.

Diffusion von Gitter-Plätzen über Korngrenzen stand neben *Energieniveaus und Orbitale komplexer Moleküle.* Dann kam *Enzymatische Zerlegung anorganischer Stoffe,* gefolgt von einem Programmwürfel mit dem Titel *Fermi-Flächen in kubisch flächen- und raumzentrierten Kristallen.*

»Dröge Materie.« Sabrina legte die Hand besitzergreifend auf Mikes Arm und bugsierte ihn von der Bibliothek zurück ins Wohnzimmer. »Ich möchte Sie nicht mit solchen Dingen langweilen. Ich genieße nämlich Ihre Gesellschaft. Ich weiß, daß Sie viel Arbeit haben werden, aber wenn Sie es irgendwie einrichten können, würde ich mich über Ihren Besuch sehr freuen.«

Sie traten durch die Türflügel. Sebastian Vandermond stand draußen; er hatte schon den Mantel angezogen und den Hut aufgesetzt. »Richtig. Wir müssen uns beeilen.« Er schritt vor ihnen aus, groß, massig, gebieterisch. »Wir sind schon spät dran. Old-Billy Waters wartet.«

Seine herrische Attitüde, die er fast zwei Stunden unterdrückt hatte, hatte sich wieder voll manifestiert.

In einer Hinsicht hatte Old-Billy Waters sicher die Wahrheit gesagt: Er war kein routinierter Unterhändler. Die Präliminarien, die eigentlich in wenigen Minuten hätten abgehandelt sein sollen, zogen sich über drei Stunden hin; es war schon am späten Nachmittag, als Waters Mike und Jake in ihre Unterkunft auf halber Höhe von Rainclouds Gebäude eskortierte.

Sobald sie allein waren, inspizierte Mike die Räume. Jake indes ging schnurstracks ins Bad. Als Mike auch dorthin kam, machte Jake sich bereits an dem winzigen Funkgerät zu schaffen.

»Unterwegs«, sagte er. »Ich wollte vermeiden, daß wir telemetrisch angepeilt würden und habe unserer Fliege deshalb den Zielsuch-Befehl gegeben. Etwas Neues?«

Mike schüttelte den Kopf. »Selbe Fliege, selbe Position. Im Bad ist nichts. Nur interessehalber, wo hast du denn unsere Fliege positioniert?«

»Genau in der Mitte des häßlichsten Wandgemäldes, wo ein Wilder jemandem die Kehle durchschneidet. Da sieht niemand hin, wenn er nicht unbedingt muß.« Jake schaute auf den daumennagelgroßen Monitor des Funkgeräts. »Da haben wir's ja schon.«

Die Diamant-Fliege flog durch die offene Tür und steuerte direkt auf das Gerät zu, das Jake in der Hand hielt. Sie ließ sich in einer Vertiefung auf der Oberfläche nieder und blieb reglos sitzen.

»Fast vier Stunden aufgezeichnet«, sagte Jake. »Wonach willst du suchen?«

»Wie wäre es mit Audio-Verweisen auf ›Händler‹ oder unsere Namen?«

»Kein Problem. Aber wir sollten auch die Videoaufzeichnung nutzen. Und zwar mit einem Vorlauf von zwanzig Sekunden vor jeder Audio-Referenzstelle.« Jake beugte sich vor und gab mittels einer Nadel die Suchkriterien ein. Schweigend beobachteten die Männer eine halbe Minute den Suchvorgang.

»Nichts«, lag Mike schon auf der Zunge, als der kleine Monitor flackerte und ein Farbbild erschien.

Martin Raincloud und Sabrina Vandermond saßen sich auf zwei Sofas gegenüber. Sabrina hatte sich nur eine Robe umgehängt und befand sich mit dem Kopf in der Nähe des Aufzeichnungsgeräts. Der mit freiem Oberkörper posierende Raincloud schüttelte den Kopf.

»... mehr Zeit zu vergeuden. Du hast mir hundertmal

versichert, daß dein Erfolg garantiert sei, wenn die Händler erst einmal hier wären.«

»Und das sage ich noch.« Sabrina war so ruhig und damenhaft wie immer. »Ich garantiere für den Erfolg. Aber nun, wo ich mich mit den beiden Händlern getroffen habe – wovon, wenn ich dich daran erinnern darf, *du* mich abhalten wolltest –, schlage ich vor, daß wir das Prozedere etwas ändern. Kallario würde wohl keine Schwierigkeiten machen, wenn wir nach dem ursprünglichen Plan vorgingen, aber bei Asparian bin ich mir da nicht so sicher. Dafür hatte er sich zu sehr für meine Bibliothek interessiert und sie zu gründlich studiert. Bei der Vorstellung, daß er etwas von Enzymscheren und *Spleißmethoden* versteht …«

»Was willst du damit andeuten? Daß wir nur mit Kallario weitermachen und uns Asparian dauerhaft vom Hals schaffen?«

»Ich glaube nicht.« Sabrina neigte den Kopf auf die Seite und befingerte ihren winzigen Amethyst-Ohrring. »Wir machen weiter«, entschied sie schließlich. »Unverzüglich. Sobald der Wachstumsprozeß abgeschlossen ist, besteht keine Gefahr mehr, daß Asparian uns ins Handwerk pfuscht. Aber um den Erfolg zu gewährleisten, müssen wir die Händler sofort unter Hausarrest stellen. Und der Setzling muß ständig bewacht werden.«

»Aber wenn wir sie einsperren, werden sie uns doch nach den Gründen fragen.«

»Mitnichten. Wir werden sie unter einem Vorwand in ihren Unterkünften festhalten – Morddrohungen, ein irrer Attentäter, der Skeleton City unsicher macht, ein Hurrikan, irgend etwas. In drei Tagen werde ich wissen, ob der Samen eingepflanzt ist und nach Plan in ihnen wächst. Und dann …« – sie zuckte die Achseln – »… dürfen sie jederzeit abreisen. In dreißig Tagen wird die Struktur dann ausgewachsen und einsatzbereit sein.«

»Ich bin mir trotzdem noch nicht sicher. Angenommen, es wird entdeckt.« Martin Raincloud starrte mit geschürzten Lippen zur Decke hoch.

»Nach einem Dutzend Tests bist du *noch immer* unsicher. Wirst du dir überhaupt mal sicher sein?«

»Es sind Nebenwirkungen aufgetreten.«

»Unerheblich. Drei Personen sind gestorben. Wir können das erklären. Beim Rest ist der Intelligenzquotient um dreißig bis vierzig Punkte abgefallen, aber wenn ich dich nicht darauf hingewiesen hätte, wäre dir das gar nicht aufgefallen. Deine Händler werden eben nicht mehr so intelligent sein; um so besser. Und du hast Spione im Händler-Hauptquartier sitzen, die zu allem Zugang haben und dir alles berichten. Die ersten von vielen! Du hast doch gesehen, was mit den intelligenzreduzierten fliegenden Sonden alles möglich ist. Stell dir das hundertfach vermehrt vor – tausendfach!«

Raincloud nickte zögernd. »Hm, gut. Wir werden weitermachen.«

»Sofort!«

»Sofort. Wenn sie die Verhandlung mit Old-Billy beendet haben, werde ich die Anweisung erteilen, sie in diesem Gebäude festzuhalten. Und heute nacht, wenn sie schlafen, wirst du ihnen den Samen einpflanzen.«

Das Bild flackerte. Mike und Jake wandten sich zur Tür um, in der Erwartung, daß schon eine Wache davorstehen würde.

»Wie lange ist das her?« fragte Mike.

Jakes Finger huschten über die winzige Tastatur. Sein Gesicht hatte eine aschfahle Tönung angenommen. »Dieses Segment ist vor weniger als einer halben Stunde aufgenommen worden. Mach schon. Wir müssen hier abhauen und ein SEK-Team anfordern.«

»Wie denn? Wenn die Zugänge bewacht werden, schaffen wir es nie ins Freie.«

»Wir müssen es versuchen. Vielleicht hat Raincloud den Befehl noch nicht erteilt.«

Mike verstaute die Fliege und den Interkom in der Tasche. Sie gingen auf die Tür zu und zögerten dann.

»Unauffällig«, sagte Jake. Er zitterte. »Und langsam. Wenn wir nicht mehr weiterkommen, kehren wir wieder um.«

Zusätzlich zu den nach oben und unten führenden Außenrolltreppen verfügte das Gebäude noch über ein enges Treppenhaus. Die Mike und Jake zugewiesenen Quartiere befanden sich auf halber Höhe, bei dreihundert Metern. Die Rolltreppen wollten sie nicht benutzen. Statt dessen bewältigten sie über hundert Meter auf der Treppe, Stockwerk für Stockwerk, bis sie endlich durch die Gitterstruktur des Gebäudes den Boden sahen.

Der vorangehende Jake blieb stehen und blickte nach unten. »Wir kommen zu spät. Schau«, flüsterte er.

Eine Gruppe bemalter Männer stand am Fuß der nach unten führenden Rolltreppe. Die Händler sahen, wie vier von ihnen sich am Fuß der nach oben führenden Rolltreppe postierten.

»Sollen wir im Treppenhaus bleiben?«

Mike schüttelte den Kopf. »Wenn sie die Rolltreppen bewachen, sind sie sicher auch hier. Riechst du das?« Der schwache Geruch einer Haschischzigarette stieg ihnen um die Biegung in die Nase. »Sie sind hier. Und ich höre sie schon. Sie kommen uns entgegen.«

»Was ist mit den Stegen?«

»Zu auffällig. Sie werden uns von unten sehen.«

»Und was dann? Sie haben uns.«

»Nach oben.«

»In unsere Zimmer?«

»Nein. Ganz nach oben.« Mike ging schon auf die Rolltreppe zu. »Wenn wir wieder auf unsere Zimmer gehen, dann werden sie uns dort erwischen. Wir müssen unsere Verhandlungsposition stärken.«

»Raincloud?«

»Die einzige Möglichkeit. Wenn er dort oben ist, nehmen wir ihn als Geisel.«

Die beiden Händler betraten die Rolltreppe. Als Mike über die Kante blickte, sah er die Posten noch immer unten stehen. Er zog sich zurück. Die Rolltreppe würde ihnen eine gewisse Deckung bieten, und mit etwas Glück würde niemand senkrecht in die Höhe schauen. Und selbst wenn, würde er Mike und Jake im Licht des Spätnachmittags vielleicht nicht erkennen.

Ziemlich viele ›wenn‹ und ›vielleicht‹. Mike wollte Jake gerade darauf hinweisen, als er einen neuen Ausdruck im Gesicht des Partners registrierte. Es war Angst, kreatürliche Angst. Unter diesen Umständen konnte Mike nicht mit ihm die Möglichkeit des Scheiterns erörtern.

Sein Blick ging nach oben. Sie befanden sich nun am oberen Ende der Rolltreppe, und das offene Treppenhaus lag vor ihnen. Jetzt waren sie von unten viel besser zu erkennen.

Das Unwetter, das Old-Billy Waters prophezeit hatte, war im Anzug. Mike, der die Wendeltreppe mit einer Hand an der glatten Wand erklomm, spürte, wie das Gebäude unter den Böen schwankte. Der Himmel verdunkelte sich. Nur die obersten dreißig Meter des Gebäudes wurden noch von den letzten Strahlen der untergehenden Sonne beschienen.

Vor dem Eingang zu Rainclouds Gemächern legte Mike eine Verschnaufpause ein. Weit unten ertönten schwache Rufe. Oder war es nur Einbildung? Kein Geräusch trug so weit bei diesem Wind. Neben ihm stand Jake Kallario und rang mit geblähten Nasenlöchern und rollenden Augen nach Luft. Er schob sich an Mike vorbei, riß die Tür auf und stürzte hinein.

Einen Moment glaubte Mike, die Wohnung wäre verlassen. Dann ertönte ein irritiertes Grunzen aus dem Nebenraum. Martin Raincloud hatte den Lärm gehört und rannte mit freiem Oberkörper durch die mit einem Vorhang verhängte Türöffnung am anderen Ende des Raums.

Er warf einen Blick auf die Händler und machte kehrt. Aber Jake Kallario war viel schneller. Als der Bürgermeister den Vorhang erreichte, war Kallario schon an der Waffensammlung, riß einen Dolch heraus und packte Raincloud am Hals. »Asparian«, sagte er mit zitternder Stimme. »Suche *sie*. Sieh im anderen Raum nach.«

Mike schnappte sich einen Tomahawk. Vorsichtig betrat er den hinter dem Vorhang liegenden kleinen Ausstellungsraum. Sabrina Vandermond war anwesend. Beim Anblick der Waffe hob sie die Hände über den Kopf.

»Was hat das zu bedeuten?« fragte sie mit ruhiger Stimme. »Ich muß schon sagen; hoffentlich haben Sie eine Erklärung für dieses Verhalten.«

Mike trat neben sie und zeigte auf den Vorhang. »Dort durch. Sie brauchen sich erst gar nicht die Mühe zu machen, uns Lügen aufzutischen.«

Unter der Drohung des über ihrem Kopf schwebenden Tomahawks ging sie vor ihm her. Im Nebenraum hatte Jake Kallario Martin Raincloud das Messer in den Nacken gesetzt.

»Jake! Ruhig!« Mike sah Mordlust in den Augen seines Partners funkeln. An der Messerspitze erschien ein Blutstropfen, und die Klinge drückte sich tiefer in den feisten Hals. »Bedenke, wir brauchen *Geiseln*, keine Leichen.«

Kallario ging hinter Raincloud in die Hocke. Er zog das Messer ein paar Millimeter zurück und setzte es an der Kehle an. »Ich sollte dir deinen fetten Hals aufschlitzen. Und dieser mörderischen Schlampe gleich dazu.« Seine Hand zitterte.

»Und was dann, Jake?« Mike schob Sabrina Vandermond vorwärts. »Wenn du ihm die Kehle durchschneidest, kommen seine Freunde und schneiden *deine* durch. Und was würde uns das bringen? Nicht das geringste.« Mike beugte sich nach vorn und wandte sich an den wie eine Salzsäule dastehenden Gefangenen. »Raincloud, wir gehen jetzt hoch aufs Dach. Ist dein Gleiter flugbereit?«

Raincloud nickte, wobei seine Glupschaugen von dem glitzernden Stahl hypnotisiert wurden. »Ja«, flüsterte er mit heiserer Stimme. »Ja, es ist alles vorbereitet. Voll aufgetankt. Tu mir nichts.«

»Du bist ein erbärmlicher Feigling, Martin«, befand Sabrina Vandermond. »Und ihr Narren werdet damit nicht durchkommen«, wandte sie sich an die Händler.

»Das wird sich noch zeigen. Du gehst voran, Raincloud.« Schwungvoll nahm Kallario das Messer von Martin Rainclouds Kehle und drückte es fest gegen seinen bloßen Rücken. »Wenn mir etwas geschieht, dann bist du vorher dran. Asparian, du paßt auf diese Nutte auf.«

Eine kurze Treppenflucht führte zu einer Falltür und dann auf das Dach. Während Jake Kallario Raincloud auf den Gleiter zuschob, packte Mike Sabrina Vandermond am Arm und machte einen kurzen Abstecher zum Rand des Daches. Er ergriff das Geländer unterhalb der schmalen Traufe und schaute hinab. Ein halbes Dutzend dunkler Punkte zeichnete sich gegen das silberne Band unten ab. Sie hetzten die Rolltreppe herauf.

»Sie kommen, Asparian«, sagte Sabrina. »Ihr werdet es nicht schaffen. Wenn ihr euch jetzt ergebt, garantiere ich euch, daß euch nichts geschieht.«

»Sicher. Wie viele haben dir denn schon vertraut, die jetzt tot sind?« Mike lief auf den kleinen Gleiter zu. Mittlerweile hatte Jake Kallario schon das Cockpit geöffnet. Er und Raincloud nahmen nun im Gleiter Platz, wobei der vor Jake sitzende Raincloud an den Kontrollen hantierte. Jake piekste den Bürgermeister mit dem Messer in den Nacken.

»Sie kommen«, rief Mike. »Laß uns von hier verschwinden.« Er war nur noch einen Meter vom Gleiter entfernt und schob Sabrina hastig vor sich her. Er hatte sie gerade auf die Kante der Tragfläche gehievt, als das Cockpit vor seiner Nase zugeschlagen wurde.

»Jake!« Mike hämmerte gegen die Scheibe. »Was, zum Teufel, tust du?«

Kallario zeigte auf die enge Kabine des Gleiters und schüttelte den Kopf. »Zwei Personen.« Er lächelte, während seine Lippen die Worte formten. »Nur zwei Personen. Viel Glück, Mike. Mach's gut.«

Er winkte. Im selben Moment riß Sabrina Vandermond sich aus Mikes Griff und rannte auf die Tür zu.

Die Raketentriebwerke wurden gezündet und feuerten nach unten, um einen Senkrechtstart zu ermöglichen. Eine orangefarbene Lohe schlug aus dem Gleiter und badete Mikes Füße in Feuer. Die Flammen erfaßten Sabrina, die sich schon auf halber Strecke zur Tür befand, in Hüfthöhe und setzten ihre wallende Robe in Brand. Sie stieß einen Schrei aus und verwandelte sich in eine goldene Flammensäule.

Mike drehte sich um und rannte davon. In dem Moment, als die Hitzewelle ihm das Haar versengte, stieß er sich vom Dach ab. Er klammerte sich an das niedrige Geländer, während sein Körper sich überschlug und schließlich heftig an die Fassade des Gebäudes schlug. Eine weiße Feuerwand raste über ihn hinweg und versengte seine Hände. Der über dem Abgrund hängende Mike schleuderte die brennenden Schuhe von sich. Sie stürzten in einem vom Gebäude wegführenden Winkel in die Tiefe und verschwanden mit einer Rauchfahne in der Finsternis.

Mit heulenden Triebwerken stieg der Gleiter auf; das Feuer erstarb, und Dunkelheit legte sich über das Dach. Mike schwang die Beine hoch, und beim zweiten Versuch gelang es ihm, sich mit den Kniekehlen auf dem Geländer einzuhaken. Aber er vermochte weder den Oberkörper aufzurichten noch die Traufe zu erreichen. Er versuchte es bis zur Erschöpfung; das Fleisch löste sich schon von den verbrannten Fingern. Da hing er nun kopfüber wie eine Fledermaus und starrte auf das sechshundert Meter unter ihm liegende Filigranmuster der beleuchteten Straßen.

Der Sturm setzte nun mit voller Wucht ein und schien das Gebäude fortblasen zu wollen. Der Wind peitschte seinen versengten Körper und zerrte an ihm, wiegte ihn, sang ihm ein Lied und sagte ihm, er solle sich entspannen. Er schloß die Augen. Er konnte nun einschlafen, den Griff lösen und für immer in die stille Dunkelheit fliegen ...

Die Stimmen auf dem Dach nahm er gar nicht zur Kenntnis. Sie waren weit weg, viel unwirklicher als der heulende Wind. Er hing dort wie eine Fledermaus, bis dicht bei ihm ein Ruf ertönte. »Haltet ihn fest! Zieht ihn hoch!«

Mike klammerte sich fester ans Geländer.

»Wir können ihn nicht hochziehen. Seine Hände umklammern das Geländer. Und sie sind völlig verbrannt.«

»Platz da. Laßt mich mal ran.«

Starke Arme streckten sich aus. Mike wurde an den Knien angehoben, bis die Beine auf dem Dach schleiften und er loslassen mußte, wenn er sich nicht den Arm auskugeln lassen wollte. Er wurde erneut hochgehoben, umgedreht und auf die Füße gestellt. Dann schaute er in die besorgten Augen von Old-Billy Waters. Der Deputy musterte ihn von den verbrannten Haaren bis zu den versengten Füßen.

»Teufel, wie siehst du denn aus. Wie ist das passiert?«

Mike drehte sich um und blickte nach Osten. Nach einigen Sekunden sah er es, einen Lichtpunkt, der die Sterne an Leuchtkraft übertraf. Er wies dorthin. »Das sind sie. Jake Kallario und Martin Raincloud.«

Waters schaute in die angegebene Richtung. »Der Chef ist auch in der Maschine? Ich frage mich, wo er hinwill. Er ist schon seit einem Jahr nicht mehr geflogen.« Er verfolgte den Kurs des Gleiters. »Mein Gott, was tut er denn? Sie fliegen direkt nach Osten. Wo wollen sie hin?«

»Kallario bestimmt den Kurs. Raincloud ist nur der Pilot.«

»Aber er fliegt geradewegs in den Schirm der Luftabwehr! Ich wußte es; es ist sein eigenes verdammtes System, aber er weiß nicht einmal, wie es funktioniert. Wenn sie diesen Kurs beibehalten …« Old-Billy Waters nahm das Funkgerät vom Gürtel und führte es an den Mund. Bevor er noch etwas sagen konnte, erschien ein mauvefarbener Lichtstrahl am östlichen Horizont und expandierte zu einem weißen Pilz. Es dauerte fast eine Minute, bis der Klang der Explosion sie erreichte.

Mike Asparian und Old-Billy Waters starrten sich an, während der Wind heulend über das Dach fegte. Schließlich wandte Old-Billy Waters sich mit einem Schauder wieder nach Osten und kratzte sich an der Glatze. »Er ist tot.«

»Er ist tot. Sie sind tot.« Mike schwankte und straffte sich dann. »Jetzt sind Sie Bürgermeister, Old-Billy. Sie verwalten Skeleton City.«

»Er ist wirklich tot. Ich glaube es einfach nicht«, sagte Waters nachdenklich mit ruhiger Stimme. Er hustete und streckte den Kopf in den Wind.

»Es ist jetzt Ihr Job.« In der Nähe der Tür erblickte Mike die verkohlten und geschrumpften Überreste einer Frau. »Alles gehört Ihnen. Was werden Sie nun tun?«

Old-Billy zog eine Augenbraue hoch. Er schniefte, richtete sich auf und bedeutete zwei Männern, Mike zu helfen. »Ich weiß es nicht. Noch nicht. Aber gehen wir doch nach unten. Wenn Sie sich wieder erholt haben, müssen wir uns über ein Geschäft unterhalten.«

»Er ist am Leben, und mehr kann ich auch nicht sagen. Ich weiß nicht, wie er es so lange ausgehalten hat. Er hat sich zu einem Gespräch mit Waters aufgerafft, auf dem

Rückflug die Daten durchgegeben und ist dann zusammengebrochen. Wirst du nun zugeben, daß die Mission ein Fiasko war?«

»Jede Mission, bei der ein Händler stirbt, ist ein Fiasko, Lyle.«

»Der eine tot, der andere halbtot im Reha-Tank – ohne ein Anzeichen emotionaler Reaktionen. Und was ist das Ergebnis? Nicht der Rede wert.«

»Falsch.« Daddy-O wußte, daß Lyle Connery überreagierte und formulierte seine Antwort entsprechend milde. *»Wir haben viel erreicht: eine Wiederaufnahme und Verbesserung der Beziehungen mit der Großen Republik sowie ein paraphiertes Abkommen zwischen der Republik und den Strines. Und wenn Asparian wieder bereit ist, zu reden…«*

»… wenn er jemals wieder dazu bereit ist.«

»Er wird. Ich überwache seine Reaktionen, und Jack Lester arbeitet mit ihm. Wenn er wieder sprechen kann, bekommen wir vielleicht zusätzliche Informationen über die Aufrüstung in der Republik. Außerdem werden wir ein neues Verständnis von Mikal Asparian selbst erhalten; und, was am wichtigsten ist, wir haben zu seiner Weiterentwicklung beigetragen.«

»Was genauso gut auch hier möglich gewesen wäre, ohne daß Mike die Händler-Basis hätte verlassen müssen.«

»Das ist ein scheinbar berechtigter Einwand, aber leider stimmt er nicht. ›Es bildet ein Talent sich in der Stille, sich ein Charakter im Strom der Welt.‹«

»Wie?«

»Die Worte eines alten Kommunarden-Schriftstellers, der vor über zweihundert Jahren gelebt hat. Sie besagen in etwa folgendes: ein Talent entfaltet sich im stillen Kämmerlein, ein Charakter jedoch in den Widrigkeiten der Welt. Ich wußte sehr wohl, daß die Entsendung von Mikal Asparian in die Große Republik mit Gefahren für ihn verbunden war, aber es war zugleich auch die einzige Möglichkeit, seinen Charakter zu festigen.«

»Jake Kallario ist dabei umgekommen.«

»Ein Risiko besteht immer. Sie haben selbst als erster erkannt, daß Kallario schon lange vor dieser Mission Anzeichen von Instabilität gezeigt hatte.«

»Und Mike hast du auch nicht gestärkt. Du hast ihn in einen Stein verwandelt. Denke einmal an *seine* Gefühle. Zuerst stirbt Melinda Turak, dann Jake Kallario, und Mike fühlt sich jedesmal verantwortlich – und sage mir jetzt nur nicht, das sei unlogisch; es sind seine Gefühle. Und es ist verdammt grausam.«

»Das ist es wirklich. Ja.« Daddy-O synthetisierte einen Seufzer. *»Lyle, die Händler haben mich bereits vierzehntausendsiebenhundertunddreiundachtzigmal der Herzlosigkeit geziehen. Und jedesmal war das in technischer Hinsicht natürlich korrekt. Wie dem auch sei, ich verspreche dir, daß es nur noch zwei weitere Missionen für Mikal Asparian geben wird; danach werde ich keinerlei Einfluß mehr auf seine Aufträge ausüben. Bist du damit zufrieden?«*

»Muß ich wohl.« Lyle Connery unterbrach die Verbindung. Die marginale Zufriedenheit hielt nur für einen Moment an. Na gut. Aber war es das wirklich? Vierzehntausendsiebenhundertunddreiundachtzigmal war Daddy-O Herzlosigkeit vorgeworfen worden. Und wie oft hatte man dem Computer schon Hinterhältigkeit vorgeworfen?

»...natürlich hätte ich sie nie allein gelassen, wenn ich das geahnt hätte. Als ich wieder reinkam, hatte sie es schon aus dem Paket geholt. Sie hielt es in der Hand, richtete es auf das Fenster und benutzte es als Visierlinie. Also versuchte ich, sie zu packen...«

»Wo bin ich?« Mike hatte die Stimme schon seit einiger Zeit im Ohr gehabt, aber erst jetzt erschloß sich ihm der Sinngehalt des Gesagten.

»Hast du denn nicht zugehört?« Mike ordnete die betrübte Stimme ›Darling‹ Lester zu. *»Das sind vielleicht Schmerzen – warum hast du immer solche Grunzlaute ausge-*

stoßen? Verschwende meine Zeit damit, mich in dich einzuklinken. Wie fühlst du dich?«

»Ich fühle gar nichts, Jack.« Mike stellte fest, daß sein ganzes Sensorium ausgeschaltet war. Und es ging noch über das rein Physische hinaus. Er verspürte nicht den Hauch einer Emotion. »Überhaupt nichts.«

»Dann mußt du wieder in Ordnung sein. Weißt du denn nicht, wo du bist? Du bist im Tank, Jungchen, neben meinem. Erinnerst du dich nicht, wie du hierhergekommen bist?«

Mike versuchte die Hände zu bewegen und das Gesicht zu berühren. Nichts. Er versuchte, den Kopf zu schütteln. Nichts. »Das letzte, woran ich mich erinnere, ist, daß ich Billy Waters die Hand geschüttelt und den Gleiter bestiegen habe. Ich schätze, wir haben es zurück geschafft. Bin ich schwer verletzt?«

»Verletzt? Ach was! Nur ein paar Kratzer. Ich bin im Bett schon schlimmer zugerichtet worden. In ein paar Wochen wirst du aus dem Tank rauskommen. Du warst gut, Jungchen. Weißt du denn nicht mehr, wie du Daddy-O während des Fluges die Daten übermittelt hast?«

»Nein. Keinen Schimmer. Was habe ich ihm denn erzählt?«

»Von der Fliege. Wie sie aussieht und wie sie produziert wird.«

»Aber das ist unmöglich. Ich *weiß* doch gar nicht, wie sie hergestellt wird.«

»Das glaubst du nur. Aber im Unterbewußtsein mußt du es gewußt haben, denn du hast Daddy-O alles mitgeteilt: den Bestand von Sabrina Vandermonds Bibliothek, das abgehörte Gespräch in ihrem Appartement und dann ihre Unterredung mit dem Bürgermeister. Und dann hast du im Flugzeug gesagt, ›ihr müßt auf der anderen Seite *anfangen‹. Daddy-O hat das alles interpretiert und das Puzzle zusammengesetzt.«*

»Willst du damit sagen, ihr wüßtet, wie das Gehirn der Fliege aufgebaut ist?« Mikes Gehirn hingegen war trübe und dumpf.

»Ist es nicht.«

»Ist nicht was?«

»Ist nicht konstruiert. *Das Gehirn. Zumindest entspricht es nicht unserem Verständnis von Mechanik. Das Gehirn ist zu klein – selbst die Chills sind nicht in der Lage, Maschinen für den Einsatz im submolekularen Bereich zu bauen. Die Chills bezeichnen es als molekulare Barriere.«*

»Das war mir schon bekannt.«

»Es besteht also keine Möglichkeit, diese Barriere mit mechanischen *Mitteln zu überwinden. Bei zunehmender Miniaturisierung stößt man irgendwann auf die Quantenebene und versucht, einzelne Moleküle zu manipulieren. Wie könnte man also etwas herstellen, das kleiner ist als ein Molekül? Darauf gibt es nur eine Antwort, und zwar die, welche du Daddy-O gegeben hast:* man muß auf der anderen Seite der Barriere beginnen. *Dazu muß man jedoch Chemiker und Mikrobiologe sein, kein Ingenieur, und man muß die chemischen Prozesse nutzen, aufgrund derer* Atome sich zu Molekülen verbinden. *Das erfordert katalytische Reaktionen – analog zu den Enzymen in lebendem Gewebe. Erinnere dich an die Programm-Bibliothek, die du gesehen hast: die Theorie der anorganischen Festkörper-Gitter, flankiert von enzymatischen Prozessen in lebendem Gewebe. Das Gehirn der Fliege wurde nicht konstruiert, Mike, es wurde wie ein Organismus* gezüchtet; *dabei kamen Methoden zum Einsatz, die von dieser Dame Sabrina Vandermond entwickelt wurden, wobei ihr Bruder in seiner Eigenschaft als Ingenieur unterstützend tätig war.«*

Mike erinnerte sich an diesen eleganten Kopf und diese lächelnden grauen Augen. »Sie war eine erstaunliche Frau.«

»Sie hat gut ausgesehen, stimmt's? Du hörst dich so an, als ob du ihr ein wenig nachtrauerst. Hättst'se wohl gern mal gebumst, wie? Ich kann's dir nachfühlen.«

›Darling‹ würde sich wohl nie ändern. Aber anstelle von Gereiztheit oder Amüsement spürte Mike nur Müdigkeit. Die Erinnerung an einen eleganten Kopf *zerfloß,* verwandelte sich in einen Nimbus aus flammendem Haar, dann in die Vision eines verkohlten Schädels, wobei die weichen Wangen vom Feuerstrahl des Triebwerks weggebrannt wurden und weiße, grinsende Zähne freigaben. »Sie war nicht mein Typ, ›Darling‹. Sie und der Bürgermeister waren Psychopathen – das Schicksal anderer Menschen kümmerte sie nicht. Jake hat das nicht verkraftet; er war so verzweifelt, daß er geflohen ist. Er wußte, daß Sabrina diesen Kristallsamen in unsere Gehirne injizieren wollte, und sie hätte es auch kaltblütig getan, ohne die geringsten Skrupel. Wenn ihr das gelungen wäre, hätten die Yankees uns völlig kontrolliert – wir wären in intelligente, mobile Informationsquellen verwandelt worden.«

Mike verstummte. Er war erschöpft, die Kräfte verließen ihn, und er versank in Lethargie. Er mußte unablässig an Sabrina Vandermond denken, und irgendwie brachte die Erinnerung an sie in seinem Bewußtsein alte und lange verdrängte Gedanken an seine Kindheit in den *Hives* an die Oberfläche. Ihn schauderte.

»Mike? Bist du in Ordnung?«

»Außer, daß man mit diesem Samen in sich langsam verblödet.« Mikes Stimme hatte sich zu einem Flüstern abgeschwächt. »Man degeneriert von einem intelligenten Menschen zu einem Debilen.«

»Du meinst, er beschädigt das Gehirn?«

»Keine abstrakten Gedanken mehr, keine komplexen Emotionen. Keine Ängste, keine Sehnsüchte. Die Intelligenz wird vermindert.«

»Wirklich? Teufel.« Das schien selbst ›Darling‹ an die Nieren zu gehen. *»Was für ein Gefühl ist das, Mike?«*

Lange Zeit schwieg Mike. »Ich weiß nicht«, sagte er schließlich. »Ich wünschte, ich wüßte es.«

KAPITEL 13

Allerliebster Mikal,
es war einmal eine Prinzessin, die lebte in einem Land, in dem alles perfekt und schön war. Sie war ein schönes Mädchen, und als sie zur Frau heranreifte, bemühten sich viele Prinzen des Landes um ihre Gunst. Viele hatten für eine Weile Erfolg (sie war kein Kind von Traurigkeit – ich weiß, Du wirst das nicht gerne hören), aber sie wurde ihrer immer überdrüssig. Nach wenigen Wochen gab sie ihnen den Laufpaß und ließ sie mit gebrochenen Herzen zurück.

Sie wußte, daß sie ihnen das Herz gebrochen hatte (sie sagten es ihr), und weil sie ein liebes Mädchen war, versuchte sie bekümmert herauszufinden, weshalb die Prinzen sie schließlich gelangweilt hatten. Sie waren stattlich und intelligent und hatten formvollendete Manieren, aber sie waren eben nur Söhne des Landes. Was sie wollte, war ein fremder Prinz, einer, der von weither geritten kam, alle Rivalen im edlen Wettstreit besiegte und sie zur Frau nahm.

Als sie die Hoffnung schon fast fahrengelassen hatte, erschien ein fremder Prinz. Er schien ihre Zuneigung zu erwidern, und sie verbrachten einige wundervolle Monate miteinander. Aber dann verließ er sie. Diesmal war es ihr Herz, das gebrochen wurde, und sie fragte sich, ob er jemals wieder zu ihr zurückkehren würde.

Das tat er, Jahre später. Aber nun war er schwer verwundet. Er hatte in einem schrecklichen Kampf gestanden, auf der anderen Seite der Welt, und eine Zeitlang glaubte sie, nichts für ihn tun zu können. Er war schwach, deprimiert, apathisch.

Und dann hatte die Prinzessin eine Idee. Vielleicht fand er Gefallen an den hiesigen Versionen der Kämpfe, die er in der Ferne gefochten hatte. Und selbst wenn er unterlag, erwies es sich möglicherweise als eine heilsame Therapie. Und vielleicht erlangte er dadurch einen Teil seiner früheren Stärke zurück.

Anfangs sträubte er sich, doch sie gab nicht nach. Schließlich, nach Einsatz aller Überredungskünste, meldete er sich zu einem Turnier an.

Es war ein Massaker. Er war noch immer schwach und verwundet. Aber er schlug die örtlichen Favoriten, einen nach dem anderen, mit einer solchen Leichtigkeit, daß man es überhaupt nicht als Wettkampf bezeichnen konnte. Kraft und Stärke kehrten schnell wieder in ihn zurück. Niemand war ihm gewachsen.

Mikal, Du müßtest doch verrückt sein, wenn Du weiterhin ein Händler sein willst. Du könntest hier in der Gemeinschaft ein so schönes Leben haben, ohne jede Anstrengung.

Ich möchte Dir ein weiteres Märchen erzählen. Vor zweihundert Jahren wurde ein Land im Norden von einem König regiert, der offensichtlich verrückt war. Anstatt die Zeit für Feldzüge und Eroberungen zu nutzen, errichtete König Ludwig von Bayern im ganzen Land extravagante Schlösser. Er baute sie auf Berggipfeln, an Seeufern und an Orten, die selbst für eine Gemse schwer zugänglich waren. Er hatte einen bizarren Geschmack und errichtete himmelstürmende Türme, zinnenbewehrte Burgen und großartige Landschaftsgärten. Die anderen Könige der Region lachten über ihn; als er starb, war sein Staatshaushalt erschöpft, aber dafür waren märchenhafte Schlösser über das ganze Land verteilt.

Die meisten stehen noch immer. Du und ich haben sogar schon einige besucht. Die Taten der anderen Könige hingegen sind längst schon lange in Vergessenheit geraten.

Du mußt zurückkehren, Mike. Ich mag Dich vielleicht für eine Weile blenden, aber eines Tages wirst Du erkennen, daß es keine gemeinsame Zukunft für uns gibt. Ich bin für die Prinzen meines Landes bestimmt, mit ihren Rüstungen aus Papier und Schwertern aus Pappe. Du bist nicht so wie sie. Selbst als Du schwach und krank warst, hast Du sie mit einer solchen Leichtigkeit geschlagen, daß der Sieg Dir keine Befriedigung verschafft haben kann. Es gibt keinen Unterhändler in der Wirtschaftsgemeinschaft, dem Du nicht auch betrunken oder krank oder im Halbschlaf gewachsen wärst. Ich habe Dich beobachtet, und es hat mich erschreckt. Wenn Du andere schon so manipulierst, was würdest Du dann erst mit mir anstellen, wenn es Dir in den Sinn käme?

Ich bestehe nämlich auch nur aus Papier – widersprich mir bitte –, aber bis Du kamst, war ich mir dessen nicht bewußt. Ich habe es erst im letzten Vierteljahr erkannt. Du bist zu stark für mich. Du würdest mich verzehren und zerstören. Du hast schon damit begonnen. Du erkennst es noch nicht, aber Du bist von Deinen Verwundungen genesen und suchst nun die nächste große Herausforderung. Ich kann sie Dir nicht bieten. Du mußt zurückkehren und mit echten Drachen kämpfen, überall auf der Welt Deine großen Schlösser bauen und der größte Händler werden, den die Welt je gesehen hat.

Tu es jetzt. Bitte geh, Mikal, mit meinem Segen. Aber komm wieder, wenn du traurig oder verletzt bist – oder nur ›Hallo‹ sagen willst.

Ich liebe Dich,
Jeanette

Als Mike zum Frühstück hinunterkam, lag die schlechte Nachricht schon auf dem Tisch. Der Speisesaal war leer, aber abgedeckte Platten mit warmem Essen waren für ihn bereitgestellt worden. An einer dieser Platten lehnte, unübersehbar in einem parfümierten blauen Umschlag, der Brief.

Mike las ihn zweimal durch, das erste Mal mit Verständnislosigkeit, das zweite Mal mit Bestürzung.

Es war ein schlechter Scherz. Ein Witz. Das kam gar nicht von Jeanette – sie würde das nämlich nicht komisch finden –, sondern von jemand anders, vielleicht von einem Konkurrenten, den er bei einer Geschäftsverhandlung ausgestochen hatte.

Mike ging mit dem Brief zum nach Westen hinausgehenden Fenster und ließ das diffuse Licht der Morgensonne auf den Seiten spielen. Er wollte den Brief ein drittes Mal durchlesen, um vielleicht einen Hinweis zu erhalten, aber bevor er dazu kam, drängte sich ihm eine andere Wahrheit auf: es war Jeanettes Handschrift; er kannte mittlerweile jeden Strich und jede Schleife, den eigentümlichen Abschwung des *f* und des *p*. Es war also kein Scherz.

Kein Witz.

Jeanette hatte ihn verlassen. Er fröstelte beim Schock dieser Erkenntnis. *Warum* hatte sie das getan? In all den Monaten hatten sie sich nie gestritten, nie ein böses Wort gesagt. Er hatte sich noch nie so glücklich und geborgen gefühlt. Aber Jeanette hatte ihn verlassen.

War vor ihm davongelaufen. In einem Sekundenbruchteil verwandelte die Bestürzung sich in höllische Wut. Was, zum Teufel, ging da vor sich? Das war kein spontaner Entschluß, es mußte ein *geplanter* Verrat sein. Jeanette handelte nicht aus einer Laune heraus, und nun stand es für Mike fest, daß dieser Entschluß schon lange in ihr gereift war. Vor einer Woche hatte sie darauf bestanden, daß sie ihre Rundreise durch die Wirtschaftsgemeinschaft abbrachen und zu diesem Gasthaus, wo sie sich kennengelernt hatten, zurückkehrten, um ›den Kreis zu schließen‹. Damals hatte er sich nichts dabei gedacht; jetzt indes fiel es ihm wie Schuppen von den Augen. Selbst das auf dem Tisch angerichtete Frühstück war eine ironische Geste, das gleiche Mahl wie das erste, das sie ihm bereitet hatte. Noch mehr Symbolik.

Inkonsequenz konnte man Jeanette jedenfalls nicht nachsagen.

Er las den Brief noch einmal durch, fand aber nichts Neues, was ihm Hoffnung gemacht hätte. Niedergeschlagen setzte er sich an den Tisch. Sie war gegangen, und er kam über den Verlust nicht hinweg. Was konnte er jetzt noch tun? Nur eines: er würde sie suchen und ihr sagen, daß sie sich irrte. Er würde sie überreden, bei ihm zu bleiben.

Er konnte es schaffen; sie hatte immer gesagt, er könne sie zu allem überreden.

Mike stand auf und wollte schon zur Tür eilen, als ihn das Bewußtsein der kalten Realität überkam.

Er setzte sich wieder. Jeanette hatte recht. Sie hatte *ganz* recht. Er hatte den Eindruck, aus einem angenehmen Traum zu erwachen, einer persönlichen Fuge, die viele Monate angedauert hatte. Seit dem Tod von Jake Kallario war nichts mehr real gewesen. Mike hatte weggeschaut, seine Gefühle unterdrückt und seinen alten Ehrgeiz unter einer Schicht aus Gleichgültigkeit verborgen. Nun, aufgrund der durch Jeanettes Brief verursachten Schockwirkung, sprudelten die verdrängten Gefühle wieder an die Oberfläche.

Jeanette hatte alles kommen sehen und nichts gesagt. Zuerst hatte sie seine Genesung herbeigeführt und dabei ihr Wissen verborgen, bis er sich wieder so weit erholt hatte, die Wahrheit zu verkraften. Und dann hatte sie das getan, was sie für das Beste hielt …

Aber nun … um Himmels willen, was nun? Mike verzog das Gesicht und bediente sich am Buffet. *Essen, Trinken, Schlafen – nimm diese Gelegenheit wahr, wann immer sie sich dir bietet*; die während der Ausbildung erfolgte Konditionierung wirkte noch nach. Er räumte die Platten leer und trank den Kaffee bis zur Neige aus. Der Schlaf mußte warten. Er spürte nun eine innere Unruhe, den Drang, das Traumland der Gemeinschaft zu verlassen und erneut in die Welt der Händler einzutauchen.

Vor einem halben Jahr hatte er nie wieder etwas von einer Verhandlung hören wollen. Jetzt sehnte er sich nach der Herausforderung. Er mußte abreisen, bevor er wieder die Nerven verlor.

Mike erhob sich, nahm einen Stift und kritzelte auf den Umschlag: *Jeanette, ich gehe zurück. Aber heb mir ein paar Papierdrachen auf – für alle Fälle. Ich liebe Dich, Mikal.*

Er ging in die Kammer hinter der Küche und aktivierte das antiquierte Funkgerät. Nachdem er bargeldlos bezahlt hatte, stellte er eine Verbindung zu Daddy-O her.

KAPITEL 14

Die Tür zeichnete sich als mattschwarzes Rechteck am Ende des halbkreisförmigen gefliesten Korridors ab. Mike war diesen Gang recht schnell entlanggehumpelt, wobei er das Hallen seiner mit Nägeln beschlagenen Stiefel im Ohr hatte. Als er sich der Tür näherte, wurde er jedoch langsamer. Kurz davor blieb er dann stehen.

Das Portal war breit und hoch und bestand aus massivem Ebenholz. Mike wußte nur zu gut, wer sich dahinter befand: Maxwell Robert Dalzell, Meister-Händler.

Mike war schon am ersten Tag als Trainee auf den Namen Dalzell gestoßen, als er mit dreiundvierzig anderen hoffnungsvollen Nachwuchskräften durch das Unterrichtsgebäude gestreift war und die in den holzgetäfelten Wänden eingearbeiteten Namen, Bilder und Daten betrachtet hatte. Seine besondere Aufmerksamkeit hatte dem diabolischen Grinsen und den gletscherblauen Augen auf einem der Bilder gegolten. Er war stehengeblieben und hatte sich die Beschriftung durchgelesen.

Maxwell Robert Dalzell: vor dreißig Jahren im Alter von siebzehn Jahren Absolvent der Händler-Ausbildung. Sieben Jahre später Meister-Händler, eine unglaubliche Auszeichnung für einen Vierundzwanzigjährigen. Nach einem weiteren Jahr hatte Dalzell die Unterzeichnung des ersten Energie-Abkommens zwischen der Großen Republik und den *Chills* vermittelt. Er reiste als erster Händler in den Weltraum, um Gespräche und Verhandlungen mit den Chipponesen zu führen; zudem war er der führende Experte für das Vereinigte Reich, wobei er über fünfzig erfolgreiche Missionen in jedem Oberzentrum zwischen Mexity und F'waygo verbuchte.

Seit diesem ersten Tag waren Dalzell und seine Errungenschaften ständig in Mikes Unterbewußtsein präsent. Sie dienten gleichsam als Flaggen, um ihn zu größeren Leistungen anzuspornen. In diesem Bewußtsein berührte er nun den Monitor am Eingang.

Mit einem Surren der im Rahmen integrierten Servomotoren glitt die Tür zur Seite. Mike trat ein und schaute in einen leeren Raum. »Bin in ein paar Minuten bei Ihnen, Asparian«, meldete sich eine Stimme aus der Tür. »Ich zeichne gerade im inneren Raum auf. Treten Sie ein und machen Sie es sich bequem.«

Der Raum, den Mike nun betrat, war nur mit einem Schreibtisch, zwei Stühlen und einer langen Reihe Aktenschränke möbliert. Am anderen Ende des Raumes war eine zweite Tür: ein schlichtes, massives Stahlschott mit schweren Zahlenschlössern am Rahmen. Die Wände waren weiß getüncht und überall mit Plaketten und Fotos dekoriert. Der Schreibtisch war mit Souvenirs, Statuen und Bildern vollgestellt.

Erwartungsvoll schaute Mike ein paar Sekunden auf das Schott und nahm dann auf dem Besucherstuhl Platz. Er betrachtete das Arrangement auf dem Schreibtisch. Es war eine Ausstellung von Händler-Memorabilien, wie er sie in diesem Umfang noch nie außerhalb des Händler-Museums gesehen hatte. Da gab es eine unterzeichnete Kopie – oder war es das Original? – des ersten Joint-ventures zwischen dem Vereinigten Reich und der Kap-Föderation. Maxwell Dalzell hatte den Abschluß selbst vermittelt. Das Dokument stand auf einem Holmium-Werbegeschenk der Chipponesen; Holmium war ihre Währung gewesen, bevor die Händler sie in den Währungsverbund mit den anderen Regionen integrierten. Wieder Dalzell! Neben dem scheibenförmigen

Präsent befand sich ein Faksimile eines frühen Vertrags zwischen den Yankees und den Händlern, und dahinter stand das Bild einer lächelnden *Strine*-Matrone, die eines der ersten Biolab-Produkte präsentierte, die im *Strine*-Inneren freigegeben worden waren.

Dalzells Präferenzen waren eindeutig. Auf keinem der Bilder war der Mann selbst porträtiert, aber jedes repräsentierte einen Triumph seines Verhandlungsgeschicks. Mike schaute sie noch immer bewundernd an, als die innere Tür sich öffnete und ein großer, kräftiger Mann in den Raum geeilt kam.

»Hallo.« Er nickte Mike knapp zu. »Müssen uns nicht mit Formalitäten aufhalten, nicht wahr? Ich heiße Max Dalzell, und Sie sind Mikal Asparian. Nein, behalten Sie Platz«, sagte er, als Mike sich erheben wollte. »Ich bin nicht die Händler-Hymne.« Er bedachte Mike mit dem berühmten breiten Grinsen, das zu seiner burschikosen Natur paßte. »Daddy-O sagt, Sie seien wieder voll einsatzbereit und könnten kaum die nächste Mission abwarten? Stimmt das?«

»Ich möchte es auf jeden Fall versuchen. Ich hoffe, ich bin nicht eingerostet.«

»Machen Sie sich deswegen keine Sorgen. Ein guter Händler verliert nie den Biß. Und nach allem, was ich gehört habe, hatten Sie eine Pause wirklich nötig. Aber der Urlaub ist vorbei. Jetzt geht es wieder an die Arbeit.« Dalzell ließ sich auf den Schreibtischstuhl fallen und musterte Mike. Das ermöglichte es Mike, seinerseits eine Inspektion durchzuführen – er hatte schon Dutzende Bilder von Dalzell gesehen, aber dies war die erste persönliche Begegnung mit seinem Idol.

Der Mann war fast einen Kopf größer als der mittelgroße Mike, mit athletisch breiten Schultern. Das kurzärmelige Hemd spannte sich über muskulösen Armen, und die kräftigen Handgelenke liefen in großen, plumpen Händen aus. Aber die eigentliche Überraschung lag in der Mitte des Körpers. Dalzell hatte einen ansehnlichen Bauch – was auf den Bildern nie zu sehen gewesen war. Und das Gesicht war voller und weicher, als Mike erwartet hatte, mit Hängebacken, breiter Nase und dem Ansatz eines Doppelkinns.

Eine alternde Legende; unvermeidlich, aber nicht in Mikes Vorstellung. Dort lebt Dalzell als goldblonder Meister-Händler, der jüngste der Geschichte, weiter. Jetzt wich der Haaransatz an den Schläfen zurück, und das Haar war graumeliert.

Das Grinsen war aber immer noch dasselbe, und auch das Funkeln in den Augen war nicht erloschen. Maxwell Dalzell war als Händler eindeutig von der Natur begünstigt. Dieser Blick flößte Respekt ein, und das Lächeln war gewinnend. Auf einmal war Mike mit seiner eigenen Erscheinung unzufrieden.

Dalzell schenkte ihm ein weiteres Lächeln und nickte leicht. »Gut. Überprüfung abgeschlossen? Dann reden wir. Wir haben viel zu besprechen. Wir machen uns Sorgen wegen der Territorien der Kap-Föderation. Was wissen Sie über die *Chills?*«

Nach kurzer Überlegung entschied Mike sich für eine ehrliche Antwort. »Wenn ich es nicht mit Max Dalzell zu tun hätte, würde ich sagen, eine Menge. Aber man sagt, Sie seien der Experte. Es heißt, Sie hätten schon mehr über die Kap-Föderation vergessen, als die meisten Menschen je darüber gelernt hätten.«

»Aha, das sagt man also?« Dalzell runzelte die Stirn, blickte aber weder erstaunt noch pikiert drein. »Mittlerweile sollte ich wohl daran gewohnt sein, was ›man‹ über mich sagt, aber es will mir einfach nicht gelingen. Aber ich sage Ihnen, daß ich die *Greaser* viel besser kenne, als ich die *Chills* jemals kennenlernen werde – und ich muß über beide noch viel lernen. Nun, wie gut arbeitet die Gerüchteküche dieser Tage? Hat Ihnen jemand verraten, weshalb Sie hier sind?«

»Nein, Sir.« Mike zögerte, aber Dalzell saß nur da und wartete. Wenn er wollte, vermittelte er den Eindruck unendlicher Geduld und unbegrenzter Zeit. »Ich habe eine Nachricht von Daddy-O erhalten, wonach ich wieder einsatzbereit wäre.«

»Sind Sie auch dieser Ansicht?«

Jetzt war Dalzell beim Kern der Sache angelangt. »Ich bin nicht sicher, Sir.«

»Nun, wir werden sehen. Und wenn wir schon dabei sind, hören Sie auf, mich ›Sir‹ zu nennen.« Dalzell lehnte sich auf dem Stuhl zurück und verschränkte die Arme über dem Bauch. »Daddy-O hat mir gesagt, Sie seien verdammt gut. Was sagen Sie dazu?«

»Ich hoffe, daß ich gut bin, Sir.« Mike zuckte zusammen; das letzte Wort war ihm unfreiwillig entschlüpft. Er zuckte die Achseln. »Regel zehn, Sie wissen schon.« *Wenn du selbst kein Vertrauen in deine Fähigkeiten hast, wer dann?*

»Verdammt richtig.« Dalzells grummelige Stimme klang zufrieden. »Genau das wollte ich hören. Also kommen wir zur Sache. Ich sage Ihnen jetzt schon, daß Sie bei diesem Auftrag gut sein *müssen*. Ich spreche von einer offiziellen Mission zum Südpol, ins Zentrum des Territoriums der Kap-Föderation. Sie müssen bei den Verhandlungen alle Register ziehen. Das Vereinigte Reich möchte, daß wir bei den Verhandlungen über einen Zehn-Jahres-Vertrag für Spielkasino-Roboter seine Interessen vertreten. Sie haben schließlich zugegeben, was ich ihnen bereits seit fünfzehn Jahren predige – der Vorsprung der *Chills* in der Mikroelektronik ist so groß, daß er von niemandem aufgeholt werden kann. Diese Erkenntnis ist anscheinend in ihre dicken Schädel gedrungen, und sie haben mich vor zehn Tagen kontaktiert. Ich habe ihnen akzeptable Konditionen unterbreitet und bin ziemlich sicher, daß auch Cap City ihnen zustimmen wird.«

Hinter diesen Worten verbarg sich eine Menge. Dalzell bemühte sich nach Kräften, Mikes Zuversicht und Selbstvertrauen aufzubauen, aber zudem wies er noch auf die Unterschiede zwischen einem Händler und einem Meister-Händler hin: man *verhandelte* nicht nur über ein Geschäft, wenn man an die Spitze kommen wollte – man verkaufte gleich die *Idee* des Geschäfts. Und für beide Seiten akzeptable Konditionen wurden schon ausgearbeitet, bevor man sich dem Verhandlungstisch auch nur näherte.

Dalzell musterte ihn. »Nun? Wollen Sie es versuchen? Allzu begeistert wirken Sie ja nicht.«

Mike nickte zustimmend. »Ich bin natürlich bereit, den Auftrag anzunehmen. Aber es hat den Anschein, als ob Sie schon den schwierigsten Teil übernommen hätten.«

»Ganz recht.« Wieder das Grinsen. »Das war Absicht. Wir wollen Ihnen viel Zeit dort unten am Pol ersparen. Sie sehen, der zweite Punkt auf Ihrer Liste ist ein irres Ding. Trauen Sie es sich zu?«

Mike straffte sich.

»Ist Ihnen der Name Seth Paramine ein Begriff?«

»Nein, Sir.«

»Gut. Das sollte er auch nicht. Wissen Sie, was ein Fachidiot ist?«

»Äh ... was ein Idiot ist, weiß ich wohl; aber gilt das auch in Verbindung mit diesem anderen Wort?«

»Das tut es. Aber Sie werden mir wohl zustimmen, daß das kaum einen Sinn ergibt. Keine Sorge, vor einer Woche war ich in der gleichen Situation. Mit ›Fachidiot‹ bezeichnet man eine bestimmte Sorte Mensch, die sich in der Regel normal oder sogar unauffällig verhält, aber auf einem speziellen Gebiet über besondere Fähigkeiten verfügt. In gewisser Weise gilt das für jeden von uns – Sie könnten mich bis zum Exzeß drillen, und trotzdem würde kein Musiker aus mir werden –, aber die Fachidioten treiben es bis zum Extrem. Ich habe etwas für Sie.«

Dalzell beugte sich über die im Tisch eingelassenen Kontrollen. Ein Wandausschnitt vor Mike verwandelte sich in eine holographische Projektionsfläche. Die Raumbeleuchtung verdüsterte sich, und er blickte in einen großen kahlen Raum, der nur mit einem dicken Teppich ausgelegt war, auf dem wahllos kleine Kugeln und helle Kunststoffrechtecke verstreut waren, flankiert von einem Stapel weißer Pappscheiben. Inmitten dieses Chaos hockte ein übergewichtiger Jugendlicher von achtzehn oder neunzehn Jahren, dessen Kopf ansatzlos in die Schultern überging. Die Waden waren nackt, und er trug nur einen schlichten weißen Kittel, der ihm bis zu den Knien reichte. Er spielte mit einem halben Dutzend bunter Kunststoffkugeln.

»Seth Paramine«, erläuterte Dalzell. »Neunzehn Jahre alt. Geboren im Norden der Großen Republik, im Weizengürtel. Die Eltern sind normal, aber er konnte erst mit fünf Jahren ohne Hilfe stehen, und mit sechseinhalb lernte er laufen. Sein erstes Wort sprach er mit zehn. Er kann weder lesen noch schreiben oder einen ganzen Satz artikulieren. Er hat zwar die Geschlechtsreife, interessiert sich aber nicht für Sex. Bis vor zwei Jahren dachte man im Institut, in dem er untergebracht war, daß er sich nur für Essen und Spielzeug interessierte. Aber diese Annahme war falsch. Passen Sie jetzt gut auf. Dies ist eine topgeheime Aufnahme, die sonst kein anderer Händler kennt.«

Der fette Junge hatte das Spiel mit den Plastikbällen eingestellt und schaute sich um. Sein Gesicht teigig, mit tiefliegenden Augen unter buschigen Brauen. Nach ein paar Sekunden streckte er die linke Hand aus und nahm eine große Pappscheibe vom Stapel. Er starrte sie lange an und rieb sich dabei die Nase.

»Geduld«, sagte Dalzell leise. »Wir sind fast soweit.«

Schließlich senkte der Junge den Kopf und brachte ihn bis auf ein paar Zentimeter an die Scheibe heran. Dann holte er grunzend einen dicken Stift aus der Kitteltasche und kritzelte auf der Pappscheibe herum. Eine Ausschnittsvergrößerung zeigte, daß die zuvor weiße

Pappscheibe nun eine komplexe Struktur aus sich kreuzenden Linien aufwies. Mit dem Stift führte der Junge Modifikationen der Struktur durch. Während dieses Vorgangs vernahm Mike ein zufriedenes Grunzen und Nuscheln. Dann wurde die Ausschnittsvergrößerung zurückgenommen, und nach wenigen Sekunden verschwand das ganze Bild.

»Wirklich mysteriös«, sagte Dalzell, als die Raumbeleuchtung wieder voll aktiviert wurde. »So kam es mir jedenfalls vor, bis ich die Erklärung erhielt. Seth Paramine gehört zu dieser kleinen Gruppe von Menschen, den Fachidioten. Aber er ist ein *spektakulärer* Fall. Diese Pappscheiben stellen elektronische Schaltungen dar – tausendfach vergrößerte Schaltkreise. Sie stammen von Mikroschaltungen der *Chills* und sind die am weitesten entwickelten integrierten Schaltkreise auf dem Markt. Sie haben eben gesehen, daß Seth Paramine ihr Layout studiert – und *verbessert*. Er kann nicht mal seinen Namen schreiben. Er trägt Windeln. In jeder Hinsicht, bis auf eine, ist er ein Vollidiot. Aber er verfügt über ein unerreichtes intuitives Verständnis für Mikroschaltungen. Auf dem Gebiet der elektronischen Analyse ist er ein Genie.«

Mike erinnerte sich an die gedrungene Gestalt und das maskenhafte, ausdruckslose Gesicht. »Das ist doch lächerlich!«

»Stimmt – aber es ist wahr.« Max Dalzell schnippte einen dünnen Chip über den Schreibtisch. »Sehen Sie sich die Daten darauf an. Menschen wie Paramine sind selten, aber ab und zu tauchen sie in vielen unterschiedlichen Bereichen auf. Daddy-O hat ein ganzes Dossier über vergleichbare Fälle während der letzten Jahrhunderte zusammengestellt, um uns mit Hintergrundinformationen zu versorgen. Manche Fälle sind schier unglaublich, aber sie sind alle authentisch. Die meisten Häufungen treten anscheinend in der Mathematik und der Musik auf. Gehen Sie die Daten durch, und ich garantiere Ihnen, Sie werden überrascht sein. Nach Daddy-O's Informationen ist Paramine der erste Vertreter dieser Fachrichtung. Aber weil dieses Gebiet vor einem Jahrhundert noch gar nicht *existierte*, ist das auch nicht weiter verwunderlich.«

Mike nahm den Chip und steckte ihn in die Tasche. »Ich werde es mir ansehen. Aber ich bin trotzdem verwirrt. Paramine lebt im Norden der Großen Republik, und ich werde zum Südpol gehen. Was hat das mit meiner Mission zu tun? Wo ist da die Verbindung?«

»Es gibt sogar einen starken Konnex«, erwiderte Dalzell genüßlich. »Sehen Sie, Mike, Seth Paramine lebt nicht mehr oben in Yankeeland. Er ist jetzt in der Antarktis. Die *Chills* sind weltweit führend in der Mikroelektronik, und als sie von seiner Existenz Wind bekamen, wollten sie ihn haben. Und sie holten ihn sich. Vor vier Tagen ist Seth Paramine aus dem Institut in der Großen Republik verschwunden. Seitdem hat man nichts mehr von ihm gehört – aber alle Indizien deuten auf eine Kommandoaktion der *Chills* hin. Ihre Einsatzgruppen sind fast so gut wie unsere.«

»Wozu brauchen sie ihn denn? Sie haben doch selbst geniale Konstrukteure.«

»Aber niemanden mit einer derart skurrilen Konstruktionslogik. Nach Angaben der Yankees benötigen die *Chills* Paramine nicht zur *Konstruktion* – sie wollen nur in seinem Kopf herumstochern, um seine *Denkweise* zu ergründen.«

»Verfügen wir denn über Beweise, daß die *Chills* Paramine entführt haben?«

»Keine *Beweise* – zumal die *Chills* alles dementieren –, aber es gibt einige ziemlich plausible Indizien. Die Yankees haben die *Chills* gleich nach der Entführung von Paramine verdächtigt. Old-Billy Waters hat schnell gehandelt und mit den Chipponesen einen Vertrag zum Bezug von Daten hochauflösender Aufklärungssatelliten im Polar-Orbit geschlossen. Einige der übermittelten Fotos zeigten jemanden, der eine starke Ähnlichkeit mit Paramine aufweist und von Cap City zu einer isolierten Station gebracht wird. Man sieht, wie er einen Gleiter besteigt, der ihn zu den Mundsen-Labors bringt. Das wäre auch der naheliegende Ort für ihn, zusammen mit dem Rest ihrer Top-Konstrukteure.«

»Plant Old-Billy eine Befreiungsaktion?«

»Keinesfalls. Er weiß, daß ein solcher Einsatz zum Scheitern verurteilt wäre. Sie kennen doch das Verteidigungssystem der *Chills*. Also ist Old-Billy wütend wie die Hölle, hat aber auch nicht vor, die Handelsbeziehungen mit den *Chills* abzubrechen. Dazu ist er zu sehr auf sie angewiesen. Und im Grunde ist Paramine eher von geringem Nutzen für die Republik – ihnen fehlt nämlich die entsprechende technologische Basis. Ich glaube, bei einem guten Angebot hätten sie ihn auch an die *Chills* verkauft. Aber Old-Billy möchte eben die absolute Gewißheit, daß Paramine entführt wurde, und damit wird er die *Chills* bei der nächsten Verhandlung dann konfrontieren. An welchem Punkt wir – oder vielmehr Sie – auf den Plan treten. Noch immer an dem Auftrag interessiert?«

Mike wollte schon mit einer kreisenden Bewegung die Achseln zucken; dann erinnerte er sich plötzlich, daß er diese Geste als Trainee auf Bildern von Maxwell Dalzell gesehen hatte. »Ich müßte also einen Weg finden, in die Mundsen-Labors einzudringen und Aufnahmen von Paramine zu machen.«

»So sieht es aus. Wir werden Sie dabei unterstützen. Aber da wären noch viele Details zu berücksichtigen. Ich werde Daddy-O hinzuziehen – bei den erforderlichen Kalkulationen ist ein Computer uns weit überlegen. Aber ich möchte noch etwas anmerken, bevor wir die Leitung freischalten. Sie werden absolut auf sich gestellt sein, wenn Sie die Antarktis erreicht haben. Keinen Mentor, keinen Partner.«

»Gut.« Mike stockte fast der Atem. »Von Team-Missionen habe ich ohnehin genug.«

»Ich verstehe. Wir werden Sie mit dem neuen Fingerspitzen-Recorder ausrüsten. Er ist der alten Speicherscheibe deutlich überlegen, wird aber auch nur dann von Nutzen sein, wenn Sie wieder zurückkommen. Wenn wir all diese Faktoren gewichten, setzt Daddy-O Ihre Chancen nicht sehr hoch an – er prognostiziert eine Erfolgswahrscheinlichkeit von einem bis zwei Prozent. Ich bin aber bereit, Sie zu unterstützen, selbst unter diesen Umständen – wenn Sie bereit sind.«

Mike holte tief Luft. Jetzt oder nie. Ich muß mir selbst beweisen, daß ich wieder fit bin, selbst wenn ich dabei draufgehe. »Ich möchte es machen. Ich übernehme den Auftrag.«

»Großartig.« Dalzell beugte sich vor und ergriff Mikes Hand. Dieser hatte den Eindruck, ein Spannungsbogen wäre zwischen ihnen übergeschlagen. »Ich wußte, daß Sie annehmen würden. Eine solche Mission gibt es nur einmal unter Millionen. Verdammt, ich wünschte, ich könnte Sie begleiten.«

»Geht mir genauso.«

»Aber es ist unmöglich. Es heißt nämlich, ich würde zu viele Händler-Geheimnisse mit mir herumtragen.«

Mike nickte. Er hätte viel darum gegeben, Big Max als Mentor dabeizuhaben. Unbehaglich leckte er sich die Lippen, eine Geste, die er bei Max Dalzell für völlig ausgeschlossen hielt, und spürte angesichts der Dinge, die seiner harrten, ein nervöses Zittern.

»Ich bin bereit.« Er erhob sich. »Und danke für die Chance. Wann geht es los?«

KAPITEL 15

Fachidiot. Daddy-O hatte Mike so viele Informationen zu diesem Thema bereitgestellt, wie er auf dem Händler-Flug nach F'waygo bewältigen konnte. Während er auf den *Chill*-Anschlußflug nach Cap City wartete, dachte Mike erneut an Seth Paramine. Der junge Yankee war nur das letzte Glied in einer langen Reihe von Merkwürdigkeiten.

Vor zweihundert Jahren hatte Blind Tom Bethune gelebt, ein blinder, debiler Negersklave. Der 1849 geborene Bethune konnte kaum sprechen, und sein Herr motivierte ihn mit Kuchen und Bonbons zum Klavierspielen. Aber er war ein virtuoser Musiker und verfügte über ein phänomenales Gedächtnis. Er war in der Lage, jede Melodie zu imitieren und mußte ein Klavierstück, und war es noch so kompliziert, nur einmal hören, um es nachzuspielen.

Tom Fuller war ebenfalls ein Negersklave, der ein Jahrhundert früher gelebt hatte. Er war Analphabet, dafür jedoch ein unglaublicher Rechenkünstler. Dieses Talent hatte er mit dem Engländer Jed Buxton gemein. Sie waren imstande, zehnstellige Zahlen zu multiplizieren, Quadrat- und Kubikwurzeln zu ziehen und im Kopf große Zahlen in Faktoren zu zerlegen, und zwar schnell und fehlerfrei – und sie konnten nicht erklären, wie sie das machten.

Der im zwanzigsten Jahrhundert lebende Mathematiker Ramanujan war in gewisser Hinsicht der Bemerkenswerteste von allen. Er war ein stiller, abergläubischer indischer Angestellter ohne hervorstechende Talente – bis Hardy von der Cambridge University einen

Brief bekam, aus dem hervorging, daß Ramanujan wichtige mathematische Entdeckungen gemacht hatte, ohne die Hilfe von Kollegen, ohne eine entsprechende Ausbildung und Bücher. Er hatte ein verblüffendes Gedächtnis und ein bestechendes Gespür für die Eigenschaften von Zahlen, aber er war nicht in der Lage, die mentalen Vorgänge zu beschreiben, die zu diesen Ergebnissen führten.

Und nun gab es Seth Paramine. Die im Yankee-Institut gedrehten Filme zeigten wohl seine körperliche Erscheinung und Handlungen, gaben indes keinerlei Aufschluß über die Bewußtseinsabläufe in diesem deformierten Schädel. Paramine saß fast nur auf dem Fußboden und spielte mit Kinderspielzeug. Ab und zu jedoch, nach einer Routine, deren Entschlüsselung bisher niemandem gelungen war, explodierte er förmlich und arbeitete fieberhaft an Schaltkreisen, entwarf neue Schaltungen und rekonfigurierte ganze Baugruppen. Die von den Yankees durchgeführten Tests belegten, daß sein Vorgehen nicht analytisch war. Er schien den ganzen Schaltkreis auf einmal zu erfassen, und manchmal erfolgten die Modifikationen nur wenige Sekunden, nachdem er den vergrößerten Schaltplan erhalten hatte.

Nur zwei andere Dinge waren noch geeignet, ihn aus seiner Lethargie zu reißen. Er hatte Angst vor Nadeln und Scheren und reagierte panisch auf Feuer und Flammen. Alle Versuche, den Ursachen für diese Phobien auf die Spur zu kommen, waren gescheitert.

Und welche Phobien habe ich? fragte sich Mike. Sind sie denn geringfügiger als meine?

Während er registrierte, wie die *Chill*-Fähre sanft auf dem Flugfeld von F'waygo aufsetzte, machte er sich erneut Gedanken über die Mission. Hatte er sich vielleicht zu intensiv mit Paramine befaßt und nicht ausreichend auf die Verhandlung über die Kasino-Roboter vorbereitet? Konnte er überhaupt *das* bewältigen, ganz zu schweigen von der anderen Aufgabe?

Geschäftsverhandlungen mit den *Chills* galten als ausgesprochen schwierig. Mike erinnerte sich an Max Dalzells letzte Warnung:

»Die meisten Trainees halten die Chipponesen für die fremdartigste Gruppe, nur weil sie nicht auf der Erde leben. Aber ich sage Ihnen, im Vergleich zu den *Chills* könnten sie direkt unsere Geschwister sein. Bedenken Sie, wie die *Chills* angefangen haben. Evolution nach Darwin! Viertausend Wissenschaftler in einer Forschungseinrichtung wurden von Millionen Flüchtlingen überrannt. Keine Nahrungsmittel und keine Energie – an einem Ort, wo es keine Vegetation gibt und Solarenergie einen zu niedrigen Wirkungsgrad hat. Das sollten Sie bei Ihren Gesprächen mit ihnen immer im Hinterkopf behalten. Als Kinder waren Ihre Verhandlungspartner halb verhungert, jeder einzelne von ihnen. Sie litten an Vitaminmangel und hatten Probleme mit der Hygiene – es gab keine Energie für Luxus wie warmes Wasser. Die *Chills* sind *anders.*« Er hatte einen Ärmel bis zur Schulter hochgekrempelt und ihm eine lange, tiefe Narbe gezeigt. »Damit muß man rechnen, wenn Verhandlungen mit den *Chills* scheitern. Ich wurde völlig überrascht. Bis eine *Chill* einen Pfeil durch meinen Arm jagte, war ich der Ansicht, ich hätte alles unter Kontrolle. Aber dann machte ich einen Witz über einen Pinguin, der nicht wußte, ob er ein Vogel oder ein Fisch war. Und habe mir das eingefangen. Die anderen haben sie dann weggebracht, und ich habe sie nie wiedergesehen. Ich nenne Ihnen jetzt eine Händler-Regel, die Sie weder im formellen noch im informellen Handbuch finden: *Versuche nie, mit einem* Chill *zu scherzen.*« Dann hatte er gelacht und Mikes Schulter gedrückt. »Nun, wo Sie jetzt schön entspannt sind, sage ich tschüß – und viel Glück.«

Das werde ich auch brauchen, dachte Mike, als er sah, wie die Crew des *Chill*-Flugzeugs in die Lobby marschierte. Es waren zwei Männer und vier Frauen, alle stark gebräunt und in enganliegende Kombis gekleidet, die Arme und Beine freiließen. Diese Mode ging mit dem luftigen Dreß konform, den Daddy-O ihm bereitgestellt hatte. Als grüner Trainee hatte Mike eigentlich mit warmer Kleidung gerechnet, die nur die Augen freiließ. Statt dessen hatte er erfahren, daß die *Chills* Badeanzüge bevorzugten, die sich auch für einen Urlaub in Ree-o-Dee geeignet hätten.

Fünf Personen der *Chill*-Crew verließen das Flughafengebäude, aber eine Frau löste sich von den anderen und kam direkt auf Mikes Sitzplatz zu. Sie postierte sich vor ihm und schaute ihn einige Sekunden lang schweigend an. Dann schüttelte sie mit einem Ausdruck tiefer Antipathie den Kopf.

»Ich bin Mikal Asparian.« Mike erhob sich nicht und gab ihr auch nicht die Hand, machte aber ein freundliches Gesicht.

Sie war eine große Brünette mit einer schlanken, eckigen Figur und hatte ein schönes Gesicht mit einer grazilen Nase. Sie nickte ernst. »Mein Name ist Kristen Waldemar; ich bin Ihnen als Verhandlungspartnerin zugeteilt worden. Wir haben uns über Ihren Namen gewundert.« Ihre Stimme war leise und klang verwirrt. »*Sweet Scott*. Dann stimmt es also – Sie sind ein Mann.«

Was hast du denn erwartet – etwa ein Känguruh? Mike nickte und speicherte ihren Namen im Gedächtnis ab. *Du kannst alles falsch machen, wenn es sich nicht vermeiden läßt, aber merke dir unbedingt den Namen deines Gesprächspartners.* »Ich freue mich auf die Zusammenarbeit mit Ihnen.«

Sie wandte den Blick ab, als er sich erhob und sie anschaute. »Folgen Sie mir. Wir werden in wenigen Minuten aufbrechen.«

Sie drehte sich um und ging zum Ausgang, ohne sich davon zu überzeugen, daß er ihr auch folgte. Mike folgte ihr in einem Abstand von fünf Schritten. Er fühlte sich einsam. Kristen Waldemar hatte echauffiert gewirkt und ihn nicht gerade willkommen geheißen. Verhandlungsstrategie der *Chills*? Noch zu früh, um das zu sagen.

Da stand die ganze *Chill*-Gruppe. Sie war abmarschbereit. Ob Mike nun willkommen war oder nicht, es gab eine Grußformel, die nicht unterschlagen werden durfte. Er war darauf vorbereitet.

»Auf fruchtbare Gespräche!« sagte Kristen Waldemar knapp. Sie reichte jedem eine kleine Metalltasse und prostete ihnen mit ihrer Tasse zu. Mike leerte seine Tasse, wobei es ihm gelang, auf die von der Etikette verlangten Art genießerisch zu schmatzen. Es war flüssiges Robbenfett, das fast bis auf Körpertemperatur erwärmt worden war. Das würde vielleicht auf die Blase gehen. Er gab die Tasse zurück und betete, daß nicht noch mehr Toasts ausgebracht würden.

Drei Minuten später waren sie wieder in der Luft. Auf seinem langsamen Flug von F'waygo nach Cap City stieg das *Chill*-Flugzeug nie höher als tausend Meter. Es dauerte lange, bis sie den im Süden liegenden Kontinent erreichten. Die ersten Anzeichen tauchten schon weit vor der Küste in Gestalt von Eisbergen auf, die wie glitzernde Burgen im Licht der blassen Nachmittagssonne an einem Apriltag in der Antarktis wirkten. Bald darauf überflogen sie die Inselkette und folgten schließlich dem Verlauf der langen gekrümmten antarktischen Halbinsel. Die riesigen Krill-Farmen befanden sich zur Linken vor der Küste im Weddell-Meer. Ihre Rückhaltebarrieren schwammen wie goldene Gitter auf der schwarzen Wasseroberfläche.

Das Flugzeug hielt stetig Kurs über dem kalten und dunklen Land und schlängelte sich zwischen hohen Berggipfeln zu der weit im Süden liegenden Spitze des Ross-Eisschelfs hindurch.

Nach Abhandlung der Formalitäten wurde Mike von der *Chill*-Gruppe völlig ignoriert. Als sein höflicher Versuch, Konversation zu betreiben, auf taube Ohren stieß, gab er es auf. Er betrachtete die unter ihnen dahinziehende düstere Szenerie, bis es gegen vier Uhr nachmittags so dunkel geworden war, daß er nur noch die blinkende weiße Positionslampe an der Flügelspitze sah. Er konzentrierte sich auf sie und dachte über die Mission nach, wobei er sich zum erstenmal fragte, ob er überhaupt die Befähigung zum Händler besaß ... Schließlich wurde er durch das leise Triebwerksgeräusch in den Schlaf gewiegt. *Essen, Trinken, Schlafen – nutze jede Möglichkeit.*

Eine Veränderung des Triebwerksgeräuschs weckte ihn. Schläfrig schaute Mike aus dem Backbord-Kabinenfenster und wurde dann hellwach. Das blinkende Licht an der Tragfläche hatte sich in einer tanzenden weißen Wolke in einen verschwommenen weißen Punkt verwandelt. Sie flogen durch einen Schneesturm, einen Blizzard von solcher Intensität, daß die Sicht gerade bis zu den Spitzen der Tragflächen reichte.

Kristen Waldemar hatte registriert, daß er aufgewacht war. Kühl nickte sie ihm von ihrem Platz an der anderen Kabinenseite aus zu. »Mitten im Sinkflug. Landung in ein paar Minuten.«

»Wie kann der Pilot bei diesem Schneesturm überhaupt etwas sehen?«

»Sie sieht so viel, wie sie sehen muß.« Erneut warf Kristen Waldemar ihm einen frostigen Blick zu. »Keine Sorge. Auch ohne Schneesturm ist schon seit über zwanzig Jahren keine Sichtflug-Landung mehr in Cap City genehmigt worden. Wir befinden uns im Instrumentenflug. Es gibt nichts zu sehen, und Sie sollten sich auf den Ausstieg vorbereiten. Ich werde Ihnen dabei helfen.«

Während die Triebwerksleistung weiter reduziert wurde, übergab sie Mike ein kompaktes Päckchen. Er legte es auf die Handfläche; es wog nicht einmal ein Pfund. Dann nahm sie ein zweites Päckchen, hielt es an einer Ecke fest und schwang es wie eine Peitsche. Das

Päckchen entfaltete sich zu einem glitzernden, silbrigen Mantel.

Chill-Kombi!

Er hatte wohl schon davon gehört, aber noch nie eine gesehen. Die Territorien der Kap-Föderation exportierten sie nämlich nicht. Den Gerüchten zufolge, die unter den Händlern kursierten, war diese Kombination das Wertvollste, was ein *Chill* je sein eigen nennen konnte. Neugierig musterte er das Kleidungsstück. Scheinbar stellte es nur wenig mehr dar als einen Fetzen glänzenden Kunststoffs.

Mit beiden Händen ergriff Kristen Waldemar ihre Kombi, wobei die Kapuze nach unten wies, und hielt sie in die Höhe. »Sehen Sie her. Es sieht schwer aus, ist aber ganz einfach.« Sie plazierte die Kapuze auf ihrem brünetten Lockenkopf. Als dieser Kontakt erfolgte, *kräuselte* die Kombination sich. Der auf links zusammengelegte Anzug hüllte ihren Körper ein, bis hinunter zu den Knöcheln. Sie hob beide Füße, und die *Chill*-Kombi schmiegte sich auch um diese. Kristen Waldemar war verschwunden und steckte nun in diesem Glanzanzug, der verzerrte Reflexe warf.

Diese Verwandlung schockierte Mike. In ihrer Eigenschaft als *Chill*-Unterhändlerin war sie bloß eine ziemlich unfreundlich dreinblickende Frau gewesen, etwas größer und schmaler als die meisten. Nun war sie eine gespenstische, bedrohliche Figur, mit aufgedunsenem Gesicht und spinnenartigen Gliedern.

Das Material der *Chill*-Kombi hatte eine Stärke von weniger als einem Millimeter. Es hüllte den Körper vollständig ein, von Kopf bis Fuß, und bedeckte sogar Mund, Nase und Augen. Die *Chill*-Kombi schmiegte sich wie eine zweite Haut um Kristen Waldemars schlanken Körper, vakuumdicht bis auf die Gesichtspartie. Dort beulte der Anzug sich grotesk aus. Optische Faserbündel quollen als silbergrüne Scheiben hervor. Mit einem Durchmesser von fünf Zentimetern gewährleisteten sie ein perfektes Blickfeld in alle Richtungen und schützten die Augen des Trägers vor Wind und Kälte. Unterhalb der vorstehenden grünen Scheiben bildeten die Mund- und Nasenpartie der Kombi einen dicken Knubbel. Ein Gewirr von Schläuchen schlängelte sich unter dem Kinn und ermöglichte es dem Träger der *Chill*-Kombi, durch Zirkulation am Körper erwärmte Luft zu atmen.

Die glitzernde Gestalt vor Mike hob einen fragil wirkenden Arm und nickte. »Jetzt Sie. Legen Sie einen Zahn zu. Wir landen in einer Minute.«

Er zögerte. Was Kristen Waldemar getan hatte, glich einem Zaubertrick – in weniger als zehn Sekunden eine *Chill*-Kombi anlegen und ihre Einsatzbereitschaft herstellen. Er hob das Päckchen und schüttelte es aus. Dann hielt er es in die Höhe und ließ es zaghaft auf den Kopf sinken. Noch bevor der Kontakt erfolgte, spürte er die Bewegung. Es wand sich aus seinen Händen, krümmte sich und hüllte ihn ein. Er glaubte zu ersticken, als Nase und Mund bedeckt wurden, aber dann merkte er, daß die Atmung nicht beeinträchtigt war. Und das Sehvermögen war perfekt – besser als ohne den Anzug! Er mußte mit optischen Verstärkern ausgerüstet sein. Er hob eine behandschuhte Hand und starrte auf das changierende Material am Unterarm. Er sah winzige Sensoren, mit einem Durchmesser von wenigen Mikrometern. Angesichts dieser vollständigen Lichtundurchlässigkeit mußte sein Fingerspitzen-Recorder absolut blind und nutzlos sein.

»Sie sind noch nicht fertig«, sagte Kristen Waldemar, und er stellte fest, daß er sie perfekt hörte, obwohl die Ohren bedeckt waren. »Wenn Sie so die Eiskappe betreten, sind Sie in zwei Minuten erfroren. Heben Sie die Füße.«

Mike tat wie geheißen und spürte, wie der *Chill*-Anzug auch die Beine versiegelte. Just in diesem Moment schlingerte der Gleiter leicht.

Die bizarre Gestalt vor ihm nickte. »Gerade noch rechtzeitig. Wir sind gelandet. Folgen Sie mir. Nur zu Ihrer Information, draußen sind es dreißig Grad unter Null. Aber warten Sie mal ab, ob Sie davon etwas spüren. Halten Sie sich dicht hinter mir.«

Sie betätigte die Verriegelung. Die Kabinentür öffnete sich, als ob jemand sie aufgerissen hätte. Der Wind strich heulend am Rahmen vorbei, und Schneeflocken wirbelten herein.

Und *dort* hinaus sollte Mike – ohne weiteren Kälteschutz als den dünnen Anzug? Wortlos verließ Kristen den Gleiter. Er verhielt einen Moment auf der Stufe. Dann sprach er ein Gebet zu den Göttern des absoluten Nullpunkts und folgte ihr in den tobenden Schneesturm.

Vor sich machte er einige schwache Lichter aus, die im Schneetreiben flackerten und deren Helligkeit ständig schwankte. Direkt vor ihm marschierte Kristen in ihrer reflektierenden *Chill*-Kombi. Sie glitt schnell voran – schneller, als er sich im Pulverschnee vorwärtsbewegen konnte. Er hetzte auf einer fünfzehn Zentimeter hohen Neuschneedecke hinter ihr her. Das nahm ihn völlig in Anspruch, und erst nach einer Minute stellte er fest, daß er überhaupt nicht fror. Er spürte eine behagliche Wärme. Und aus irgendeinem Grund zerrte der Sturm, der die Schneeflocken horizontal über die Ebene trieb, kaum an seinem Körper.

Er blickte an dem wundersamen *Chill*-Anzug hinab und schaute sich dann wieder um. Der Gleiter war bereits hinter ihnen verschwunden, obwohl er kaum weiter als zehn Meter entfernt sein konnte. Weil er sehen wollte, ob die restliche Besatzung ihnen auch folgte, drehte Mike sich um.

Das sollte sich als Fehler erweisen – als *großer* Fehler. Als er die vermeintliche Drehung um dreihundertsechzig Grad ausgeführt hatte, sah er wieder nach vorne. *Nichts*. Kristen Waldemar war verschwunden. Die Lichter waren ebenfalls verschwunden. Es gab nur den düsteren grauen Himmel und den blendenden Schnee. Sein Herzschlag beschleunigte sich. Er war allein, ganz allein, in der Antarktis in einem abendlichen Schneesturm.

In dieser Situation besann er sich auf die Händler-Ausbildung. Erinnere dich an die Regeln, befahl ihm eine innere Stimme. *Jede* Verhandlungstaktik ist möglich. Vielleicht will Kristen Waldemar dich auf diese Art weichkochen, bevor die Verhandlungen beginnen.

Er zwang sich dazu, in die Hocke zu gehen und mit einem vom *Chill*-Anzug umhüllten Finger vier Linien in die höher werdende Schneedecke zu ziehen: eine vor ihm, eine hinter ihm und je eine auf beiden Seiten. Auch als er sich wieder aufgerichtet hatte, sah er sie noch. Nun drehte er sich um die eigene Achse und überblickte das Gelände bis zur Sichtgrenze; dann schaute er nach unten auf die Bezugspunkte und drehte sich weiter. Er beeilte sich, denn bald würde der Wind die Markierungen verweht haben. Nach einer Dreiviertel-Drehung machte er schließlich ein schwach flackerndes Licht aus.

So sehr konnte ihn sein Orientierungssinn doch gar nicht im Stich gelassen haben. Er hätte schwören können, daß die Lichter beim erstenmal eine andere Position gehabt hatten. Aber die Option war klar. Er peilte diese Lichter an und marschierte entschlossen auf sie zu.

Die Entfernung trog genauso wie die Richtung. Wo die Lichter eben noch weit entfernt und schwach gewesen waren, hatte er sie nach wenigen Metern erreicht. Es handelte sich um zwei schmale Leuchtbalken, die jeweils an einer Seite eines niedrigen Gebäudes angebracht waren, das eine aus einem transparenten blauen Material bestehende breite Tür aufwies. Als er sich dem Eingang bis auf einen Meter genähert hatte, schwang die Tür auf. Mike ging hindurch und stand auf einer

Plattform vor einer geschwungenen, nach unten führenden Treppe. Am Absatz stand Kristen Waldemar. Den *Chill*-Anzug hatte sie bereits abgelegt und schaute mit einem seltsamen Gesichtsausdruck zu ihm hoch.

Er eilte die Treppe hinunter und blieb vor ihr stehen. »Befreien Sie mich von diesem verdammten Ding. Und überhaupt, was seid ihr denn für Gastgeber, daß ihr einen Gast draußen auf dem Eis erfrieren laßt?« (Ein verdammt unorthodoxer Auftakt für eine Verhandlung – aber er befolgte nur Regel 13: *Schaffe keinen Präzedenzfall, mit dem du nicht leben kannst.*)

»So geht das.« Sie streckte die Hand aus und drückte sie unter sein Kinn. Sofort kräuselte die *Chill*-Kombi sich nach oben und legte sich auf seinem Kopf zu einem ordentlichen Päckchen zusammen. Wenn sie es nicht aufgefangen hätte, wäre es auf den Boden gefallen. »Sie waren nicht in Gefahr. Die *Chill*-Kombi ist absolut winddicht und wirkt wie ein Faraday'scher Käfig. Sie führt nicht mehr Wärme ab, als der menschliche Körper erzeugt, und sie hat einen minimalen Cw-Wert. Wir bleiben oft den ganzen Tag oder die ganze Nacht an der Oberfläche und fühlen uns dabei pudelwohl.« Die Worte waren beiläufig gesprochen, aber der Ton wirkte irgendwie versöhnlich. Sie schenkte ihm sogar ein zögerndes Lächeln. »Seien Sie unbesorgt. Es wird nicht wieder vorkommen.«

Es klang wie eine halbherzige Entschuldigung. Aber weshalb hatten sie den Vorgang dann überhaupt inszeniert? Sie mußte doch gewußt haben, daß Mike Schwierigkeiten haben würde, mit ihr Schritt zu halten.

»Möchten Sie etwas essen oder trinken?« fragte sie zögernd. »Und wenn Sie nicht zu müde sind, können wir dann mit den offiziellen Verhandlungen beginnen.«

Sie legte seine *Chill*-Kombi auf ein Regal neben dem Eingang. Ihre Kombi hatte sie sorgfältig zusammengelegt und verpackt und verstaute sie nun in einer Hüfttasche. Während sie ins Innere der Station gingen, hatte

Mike zum erstenmal die Gelegenheit, die einzigartige Architektur der unterirdischen Kavernen von Cap City zu studieren.

Holz und Metall waren hier knapp. Daher waren die Erbauer gezwungen, auf den Werkstoff zurückzugreifen, den es hier reichlich gab. Die Wände bestanden aus dicken Eisschichten und waren mit einer dünnen Lage der Substanz beschichtet, aus denen auch die *Chill*-Kombis gefertigt wurden. Das hochreflektierende und isolierende Material ermöglichte es, die Räume gut zu beheizen, ohne daß die Wände schmolzen. Im Lauf der Jahre hatten die *Chills* die unterirdische Anlage allmählich erweitert und sich immer tiefer ins Eis eingegraben. Kein Außenstehender hatte Kenntnis vom Umfang dieser Entwicklung.

Sie gingen durch einen langen Speisesaal, an dessen Ende sich ein Privatraum befand. Auf dem im Tisch integrierten Monitor rief Kristen Waldemar eine Speisekarte auf und gab eine Bestellung auf, ohne Mikes Zustimmung einzuholen. Er setzte einen betrübten Blick auf, der besagen sollte, ›Wieviel Arten der Zubereitung gibt es denn für Robben und Pinguine?‹ und heuchelte dann Wohlgefallen bezüglich Anzahl und Zubereitung der auf der Speisekarte aufgeführten Gerichte.

Sie mußte den Blick wohl registriert haben, denn das bisherige gezwungene Lächeln wurde breiter. Seit sie ihn draußen im Schneesturm ausgesetzt hatte, schien sich ihre ganze Haltung verändert zu haben.

»Warten Sie nur ab«, sagte sie. »Ein Händler müßte doch alle Speisen der Welt kennen. Aber ich bin sicher, wir werden Sie überraschen. Etwas Besseres finden Sie *nirgendwo*.«

Das Essen erschien in den in der Mitte des Tisches eingelassenen Luken. Mike kannte die wenigsten der Speisen, und Kristen traf keine Anstalten, davon zu kosten. Sie wartete auf Mike. Schließlich ergriff er eine Gabel und nahm zögernd den ersten Bissen. Während der Händler-Ausbildung war er auf das Protokoll hingewiesen worden: auch wenn es ihm nicht schmeckte, mußte er das Essen loben. In diesem Fall wähnte er sich jedoch auf sicherem Terrain.

Ganz sicher. Es war nämlich köstlich.

»Was ist das denn?« Der nächste Happen fiel größer aus.

Kristen lachte freudig, und Mike korrigierte seine Einschätzung ihres Alters um fünf Jahre nach unten. »Das ist in Lebertran gebratener Seetang. Aber die besondere Würze erhält er durch Morcheln und andere Beilagen. Wenn wir Zeit haben, zeige ich Ihnen einmal die Pilzkeller. Hundertfünfzig Meter tiefer gedeihen die besten Pilze der Welt – Temperatur und Luftfeuchtigkeit werden exakt geregelt, und die Strahlendosis ist gerade richtig. Aber das ist erst der Anfang.« Nun widmete auch sie sich ihrem vollen Teller und langte mit gutem Appetit zu. »Sehen Sie«, sagte sie, »wir wissen, was der Rest der Welt von unserem Essen hält. Sie kennen nur unseren Robbenfett-Becher, mit dem wir auf eine gute Reise trinken, und auf dieses alte Ritual könnte ich auch gern verzichten. Nun, es gab einmal eine Zeit, da diese Vorurteile tatsächlich gerechtfertigt waren. Wir hatten nichts und aßen alles, was eßbar war. Aber heute sind wir die Gourmets der Welt. Wir haben die Meeresfarmen, wir ernten in den Gewässern unter dem Eisschelf, und wir züchten das beste Gemüse und die besten Pilze der Welt in unseren unterirdischen Tanks.«

Das war alles durchaus plausibel, und dennoch hatte Mike Zweifel. Kristen mußte wissen, daß Mike das Händler-Hauptquartier nicht hätte verlassen dürfen, ohne zuvor über die Sitten und Gebräuche der Kap-Föderation instruiert worden zu sein. Das Essen würde vielleicht einen arglosen Besucher erstaunen, nicht aber einen Händler. Deshalb war Kristens Freude, ihm eine Überraschung bereitet zu haben, trotz der gelungenen

Inszenierung unecht. Es war Teil der Verhandlung, und sie beherrschte ihr Metier. *Händler-Regel: Erzähle ihnen, was sie ohnehin schon wissen – es vermittelt ihnen ein Gefühl der Zuversicht.*

Mikes Respekt für ihre Kompetenz wuchs. Von nun an wäre es unklug, Kristen Waldemar spontane Reaktionen zu unterstellen. Und dennoch war er überzeugt, daß die Veränderung in ihrer generellen Haltung ihm gegenüber echt war.

Wunschdenken?

Er ließ den Gedanken freien Lauf und konzentrierte sich auf das beste Essen, das er seit Jahren genossen hatte. Am Kopfende des Tisches befand sich ein üppiges Arrangement von Spirituosen und Drogen, alles, was ein Mensch schnupfen, rauchen oder sich spritzen wollte. Mike hatte kein Auge dafür. Kristen genauso wenig. Wenn das Essen mit Zusätzen angereichert war, dann ließ sich daran nichts ändern; aber als Vorsichtsmaßnahme warf er nach jedem Gang eine Detox-Pille ein.

Es war Kristen, die den bukolischen Zauber brach. Nach einem Gang mit gezuckertem Seetang straffte sie sich auf dem Stuhl und musterte ihn. »Mikal Asparian, wie alt sind Sie?«

Mike räusperte sich zweimal. »Ich bin dreiundzwanzig«, sagte er dann.

»Sie wirken jünger. Und wie viele Händler-Missionen haben Sie schon hinter sich?«

»Dies ist die … ähem … die vierte. Vielleicht auch die fünfte. Hängt von der Zählweise ab.«

»Sweet Scott. Was macht ihr Leute bloß? Zuerst schicken sie einen Mann. Wußten Sie denn nicht, daß wir ausdrücklich um eine Unterhändlerin gebeten hatten?«

»Das wußte ich nicht.« Daddy-O, was tust du mir nur an? Ich muß doch *informiert* werden, bevor ich in einen Einsatz gehe.

»Außerdem haben wir um einen sehr erfahrenen Händler gebeten. Als ich Sie zum erstenmal gesehen hatte, wollte ich Ihnen schon sagen, wieder das Flugzeug zu besteigen und nach Hause zu fliegen. Sie haben recht, daß ich Sie im Schnee ausgesetzt hatte. Vor lauter Wut wollte ich Ihnen einen richtigen Schrecken einjagen.«

»Das verstehe ich. Warum sind Sie dann jetzt so nett zu mir?«

»Sie hatten keine Angst. Sie waren nicht in Gefahr, das war nicht gelogen. Nachdem ich hier angekommen war, hatte ich Sie die ganze Zeit auf dem Radar, so daß Sie sich nicht verirren oder verwundet werden konnten. Aber davon wußten Sie natürlich nichts. Und Sie haben mich überrascht. Besser als Sie hätte ein Einheimischer es auch nicht machen können. Und dann dachte ich, verdammt, er ist ein Mann und noch feucht hinter den Ohren, aber er hat gute Anlagen. Vielleicht sollte ich ihm eine Chance geben.« Sie lächelte. »Wissen Sie, ich werde wohl noch dreißig Jahre als Unterhändlerin arbeiten. Sie haben noch eine längere Zeit vor sich. Wenn wir womöglich so lange zusammenarbeiten, sollten wir besser nett zueinander sein.«

»Danke.«

»Aber kommen Sie jetzt nur nicht auf falsche Gedanken. Ich werde Sie bei den Verhandlungen nicht mit Samthandschuhen anfassen. Sie werden für Ihre Fehler bezahlen. Möchten Sie heute abend schon anfangen, oder sind Sie zu müde?«

Mike brachte den Vertrag, den er auf der Grundlage von Max Dalzells Konzept erstellt hatte, zum Vorschein und legte ihn auf den Tisch. Die *Chill*-Servierroboter krochen aus den Luken und trugen das Geschirr ab.

»Ein erster Entwurf?« fragte Kristen. »Nun, zumindest haben Sie Ihre Hausaufgaben gemacht. Schauen wir mal, wie weit wir voneinander entfernt sind.«

Sie nahm die fünf Bögen und breitete sie vor sich aus.

Die nächsten zehn Minuten verstrichen ohne ein Wort, wobei sie die Stirn runzelte und Mike nervös herumzappelte. Ihr Gesicht war ausdruckslos, und als sie schließlich aufblickte und den Kopf schüttelte, fühlte er sich höchst unbehaglich.

»Das ist erstaunlich«, befand sie. »Wo haben Sie denn gelernt, einen unterschriftsreifen Vertrag aufzusetzen?«

Mike zuckte die Achseln. Darauf gab es nur eine ehrliche Antwort – alle Optionen und Alternativen stammten direkt von Max Dalzell –, aber das wollte er ihr nicht sagen.

»Dafür hatte ich mindestens vier Tage veranschlagt«, fuhr sie fort. »Aber bei dieser Ausgangslage werden wir in ein bis zwei Stunden fertig sein.« Erneut schüttelte sie den Kopf. »Wissen Sie, ich könnte diesen verdammten Vertrag schon *jetzt* unterschreiben, und jeder der Anwesenden wäre glücklich und zufrieden. Sind Sie wirklich *sicher*, daß die Vertreter des Vereinigten Reichs diese Bedingungen akzeptieren werden?«

»Ich *weiß*, daß sie sie akzeptieren werden.«

»Dann ...« Ein paar Minuten saß sie wie eine Statue da und schaute durch ihn hindurch. Dann stapelte sie die Blätter, die er ihr überreicht hatte, akkurat auf und lehnte sich zurück. »Ich glaube, heute abend haben wir genug gearbeitet. Aber wir müssen uns noch ein wenig unterhalten.«

»Nur zu.«

»Nicht hier.« Sie erhob sich. »Kommen Sie.«

Sie gingen den ganzen Weg zur Schleuse zurück, legten die *Chill*-Kombis an und gingen zur blauen Tür. Mike fragte sich, worauf er sich da einließ. Auf eine solche Situation hatte Daddy-O ihn nicht vorbereitet.

Dann verließen sie die Station und waren wieder auf dem Eis. Nach drei Schritten blieb er verzückt stehen.

Der Schneesturm hatte sich gelegt. Der südliche Himmel stand in Flammen. Grüngelbe Streifen zogen hinter roten und lachsrosa Bändern über den Sternenhimmel.

Aurora australis – die Lichter des Südens.

»Hell heute nacht«, sagte Kristen sachlich. »Die Sonne muß wie die Hölle feuern. In einer solchen Nacht bekommt man richtig Mitleid mit den armen Chipponesen dort oben, was? Aber für uns ist es gut – wir brauchen nämlich kein Licht.«

»Es ist großartig.«

»Aha. Das erste Mal für Sie, stimmt's? Keine Sorge, Sie werden sich bald daran gewöhnen.«

Mike drehte sich um und hatte zum erstenmal freie Sicht auf das Terrain des Kaps. Es gab nichts; nichts Lebendiges, nichts Vertrautes. Sie standen auf einem flachen, unberührten Schneefeld mit einem Durchmesser von vielleicht achthundert Metern. Im Hintergrund befand sich eine unwirtliche Landschaft aus spitzen Eishügeln. Scharfe Grate und Nadeln glühten pink und gespenstisch blau unter dem flackernden Himmel.

Ihm war so kalt, daß er glaubte, unmittelbar der Umgebungstemperatur ausgesetzt zu sein, und er fühlte sich so zerschlagen wie die zersplitterten Eishügel. Die Szenerie war schön, aber alles andere lief schief. Die Verhandlungen bezüglich der Roboter hatten sich zu einer Farce entwickelt und waren schon vorbei, bevor sie überhaupt begonnen hatten. Max Dalzell hatte so gute Vorarbeit geleistet, daß es für ihn nichts mehr zu tun gab. Was die primäre Mission betraf, so war Mike nicht mehr als ein Botenjunge. Und wo er nun hier war, begriff er auch, weshalb Daddy-O der anderen Mission so geringe Erfolgschancen eingeräumt hatte. Die Mundsen-Labors und Seth Paramine befanden sich nur sechzig Kilometer weiter südlich – aber es hätten ebensogut sechstausend sein können. Vielleicht war ein *Chill* imstande, einen Weg durch dieses gefrorene Chaos zu finden. Für Mike wäre es ein Ding der Unmöglichkeit.

»Gehen Sie«, sagte Kristen. »Folgen Sie mir.«

Mit stetem Schritt marschierte sie Richtung Süden.

Diesmal versuchte sie nicht, ihn abzuhängen. Er folgte ihren Spuren im Schnee.

Als das ebene Gelände in Spalten und Grate überging, blieb sie stehen. Plötzlich ging sie weiter und bahnte sich leichtfüßig einen Weg durch die bizarre Wildnis. Im Schatten einer überhängenden Eisklippe blieb sie stehen, drehte sich um und schaute Mike an. Die grünen Augenscheiben glühten.

»Das ist unsere *eigentliche* Heimat. Was sagen Sie dazu?«

»Es ist wie der gefrorene Vorhof zur Hölle. ›Großer Gott, dies ist ein schrecklicher Ort.‹«

Sie lachte erheitert. »Wundervoll. Ich vermute, Sie haben vor Ihrer Abreise einige Informationen erhalten – obwohl ich mich schon fragte, ob das wirklich der Fall war. Aber ein echter Einheimischer würde Scott erst dann zitieren, wenn er den Pol erreicht hat, und wir sind noch immer über siebenhundert Kilometer von ihm entfernt. Bleiben Sie stehen und sagen Sie nichts.«

Sie griff nach dem Halsabschnitt von Mikes Anzug und drückte fest zu. Es wurde dunkel und still.

Der fröhliche Ton ihrer Aufforderung verhinderte, daß er in Panik geriet. Aber viel hätte nicht mehr gefehlt, als er erneut einen Druck an der Schläfe verspürte. »Richtig«, sagte Kristen. »Ich habe uns die Anzüge ausgezogen. Unsere Köpfe liegen jetzt direkt aneinander, so daß niemand uns abhören kann. In diesem Zustand halten wir es aber nicht lange aus – keine Wärmeregulierung. Wir würden entweder gebraten oder erfrieren. Aber die nächste halbe Stunde sind wir sicher. Sind Sie in Ordnung?«

»Ich habe gerade gelernt, wie man jemanden bequem umbringen kann«, erwiderte Mike. »Man muß ihn nur aufs Eis führen, die Kontrollen der *Chill*-Kombi zerstören – und ihn zurücklassen. Wenn er den Anzug ablegt, erfriert er. Und wenn nicht, ist er blind und taub und findet nie mehr zurück.«

»Richtig. Aber noch einfacher wäre es, ihm was auf den Kopf zu geben und ihn in einer Spalte im Eis verschwinden zu lassen. Davon abgesehen, kommen die Leute eher aufs Kap, um Sex zu machen, anstatt zu sterben – die *Chill*-Anzüge verfügen nämlich über Optionen, die Außenstehende sich nicht einmal träumen lassen. Aber wir sind nicht hier, um Spielchen zu treiben. Ich wollte nur ungestört sein. In der Station wäre das nicht möglich. *Händler-Eid?*«

Jetzt war Mike in einer schwierigen Situation. Informationen, die er unter dem Händler-Eid erhalten hatte, durfte er nicht weitergeben. An *niemanden,* nicht einmal an einen anderen Händler. Daddy-O speicherte diese Information in seinen Dateien, aber kein Mensch würde jemals davon erfahren.

Der Schweiß brach ihm in der *Chill*-Kombi aus. Was, zum Teufel, hatte Kristen ihm zu sagen, das des Händler-Eids bedurfte? Aber wenn er sich weigerte, würde ihm vielleicht eine große Sache entgehen.

Mike brauchte drei wertvolle Minuten, um sich die Sache zu überlegen. Würde ihm die Kontrolle über die Situation dadurch nur noch mehr entgleiten? *Konnte* das geschehen? Er wünschte sich, Jack Lester wäre über eine Mentoren-Schaltung mit ihm verbunden und würde ihm alberne Ratschläge ins Ohr flüstern. Zeichnete der Fingerspitzen Recorder durch die Luftschicht im Anzug wenigstens die Gespräche auf?

»Einverstanden«, sagte er schließlich. »Alles, was Sie mir hier sagen, steht unter dem Schutz des Händler-Eides.« Um den Recorder würde er sich nach seiner Rückkehr kümmern.

»Gut. Zunächst möchte ich Sie über den aktuellen Stand der Föderations-Politik informieren. Wir stehen am Anfang einer großen Auseinandersetzung zweier Fraktionen. Die Puristen verlangen, daß wir uns vom Rest der Welt isolieren und das Defensivsystem des Kaps verstärken. Sie wollen keine Geschäfte mit den

Händlern und den anderen Regionen. Sie stellen allerdings nur eine Minderheit dar. Die *Rimmers* hingegen – zu denen ich und alle unsere Unterhändler gehören – wollen einen Ausbau des Handels und der Zusammenarbeit. Wir halten stärkere Waffen für ein nutzloses Unterfangen.«

»Sie handeln dem Gedanken des Händler-Eids zuwider. Alles, was Sie mir bisher gesagt haben, gehört zum Allgemeinwissen der Händler.«

»Bis jetzt schon. Nur: bei den Puristen hat kürzlich eine Gruppe Extremisten die Führung übernommen. Sie haben ein Programm aufgelegt, das die Isolation *garantieren* soll. Und letzte Woche hatten sie die erste extreme Maßnahme ergriffen. Sie haben einen Kommandoeinsatz in die Große Republik organisiert und eine Gruppe Yankee-Wissenschaftler entführt. Sie haben sie in eine von ihnen kontrollierte Forschungseinrichtung gebracht.«

Mike fröstelte, was aber nicht auf einen Defekt der *Chill*-Kombi zurückzuführen war. Er wurde da in etwas hineingezogen, das den Rahmen der Mission sprengte. »Seth Paramine«, sagte er.

»Was?«

»Nichts. Sind Sie sicher, daß es eine *Gruppe* Yankee-Wissenschaftler war? Erzählen Sie weiter.«

Kristen packte ihn an der Schulter. »Natürlich dementieren die Puristen alles. Die spärlichen Informationen, über die wir verfügen, haben wir mosaikartig zusammengesetzt. Aber begreifen Sie, was das für uns bedeutet? Wir können nicht hergehen und dem Rest der Welt erzählen, was die Puristen getan haben, denn das würde auf die *ganze* Kap-Föderation zurückfallen. Wir müssen die Puristen stoppen, und wir müssen die Yankees informieren, daß dies eine isolierte Aktion war, die nicht repräsentativ für uns ist.«

»Ich verstehe. Aber ich wüßte nicht, was das mit mir oder den Händlern zu tun hätte – es sei denn, Sie wollten mich als Vermittler zwischen Ihnen und den Yankees einschalten.«

»Das wollen wir auch, aber das ist noch das Einfachste. Wir möchten, daß Sie für uns mit den *Anführern der Puristen* verhandeln und nach einer Möglichkeit suchen, die Yankees zu befreien. Offiziell treten Sie aber nach wie vor als Händler in Erscheinung.«

»Aber warum tun Sie das denn nicht selbst? Sie sind doch auch eine Unterhändlerin und haben zudem viel mehr Erfahrung als ich.«

»Ich bin eine bekannte *Rimmer*. Deshalb glaube ich nicht, daß sie mich auch nur in die Nähe der Mundsen-Labors lassen. Aber *Sie*, Sie sind ein Händler, und ein guter dazu; sie werden Ihnen Einlaß gewähren.«

Regel 44: Geize nicht mit Lob; es kostet nichts. Es wäre sicher interessant, die Verhandlungstechniken der Händler einmal aus einer anderen Perspektive zu betrachten.

Mike seufzte. »Vielleicht werde ich es machen. Nennen Sie mir Ihre Bedingungen, und dann lassen Sie uns wieder nach unten gehen, bevor wir beide noch erfrieren.«

Der Flug zu den Mundsen-Labors erfolgte in einem Gleiter, einem linsenförmigen Fluggerät, das nur wenige Meter über der zerklüfteten Oberfläche dahinflog. Der Gleiter flog mit automatischer Flugsteuerung, und nachdem Mike von der sekundenlangen Betrachtung des schemenhaft unter ihm dahinrasenden Bodens schwindlig geworden war, wandte er den Blick vom Fenster ab.

Es gab vieles, worüber er nachdenken mußte.

Er war zum Haupt-Forschungszentrum der *Chills* unterwegs, der Bastion der Puristen-Fraktion. Die dort stationierten *Chill*-Wissenschaftler waren Spezialisten der Miniaturisierung. Ob der Fingerspitzen-Recorder ihrer Aufmerksamkeit entgehen würde?

Und was noch schlimmer war, die beiden Agenden

der Mission verloren ihr eigenständiges Profil. Was das Vereinigte Reich und die *Chill*-Regierung betraf, so war er hier, um über Casino-Roboter zu verhandeln. Vom Standpunkt der Yankees aus versuchte er, eindeutige Beweise für Paramines Aufenthalt in den Mundsen-Labors zu beschaffen.

Und zudem verlangten Kristen Waldemar und die Fraktion der *Chill-Rimmers*, daß er *vorgab*, für die Yankees zu arbeiten, während er gleichzeitig versuchte, in geheimen Verhandlungen eine Rückkehr der ›entführten Wissenschaftler‹ – also Seth Paramine – zu erreichen, was Kristen jedoch nicht wußte. Und dann waren da noch die Puristen. *Sie* glaubten, daß Mike die Mundsen-Labors deswegen aufsuchte, weil er sich über den aktuellen Stand der Mikroelektronik informieren wollte, um dies in eine eventuelle Separatverhandlung mit den Yankees einzubringen – ein Geschäft, das ihre isolationistischen Anführer niemals tätigen würden!

Mike betrachtete das Cockpit des Gleiters, wobei ihm dieser Wust aus inkompatiblen Zielvorgaben im Kopf herumging. Falls er die Mundsen-Labors schnell verlassen mußte, hätte er ganz gern gewußt, wie. Der auf Autopilot operierende Gleiter verfügte über ein leistungsstarkes Triebwerk. Mike sah, daß die Skala der Geschwindigkeits-Anzeige bis Mach Drei reichte und die des Höhenmessers bis fünfzehntausend Meter. Nicht schlecht – falls es ihm gelang, den Gleiter zu erreichen und zu starten.

Der Gleiter verlor an Geschwindigkeit, bis er schließlich nur noch schwebte. Kristen hatte die Ankunftszeit sorgfältig berechnet. In diesen Breiten und dieser Jahreszeit war es nur ein paar Stunden am Tag hell. Kurz vor zwölf Uhr Ortszeit setzte der Gleiter auf dem Mundsen-Flugfeld auf. Mike befand sich in einer flachen Senke, die vor dem Südwind geschützt war und jeden Lichtstrahl einfing. Es war durchaus möglich, daß an einem schönen Sommertag die Temperaturen hier tatsächlich über null Grad stiegen. Die Eisfläche war spiegelglatt und wies im schräg einfallenden Sonnenlicht ein schönes phosphorgrünes Glühen auf.

Der menschliche Aspekt der Szenerie war leider deutlich unerfreulicher. Noch bevor Mike den Anzug geschlossen hatte und auf das mit Pulverschnee bedeckte Eis getreten war, waren wie aus dem Nichts zwei in *Chill*-Kombis steckende Gestalten erschienen und hatten sich vor der Luke des Gleiters postiert. Sie trugen eine merkwürdige Bewaffnung, altertümlich wirkende Schußwaffen.

Positiv denken. »Hallo«, sagte Mike, als er den Gleiter verließ. »Ich bin ein Händler und bin gekommen, im Auftrag der Yankees wegen neuer Casino-Roboter zu verhandeln. Ich heiße ...«

»Mikal Asparian.« Eine der Gestalten schüttelte den Kopf. »Sie sind ein Händler, das ist richtig. Aber Sie sind nicht wegen irgendwelcher Roboter hier.« Aus dem Klang der Stimme schloß Mike, daß der andere ein fieses Grinsen im Gesicht haben mußte. »Sie arbeiten für die *Rimmers*. Wollen Sie das etwa bestreiten?«

Natürlich wollte Mike das bestreiten, bezweifelte jedoch, daß es viel nutzen würde. Er verfluchte die Sicherheitsmängel in Cap City. Wenn sie das schon wußten, was wußten sie sonst noch? Also sagte er gar nichts.

Sie eskortierten ihn an vier alten und korrodierten Wellblechhütten vorbei. Der Einrichtung nach zu urteilen, stammten sie noch aus den Anfangsgründen der Erforschung der Antarktis. Sie waren unbewohnt. Vielleicht ein Denkmal für die ersten Wissenschaftler, die in der Antarktis gearbeitet hatten? So etwas fand das Wohlgefallen der Puristen.

Schweigend marschierten sie fast einen Kilometer bis zu einer anderen flachen Senke im Eis. Diese wurde von einer stabilen Absperrung umgeben. An einer Stelle wies die Barrikade eine Bresche auf, eine breite Öffnung, wobei nur dicht über dem Boden ein dünnes

Rohr verlief. Sie stiegen darüber hinweg und gingen zu einer zylindrischen Struktur, die aus dem Eis ragte. Es war das Oberteil eines Aufzugsschachts.

Auf beiden Seiten von einem Wächter flankiert trat Mike ein und fuhr eine halbe Minute unter Tage, wobei es bis auf das schwache Surren der hinter der Schachtwand verborgenen Mechanik still war. Bevor sie die Schachtsohle erreichten, schlüpfte der Mann zur Rechten aus dem *Chill*-Anzug. Er bedeutete Mike, das gleiche zu tun.

»Temperaturgradient von über drei Grad pro Meter«, sagte er. »Vielleicht ist es Ihnen sogar zu warm.« Der Mann hatte einen blassen Teint, einen breiten Kahlkopf und einen schmalen Mund. Er wirkte selbstzufrieden, aber nicht unfreundlich. »Sie werden bis morgen früh hierbleiben«, fuhr er fort. »Dieser Ort ist ein Forschungslabor, kein Gefängnis. Also müssen Sie mit unserer einzigen sicheren Unterkunft vorliebnehmen. Und jetzt raus hier!«

Er richtete die Waffe auf ihn, als die Fahrstuhltür sich öffnete. Vor ihnen lag ein langer, niedriger Korridor, dessen Wände mit dem Material der *Chill*-Kombis verkleidet waren. Mike wurde zu einer verschlossenen Tür geführt und mußte sich umdrehen, während sein haarloser Wächter sich an einem Zahlenschloß zu schaffen machte.

»Rein da!« befahl er. »Hoffe, Sie genießen die Gesellschaft. Wenn nicht, können wir auch nichts dafür.«

Der andere Mann, der noch immer in seiner *Chill*-Kombi steckte, stieß ein hohes Lachen aus und berührte ihn leicht mit der Waffe. Mike trat ein und schaute sich im Raum um, als die Tür mit einem satten Plopp zugeschlagen wurde.

Erfolg – aber er fühlte sich nicht so. Er befand sich nicht weiter als sechs Meter von Seth Paramine entfernt.

Das vermißte Genie kauerte auf dem Boden des Raums, in der gleichen Positur, wie sie auch auf den Videos zu sehen gewesen war. Jetzt indes befaßte er sich stirnrunzelnd und brabbelnd mit einer Struktur aus ineinandergreifenden Spiralen, die aus Metallgliedern und Kunststoffkugeln bestanden.

Als die Tür geschlossen wurde, schaute er auf und starrte Mike mit vorgeschobener Unterlippe an. »Wo ist mein Abendessen?« fragte er.

Mike setzte sich neben ihn. Der Raum hatte einen weichen Boden, aber keine Stühle. »Es ist noch zu früh. Es gibt erst in drei Stunden Abendessen.«

Diese Auskunft wurde mit einem Stirnrunzeln und einem Schütteln des massiven Schädels quittiert. »Ich will *jetzt* mein Abendessen.« Dann wandte er seine Aufmerksamkeit von Mike ab und konzentrierte sich wieder auf die Metallspiralen.

Mikes Gedanken überschlugen sich. Er befand sich im selben Raum mit Seth Paramine. Paramine war ein Genie. Mike würde ihm die Problematik erläutern, Paramine würde einen Weg finden, ihnen die Flucht zu ermöglichen, und dann würden sie mit dem Gleiter zum Hauptquartier der Händler zurückfliegen ...

War zwar unwahrscheinlich, aber er mußte es trotzdem versuchen. Mike griff nach dem Strohhalm. Er setzte sich neben Seth Paramine und legte ihm die ganze Geschichte dar, langsam und detailliert: daß Seth entführt worden war, daß seine Familie und seine Freunde in der Großen Republik sich wegen ihm Sorgen machten, daß die Gehirnsonden, die man ihm eingeführt hatte, ihm schaden könnten, daß er, Mike, geschickt worden sei, ihn zu suchen, daß sie mit seiner Hilfe entkommen und nach Hause zurückkehren könnten ...

Er ließ nichts aus. Als Mike geendet hatte, schaute Paramine ihn aus trüben schiefergrauen Augen nachdenklich an. »Du redest zuviel, und du hast komische Ohren«, sagte er. Und dann konterte er mit einem Argument, das Mikes ganze Eloquenz entwertete. »Ich will zwei verschiedene Kuchen zum Abendessen.«

Die nächsten drei Stunden beschäftigte er sich mit seinen Spielsachen, während Mike in dem großen Raum auf und ab ging und in seiner Phantasie den Mann oder die Frau überwältigte, die das Essen brachten.

Er hätte es besser wissen sollen. Er befand sich auf *Chill*-Territorium – in dem Land, wo die Servierroboter *gebaut* wurden. Die gesamte Lebensmittel-Logistik, einschließlich der Küche, war automatisiert. Präzise um siebzehn Uhr klappte ein Paneel aus der Wand und verwandelte sich in einen Tisch mit einer Servierluke. Teller mit warmem Essen schlitterten über die Tischplatte. Messer und Gabel gab es nicht, aber das focht Seth Paramine nicht an – anscheinend hatte er es nicht einmal erwartet. Er nahm den Löffel, beugte den Kopf über den Teller und schlang das Essen hinunter. Dann wartete er voller Ungeduld auf den Nachtisch.

Der wurde schließlich auch gereicht, entsprach indes nicht seinen Vorstellungen.

»Nur eine Sorte Kuchen!« lamentierte er. Düster blickte er auf das Objekt des Verdrusses, schlug mit dem Löffel auf die Luke und schaute Mike vorwurfsvoll an. »Nur ein Kuchen. Kriege immer zwei Stück Kuchen, wenn du nicht da bist.«

»Hier.« Mike schob ihm einen Teller hin. Er hatte kaum mit der Mahlzeit begonnen. »Wenn du willst, kannst du meine Buttercremetorte haben.«

Paramine schaute mit offenem Mund hin, grinste und zog den Teller zu sich heran. Er griff nach dem Löffel. In kaum zwanzig Sekunden hatte er das Stück Torte hinuntergeschlungen. Dann nahm er den Teller, leckte ihn ab und grunzte enttäuscht. Er sah noch immer hungrig aus. Anscheinend ersetzten zwei Portionen des gleichen Nachtischs keine zwei verschiedenen Portionen.

»Nur eine Sorte Kuchen!« beanstandete er erneut.

Seth Paramine war ein schwieriger Mensch. Zu Mikes Erleichterung erhob das Genie sich schließlich, pirschte im Raum umher und brabbelte etwas von Kuchen. Mike widmete sich derweil seinem Essen. Es entging sogar seiner Aufmerksamkeit, daß Seth zur Tür ging und den Raum verließ. Bevor Mike sie erreicht hatte, schlug sie wieder zu.

»Seth!« Mike rannte zur Tür und hämmerte mit beiden Fäusten dagegen. »Seth, öffne die Tür. Laß mich raus!«

Nichts. Kein Wort, kein Laut. Stöhnend ging Mike zum Tisch zurück – nur um zu sehen, daß sein Essen abgetragen wurde. Die Servierroboter hatten angenommen, er wäre fertig. Nun schlug er mit dem Löffel auf die Luke, wobei ihm jedoch auch nicht mehr Erfolg beschieden war als Seth Paramine.

Mike bearbeitete noch immer die Luke, als er hörte, wie die Tür hinter ihm sich wieder öffnete. Diesmal reagierte er viel schneller. Als Seth triumphierend mit einer Platte Obstkuchen eintrat, sorgte Mike dafür, daß die Tür offenblieb.

Er hielt sie fest. »Seth, kannst du die Tür jederzeit öffnen?«

Paramine nickte mit vollem Mund.

»*Wie* machst du das?«

Paramine zuckte die Achseln. »Ich öffne Schloß.«

»Ja, aber ich meine, *wie* ...?« Mike verstummte. Wozu fragen? Wie auch immer die Antwort lautete, es würde ihm nicht weiterhelfen. Seth praktizierte Elektronik auf der intuitiven Ebene. Das Öffnen eines elektronischen Türschlosses war für ihn so natürlich wie das Atmen.

»Bist du sicher, daß du es jederzeit wieder öffnen kannst?« Als Paramine nickte, schloß Mike die Tür. Sie verriegelte sich wieder.

Nach einigen Stunden nahm er die Unterhaltung mit Seth erneut auf. Diesmal hatte er eine Strategie entwickelt. Er lenkte die Unterhaltung auf das Essen. Seth ging bereitwillig darauf ein. Er zählte Mike seine Lieblingsgerichte auf: gezuckerte Feigen, geröstete Wildgans,

Krabbenplätzchen, kandierte Morcheln, Vollkornbrot, Bratäpfel, Robben-Pastete, gefüllte Flunder, Schnappschildkrötensuppe, Siruptorte, gebratene Austern, Persimonentorte – und alles mit Ananas und Schokolade.

Die Aufzählung der Gerichte erfolgte ohne Systematik. Als er geendet hatte, setzte Mike sich hin und erstellte eine Speisekarte, die er mit einem von Seth' Malstiften auf der Servierluke notierte. Dieser Vorgang war langwierig. Schließlich hatte er zwölf Gerichte aufgeschrieben, wobei die Brotsorten, Salate, Soßen und Beilagen noch nicht enthalten waren; jedes Gericht entsprach genau Seths Geschmack.

Als Mike damit fertig war, nahm er neben Seth Platz. »Ich möchte dir von einem Essen erzählen, das ich für meine Freunde geben werde.«

Mike ließ sich Zeit. Er zählte jeden einzelnen Gang, jedes einzelne Gericht auf. Als er geendet hatte, erschien ein Ausdruck auf Seths Gesicht, der nur als Ekstase bezeichnet werden konnte.

»Wann?« fragte er.

»Sobald wir wieder in Cap City sind. Nicht weit von hier – wir könnten heute abend noch hinfliegen. Ein Gleiter steht bereit.«

Seth erhob sich und ging zur Tür.

»Moment«, sagte Mike. »Wir müssen nach draußen gehen. Hast du einen *Chill*-Anzug?«

»*Chill*-Anzug?« fragte Seth mit leerem Blick.

»Einen solchen.« Mike zeigte ihm den Anzug, in dem er angekommen war.

»Weiß nicht.« Er zuckte die breiten Schultern. »Besorgst du mir einen?«

»Wir werden sehen. Du mußt aber erst die Tür öffnen, bevor wir einen suchen können.«

»Hmmm.« Seth nahm ein Segment der Metallspiralen in die Hand und ging zur Tür hinüber. Er fuchtelte damit vor dem Schloß herum und drückte gegen die Tür. Sie schwang auf, und er ging hindurch. Die fachliche Seite des Idioten – aber *wie machte er das*? Kein Wunder, daß er die *Chill*-Ingenieure schier zur Verzweiflung gebracht hatte.

Der Korridor war leer. Sie verließen den Raum und marschierten zum Aufzug. Einen *Chill*-Anzug entdeckte Mike indes nicht. Konnten sie auf ihn verzichten? Nein. Draußen waren es vielleicht minus fünfzig Grad.

Irgendwo im Haupttrakt mußte es Reserve-Kombis geben. Aber die Suche danach dauerte vielleicht die ganze Nacht, und wenn die beiden erst einmal entdeckt wurden, war alles vorbei.

Mike kannte nur einen Ort, an dem sich *mit Sicherheit* ein Anzug befand. Und zwar im Gleiter.

»Warte hier auf mich«, sagte er. »Geh auf keinen Fall weg. Ich bin gleich wieder zurück.«

Ohne Paramine eine Gelegenheit zum Widerspruch zu geben, betrat er den Aufzug und fuhr nach oben. Unterdessen legte er seinen *Chill*-Anzug an. Als er die Oberfläche erreichte, war er vollständig eingehüllt, und in der Nähe der Aufzugtür – Gott sei Dank dachten die *Chills* so logisch – befand sich ein Regal mit einem halben Dutzend *Chill*-Kombis. Er nahm sich eine und schaute nach draußen.

Ein weiterer Schneesturm kündigte sich an, und die ersten Flocken fielen bereits. Er ging ein paar Schritte auf die Öffnung im Metallgatter zu, um sich bei der verschlechternden Sicht den Weg zum Gleiter einzuprägen. Plötzlich ertönte eine Sirene, und ein Blitz leuchtete vor ihm auf. Die Lücke im Zaun verschwand; an ihrer Stelle erhob sich nun eine Wand aus abgefackeltem Gas, die dem über dem Boden verlaufenden Metallrohr entsprang.

Soviel zu der Illusion, die Sicherheitsmaßnahmen des Mundsen-Labors rangierten irgendwo zwischen nachlässig und nonexistent. Jeder, der sich der Bresche im Zaun näherte, löste die Feuerwand aus. Beim Versuch, sie zu überwinden, würde er gebraten werden.

Es sei denn … Grundkurs Physik.

So schnell er konnte rannte Mike zum Aufzug zurück und hieb auf den Abwärts-Knopf. Irgendwo mußte Alarm ausgelöst worden sein, und nun kam es auf jede Sekunde an.

Paramine lehnte träge an der Wand. Mike zerrte ihn in den Aufzug, hieb auf den Aufwärts-Knopf und half Seth beim Anlegen des *Chill*-Anzugs. Inmitten dieser Verrichtung erinnerte Mike sich plötzlich. Wovor hat Seth Paramine Angst … Nadeln und Scheren … Feuer und Flamme …

Nie würde Seth durch diese Feuerwand laufen.

Paramine hatte den Anzug angelegt, und der Aufzug hatte die Oberfläche fast erreicht.

»Es wird dunkel und ruhig sein, wenn wir nach draußen gehen«, sagte Mike ruhig. »Keine Angst, ich kenne den Weg zum Gleiter und werde dich an der Hand halten. Alles klar?«

»Hmmm. Habe bald wieder Hunger.«

»Warte nur ab, ich serviere dir das beste Essen, das du je genossen hast.« Mike hob eine behandschuhte Hand und drückte auf die Anzug-Kontrollen unter Paramines Kinn; gleichzeitig glitt die Aufzugtür zur Seite.

»Dunkel«, hörte Mike ihn sagen. Dann schob er Seth auf den Zaun zu.

Als sie noch fünf Schritte entfernt waren, entzündete das Gas sich mit einem Zischen. Mike ging weiter und schritt geradewegs in die Flammen.

Nach fünf Sekunden waren sie durch und hatten die Freiheit vor Augen. Sie gingen auf den Gleiter zu.

Sie hatten es fast geschafft.

Dreißig Sekunden nach Besteigen des Gleiters waren sie in der Luft. Erst dann betätigte er die Kontrollen von Seths Anzug.

Er stieg auf eine Höhe von viereinhalb Kilometern und fuhr dabei die Triebwerke hoch. Die Geschwindigkeit überschritt Mach Zwei. Mike glaubte schon, ihrem Rückflug würde nichts mehr im Wege stehen. Er schlüpfte aus der *Chill*-Kombi und half Seth aus seiner. Plötzlich wurden die Triebwerke zurückgefahren, und der Gleiter ging in einen langen, steilen Gleitflug über. Die Steuerung war lahmgelegt.

In einer Höhe von dreihundert Metern sprangen die Triebwerke wieder an; sie erzeugten gerade so viel Schub, um eine kontrollierte Landung zu ermöglichen. Der Gleiter schlitterte auf einer langen Eisbank entlang und kam schließlich zum Stehen. Dann schwiegen die Triebwerke endgültig.

Nach einer Minute landete ein anderer Gleiter neben ihrem. Drei bewaffnete Männer stiegen aus und näherten sich ihrem Gleiter. Mike hatte keine Waffe, nicht einmal einen Knüppel. Unter diesen Umständen wäre ein Kampf aussichtslos gewesen. Er entriegelte die Luke, und die Männer kamen an Bord und entledigten sich ihrer Anzüge.

Es war der Glatzkopf, flankiert von zwei grimmig dreinblickenden jungen Männern.

»So«, stellte der Mann fest. »So, so, so. Zum Glück machen Sie keine Schwierigkeiten. Sie werden sicher verstehen, daß dieser Vorfall uns zu einer Revision unseres ganzen Sicherheitssystems veranlaßt.«

Mike sagte nichts. »Wir wollten gerade zu Abend essen. Sind das deine Freunde?« fragte Seth Paramine mit verdrießlichem Gesicht.

»Eigentlich nicht.« ›Glatze‹ entrang sich sogar ein halbes Lächeln und setzte sich auf einen Kabinenstuhl. »Aber vielleicht werden wir eines Tages Freunde sein. Sie müssen nämlich wissen, daß wir Kompetenz und Einfallsreichtum respektieren, egal von welcher Seite. Woher wußten Sie denn, daß die *Chill*-Kombis feuerfest sind?«

Bei diesem Wort stieß Seth ein Knurren aus, bewegte sich jedoch nicht.

»Elementarphysik.« (Warum erzähle ich ihnen das überhaupt? fragte er sich. Andererseits, warum nicht? Damit würde er ohnehin kein zweitesmal durchkommen.) »Mir wurde gesagt, daß eine *Chill*-Kombi nur sehr wenig Wärme abstrahlen und aus einem nichtleitenden Material bestehen würde. Wenn der Anzug nichts abstrahlt, wird er auch nichts absorbieren – gemäß dem Zweiten Hauptsatz der Thermodynamik *müssen* Emission und Absorption sich neutralisieren. Was ...« – Mike deutete auf die Schußwaffen – »... dadurch bestätigt wird. Einem Anzug, der Energie reflektiert, können Laser nichts anhaben – aber mit altmodischen Schußwaffen kann man ihn perforieren.«

»Stimmt – aber jemand mit einem solchen Vertrauen in die Gesetze der Physik ist selten. Ich bin nicht sicher, ob ich das Risiko eingehen würde.« Diesmal war das Lächeln echt. »Gut. Was jetzt?«

»Sagen Sie es mir. Sie haben doch das Kommando.«

»Das dürfte wohl zutreffen.« Der Mann saß einige Sekunden lang reglos da und schaute Mike mit einem seltsam freundlichen Gesichtsausdruck an. »Natürlich werden wir Paramine wieder mitnehmen. Und wenn Sie nichts dagegen haben, desaktivieren wir das kleine Gerät in Ihrem Finger, um alle Beweise zu vernichten. Aber dann ... wissen Sie, ich werde mich viel wohler fühlen, wenn Mikal Asparian wieder in Cap City ist – oder noch besser, im Händler-Hauptquartier. Sie verursachen mir nämlich Kopfschmerzen. Ich möchte nicht, daß Sie die Mundsen-Labors noch einmal betreten. Also werde ich ein paar Anrufe tätigen und sehen, wie wir weiter mit Ihnen verfahren.«

Das Trio ging zur Luke und hielt dabei die Waffen auf Mike gerichtet. Dann wandte ›Glatze‹ sich in der Schleuse um. »Nur, damit Sie Seth nicht wieder dazu animieren, an Schlössern herumzufummeln, möchte ich Sie darauf hinweisen, daß es sich hierbei um ein mechanisches und kein elektronisches Schloß handelt.

Und wir werden die Tür ständig im Auge haben. – Bis bald.«

Mike trat ans Fenster und sah, wie sie zu ihrem Gleiter zurückgingen. Wie der Glatzkopf angekündigt hatte, schaute einer von ihnen immer wieder zurück, und als sie den Gleiter bestiegen hatten, sah Mike ein Gesicht am Fenster.

Mißgelaunt setzte er sich auf den Pilotensitz. Wieviel Zeit hatten sie? Im Grunde war es unerheblich. Selbst wenn die Zeit zu knapp war, mußten sie es versuchen.

Mike beugte sich zum Cockpit des Gleiters hinüber. Es war mit einem Dutzend Inbus-Schrauben befestigt. Fing schon mal gut an – ohne den passenden Schraubenschlüssel konnte er sie nie lösen. Er ließ sich auf Hände und Knie hinab, kroch unter das Cockpit und drehte den Kopf so weit wie möglich nach oben. Es war völlig dunkel unter dem Cockpit, und in der Kabine gab es keine Taschenlampe. Zudem befand das Cockpit sich nur wenige Zentimeter von seinem Gesicht entfernt. Selbst bei perfekten Lichtverhältnissen hätte er die Augen nicht richtig fokussieren können.

Was nun?

Mike kroch wieder unter dem Cockpit hervor und erblickte Seth, der ihn mit etwas größerem Interesse als üblich musterte. »Ich versuche gerade, das Cockpit zu demontieren. Dieses hier. Irgendwelche Vorschläge?«

Seth starrte es zehn Sekunden lang an. »Nein«, beschied er ihn dann.

Soviel also zur Unterstützung von diesem Wunderkind. Wenn es sich nicht gerade um Essen oder Elektronik handelte, konnte man Seth vergessen. Mike nahm wieder auf dem Pilotensitz Platz und starrte für weitere fünf Minuten auf das Cockpit. Dann ging er zu den *Chill*-Anzügen hinüber, hob einen über den Kopf und schlüpfte hinein. Er machte sich indes nicht die Mühe, ihn ganz zu schließen. Sobald der Anzug den Dienst aufgenommen hatte, krabbelte er wieder unter das Cockpit und verrenkte sich erneut fast den Hals.

Der in die optischen Sensoren des Anzugs integrierte Restlichtverstärker kompensierte geringe Lichtstärken und verbesserte den Kontrast und die Schärfe des Bildes. Nun war er auch in der Lage, das Cockpit aus einer Distanz von zehn Zentimetern deutlich zu erkennen und es aus der Überkopf-Position zu untersuchen.

Es bestand aus zwei Hälften, die an der Nahtstelle eine Nut aufwiesen. Mike drückte dagegen, und es gab etwas nach. Das Fehlen von Bolzen und Schrauben war ein Indiz dafür, daß das Cockpit allein durch den Druck der Verkleidung zusammengehalten wurde. Wenn man diese entfernte, würde das Cockpit in zwei Teile auseinanderfallen. Leider war er nicht in der Lage, die Verkleidung abzumontieren.

Er befand sich wieder in einer Sackgasse, diesmal jedoch nicht allzu lange. Mike vermutete, daß die Verkleidung und der Korpus des Cockpits durch eine simple Nut- und Federverbindung miteinander verbunden waren; es war keine konstruktive Notwendigkeit für die Verwendung von Klebern gegeben.

Er rollte sich auf den Rücken, führte die behandschuhten Hände nach oben und drückte gegen die rechte Seite der Verkleidung.

Die Verkleidung krümmte sich leicht und setzte ihm dann einen Widerstand entgegen. Etwas mußte oben aufliegen. Zum Teufel. Wenn Mike ihre Maschine zerstörte, was konnten sie schon dagegen unternehmen? Er spannte die Rückenmuskulatur an und drückte die Arme durch. Da ertönte das Geräusch brechenden Kunststoffs, und schließlich sprang die rechte Cockpit-Hälfte nach oben weg. Sie hatte sich von ihrem Gegenstück gelöst, und nun konnte er beide Hälften zusammenschieben und die Rückseite der Verkleidung erreichen.

Jetzt wurde es heikel. Bis zu diesem Punkt hatte Mike

sich ohne wirkliche Hoffnung auf Erfolg abgemüht. Nun, da er Fortschritte machte, befürchtete er, alles zu zerstören. Vorsichtig tastete er die Struktur ab. Nur durch Abtasten würde er nie zu einem Ergebnis gelangen. Also war er gezwungen, den Kopf durch die Verkleidung zu stecken; er schielte auf die an der Spitze der Anzug-Nase angebrachten Kontrollen und versuchte gleichzeitig, mit einer Hand vor den Augen zu arbeiten.

Vermutlich war es unmöglich, die Platinen, die er suchte, von unten abzutrennen. Er würde die ganze Verkleidung abnehmen und die Teile dann demontieren müssen. Und hier wurden wieder die Schrauben zum Problem. Er konnte von *hinten* an sie herankommen, wo dieser fünfeckige Schraubenkopf nicht vorhanden war. Am anderen Ende der Bolzen befanden sich, dem konventionellen Maschinenbau sei Dank, bloß einfache Sechseck-Köpfe. Mike konnte sie erreichen; nach einer unglaublichen Anstrengung, welche die Fingerspitzen maximal belastete und nicht gerade zum Werterhalt der *Chill*-Kombi beitrug, gelang es ihm schließlich, sie zu lösen.

Nachdem er die Verkleidung abgenommen hatte, stieß er endlich zum Herz des Cockpits vor. Es bestand aus fünf Platinen, von denen jede die Größe und Stärke einer Spielkarte hatten.

Mike schaute auf die Uhr. Unglaublich. Er war nur fünfundzwanzig Minuten zugange gewesen – nicht die drei oder vier Stunden, die scheinbar verstrichen waren. Er brachte die Platinen zu Seth, der faul dasaß und den Schnee draußen betrachtete.

»Hier. Ich habe ein Spielchen für dich. Es ist ein Puzzle. Irgendwo auf diesen Leiterplatten befindet sich ein Baustein, der es ermöglicht, daß die normalen Steuersignale von per Funk übermittelten Störsignalen überlagert werden. Ich möchte wissen, wo dieser Baustein sitzt. Und ob er desaktiviert werden kann.«

Seth schniefte, nahm Mike die Baugruppe aus der

Hand und betrachtete sie ein paar Sekunden lang. Dann schüttelte er den Kopf. »Weiß nicht.«

Mike war platt. Die ganze Anstrengung, nur für eine in zwei Sekunden erfolgte Negativantwort. »Kannst du denn gar nichts zu dieser Schaltung sagen?«

»Nein.« Eine Weile saß Seth nur da und starrte geradeaus. Dann, als ob ihm mit Verzögerung doch noch ein Gedanke gekommen wäre, fügte er hinzu: »Zu klein.«

Zu klein.

»Verdammt. Du meinst…« Mike hielt inne. Er sollte lieber sich selbst verfluchen, nicht Seth Paramine. Seth war nämlich nur an das Arbeiten mit vergrößerten Schaltungen gewohnt. Er verfügte genauso wenig wie Mike über einen mikroskopischen Blick. Um diese Mikroschaltungen zu analysieren, mußte er sie auch sehen!

Fünf wertvolle Minuten verstrichen, bis Seth den Anzug übergezogen und der Versicherung Glauben geschenkt hatte, daß er nicht wieder nach draußen mußte. Schließlich saß Seth mit gesenktem Kopf in der Ecke und inspizierte jede Platine, wobei er sie schräg einen Zentimeter vor die Nase der *Chill*-Kombi hielt. Ab und zu stieß er ein überraschtes, zufriedenes oder enttäuschtes Grunzen aus.

Nach fünf Minuten nahm Seth eine der schon abgelegten Platinen, die dritte der Baugruppe, und zeigte auf eine etwa zweieinhalb Zentimeter von der rechten Kante entfernte Stelle. »Hier.«

Mike unterdrückte die Frage, wie er das herausgefunden hatte. Er hätte nämlich nicht einmal die Erklärung verstanden. »Kannst du es desaktivieren? Gibt es eine Möglichkeit, es so zu ändern, daß die Steuerung nur noch vom Cockpit aus beeinflußt werden kann?«

»Sicher.« Seth wies erneut auf die Leiterplatte. »Vier Möglichkeiten. Am einfachsten wäre es, wenn man diese Schaltungen isoliert und diese vier über Kreuz miteinander verbindet.«

Er zeigte auf Komponenten, die für Mike unsichtbar

waren. Wenn sie zu klein waren, um sie zu sehen, dann waren sie vielleicht auch zu klein, um sie zu manipulieren.

»Was ist mit den anderen Möglichkeiten? Gibt es ausreichend große Komponenten, die wir ohne Spezialwerkzeug verändern können?«

»Sicher. Nehmen wir diese.« Neuerlich deutete Seth auf die Platine. Mike hatte das Gefühl, daß er auch die gleiche Antwort bekäme – ›sicher‹ –, wenn er Seth bitten würde, die Steuerung des Gleiters so zu manipulieren, daß er sang und tanzte.

»Schaffst du es?«

»Sicher. Alle vier Arten, wenn du willst.« Seth schickte sich an, die *Chill*-Kombi abzustreifen.

»He. Was machst du da?«

»Werkzeuge.« Mit offenem Mund schaute Mike zu, wie Seth zur Hälfte aus dem Anzug schlüpfte und eine Vordertasche seines blauen Overalls durchsuchte. Dann brachte er ein Dutzend Werkzeuge zum Vorschein – einschließlich, wie Mike vergrätzt feststellte, zwei verschieden große Inbusschlüssel – und nahm aus einer Kollektion kleiner Schraubenzieher den winzigsten. »Okay.« Er hüllte sich wieder in den *Chill*-Anzug und machte sich an die Arbeit.

Aus Mikes Perspektive tat Seth eigentlich überhaupt nichts. Er ritzte nur zwei kleine Kerben in eine Platine und machte einen größeren Kratzer parallel zur Kante. Er brauchte gerade zwanzig Sekunden, dann steckte er die Platinen wieder auf das Chassis und überreichte Mike wortlos die Baugruppe. Mike trug sie zum Cockpit, baute sie wieder ein und brachte dann die Verkleidung an.

Jetzt wurde es interessant. Wenn Mike nichts zerstört hatte, als er den Korpus hochgedrückt, an den Inbusschrauben herumgepfuscht und das Steuergerät aus- und eingebaut hatte, und wenn Seth die Schaltung der Platinen nicht falsch interpretiert und die winzigen

Kratzer nicht zu weit links oder rechts angesetzt hatte – nun, dann verfügten sie jetzt vielleicht über einen flugfähigen Gleiter. Und wenn der Schneesturm nicht den Start verhinderte oder den Gleiter zum Absturz brachte, und wenn Mikes kahlköpfiger Freund nicht noch ein As im Ärmel hatte, von dem er keine Ahnung hatte – nun, dann wären sie vielleicht in der Lage, nach Cap City zu fliegen.

Diese Überlegungen waren jedoch müßig. Mike nahm auf dem Pilotensitz Platz, wobei er sich nicht die Mühe machte, die lockeren Cockpitschrauben wieder anzuziehen, und startete die Triebwerke. Als sie über das Eis schlitterten und den anderen Gleiter passierten, sah Mike zwei aus den Fenstern gaffende Gesichter. Aber sie wurden nicht beschossen. Eine halbe Minute später waren sie in der Luft und nahmen mit Höchstgeschwindigkeit Kurs auf den Erfolg, die Heimat und den Ruhm.

Fast.

Nach zehn Minuten setzte Seth sich schwer atmend neben Mike. Auf seinem feisten Gesicht lag ein lauernder Ausdruck. »Bekomme ich jetzt das versprochene Essen?«

»Darauf kannst du wetten.« Mike hatte die Hecksensoren überprüft und festgestellt, daß sie nicht verfolgt wurden. »Du bekommst das versprochene Essen in Cap City. Und dann fliegen wir nach Hause, zu deiner Familie.«

Zunächst schwieg Seth. Dann schüttelte er den Kopf. »Nein. Du gehst zurück. Ich nicht.«

»Aber dein Zuhause – deine Familie.« Fünf Minuten lang bearbeitete Mike ihn mit den besten Argumenten, doch Seth schüttelte nur immer wieder den Kopf.

»Nein. Nach dem Spezialessen fliege ich zu den Mundsen-Labors zurück. Dort gefällt es mir am besten – die besten Spiele.«

›Die besten Spiele‹ – so bezeichnete Seth die Tatsache, daß die *Chills* in den Mundsen-Labors die besten Mikroelektroniker der Welt waren. Für ihn war es bloß ein Spiel, eines, das er besser beherrschte als jeder andere. Leider war das für Mikes Mission nicht im geringsten relevant.

»Seth, du verstehst nicht.« Mike kam sich wie ein Schwein vor, aber er durfte Seth keine Option bieten. »Du mußt wieder nach Hause gehen. Die Leute in den Mundsen-Labors haben etwas Schlechtes getan, als sie dich von dort weggeholt haben. Wir dürfen das nicht zulassen.«

»Es war schlecht, aber nicht für mich. Es gefällt mir dort«, sagte Seth. »Bring mich zurück, Mike. Nach dem Essen oder jetzt gleich.«

»Ich kann nicht, Seth.« Mike befand sich auf Nordkurs. Armer Kerl, dachte er. Er mußte auf die harte Art lernen, wie es in der Welt zuging.

Seth sagte nichts, sondern schaute Mike nur betrübt an. Dann sackte er auf dem Sitz zusammen, schüttelte den großen Kopf und steckte die Hände in die Taschen. Mike kam sich wie ein Erzschurke vor. Seth hatte ihm so viel geholfen. Aber er hatte einen Auftrag auszuführen.

Nach einer weiteren Minute reagierte die Steuerung des Gleiters plötzlich nicht mehr präzise. Mike verlor die Kontrolle über das Fluggerät. Er versuchte, die Ruhe zu bewahren und den Kurs zu halten. Erfolglos. Sie verloren zwar nicht an Höhe, schlugen aber mit hoher Geschwindigkeit eine weite Kreisbahn ein. In wenigen Sekunden würden sie auf Gegenkurs gehen.

»Verdammt.« Mike ließ den nutzlosen Steuerknüppel los. »Sie haben uns wieder übernommen. Seth, ich dachte, du hättest gesagt, du hast es behoben …«

Er verstummte. Seth lehnte sich zurück und beugte sich über ein kleines Keramik-Quadrat. Er hatte einen winzigen Schraubenzieher in der Hand und führte ihn präzise über die Oberfläche. Er bemerkte, daß Mike zuschaute und neigte das Werkzeug leicht zur Seite. Der

Gleiter kippte nach rechts ab und stabilisierte sich wieder.

»Machst du das? Das ist ja unglaublich. Wie, bei Daddy-O, ist es möglich, einen Gleiter mit diesem kleinen Kunststoffteil zu steuern?«

Seth schaute Mike verschmitzt an. »Leicht. Kapazitäts-Regelung. Wir genehmigen uns das Spezialessen, und dann fliege ich zurück. Ja? Oder wir fliegen sofort zurück.«

Händler-Regel: Laß nichts unversucht, erkenne aber auch, wann du verloren hast. Mike verfluchte sich wegen seiner Dummheit. Warum hatte er Seth Paramine auch nur einen Augenblick für einen Idioten gehalten? Ein Genie war ein Genie, egal, wie es sich darstellte. Und ein Genie konnte ein Nicht-Genie – wie Mike – nach Belieben ausmanövrieren.

»In Ordnung. Nach dem Essen kannst du zurückkehren.«

»Händler-Versprechen?«

Wie, zum Teufel, hatte Seth *davon* erfahren?

Mike dachte kurz nach. Er hatte keine andere Wahl. Er nickte. »Händler-Versprechen.«

Seth krümmte einen Finger, und der Gleiter drehte und ging wieder auf Kurs nach Cap City.

Dann überraschte Seth Mike ein weiteres Mal. Er schaute mit diesem seltsamen, entrückten Blick zu ihm herüber und tätschelte ihm die Hand. »Du bist in Ordnung. Ich vertraue dir, Mike. Du wirst mich wieder besuchen.«

In stummer Erwiderung drückte Mike seine Hand. Wenn er sich in seinem Leben jemals einen wirklichen Segen erhofft hatte, dann kam Seth' Geste seinem Wunsch am nächsten.

KAPITEL 16

Der lange, gekrümmte Korridor war ihm bereits bekannt. Als Mike die Sensorfläche erreichte, legte er die Hand darauf, und die massive schwarze Tür öffnete sich.

Max Dalzell saß an seinem Schreibtisch. Er bedeutete Mike, auf dem Besucherstuhl Platz zu nehmen. »Ich habe von Ihrer Rückkehr erfahren«, sagte er. Dann schaute er Mike ins Gesicht und griff in die Schreibtischschublade. »Hier. Sie brauchen einen Schildkrötenbiß.«

Dalzell reichte Mike eine kleine Kunststoffphiole mit *Testudo*-Schnaps und drehte dabei die Spitze ab. Ein langes, pfeifendes Zischen ertönte, und die Flasche kühlte sich in Mikes Hand um zwanzig Grad ab.

»Ein neuer Gimmick«, sagte Dalzell. »Joule-Thomson-Effekt. Die *Greaser* schwärmen angeblich für Technologie, aber sie setzen sie in der Regel nur für ihre eigenen hedonistischen Ziele ein.«

Mike nippte an der eiskalten Flüssigkeit und wartete, bis das flüssige Feuer von der Kehle bis zum Magen gewandert war.

»Das wird Ihnen helfen«, versprach Dalzell. »Kopf hoch. Deswegen geht die Welt nicht unter.«

»Ich wünschte, Sie hätten recht.«

»Sie haben die Verhandlungen über die Casino-Roboter erfolgreich abgeschlossen.«

»Nein – *Sie* waren das. Sie haben Ihren Vertragsentwurf akzeptiert – ohne irgendwelche Änderungen.«

Dalzell grinste. »Aber Sie werden den Ruhm ernten. Und Paramine hatten Sie schon so gut wie draußen. Sie hatten lediglich Pech.«

»Ich hatte viel Glück bei der Mission – und auch viel Pech. Und ich hatte noch etwas anderes.«

Mike sah, wie Max Dalzells Gesichtsausdruck sich veränderte. Der Mann verfügte über eine unglaubliche Intuition.

»Was wollen Sie damit sagen?«

»Ich bin mir nicht ganz sicher. Mir fehlt die Erfahrung vieler Händler, und ich dürfte wohl der erste sein, der das zugibt. Aber ich habe ein Gespür für den Erfolg oder Mißerfolg einer Mission. Auf dem Rückflug von den *Chills* ist mir bewußt geworden, daß diese Mission von Anfang an schlecht gelaufen ist. Ich habe eine Liste angefertigt und mich mit Daddy-O in Verbindung gesetzt.«

»Ich weiß. Ich habe Ihren Bericht in der Datenbank gesehen.«

»Sie haben nur einen Teil gesehen. Den Rest habe ich in einer versteckten Datei abgespeichert.« Mike leerte die *Testudo*-Flasche und seufzte. »Erster Datenpunkt: Ich habe es erst bei der Begegnung mit ihnen bemerkt, aber die *Chills* sind richtig bodenständig. Sie lieben die Antarktis und würden sie um fast nichts in der Welt verlassen.«

»Die gelegentlichen Flüge nach F'waygo. Weiter reisen sie nicht.«

»Es ist ein höllisch weiter Weg von dort bis zum Norden von Yankeeland. Das hat die erste Frage aufgeworfen: wie wir wissen, hatte die Kap-Föderation von Seth Paramine Kenntnis erhalten. *Wie* hatten sie diese Information erhalten? Nun, jemand muß es ihnen gesagt haben. Ist auch nicht weiter verwunderlich, wenn man es bedenkt – jede Region ist nämlich bestrebt, Agenten in den anderen Regionen zu stationieren. Und das war die Lösung eines weiteren Rätsels. Diese Defensiveinrichtung der Mundsen-Labors in Gestalt einer ›Feuerwand‹ ist auf einer Eisdecke im Grunde unzweckmäßig. Jeder mit einer *Chill*-Kombi könnte sie gefahrlos überwinden. Wenn die *Chills* aber von Paramines Feuer-Phobie *wußten*, wäre es eine perfekte Maßnahme gewesen, ihn an der Flucht zu hindern. Selbst wenn es ihm gelungen wäre, aus seinem Gefängnis zu entkommen, wäre er in Panik wieder zurückgelaufen. Auch das ist ein Indiz dafür, daß jemand die *Chills* mit Geheiminformationen der Yankees versorgt.«

Max Dalzell schürzte die Lippen und reichte Mike eine zweite *Testudo*-Flasche. »Plausibel. Aber es gäbe noch fünf weitere Erklärungen. Vielleicht haben die *Chills* eine Datenleitung der Yankees angezapft – sie sind doch ausgebuffte Elektroniker.«

»Dieser Gedanke ist mir auch schon gekommen. Oder eine Händler-Leitung. Wenn sie imstande sind, einen Kommunikations-Code der Yankees zu entschlüsseln, dann dürften sie mit unserem genauso wenig Schwierigkeiten haben. Und das hat mich noch auf einen anderen Gedanken gebracht. Ein Grund für meine Probleme mit den *Chills* war das Fehlen eines Mentors, der mir Ratschläge hätte geben können. Warum keinen Mentor? Ich habe es überprüft. Wissen Sie, wer diese Entscheidung hier getroffen hat?«

Max Dalzell saß reglos wie eine Statue. Dann bewegten sich seine Augen mit einem Flackern zum Schreibtisch und wieder zu Mike.

»Ich weiß es auch«, sagte Mike. »Diese Reise zu den *Chills* hat mich noch etwas gelehrt. Zum ersten Mal in meinem Leben hatte ich erkannt, daß es für die meisten Händler-Regeln zwei Interpretationsmöglichkeiten gibt. Wie zum Beispiel diese: ›*Wenn du selbst kein Vertrauen in deine Fähigkeiten hast, wer sonst?*‹ Klingt großartig, und ein Trainee braucht diese Regel auch, um sein Selbstvertrauen zu entwickeln. Aber sie hat noch eine weitere Konsequenz. Wenn jemand von uns für eine bestimmte Mission ausgewählt wird, fragen wir nie ›Warum ich?‹ Wir unterstellen vielmehr, sie würde unserer Intelligenz, Charme und Mut förderlich sein. Wir stellen uns nicht einmal im Traum vor, daß wir vielleicht aus einem ganz anderen Grund ausgewählt wurden: *daß wir ausgewählt wurden, weil wir mit Sicherheit versagen werden.* Man nehme einen Händler mit schwach ausgeprägtem Selbstbewußtsein, jemanden, der sich gerade von einer nervlichen und seelischen Krise erholt. Womit auch immer er beauftragt wird, die Aussichten sind gut, daß er versagt.«

Dalzell hüstelte, ein Grollen tief in der Brust. »Ich habe Ihnen doch schon vor Ihrer Abreise Daddy-O's Prognosen mitgeteilt.«

»Haben Sie. Sie haben mir die Wahrscheinlichkeit mitgeteilt, mit der *ich* scheitern würde. Ich hatte eine Chance von eins zu hundert. Aber Sie haben mir verschwiegen, daß Daddy-O die Erfolgsquote einer *erfahrenen Händlerin* mit über vierzig Prozent veranschlagt hatte. Die *Chills* hatten sich in dieser Sache eine Unterhändlerin ausbedungen; sie erwarteten eine erfahrene Frau. Und sie bekamen einen Mann mit einer Bilanz von gerade einmal vier Missionen, der zudem noch frisch aus der Reha kam. Fast wäre bei meiner Ankunft schon Schluß gewesen. Weshalb bin ich also dorthin geschickt worden? Normalerweise trifft Daddy-O bei einer Mission die Auswahl der Händler. Es gibt nur einen Dienstgrad, der eine solche Entscheidung aufheben kann – ein Meister-Händler.«

»Daddy-O hat mir zugestimmt.«

Mike schien ihn kaum zu hören. »Aber wer hätte ein *Interesse* daran, einen ungeeigneten Händler zu schikken? Es mußte jemand sein, der die *Chills* so gut kannte, daß er ein privates Arrangement mit ihnen treffen konnte. Jemand, der über private Yankee-Kanäle Kenntnis von Seth Paramine erlangt hatte und dieses Wissen an die *Chills* weitergegeben hatte; jemand, der in der Lage war, eine Händler-Mission zur Rettung von Paramine zu organisieren und gleichzeitig ihr Scheitern zu gewährleisten.«

Mittlerweile hatte Mike auch die zweite *Testudo*-Flasche geleert, und nun machten sich die Auswirkungen des Stoffs bemerkbar. Er schaute auf das versteinerte Gesicht des Mannes vor sich und dachte daran, wie oft er sich gewünscht hatte, Big Max einmal persönlich zu begegnen. Nun wünschte er sich, das wäre nie geschehen.

»Dann kennen Sie also den Inhalt der versteckten Datei, die ich bei Daddy-O angelegt habe. Keinen Beweis. Ich habe keinen Beweis. Aber wenn ich recht habe, wird Daddy-O das verifizieren. Computer sind immer aktiv. Und wenn ich nicht die gegenteilige Anweisung gebe, wird der Computer in einer Stunde mit der Suche beginnen. Ich bin nur aus einem Grund hergekommen: um von Ihnen zu hören, daß ich mich irre, und dann die Anweisung zu widerrufen.«

Dalzell holte eine weitere Phiole *Testudo* aus dem Schreibtisch und goß sich den Inhalt hinter die Binde. Er seufzte. »Das kann ich nicht tun. Denn Sie irren sich nicht. Aber das kann ich auch nicht tun.« Er hob die Hand hinter dem Schreibtisch hoch und brachte eine Waffe zum Vorschein. »Nicht Sie, Mike. Sie haben nur Ihren Job gemacht. Selbst wenn ich es täte, würde es Daddy-O nicht aufhalten, stimmt's?«

Mike schüttelte den Kopf.

»Dürfte ich Sie dann um einen Gefallen bitten?« Dalzell beugte sich nach vorne. »Sie werden es vielleicht nicht glauben, nach dem, was Sie mir gerade erzählt haben, aber ich liebe die Händler. Seit dreißig Jahren sind sie mein ganzer Lebensinhalt. Ich möchte nicht die nächsten dreißig Jahre in Schande leben und mich von jedem als Verräter bezeichnen lassen müssen.« Er hob die Waffe. »Wenn ich hier und jetzt Schluß mache – auf meine Art –, würden Sie dann die Anweisung an den Computer widerrufen? Ich möchte, daß mein Name seinen guten Klang behält und nicht zum Fluch der Händler wird.«

Mikes Kehle war trocken. Das hatte er nicht gewollt – Max Dalzell, sein Idol, bat darum, ehrenvoll zu sterben. »Warum, Max. *Warum* haben Sie das getan? Sie hatten doch alles, Sie *waren* alles ...«

Dalzell sagte nichts, und Mike konnte nichts sagen. Schließlich nickte Dalzell und stand auf. »Ich möchte dabei allein sein. Im inneren Büro. Es gibt da eine persönliche Datei, die ich löschen möchte. Fünf Minuten?«

»Natürlich. So lange, wie Sie wünschen.«

Wie unter einem Zwang stand Mike auch auf, als Dalzell sich erhob, und wußte nicht, was er nun tun sollte. Dalzell streckte die Hand aus, und Mike schüttelte sie. Dann ging der Meister-Händler gemessenen Schritts durch das große Büro, wobei er sich die Bilder und Urkunden an den Wänden betrachtete. Schließlich öffnete er die Stahltür und verschwand im inneren Büro.

Mike setzte sich wieder hin und vergrub das Gesicht in den Händen. Es war vorbei. Und nun, da es vorbei war, erkannte er, wie sehr er sich von Max Dalzell den Nachweis gewünscht hatte, daß er sich geirrt und alles falsch interpretiert hätte. Max Dalzell, der größte Händler aller Zeiten.

Die Minuten verstrichen. Mike wartete auf den schrecklichen Laut, die dumpfe Explosion, wenn Menschenfleisch plötzlich auf zehntausend Grad erhitzt wird. Aber sie blieb aus. Zehn Minuten, eine Viertelstunde, und noch immer alles still im anderen Büro.

Nach der Viertelstunde wollte Mike nicht länger warten. Er sah, daß die innere Tür halb offen stand, und als er sie ganz öffnete, schaute er in einen verlassenen Raum. In der Ecke erblickte Mike eine quadratische Öffnung, die zu einer steilen Wendeltreppe führte. Er steckte den Kopf in die Öffnung. Oben sah er Tageslicht, das durch Milchglas gefiltert wurde. Der Computer in der Ecke war noch immer eingeschaltet, wobei das Paßwort schon auf dem Bildschirm blinkte. Er gab ‹Enter› ein und ließ eine Reise-Abfrage laufen.

Die Reaktion erfolgte binnen weniger Sekunden. Dalzells Privatgleiter war schon in der Luft, Richtung Süden. ZIELORT: UNBEKANNT. GESCHWINDIGKEIT: MACH SIEBEN. ABFRAGEPOTENTIAL: NUR NACHRICHTEN. (HINWEIS FÜR BENUTZER: DER GLEITER EINES MEISTER-HÄNDLERS KANN NICHT DURCH INTERVENTION VON AUSSEN ZURÜCKGERUFEN WERDEN.)

Mike schickte keine Nachricht ab. Das brauchte er auch gar nicht. Während er noch auf den Bildschirm starrte, wurde das optische Empfangssignal aktiviert, und folgende Nachricht ging ein:

AN MIKAL ASPARIAN – DEM ICH EINE GROSSE ZUKUNFT ALS HÄNDLER VORHERSAGE:

WIE SIE SCHON SAGTEN; HÄNDLER-REGELN KÖNNEN AUF MEHRERE ARTEN INTERPRETIERT WERDEN. ERINNERN SIE SICH? *Spiele nicht den Helden; es ist keine Schande, zu fliehen.* ICH WENDE DIESE REGEL NUN AUF EINE ART UND WEISE AN, DIE SIE WOHL NIE ERWARTET HÄTTEN.

SIE HATTEN FAST IN JEDER HINSICHT RECHT, ABER SIE HABEN EINEN WESENTLICHEN PUNKT ÜBERSEHEN. WER WÜRDE WOHL DEN REST SEINES LEBENS IM DÜSTEREN UND KALTEN CAP CITY VERBRINGEN, WENN ER DIE FREUDEN VON REE-O-DEE GENIESSEN KANN? ICH HABE ZWAR FÜR DIE *CHILLS* GEARBEITET, ABER ICH SPRACH DURCHAUS DIE WAHRHEIT, ALS ICH SAGTE, ICH WÜRDE DIE *GREASER* FÜNFZIGMAL SO GUT KENNEN. SAGEN SIE DADDY-O, ER SOLLE NICHT SEINE ELEKTRONEN MIT DER SUCHE NACH MIR VERSCHWENDEN. ICH HABE LANGE ZEIT GEHABT, MICH DARAUF VORZUBEREITEN, UND ICH WERDE GUT GESCHÜTZT SEIN. SIE FRAGTEN, WARUM ICH DAS GETAN HABE. ICH HABE DEN SCHMERZ UND DIE VERWIRRUNG IN IHREM GESICHT GESEHEN.

EINE WIRKLICH BERECHTIGTE FRAGE.

MIKE, ICH BENEIDE SIE. SIE SIND JUNG, UND SIE WERDEN ZUM ERSTEN MAL DAMIT KONFRONTIERT. SIE WERDEN ÜBER DIESE ERFAHRUNG HINWEGKOMMEN UND SICH WIEDER ERHOLEN. ABER WAS WERDEN SIE TUN, WENN SIE ALLES SCHON EIN-

MAL GESEHEN HABEN, WENN ES NICHTS NEUES ODER AUFREGENDES MEHR IN DER WELT DER HÄNDLER GIBT, WENN DIE VERHANDLUNGEN SO AUTOMATISCH ABLAUFEN, DASS SIE AUCH IM SCHLAF ABGEWICKELT WERDEN KÖNNTEN? *CHILLS*, CHIPS, HIVERS, YANKEES, *GREASER*, *STRINES*, HÄNDLER – WEN INTERESSIERT DAS NOCH? ICH HABE SIE ALLE GESEHEN UND KENNE ALLES, WAS SIE ZU BIETEN HABEN. ICH WAR *GELANGWEILT*, MIKE. ZU TODE GELANGWEILT. DU SOLLTEST BETEN, DASS DIR DAS NIE GESCHIEHT.

VIEL GLÜCK UND EIN LANGES LEBEN (ABER NICHT ZU LANGE) – MAX DALZELL. PS: DIESE MITTEILUNG WIRD NICHT IN DADDY-O'S DATENBANKEN GESPEICHERT.

Die Datei wurde geschlossen, und Mike starrte auf den dunklen Bildschirm. Nach einigen Minuten gab er wieder ‹Enter› ein und stellte eine Verbindung zu Daddy-O her. Er mußte seine Handlungsweise erklären – daß sein Verdacht bezüglich Dalzell sich bestätigt hatte und daß er dann dumm und naiv gewesen war, ihn entkommen zu lassen.

Aber er zögerte noch. Es stand in seinem Ermessen, die Datei zu löschen, in der er Max Dalzell des Verrats bezichtigt hatte. Ihr Verschwinden würde zwar recht mysteriös anmuten, aber man könnte den Vorgang nicht mit Mikes Rückkehr in Verbindung bringen. Und auch dieses Gespräch mit Dalzell würde nie stattgefunden haben.

Dalzells Postskriptum sagte alles: wenn Mike seine Reputation nicht beschädigte, konnte er auch sein eigenes Versagen unter den Teppich kehren.

Es war durchaus eine Versuchung. Mike kaschierte seine Patzer und schlug eine Laufbahn ein, die ihm schließlich die Weihen eines Meister-Händlers bescherte – und in dreißig Jahren vielleicht auch einen Hochgeschwindigkeits-Flug nach Ree-o-Dee.

Mike ließ sich das einige Sekunden lang durch den Kopf gehen. Dann schickte er den Befehl ab, der seine

Mutmaßung bezüglich Dalzell in eine offene Datei umwandelte und ersuchte Daddy-O, seine Recherchen fortzuführen. Der Computer akzeptierte die Instruktionen ohne Kommentar oder Kritik – das würde später kommen, von anderer Stelle.

Er hatte es getan. Er würde auspacken und die Legende von Max Dalzell in den Schmutz ziehen. Max Dalzell, der Größte von allen, der Super-Händler mit einer fatalen Schwäche.

Der unfehlbare Max.

Aber er war nicht unfehlbar. Er hatte sich in mindestens einem weiteren Punkt geirrt. »Du wirst dich wieder erholen«, hatte er gesagt. »Du bist jung.« Mike starrte auf den Text auf dem Bildschirm und wußte, daß er seine Jugend verloren hatte.

»Der Bericht ist abgespeichert worden. Asparian hat die Mission beendet, Lyle. Wie ich gesagt hatte.«

»Und sie hat ihn zerbrochen, Daddy-O, wie *ich* gesagt hatte. Ich wollte ihn überreden, für eine Weile Urlaub in der Wirtschaftsgemeinschaft zu machen. Er weigerte sich. Er wollte nicht mit Lucia sprechen und nicht einmal einen Anruf von Jeanette entgegennehmen. Er befindet sich jetzt wieder im Reha-Tank und sitzt in einer Sensorischen-Deprivations-Kammer. Auch Jack Lester kommt nicht zu ihm durch. Mike will niemanden sehen, niemanden hören und nichts fühlen.« In Connerys betont sachlicher Stimme schwang nun Ärger mit. »Wir haben ihn systematisch zerbrochen. Seine Freunde, seine Ideale, seine Ambitionen; alles ist fort. Und was ist noch übrig?«

»Mikal selbst. Nicht gebrochen: gehärtet. *Er hat Leid erfahren. Er hat körperlichen Schmerz erfahren. Er hat versagt. Er hat Freunde gewonnen und Freunde verloren. Er hat Mitleid verspürt, sogar für Max Dalzell. Er hat Versuchungen widerstanden.«*

»Ist jemand schon einmal *so* herumgeschubst worden

wie Mike? Wenn ja, dann weiß ich es nicht mehr. Und was ist mit deinem Versprechen? Bevor er nach Cap City ging, hast du gesagt, er würde nur noch auf zwei Missionen geschickt.«

»Das trifft auch zu. Wenn die nächste Mission erfolgreich ist, wird das der letzte Auftrag für Mikal Asparian gewesen sein.«

»Können wir denn nicht jetzt schon aufhören? Er verfügt doch über jedes Attribut, das du aufgezählt hast.«

»Noch eine Mission, Lyle. Nur eine.« Daddy-O's Synthesizer-Stimme klang müde. *»Noch eine. Und dann – ist es vorbei.«*

Auf die eine oder andere Art. Aber dieses Element der Aufzeichnung wurde Lyle Connery vorenthalten. Nach einem halben Jahrhundert Datensammlung und -analyse kannte Daddy-O die Belastungsgrenze der Menschen.

Die Schmerzgrenze war fast erreicht, sowohl für Lyle Connery als auch für Mikal Asparian.

KAPITEL 17

Mike hatte das Gefühl, sich übergeben zu müssen, aber er mußte sich beherrschen. Er durfte sich in der Gegenwart eines Chipponesen-Mädchens nicht der Lächerlichkeit preisgeben.

Das Mädchen war kopfüber zu ihm herübergeschwebt und hatte dann eine Rolle geschlagen, so daß es ihm nun ins Gesicht sah. »Sind Sie in Ordnung?«

Welche Frage!

»Sicher.« Diese Lüge lernte man schon in den ersten Unterrichtsstunden.

»Ich weiß, wie Sie sich fühlen. Versuchen Sie, sich zu entspannen. Zum erstenmal oben.« Sie sagte das auf die für die Chipponesen typische Art, wobei man nicht wußte, ob das nun eine Frage oder eine Feststellung gewesen war. Sie sprach exzellentes Händler-Idiom, doch bei einer tonalen Sprache wie dem Chipponesischen galten die einschlägigen Regeln der Phonetik, wie zum Beispiel die ansteigende Intonation bei einem Fragesatz, nicht. Sie hatte die Phonetik des Händler-Idioms durch die Tonalität der chipponesischen Sprache ersetzt.

»Wir docken in fünf Minuten an«, fuhr sie fort. Wenigstens lachte sie nicht. »Sie brauchen keine Angst zu haben. Mir ging es beim ersten Mal genauso – ich bin erst mit siebzehn nach oben gekommen.«

Sie sah aber aus wie zehn! Chip-Frauen wiesen kaum weibliche Formen auf, und Mike hatte soeben erfahren müssen, daß er ihr Alter nicht bestimmen konnte. Nach seinem Kenntnisstand mußte sie nämlich ungefähr in seinem Alter sein.

»Ich habe keine Angst.« Er schüttelte den Kopf, mit

fatalen Konsequenzen für den Gleichgewichtssinn und den Verdauungstrakt. Er schluckte, suchte nach Halt und schaute auf den Raumhafen hinaus.

Er genoß einen Panoramablick. Als er erst einmal verinnerlicht hatte, daß er die Erde gleichsam auf dem Kopf stehend betrachtete, gelang es ihm, einige Details auszumachen. Dort war die Große Republik, und selbst aus dieser Entfernung erkannte er den großen Unterschied zum Vereinigten Reich. Die Republik wirkte *gepflegt*, das Ackerland war ordentlich parzelliert. Die Landwirtschaft im Vereinigten Reich hingegen wirkte konfus und planlos. War das dort unten Skeleton City? Und was sich hier ins Blickfeld schraubte …

»Nein!« Sie packte ihn und riß seinen Kopf herum. »Sie dürfen die Erde nicht als Bezugspunkt nehmen. Wir drehen uns nämlich. Sie werden die Orientierung verlieren und dann …«

Zu spät. Sie hielt die Tüte vor Mikes Gesicht, während dieser sich von der letzten auf der Erde genossenen Mahlzeit verabschiedete. Zum erstenmal fragte er sich, ob diese Mission sich wirklich so einfach gestalten würde, wie Daddy-O behauptet hatte.

So schlecht es ihm auch ging, Mike war nicht unglücklich. Er wußte zwar nicht, worauf das zurückzuführen war, aber seit dem endgültigen, zögerlichen Abschied vom Reha-Zentrum fühlte er sich nicht mehr elend. Eine Veränderung lag in der Luft – auf die eine oder andere Art würde *etwas* mit ihm geschehen. Bald würde er eine Entscheidung zu treffen haben. Und bis dahin würde er sich einfach von den Ereignissen treiben lassen.

Diesmal war er von Händlern, die selbst schon oben auf dem geosynchronen Ring gewesen waren, gründlich instruiert worden. Die Warnung, die ihn am schwersten ankam, stammte von Daddy-O: »Erliege nicht dem Charme der chipponesischen Frauen. Das ist schnell passiert – zumal es Bestandteil deiner Natur ist.

Es ist Xenophilie, der Drang, sich einen Partner von außerhalb des eigenen Stammes zu suchen. Die Chipponesen-Frauen wirken an sich gar nicht attraktiv auf männliche Händler, dafür sind sie zu klein und dürr; aber sie sind Exotinnen. Sei vorsichtig. Sie könnten einen Reiz auf dich ausüben.«

Mike betrachtete die Chipponesin, die seinen Kopf hielt, und befand, daß Daddy-O's Warnung völlig unnötig gewesen war. Sie war im Grunde nicht häßlich, hatte aber die Figur und den Sex-Appeal eines Grashüpfers. Die Vorstellung, daß er sie attraktiv fand, war einfach lächerlich. Und es hatte den Anschein, daß sie für die Dauer der Mission seine Kontaktperson sein würde.

»Mein Name ist Li Xia«, stellte sie sich vor, nachdem sie angedockt und die erste Ebene der geosynchronen Station erreicht hatten. Sie führte Mike in einen Sektor mit einer Gravitation von einem viertel Gravo, wo sein Magen sich wieder beruhigen konnte, und dann reichte sie ihm formell die Hand. »Ich bin sehr erfreut, Ihre Bekanntschaft zu machen. Ich bin hier Ihre Ansprechpartnerin.«

Trotz des Einspruchs des Ösophagus gelang es Mike, eine Art Grunzen zu produzieren. Händler und Chipponesen legten gleichermaßen Wert auf Etikette, aber er hatte den Eindruck, schon gegen alle Konventionen verstoßen zu haben, indem er sich auf sie erbrochen hatte. »Hallo«, ächzte er und hustete. »Ich bin Mike Asparian.«

Sie musterte ihn gründlich, als ob sie noch nie zuvor einen Händler gesehen hätte. Er fühlte sich legitimiert, das Kompliment zu erwidern und starrte sie nun seinerseits an.

Li Xia trug eine ärmellose gelbe Bluse und Shorts. Sie war klein und schmal, genauso, wie er erwartet hatte. Was ihn indes erstaunte, war ihre schwächlich wirkende Muskulatur. Die Knochen vermittelten kaum den

Eindruck, ihr Gewicht tragen zu können, und die Muskeln waren dünne Stränge. Man hätte sie auch für die Insassin eines Arbeitslagers in der Notzone halten können.

Und trotzdem war sie nicht häßlich. Ihr Gesicht war zwar viel zu schmal, aber sie hatte große, dunkle Augen, einen gesunden Teint und einen gut geformten Mund. Aufgrund der zierlichen Statur wirkten ihre Bewegungen in der verminderten Gravitation sogar anmutig.

Nachdem sie Mike von Kopf bis Fuß gemustert hatte, verharrte ihr Blick mißbilligend auf Hüfthöhe. Er straffte sich und zog den Bauch ein. Apathie und Untätigkeit nach der letzten Mission hatten ihm eine Gewichtszunahme von sieben oder acht Kilo beschert, die sich hauptsächlich um die Hüfte konzentrierten. Nun beschloß er, so bald wie möglich wieder abzunehmen. Es bestanden schon genug Unterschiede zwischen ihm und den Chipponesen; ein Geheimnis erfolgreicher Verhandlungen lag darin, die psychologische Distanz zwischen beiden Parteien zu minimieren.

Während sie sich noch gegenseitig musterten, erschien ein männlicher Chipponese und stellte sich neben Li Xia. Er stand steif und verlegen da und wartete auf Mikes Aufmerksamkeit und Li Xias Vorstellung. Die Chips folgten klaren Traditionen. Wenn Mike ihn nicht ansah, dann würde der Neuankömmling noch stundenlang stumm herumstehen.

Mike wandte sich ihm zu und quälte sich ein Lächeln ab, das in krassem Kontrast zur Befindlichkeit seines Magens stand. Der Mann nickte. Er hatte runde Schultern, graues Haar und ein verwittertes Froschgesicht.

»Wenn Sie gestatten. Das ist Ando Jia-Chi«, sagte Li Xia mit vor Eifer gerötetem Gesicht. »Er ist auch von Luna hierhergekommen. Er wird uns zwar in Kürze wieder verlassen, aber dennoch wollte ich ihn Ihnen vorstellen. Ando und ich werden nämlich in einem halben Jahr heiraten.«

Mike verneigte sich, reichte ihm die Hand und unterzog Ando Jia-Chi einer eingehenderen Musterung. Sie bestätigte den ersten Eindruck. Gleich und gleich gesellt sich gern, Fräulein Li, dachte er. Und Ando Jia-Chi ist ja noch dürrer als du. In eurer Hochzeitsnacht wollte ich nicht Mäuschen spielen: zwei stabförmige Insekten, die sich aneinander reiben und versuchen, ein Feuer zu entfachen.

Gab es hier draußen im All auch dicke Chipponesen? Sicherlich hatten diejenigen, welche Mike beim Spiel in *Traumstadt* beobachtet hatte, schon genug Masse gehabt. Aber alle Leute, die er seit dem Andocken gesehen hatte, bestanden nur aus Haut und Knochen.

»Freut mich, Ihre Bekanntschaft zu machen, Mr. Ando«, sagte Mike beim Händeschütteln. (Die Gebräuche der Chips verlangten, die Leute mit dem Nachnamen anzureden.) »Ihre Verlobte ist eine schöne Frau; sie haben eine wirklich gute Wahl getroffen.«

Li Xia wirkte peinlich berührt, und Ando rümpfte die Nase, als ob er einen üblen Wind gerochen hätte.

»Ando und ich entstammen einem traditionellen Tong, Mr. Asparian«, erläuterte Li. »Wir wurden von unseren Familien füreinander bestimmt. Daher gebühren Ihre Komplimente eigentlich ihnen.«

Patzer Nummer zwei – vielleicht noch schlimmer als Erbrechen in der Öffentlichkeit. »Ich hoffe, ich werde die Gelegenheit dazu erhalten, sie ihnen gegenüber zu wiederholen. Und ich möchte mich bei Ihnen beiden entschuldigen, falls ich der Grund für Ihre Trennung sein sollte.«

»Nein.« Li Xia schüttelte den Kopf. Das glänzende Haar war extrem kurz geschnitten, wodurch ihr ohnehin schon schmales Gesicht noch hagerer wirkte. »Ich hatte darum gebeten, an den Verhandlungen über das Unterhaltungspaket mitzuwirken. Ando ist Spezialist für Energiesysteme, so daß seine Anwesenheit unpassend wäre.«

Sie wäre sogar noch schlimmer als unpassend – nachgerade katastrophal. Was Mike bei dieser Mission am wenigsten gebrauchen konnte, war ein Experte für Energiesysteme. Seine offizielle Mission umfaßte Verhandlungen über Freizeiteinrichtungen für Top-Repräsentanten der Chipponesen im Vereinigten Reich. Die inoffizielle Mission indes umfaßte die Ausspähung der Energieversorgungssysteme des Geosynch-Rings. Angesichts der Fortschritte bei der Kernfusion war die Große Republik bestrebt, sich aus der Abhängigkeit von chipponesischer Weltraumenergie für die Grundversorgung mit Energie zu lösen. Old-Billy Waters wollte die Energiepreise neu verhandeln, aber dazu mußte er über die Kapazitäten der chipponesischen Systeme in Kenntnis gesetzt werden – und zwar schnell, ohne daß die Chips davon Wind bekamen.

Mike nickte Ando zu, der reglos dastand und ihn mit dem Charme einer Mumie anstarrte.

Auf Chipponesisch redete Ando auf Li Xia ein. Unauffällig griff Mike in die Tasche und drückte einen Knopf. Der dort versteckte Miniatur-Translator der *Chills* hatte eine horrende Summe gekostet, und er war nicht annähernd so leistungsfähig wie Daddy-O's Dolmetsch-Dienst mit seinen fünfzig Sprachen; aber er wog nur hundertzwanzig Gramm und genügte den Anforderungen in vollem Umfang.

Li Xia wandte sich an Mike. »Mr. Ando läßt sich entschuldigen«, sagte sie im Händler-Idiom. Der Translator war so intelligent, um zu erkennen, daß er in diesem Fall nicht gebraucht wurde. »Mr. Ando spricht Ihre Sprache nicht fließend.«

Aber er spricht sie zumindest so fließend, um meinen Kommentar zu seiner Braut zu verstehen. Aufpassen! »Vielleicht sollten Sie ihm auch meine Entschuldigung ausrichten«, erwiderte Mike. »Ich bin sicher, daß seine

Kenntnisse der Händler-Sprache viel besser sind als meine Beherrschung der chipponesischen Sprache.«

»Mr. Ando hat mich gebeten, Sie zum Essen einzuladen, bevor er wieder nach Luna zurückkehren muß.«

Essen. Mikes Magen grummelte protestierend. Er konnte jetzt beim besten Willen nichts hinunterbringen. Er wandte sich Ando zu, lächelte und nickte gemessen. »Das Vergnügen ist ganz auf meiner Seite.«

Ando lächelte wie eine Eidechse und drehte sich wieder zu Li Xia um. Erneut überschüttete er sie mit einem chipponesischen Redeschwall.

»Er hat akzeptiert, also müssen wir da durch«, flüsterte der Translator in Mikes Ohr. »Du wirst wohl nicht umhin können, wenn du erfolgreich mit ihm zusammenarbeiten willst. Also werden wir ihn füttern. Aber er ist jetzt schon ziemlich fett und aufgedunsen. Ich wundere mich, daß überhaupt noch etwas in ihn hineingeht.«

»Er ist in der Tat korpulent«, bestätigte Li Xia auf Chipponesisch. »Für einen Erdling ist das jedoch nicht ungewöhnlich. Nach ihren Maßstäben ist er nicht dick. Aber wir sollten aufpassen, was wir sagen – in seinem Dossier steht zwar, daß er unsere Sprache nicht beherrscht, aber wer weiß?«

»Ich weiß es«, sagte Ando. »Ich muß ihm nur ins Gesicht sehen. Ich habe dir doch schon gesagt, daß sie Barbaren sind. Vor fünftausend Jahren, als wir schon eine blühende Zivilisation hatten, waren sie noch geifernde Affen, die sich von Ast zu Ast schwangen. Selbst heute sind sie noch ohne nennenswerte Kultur.«

Mikes Selbstbeherrschung wurde auf eine harte Probe gestellt. Er wollte schon anmerken, daß seine eigene Ahnenreihe vielleicht suspekt war, aber die Gilde der Händler konnte ihre Ursprünge auch über fünftausend Jahre zurückverfolgen, bis zu den Phöniziern an den sonnigen Gestaden des Mittelmeers. Aber er verkniff sich das und lächelte nur.

»Sag ihm, daß wir jetzt essen«, fuhr Ando fort. »Wir machen ihn betrunken, und dann wirst du sehen, wie leicht er zu manipulieren ist. Wir werden ihm sein Wissen entlocken.«

Alle drei standen lächelnd da und verneigten sich. Li Xia rutschte auf Mikes Wertigkeitsskala einen Strich nach oben. Sie hatte das Zeug zum Händler. *Händler-Regel: Sage, was du tun mußt, aber verschweige, was du tun möchtest.*

Mit Ando an der Spitze gingen sie am Rand der Viertel-Gravo-Kammer entlang zu einer Ausgabestelle für Speisen. Als sie sich an einen Tisch setzten, wandte Ando sich erneut an Li. »Frage ihn, ob ich für uns alle bestellen soll.«

Mike wartete ab, bis Li das gedolmetscht hatte, und nickte dann.

Ando rief die Speisekarte auf, studierte sie kurz und tippte dann auf viele Menüs. Mike schaute interessiert zu. Er sprach zwar kaum Chipponesisch, aber die Schriftzeichen waren ihm geläufig; zumindest stellte er fest, daß Ando eine Suppe geordert hatte. Damit würde er auch den rebellischen Magen nicht überfordern. Gespannt wartete er auf das Essen; die Chips bezogen ihre Nahrungsmittel ausschließlich von der Erde, wobei neunzig Prozent von der Großen Republik geliefert wurden. Im Gegenzug stellten die Chips die Energieversorgung der Yankees sicher.

»Das Essen wird in ein paar Minuten serviert«, sagte Li. »Möchten Sie solange einen Blick auf die Erde werfen?«

In Anbetracht der Konsequenzen, die seine letzte Betrachtung der Erde gehabt hatte, wollte Mike schon dankend ablehnen. Aber es war an der Zeit, daß er sich auch mit diesem Aspekt des Geosynch-Rings vertraut machte, und das würde ihm nicht gelingen, wenn er in der Kantine saß. Er nickte, woraufhin Li Xia ihn mit einem freudigen Lächeln belohnte.

»Wundervoll.« Sie klatschte in ihre kleinen, feingliederigen Hände. »Sehen Sie, seit unserer Ankunft von Luna hatte ich selbst keine Gelegenheit dazu gehabt. Und weil Ando und ich auf der Rückseite leben, sehen wir die Erde ohnehin nur selten – und schon gar nicht aus der geringen Distanz, die den Ring von der Erde trennt.«

Nun, da Ando Jia-Chi die Konversation nicht mehr dominierte, ging eine interessante Veränderung mit ihr vor. Sie verwandelte sich wieder zu dem fröhlichen Mädchen, das Mike während des Andock-Manövers kennengelernt hatte.

Der chipponesische Geosynch-Ring verdankte seine Bezeichnung nicht der Struktur, sondern dem zugrundeliegenden Konzept. Diese Station war eines von hundert separaten Elementen, die in ihrer Gesamtheit den Ring bildeten. Die in Abständen von fast zweieinhalbtausend Kilometern gestaffelten Elemente waren über Energie- und Signalbrücken miteinander verbunden, bewegten sich jedoch in unabhängigen Orbits. Das allen Stationen gemeinsame konstruktive Grundmuster war eine Anzahl von Speichenrädern, die wie Schaschlik auf einer gemeinsamen Achse aufgereiht waren. Die Schwerkraft variierte zwischen einem viertel Gravo an der Peripherie der Räder und null Gravos an der Zentralspindel.

Die Achse der Station war im Raum fixiert. Im Augenblick zeigte das dickere Ende hinunter zur Erde. Li Xia führte ihn zum schwerelosen Sektor im Zentrum und folgte dann der Spindel zweihundert Meter in Richtung des dünneren Endes. Mike stülpte sich schier der Magen um, als sie die Zone der Schwerelosigkeit betraten; aber dann beschloß er, das Beste aus dieser unangenehmen Situation zu machen. Plötzlich fühlte er sich besser. Mit Ando im Rücken und Li an der Spitze trieb er wie eine Qualle der Aussichtsplattform zu.

Weil er sich nicht auf einem kleinen und schnell rotierenden Schiff befand, war die Desorientierung nicht allzu gravierend. Die Erde hing vor ihnen im Weltraum, tausendmal so groß wie der Vollmond. Der Planet wirkte wie blauer Marmor, wobei seine dunstige Oberfläche zur Hälfte von Wolken bedeckt wurde. Sie schwebten über dem Äquator, mitten über dem Indischen Ozean.

»Schauen Sie.« Lia Xi zeigte auf ein wolkenloses Gebiet zur Rechten. »Dort hat meine Familie vor dem Auftauchen der Himmlischen Wolke gelebt. Mein Großvater hat an der Vereinigung mitgearbeitet, und meine Großmutter hat ihn begleitet.«

Mike enthielt sich jeglichen Kommentars. Die Chips verfügten über ein Talent für Euphemismen, das ihn schon wie Zynismus anmutete. Für eine wandernde, mehrere Tausend Kilometer durchmessende Wolke tödlicher Radioaktivität hätte er viele Namen parat gehabt, aber sicher nicht ›Himmlische Wolke‹. Ihr waren vier Milliarden Menschen zum Opfer gefallen – vielleicht auch mehr, denn seit dem Krieg in der Notzone war in Asien und Europa keine Volkszählung mehr erfolgt. Und diese ›Vereinigung‹, die Li angesprochen hatte, war genauso schlimm gewesen. Die Chinesen und Japaner hatten sich mit Hingabe gegenseitig umgebracht, wobei die Bilanz der Japaner etwas schlechter aussah; dann hatte der radioaktive Niederschlag ihre Prioritäten plötzlich geändert.

Li wies auf den Sektor, wo ihre Großmutter geboren worden war, ein Gebiet im Osten des Kontinents, wo ein großer Fluß dem Ozean entgegenströmte. Sie richteten das Teleskop auf die Region und überflogen sie. Südlich des Flusses gab es keine Anzeichen von Besiedelung. Früher hatte sich nach Auskunft von Li dort eine Metropolis befunden, die von zwanzig Millionen Chinesen bevölkert gewesen war.

Sie drehte sich zu Mike um. »Sind Sie schon einmal dort gewesen? Wie man mir sagte, reisen die Händler in alle Regionen der Erde.«

»Überallhin, wo Handel getrieben wird. In dieses Gebiet leider nicht. Aber schauen Sie hier.« Mike schwenkte das Teleskop eintausendsechshundert Kilometer nach Westen. »Dort bin ich aufgewachsen.«

Li Xia studierte das Bild. »Aber das ist doch *Hiver*-Territorium.«

»Das ist richtig.«

»Also müssen Sie mit den Chipponesen verwandt sein. So sehen Sie aber nicht aus. Sind Sie es denn?«

»Ich weiß nicht. Ich weiß weder, wo ich geboren wurde, noch, wer meine Eltern waren. Aber Sie haben recht, was mein Aussehen betrifft. Nach den Computerberechnungen der Händler wurde ich viel weiter westlich entführt. Aber jetzt sind natürlich die Händler meine Familie.«

»Ich wußte gar nicht, daß die *Hivers* auch Handel treiben. Sind Sie später noch einmal dort gewesen?«

»Nein. Irgendwann besuche ich sie vielleicht noch einmal. Sie treiben nur sehr wenig Handel.« Und an die Dinge, die sie sonst noch tun, möchte ich gar nicht denken. Mike schwenkte das Teleskop weiter nach Westen, über die dunklen, menschenleeren Ebenen Indiens, Pakistans und Afghanistans, wo der Krieg um die Notzone ausgebrochen war. Er schwenkte nach Afrika, fixierte das Teleskop über der Atlantikküste und schaute hindurch.

»Sind Sie schon einmal dort gewesen?« fragte Li aufgeregt. »Sie wirken so glücklich!«

»Meine erste Mission außerhalb des Ausbildungszentrums hatte mich dorthin geführt.« Mike richtete das Teleskop auf *Krönungsstadt*. Sie hob sich als winziger dunkler Fleck vom helleren Hintergrund ab. »Sehen Sie? Wo der Fluß sich gabelt.«

»Und was ist damit?« Sie schwenkte das Teleskop wieder nach Osten, zum Rift Valley, das den afrikanischen Kontinent spaltete. »Sind Sie schon einmal dort gewesen?«

Mike schüttelte den Kopf. »Nur ein Kurzbesuch, das war alles. Dieses Gebiet liegt jenseits des von den Zehn Stämmen kontrollierten Territoriums.«

Den Rest der Geschichte verschwieg er ihr. Gegen Ende der Ausbildung waren sie dort auf einer unbefestigten Piste gelandet. Es ging darum, die Möglichkeiten für den Bau eines Wasserkraftwerks an dem großen Fluß auszuloten, der durch halb Afrika floß. Die Errichtung einer solchen Station mit einer Kapazität von vielen Gigawatt wäre eigentlich kein Problem gewesen.

Es verging kein Tag, bis sie wußten, was Daddy-O schon wußte, bevor er sie dorthin geschickt hatte. Der Plan war nicht zu verwirklichen. Dieser Teil des Kontinents, der sich nicht in Rasool Ilungas subtilem Griff befand, hatte dem einundzwanzigsten Jahrhundert den Rücken gekehrt. Die Menschen dort regredierten und versuchten, die alte Harmonie mit der Natur wiederherzustellen. Die Bevölkerung schrumpfte und war technologisch um zwei Generationen zurückgefallen. Die Hitze war mörderisch, und es lag eine unheimliche Stille über der flachen, rauchenden Landschaft.

Li Xia sah, was in ihm vorging. Sie nickte und wandte sich Ando zu. »Laß uns zurückgehen«, sagte sie auf chipponesisch. »Vielleicht ist er wirklich der Barbar, für den du ihn hältst, aber irgendeine Erinnerung quält ihn.«

Mike mußte sich in Erinnerung rufen, daß er offiziell der chipponesischen Sprache nicht mächtig war. Daher vermied er es, sie dankbar anzulächeln.

Als sie wieder am Tisch saßen, forderte Ando das Essen an, indem er auf eine dunkle Markierung an der Tischkante drückte. Mike wartete interessiert ab. Der Ausflug zur Aussichtsplattform hatte seine Kondition so verbessert, daß er wieder Appetit verspürte, und er war neugierig auf die Mahlzeit. Die kulinarischen Gepflogenheiten der Chipponesen waren nämlich ein Mysterium.

Dann wurde das Essen serviert. Die Gerichte wurden aus den in der Mitte des Tisches eingelassenen Luken aufgetragen.

Angesichts der opulenten Mahlzeit wurde Mike übel. Beim Erscheinen des ersten Gangs schluckte er verstohlen eine Detox-Pille.

Kalter, gummiartiger Oktopus war die erste Vorspeise, gefolgt von Seeschnecken, die mit Schweinegeschnetzeltem gefüllt waren. Schlangensuppe – drei Sorten, wie Ando stolz verkündete. Und dann die Hauptgerichte, mit rohem Fisch, gebratenem Aal, Geflügelfleisch – Mike erwischte ein Stück, in dem noch der Schnabel steckte – und eine schwarze, schleimige Substanz, nach deren Herkunft er sich nicht zu fragen getraute. Das Essen wurde mit Bier hinuntergespült und von häufigem Anstoßen mit *mao tai*-Likör begleitet, der so viel Feuer hatte, daß er fast das Schmalz in den Ohren zum Schmelzen brachte.

Händler-Ausbildung: Mike probierte von allem und murmelte Komplimente, während die Gerichte in einer endlosen Prozession über den Tisch wanderten. Er trank von jedem Getränk, das sie ihm anboten, und wurde zusehends lauter und gesprächiger.

Er berichtete ihnen von all seinen Missionen. Vom Triumph im *Strine*-Innern und vom gescheiterten Versuch, Seth Paramine aus Cap City auszufliegen; wie er die bewußtseinszerstörenden Intrigen von Dominic Mantilla und Sabrina Vandermond durchkreuzt und wie er Rasool Ilungas Pläne vereitelt hatte, die Händler für seine Zwecke einzuspannen.

Er redete zu viel, rülpste ungeniert, stieß das Glas um und schlug gegenüber Ando Jia-Chi einen ruppigen Ton an. Und dank der Detox-Pille war er völlig nüchtern und imstande, sich ein präzises Bild von seinen Gastgebern zu machen.

Es mußte wohl der elfte Gang gewesen sein – Pilze an Schellfisch, ein gnädiges Zwischenspiel –, als er zufrieden feststellte, daß Andos Augen aus den Höhlen quollen und der Mann eine zunehmende Ähnlichkeit mit einem an Verstopfung leidenden Frosch aufwies. Bisher hatte Ando mit Mikes Alkoholkonsum mitgehalten, obwohl Mike bemerkt hatte, daß der Chip sich immer nur wenig einschenkte. Das änderte indessen nichts daran, daß Ando höchstens halb so schwer war wie Mike und vermutlich auch keine Vorkehrungen gegen die Auswirkungen des Alkohols getroffen hatte.

Li Xia registrierte, daß ihr Verlobter immer stiller wurde. Er sackte auf dem Stuhl zusammen, wurde blaß im Gesicht und ließ den Mund öfter als sonst offen stehen. Mike bemühte sich, nicht hinzusehen und die Konversation ganz normal fortzuführen.

Beim dreizehnten Gang wurde es ihr zuviel. Sie stand auf. »Mr. Ando sagt, daß er uns leider verlassen muß.« Ando hatte schon seit zehn Minuten kein Wort mehr gesprochen. »Sein Flug geht bald ab. Wenn Sie bitte hier warten würden, bis wir uns verabschiedet haben; ich bin in ein paar Minuten zurück.«

Mike lächelte und sah, wie sie den Raum verließ, das Froschgesicht im Schlepptau. Hoffentlich hatte Ando seine Lektion gelernt! Das nächstemal würde er sich mit seinem ›Barbaren‹ etwas zurückhalten. Mike füllte das Glas wieder mit dem feurigen Likör und beobachtete, wie die winzigen *Chill*-Servierroboter aus den Luken krochen und Andos leeren Teller abräumten.

Erst nach zwanzig Minuten kam Li Xia zurück. Sie nahm Mike gegenüber Platz und nahm das winzige Glas mit lieblichem Rotwein, das er ihr eingeschenkt hatte. Sie hatte bisher fast nichts getrunken. Nun nickte sie, nippte am Wein und schaute ihn nachdenklich an.

»Mr. Mikal Asparian, ich finde keine Erklärung dafür. Aber Sie sind nicht betrunken. Nicht ein bißchen.«

Es schwang kein Vorwurf in ihrer Stimme mit. Warum fühlte er sich dann auf einmal schuldig, und warum wollte er nicht länger den Betrunkenen spielen?

Er dachte daran, wie sehnsüchtig Li Xia den großen chinesischen Fluß betrachtet hatte, die alte Heimat, die ihr und ihrem Volk nun für immer verschlossen war. Sie waren im Exil. Sie sahen die Heimat zwar, aber es gab keine Wiederkehr.

»Wissen Sie, Sie sind nicht die einzige. Ich habe auch meine Heimat verloren.« Erstaunt hörte Mike seine Stimme.

War er etwa *doch* betrunken? Wie war das möglich, wo die Detox-Pillen ihn noch nie im Stich gelassen hatten?

»Alle Händler sind heimatlos«, fuhr er fort. »Wir haben kein Land, das wir unser eigen nennen könnten, mit Ausnahme der Trainingslager. Unsere Heimat ist die ganze Welt, das Meer, die Luft. Die Händler sind über den ganzen Globus verstreut. Selbst unser Computer ist ein Netzwerk. Überall gibt es Speicher- und Recheneinheiten, die durch Kommunikationssatelliten, Mikrowellenverbindungen und Glasfaserkabel miteinander verbunden sind. Wir sind überall und nirgends.«

Er verstummte. Jetzt war es passiert. Er hatte sich zum Narren gemacht. Aber Li lachte ihn nicht aus und verspottete ihn auch nicht. Sie saß nur still da und schaute ihn mit großen Augen an, die ihre Sympathie verrieten.

»Erzählen Sie weiter«, sagte sie nach einem Moment.

»Ich langweile Sie doch sicher.«

Sie lächelte. »Ich glaube nicht, daß Sie mich langweilen würden, selbst wenn Sie es versuchten. Bitte sprechen Sie weiter. Sie sind sehr stolz darauf, ein Händler zu sein, nicht wahr?«

Er befand sich in einer emotionalen Zwickmühle. Er wollte ihr sagen, daß sie sich irrte, daß er die Händler haßte, daß sie eine skrupellose Organisation seien, die ihn benutzt und für ihre Zwecke mißbraucht hätte. Statt dessen sagte er: »Ja, ich bin sehr stolz darauf. Wir sind nur eine kleine, schwache Gruppe. Und doch sind wir es, die den Handel zwischen den großen Machtblöcken aufrechterhalten. Wir verfügen selbst nur über wenig Macht, aber wir sind völlig unverzichtbar. Wir sind das Band, das die Erde zusammenhält.«

Bei diesen prätentiösen Worten wäre er am liebsten im Boden versunken. Er gab im nüchternen Zustand Dinge von sich, die er betrunken nie artikuliert hätte. Spätestens jetzt mußte sie ihn einfach auslachen. Aber er sah nur Wärme in diesen großen, traurigen Augen, die ihn über den Tisch hinweg anschauten.

Dann lächelte sie und umfaßte mit beiden Händen das silbrige Glas. Als Mike schwieg, stellte sie das Weinglas ab, nahm seine Linke in beide Hände und drehte die Handfläche nach oben.

»Gestatten Sie.« Sie neigte den dunkelhaarigen Kopf und studierte die Linien, welche die Handfläche durchzogen.

Für eine Weile schwieg sie und fuhr mit den Fingerspitzen sanft über seine Hand. Dann schüttelte sie den Kopf. »Die Hand eines Wanderers, und das Leben eines Wanderers. Sie werden Ihr ganzes Leben auf Reisen sein, fremde Meere befahren und unbekannte Länder sehen. Aber ich erkenne auch Humor und Zuneigung und die Chance auf ein großes Glück.«

»Ich wünschte, Sie könnten mir sagen, wann dieses Glück beginnt.« Mikes Hand kribbelte unter ihrer Berührung, aber zugleich fühlte er sich zum erstenmal seit Monaten entspannt und behaglich. Er wollte ihr die Hand nicht entziehen. »Können Sie mir denn nichts Genaueres sagen? Wie lange werde ich leben, werde ich jemals heiraten, wie viele Kinder werde ich haben?«

Sie schaute lächelnd auf und schüttelte den Kopf. »Das sehe ich nicht. Ich wünschte, ich könnte es sehen – in meiner Hand und in der Ihren.« Das Lächeln verschwand von ihrem Gesicht, als ob sie plötzlich an etwas anderes denken würde. »Ich muß mich dafür entschuldigen, was an diesem Abend vorgefallen ist. Mr.

Andos Benehmen war nicht gut. Er ist den Genuß von Alkohol nicht gewohnt.«

»Er war nur müde. Bitte machen Sie sich deswegen keine Gedanken.«

Vielleicht war sie wirklich so intelligent, Mike zuzutrauen, daß er imstande war, Andos Gefühle vom Gesicht abzulesen, auch ohne zu wissen, was er sagte. Mike war Ando nämlich genauso unsympathisch wie umgekehrt. »Häßlich, dumm und gierig«, waren die letzten Worte des Chipponesen gewesen, bevor der Suff ihm die Sprache verschlug. »Fettes Händler-Schwein … aufgedunsener Schwachkopf … sozialer Parasit … sabbernder, vollgesoffener Vielfraß.« Vielleicht war es nur gut, daß Ando wieder zum Mond zurückflog. Selbst mit Li Xias ausgleichendem Einfluß gab es für das Verhältnis zwischen den beiden Männern nur einen Trend, nämlich abwärts.

Li Xia hielt noch immer Mikes Hand. Beiden wurde es im selben Moment bewußt, und sie ließ sie los und erhob sich hastig.

»Gut«, sagte sie atemlos. »Mr. Mikal Asparian, ich möchte Ihnen sagen, wie sehr ich dieses Essen mit Ihnen genossen habe. Das, was Sie mir erzählt haben, war wirklich sehr interessant. Ich träume schon lange davon, eines Tages die Erde zu besuchen, und Sie haben ein Stück zur Verwirklichung dieses Traums beigetragen. Es kommt mir so vor, als ob wir noch viele Stunden hier sitzen und erzählen und lachen könnten, und die Zeit würde wie im Flug vergehen.«

Mike erhob sich ungelenk; er hatte sich noch immer nicht an die Schwerkraft von einem Viertelgravo gewöhnt. »Vielleicht werden wir später noch die Gelegenheit dazu haben. Fräulein Li, Sie sind eine großartige Zuhörerin. Man erzählt Ihnen Dinge, ohne es zu wollen. Sie wären sicher eine ausgezeichnete Händlerin.«

»Danke.« Sie lächelte. »Ich weiß, daß Sie mir kein größeres Kompliment hätten machen können. Aber wir müssen jetzt Schluß machen. Das erste Treffen mit den leitenden Mitgliedern unserer Delegation findet in zwölf Stunden statt. Sie müssen sich vorher ausruhen. Ich werde Sie zu Ihrer Unterkunft bringen.«

Ruhe war eine verlockende Vorstellung, doch Mike konnte sich diesen Luxus jetzt nicht erlauben.

Im Bewußtsein der Konsequenzen, welche die Schwerelosigkeit für ihn haben würde, hatte Mike um eine Unterkunft im untersten Rad der Station gebeten. Dieser Abschnitt beherbergte die Wohnquartiere, Kommunikationsanlagen und Freizeiteinrichtungen. Das Rad rotierte um die Achse, auf der alle anderen Räder auch aufgereiht waren. Mit einem Durchmesser von vierhundert Metern wies das unterste Rad ein Gravitations-Spektrum von fast null Gravos an der Nabe bis zu einem Viertelgravo an der Peripherie auf. Mike befand sich in der Nähe der Peripherie, während Li Xias Unterkunft sich auf einem Drittel der Distanz zum Mittelpunkt befand. Dort entsprach die Schwerkraft in etwa der von Luna.

Am meisten interessierte Mike sich indessen für das oberste Rad. Weil es nicht um die Zentralspindel rotierte, herrschte dort nur eine sehr geringe Schwerkraft; Menschen lebten dort nicht. Dafür waren die Kraftwerke und die Ausrüstung für Instandhaltung und Wartung in diesem dicken Rad untergebracht. Mike war der Zutritt zwar nicht verwehrt, aber er mußte erst einmal dorthin gelangen.

Er konnte das Rad nur erreichen, indem er von seiner Unterkunft aus an der Peripherie des untersten Rades bis zur Spindel hochstieg, dann die Spindel entlang bis zum obersten Rad und von dort zu dessen Peripherie hinunter. Als Mike auf der Erde instruiert worden war, hatte sich das noch einfach angehört, aber in der Praxis traten Probleme auf. Es hing an einer ganz banalen Sache: wo befanden sich in der Spindel die Lichtschalter? Es war unmöglich, in der Dunkelheit *und* in der Schwerelosigkeit danach zu suchen. Ohne Gravitation, die ihm als Orientierungshilfe diente, würde Mike sich verirren; im Extremfall würde er sich in der Schwerelosigkeit sogar überschlagen.

Als er die Schalter schließlich gefunden hatte, war der Rest kein Problem mehr. Das obere Rad selbst war beleuchtet, und in den Gängen begegnete er nur ein paar Technikern. In seiner Eigenschaft als Erdling wurden Mike die erwarteten höflich-fragenden Blicke zuteil. Er ging zielstrebig weiter, und niemand versuchte ihn aufzuhalten.

Er war schon weiter vorgedrungen, als er sich eigentlich erhofft hatte, als an einer Abzweigung des äußeren Korridors große rote Schilder verkündeten: GEFAHR: SEKTOR MIT HOHER RADIOAKTIVITÄT. KEIN ZUTRITT OHNE PLAKETTE UND AUSWEIS.

Diese Warnung verfehlte ihre abschreckende Wirkung nicht, aber war sie auch begründet? Mike hatte den Verdacht, daß diese Schilder nur ein Bluff waren – um neugierige Besucher abzuschrecken –, denn sie waren mehrsprachig beschriftet, darunter auch Chipponesisch. Die Sensoren in der Fingerspitze meldeten jedenfalls keine gefährlichen Strahlungswerte. Aber mit Radioaktivität war nicht zu spaßen. Er drehte sich um und ging unauffällig zu seiner Unterkunft zurück.

Auf dem Rückweg sah er einige bekannte Gesichter, denen er mit Sicherheit auf dem Hinweg schon begegnet war. Das wunderte ihn auch nicht: die Chips überwachten Mike doppelt. Li Xia war Team eins; das zweite Team hielt sich bedeckt, wie es einem guten Sicherungsteam auch anstand.

Mike suchte wieder seine Unterkunft auf, legte sich auf das Bett und schloß die Augen. Jetzt war ein günstiger Augenblick, den Nutzen seines neuen Implantats zu überprüfen. Eine Passiv-Version des Audio-Eingangs-Moduls der Diamant-Fliege, anderthalb Millimeter groß, war hinter seinem Kehlkopf eingepflanzt worden. Mike subvokalisierte einen Bericht, der alle Ereignisse seit dem Abflug von der Erde umfaßte. Bei seiner Rückkehr würde der gesamte Audio-Bericht an Daddy-O übermittelt werden.

Die Fliege verfügte über einen Festspeicher. Wie Lyle Connery Mike erläutert hatte, war das Bauteil für eine Beschleunigung von zehntausend Gravos und Temperaturen von über zweitausend Grad ausgelegt. Es würde den Wiedereintritt in die Erdatmosphäre auch ohne Schutzschild überstehen. Da Mike sein Limit bei zwanzig Gravos und sechzig Grad veranschlagte, waren Connerys Worte kein besonderer Trost gewesen. Und mit dem Gedanken eines Wiedereintritts ohne Schutzschirm mochte Mike sich gar nicht erst befassen.

Schließlich beendete er die Aufzeichnung und schaltete auf Wiedergabe. Eines Tages würden die *Chills* wohl ein Gerät entwickeln, das auch aus größerer Entfernung die subvokalisierte Aufnahme und Wiedergabe erfaßte. Und was dann? Vielleicht wäre es dann nicht einmal mehr möglich, einen Bericht zu *denken*.

Nicht mein Problem, sagte Mike sich. Jedenfalls nicht heute. Er schaltete den Fliegengehirn-Recorder aus, legte sich zurück, schloß die Augen und glitt nach wenigen Minuten ins Reich der Träume ab.

Allmählich kam Mike ins Grübeln. Vielleicht war Li Xia gar nicht Team eins, sondern Team zwei. Bei seinen Verhandlungspartnern handelte es sich sicher nicht um Amateure. Außer Li waren es fünf Leute. Jeder von ihnen beherrschte das Händler-Idiom perfekt, hatte einen völlig undurchdringlichen Gesichtsausdruck und trug einen fast nicht wahrnehmbaren Ohrhörer, so daß Mike den Eindruck bekam, sie würden von anderen Chips oder von Computern Anweisungen erhalten.

Selbst ohne diese Besonderheiten wäre er auf der Hut

gewesen. Die Chips waren als harte Verhandlungspartner gefürchtet.

Aber das galt auch für die Händler. Mike war so angespannt wie nie zuvor und dennoch zuversichtlich – obwohl es schön gewesen wäre, wenn Daddy-O, Connery und ›Darling‹ Lester ihm im Bedarfsfall souffliert hätten. Sie nahmen an einem Aluminiumtisch Platz, fünf gegen einen. Als Teil ihrer selbstverständlichen Bemühungen, es Mike so schwer wie möglich zu machen, ließen die Chips die Verhandlung in einem Konferenzraum mit niedriger Schwerkraft stattfinden. Der traditionelle heiße Tee wurde serviert; dazu gab es Würfelzucker – aber der Tee wurde aus einer Plastikflasche getrunken, und die Zuckerwürfel neigten zum Abdriften, wenn man nicht aufpaßte.

Li Xia hatte die Verhandlung eröffnet, wobei die anderen stumm dasaßen. »Wir sind bereit, über einen Zeitraum von zwei Jahren dreißig Gigawattstunden bereitzustellen, an einen oder mehrere Punkte des Gitters des Vereinigten Reichs, mit Ausnahme von in den Weltraum gerichteten Laser-Stützpunkten. Weiterhin sind wir bereit, die gesamte westliche Hemisphäre zu versorgen, mit derselben Ausschlußklausel. Wir bieten eine Tag-Nacht-Relation von zwei zu eins und eine Erhöhung um vierzig Prozent im Winter in der südlichen Hemisphäre. Als Gegenleistung fordern wir ein Zwei-Jahres-Visum für einhundert Personen mit Einreisepunkt Guayana und Freizügigkeit im gesamten Vereinigten Reich.«

Noch während ihrer Ausführungen führte Mike bereits Auswertungen durch. Dafür war er ausgebildet worden, und die beste Methode war immer noch die, sich zu beruhigen und gleichzeitig den Verstand einzuschalten. Ihr Angebot hörte sich zwar gut an, aber es hatte einen Haken. Zunächst war der Hang der Chips zu Ausschweifungen wohlbekannt. Ihre Abgesandten im Vereinigten Reich würden vorzugsweise nach Drogen und Spielhöllen Ausschau halten, nicht nach Sex, Sado-Maso, Extrem-Sportarten, Exekutionen, Kannibalismus oder einer der sonstigen teuren Dienstleistungen. Und es stand zu erwarten, daß die Chipponesen viel Geld im Land lassen würden. Sie waren exzellente Spieler, aber die *Greaser* waren noch besser. Am *besten* wären indes die Händler gewesen, dachte Mike, aber Händler spielten nicht – jedenfalls nicht auf diese Art.

Zum zweiten war jedem der Anwesenden bewußt, daß der größte Teil der dem Vereinigten Reich bereitgestellten Energie dort gar nicht genutzt würde. Sie würde vielmehr an die Große Republik im Norden weiterverkauft werden, deren landwirtschaftliche Programme sehr viel Energie für Bewässerung und die Produktion von Dünger erforderten. Und ein Teil würde nach Süden gehen, nach Cap City, wobei im Rahmen eines Kompensationsgeschäfts Energie gegen Elektronik getauscht würde. Die *Chills* hatten einen sehr hohen Energieverbrauch. Um das Angebot der Chipponesen beurteilen zu können, benötigte Mike die Handelsbilanzen der vier Gruppen über die nächsten zwei Jahre. Und er mußte eine Variable in Rechnung stellen, von der die Chipponesen nichts wußten: das Kernfusionsprogramm der Großen Republik und ihre somit gewonnene Autarkie in der Energieversorgung.

»Gegenangebot«, sagte er. »Die von Li Xia verlangte Präsenz der Chipponesen im Vereinigten Reich wird genehmigt. Aber die Energieversorgung beträgt fünfunddreißig Gigawattstunden, mit einer Nacht-Tag-Relation von drei zu eins, ohne den Winter-Zuschlag für die südliche Hemisphäre.« Mit diesen letzten Worten hatte er zu verstehen gegeben, daß der größte Teil der Energie an die Yankees im Norden geliefert werden würde. Das tat seiner Verhandlungsposition indes keinen Abbruch, denn die Chips wußten es sicher ohnehin schon.

Die vier Chipponesen beugten sich über den Tisch und führten ihre eigenen Berechnungen durch. Während sie damit beschäftigt waren, hatte Mike Zeit, Li Xia in Augenschein zu nehmen. Erneut verspürte er Mitleid mit ihr. Nicht nur, weil sie dem alten Froschgesicht Ando versprochen war, sie und alle Chips mit ihr würden bald ihren größten Markt verlieren. Die Große Republik war Hauptabnehmer der Chip-Energie, und im Gegenzug bezogen die Chips neunzig Prozent ihrer Nahrungsmittel von dort. Was würde geschehen, wenn die Yankees ihre Energie plötzlich selbst erzeugten und nicht mehr auf die Chipponesen angewiesen waren?

Mike tat diese Überlegung mit einem Achselzucken ab. Das war nicht sein Problem, und wenn man die Geschichte betrachtete, würden die Chips es überleben. Sie hatten den Verlust der Heimat überlebt, auch wenn sie die Erde verlassen mußten.

»Gegenangebot«, sagte der Mike gegenübersitzende Mann. Sein Name war Wang Tanaka; für einen Chipponesen war er ungewöhnlich korpulent und hatte ein volles Gesicht. Mike vermutete, daß seine Vorfahren Ainu von der Insel Hokkaido gewesen waren.

»Zweiunddreißig Gigawattstunden«, fuhr der Mann fort. »Plus eines Zweieinhalb-Jahre-Visums für einhundertundzwanzig Chipponesen. Der Weiterverkauf von Energie in die nördliche Hemisphäre wird auf dreißig Prozent begrenzt.«

Das war der Startschuß für die Verhandlung. Die Beschränkung hinsichtlich des Weiterverkaufs zeigte überdeutlich, daß die Chips das Spiel genauso gut beherrschten wie Mike. Und im Hintergrund dieses realen Spiels war die zweite Agenda verborgen. Mike mußte sich Zutritt zu den Kraftwerken verschaffen und sich selbst ein Bild von ihnen machen. Aber alles der Reihe nach.

Nach sieben Stunden debattierten sie immer noch, aber es war eine Einigung in Sicht. Dann verkündete Wang Tanaka eine zweistündige Unterbrechung, »um unserem Gast eine wohlverdiente Pause zu gestatten« –

was den Chips ermöglichen sollte, die Köpfe zusammenzustecken und über den nächsten Zug zu beraten. Li Xias nachgeordnete Rolle wurde bestätigt, als Mike gesagt wurde, sie würde ihm alles zeigen, was er von der Station sehen wolle, oder ihm mehr vom Geosynch-Ring berichten.

Mike hätte die Zeit gut nutzen können, die Verhandlung Revue passieren zu lassen, doch das Angebot war einfach zu verlockend. Bevor noch eine andere Alternative genannt worden war, war er schon weg, gefolgt von Li. Nach einer zehnminütigen Essenspause mit Nudeln, Schweinefleischbällchen und Tee unternahmen sie auf seinen Wunsch hin eine Besichtigung des obersten Rads.

»Gute Fortschritte bei den Verhandlungen«, sagte Li, als sie die Zentralspindel betraten.

»Ausgezeichnet. Wir stehen kurz vor einem Abschluß.«

Mit einem Fallrückzieher in der Schwerelosigkeit, den Mike so noch nicht hinbekommen hatte, drehte sie sich zu ihm um und lächelte ihn verhalten an. »Sie sagen zwar, wir würden kurz vor einem Abschluß stehen, aber ich glaube nicht, daß Sie davon überzeugt sind.«

Mike verbarg seine Überraschung. Das hörte sich eindeutig nach einer Indiskretion ihrerseits an, und zwar nach einer, die ihre Vorgesetzten schockiert hätte. Sie hätte sich nicht so freimütig zum Stand der Verhandlungen äußern dürfen.

Es sei denn, es gab ein übergeordnetes Motiv dafür. Aber er konnte sich keines vorstellen.

»Es kommt darauf an, wie man ›kurz vor dem Abschluß‹ definiert«, sagte er. »Meiner Ansicht nach stehen wir genau dort, wo wir zu diesem Zeitpunkt stehen sollten. Wir haben noch mehrere Verhandlungstage vor uns, aber wir haben schon gute Fortschritte gemacht.«

Und *das*, dachte er, hätte er ihr sicher nicht sagen dürfen – hauptsächlich deshalb, weil es stimmte. Bevor sie tatsächlich zu einem Abschluß kamen, würde ein halbes Dutzend Fälle von ›kurz vor dem Abschluß‹ vorliegen, wobei eine Partei jedesmal einen neuen Stolperstein einbaute, der scheinbar das Aus für die Verhandlungen bedeutete. Sie würden um jeden Zentimeter Boden kämpfen, dann zurückweichen und schließlich eine Einigung erzielen – das lag eben in der Natur von Verhandlungen. Aber kein professioneller Unterhändler würde verlauten lassen, wie weit die Verhandlungen in seinen Augen schon gediehen waren – damit gab er nämlich zu viel von seiner Position preis.

Besorgt dachte Mike über diesen Austausch der Lageeinschätzung nach, während Li ihn durch die Spindel zum obersten Rad führte. Ihre Indiskretion war möglicherweise gezielt gewesen – *seine* jedoch nicht. Er täte gut daran, die Zunge im Zaum zu halten, bis er sich über seine eigenen Motive im klaren war.

Er war so geistesabwesend, daß er einen Handlauf verfehlte, als sie die Achse der Station verließen. Er überschlug sich. Ohne Anstrengung streckte Li die Hand aus und stabilisierte ihn wieder, wobei sie mit Hüfte und Schulter seine Brust touchierte.

Es war wie die Berührung eines mit einem Umhang bekleideten Skeletts. In der Gegenwart der anderen Chips hatte Mike schon gar nicht mehr darauf geachtet, wie ausgemergelt sie aussah. Nun wurde er wieder daran erinnert, und plötzlich sah er sich mit Li Xias Augen: groß, fett und tolpatschig, mit einer großen Nase und haariger Haut. Diese neue Perspektive war schockierend und unerfreulich.

Schließlich erreichten sie den Achsenabschnitt des obersten Rads. Die allgemeine Konstruktion war den Händlern bekannt, und Daddy-O hatte Mike beim Briefing eine Rißzeichnung vorgelegt. Nun ging es für Mike nur noch darum, daß Li ihm die Sektoren mit den Kraftwerken zeigte.

Er machte sich keine Illusionen darüber, was er zu

sehen bekäme. Die Kraftwerke der Chipponesen waren über den ganzen Geosynch-Ring verstreut und stellten ein Konglomerat aus Atom- und, seltener, Solarkraftwerken dar. In dieser Station würde er nur Nukleargeneratoren von mittlerer Kapazität finden. Es wäre nur ein Streiflicht der gesamten Energieversorgung, aber immer noch besser als alles, was Old-Billy Waters und den Planern in der Großen Republik zu Gebote stand. Mike konnte noch einen Trumpf ausspielen. Während seines Aufenthalts in der Station würden die *Strines*, mit Genehmigung der Yankees, ihren Energiebedarf kurzfristig verdoppeln. Wenn Mike nun eruierte, wie diese zusätzliche Leistung bereitgestellt wurde, war es ihm vielleicht möglich, daraus auf die Gesamtkapazität des Systems zu schließen.

Auf dem Weg zur Peripherie des obersten Rads fragte Mike sich erneut, welche Konsequenzen der Wegfall der Energielieferungen an die Yankees für die Wirtschaft der Chips wohl haben würde. Durch den radioaktiven Niederschlag über der Notzone waren die Chipponesen zum Exodus in den Weltraum gezwungen worden, und damals mußten sie alles daransetzen, um das Überleben zu sichern. Wie würde der Verlust ihres Hauptmarkts sich heute auf sie – und die anderen Regionen – auswirken? Es war ein ernüchternder Gedanke, daß der Krieg um die Notzone selbst durch den wirtschaftlichen Zusammenbruch einer einzelnen Nation ausgelöst worden war.

Sie hatten nun die Sektoren der Station erreicht, in denen die Kraftwerke untergebracht waren, und plötzlich befielen Mike ganz neue Sorgen.

Die Einheiten zur Energiegewinnung sahen ganz anders aus, als er gedacht hatte – anders, weil sie ihm *bekannt* waren.

Die Händler hatten die Informationen über die Kraftwerke der Chipponesen über die Jahre akribisch zusammengetragen, aus offiziellen Quellen und durch Spionage. Es war ein langwieriger Prozeß gewesen, zumal die Chips sehr vorsichtige Leute waren. Der Kenntnisstand der Händler über den Anlagenbau der Chipponesen war seit über fünfzehn Jahren nicht mehr aktualisiert worden.

Nun hatte Mike die gleichen Konstruktionen vor Augen – was bedeutete, daß die chipponesische Energietechnik seit über einem Jahrzehnt stagnierte. Das war schier unglaublich. Selbst unten auf der Erde, wo man sich im Gegensatz zu den Chipponesen nicht ständig auf die Energietechnik konzentrierte, waren bei Spalt- und Fusionsreaktoren stetige Fortschritte erzielt worden.

Mike nahm die Ausrüstung gründlicher unter die Lupe. Es handelte sich ausschließlich um Spaltreaktoren, wobei nicht bloß das Prinzip veraltet war – die Ausrüstung selbst war marode. Die Wiederaufbereitungsmaschinen wiesen starke Verschleißspuren auf, und die Nähte der Druckreaktoren waren anscheinend schon oft reparaturgeschweißt worden. Die Energie, welche die Chipponesen der Erde bereitstellten, schien in antiquierten, gefährlichen Kraftwerken erzeugt zu werden.

Während Li Xia Mike zu den oberen Ebenen der Station hinaufführte, versuchte dieser, sich einen Reim darauf zu machen, was er gerade gesehen hatte.

Plausible Annahme Nummer eins: dies war nur ein ›Potemkinsches Dorf‹, Rasool Ilungas Trick mit umgekehrtem Vorzeichen. Der Häuptling der Zehn Stämme hatte Mike dazu veranlassen wollen, über eine hochentwickelte Technologie zu berichten, über die er gar nicht verfügte. Angenommen, die Chips wollten die Existenz einer solchen Technologie *verschleiern*? Wenn sie nämlich noch eine versteckte Agenda verfolgten oder Kenntnis von Mikes versteckter Agenda hatten, wäre es durchaus denkbar gewesen, daß die Verhandlungen in einer Station mit veralteter Technik stattfanden. So konnten sie Mike alles zeigen, ohne daß er Einblick in ihren technischen Fortschritt und die Kraftwerkskapazitäten bekam.

Als sie die oberste Ebene der Station erreichten, legte Mike diese Spekulation jedoch ad acta. Dort befand sich ein zweites, viel kleineres Kraftwerk, das nur dazu diente, Energie für die chipponesischen Kommunikationssatelliten im Geosynch-Ring zu erzeugen und abzustrahlen. Und diese Anlage war neu, kompakt und viel moderner als alles, was Mike bisher gesehen hatte.

Auf dem Rückweg zur untersten Ebene wurde er dann mit dem letzten Geheimnis konfrontiert. Mike hatte die Gelegenheit, die Kraftwerkszentrale zu besichtigen. Die Kontrollen waren alt, in schlechtem Zustand und befanden sich alle schon im roten Bereich.

Dies warf eine Reihe von Fragen auf, die Mike nicht ignorieren konnte. Wenn die Energienachfrage der *Strines* sich plötzlich verdoppelte, was würde dann in dieser Station geschehen? Das System mußte eigentlich eine automatische Überlastungssperre besitzen – aber würde sie auch funktionieren? Die Monitore wirkten noch älter als die primären Kraftwerkskomponenten. Was sollte Mike also tun? Wenn er die Chips auf die potentielle Gefahr hinwies, wäre sein Spiel beendet, und der Vertrag mit der Großen Republik wäre gefährdet. Aber wenn er die Chips nicht warnte, bahnte sich vielleicht eine Katastrophe an …

Auf dem Rückweg zum innersten Rad und während der folgenden fünfstündigen Verhandlung überdachte er die Problematik von allen Seiten. Seine Ausbildung und Erfahrung ermöglichten es Mike, das Feilschen mit den Chip-Unterhändlern fast auf der Ebene des Unterbewußtseins stattfinden zu lassen – zum ersten Mal wurde ihm bewußt, wie stark die Konditionierung durch die Händler-Ausbildung war. Gleichzeitig befaßte das Großhirn sich mit dem Geheimnis der veralteten Kraftwerke.

Die doppelte Belastung strengte ihn an. Als die Verhandlungen für diesen Tag schließlich beendet wurden, war Mike ein Wrack und wollte nur noch etwas essen und sich entspannen.

Die zwölfstündige Verhandlung hatte Li genauso erschöpft. Auf dem Weg zur Kantine gähnte sie verstohlen und bestellte für beide, ohne Mike überhaupt zu fragen. Sie setzten sich gegenüber an den Tisch und stützten die Arme auf die glatte Platte, zu erschöpft, um Aufmerksamkeit zu simulieren. Schweigend warteten sie darauf, daß das Essen aus den Luken hervorkam. Diesmal war die Mahlzeit weniger exotisch; an Getränken gab es nur Bier und Tee.

Gemäß einer stummen Vereinbarung war Li nun an der Reihe, die Konversation zu eröffnen. Sie erzählte Mike, daß sie aus einer reichen Unternehmerfamilie in Shanghai stammte und daß der Verlust des Familienvermögens ein schwerer Schock gewesen sei; schließlich wurde sie zur Mitarbeit am Vereinigungs-Programm verpflichtet.

Ihre Großeltern hatten unglaubliches Glück gehabt. Sie befanden sich als Angehörige der Vereinigungs-Armee schon in Japan, als der Krieg ausbrach. Sie hatten einen Platz in einer der ersten Raumfähren bekommen, die von Kyushu aus starteten. Die ersten Jahre waren von einem harten Überlebenskampf geprägt gewesen. In den darauffolgenden Jahren verloren sie Verwandte und Freunde und trauerten dem fruchtbaren Land im Tal des Yangtse nach, zu dem Li Xias Familie nie wieder zurückkehren würde.

»Aber es bleibt uns noch der Traum«, sagte sie dann. »Mein Großvater erträgt es nicht, auf die Erde hinabzuschauen oder Bilder von Erntearbeiten zu betrachten.«

Die Mahlzeit hatte ihre Lebensgeister wieder geweckt. Als der letzte Gang serviert wurde, verlagerte der Schwerpunkt ihrer Unterhaltung sich auf persönlichere und aktuellere Themen. Li wollte wissen, ob die Händler nur untereinander heirateten.

Mike schüttelte den Kopf. »Das ist keine Vorschrift, obwohl es sich meistens so ergibt. Ich könnte zum Beispiel eine *Strine*-Frau heiraten, eine Yankee-Frau oder sogar eine *Hiver*. Aber dann müßte ich den Rat der Händler bitten, sie auch als Händlerin zu akzeptieren. Und wenn man das ablehnte – was schon mehrmals geschehen ist –, würde ich entweder aus der Gilde der Händler ausscheiden oder auf die Heirat verzichten müssen. In der Regel entscheidet der Händler sich dann für letzteres.«

»Sind Sie verheiratet?« fragte sie. Sie hatte den Blick gesenkt, fuhr mit dem Finger am Rand ihres Glases entlang und entfernte kleine Kondenströpfchen. Nun hob sie den Kopf und sah Mike ins Gesicht.

Es lief ihm kalt den Rücken hinunter. Ihre Augen waren so dunkel und ernst; sie schien direkt in ihn hineinzuschauen.

»Nein. Noch nicht. Aber ich hoffe, eines Tages zu heiraten und eine Familie zu gründen … es ist schlimm, wenn man seine Eltern nicht kennt. Ich wünsche mir eine Tochter.«

Erneut wunderte er sich über sich selbst. Er sagte Dinge zu Li Xia, die er früher nie gesagt hatte – Gedanken, derer er sich noch nie *bewußt* geworden war.

Sie nickte gemessen. »Und ich würde alles für einen Sohn geben.« Sie lächelte. »Sicher nur Wunschdenken. Aber es ist gut, daß wir Träume haben, wenn sie auch noch so irreal sind.«

Nach langem Schweigen reichte sie über den Tisch und drückte Mikes Hand. »Hoffentlich haben Sie eines Tages Ihre Tochter und ich meinen Sohn. Aber wir dürfen uns jetzt keine Gedanken über die Zukunft machen. Kommen Sie – Sie haben ja Ihren Nachtisch noch gar nicht angerührt.«

Sie hatte recht. Li hatte eine weiße Kaltspeise mit

Mandelgeschmack bestellt, die in einer breiten, niedrigen Schale aus milchigem Glas serviert wurde. Mike wußte aber nicht, wie er das Dessert essen sollte – es gab nämlich keinen Löffel dazu. Er betrachtete die Schale, hob sie an und betrachtete sie erneut.

Li bemerkte seine Verwirrung. »So, Mike.«

Sie führte die Schale an den Mund, streckte ihre lange, schmale, rosige Zunge aus und leckte an der weißen, gefrorenen Substanz. Ihre großen, dunklen Augen beobachteten ihn über den Rand der Schale hinweg. Es wirkte ganz einfach und natürlich, wie ein zarter Schmetterling, der Nektar aus einer weißen Blüte sog.

Mike versuchte, es ihr nachzutun. Aber seine Zunge war nicht lang genug. Vor ihren Augen senkte er den Kopf in die Schale und hätte das Dessert fast überall im Gesicht gehabt – nur nicht im Mund.

Li schaute ihn an. Sie legte sich die Hand auf den Mund. Zuerst kicherte sie nur verhalten. Dann prustete sie los, und nach einer halben Minute war sie völlig aufgelöst. Sie beugte sich weiter vor, bis die Stirn auf der glatten Tischplatte ruhte, und schüttelte sich vor Lachen. Einige Sekunden saß Mike reglos da. Dann beugte er sich vor und legte sachte die Hand auf ihren schwarzen Schopf.

Und plötzlich, aufgrund einer finsteren Anwandlung, keimte Haß in ihm auf gegen Ando Jia-Chi und die chipponesische Tradition der von den Eltern arrangierten Hochzeiten.

Am nächsten Tag wurden die Verhandlungen erfolgreich fortgesetzt – fast. Als ob Mike nicht schon genug Sorgen gehabt hätte, stellten sich weitere ein.

In der vergangenen Nacht hatte es angefangen, als sie vor Li Xias Unterkunft standen und sich gute Nacht sagten. Li legte ihm die Hand auf die Lippen und fragte: »Händler-Eid?«

Mike stand wie vom Donner gerührt. »Ist dir auch klar, was das bedeutet?«

Sie nickte nur. »Ich glaube schon. Wenn du zustimmst, darfst du die Informationen, die ich dir gebe, nicht an Dritte weiterleiten. Ich möchte noch hinzufügen, daß ich in dieser Sache sowohl für andere als auch für mich selbst spreche.«

Es war eine schwierige Entscheidung. Mike war schon voll ausgelastet, aber was auch immer die Chips von ihm wollten, es würde sicher nicht hier oben stattfinden – sondern unten auf der Erde.

Er nickte. »Ich akzeptiere. Was du mir jetzt sagst, steht unter dem Schutz des Händler-Eids.«

Das Honorar indes war nicht erwähnt worden – noch nicht. Es war abhängig von der Beschaffenheit des Auftrags und müßte separat verhandelt werden.

Li trat näher und senkte die Stimme. Ihr warmer Atem fächelte über Mikes Wange. »Ihr macht Geschäfte mit der Großen Republik. Wir wissen, daß ihr mit ihren landwirtschaftlichen Produktionsmethoden vertraut seid; aber wißt ihr auch, daß ihre Wirtschaft auf unsere Energieversorgung angewiesen ist?«

Obwohl die Gedanken sich in Mikes Kopf überschlugen, blieb er äußerlich ungerührt. Wußten die Chipponesen bereits von seinem Engagement zugunsten der Yankees?

»Li Xia, anscheinend hast du nicht die richtige Vorstellung vom Händler-Eid. Er besagt, daß ich vertrauliche Informationen lediglich *entgegennehme* – und keine gebe.«

Sie lächelte milde. »Aha. Also noch einmal von vorne. Es ist für uns von großer Wichtigkeit, über die Nachfrage der Großen Republik nach Energie von den Kraftwerken der Chipponesen Bescheid zu wissen. Was würde im Falle einer Energieknappheit geschehen? Außerdem würde uns interessieren, wie eventuelle gravierende Wirtschaftsprobleme der Großen Republik sich auf die anderen Regionen der Erde auswirken würden. Wir sind nicht in der Lage, diese Informationen selbst zu beschaffen. Aber für dich wäre das nach deiner Rückkehr zur Erde kein Problem. Wir würden dich zu diesem Zweck gern engagieren.«

In Anbetracht der desolat und altersschwach wirkenden Kraftwerke, die Mike früher am Tag gesehen hatte, mutete Li Xias Ansinnen ihn seltsam an. Mikes persönliche Meinung war, daß die ganze Weltwirtschaft zusammenbrechen würde, wenn die Große Republik in die Knie ging. Die Sprüche von der Unabhängigkeit der Regionen waren zwar ganz nett, aber faktisch waren sie in ein Geflecht wechselseitiger Abhängigkeiten eingebettet. Die globale Arbeitsteilung hatte sich über viele Jahre entwickelt. Sie funktionierte, war jedoch ein labiles System und würde größere Erschütterungen nicht überstehen. In einigen Jahren, wenn die Fusionskraftwerke der Yankees ans Netz gingen, sähe die Sache vielleicht anders aus. Aber nicht heute. Eine Milliarde Menschen wäre betroffen. Und das ließ Mike keine andere Wahl.

Grundregel: In erster Linie bist du ein Mensch, und erst in zweiter Linie ein Händler. Er mußte diese Regel um mindestens zwei Ableitungen weiterentwickeln. »Ich bin einverstanden. Vorbehaltlich weiterer Verhandlungen, werde ich versuchen, eurem Anliegen zu entsprechen. Aber ich brauche mehr Informationen. Weshalb glaubt ihr, daß es bei den Energielieferungen an die Große Republik bald Probleme geben wird?«

Sie trat zurück und schüttelte den Kopf. »Diese Frage kann ich dir jetzt nicht beantworten. Ich hatte nur den Auftrag, ein generelles Einvernehmen zwischen uns herzustellen. Vielleicht kann ich dir morgen mehr sagen.« Sie öffnete die Tür ihres Quartiers und trat ein. Dann drehte sie sich um und ergriff seine Hand. »Und nun gute Nacht, Mike Asparian. Der Tag ist vorbei. Mögest du wie ein Kind schlummern und angenehme Träume haben.«

Li Xias Wünsche waren sicher aufrichtig gemeint, aber sie waren wirkungslos. Auch der Bericht, den Mike in den implantierten Recorder sprach, entspannte ihn nicht. Und als er schließlich doch einschlief, träumte er schlecht. Er war wieder auf der Erde, aber die Regionen standen im Krieg und hatten alle Verbindungen zu den Chipponesen abgebrochen. Der Globus ging in Flammen auf, während die Regionen sich gegenseitig verwüsteten. Mike befand sich im Händler-Ausbildungslager und schaute zum kalten, staubverschleierten Mond empor. Er sah dort Li Xias Gesicht. Sie verhungerte, und er konnte ihr nicht helfen.

Er wachte zitternd und mit rasendem Herzen auf und führte das auf die ungewohnt niedrige Schwerkraft zurück. Als es Frühstück gab, hatte er kaum Hunger. Plötzlich gingen in der ganzen Station für fünf Sekunden die Lichter aus. Er erstarrte mitten in der Kaubewegung.

Flackernd ging das Licht wieder an, bevor er noch Spekulationen bezüglich einer defekten Schleuse oder dem Untergang von Station Zwölf anstellen konnte. Eine neue Verhandlungstaktik? Vielleicht. Als die Verhandlungen am Vormittag begannen, mußte er immer noch an den Stromausfall denken; er fragte Wang Tanaka nach der Ursache.

»Ach, das Licht?« erwiderte der chipponesische Unterhändler beiläufig und entspannt. »Machen Sie sich deswegen keine Sorgen. Nur Wartungsarbeiten an einem Stations-Reaktor. Er wird für einige Tage abgeschaltet. Aber die Kapazität der übrigen ist mehr als ausreichend, und alle wichtigen Systeme verfügen über Notstromaggregate.«

Nach Wang Tanakas Stimme zu schließen bestand tatsächlich kein Grund zur Beunruhigung, aber Mike sah, daß Li Xia einen bedrückten und unglücklichen Eindruck machte, wobei die Augen wie schwarze Löcher in ihrem Kopf wirkten. Sie hatte ihm angenehme

Träume gewünscht, aber ihr Schlaf war sicher nicht erholsam gewesen. Irgend etwas machte ihr zu schaffen. Aber war es eine geschäftliche oder private Sache?

Der zweite Verhandlungstag zog sich dahin. Sie machten zwar Fortschritte, aber dennoch fiel Mike eine Ungereimtheit auf. Egal, was er den Chip-Unterhändlern auch vorschlug, sie weigerten sich, einen Vertrag über Energieversorgung mit einer Laufzeit von mehr als zweieinhalb Jahren abzuschließen.

Regel 9: Ermittle die nicht verhandlungsfähigen Punkte. Um seinen Spielraum auszuloten, lockte Mike sie nun mit Sonderkonditionen für Verträge mit einer Laufzeit von zweidreiviertel bis drei Jahren. Ohne Erfolg. Dreißig Monate waren das Limit, eine absolute Barriere für die Chips. Mike konnte ihnen alles anbieten, aber eine Verlängerung der Vertragsdauer stieß nur auf ihre höfliche Ablehnung. Er merkte sich das für später.

Am Nachmittag wurden die Verhandlungen ermüdend. Die Chips saßen ihm nun paarweise gegenüber, und nach der schlaflosen Nacht verhandelte Mike überwiegend instinktiv. Zwei weitere Punkte beschäftigten ihn: ein Generator eines ohnehin schon schrottreifen Kraftwerks war außer Betrieb, und binnen kurzem würde diese Station eine erhöhte Energienachfrage der *Strines* bedienen müssen.

Er *mußte* das Kraftwerk noch einmal inspizieren, selbst wenn er damit die Verhandlungen unterbrach. Unten auf der Erde würde man einen durchgehenden Chip-Reaktor nur als ›Zwischenfall‹ betrachten; für die Station wäre es eine Katastrophe.

In der ersten Pause entschuldigte er sich und machte sich auf den Weg zum obersten Rad. Li folgte ihm auf dem Fuße. Sie stellte keine Fragen, nicht einmal, als er eine gründliche Inspektion der Reaktoren und der gesamten Anlage durchführte – was sicherlich nicht Bestandteil seines offiziellen Auftrags in der Station war.

Die Lage war noch schlechter, als er gedacht hatte.

Die Strahlungswerte waren erhöht, die Bedienelemente waren klebrig, und die mechanischen Stellglieder waren verschlissen. Die Zentrale war unterbesetzt, und das Wartungspersonal war überall verstreut.

Li Xia hatte jeden seiner Schritte aufmerksam verfolgt. Als Mike schließlich stehenblieb und sich mit einem verzweifelten Kopfschütteln umschaute, nahm sie seine Hand.

»Komm«, sagte sie. Sie führte ihn nach oben, an den Reaktoren vorbei, die Energie für die Erde erzeugten, an der neuen und gut gewarteten Anlage, die Energie an das Satelliten-Netzwerk abstrahlte, bis hin zum Ende der Stations-Achse, wo eine dünne Spindel weit über das oberste Rad hinausragte. Sie schwebten hinauf bis zum Ende. Dort lief die Spindel in einer sphärischen, transparenten Kammer mit einem Durchmesser von etwa zwanzig Metern aus. Phototrope Schirme filterten das grelle Licht und gestatteten einen Blick auf den Halbmond, im Hintergrund ein glitzerndes Sternenfeld.

Fast für eine Minute schwebten sie nebeneinander. Mike war wie betäubt von dem Anblick, bis Li das Schweigen schließlich brach. »Mikal Asparian, ich glaube, du bist ein guter Mensch und ein guter Händler. Was ich dir jetzt sage, steht nicht unter dem Händler-Eid, und eigentlich bin ich auch nicht befugt, es dir im Rahmen der Verhandlungen mitzuteilen. Aber ich kann dir hoffentlich vertrauen.«

Mike sah ihren gequälten Gesichtsausdruck. »Du kannst mir vertrauen, Li Xia. Der Händler-Eid ist nicht nötig.«

»Danke. Was ich dir jetzt sage, hast du vielleicht ohnehin schon aus unseren Handlungen geschlossen.« Sie packte Mike an der Schulter und schwenkte ihre Körper in der Schwerelosigkeit so weit herum, bis ihre Gesichter nur noch wenige Zentimeter voneinander entfernt waren. »Ich muß dich um Diskretion bitten. Wenn mein Verlobter, Ando Jia-Chi, wüßte, was ich dir nun sage, würde er mich verstoßen.«

»Dann tut es mir fast leid, daß er es nicht weiß.«

»Aha.« Sie wandte den Blick ab. »Ich verstehe. Aber du verstehst nicht. Es wäre nicht nur Ando, sondern meine ganze Familie. Ich wäre eine Ausgestoßene, eine Unperson. Ich bitte dich noch einmal um Verschwiegenheit.«

»Li, du brauchst mich nicht zu bitten. Dein Wunsch ist mir *Befehl.*«

Daraufhin erschien der Anflug eines Lächelns, ein Sonnenstrahl brach durch ihr umwölktes Gesicht. »Das höre ich gerne. Aber du hättest das nicht sagen dürfen. Nicht jetzt, wo ich mich ganz darauf konzentrieren muß, was ich dir zu sagen habe. Hör gut zu.«

Sie drehte Mike wieder zum Mond herum. »Die Erdenmenschen verstehen die Gesellschaft der Chipponesen genauso wenig, wie wir eure verstehen. Ihr habt keine Vorstellung von den Problemen, die unseren Alltag bestimmen. Die auf dem Mond lebenden Chipponesen sind untereinander zerstritten. Die eine Gruppe sagt, die Erde sei ein Teil der Vergangenheit und ihr Wohlergehen würde dem Volk der Chipponesen nichts bedeuten. Wen interessiert es, sagen sie, wenn das Vereinigte Reich verhungert, die Kap-Föderation erfriert oder die Große Republik sich mit ihren eigenen Waffen in die Luft sprengt? Hat die Erde uns vielleicht geholfen, als wir in den Weltraum auswandern mußten? Nein. Was nun mit der Erde geschieht, ist nicht mehr unser Problem. Eine andere, kleinere Gruppe akzeptiert diese Einstellung nicht. Wir sind alle Menschen, sagen sie, und der Tod auch nur eines Menschen, egal aus welcher Region, bringt Schande über uns alle. Ich gehöre dieser zweiten Gruppe an.«

»Und ich auch, obwohl ich kein Chipponese bin. Li, tröste dich. Ihr seid nicht die einzigen, die solche Probleme haben. Die Kap-Föderation ist wegen derselben Frage uneins. Wir sind alle nur Menschen.«

Sie nickte geistesabwesend und verstummte. Dann betrachtete sie den weißen Mond. Mike wurde ungeduldig, zeigte es aber nicht. Sie brauchte Zeit zum Nachdenken. Sie ging mit sich zu Rate und versuchte die Kraft aufzubringen, sich den Wünschen ihrer Familie, ihres Verlobten, ihrer Freunde und ihrer Nation zu widersetzen.

»Die Weltraum-Kraftwerke der Chipponesen stellen die Grundversorgung der ganzen Welt mit Energie sicher«, sagte sie schließlich. »Schon seit einer Generation, und diese Stabilität wird von jedem begrüßt. Aber was würde geschehen, wenn diese Lieferungen plötzlich ausblieben? Was, wenn die Yankees keine Nahrungsmittel mehr gegen unsere Energie eintauschten oder wenn die Chills ihre Mikroelektronik nicht mehr in andere Regionen lieferten?«

Mike holte tief Luft und fluchte innerlich. Spätestens jetzt sollte er Li Xia eigentlich von den Autarkiebestrebungen der Yankees auf dem Energiesektor berichten, aber er war gegenüber seinen Mandanten in der Großen Republik durch den Händler-Eid zum Schweigen verurteilt. Er konnte nur mit dem Kopf nicken.

»Es würde ein Chaos geben«, sinnierte sie. »Politische Wirren und dann vielleicht die alten Plagen des Krieges, Hunger und Seuchen. Es gibt Leute, die das nicht kümmert. Ihrer Gruppenegoismen willen setzen sie die Stabilität aufs Spiel. Wenn ihre Pläne nicht *umgehend* aufgedeckt werden ...«

Sie wußte es. Sie *mußte* es wissen. Sie bezog sich auf Old-Billys Pläne bezüglich der Energie-Autarkie.

»Wenn du schon so viel weißt...« hob Mike an. Er wurde von einem unheimlichen Heulen unterbrochen, das in der Kammer widerhallte. »Was, zum Teufel, ist das?«

Li drehte den Kopf und blickte in den Korridor. »Generatorenüberlastung«, sagte sie mit gleichgültiger Stimme. »Die Sirene weist darauf hin, daß als zusätzliche

Sicherheitsmaßnahme die Schirme hochgefahren werden. Wir müssen sofort umkehren.«

Mike schaute auf die Uhr. Eigentlich hätten die *Strines* den Kraftwerken erst in ein paar Stunden mehr Leistung abfordern dürfen. Und wenn man diese Leistungsspitze noch zur Grundversorgung der *Strines* hinzu addierte …

»Li Xia«, sagte er hektisch. »Ruf die Zentrale im Hauptrad an – das kannst du doch, oder? Sag ihnen, daß sie sich in Kürze auf eine Verdoppelung des Energiebedarfs der *Strines* einstellen sollen. Ruf sofort an. Dann gehen wir zurück.«

Sie vergeudete keinen Augenblick mit Fragen oder Einwänden. Während sie die Verbindung herstellte, hatte Mike Zeit zum Nachdenken. Einen Klienten konnte er abschreiben. Old-Billy Waters hätte allen Grund, ungehalten zu sein. Mike machte nun selbst den Test zunichte, den zu beobachten er in den Weltraum geschickt worden war.

Li brauchte länger als erwartet, die Nachricht abzusetzen. Sie kam zwar problemlos durch, schien jedoch ein Glaubwürdigkeitsproblem zu haben. Manche Dinge mußte sie mehrmals wiederholen, bis sie den Hörer schließlich wieder auflegte.

»Bornierte Bürokraten«, sagte sie. »Sie hatten anscheinend mehr Interesse an meinem Wohlbefinden als an meinen Informationen. Schnell jetzt. Wir müßten schon längst weg sein.«

Mit Li an der Spitze schwebten sie den langen Tunnel zum Hauptrad hinab. Als sie schon über die Hälfte der Strecke zurückgelegt hatten, ergriff Li eine Sprosse und wartete auf Mike. Sie deutete auf die Tunnelwand, drehte sich um, packte Mike und zog ihn den Weg zurück, den sie gekommen waren.

Mike hatte einen flüchtigen Blick auf die auf dem Bildschirm ausgewiesenen Strahlungswerte geworfen, und das beseitigte sämtliche Zweifel. Zuckend wurden die digitalen Balken immer höher. Er machte Li darauf aufmerksam. »Hier drin also. Und was nun?«

»Ich kümmere mich darum.« Erneut griff sie zum Hörer, während Mike sich in der Kammer umschaute. Es waren keine Strahlungs-Schutzschirme mehr vorhanden, und es gab auch keinen anderen Weg zurück zu den Haupträdern. Wenn es ein größerer Defekt war, dann würden sie gegrillt.

Li legte auf und schwebte zu ihm herüber. »Nicht allzu schlimm«, sagte sie. »Teilversagen eines Reaktors. Die Ingenieure haben manuelle Überbrückungen vorgenommen und die Kapazität zurückgefahren. Du hattest ganz recht mit dem Energiebedarf; kurz nachdem wir sie gewarnt hatten, haben die *Strines* die Nachfrage verdoppelt. Die Ingenieure haben manuell einen Verbund mit drei weiteren Stationen geschaltet. Das genügt.«

»Wie sieht die Lage hier aus?«

»Die Räder müssen nicht evakuiert werden. Aber aus Sicherheitsgründen wird das gesamte Personal die Basis des untersten Rads aufsuchen. Und der Wandbildschirm bestätigt die Angaben meines Sensors – die harte Strahlung verstärkt sich.«

»Wir gehen«, sagte Li ruhig. »Sobald wie möglich.« Sie ging zu einem Wandschrank, öffnete ihn und holte zwei Schutzanzüge heraus.

»Machen wir etwa einen Weltraumspaziergang?« Das war Mike gar nicht recht, ungeachtet der Notwendigkeit.

»Nein. Wir nehmen das Rettungsboot.« Sie hielt einen Anzug vor sich und beäugte ihn kritisch. »Es könnte ein Problem geben. Diese Anzüge sind ziemlich klein. Du solltest dich besser ausziehen.«

Jetzt war keine Zeit für Einwände. Sie sah zu, wie Mike sich auszog, und musterte dann zweifelnd den Anzug. »Wird trotzdem noch eng. Komm, ich helfe dir. Die paar Minuten wirst du es aushalten.«

Mit vereinten Kräften stopften sie Mike in den Anzug

und zogen den Reißverschluß hoch. An der Taille saß der Anzug so stramm wie ein Korsett. Mike schwor sich, daß er zehn Kilo abnehmen würde, wenn das vorbei war. Dann schlüpfte Li in ihren Anzug, bedeutete Mike zu folgen und ging zu einer Tür in der Abschlußkammer. Erst als sie durch waren, bemerkte Mike, daß es sich um eine Schleuse gehandelt hatte.

Li hatte ihn nicht belogen – zumindest nicht nach ihren Maßstäben. Sie würden keinen Weltraumspaziergang unternehmen. Aber sie mußten einen kurzen Weltraumhopser machen, von der Station zur Schleuse des Rettungsboots. Diese fünfzehn Meter kamen Mike wie Lichtjahre vor. Als die Luft aus der Schleuse strömte, schwebte er hilflos im All, mit dem Kopf Richtung Erde, und überblickte die ganze Station. Bald trieb er ab, ins Nichts, ohne den Flug kontrollieren zu können. Wenn Li Xia ihm nicht half...

Sie ergriff ihn, schob ihn ins Rettungsboot und überprüfte die Atmosphäre. Dann öffnete sie den Kopfteil ihres Anzugs und bedeutete Mike, dasselbe zu tun. Sofort ging sie zum Funkgerät des Boots.

Mike hatte den Translator mit den Kleidern zurückgelassen und verstand folglich nicht, was Li sagte. Anscheinend wurde das Gespräch von den Teilnehmern am anderen Ende dominiert. Plötzlich atmete Li tief durch und stieg aus dem Anzug. Mit raschen Gesten bedeutete sie Mike, dasselbe zu tun. Als er sich des Anzugs entledigt hatte, schnappte sie sich beide Kombis und warf sie in die Schleuse. Dann fuhr sie mit dem Geigerzähler des Rettungsboots an ihren Körpern entlang. Er prasselte vernehmlich.

»Hohe Strahlung«, sagte sie mit düsterem Gesichtsausdruck. »Der Tunnel ist verstrahlter, als wir dachten.« Erneut ging sie zum Funkgerät und führte ein längeres Gespräch. Es endete damit, daß Li die Verbindung abrupt unterbrach, als die Gegenseite noch sprach. Ihr Blick war völlig starr.

»Es sieht nicht gut aus«, sagte sie. »Wir haben eine *sehr* hohe Dosis abbekommen, die in den Stationen des Geosynch-Rings nicht behandelt werden kann, Mike.« Sie trat an seine Seite und warf sich ihm in die Arme. »Ach, Mike. Sie können nichts für uns tun. Es tut mir leid. Es war meine Schuld, daß wir in die Abschlußkammer der Station gegangen sind.«

Das Todesurteil für Li Xia. Aber vielleicht nicht für Mike. Dieser Gedanke war jedoch kein Trost. »Bist du sicher, daß sie nichts tun können? Deine Leute sind doch Experten für Strahlungs-Überdosen. Wenn jemand uns helfen kann, dann sie.«

»Wenn wir es bis zum Dekontaminationszentrum schaffen – dort gibt es die beste Ausrüstung und die erfahrensten Radiologen. Aber die Entfernung ist zu groß. Wir würden nicht lebend dort ankommen.«

»Wo ist es denn?« Mike entwarf einen Plan.

Sie zeigte aus dem Bullauge des Rettungsboots. »Auf dem Mond. Ich habe schon die kürzeste Flugbahn abgefragt.«

»Wie lange würde es dauern?«

»Zu lang. Über drei Tage.«

Mike musterte das Innere des Rettungsboots. »Verfügt dieses Boot denn über eine medizinische Ausrüstung?«

»Natürlich. Dort drüben. Die Ausrüstung ist sogar ziemlich gut, aber sie ist nur für Standardfälle vorgesehen und nicht für eine Strahlungsüberdosis.«

»Das macht nichts. Für eine Bluttransfusion reicht es jedenfalls. Welche Blutgruppe hast du?«

»Null Rhesus positiv.«

»Perfekt. Ich habe dieselbe. Triff schon mal die Vorbereitungen für den schnellstmöglichen Flug zum lunaren Behandlungszentrum.«

»Was hast du denn vor?« Sie sah, wie Mike sich am Robodoc zu schaffen machte.

»Ich will uns beiden eine Chance geben. Wir nehmen

eine Bluttransfusion vor – vielmehr einen Blutaustausch.«

»Das wird auch nichts nutzen.«

»Doch.« Mike klang weitaus optimistischer, als ihm eigentlich zumute war. »Das Dulcinel-Protokoll wird dir sicher unbekannt sein, aber es neutralisiert auch eine Strahlungs-Überdosis. Ich hatte noch nie eine volle Behandlung genossen, aber zumindest eine teilweise. Wenn ich dich an meinen Blutkreislauf anschließe, geht die Wirkung auch auf dich über.«

»Aber um die Auswirkungen der Strahlung zu minimieren, müssen wir uns sedieren.«

»Gut. Das werden wir auch.« Unterdessen programmierte Mike den Robodoc. »Ich programmiere ihn so, daß er uns auch betreut, wenn wir bewußtlos sind. Ruf das Behandlungszentrum an und sag ihnen, daß wir unterwegs sind.«

Li war schon am Funkgerät. »Ankunft in drei Tagen«, sagte sie. »Sehr gut.« Ein chipponesischer Redeschwall. »Ich werde das Schiff auf automatische Steuerung und Landung programmieren, falls wir nicht ... in der Lage sind, manuell zu landen.«

Und wenn die Steuerung des Raumboots genauso unzuverlässig war wie die Kontrollen der Stations-Kraftwerke ... – diesen Gedanken verdrängte er am besten gleich wieder. Mike schaute sich um. Die Programmierung des Robodoc war abgeschlossen. Die Sprüh-Injektoren waren bereit, ebenso die Schläuche für die Blutübertragung, und alle anderen Vorbereitungen waren auch getroffen. Mike nahm Li an der Hand und geleitete sie zu den zwei Liegen. Sie schnallten sich fest. Er streckte einen Arm für den intravenösen Katheter aus, und sie tat dasselbe.

»Was haben sie dir sonst noch erzählt?« fragte er. »Du hast anscheinend aufgelegt, bevor sie fertig waren.«

»Das habe ich.« Es gelang ihr zu lächeln. »Es war nichts Wichtiges – jedenfalls ist es jetzt nicht mehr wichtig. Sie wollten wissen, was wir in der Abschlußkammer der Station gemacht haben. Ich habe es ihnen nicht gesagt; aber ich weiß, was sie *dachten.* Es tut mir leid, daß es nicht so gewesen ist, Mike. Für den Fall, daß wir es nicht bis zum Mond schaffen, möchte ich dir etwas sagen. Etwas sehr Wichtiges.«

»Was...« sagte Mike mit rauher Stimme. Dann erfolgte die Sprüh-Injektion, und er hörte sie nicht mehr. Im letzten Moment sah er, wie Li Xia ihn sehnsüchtig anlächelte, während der Injektor zu ihrem dünnen Unterarm hinüberschwenkte.

Langsam kam er zu sich; ihm war übel, er hatte einen rauhen Hals und Gliederschmerzen. Li lag noch nackt und bewußtlos auf ihrer Liege. Nachdem er sich orientiert hatte, brachte Mike die Energie auf, die Gurte zu lösen und sich umzuschauen.

Der Robodoc war offensichtlich zu der Ansicht gelangt, nicht mehr für sie tun zu können. Er hatte sich in seine Nische zurückgezogen. Die Katheter waren säuberlich zusammengerollt; außer dem Einstich in Mikes Armbeuge gab es keinen Hinweis, daß sie benutzt worden waren.

Sie lebten! Sie hatten es geschafft.

Wirklich? Jedenfalls nicht zum Mond, das stand fest. Sie befanden sich noch immer im freien Fall.

Mike ging zum Medoroboter hinüber und schob die Hand in den Arm des Robodoc. Die Einheit summte und wimmerte; mehr tat sich jedoch nicht. Anscheinend waren die Behandlungsmöglichkeiten erschöpft, bis sie im Dekontaminations-Hospital eintrafen.

Auf der anderen Liege öffnete Li die Augen. Mike befreite sie von den Gurten und bugsierte sie vorsichtig zum Medoroboter hinüber. Dann schob er ihre knochige Hand in den Arm. Die Einheit summte erneut, aber sie unternahm nichts. Sie versorgte sie nicht einmal mit Nährstoffen. Mikes Ansicht nach war Li viel zu dünn und hätte ruhig zwanzig Kilo zulegen können, aber für einen Mondbewohner war sie anscheinend weder zu dünn noch unterernährt.

Er schaute aus dem seitlichen Bullauge und sah nur den tiefen Weltraum.

Li war wach und beobachtete ihn.

»Nicht der Mond.«

»Nein.« Ihre Stimme war brüchig; wie Mike spürte auch sie die Auswirkungen der Strahlenkrankheit.

»Also dürften wir noch in Schwierigkeiten sein.«

Sie lachte und räusperte sich. »Nicht so, wie du denkst. Wir werden in weniger als einer halben Stunde auf Luna landen.«

»Ich dachte, wir sollten erst im Behandlungszentrum aufwachen.«

»So lauteten meine Anweisungen.« In ihrer heiseren Stimme schwang Anspannung mit. »Besondere Anweisungen – wobei sie durch meinen Vater und meine Großmutter noch zusätzliches Gewicht bekamen. Du solltest erst nach Einlieferung ins Zentrum wieder das Bewußtsein erlangen. Wie ich schon sagte, ich habe mich der Befehlsverweigerung schuldig gemacht.«

Aus ihrem Ton schloß Mike auf den Preis, den sie für diesen Ungehorsam würde entrichten müssen. »Warum?«

»Damit du unser am besten gehütetes Geheimnis erfährst. Der Unfall auf der Station war Pech, aber er bietet dir eine einmalige Gelegenheit. Und dann...« Sie schüttelte den Kopf. »Was auch immer sie mit mir machen, es gibt kein Zurück.«

Sie nahm an der Steuerkonsole Platz und aktivierte die Kreisel, so daß das Schiff langsam im All rotierte.

»In der Station hatte ich eine Frage gestellt«, fuhr sie fort. »Was würde geschehen, wenn Yankees und Chipponesen die Kompensationsgeschäfte mit Nahrungsmitteln und Energie einstellten? Du hast gesehen, in welchem Zustand die Generatoren sich befinden, aber vielleicht hast du das nur für ein temporäres Problem gehalten. Das ist nicht der Fall. Schau aus dem Bullauge.«

Die breite Vorderseite des Mondes wanderte ins Blickfeld. Bald hatten sie sich ihm so weit genähert, daß Mike schon befürchtete, sie wären auf Kollisionskurs. In einer Höhe von vielleicht sechzehn Kilometern gingen sie in den Horizontalflug über; sie erkannten jedes Detail der grauen, pockennarbigen Wildnis. Mike suchte nach Anzeichen von chipponesischen Siedlungen. Sie befanden sich überwiegend unter der Oberfläche, aber vereinzelt erkannte er lineare Muster von Spuren, die von einem zentralen Punkt ausgingen – Minen oder Bohrlöcher mit Eis- und Ammoniakeinschlüssen.

Das hatte er bei Händler-Briefings schon dutzendmal gesehen, und jetzt war es auch nicht interessanter als damals. Erneut bewunderte er die Geduld und Beharrlichkeit der Chips, die von der Erde vertrieben und gezwungen worden waren, ihre Gesellschaft unter der steinigen Oberfläche von Luna und im Weltraum neu zu organisieren.

Das Schiff umkreiste nun den Mond und nahm Kurs auf die Rückseite. Aber dort hatte das Terrain sich nicht verändert; es gab nur Staub und Felsen. Er drehte sich wieder zu Li um.

»Was sollte ich mir denn ansehen?«

»Schau hinaus. Schau einfach hinaus.«

Und dann veränderte sich unmerklich die Farbe des Lichts. Anstatt des kalten, grauweißen Spektrums der Mondoberfläche schälte sich eine buntere, hellere Farbpalette heraus.

Und dann kam es.

Mike schaute auf ein großes geometrisches Muster hinab. Bis zum Horizont war die Rückseite von Luna mit einem regelmäßigen, rechteckigen Gitter überzogen, und in jeder Parzelle, unter dem blaugrauen Schimmer einer durchgehenden Abdeckung, erkannte Mike das helle Grün wachsender Pflanzen.

Felder. Das Schiff flog stetig über der Oberfläche dahin, aber die Felder nahmen kein Ende.

»Erste Ernte in vier Monaten«, flüsterte Li. »Aber noch keine volle Ernte. Wir arbeiten daran.«

»Das ist unmöglich.«

»Nein. Es ist nur sehr schwierig. Die Arbeit von zwei Generationen – Urbarmachung der Oberfläche und konzeptionelle Anleihen bei den Strines, wobei wir ihre Pflanzengenetik modifiziert haben, um Brunnen zu bohren und das Schutzdach zu konstruieren.«

Mike war perplex. Die Felder nahmen kein Ende und erstreckten sich noch über den Horizont. »Aber die erforderlichen Arbeitskräfte – und die Ressourcen. Wie habt ihr das nur geschafft?«

»Das war das größte Problem. Nachdem unsere Bevölkerungszahl von zwei Milliarden auf vier Millionen gesunken war, konnten wir keine Armee von Landarbeitern aufstellen, die jede einzelne Pflanze hegte und pflegte. Unsere Felder werden von Maschinen bestellt, die von Chill-Robotern gesteuert werden. Und niemand ist traurig deswegen.«

Mike hatte den Anblick noch immer nicht verdaut und versuchte, seine Implikationen zu erfassen. »Li, der Arbeitsaufwand, die riesige Anbaufläche – wozu? Die Große Republik versorgt euch doch mit allen Nahrungsmitteln, und mit einem Zehntel des Aufwands.«

»Richtig, das tun sie. Aber du verstehst immer noch nicht. Es geht nicht nur um die Nahrungsmittel, sondern um unsere Existenz. Meine Leute haben seit siebentausend Jahren einen engen Bezug zum Land. Wir haben es bestellt, auf ihm gelebt, es geliebt, und das wachsende Getreide hat uns Kraft gegeben. Sollen wir uns etwa ändern, nur weil wir die Erde verlassen mußten? Wie könnten wir das Land aufgeben? In dieser Arbeit stecken die Ressourcen einer Generation; unsere fähigsten Leute, unsere beste Ausrüstung. Und die Belange der Erde sind dabei nur zweitrangig gewesen.

Und nun stehen wir kurz vor der Vollendung. In drei Jahren nehmen wir die volle Produktion auf. Wir werden bei den Nahrungsmitteln Selbstversorger sein – endlich!«

Und dann, bei diesen letzten Worten, wich die Aufregung aus ihrem Gesicht. Für ein paar Minuten hatte der Stolz alles andere verdrängt, aber die Ansprache hatte sie angestrengt und wieder auf den Boden der Tatsachen zurückgeholt.

»Selbstversorger«, wiederholte sie. »Und dann müssen wir uns noch mit einer anderen Frage befassen: was geschieht mit der Erde? Zerstören wir die Erde, um den Mond in einen Garten zu verwandeln? Das darf nicht sein. Deshalb habe ich dich gebeten, uns unter dem Händler-Eid zu sagen, was mit der Großen Republik geschieht, wenn wir unsere eigenen Nahrungsmittel anbauen und sie uns für unsere Energie nichts mehr anzubieten haben. Was wird geschehen?«

Mike hätte sie beruhigen können, in Anbetracht der Tatsache, daß es nicht mehr lange dauern würde, bis die Yankees bei der Energieversorgung Autarkie erreichten. Aber diese Information hatte er unter dem Händler-Eid erhalten.

Sie saßen für einige Minuten schweigend da, während die Oberfläche des Mondes unter ihnen vorbeizog. Bald würde das Schiff in den Landeanflug gehen, und für Li würde die Stunde der Wahrheit schlagen.

Mike war nicht sicher, ob sie dem gewachsen war. Sie saß mit gesenktem Kopf da und hielt sich an der Steuerkonsole fest. Er ergriff ihren Arm und drehte ihr Gesicht zu sich herum. Die Einstichstelle des Katheters an ihrem dünnen Arm war deutlich zu sehen.

Sie folgte seinem Blick. »Wir sind ›Blutsgeschwister‹, Mikal Asparian. Deine Kraft hat mein nutzloses Leben gerettet. Und wie danke ich es dir?«

Ihre Augen waren feucht. Mike hatte das noch nie zuvor gesehen; sie erinnerten ihn an zwei dunkle Kristallkugeln mit inneren Reflexen. Und dann begriff er, was geschehen war. Li weinte; in der Schwerelosigkeit hafteten die Tränen an den Augen, anstatt die Wangen hinunterzurinnen.

»Ich danke dir mit Schmerz«, fuhr sie fort. »Und ich habe etwas noch Schlimmeres getan. Ich habe mich den Anordnungen meiner Familie widersetzt, und ich habe meine Leute verraten, indem ich dir das hier gezeigt habe. Aber das Allerschlimmste ist, daß ich dich in eine unmögliche Situation gebracht habe. Nach der Landung werden meine Leute dir den Händler-Eid abnehmen wollen, Stillschweigen zu bewahren. Aber ich bitte dich, noch vor der Landung alle Regierungen auf der Erde zu informieren. Ich weiß, daß du damit den Händler-Eid brechen und von deiner Familie verstoßen würdest. Aber ich bitte dich trotzdem darum. Ich bin dein schlimmster Feind, Mike. Als Gegenleistung für die Rettung meines Lebens bitte ich dich um die Zerstörung deines Lebens.«

Mike saß da und betrachtete das gigantische Tableau unter ihnen. Die sich endlos dahinziehenden gepflegten Felder und wie mit dem Lineal gezogenen Bewässerungskanäle raubten ihm den Atem. Aber er vergoß keine Träne, sondern spürte nur Entschlossenheit und eine merkwürdige Gelassenheit. Nun mußte er die Entscheidung treffen, deren Herannahen er seit dem Beginn der Mission gespürt hatte. Und er traf sie schnell, aus tiefstem Herzen, im Bruchteil einer Sekunde.

Grundregel: Sei immer ein Mensch. Jetzt verstand er, was das besagte. Alle Punkte in der Händler-Dienstvorschrift enthielten Ratschläge oder Warnungen und stellten eine gemeinsame Basis für die Händler dar. Die Grundregel indes unterschied sich von ihnen; sie allein forderte individuelle Verantwortung, stellte die Entscheidung ins Ermessen des Einzelnen, enthielt sich aller Ratschläge und bot keinen Trost.

»Weine nicht«, sagte er zu Li. Er hatte die Worte auf

Chipponesisch gesprochen, wobei die Aussprache jedoch etwas mißraten war.

»Was ich tue, ist unverzeihlich.« Sie hatte die Augen geschlossen. »Du wirst deine Familie verlieren.«

»Nein, Li, das werde ich nicht.«

Und dann tat Mike seinerseits etwas Schreckliches. Ohne Not brach er den Händler-Eid. Er erzählte Li Xia, einer Fremden, die nicht mit den Gepflogenheiten der Händler vertraut war, alles über das Fusions-Projekt der Großen Republik. Er brach den Händler-Eid und dachte auch nicht nur für einen Moment daran, sie um Verschwiegenheit zu bitten.

Sie umarmte ihn, eine Frau am Ende ihrer Kräfte, die noch immer in vielerlei Hinsicht eine Fremde war, und sagte ihm noch viele andere Dinge, die alt unter der Sonne, aber neu über dem Mond waren, Worte, die Li ganz allein gehörten und die nicht für einen Händler-Missionsbericht bestimmt waren. Und er trocknete die Tränen in ihren Augenwinkeln, wofür sie ihn mit einem schwachen Lächeln belohnte. Er fühlte sich wie ein frisch gekrönter König.

»Du hast recht, Li«, sagte er. »Und auch wieder nicht. Wenn ich zurück auf der Erde bin, werde ich ihnen sagen, daß ich den Händler-Eid gebrochen habe. Ich werde aus der Gemeinschaft der Händler ausgeschlossen werden. Es ist unvermeidlich. Aber meine wahre Familie werde ich nie verlieren.«

Li glitt in Bewußtlosigkeit ab. Mike legte die Wange an ihre. Sie war fieberheiß. Die Strahlung saß ihr in den Knochen und zerstörte das Blut. Er fühlte sich befreit und beschwingt, und alles kam ihm irgendwie irreal vor. Er schielte aus dem Bullauge. Plötzlich feuerten die Triebwerke des Schiffs und stießen blauweiße Flammen aus.

Ich weiß, wer meine Familie ist. Ich weiß jetzt, wer meine Familie ist. Und du weißt es auch, Li. Seine brennende Kehle brachte kein Wort mehr hervor, aber sie hörte ihn ohnehin nicht. Es war aber auch egal. Die Inhalte der ersten Händler-Unterrichtsstunden drängten sich in sein Bewußtsein.

Als die Welt noch jung war, ruderten wir in unseren Galeeren weit nach Westen, vorbei an den Säulen des Herkules, und wir tauschten Zinn auf den Inseln des Nordens; unsere Karawanen bereisten die Seidenstraße, durchquerten Wüsten, widerstanden Räubern und Krankheiten und brachten Waren von Cathay und Samarkand nach Venedig und Damaskus; wir lebten und starben für unsere Arbeit, wir kauften Gewürze in Ostindien, Tee in Serendip, Sklaven und Elfenbein am Kongo, Gold in Alaska und Silber in den Hochlanden. Unsere Großväter handelten in jedem sonnendurchglühten Geschäft zwischen Rio und Manila; unsere Väter krochen auf Knien und Ellbogen durch die schlammigen, blutigen Granattrichter von Verdun und durchquerten das Niemandsland, um Zigaretten und Zucker gegen Kaffee und Büchsenfleisch einzutauschen ...

Sie sanken stetig einer Ansammlung heller Gebäude auf der staubigen Oberfläche entgegen. Die Landung würde in wenigen Sekunden erfolgen. Mike hatte nicht die Kraft, Li und sich anzugurten. Er wiegte Lis Körper in den Armen.

Ich weiß, wer meine Familie ist. Sollen sie mir doch den Händler-Namen aberkennen, Li, und uns nennen, wie sie wollen. Es ist mir egal. Wir – du und ich, und unsere Urenkel –, wir werden überleben, solange die Menschheit existiert. Und wir werden immer Händler sein.

Mike sah nicht mehr, wie das Schiff auf der Mondoberfläche landete. Er war mit Li in der brennenden Dunkelheit versunken.

KAPITEL 18

Du schon wieder.«

»Ja.«

»Du bist zu oft hier. Mittlerweile bist du schon Stammgast im Reha-Zentrum.«

»Gewesen. Dies ist das letzte Mal.«

»Aha.« Dann schwieg Daddy-O.

Mike wartete. »Weißt du, weshalb ich zurückgekommen bin?« fragte er schließlich.

»Wenn jemand auf dem Mond sich weigert, über die Fernschaltung der Chipponesen zu kommunizieren, impliziert das, daß eine sehr vertrauliche Unterhaltung anliegt. Und wenn dieser Jemand dann noch zornig und deprimiert ist, kann ich mir durchaus einen Grund für sein Erscheinen hier vorstellen.«

»Ich will aussteigen.« Mike hatte auf dem Bett gelegen. Nun stand er auf und ging im Krankenzimmer auf und ab. Ihm waren fast alle Haare ausgefallen, und der Körper unter dem weiten weißen Hemd und der Hose zeigte die purpurroten Male einer Strahlenüberdosis. »Ich hätte nie gedacht, daß ich das einmal sagen würde, aber ich möchte die Händler verlassen.«

»Aha. Ich verstehe. Die Händler verlassen – und was dann?«

»Ich werde eine Chipponesin heiraten – wenn es mir überhaupt gelingt, die Einwilligung ihrer Familie zu erhalten.«

»Und dann?«

»Dann werde ich mit ihr auf Luna leben.«

»Sehr schön. Aber zwischen diesen beiden Vorgängen besteht nicht notwendigerweise ein Konnex. Viele Nicht-Händ-

ler-Ehefrauen und -männer sind Teil der Händler-Gemeinschaft geworden. Wenn du nach Luna gehst, was kommt als nächstes? Das Leben hört mit der Hochzeit nicht auf. Warum bewirbt deine Braut sich denn nicht um die Händler-Zulassung?«

Mike fluchte innerlich. Das hatte er eigentlich vermeiden wollen. Aber so, wie er Daddy-O kannte, war die Diskussion wohl unvermeidlich. »Weil ich langsam ahne, wie Max Dalzell sich fühlte, als er mir diese Nachricht hinterließ. Ich habe genug von Missionen, Verhandlungen und Tricks, und vor allem habe ich genug vom *Versagen.*«

»Versagen. Ach ja. *Es wäre sehr instruktiv für mich, wenn du deine eigene Leistungsbeurteilung mit meinen Aufzeichnungen vergleichst. Sag mir bitte, Mike: Wie hast du dich als Händler bewährt?«*

Mike runzelte die Stirn und ließ sich wieder auf das Bett fallen. »Ich weiß zwar nicht, wozu das gut sein soll, aber ich werde dein blödes Spiel mitspielen. Ich glaube, daß der Anfang gut war. Im Dunklen Land hatte ich alles im Griff. Ich war vielleicht besser, als man mir zugetraut hatte. Ich mochte Rasool Ilunga, und ich glaube, ich habe ihn sogar verstanden, obwohl ich wußte, daß ihm nicht zu trauen war. Auch im *Strine*-Innern dürfte ich gute Arbeit geleistet haben.«

»Besser als gut. Wenn du nicht das Dulcinel-Protokoll beschafft hättest, würde Jack Lester heute noch als Fragment in einem Lebenserhaltungs-Tank liegen.«

»Und Li Xia und ich wären tot. In Ordnung, verständigen wir uns darauf, daß ich auch bei den *Strines* eine gute Leistung gezeigt habe. Ich würde Holzfällerin zwar keine Träne nachweinen, aber das steht auf einem anderen Blatt. Ich war mit meiner Leistung zufrieden. Aber in *Traumstadt*, bei Dominic Mantilla, fing es an. Ich habe diese Mission hundertmal Revue passieren lassen und versucht, einen Pluspunkt für mich zu finden, aber es gibt keinen. Ich hatte nichts geleistet, und obendrein mußtet ihr mich noch rausholen.«

Mike verstummte und wartete auf einen Kommentar von Daddy-O. Es drang jedoch nur ein leises Zischen aus dem Lautsprecher.

»In Skeleton City wollte ich mit Jake auch eine gute Leistung erbringen«, fuhr er fort, »und ich fühle mich dafür verantwortlich, daß er verschwunden und dabei umgekommen ist. Ich selbst wäre nie in der Lage gewesen, die Konstruktion des Gehirns der Diamant-Fliege zu durchschauen.«

»Ein Händler muß nicht unfehlbar sein, Mike. Du hast die entscheidenden Hinweise mitgebracht. Im Unterbewußtsein hattest du den Aufbau des Gehirns wahrscheinlich schon verstanden.«

»Das glaube ich nicht. Und dann war da noch die Kap-Föderation. Bei dieser Mission habe ich wohl gründlich versagt – dank Max Dalzell. Seth Paramine ist noch immer unten auf dem Kap.«

»Aus freiem Entschluß. Aber du hast Old-Billy Waters den endgültigen Beweis geliefert, daß Paramine sich in den Mundsen-Labors befand. Und so hat er die nächste Verhandlung mit den Chills erfolgreich abgeschlossen. Old-Billy war entzückt.«

»Für einen Händler zählt nur der Erfolg – und er sucht keine Entschuldigung für den Mißerfolg.«

»Die Befreiung von Paramine war doch gar nicht Teil deines Auftrags.«

»Vielleicht nicht – aber *ich* hatte es mir vorgenommen. Und dann die letzte Mission, oben im Geosynch-Ring.«

»Und darüber hinaus. Du solltest dich eigentlich freuen, der erste Händler auf dem Mond gewesen zu sein.«

»Mich freuen? Worüber denn? Daß ich den Händler-Eid gebrochen habe? Daß ich die Chipponesen gewarnt und dafür gesorgt habe, daß der Energietest der Yankees ein Mißerfolg wurde? Daß ich als haarloses, verbranntes Wrack zurückgekehrt bin? Worüber sollte ich mich freuen?« Mike hob den Kopf und schaute in die Linse von Daddy-O's Hauptsensor. »Es gibt nichts mehr zu besprechen. Ich habe dir gesagt, ich will aussteigen. Ich bin es leid, ein Händler zu sein.«

»Ich verstehe.« Die aus dem Lautsprecher dringende Stimme war leise, fast zaghaft. *»Von mir aus kannst du deinen Abschied nehmen. Aber wenn du gestattest, möchte ich dir noch eine andere Perspektive der Ereignisse eröffnen. Ich sage dir nichts Neues, wenn ich betone, daß die Händler Verhandlungsspezialisten sind. Sie sind keine Supermänner und -frauen und auch keine Kampfsport-Meister. Die Händler werden ausgebildet, vor allem eine Sache perfekt zu beherrschen: Verhandlungen.«*

»Und da habe ich versagt.«

»Mitnichten. Ist dir denn nie aufgefallen, daß deine Missionen ungewöhnlich waren? Du hast auch Verhandlungen geführt, sicher; niemand wird das bestreiten. Aber die meiste Zeit hast du dich in Lebensgefahr befunden – der Lauf durch die nördliche Strine-Wüste, die Glissando-Schlittenfahrt mit einer Platinnadel im Gehirn, halbverbrannt an einer Dachtraufe in Skeleton City hängend, der Lauf durch die Feuerwand der Mundsen-Labors. Und zum Schluß wärst du fast an der Strahlenkrankheit gestorben, die du dir oben im Geosynch-Ring zugezogen hast. Denk an diese Erfahrungen und stell dir folgende Frage: waren das typische Geschäftsverhandlungen? Und wenn nicht, dann frage dich, weshalb nicht?«

»Welche Relevanz hat das überhaupt? Gute Händler führen ihre Aufträge aus.«

»Du stellst dich stur, Mike. Nimm die Fakten zur Kenntnis: nach der ersten Mission lag der Schwerpunkt immer auf Gefahr und Schwierigkeit. Bei all diesen Missionen bestand nur eine geringe Erfolgsaussicht.«

»Teufel, und ich dachte, der Abschied von den Händlern wäre *meine* Idee gewesen. Es hört sich so an, als ob ihr mich von Anfang an hättet loswerden wollen.«

»Das ist korrekt.« Zufrieden registrierte Daddy-O – endlich – eine heftige Reaktion. Mike hatte sich auf dem Bett aufgesetzt und zitterte am ganzen Körper.

»Das ist unglaublich! Ihr wolltet mich *loswerden?* Warum, zum Teufel, habt ihr mich dann überhaupt aufgenommen?«

»Weil ich erkannt hatte, daß du über ein besonderes Potential verfügst. Du wolltest ein sehr guter Händler werden. Du bist ein sehr guter Händler geworden. Du hast die Bedeutung unserer Gruppe für die Welt verstanden. Aber ich wollte mehr. Ich wollte dich dazu bringen, die Händler zu verlassen, und ich wollte, daß du eine Wahrheit erkennst, die man bei einer formalen Ausbildung nicht vermitteln kann – eine Wahrheit, die nur die wenigsten Händler jemals erkennen werden. Sie lautet wie folgt: Es gibt noch wichtigere Dinge im Universum als die Händler.«

»Grundregel.«

»Grundregel.« Daddy-O legte eine für Menschen unmerkliche Pause ein. Eine Krise zog auf, auf die ein halbes Jahrhundert hingearbeitet worden war. *»Die Grundregel, welche die Menschlichkeit* über *die Händler stellt. Und nun, Mike, hast du die Chance, deine Intelligenz unter Beweis zu stellen. Sage mir,* weshalb *du das alles durchgemacht hast.«*

»Weil ...« Mike verstummte, dachte nach und schüttelte den Kopf. »Ich kann mir nur einen Grund vorstellen. Du willst mich auf eine andere als eine Händler-Mission schicken. Im Dienst einer anderen Gruppe.«

»Anders?«

»Oder größer.«

»Sprich weiter.«

Mike schüttelte wieder den Kopf. »Ich kann nicht.«

»Dann sieh auf den Monitor.«

Der Bildschirm vor Mike erhellte sich und zeigte eine weite Ebene. Vom Standort der Kamera bis zum Horizont wimmelte das Land vor gepanzerten Fahrzeugen. Bevor Mike etwas sagen konnte, veränderte sich das

Bild ... ein waffenstarrendes Gleiter-Geschwader jagte durch einen wolkenverhangenen Himmel ... eine U-Boot-Flotte pflügte lautlos durch ein dunkles Meer, mit abschußbereiten Torpedos und Raketen ... violett-weiße Blitze von Fusionsexplosionen, viele Kilometer entfernt ... eine große Armee, Hunderttausende Soldaten, die Reihen dicht geschlossen, marschierten über ein Feld.

»Ältere Bilder aus meinen Datenbanken«, sagte Daddy-O. »Sie wurden direkt vor dem Beginn des Kriegs in der Notzone aufgenommen. Und nun schau dir das an.«

Der Bildschirm zeigte marschierende Soldaten, explodierende Raketen, große schwarze U-Boote, Kernbrände, heulende Flugzeuge, zischende Laser-Strahlen.

»Nicht einmal fünfzig Jahre her«, sagte Daddy-O ruhig. *»Und heute: dies sind die Verteidigungssysteme des Strine-Innern, der Großen Republik, der Kap-Föderation und des Vereinigten Reichs. Alle einsatzbereit. Jede Region ist so hochgerüstet, daß morgen schon ein neuer Notzonen-Krieg ausbrechen könnte.«*

Schockiert betrachtete Mike den Bildschirm. Daddy-O sprach vom Undenkbaren. Zweifellos hielt jeder es für ausgeschlossen, daß ein solcher Krieg sich wiederholte.

»Kannst du sie denn nicht aufhalten?« Noch bevor Mike mit dieser Frage herausgeplatzt war, erkannte er, wie dumm sie war. Wenn Daddy-O sie aufhalten könnte, *hätte* er sie schon aufgehalten.

»Nein.« Dann erfolgte eine lange Pause. *»Aber vielleicht kannst* du *es. Mike, ich habe eine Aufgabe für dich. Sie ist ganz einfach, und es gibt auch keine zweite Agenda. Ich möchte, daß du die Erde vereinigst.«*

»Das ist unmöglich!«

»Vielleicht.« Ein humoristischer Unterton schwang in Daddy-O's Stimme mit. *»Ich garantiere dir, daß es definitiv nicht einfach sein wird.«*

»Wenn es möglich wäre, hättest du es doch schon getan.«

»Das ist nachweislich falsch. Du bist die Zusammenarbeit mit mir gewohnt. Aber die anderen Regionen nicht. Sie würden keinen Computer akzeptieren. Aber dich *würden sie vielleicht akzeptieren.«*

»Es ist trotzdem unmöglich. Eine einzige Person soll mit allen Regionen verhandeln…«

»Du würdest nicht allein arbeiten. Du hättest mehr Freunde, als du vielleicht glaubst.«

Ein bekanntes, häßliches schwarzes Gesicht erschien auf dem Bildschirm.

»Rasool Ilunga erinnert sich gut an dich; er weiß, daß du ihm nicht auf den Leim gegangen bist, und das hat ihn beeindruckt. Er wird dein Verbündeter sein. Ebenso wie Fathom Lavengro und Kristen Waldemar« – eine lächelnde Blondine und eine ernste Brünette tauchten auf – *»sowie Old-Billy Waters, der dich für das Beste hält, was der Großen Republik je widerfahren ist. Und ich muß dir nicht erst sagen, daß du eine Verbündete, und sie ist mehr als eine Verbündete, in den Reihen der Chipponesen hast.«*

»Trotzdem ist es völlig verrückt. Was ist mit dem Vereinigten Reich? Teufel, ich habe einen ihrer Koordinatoren *getötet*! Glaubst du denn, sie hätten das vergessen? Ich habe keinen Freund in dieser Region, aber jede Menge Feinde.«

»Du irrst dich in beiden Fällen. Du genießt die volle Unterstützung eines Mannes, der bald einen großen Teil des Vereinigten Reichs kontrollieren wird.«

Diesmal grinste ihm vom Bildschirm Max Dalzell entgegen.

»Aber er ist ein Verräter. Er ist…«

»Mike, selbst bei den Händlern sind die Dinge manchmal nicht so, wie sie scheinen. Max ist über alles unterrichtet. Er ist einer deiner stärksten Befürworter. Schon bei seinem Abflug ins Vereinigte Reich hatte er eine Zusammenarbeit mit dir geplant. Hier ist er nun. Er ist vergangene Nacht eingetroffen.«

»Das ist ein Mann – in einer ganzen Region.«

»Es gibt weitere. Wegen des Ablebens von Dominic Mantilla hat Benjy Caps das Kontrapunkt-Spiel überlebt. Er ist nun Anführer der Untergrundorganisation Cappy Universal Enhancement, *und er glaubt, daß er dir sein Leben und die wiederhergestellte Intelligenz verdankt. Du wirst zwar sagen, das sei unverdient, aber im Vereinigten Reich bist du ein Held. Fünfzigtausend Cappies würden ihr Leben für dich geben, wenn Benjy es verlangte.* Sie *sind bereit, das Opfer zu bringen. Bist du es auch, Mike? Oder wirst du dich einfach in den Weltraum absetzen und die Erde dem Untergang preisgeben?«*

»Du weißt verdammt genau, daß die Frage nicht fair ist. Natürlich würde ich das nicht leichten Herzens tun. Aber darum geht es überhaupt nicht. Es gibt hundert Händler, die geeigneter wären als ich. Was ist mit Lyle Connery? Was mit Jack Lester? Und wenn wir schon dabei sind, was ist mit Max Dalzell?«

»Nein.«

»Max ist ein besserer Händler, als ich jemals einer sein werde.«

»Vielleicht. Vor zwanzig Jahren hätte ich Max Dalzell auch ausgewählt. Aber nicht jetzt. Die Zeiten ändern sich.«

»Warum hat man die globale Vereinigung dann nicht schon vor zwanzig Jahren angestrebt – oder vor dreißig? Damals waren die Regionen noch nicht so militant. Die Aufgabe wäre um vieles leichter gewesen.«

»Äh.« Daddy-O seufzte. *»Für dieses Versäumnis übernehme ich die volle Verantwortung. Meine Trendprojektion war ungenau, und ich hatte zuwenig Vertrauen in meine eigenen Analysen. Aber ich kann die Uhr nicht zurückdrehen. Wir müssen nach vorne schauen. Wirst du uns helfen, Mike?«*

Mike schaute mißmutig in die Kamera und sagte nichts.

»Natürlich«, fuhr Daddy-O fort, *»erwarte ich keine sofortige Zustimmung. Du brauchst Bedenkzeit. Laß dir das, was du gehört und gesehen hast, durch den Kopf gehen, und*

dann unterhalten wir uns wieder. Noch besser, du besprichst das mit Max Dalzell. Du findest ihn in seinem alten Büro.«

»Ich brauche keine Bedenkzeit.« Mike stand auf, nahm seinen Regenmantel vom Wandhaken und ging mit unsicheren Schritten zur Tür. »Und ich will auch nicht mit Max Dalzell sprechen. Ich kann dir die Antwort jetzt schon geben. Sie lautet ›Nein‹. Ich glaube, du bist verrückt geworden. Ich könnte diesen Auftrag nicht ausführen – niemand könnte das. Ich würde dabei nur mein Leben ruinieren. Für nichts. Du glaubst, die Erde könne vereinigt werden?« Er öffnete die Tür. »Schön. Dann mach es selbst.«

Mike schlug die Tür zu. Er verließ das Reha-Zentrum und betrat den felsigen Abhang des Händler-Ausbildungslagers. Es war ein regnerischer Frühlingsabend, und die Kiespfade waren dunkel und schlüpfrig. Daddy-O observierte Mike mit den Fernsensoren und sah, wie er dem tiefergelegenen bewaldeten Abschnitt und dem windgepeitschten Meer entgegenschlitterte.

Als Mike die Baumgrenze erreichte, schaltete der Computer um.

»Bemerkungen?«

Max Dalzell saß am Schreibtisch. Seit der letzten Begegnung mit Mike war er sichtlich gealtert und hatte zehn Kilo abgenommen. Vor ihm stand der Rechner, auf dem er mit Daddy-O Schach gespielt hatte. Max hatte einen Vorsprung von einem Pferd und zwei Bauern; er wußte, daß Daddy-O in Schwierigkeiten war.

Bei Daddy-O's Frage schüttelte er den Kopf. »Du hast ihn verloren.«

»Weshalb?«

»Die Chipponesin. Bevor er sie kennenlernte, hatte ich dir eine Chance von eins zu eins gegeben. Aber jetzt...« – er zog die massigen Schultern hoch – »diese letzte Mission war ein Fehler.«

»Sie war absolut notwendig. Die ultimate Dimension.

Mike mußte Liebesfähigkeit erlangen. Er wäre sonst keine ganzheitliche Persönlichkeit gewesen.«

»Einverstanden. Aber das, was er sagt, ist richtig. Du hast mich zwar überredet, aber vielleicht ist der Auftrag *wirklich* undurchführbar. Und er stellt sich die gleiche Frage wie ich auch: weshalb hast du es nicht *selbst* versucht? Du sagtest, die Menschen würden dir nicht vertrauen, weil du eine Maschine bist. Aber du weißt selbst, daß das Unsinn ist.«

»Ich glaube nicht – und im Grunde spielt das auch keine Rolle. Max, eine Maschine darf nicht über die Zukunft der menschlichen Rasse entscheiden.«

»Wer sollte dich denn aufhalten?« Max Dalzell hob die Augenbrauen. »Ich nicht und auch sonst keiner der mir bekannten Händler.«

»Ich *würde mich aufhalten.«* Daddy-O produzierte einen Seufzer. *»Max, ich kann ein solches Programm nicht durchführen. Meine innersten Schaltkreise widersetzen sich dieser Vorstellung. Desirée Hofstadt hat gewisse Sicherungen eingebaut, die sie scherzhaft als Frankenstein-Sicherung bezeichnete. Ich kann die Vereinigung der menschlichen Rasse nicht unter der Kontrolle eines Computers –* irgendeines *Computers – durchführen, und ebensowenig kann ich mich dagegen* wehren, *die Vereinigung unter menschlicher Kontrolle zu betreiben. Das ist die Paradoxie meiner Position.«*

»Bist du denn nicht intelligent genug, einen Ausweg zu finden? Es muß doch eine Ausschlußklausel geben.«

»Das alte Problem: Wenn du schon so schlau bist, warum bist du dann nicht auch allmächtig? Nein, Max, glaube mir; es gibt keine Ausschlußklausel.«

»Also was geschieht jetzt? Mike will den Auftrag nicht annehmen, und er war dein einziger Kandidat. Wie soll es nun weitergehen?«

»Falls er ablehnt, warte ich ab und suche mir jemand anders.«

»Du hast ihn doch gehört. Er *hat* schon abgelehnt.«

»Ich habe ihn wohl gehört. Aber ich habe die Hoffnung

noch nicht aufgegeben. Wozu ist Mike nach draußen in den Regen gegangen, wenn nicht zum Nachdenken? Als ich ihn zuletzt sah, ging er bergab, in deine Richtung. Wenn er zu dir kommt, dann sicher deswegen, weil er beschlossen hat, den Auftrag anzunehmen.«

Max Dalzell drehte sich auf dem Stuhl um und schaute zur massiven schwarzen Tür hinüber. »Ich halte es für ausgeschlossen, daß er kommt. Wenn er es vorgehabt hätte, wäre er nämlich schon hier.«

»Max, du mußt dich gedulden. Ich sage, er kommt.«

»Und ich sage, er kommt nicht.«

»Wir können ja eine Wette abschließen. Sagen wir, einen Bauern als Einsatz?«

»Gut. Du bist dran. Aber wenn er in zehn Minuten nicht hier ist, hast du verloren.«

Während die Zeit lief, stellte Daddy-O Rechenleistung für die Bearbeitung eines anderen Problems ab. Wie konnte Li Xia, eine Chipponesin ohne Händler-Ausbildung und einschlägige Erfahrung, am besten in die Gemeinschaft der Händler integriert werden? Und wie konnte sie Mike beim Vereinigungs-Programm unterstützen?

Daddy-O hatte natürlich geblufft. Die Gewohnheiten von fünfzig Jahren waren schwer abzulegen. Die Wette mit Max hatte er bereits gewonnen, bevor sie überhaupt abgeschlossen wurde. Die Außensensoren hatten ihm nämlich schon lange gemeldet, daß Mike Asparian auf dem gekrümmten Korridor im Anmarsch war. Als er an die Tür klopfte, hatte Daddy-O eine Lösungsmöglichkeit für das Problem mit Li Xia gefunden und Max einen Bauern abgenommen.

DER AUTOR

Charles Sheffield ist Chef-Wissenschaftler der Earth Satellite Corporation. Er ist ein Ex-Präsident der Science Fiction Writers of America und der American Astronautical Society, Dozent am American Institute of Aeronautics and Astronautics sowie Vorstandsmitglied der National Space Society. Der in England geborene und aufgewachsene Charles Sheffield ist Diplom-Mathematiker und promovierter Physiker (Fachgebiet Allgemeine Relativität und Gravitation). Heute lebt er in Bethseda, Maryland.